사랑의 지성

사랑의 지성

단테의 세계, 언어, 얼굴

박상진

민음사

차례

일러두기

── 본문에 나오는 외국어 원문의 번역은 따로 표시가 없는 한 모두 저자에 의한 것이다.

서문

관계

죽음 이후의 세계에서 영원한 기쁨을 맛보느냐 아니면 영원한 고통을 겪느냐 하는 종말론적 상상은 이탈리아 작가 단테 알리기에리(1265~1321년)의 문학을 가로지른다. 단테의 『신곡』을 읽으면서 우리는 불가피하면서도 늘 낯선 죽음 이후의 영원한 세계로 들어선다. 그런데 정작 그곳에서 우리가 마주치는 것은 죽음 이전의 세계에서 한시적인 기쁨을 누렸거나 한시적인 고통에 젖었던 우리 자신의 모습이다. 『신곡』은 죽음 이후의 세계에 대한 묘사로만 채워져 있지만, 그 묘사가 담고 있는 것은 죽음 이전의 세계를 이루는 현세적 사건들이다. 그래서 『신곡』에 어떤 구원의 메시지가 있다면, 그 메시지는 저만치 떨어진 곳에서 우리를 손짓하여 부르기보다 바로 지금 여기 우리를 둘러싼 물질적인 세상에서 우리의 삶과 뒤엉켜 생겨나고 자라난 것일 테다.

단테는 종말론적 구원의 메시지와 현세적 사건들의 물질성이라는 두 이질적인 세계와 가치들을 조화롭게 묶어 낸 작가였다. 단테 이후에 그 조화는 더 이상 낯설지 않게 되었다. 단테 이후에 역사는 르네상스와 근대로 흘러가지만, 그 현세적 가치의 세상들이 어떤 궁극적이고 본질적인 가치를 잊지 않았던 것, 혹은 적어도 잊지 않으려 노력해 온 것은 일면 단테라는 존재 덕분이었다. 단테의 문학은 우주의 모든 요소들이 조화의 관계로 연결되는 것을 구원의 궁극이라 말해 준다. 그러나 단테가 문학을 펼치는 방식은 앞서 말한 두 세계와 가치들이 서로를 넘어서고 또한 스며들면서 또 다른 지평으로 뻗어 나가는 역동성 자체를 표현하는 것이었다. 내세든 현세든 그들 각자의 본질을 묻는 것이 단테의 문학이었다면 그들이 서로 관계를 맺는 양상을 관찰하는 것 또한 단테의 문학이었다.

흥미롭게도 단테는 서양의 근대를 받친 한 중요한 요소이건만, 서양의 근대를 이룬 본질론보다는 근대의 끝자락에서 나온 반본질론의 위치에서 들여다볼 때 그의 문학이 더 선명하게 다가온다. 그만큼 그의 문학은 이질적이고 대립적인 항목들을 그들 각각의 본질들을 제시하는 것이 아니라 서로 관계를 맺는 양상을 보여 주는 방식으로 논의하도록 해 주기 때문이다. 그가 직면하고자 했던 문제를 인간 이성과 신의 섭리의 관계, 육체와 정신의 관계, 국가의 권위와 교회의 권위의 관계, 속어-변방 언어와 라틴어-중앙 언어의 관계, 그리고 속과 성의 관계와 같은 것들로 요약할 수 있다면, 그러한 항목들 각각이 어떤 본질을 지니느냐 하는 점보다 오히려 그들이 함께 이루는 관계, 그리고 그 관계들이 모여서 이루는 더 넓은 관계가 어떠한지를 조명하고 드러내는 것이 곧 단테의 문학이다.

그런 면에서 단테의 문학 가치를 따진다는 것은 단테의 글들이 얼마나 문학으로서의 가치를 지니느냐 하는 본질론적인 문제라기보다 문학이 지향하는 관계 구성의 성격을 얼마나 지니느냐 하는 관계론적인 문제임을 강조할 필요가 있다. 관계를 따진다는 것은 본질의 차원을 가능한 한 지양하려는 목표를 지닌다. 단테의 삶과 문학을 가로지르는 사랑은 단테와 베아트리체의 경우를 각각의 본질로 규명하는 것으로는 이해하기 힘들다. 그 둘이 이루는 관계 그 자체를 들여다봐야 할텐데, 거기에서 그들 각자의 본질은 묽어져 서로에게 스며들고 서로의 정체를 상호 의존적인 것으로 만든다. 단테는 베아트리체가 없이는 존재할 수도 설명할 수도 없는 인물이다. 사랑 안에서 단테와 베아트리체는 각각 본질로 굳건히 서 있는 것이 아니라 사랑으로 관계를 맺는 한에서 잠정적으로 존재하는 것이다. 그래서 단테의 사랑은 고정되지 않으며 모호하다. 나아가 단테의 삶과 문학에서 사랑은 다른 것들과 관계를 맺으며, 그 자체가 관계로 지탱되면서, 끝없고 끊임없이 흐르고, 지금까지 이 세상에서 계속해서 흘러왔으며, 앞으로도 흐를 것이다. 그런 관계의 흐름 속에서 구원과 정의, 죄와 벌, 고통과 기쁨, 행복과 불행, 자유와 억압과 같은 인간의 보편적인 문제들이 계속해서 떠오른다. 그래서 관계를 맺는다는 것 자체를 우리는 단테의 사랑이라고 정의 내릴 수 있으며, 거기에서 우리가 어떠한 인간의 길을 걷는지 자문할 수 있는 것이다.

마찬가지로 문학 가치를 논의하는 것 역시 단테의 문학이 어떤 가치를 지니느냐 하는 물음보다는 어떻게 가치를 지니느냐 하는 물음에서 출발해야 한다. 전자의 경우는 문학이란 것이 어떤 이상으로 전제되어 있고 그 위에서 이미 완성되어 거기에 놓인 단테의 문학을 규명하라는 요구인 반면, 후자의 경우는 단테의 문학이 어떻게 존재할 것인지를 지금부터 논의하고 또 그에 따라 문학이란 것에 대해서도 다시 생각해 보자는 제안이 들어 있다. 후자의 경우에 따라 단테의 문학을 얘기할 때 우리는 그것이 만들어 내는 수많은 가로지름의 관계들에 의거해 우리 삶을 구성하는 중요한 요소들, 즉 사랑, 정의, 구원, 공동체, 종교, 언어, 권력 등이 단테의 문학이 만들어 내는 수많은 가로지름의 관계들을 구성하고 있다는 것을 알 수 있으며, 또한 거꾸로 그 관계들에 의거해 우리 삶을 구성하는 요소들을 끊임없이 새롭게 논의할 수 있다. 여기에서 '새롭다'는 것은 그 요소들을 기존 정의들에 끼워 맞추는 식도 아니고 그 요소들의 궁극 개념을 세우는 것도 아니라, 그 요소들이 무슨 의미를 지니는지 계속해서 다시 물어 나간다는 것을 의미한다. 따라서 이 책은 단테의 문학이 무엇이냐를 묻기보다는 어떻게 존재하느냐를 묻는 데서 출발한다. 전자의 경우는 대답을 함으로써 종점에 도달하고 결론을 내리게 되지만 후자의 경우는 대답을 하는 과정을 끝없이 이어 가면서 그 자체로 단테의 문학을 이룬다.

사랑

단테의 문학을 이렇게 이해하고자 할 때 우리는 단테가 스스로 주인공으로 나서서 걸었던 구원의 순례가 사실은 우리에게 질문을 던지는 과정으로 구성된다는 점을 알 수 있다. 단테는 어두운 숲에서 길을 잃은 자신을 발견했다고 회고하며 우리도 그렇지 않은가 묻고 있고, 프란체스카의 애절한 사랑 얘기를 듣고 너무나 슬퍼 기절한 채 지옥의 차디찬 바닥에 쓰러지는 자신을 묘사하면서 우리의 사랑은 안녕한지 묻고 있으며, 그렇게도 강한 의지로 금기의 영역을 벗어나 연옥까지 항해하며 스스로의 구원 길을 개척하려 든 오디세우스의 모험을 우리는 과연 외면하고 있는 것은 아닌지 묻고 있고, 지옥에 떨어진 교황을 비난하는 천국의 베드로의 그 분노와 경멸의 언어와 붉게 물든 낯빛을 통해 천국이 완벽하게 격리되고 살균되어 저들만의 행복을 누리는 곳이라면 그것이 참다운 천국이냐고 묻고 있다.

단테는 그러한 예외적이고 전복적인 질문 던지기의 순례의 끝에서, 천국의 그 궁극에서, 그 험난하고 힘겨운 여정을 이어 온 자신을 처음부터 이끌고 있었던 것은 "해와 다른 별들을 움직이는 사랑"(「천국」 33.145)임을 깨닫는다. 사랑은 단테의 삶과 문학에서 처음과 끝이었다. 사랑은 작가 단테가 미적 언어를 벼리도록 만든 힘이었고, 길 위에서 스스로를 포기하지 않도록 독려한 동반자였다. 종말론적 구원의 메시지와 현세적 사건의 물질성이라는 두 이질적 세계와 가치를 조화롭게 묶어 내는 것이 곧 구원을 향한 순례라면, 그 순례는 사랑으로 채워 가는 과정이기도 했다. 단테는 사랑의 문제에 직면하기를 주저하지 않았고, 사랑을 자신의 삶과 문학을 이루어 가는 근본으로 삼았다. 그러나 근본이라고 하지만 흔들리지 않고 변하지 않는 것이 아니라 유연하고 부드러운, 그래서 예외적이고 전복적인 경우들에 스스로를 여는 것이 단테의 사랑이었다.

단테는 처음부터 사랑에 의지하며 자신의 미적 언어를 만들어 냈다. 사랑은 우리 인간을 구원으로 이끄는 매개이며 길잡이였다. 청년 시절 단테는 문학 동료들과 함께 그러한 새로운 주제를 새로운 언어에 담아 새로운 문학을 세우는 데 전념했고, 이어 현실의 참담한 경험과 철학의 깊은 사색을 거쳐 자신만의 세계를 웅숭깊게 이루어 냈다. 조화로운 음악적 질서의 부재가 지옥이며 그것의 존재가 곧 천국이라고 제안하며, 단테는 자신의 미적 언어가 조화의 존재는 물론 부재까지 어떻게 실어 나를 것인지 생각했다. 미적 언어에 대한 단테의 추구는 그것을 통해 보여 주고자 한 구원의 여정을 이룬다. 미적 언어의 추구가 곧 구원의 여정이 되는 구도에서 필요했던 것은 현실에 놓인 인간에 대한 철학적 사색과 그 재현을 위한 문학적 상상이었다. 그것들은 사랑을 동력으로 삼아 지성을 활짝 펼쳐 내면서 단테의 미적 언어를 이루었다.

단테의 미적 언어는 사랑과 지성의 조화를 추구한 흔적이자 결과였다. 언제나 단테는 느끼고 생각하는 바를 어떻게 보여 줄 것인가를 진지하게 고민했다. 사랑은 단테의 삶 전체를 채운 경험이고 감수성이었던 한편, 그러한 정황을 일정한 문학적 틀에 담아 소통시키기 위해서는 일종의 절제와 조절이 필요했다. 그 절제와 조절은 문체와 각운 등 문학적 장치들을 이르기도 하지만 또한 정신적인 차원으로 이해할 수 있다. 그러한 형식과 정신 차원의 절제와 조절, 그것을 우리는 지성이라고 부른다. '사랑의 지성'이란 단테가 철학자적 시인으로서 갖춰야 했던 기본 태도이자 속성이었다.

단테는 일찍이 청신체파 시절에 "사랑의 지성을 지닌 여자"(『새로운 삶』19.4)를 표현하는 시를 쓰면서 자신의 사랑을 출발시켰다. 단테는 지성이 자신의 사랑의 기원에 자리하면서 자신의 문학을 이끌기를 원했다. 그리하여 사랑의 영적 차원과 지적 차원을 교차시키면서 우리의 삶과 세상을 끝도 없이 물들이는 풍경을 그려 내 보여 주고 싶어했다. 로세티가 그린 「단테의 사랑」(그림 15-1)을 보라. 단테의 사랑은 그리스도와 베아트리체 어느 한쪽에 서는 것도 아니고 독립된 각자가 만나는 경계조차도 아니며, 그 황금빛 낮과 검은빛 밤이 서로에게로 흐르는 그 흐름 자체다. 그런 사랑이 처음부터 해와 별을 움직이게 만든 것이다. 그렇게 단테는 자신의 사랑을 어느 한곳에 정착시켜 말할 수 없도록 만든다. 그래서 우리는 그의 사랑을 정의하기보다 계속 물어야 한다. 그렇게 묻는 것이 곧 단테의 사랑과 함께 걷는 일이며, 그것이 바로 우리의 사랑을 지켜 나가는 것이다.

사랑은 욕망이자 지성이다. 하느님을 향한 구원의 욕망은 지성으로 조절되어야 한다. 그렇게 조절된 사랑이 곧 단테가 노래하고자 한 것이었다. 과연 단테의 세계에서 사물들은 서로 조응하고 조화를 이루며, 그러면서 각자 여럿이면서 또한 하나를 이룬다. 독립된 하나'들'이 여럿의 관계를 이루는 것은, 단테 자신이 천국에 들어서며 경험했듯, 조절되고 맞추는 음악의 조화를 지향한다. 그런데 여기에서 독립된 하나 '들'이라는 것은 그 하나하나가 따로 존재한다기보다는 관계를 이루는 요소들로서, 관계를 이루는 한에서, 존재한다는 점을 분명히 해 둘 필요가 있다.

단테의 구원의 순례는 곧 스스로를 사랑으로 채워 가는 과정이었다. 그런데 그 순례가 사랑이 부재하는 지옥에서 출발한다는 사실을 간과할 수 없다. 순례자는 지옥의 영혼들을 보면서 끝없는 슬픔에 몸을 가누지 못하지만, 연옥의 영혼들과 만나는 길에서는 꿈을 꾸며 미래의 구원을 예감한다. 그러나 슬픔은 단지 기쁨으로 대체됨으로써 그 의미를 얻는 것은 아니다. 슬픔은 단테의 순례가 채워 나가는 사랑의 일부를 이룬다. 나르시스가 샘에 비친 자신의 모습에 빠져든 것은 그 자신 내부에서 일어나는 것이지만 또한 외화된 자신과 이루는 것이기도 하다. 그렇게 사랑은 하나이면서 또한 그 속에는 다양한 이질적인 요소들이 어우러져 있다.

순례자가 연옥의 꼭대기에서 만난, 상체는 독수리이며 하체는 사자의 형체를 한 그리핀은 신성과 인성을 동시에 지닌 그리스도를 상징한다. 그리핀은 하나이면서 여럿인 존재 방식을 이해하는 하나의 단계로서 순례자 앞에 나타났고, 그 이해는 순례자가 천국으로 올라가는 조건이기도 했다. 그에 비해 이미 순례자가 지나온 지옥의 밑바닥, 그곳에 거꾸로 처박힌 루치페로는 얼핏 보기에 하나이며 여럿인 것 같지만 사실은 굳건하게 하나로 되어 있다. 말하자면 루치페로는 하나이면서 여럿인 그리핀이 뒤집힌 상태다. 여럿이면서 하나여서 뒤집혔다는 것이 아니라, 하나-여럿의 관계 자체가 불가능한 상태이기 때문이다. 루치페로의 얼굴을 보라. 머리는 하나인데 면상은 셋. 얼핏 하나이면서 여럿처럼 보이지만, 사실은 완강하게 하나로 존재한다. 지옥은, 그 문을 통과하는 어떤 존재라도 다시는 빠져나오지 못하는 것처럼, 철저하고 완벽하게 비가역성의 세계다. 악의 본질은 한 가닥 털도 없는 무기력한 날개를 달고 모든 것이 꽁꽁 얼어붙은 지옥의 밑바닥에 박혀서 꼼짝도 못하는 루치페로처럼 완강하게 지옥을 지탱한다. 그 곁에는 배신자들이 얼음에 갇혀 한없는 무게로 내리누르는 침묵에 잠겨 있다. 그들은 각각이 위치한 지점에서 영원하게 고립된 채 얼굴조차 서로에게 돌릴 수도 없다. 침묵-음악의 부재는 곧 구원의 전면적 결여를, 다른 아무런 해석의 여지 없이, 지시한다.

물러나기

삶이란 무엇이냐보다는 삶을 어떻게 살 것이냐가 단테의 문학이 던지는 물음이라면, 우리도 똑같이 단테의 문학이 무엇이냐보다는 어떻게 존재하느냐 하는 물음을 던져야 한다. 그것은 단테의 문학을 정착시키는 일이 아니라 부유(浮游)하게 만드는 일이다. 단테는 오디세우스를 지옥에 떨어진 죄인으로 묘사하면서도 그가 추구한 인간의 의지를 부정하거나 의심하지 않았고, 오히려 그와 연대감을 느끼는 자신을 발견한다. 그래서 단테는 겉으로는 오디세우스의 의지를 지옥에 처박아 놓고 대신 자신의 겸손만으로 무장한 채 연옥을 오르는 듯 보이지만, 사실은 오디세우스의 의지를 계속해서 떠올리면서 그 의지에 겸손을 더하는 방식으로 자신의 구원의 구상을 잇고 보완해 나간다. 『신곡』에 등장하는 인물들은 그들의 죄나 선의 본질을 선명하게 구현하며 존재하기보다는 모호한 구석을 남긴다. 순례자는 그들을 확고하게 정의 내리며 하나하나 뒤로 제치면서 나아가기보다는, 그가 나아가는 과정에서 계속해서 '다시' 떠오르도록 한다. 순례자는 그가 만나는 인물들을 지나쳐 나아가지만 또한 그들 뒤로 물러서면서 그들이 자신의 길을 이끌도록 만드는 것이다. 말하자면 뒤로 물러나며 나아가는 것이 단테의 순례의 방식이다.

그렇게 순례자 단테가 지옥과 연옥, 천국을 거쳐 하느님을 만나는 과정은 전체적으로 계속해서 뒤로 물러나는 형국으로 이루어진다. 그리고 그것이 작가 단테가 『신곡』을 쓰는 방식이다. 단테의 알레고리적 언어는 그 표면적 의미를 매단 기표를 앞세우기보다 그 뒤편에 수많은 심층의 의미들이 서성거리고 있음을 일깨우고, 그가 추구한 성과 속의 교차는 그 어느 한쪽으로 확고하게 나아가기보다 둘 사이로 물러나 깃드는 것이며, 그가 겪은 변신은 서로를 조응할 수 있는 거리를 두며 서로에게서 물러나는 '성찰적 나르시즘'이었다. 단테는 자기가 써 내려간 언어가 단테 자신의 목소리를 한 발 물러나게 하면서 언어 자체의 소리를 내도록 만들었고, 물감이 캔버스 안으로 물러나며 색채를 발산하듯 천국의 빛이 색으로 물드는 풍경을 묘사했으며, 그렇게 늘 한 발 물러나 자신의 삶과 세계를 풍경으로 놓고 그 속에 들어앉은 자신을 바라보았다. 이러한 물러나기가 단테가 사랑을 추구한 방식이었다. 단테의 사랑은 사실상 처음부터 물러날 것으로 있었다. 하느님 앞으로 나아가는 단테의 구원의 궁극은 사실상 하느님으로부터 물러나는 후퇴의 진행이었다. 후퇴의 방향은 인간의 세계인데 그곳이 곧 단테가 구원을 수행하는 현장인 탓이며, 또 후퇴의 방식은 모든 것을 돌아볼 수 있는 거리를 확보하는 것인데 그를 통해 구원의 최종 심급은 결국 인간임을 확신하는 탓이다. 사랑의 지성은 그러한 후퇴의 진행을 담고 있는, 자체로 모순적이면서 그 모순을 해결하는 과정을 곧 구원으로 만드는, 정념과 욕망의 섬세한 구도로 이루어진다.

　　단테에게 물러난다는 것은 곧 나아가는 것이다. 그 물러남과 나아감의 과정과 그것이 이루는 관계가 곧 단테의 세계와 언어와 얼굴을 만들어 낸다. 단테의 물러남은 그것을 바라보는 우리의 시선을 자꾸만 뒤로 물러나게 하며, 그렇게 물러나는 과정에서 우리는 단테의 사랑을 만난다. 레오파르디가 수풀 너머로 보이지 않는 풍경을 바라보며 떠올린 무한. 그 무한이 바로 뒤로 물러나는 단테가 향하는 곳이다. 무한은 물러남의 겹들이 계속 이어지는 동적인 과정이다. 무한 속으로 들어가면서 단테는 물러나서 보고, 또 물러나서 보는 자신의 뒷모습들을 본다. 우리가 보는 그의 뒷모습들을 그도 또한 함께 본다. 그렇게 함께 보면서 그는 우리와 함께 계속해서 뒤로 물러난다.

단테는 한없이 뒤로 물러난다. 그러나 결코 고개를 돌리지 않는다. 물러서면서 더 넓어지는 시야를 유지하면서 그는 인간을 둘러싼 모든 것들을 그들이 이루는 관계의 그물망으로 보려고 한다. 그가 보고자 한 것은 인간의 본질이 아니라 인간의 삶이었다. 어디에서나 인간은 살아 있고 움직인다. 단테의 인간들은 뚜렷한 개성을 지닌 채 나타나지만, 그 개성은 그들을 고정시켜 이해하기 쉽게 만들기보다 오히려 모호한 것으로 이루어진다.

살아 움직이는 인간과 삶의 모호한 그림자들. 단테는 그들 뒤로 한 없이 물러서면서 자신의 언어를 다듬고 또 다듬었다. 토머스 엘리엇이 지적하듯, 단테는 언어의 재능을 실현한 작가였다. 언어의 재능이 언어가 지닌 변용의 힘과 가능성을 가리킨다고 본다면, 단테는 자신의 이탈리아 속어가 여러 언어들이 공존하는 다언어주의의 토대 위에서 다른 언어들로 대체될 수 있는 힘을 지니게 만들었다. 단테는 자신의 속어가 소리를 내며 여러 사람들에게 닿고 또 여러 사람들 사이를 돌아다니기를 원했다. 그것은 곧 소통의 언어를 만들고자 한 열망이었으며, 그 소통에서 사랑과 구원의 목소리가 퍼져 나가기를 원했다. 소리란 곧 빛이다. 소리와 빛의 차이는 그 각각의 파장의 길이가 다르다는 점뿐이다. 소리를 내는 언어로서 단테의 속어는 소리의 파장을 빛의 파장으로 변환시키면서 세상을 이루는 다양한 색채들을 드러낸다. 소리가 빛으로 전화하는 것이 곧 구원을 향한 단테의 순례였다.

단테의 언어는 우리를 침잠하게 만든다. 침잠하는 가운데 우리는 우리 존재의 심연을 들여다보고 다시 수면으로 떠올라 우리의 삶을 관조하며, 그런 과정을 반복하면서 우리는 자신을 바라보는 것이다. 단테가 계속해서 물러나는 이유는 바로 그것이다. 그는 이 모든 것을 그의 눈으로 바라보고 싶었고, 그러기 위해서 뒤로 물러나야 했다. 그렇게 물러나면서 그는 나아가고자 했다. 그렇게 나아간 내세의 순례 마지막 장소에서 그가 발견한 것은 사랑이 그의 순례를 처음부터 이끌고 있었다는 깨달음이었다. 하지만 순례하는 내내 그가 생각했던 것은 그 사랑을 스스로의 지성과 만나게 하는 일이었다. 결국 사랑의 지성은 사랑을 경험하고 사랑의 문제를 해결하면서 사랑을 이해하는 정도를 높여 나가는 단테 자신의 사고와 실천의 능력을 가리킨다. 사랑의 지성은 단테의 삶에서 끝없고 끊임없이 성숙해질 운명을 처음부터 지니고 있었다.

단테에 대해 쓰기

나는 단테가 자신의 삶을 사랑의 지성으로 채워 나간 기록이 곧 그의 문학이라고 생각한다. 나는 이 책에서 단테의 문학을 세계와 언어, 그리고 얼굴의 측면들로 보여 주고자 한다. 단테의 세계는 단테 자신의 삶과 사랑, 그리고 성찰적 변신으로 이루어져 있고, 단테의 언어는 한없이 사물에 다가서면서 제 소리를 내며, 단테의 얼굴은 존재를 체험으로 변모시키는 가운데 드러난다. 이 책을 통해 단테의 세계와 언어, 그리고 얼굴을 돌아보며 단테의 문학을 좀 더 친숙하게 대할 수 있기를 바란다.

이 책은 지난 2011년에 『단테 신곡 연구: 고전의 보편성과 타자의 감수성』을 선보인 이후 5년 만에 내는 두 번째 단테 연구서다. 여전히 문학의 의미를 재점검하는 내용이며, 세 번째 단테 연구서도 문학이 예술로 변용하며 펼쳐지는 양상에 대한 검토로 구상하고 있다. 문학의 가능성이 점점 축소되어 가는 현실에서 이런 구상이 과연 호응을 받을 수 있는지 가늠하기 힘들지만, 바로 그렇기 때문에 또한 의미 있는 작업이 아닌가 생각한다.

이 세 권의 책들 이후에 어떤 구상들이 이어질지 아직은 잘 모른다. 하지만 단테의 너른 세계는 그 어떤 구상이라도 충분히 발전시키도록 해 줄 것으로 믿는다. 오히려 단테의 세계를 더 파고 들어갈수록 나의 구상이 더 자유로워지는 것을 느끼며, 그렇기에 단테를 더 깊이 아는 작업과 단테를 더 넓게 펼치는 작업을 병행해야 할 필요를 새삼 생각하게 된다.

학부 시절 단테를 비롯해 이탈리아 문학의 세계에 처음으로 눈을 뜨게 해 준 이성훈 선생님과 한형곤 선생님께 감사를 드린다. 그분들의 가르침은 세월을 훌쩍 뛰어넘어 단테를 다시 만나게 한 근원적 힘이었을 것이다. 당시 외국인 교수였던 안젤라 미스투라 선생님은 어느 날 조반니 반젤리가 감수한 이탈리아어판 『신곡』을 선물로 주셨는데, 보통 『신곡』이 세 권으로 이루어진 데 비해 특히나 작은 판형에 한 권으로 되어 꽤 두꺼웠다. 그 책에는 참으로 부족한 이탈리아어 실력으로 첫 부분을 읽어 나간 흔적이 지금도 남아 있다. 이제 먼 곳에 자리 잡은 기억들이지만 이처럼 지금까지 닿아 있는 감사한 인연의 고리들이다.

이 책을 완성하기까지 인문 저술 지원 사업을 통해 지원해 준 한국연구재단과 연구년을 통해 좀 더 집중해서 연구에 매진할 수 있도록 해 준 부산외국어대학교에 감사드린다. 연구년을 보내며 하버드 대학교와 펜실베이니아 대학교의 학문 공동체의 공간 속에서 귀중한 자료들을 참조하고 뛰어난 학자들과 교류할 수 있었던 것은 연구를 진행하는 데 큰 도움이 되었다. 그동안 여러 학회와 지면에서 이 책을 이루는 원고들을 발표하는 과정에서 귀중한 논평을 해 주신 많은 분들, 초고를 읽고 세심한 관찰을 제공한 정인혜 선생, 그리고 편집과 인쇄를 지휘하며 원고가 세상에 빛을 볼 수 있도록 해 준 민음사의 남선영 선생, 이들에게 깊은 감사의 말씀을 올린다. 아울러 늘 곁에 머물며 든든하게 나를 받쳐 준 나의 가족에게 사랑의 인사를 보낸다.

2016년 4월 박상진

1부

단테의 세계

1 자전적 알레고리: 단테가 세상에 말을 거는 방식

울려 퍼지는 단테의 목소리

알레고리는 하나를 말하면서 다른 것들을 의미하는 표현 기법이다.[1] 알레고리는 크게 두 겹의 의미 층들로 이루어진다. 일차적으로는 눈에 보이는 표면의 형상을, 이차적으로는 보이지 않는 추상적인 내면의 관념을 지시한다. 어떤 문학 텍스트를 알레고리로 읽는다는 것은 의미가

---

[1] 알레고리(allegory)는 그리스어로 '다른(allos)'과 '말하기(agoreuo)'가 합성되어 만들어진 단어 allosagoeurein("아고라가 아닌 다른 곳에서 말하기", 즉 비밀스럽게 혹은 에둘러 말하기)의 영어식 표현이다.(Lansing, Richard, ed., *Dante Encyclopedia*(New York & London: Garland, 2000), p. 24) 단테는 『칸 그란데에게 보낸 편지』(*Epistle to Cangrande*, tr. by Roberto Hollander(Ann arbor: University of Michigan Press, 1993), 13.22, 이하 『편지』로 표기함)에서 그리스어의 어원이 라틴어의 alienum(이상한, 낯선) 혹은 diversum(다른)에 해당한다고 밝힌다. 한편 키케로는 알레고리를 "하나를 말하지만 다른 무엇이 이해되는(aliud dicatur aliud intellegendum)" "말의 전환(inversio verborum)"이라 묘사한다.(Cicero, *De oratore* 2.65, 3.41) 단테는 키케로와 함께 아퀴나스를 참조한 것으로 보인다. 특히 아퀴나스가 『신학 대전』에서 설명한 알레고리의 개념을 거의 그대로 가져온다. "알레고리는 세 개의 영적 의미들을 대신한다."(Aquinas, *Summa Theologiae*, Article 10(Cambridge: Blackfriars, 1964), 1.38; Gellrich, Jesse M., "Allegory and materiality: Medieval foundations of the modern debate", *The Germanic Review*(Washington: Spring 2002), Vol. 77, Iss. 2, p. 148 재참조)

분명히 드러나고 기표-기의 관계가 고정되어 있는 상징으로 읽어 내는 것과 다르다. 알레고리는 고정된 의미 생산 관계를 뒤흔들어 불안정하게 만들고, 그런 과정에서 사회, 문화, 역사, 철학, 신학, 자연과학, 예술 등 인간 문화의 다양한 측면들과 관련하여 텍스트가 허용하는 의미층들을 심화하고 확대하며 펼쳐 내고 잡아내는 일련의 연쇄적 해석 활동을 유발하는 출발점 혹은 단서라고 할 수 있다.

알레고리로 이루어진 텍스트를 대할 때 우리는 기표가 실어 나르는 복수의 기의들을 파악하고 또 그들을 서로 관계 지으며 재구성할 준비를 해야 한다. 여기에서 파악한다는 것은 작가의 메시지를 전달받는다는 것이고 구성한다는 것은 독자의 차원에서 그 메시지의 내용을 적극적으로 만들어 낸다는 것이다. 전통적으로 알레고리는 주로 작가의 측면에서 이해되고 적용되었다. 텍스트의 의미는 작가의 조직되고 조절된 의도를 파악하는 것과 다르지 않고, 따라서 작가와 독자의 소통, 또 독자들 사이의 소통은 그러한 작가적 의도를 이해하고 그 의도와 교합하는 차원에서 이루어졌다. 그러나 독자의 측면은 작가의 측면을 배제하기보다 포용하면서 더욱 넓고 깊은 의미들의 생산으로 이끌어 간다고 볼 때 알레고리는 독자의 차원에서도 이루어진다고 할 수 있다. 그렇다면 알레고리는 작가와 독자의 측면들을 연결하고 생산과 소통의 차원들 사이를 가로지르면서 복수의 의미들이 거듭하여 새롭게 형성되는 양상을 가리키는 개념으로 정리할 수 있다.

알레고리는 수사이면서 구조이고 또한 효과이기도 하다. 달리 말하면 알레고리는 작가의 수사의 결과로 이루어진 구조이며 또한 그 구조가 독자의 읽기에서 발휘하는 효과라고 볼 수 있다. 작가는 자신의 메시지를 담고 실어 나르기 위해 어떤 수사를 만들어 내고, 그 수사들이 모여 텍스트의 특정한 구조를 이룬다. 수사가 표면의 형상과 같은 것이라면 구조는 그 형상이 안으로 품고 있는 내면의 관념 같은 것이다. 작가는 자신의 텍스트에서 일차적으로는 수사를 만들지만 그것이 구조로 모이고 발전하는 양상을 염두에 두기 마련이다. 그러나 구조는 작가의 손안에 있다기보다 손끝에 매달려 다른 손들로 건너가는 변이의 효과를 지니게 된다. 그래서 구조를 하나의 매개로 삼아 독자들은 작가의 수사를 자신의 수사로 바꾸면서 자신의 맥락에 따른 새로운 의미들을 생산하는 것이다. 그것을 해석적 재생산의 효과라고 부를 수 있을 것이다. 이런 측면에서 우리는 알레고리를 사회와 역사, 문화 등 인간의 다양한 활동 맥락들과 맞물려 계속해서 변이하는 의미 생산 기제라고 정의할 수 있다. 따라서 알레고리를 창출하고자 하는 작가는 스스로 창작하는 세계를 이루는 사회와 역사, 문화에 대해 상당 정도의 배경 지식을 갖추어야 하고, 덧붙여 독자는 텍스트가 위치한 사회와 역사, 문화의 맥락에 대해 이해하고 있어야 하며, 나아가 독자 자신의 사회와 역사, 문화적 맥락들에 응답하는 방식으로 텍스트를 읽을 수 있어야 한다. 말하자면 알레고리는 작가와 텍스트, 독자를 가로지르는 의미 생산의 긴장 관계 그 자체이며 또한 그 관계가 작동한 결과물이기도 하다.[2]

이탈리아 작가 단테 알리기에리(Dante Alighieri)가 남긴 글들은 위에서 정리한 알레고리라고 불리는 표현 및 해석 방식에 깊이 젖어 있다. 『새로운 삶』[3]과 『신곡』[4]의 작가로서뿐 아니라 『향연』[5]의 철학자와 『속

---

2 보카치오가 단테를 읽는 것과 관련해 "수고하여 획득하는 것이 문제없이 얻는 것에 비해 더 큰 만족을 제공한다."(Boccaccio, Giovanni, *La vita di Dante*(1374), a cura di Paolo Baldan(Moretti e Vitali, 1991), p. 149)라고 말했던 것은 이런 차원에서였다.

3 Alighieri, Dante, *Vita Nuova*(Milano: Feltrinelli, 1993).

4 Alighieri, Dante, *Divina commedia*; 박상진 옮김, 『신곡: 단테 알리기에리의 신곡』(『지옥편』, 『연옥편』, 『천국편』)(서울: 민음사, 2007).

5 Alighieri, Dante, *Convivio*; 김운찬 옮김, 『향연』(나남, 2010).

어론』[6]의 언어학자, 그리고 『제정론』[7]의 정치학자로서도 단테는 알레고리를 통해 자신을 드러내 보이고 전달하며 또한 감추고 공그르면서 자신의 경계를 훨씬 뛰어넘는 가능 세계를 펼쳐 내고자 했다. 알레고리는 지식인 작가로서 단테가 자신의 내면을 확대 재생산하는 기획에 필수적인 기술(art)이었다. 과연 긴 세월이 지나 그의 글을 대하는 우리는 그 기술의 여전한 힘에 기대어 그의 목소리를, 단테의 세계에서 1300여 년 만에 입을 연 베르길리우스의 목쉰 소리[8]에 비해, 언제라도 살아 있었던 형태로 들을 수 있다. 작가와 철학자, 언어학자, 정치학자로서의 단테의 정체성들이 어떤 한 인력(引力)에 의해 서로 연결된 채 표출되어 왔다면, 그 힘의 으뜸은 단연 알레고리라고 생각할 수 있다.

알레고리는 단테에 관한 아마 가장 최초의, 고전적인, 그리고 넓게 논의되는 주제일 것이고, 또한 단테가 영향을 준 많은 항목들 중 가장 두드러지는 것일 것이다. 15세기부터 18세기 사이에 출간된 여러 판본의 『신곡』들에 달린 긴 제목에 알레고리라는 용어가 들어간 것,[9] 단테

---

6 Alighieri, Dante, *De vulgari eloquentia*, Introduzione, traduzione e note di Vittorio Coletti(Milano : Garzanti, 2000) ; Edited and translated by Steven Botterill(Cambridge: Cambridge University Press, 1996).

7 Alighieri, Dante, *La monarchia* ; 성염 옮김, 『제정론』(철학과 현실사, 1997).

8 Alighieri, Dante, "Inferno", *Divina Commedia*, 1. 61.(참고한 『신곡』의 판본들은 「참고 문헌」을 볼 것. 이하 「지옥」으로 표기함) 림보에 떨어진 베르길리우스는 무기력하고 수동적인 상태로 지내다가 단테를 사후 세계로 안내해 달라는 베아트리체의 부탁을 받고 단테를 만나 죽음 뒤에 처음으로 오랫동안 말을 하지 않아 쉬어 버린 목소리로 입을 연다.

9 제목에 '알레고리'라는 용어가 들어간 판본의 예들은 오래전부터 수도 없이 나타났다. 아주 일부만 예를 들면 다음과 같다. Alighieri, Dante, *Dante con l'espositioni di Christoforo Landino, et d'Alessandro Vellvtello. Sopra la sua Comedía dell'Inferno, del Purgatorio, & del Paradiso: con tauole, argomenti, & allegorie; & riformato, riueduto, & ridotto alla sua vera lettura, per Francesco Sansovino fiorentino*(Venetia: Appresso GiovamBattista, & Gio. Bernardo Sessa, fratelli., 1564)(1판); 1596(2판); Alighieri, Dante, *La Divina comedía di Dante: con gli argomenti, & allegorie per ogni canto, e due indici, vno di tutti i vocaboli più importanti vsati dal poeta, con la esposition loro, e l'altro delle cose piùnotabili*(Venetia: Appresso Nicolo Misserini, 1629).

스스로 자신의 글을 읽는 유력한 방법으로 알레고리라는 개념을 설명한 것(『향연』 2.1.2~2.1.6),[10] 여러 주해자들이 그들의 주된 비평 대상이 알레고리임을 부제에서 밝히는 사례,[11] 그리고 제임스 조이스의 『율리시스』를 단테의 『신곡』과 관련하여 비평한 사례[12] 등이 그를 방증한다. 한편, 단테가 세상에 말을 거는 도구로 알레고리를 채택하게 된 것은 『성경』에서 연원한다는 점, 그리고 그 점이 단테의 알레고리가 사물을 담도록 해 준다는 점을 기억할 필요가 있다. 『성경』의 알레고리는 단지 인간의 말이나 글에서 말해진 사물(in verbis)에 그치지 않고, 하느님이 정해 놓은 사건과 만든 사물(in factis)에 관한 것이다. 따라서 『성경』은 창조된 세계에서 일어나는 역사적 사건을 말하고 그것에 자국이 깊게 패이는 의미를 부여한다. 한 예로, 그리스도는 『구약』에서 아담과 아벨, 이삭과 같은 조상들의 묘사와 모세가 높이 들어 올리는 놋쇠 뱀[13]에서 이미 그 윤곽이 형성되었다. 중세 내내 전해 내려온 이러한 기독교적 의미 체계는 단테에게 고스란히 전해진 것으로 보인다. 에리히 아우어바흐는 그 점을 환기시킨 현대 비평가로서, 그는 단테가 내세에서 재현한 인물들이 그들의 역사적 실존을 완성시킨 상태임을 지적한다.

앞서 말했듯, 알레고리란 작가의 글쓰기와 함께 독자의 글 읽기의 차원에 적용되는 창작과 해석의 기술이다. 알레고리를 통해 세계를 재현하는 단테의 언어는 사회와 역사에서 실존하는 인간과 사물의 표면적 묘사와 함께 그 확장된 혹은 심화된 의미들을 담아내고자 한다. 단

---

10 『향연』의 직접 인용은 다음 번역본에 의거한다. Alighieri, Dante, *Convivio*; 김운찬 옮김, 『향연』(나남, 2010).

11 *La commedia di Dante Alighieri; esposta in prosa e spiegata nelle sue allegorie dal Prof, Luigi de Biase; col testo a fronte e note del Prof, Gregorio di Siena*(Napoli: A. Morano, 1886).

12 Sicari, Stephen, *Joyce's Modernist Allegory: Ulysses and the History of the Novel*(Columbia, S. C.: University of South Carolina Press, 2001).

13 「신명기」, 21:8-9.

테의 알레고리는, 특히 『신곡』에서 볼 수 있듯, 오래 지속되는 깊은 의미층들을 만들어 낸다. 『신곡』에서 작가 단테는 순례자로 변신하여 내세를 여행하는데, 인간 세계를 초월한 신의 영역을 오르면 오를수록 자신의 인간적인 경험과 기억, 그리고 언어가 한계를 맞고 있음을 토로한다. 하지만 인간의 경험과 기억을 신의 비전의 차원으로 끌어올리는 천국에서 단테는 인간 언어의 한계를 확장하려는 각고의 노력을 기울이는데, 오래 지속되는 깊은 의미층을 만드는 알레고리의 힘은 그러한 작가의 노력에 크게 기여한다.[14]

한 인간의 경험을 모든 인간에 대한 알레고리라고 할 수 있다면,[15] 이러한 명제의 타당성은 적어도 단테에 관한 한 큰 설득력을 얻는다. 『신곡』 첫 머리에서 "우리"와 "나"를 교차시키면서 단테는 자신

---

[14] 단테가 천국에서 경험한 '말로 할 수 없음'의 의미에 대해서는 다음 글에서 자세히 논의했다. 졸고, 「보편성의 펼침과 포스트인문주의」, 『단테 신곡 연구: 고전의 보편성과 타자의 감수성』(아카넷, 2011), 79~126쪽.

[15] 괴테는 "시인이 보편적인 것을 위해 특수한 것을 찾는지 아니면 특수한 것 속에서 보편적인 것을 보는지에는 큰 차이가 있다."라고 말하면서, "전자의 방식에서 알레고리가 생겨나며, 여기에서 특수한 것은 보편적인 것의 예로서만 여겨진다."라고 알레고리를 폄하한다. 이어 괴테는 후자의 방식에서 특수는 보편을 생각하거나 지시함이 없이도 표현되며, "이 특수한 것을 살아 있는 채로 파악하는 사람은 보편적인 것도 부지불식간에 동시에 얻게 된다."라고 덧붙인다.(Benjamin, Walter, Ursprung des deutschen Trauerspiels; 최성만 옮김, 『독일 비애극의 원천』(한길사, 2009), 239~240쪽) 아마도 괴테와 같은 맥락인 듯 보이는데, 헤겔은 알레고리를 "내용 면에서나 형식 면에서 진정한 예술 개념에 완전히 일치하지 못하는 저급한 표현 방식"이라고 평가한다. 왜냐하면 "알레고리는 주관성을 그 의미가 지닌 추상성에 일치시키기 위해서 그 주관성을 공허한 것으로 만들어야 하므로 거기에서 특정한 개성은 사라지고 말기 때문이다." 말하자면 알레고리에 의한 구체적인 묘사는 독자적이 아니라 어떤 보편적인 주제를 전달하는 데 종속된다는 것이다.(Hegel, Georg Wilhelm Friedich, Vorlesungen uber die Asthetik: Mit einer Einfuhrunghrsg; 두행숙 옮김, 『미학 강의』(은행나무, 2010), 2권, 202~208쪽) 그러나 단테의 알레고리는 특수와 보편의 차이를, 그 차이가 상승하며 종합의 차원으로 오르는 방식으로 포괄한다고 말할 수 있다. 단테의 알레고리를 '자전적 알레고리'라고 부르는 이유가 바로 그것인데, 자신의 특수한 삶의 궤적들을 알레고리를 통해 드러내고 표현하며 소통시키는 과정에서 그 궤적들이 보편적인 차원의 울림으로 퍼져 나간다는 것이다.

의 개인적 경험을 인간 전체의 경험으로 확대 적용하고자 했다.(「지옥」 1.1-3) 적어도 단테의 의도는 자신의 이야기를 인간 전체의 이야기와 겹쳐 놓고자 하는 것이었다. 처음 내세의 순례를 떠나면서 머뭇거리는 단테는 너무나도 인간적인, 불안에 떠는 유약한 모습을 보이는데, 그 것은 인간의 구원이라는, 예수 그리스도가 짊어졌던 똑같은 사명을 띠고 있다는 자각과 자신에게는 그러한 사명을 제대로 수행할 자격이 없다는 두려움에서 비롯한 것이다. 그러나 그 자각과 두려움은 불안과 유약을 불러일으키는 동시에 결국에는 강한 의지와 선택, 그리고 결단과 실천으로 귀결되어 구원의 순례길을 떠나게 된다. 이러한 내용을 단테는 날이 저무는 저녁에 홀로 길을 떠나는 자의 외로움으로 표현하는데,(「지옥」 2.1-9) 그러한 외로움은 인간이라면 누구나 경험을 했거나 공감하지 않을 수 없는, 그러한 것이다.

단테는 불안정과 확신을 한 몸에 지니는 모순된 존재 방식을 전 생애에 걸쳐 유지했다. 그의 대표작 『신곡』은, 순전히 내세의 순례로 구성되었다 할지라도, 그러한 자신의 현세적 삶의 존재 방식을 오롯이 투영하고 있다. 그런 면에서 『신곡』은 단연 작가 단테의 '자전적 알레고리'라고 할 수 있다.[16] 단테 자신이 붙인 제목에서도 보이듯,[17] 자기 자신의 개인적인 경험과 기억의 기록이기에 우리는 『신곡』의 목소리가 더욱 생생하게 바로 우리 앞에서 울려 퍼진다는 느낌을 피하기 힘들다. 그렇게 우리는 『신곡』에서 단테 자신의 목소리를 들으며 그가 꿈꾸고 움직였던 모든 시간과 공간들을 떠올리고 그 속에서 유영하는 것이다. 단테는 자신의 개인적인 이야기를 솔직하게 털어내면서 자신의 이야기를

---

16 단테를 중심으로 알레고리와 자서전을 비교한 다음 글을 참고할 것. Freccero, John, "Allegory and Autobiography", *The Cambridge Companioon to Dante*, ed. by Rachel Jacoff(Cambridge: CUP, 2007)(2nd ed.), pp. 161~180.
17 단테가 직접 붙인 제목은 "La comedía di Dante Alighieri"(단테 알리기에리의 코메디아)였다.

1 자전적 알레고리: 단테가 세상에 말을 거는 방식

우리 모두의 이야기로 만들고자 하며, 그런 한에서 『신곡』이 타자에 대한, 타자의 감수성을 발휘하기를 원하는 듯 보인다.[18]

단테는 자신의 개인 삶에 대한 알레고리적 표현을 인간 전체에 대한 하나의 총체적인 비유로 펼쳐 낸다. 우리의 삶이 파편화된 순간들이 간단없이 이어지는 방식으로 이루어지듯, 단테의 알레고리적 표현은 한 장면을 다른 모든 장면들과 어떤 식으로든 연결시키는 하나의 모자이크와도 같이 조화로운 우주의 모습으로 퍼져 나간다. 그 파편들의 모자이크는 깊이 심화되는 수직적 중층성의 관계이며 또한 (깊이 파고 들어가면서) 넓게 확산되는 수평적 횡단성의 관계이기도 하다.

예를 들어 단테를 구원으로 이끄는(정확히 말해, 단테가 자신을 구원으로 이끌도록 설정한) 베아트리체는 사랑의 알레고리로서, 단테가 사랑을 사색하는 너른 마당이다. 그런데 베아트리체라는 사랑의 알레고리는 수평적으로 계속 뻗어 나가는 또 다른 알레고리들과 연결되는 한에서 그 온전한 자리를 확보한다. 베아트리체는 단테를 천국으로 직접 이끌기 전에 우선 지옥으로 보냈다. 지옥에서 출발하여 천국까지 오르는 동안 사랑이라는 개념과 현상을 이리저리 탐색하도록 이끄는데, 그런 가운데 단테는 지옥의 프란체스카를 만나는 한편 천국의 성모 마리아를 만나기도 한다. 프란체스카와 마리아는 베아트리체와 마찬가지로 역시 사랑의 알레고리들이면서, 그들이 각자 위치한 장소들에 따라 형성되는 그들의 사랑의 특수한 성격들을 우리에게 암시한다. 흥미롭게도 이 셋을 대하는 순례자 단테의 반응과 태도는 사랑이란 것은 어느 한 고정된 개념 속에 넣을 수 없다는 점을 보여 준다. 프란체스카의 오염된 사랑은 그 거센 폭풍에 휘말려 영원히 지옥의 깜깜한 허공을 채울 수밖에

---

18 졸저, 『단테 신곡 연구: 고전의 보편성과 타자의 감수성』(아카넷, 2011) 참조. 이 책에서 타자의 감수성을 지니는 텍스트로서 『신곡』을 분석하고 그것이 『신곡』의 고전적 지위를 보장하는 주된 동력임을 확인하고자 했다.

없는 한편 마리아의 지고지순한 사랑은 해와 별을 이끄는 사랑, 그 초월적인 궁극의 사랑으로 오른다. 그 각각은 죄와 구원, 악과 선, 절망과 희망의 대비의 꼭짓점들로 『신곡』의 처음과 끝을 장식한다. 그러나 다른 한편 프란체스카의 사랑이 온전히 악의 범주에 속하기에는 우리의 연민을 너무 크게 자극한다든가 마리아가 인간의 자유 의지의 가장 강력한 표상이라는 점(초월적인 궁극의 사랑이 인간의 자유 의지에서 비롯했다는 것)은 그 둘을 대하는 단테를 문제적 주인공으로 만들어 준다. 단테가 그 두 꼭짓점들 사이에서 계속해서 문제들을 던지며 왕복하는 가운데 베아트리체라는 사랑의 알레고리는 지옥의 깊은 곳에서 천국의 높은 곳까지 걸치면서 자체를 사랑의 수많은 변주(애욕, 동성애, 불륜, 순결, 은총, 섭리 등등)들과 연결시키는 한에서 작동되고, 또한 그 변주들은 사랑을 선은 물론이고 악의 범주들로까지 확장시킨다. 알레고리의 겹들은 이런 식으로 수직적이고 수평적인 횡단의 방식으로 계속해서 맞물리며 이어진다.

이탈리아의 철학자 베네데토 크로체는 『단테의 시』[19]에서 알레고리를 무시하고 단테를 읽을 것을 권유했다. 그의 입장은 『신곡』을 알레고리보다는 시(poesia)로 읽고자 하는 것이었다. 그에게 알레고리는 비시(非詩, non-poesia)였다.[20] 과연 크로체는 다른 책에서 시는 철학이나 신학과 동일시될 수 없으며, 수사적 색채를 입은 아름다운 옷으로 정의해야 한다고 말한다.[21] 그런 측면에서 크로체는 『신곡』을 알레고리로만 읽는다면 단테가 이루어 낸 창조적 활력과 진실을 접하지 못한다고 보았던 것 같다. 시는 읽는 즉시 자연스럽게 다가오지만 알레고리는 책 맨 뒤

---

19 Croce, Benedetto, *La Poesia di Dante*(1921)(Bari: Laterza, 1940).
20 Acocella, Joan, "Cloud Nine: A new translation of the Paradiso", *The New Yorker*, September 3, 2007 재참조.
21 Croce, Benedetto, *Estetica*(1901)(Bari: Laterza, 1941), p. 194.

1 자전적 알레고리: 단테가 세상에 말을 거는 방식

에 실린 주해를 보기 위해 책장을 넘겨야 하는 탓이다.

크로체를 따르며 표현하자면, 알레고리가 보여 준다면 시는 소리를 낸다. 알레고리가 보여 주는 것이 작가의 사상과 사고라면 시가 들려주는 것은 작가의 마음이다. 우리 현대 독자는 『신곡』의 소리를 듣는 데 익숙하지 않지만, 당대의 독자들은 소리로 울려 퍼지는 『신곡』에 더 친숙했을 것이다. 소리보다는 문자, 정확히 말해 문자가 실어 나르는 시각적 이미지를 떠올리는 것이 곧 20세기 초반의 파운드와 엘리엇의 시론이라고 한다면, 그 시론은 문자로 이루어진 『신곡』을 '현대적'으로 읽는 출발이 아니었을까. 그러나 우리는 크로체가 구분한 알레고리와 시의 거리를 그렇게 크게 의식하지 않아도 좋을 것이다. 『신곡』은 시각적 이미지를 발산하면서 또한 소리로 울려 퍼지기 때문이며, 작가의 사상과 사고를 보여 주면서 또한 마음을 들려주기 때문이다.[22]

알레고리에 대한 크로체의 부정적인 입장에도 불구하고, 우리는 『신곡』을 읽으면서 『신곡』이 한 편의 시이면서 또한 알레고리들의 모자이크적 군집임을, 시와 알레고리의 간격이 금세 좁혀진다는 것을 느낄 수 있다.[23] 『신곡』에 쓰인 표현과 내용이 무엇을 의미하는지 알기 위해 주해를 참조해야 하는 것은 어쩔 수 없다 하더라도, 그렇게 참조하느라 본문을 잠시 떠나는 시간 동안에도 단테의 목소리는 우리 곁을 떠나지 않기 때문이다. 같은 맥락에서, 문자로 이루어진 『신곡』은 시각적 이미지뿐 아니라 청각적 이미지를 뿜어낸다는 사실은 부정할 수 없다.

---

22 실제로 이 책의 2부는 『신곡』의 언어가 들려주는 것에 대해서, 3부는 보여 주는 것에 대해 설명하고 있다.

23 노스럽 프라이의 진술을 참고하자. "시인이, 그가 사용하는 이미지들이 전례나 교훈과 어떤 관계가 있는가를 분명하게 지시하고, 그리하여 자신의 시에 대한 주석을 어떻게 해야 하는가를 지시하려 할 경우, 이것이 사실상의 알레고리다."(Frye, Nothrup, *Anatomy of Criticism*; 임철규 옮김, 『비평의 해부』(한길사, 1982), 128쪽) 프라이의 해결은 텍스트를 읽을 때 주석을 참고하는 범위와 정도를 독자 스스로 결정하도록 노력해야 한다는 것이다. (위의 책, 131쪽)

『신곡』은 오히려 시청각의 공감각적 효과를 통해 우리 앞에 현전하며, 우리의 시대와 우리의 생활에서 어떤 구체적인 감동과 의미를 함께 엮어 내는 것이다.

　이런 측면에서, 『신곡』을 문자로 대하는 데 익숙한 우리 현대 독자들은 『신곡』을 대하던 단테와 동시대 청자들의 경험과 맥락으로 자주 돌아갈 필요가 있지 않을까. 문자로 이루어진 『신곡』이 곧 크로체가 시와 구별하는 알레고리에 속하고, 그러므로 문자로 이루어진 『신곡』만이 작가의 사상과 사고를 보여 준다고 말할 수는 없다. 요컨대 알레고리는 문자뿐 아니라 소리로도 작동하며, 작가의 사상과 사고를 보여 줄 뿐 아니라 작가의 마음을 들려주기도 한다. 문제는 알레고리가 그들이 만들어 내는 거리, 즉 문자와 소리, 사고와 마음 사이에서 형성되는 긴장을 담고 있다는 점이다. 그 긴장은 또한 작가와 독자 사이에서 이루어지는 것이기도 할 텐데, 그러한 알레고리적 긴장은 창조적 해석을 도모한다.

　일단 『신곡』의 페이지를 넘기며 그 세계에 빠져들어 그곳의 풍경과 소리를, 작가의 사고와 마음을, 보고 들으면서, 우리는 단테의 순례를 인간 보편의 알레고리인 동시에 우리 각자의 개인적 삶의 알레고리로 비춰 본다. 그래서 단테의 순례가 무엇을 의미하는지, 그리고 자기 자신의 특수한 삶의 국면들에서는 또한 어떤 의미를 구성하는지 생각하게 되는 것이다. 단테를 알레고리로 읽는 것이 단테의 작가적 의도를 파악하는 방식의 읽기에 가깝다면, 단테가 설치해 둔 알레고리(단테의 메시지를 함유한)를 고려하지 않는 읽기(이는 알레고리를 폐기하는 것이 아니라 그 작동 범위를 넓히는 것을 의미한다.)는 독자의 의도를 더 살리는 방식의 읽기에 가까울 것이다. 또한 이 둘을 교차시켜서 독자의 의도를 개입시키는 방식으로 알레고리를 작동시키는 것도 가능할 것이다. 이 세 번째의 읽기에서, 알레고리를 의식하지 않을 수 없는 한에서, 독자는 자신의 의도를 살리고 싶은 동시에 작가의 의도를 파악하고자 하는 충동을 축소할 수도, 피할 수도 없다. 예를 들어 프란체스카를 지옥에 배치한 단테보다 그녀에게 연민을 느끼는 단테에 더 주목하는 독자는 그녀를 베아트리체보다 더 '사랑스럽다'고 느낄지 모른다. 마찬가지로 오디세우스를 지옥에 배치한 단테보다 오디세우스와 자신의 여행을 똑같이 '미친' 짓으로 묘사하는 단테[24]에 더 민감한 독자라면, 오디세우스의 교만보다는 영웅적 행동에 더 시선을 둘 수도 있다. 그러나 이런 모든 것이 독자들의 참여에 의해 가동되는 문학 과정에서 증폭 과정을 거쳐 나온 것이라고 해도, 단테가 창조한 '교묘한' 문학적 기술(art)에서 연원한 것임은 간과할 수 없다.

어느 시대와 사회든지 단테를 읽는 방식은 단테의 알레고리와 그 시대 및 사회의 문화적 맥락들을 가로지르는 것일 수밖에 없다. 현대 한국의 독자들이 단테를 읽으면서 단테의 목소리를 직접 듣기 위해 알레고리를 어느 정도 무시할 수밖에 없다고 말한다면, 그것은 오히려 단테에 가까이 다가가지 못하는 결과를 낳을 것이다. 거꾸로 단테에 더 가까이 다가가기 위해 알레고리를 완전한 단계까지 이해해야 한다고 한다면, 우리는 그 엄청난 의미들의 홍수에 휩쓸려 단테의 손끝도 느끼지 못할 수 있다. 결국 알레고리는 단테의 세계에서 알레고리 자체가 빚어내는 문자와 소리의 긴장, 사고와 마음의 긴장을 늦추지 않는 한에서 그 본연의 기능을 발휘할 수 있을 것이다. 따라서 단테가 알레고리라는 기술을 사용해 자신의 세계를 표현하고 소통시키려 했고, 그럼으로써 자신의 개인 경험을 시대와 사회를 가로질러 모든 개인들과 공유하고자 했다는 점을 기억할 필요가 있다. 알레고리는 작가 단테가 세상에 말을 거는 방식이었다. 독자로서 우리는 단테의 말소리에 귀를 기울

---

24 단테가 자신의 순례를 미친 짓으로 표현하는 대목(「지옥」 2.35)과 오디세우스의 항해를 미친 짓으로 묘사하는 대목(「지옥」 26.125)을 비교하라.

이기 위해 알레고리라는 복합적인 통로를 열어 두어야 하는 것이다.

단테가 말하는 알레고리

작가가 만든 문자와 그와 함께 울리는 소리, 그 속에서 떠오르는 작가의 사고와 마음, 그러한 작가의 세계를 인식하는 것과 독자가 자신의 개인적, 사회적 맥락에 따라 새로운 해석들을 입히는 것. 알레고리는 그러한 두 개의 지점들을 비틀어 엮는 뫼비우스의 띠와 같은 것이며 또한 그러한 두 개의 요소들이 얽히며 통과하는 도관 같은 것이다. 일단 『신곡』처럼 알레고리로 가득 찬 텍스트를 대할 때 우리는 알레고리의 끈 혹은 도관을 따라가면서 『신곡』에 저장된 함의들을 채굴할 수 있으며 또한 채굴한 함의들을 우리의 맥락들과 버무려 또 다른 새로운 함의들을 생성할 수 있다. 그런데 알레고리는 아래로 내려가는 통로이자 붙잡을 끈으로 숨겨져 있는 반면, 지표면에서는 알레고리의 징후만 놓여 있을 뿐이다. 알레고리로 읽는다는 것을 앞에서 수평적 횡단성과 수직적 중층성을 교차시키는 것이라고 제시했는데, 이 교차는 의미의 표면을 가로지를 뿐 아니라 그 가로지름이 의미의 심층들을 따라 수직적으로 내려가며 횡적으로 연이어 일어나는 것으로 이해해야 한다. 말하자면, '텍스트'라는 용어가 씨줄과 날줄의 짜임이라는 의미를 지닌다는 점을 상기해 보면, 그 짜임이 수평과 수직이 이루는 입체의 공간에서 벌어진다고 생각해 볼 수 있다. 여기에서 의미의 표면과 심층은 각각 단테의 용어로 '문자 그대로의 이해'와 '알레고리적 구성'으로 부를 수 있다.[25]

---

25 부연하면, 알레고리의 한 구성 요소로서 '수평적 횡단성'은 단지 의미의 표면을 어루만지는 일과 일치하지 않는다. 의미의 표면을 어루만지는 일은 문자 그대로 이해하는 것인 반면, 알레고리의 수평적 횡단성은 의미의 표면은 물론 심층까지 종적으로 내려가는 동시

단테는 『향연』에서 알레고리적 읽기에 대해 직접 설명한다. 『향연』
은 『새로운 삶』과 마찬가지로 시(운문)를 던져 놓고 그에 대해 산문으
로 비평하는 형식으로 이루어져 있다. 그런 시-산문 복합 형식을 통해
단테는 자신의 글에 담는 내용을 독자에게 더욱 효과적으로 전달하고
자 한다. 스스로의 글에 대해 스스로 해설을 하는 꼴인데, 독자가 그러
한 해설 과정에 참여함으로써 자신의 사고의 세계에 진입하기를 원하
는 것 같다. 그런데 흥미로운 것은 비평-해설을 하는 방식으로 두 가지
를 채택한다는 점이다. 문자 그대로의 설명과 알레고리적 설명이 그것
이다.(『향연』 1.1.18) 하나의 텍스트에 대해 두 가지의 접근 경로를 채
택함으로써 단테는 텍스트가 실어 나를 수 있는 의미가 크게 두 가지가
될 수 있음을 전제로 하고 있는 것이다. 그 두 가지란 문자 그대로의,
즉 표층적인 이해와, 알레고리적, 즉 심층적인 이해(이 단계에서 '이해'는
'구성'으로 나아간다.)라고 정리할 수 있다. 이렇게 전제하는 것은 『향연』
을 포함해 자신의 글이 단지 표층적 단계에서만 읽힐 것이 아니라 심층
적 단계에서 받아들여지고 음미되기를 원하기 때문으로 보인다.

그렇다면 단테는 알레고리로 읽는다는 것이 어떤 것인지를 우선
전제해야 했을 것이다. 과연 그는 첫 번째 시를 던져 놓은 바로 다음
에 무릇 글이란 알레고리를 포함해 네 가지로 이해하고 설명할 수 있
다고 비평-해설을 시작한다.(『향연』 2.1.2) 첫째, 문자 그대로의 의미로
서, "겉으로 드러난 말의 의미를 넘어서지 않는다."(『향연』 2.1.3) 둘째,
알레고리적 의미로서, "멋진 거짓말 아래 숨겨진 진리"(『향연』 2.1.4)
를 찾아내는 읽기의 방식이다. 셋째, 도덕적 의미로서, "설교자들이 자
기 자신이나 청중의 유익함을 위하여 성경에서 주의 깊게 찾아야 하
는"(『향연』 2.1.6) 그러한 의미를 말한다. 넷째, 영적인 의미 혹은 부가

에/곳곳에서 횡적으로도 가로지르면서 다른 의미의 심층들과 연결해 나가는 것을 가리킨다.

(sovrasenso) 의미로서, 성경 구절을 영적으로 설명할 때 문자 그대로의 의미에 "영원한 영광의 신성한 것들"의 의미를 더하는 것이다.(『향연』 2.1.7)

단테는 위의 네 가지 읽기의 통로들 중에서 첫 번째의 문자 그대로의 의미를 파악하는 읽기를 언제나 '먼저' 고려해야 한다고 강조한다. 문자 그대로의 의미를 우선 파악하지 않고서는 다른 의미들, 특히 알레고리적 의미는 이해할 수 없기 때문이다.(『향연』 2.1.8) 문자 그대로의 의미는 외부적인 의미이므로, 내부로 들어가기 위해서는 먼저 외부에 도달해야만 한다는 것이다.(『향연』 2.1.9) 이와 관련해 여러 비유를 들어 설명한 후에, 문자 그대로의 의미를 우선 파악하고 그다음에 다른 의미들을 이해하는 일이 "합리적"이라고 결론을 맺는다.(『향연』 2.1.14) 이러한 자신의 전제를 고스란히 적용해 던져 놓은 시에 대해 먼저 문자 그대로의 의미를 설명하고 이어 알레고리적 의미, 즉 "감춰진 진리"에 대해 설명하는 것을 『향연』의 집필 방법으로 제시한다. 다른 두 가지의 읽기 방식들은 부수적으로 다뤄질 것임도 부언한다.(『향연』 2.1.15)

한편 알레고리에 대한 위와 같은 해설은 칸 그란데에게 보낸 편지에서도 거의 똑같이 나타나는데, 다만 읽기의 방식을 『향연』에서는 네 가지로 구분하던 것을 『편지』에서는 크게 두 가지로 구분한다.[26] 거기서 단테는 자신의 글에 담긴 의미들은 단순하지 않고 다의적이라고 말한다. 처음 의미는 문자 그 자체에서 나오고 두 번째 의미는 문자가 의미하는 것들로부터 나온다. 전자는 문자적 의미, 후자는 알레고리적 혹은 도덕적 혹은 신비적 의미라고 부른다. 이를 더 자세히 설명하기 위해 단테는 이스라엘이 이집트에서 탈출할 때를 묘사한 「시편」의 한 구

---

26 Alighieri, Dante, *A Translation of Dante's Eleven Letters*, with explanatory notes and historial comments by Charles Sterrett Latham, ed. by George Rice Carpenter(Boston and New York: Houghton Mifflin Company, 1891), pp. 193~194.

1 자전적 알레고리: 단테가 세상에 말을 거는 방식

절을 예로 든다.

> 이스라엘이 이집트에서 나올 때 야곱의 집안이 야만족을 떠나올 때, 유다
> 는 그의 성소가 되고 이스라엘은 그의 영토가 되었다.[27]

단테는 이 구절을 네 가지로 읽을 수 있다고 해설한다.

> 우리가 문자만 고려한다면 모세의 시대에 이집트에서 이스라엘의 아이들
> 이 출발한다는 의미가 있습니다. 알레고리를 고려하면, 그리스도 안에서 성취
> 되는 우리의 구원이 의미됩니다. 도덕적 의미를 고려하면, 영혼이 죄로 인한
> 비탄과 불행에서 은총의 상태로 바뀌는 것이 의미됩니다. 신비적 의미를 고려
> 하면, 축성받은 영혼이 이러한 부패의 노예 상태로부터 영원한 영광의 자유로
> 떠나는 것이 의미됩니다. 이러한 감춰진 의미들이 여러 이름으로 불린다 해
> 도, 그것들은 문자적 혹은 역사적 의미와 다르기 때문에 전체적으로 모두 알
> 레고리적이라고 말할 수 있습니다.[28]

단테는 독자가 알레고리적 의미를 파악하도록 만드는 것이 자신의
글이 말하고자 하는 바를 가장 잘 전달하는 방법이라고 전제하고 있다.
그렇다면 단테는 왜 문자 그대로의 의미와 알레고리적 의미를 구별하
는 것일까? 문자 그대로, 즉 표층은 알레고리, 즉 심층의 자리와 본질적
으로 다른 장소이기 때문이다. 문자 그대로의 읽기는 언제나 독자가 표
층에 머무는 것으로 그 역할을 다하며, 그 아래에 겹겹이 쌓이며 이루
어지는 심층은 알레고리적 읽기를 통해 독자가 그곳에 내려오는 한에

---

27 위의 책, p. 193.
28 위의 책, pp. 193~194.

서 그 역할을 시작한다. 단테는 독자에게 우선 표층에 도착하여 그곳을 둘러본 뒤에 심층으로 내려갈 것을 권한다. 그가 정작 전달하고 싶은 것은 심층에 놓여 있기 때문에 심층으로 내려가야 할 필요를 강조하고 그 방법을 설명하는 것이다.[29]

여기에서 중요한 것은 그가 텍스트의 문자적 의미와 그가 전달하고자 했던 의미 사이의 분명한 거리를 창조했다는 점이다. 심층이 깊어짐으로써 존재한다고 할 때, 바로 거기에서 생기는 표층과 심층 사이의 거리 자체가 알레고리의 내용을 구성한다. 표층과 심층 사이의 거리는 시간과 공간, 그리고 성질의 측면들로 설명된다.[30]

첫째, "먼저 문자 그대로의 의미에 도달하지 않고서는 다른 의미들, 특히 알레고리적 의미에 도달할 수는 없다."(『향연』 2.1.9)라고 말할 때, 여기에는 시간의 거리가 개입한다. 독자가 작가의 글을 읽을 때 '동시에' 표층과 심층을 둘러보는 것은 불가능하다. 표층을 '먼저' 거쳐 심층으로 내려가는 시간이 필요하다. 또 심층을 둘러보는 가운데서도 '계속해서' 또 다른 표층과 심층의 층위들로 오가기를 반복한다. 이렇게 시간의 거리가 발생하는 과정에서 독자는 작가의 심층적 의미들을 찾아내거나 혹은 자신의 층위를 만들기도 한다. 특히 자신의 층위를 만드는 과정에서 독자는 자신의 사회 역사적, 문화적, 개인적 맥락들을 염두에 두면서 기존의 표층적 의미와 심층적 의미가 그 맥락들과 어떻게 연결되고 호환되는지 고려하게 된다. 결국 표층과 심층 사이뿐 아니라 심층 내부에서도 시간의 거리가 필요하게 된다. 반대로 작가가 독자에게 자신의 의도를 직접 전달하고자 할 때 그 시간의 거리를 최소화할 필요도

---

29 사실 『편지』에서 문자 그대로 읽기와 알레고리로 읽기로 양분하면서 다른 두 가지의 읽기(도덕적 읽기와 신비적 읽기)를 알레고리적 읽기에 넣은 것은 도덕적 의미와 신비한 의미를 읽어 낼 것을 권하는 것이고, 그것은 『편지』에서 강조한 대로(13.39) 죄의 상태에서 은총의 상태로 영혼을 인도하는 것을 궁극 목표로 한다.

30 그와 함께 심층과 심층 사이의 횡단도 알레고리를 구성한다.

있을 것이다. 어쨌든 표층과 심층을 오가고, 심층과 심층을 오가는 시간의 거리와 함께 알레고리적 읽기가 이루어진다.[31]

둘째, "내부와 외부를 갖고 있는 모든 것에서 먼저 외부에 도달하지 않고는 내부로 들어가는 것이 불가능하다."(『향연』 2. 1. 9)라고 설명할 때, 알레고리는 공간적 이미지로 이해된다. 공간이란 이동을 전제로 존재하는 것임을 생각하면 알레고리적 의미를 떠올린다는 것은 문자 그대로의 의미에서 다른 어딘가로 '건너가며'(혹은 내려가며), 건너간 (혹은 내려간) 그곳에서 문자 그대로의 의미와는 다른 혹은 연결된 또 다른 의미를 만나거나 만들어 낸다는 것을 뜻한다. 다시 말해 알레고리적 의미는 머물러 있지 않음의 상태 혹은 끊임없이 이동하는 노정에서 만나게 되는 '사건'과도 같은 것이다. 따라서 외부-내부의 공간 이미지는 시간의 거리와 함께 구축되면서 문자 그대로의 의미를 우선 파악한 후

---

31 "이 칸초네에서 나는 꼭 필요한 치료법을 제공하려 했기 때문에, 어떤 비유로 말하는 것보다 그 약을 신속한 방식으로 제공하는 것이 적합했는데, 너무나도 타락하여 추악한 죽음을 향해 달려가고 있는 건강함을 신속하게 되찾도록 하기 위해서였다."(『향연』 4. 1. 10) 뒤에서 나는 단테의 알레고리를 벤야민이 말하는 바로크적 알레고리로 이해하고자 하는데, 바로 시간의 측면에서 그 둘의 공통점이 자리한다. 벤야민은 독일의 사학자 괴레스를 인용하며, 상징이 "그 자체로 완결되고 압축되어 있으며 언제나 자체 속에 머무는 표지"인 반면, 알레고리는 연속적으로 진행하면서 물줄기를 이루고 흘러가는 재현이라고 설명한다. 그 둘의 관계는 침묵하는 거대하고 육중한 산이나 식물로 이루어진 자연 대 살아서 전진해 가는 인간사의 관계와 같다는 것이다.(발터 벤야민, 『독일 비애극의 원천』, 246쪽) 또 다음을 참고할 것. "상징이 사람을 자신 속으로 끌어당긴다면, 알레고리적인 것은 존재의 토대로부터 나와 의도의 진행에 반격을 가하고 그렇게 해서 그 의도를 제압한다. …… 침잠에 대항하기 위해 알레고리적인 것은 끊임없이 새롭고 지속적으로 사람들을 놀라게 하면서 전개되지 않으면 안 된다. 그에 비해 상징은 끈기 있게 동일한 것으로 머문다."(위의 책, 272~273쪽) 이와 관련하여 폴 드 만의 진술을 참고할 수 있다. "상징은 정체 확인의 가능성을 가정하는 반면 알레고리는 우선적으로 자체의 기원과 관련된 거리를 가리킨다. 알레고리는 향수를 거부하면서 그 언어를 시간적 차이의 진공 속에서 구축한다."(De Man, Paul, "The Rhetoric of Temporality", *Blindness and Insight: Essays in the Rhetoric of Contemporary Criticism*(New York, 1971), p. 207) 벤야민과 폴 드 만은 알레고리를 시간적 연장으로 파악한다. Day, Gail, "Allegory: Between Deconstruction and Dialectics Author(s)", *Oxford Art Journal*, Vol. 22, No. 1(1999), p. 107.

에 알레고리적 의미를 세울 것을 권하고 있음을 알 수 있다. 그런데 이렇게 단테가 제시한 외부-내부의 공간 이미지는 일종의 발전론적인 노선 위에서 어떤 한 의미가 기원이 되어 다른 의미들이 파생되며 나아가 그 기원과 직접 연결된 종점으로 귀결되는 직렬적 구도보다는 한 의미와 다른 의미들이 동시에 존재하는 병렬적 구도에 가깝다는 점을 유념할 필요가 있다. 외부의 문자 그대로의 의미와 내부의 알레고리적 의미가 이루는 그러한 병렬적 구도는 어느 하나가 다른 하나에 비해 부수적인 것도 아니고 최종적인 것도 아닌, 두 의미들이 '함께' 일어나며 하나로 어우러지는 것으로 이해하도록 도와준다. 단테가 알레고리적 의미를 전달하고자 하는 목표를 지닌다고 해서 그 전달이 끝나면 문자 그대로의 의미를 폐기해도 좋다는 뜻은 결코 아닐 것이다.

셋째, 단테는 "자연(성질)은 우리가 잘 알고 있는 것에서 잘 알지 못하는 것으로 나아가기를 원한다."(『향연』 2.1.13)라고 아리스토텔레스를 인용하면서 문자 그대로의 의미를 우선 확인한 이후에 다른 의미들의 확인으로 나아가는 것이 적절하다고 말한다.(『향연』 2.1.14) 단테는 문자 그대로의 의미를 질료("잘 알고 있는 것")로, 알레고리를 통해 발굴하거나 구성한 의미를 형상("잘 알지 못하는 것")으로 놓는데,(『향연』 2.1.10) 이때 형상이란 어떤 대상이 내부에 품고 있는, 그 대상의 정체를 받치는, 고유의 요소와 같은 것으로 생각할 수 있다. "목재가 먼저 준비되고 배치되어 있지 않으면 궤짝의 형상이 나타날 수 없"(『향연』 2.1.10)다고 말하는 것을 보면 자연이 시간과 함께 존재하는 성질을 갖고 있듯이, 문자 그대로의 의미에서 알레고리적 의미로 나아가는 것은 자연스러운 성질이다.

이렇게 단테의 알레고리는 시간과 공간, 그리고 자연의 성질의 측면들이 서로 얽혀 돌아가는 가운데 형성된다. 단테는 시간과 공간, 성질을 고루 따지면서 요컨대 역사와 사회, 그리고 더욱 근원적인 원리에 대한 탐사와 고찰이 알레고리적 읽기의 요건이며 또한 목표라는 점을 분명하게 말하고자 했다고 볼 수 있다. 결국 알레고리적 읽기라는 개념을 통해 단테는 작가가 독자에게 자신의 의도를 단순하고 직접적으로 전달하는 방식보다는 작가와 독자가 협업을 이루고 시대와 사회의 맥락과 연결하면서 텍스트의 본질을 꿰뚫는, 또 거꾸로 텍스트의 본질이 시대와 사회의 맥락과 연결되어 풀려 나가는, 그러한 관계 맺기의 방식을 독자에게 요구한다고 볼 수 있다.

문자 그대로의 의미와 알레고리적 의미는 항상 서로를 동반하는 관계이긴 하지만, 전자의 표층적 성격이 거의 변화하지 않는 데 비해 후자의 심층적 성격은 더욱 깊어질 가능성을 거의 무한대로 지닌다. 알레고리의 층위에서 "어두운 숲"은 순례자가 1300년 어느 날 길을 잃고 헤매던 실제 숲이 아니다. 그 용어는 단지 도덕적 죄와 오류의 위험, 그리고 구원으로 이르는 길을 상실한 상태를 가리키기 위한 목적으로 존재한다. 마찬가지로 세 마리의 짐승들, 즉 표범, 사자, 암늑대도 순례자의 앞길을 위협하는 죄의 유혹들을 가리키는 한에서만 존재한다. 그들은 전형적인 허구적 동물들이다. 그런 경계의 밖에서 실제 현실 세계에서 실존하는 동물들을 떠올릴 수는 있으나, 그들과 등가시할 필요는 없다. 순례자가 맞닥뜨린 세 마리 짐승들은 그들의 실제 존재하는 모습보다는 어떤 심층적 의미를 실어 나르는 기표로서 가치를 지니는 것이다. 그래서 그들의 존재 의미는 표범과 사자, 암늑대의 실제 본성과는 별로 혹은 전혀 관계가 없는 죄의 범주들을 우리에게 지시함으로써 비로소 확보된다. 이런 측면에서 알레고리란 현실에 존재하지 않는 어떤 함의가 내포된 기표라고 정의할 수 있다.[32]

---

32 고르니는 이 동물들의 철자(lonza, leone, lupa)가 모두 'l'(「천국」 26. 136에서 하느님은 EL로 부른다.)로 시작하며, 따라서 반삼위체를 형성한다고 지적한다. 그들은 또한 반삼위일체의 화신인, 세 개의 얼굴을 지닌 루치페로(Lucifero, 이 또한 'l'로 시작한다.)를 예

그런데 문자 그대로의 읽기와 알레고리적 읽기가 서로를 동반하는 관계에 있다면, 이는 알레고리적 의미를 추출하는 것이 궁극의 목적이라 해도 거기로 이르는 과정이 그에 못지않게 중요하다는 뜻을 지닌다. 과정이 목적을 받치는 그런 구도가 단테가 알레고리적 읽기를 『신곡』의 서사 구성의 기본 방법으로 적용한 것이었고, 그것으로 이야기에 생기를 불어넣는 전략으로 삼고자 했다.[33] 예를 들어 순례자가 지옥의 두 번째 고리에서 만나는 프란체스카 다 리미니(「지옥」 5곡)는 애욕의 죄를 지은 죄인이지만, 그녀에 대한 순례자의 반응(그녀를 불쌍히 여기고 그로 인해 기절해 지옥의 바닥에 쓰러진 것)에서도 엿볼 수 있듯이, 단테는 그녀에 대해 결코 단순한 규정을 내리지 말 것을 권유한다. 프란체스카는 스스로의 인성의 무게와 복잡성을 온전히 보유하는 것이다. 따라서 프란체스카가 애욕의 알레고리라는 것, 조절되지 못한 애욕은 지옥에 떨어져 영원한 고통을 받아야 하는 죄악이라는 것이 단테가 그녀를 지옥에 배치한 근본 이유이고 또한 우리에게 말하고자 하는 최종 메시지라 해도, 그 이전의 지점에서, 그 메시지에 도달하기 전에, 우리는 프란체스카가 애욕의 죄를 저지르는 과정에서 겪었던 높은 농도의 감정들의 기복과 깊은 고뇌들의 중첩 같은 것들을 연상해야 하는 것이다. 바로 그것이 단테가 주인공 순례자를 기절시켜 지옥의 차디찬 바닥에 쓰러

고한다.(Gorni, Guglielmo, *Dante nella selva: Il primo canto della Commedia*(Parma: Nuova Pratiche Editrice, 1995), pp. 31~32) 알레고리는 바로 이렇게 의미들이 연쇄하며 일어나도록 의도된 일종의 의미 발생 장치라고 할 수 있다. 한편, "어두운 숲"이 지닌 '물질적' 가치가 그 알레고리적 의미에 비해 결코 부수적이지 않다고 생각할 수도 있다. 어둠이 주는 빽빽하고 답답한 물질적 느낌 그 자체를 우선 떠올려야 알레고리적 의미들도 거기에서 나올 수 있기 때문이다. 그러나 알레고리적 의미가 최종적 고려의 대상이 되어야 한다는 점은 변함이 없다.

33 Baranski, Zygmunt G., *Dante e i segni; Saggi per una storia intellettuale di Dante Alighieri*(Napoli: Liguori, 2000). 특히 "La presenza esegetica di Inferno I"(pp. 106~126) 참조.

지도록 만든 이유다. 프란체스카의 에피소드에서 순례자의 기절은 다시 돌이킬 수 없는 반전, 즉 그 자체로 그 에피소드의 의미를 결정짓는 국면이다.

여기에서 나는 프란체스카의 애욕의 알레고리가 매우 독특한 성격을 띠고 있다는 점을 발견한다. 우리는 프란체스카의 에피소드를 읽으면서 프란체스카라는 존재가 애욕의 기표로 나타나는 동시에 그 기저에 그렇게 애욕이라는 정의(定義)로 동일화시킬 수 없는 복잡한 구도가 자리한다는 점을 깨닫게 된다. 지옥에 배치된 애욕의 죄인 프란체스카는 더 이상 변하지 않는, 아우어바흐의 표현을 빌리면, "현세의 현재성과 변화로부터 차단되어 있지만"[34] 그녀가 순례자에게 사연을 들려주는 광경을 지켜보며 이미 우리는 그녀가 기억하는 내용과 기억하는 행위 자체가 애욕의 표상으로서의 고정된 자리를 뒤흔드는 것을 알아차릴 수 있다. 말하자면 프란체스카는 애욕의 죄인이면서 동시에 그 애욕의 정의(定義)를 동요시키는 존재로 묘사되는 것이다.[35]

이런 측면에서 단테가 알레고리를 통해 생산되는 의미를 "이야기의 외투 아래 감추어져 있는 것이며, 바로 멋진 거짓말 아래 숨겨진 진리"(『향연』 2.1.4)라고 정의하는 함의를 이해할 수 있다. 감춰지고 숨겨진 것이 단테가 설명하는 알레고리가 전달하고자 하는 것이라면 그 알레고리를 대하는 독자는 그 감춰지고 숨겨진 것을 들춰내고 밝혀내야 할 일종의 의무를 지게 된다. 예컨대, 단테는 『향연』을 쓴 한 가지 이유를 다른 여자를 사랑하면서 베아트리체를 배반했다는 "오명"을 벗기 위한 것이었다고 밝힌다.(『향연』 1.2.15-16) 이는 그의 글 어디에선가 여느 여자와 사랑을

---

34 Auerbach, Erich, *Mimesis*; 김우창·유종호 옮김, 『미메시스』(민음사, 2012), 211쪽.
35 프란체스카에 대한 단테의 모호한 반응이 동요된 애욕의 정의와 연관된다는 지적은 단테의 자전적 경험과 연관이 있다. Sasso, Gennaro, "Dante e Francesca, Spunti autobiografici", *Dante, Guido e Francesca*(Roma: Viella, 2008), pp. 135~140.

표현한다 해도 정작 그가 말하고 전달하고자 하는 의미는 숨어 있을 수 있다는 뜻이다. 그렇기 때문에 단테는 『향연』에서 그가 던져 놓은 시들의 분석을 위해 채택한 해설들의 문자적 의미를 알레고리적 의미에 비해 평가절하한다.

> 나는 칸초네들의 진정한 의미를 보여 주고자 하는데, 그것은 알레고리의 형상 아래에 숨어 있기 때문에, 만약 내가 설명하지 않으면 누구도 볼 수 없을 것이다. 그것은 단지 듣기 좋은 즐거움뿐 아니라, 그렇게 말하는 방법과 다른 사람의 글을 그렇게 이해하는 방법에 대한 유용한 가르침도 줄 것이다.(『향연』 1.2.17)

알레고리를 통해 또 다른 진정한 의미들을 찾아내는 즐거움과 유용함은 알레고리적 의미들이 펼쳐지는 층들이 겹겹이 이어지는 한에서 끝나지 않고 이어진다. 이를테면, 알레고리를 설명하는, "멋진 거짓말 아래 숨어 있는 진리"라는 단테의 비유에서, "거짓말"이란 여느 여자와의 사랑에 대한 찬미를, "진리"란 베아트리체에 대한 찬미에 해당하지만, 다시 알레고리 층을 이동시키면 "거짓말"은 베아트리체에 대한 찬미를, "진리"는 철학에 대한 사랑을 가리킨다고 볼 수 있는 것이다.[36]

---

36 기호학이 에코의 표현대로 "거짓말 이론"에 근거를 둔다는 것은 기호학의 세계에서는 기호-기능(sign-function)이 현존하는 실재에 상응할 필연성이 없다는 뜻이다. 기호란 어떤 것을 의미 있게 대신하는 것으로 취해질 수 있는 모든 것이며, 그러한 기호를 다루는 학문으로서 기호학은 기호 자체를 연구하는 데 국한된다. 기호가 어떤 것을 지시할 때 그 어떤 것이 반드시 존재해야만 한다거나 실제로 어딘가에 있어야 할 필요는 없다.(Eco, Umberto, *A Theory of Semiotics*(Bloomington: Indiana University Press, 1975), p. 7) 이러한 에코의 입장에서는 아우어바흐 식의 리얼리즘이 들어설 자리가 없다. 단테는 알레고리를 "거짓말 아래 숨어 있는 진리"라는 비유로 설명하지만, 그의 알레고리는 에코의 기호학과 거리가 멀고 오히려 그것을 포괄하면서 넘어서는 방식으로 세계의 재현 방식을 이루어 내고 있는 듯 보인다.

사실상 베아트리체와 함께 철학은 단테가 『신곡』을 비롯하여 『새로운 삶』과 『향연』과 같은 글들에서 만든 알레고리의 깊숙한 층에 배치한 함의들이다. 단테는 베아트리체를 잃고 난 뒤 보에티우스의 『철학의 위안』과 키케로의 『우정론』 같은 고전들을 읽으며 철학에 대해 기대를 품고 또한 철학을 추구하게 된다. 그리하여 "30개월의 비교적 짧은 기간에"(『향연』 2.12.7) 철학의 맛을 느끼고 거기에 몰두하면서 철학 탐구를 본격화하기 시작한다. 단테는 자신을 궁극적으로 위로할 수 있는 최고의 것으로서 『향연』 2권에서 "첫 번째 칸초네"라고 명명한 시[37]를 쓴 과정을 이렇게 설명한다.

> 그리하여 그 덕분에 나는 첫사랑의 생각으로부터 상승된 느낌이 들었기에, 거의 깜짝 놀란 듯이 내 입을 열어 위의 칸초네를 노래하면서, 다른 것들 아래에서 나의 상황을 보여 주었다. 왜냐하면 내가 사랑에 빠진 여인에 대해서는 어떤 속어 시로도 공개적으로 노래할 수 없었고, 또한 듣는 사람들도 그 허구적인 말들을 이해할 만한 준비가 되어 있지 않았기 때문이며, 또한 그들은 실제로 내가 다른 사랑이 아니라 바로 그런 사랑을 원한다고 완전히 믿었으므로, 마치 허구적인 의미처럼 그 진정한 의미를 믿지 않았을 것이기 때문이다.(『향연』 2.12.8)

위에서 언급된 "칸초네"는 속어로 쓰인, 철학을 찬미하는 시를 받아들일 준비가 되어 있지 않은 독자가 겉으로 보기에 베아트리체를 위해 쓴 사랑의 서정시다. 그러나 단테는 그 시를 읽는 독자에게 "다른 것들 아래에서" 감춰진 "진정한 의미", 즉 알레고리적 의미를 보여 주고자

---

37 『향연』 2권의 첫 번째 칸초네. 이 시의 첫 구절 "세 번째 하늘을 지성으로 돌리는 분들"은 「천국」(8.37)에서도 인용된다.

했다. 그가 보여 주고자 했던 것은 여인보다는 철학에 대한 사랑이었다. 그 스스로 직접 해설하듯, "그 여인은 하느님의 딸, 모든 것의 여왕, 가장 고귀하고 가장 아름다운 철학"(『향연』 2.12.9)이었고, "인간의 진정한 고귀함의 꽃을 자신의 빛살로 생생하게 피어나게 하고, 그 열매를 만드는 가장 덕성 있는 빛으로서의 철학"(『향연』 4.1.11)이었다.

물론 베아트리체에 대한 찬미가 문자 그대로 거짓인 것은 아니다. 단테의 목적은 단지 알레고리를 설명하려는 것이고, 그를 통해 진리를 거짓말 아래 숨기는 식으로 말하는 방법과 다른 사람의 글을 그렇게 이해하는 방법에 대한 유용한 가르침을 주기 위한 것이었다. 지금까지 살펴본 대로, 『향연』 초반부에서 베아트리체를 거론한 단테가 말하는 "거짓말"이란 눈에 보이지 않는 어떤 것을 마치 구근 식물처럼 심층들로 뿌리내리고 있는 미적 텍스트를 묘사하는 용어일 뿐이다.

단테의 알레고리의 해석

경험의 공유

'자전적 알레고리'는 단테의 알레고리를 내용의 측면에서 정의하기에 딱 알맞은 용어라고 할 수 있다. 알레고리는 표현 양식이며 수사학의 형식인데, 그 형식에 담아내고자 한 것은 단테 자신의 자서전, 즉 개인의 경험이었다는 말이다. 개인의 경험. 이 말은 단테의 문학(뿐만 아니라 정치, 철학, 언어, 신학, 우주론 등에 걸치는 단테의 사상 전반)의 특징을 이루는 가장 두드러진 것이다. 여기에서 경험이란 사물 혹은 상태와 인간 사이의 교합을 뜻한다. 그 교합은 끊임없이 일어남으로써 유지되기 때문에, 단테 개인의 경험이라는 진술은 이미 단테가 자신을 둘러싼 사물 혹은 상태와 끊임없이 대화하고 있었다는 점을 전제로 하고 있다.

　　　　　　　　　　　　1 자전적 알레고리: 단테가 세상에 말을 거는 방식

여기에서 끊임없다는 말이 중요하다. 그것은 단테의 경험이 어떤 한 지점이나 차원, 어떤 한 관습적인 경계 안에 갇히지 않는다는 말이다. 경험을 그야말로 가장 경험답게 수행한 작가가 바로 단테였다. 단테는 알레고리 수법으로 창작을 하면서 항상 실제로 일어나는 현실의 사건과 존재를 상정하는 것 같다. 예로, 단테는 『새로운 삶』에서 베아트리체가 죽은 뒤 자신의 슬픔을 나눌 상대로 어떤 "젊고 대단히 아름다우며 친절한 여자"(『새로운 삶』 35.2)가 눈에 들어오는 장면을 묘사한다. 그 살아서 현존하는 여자는 창가에서 한눈에도 슬픔 어린 눈으로 단테를 응시하고 있었으며, 단테로 하여금 눈을 들어 그녀를 바라보게 만들었고, 이내 단테는 그녀와 공감을 나누는 마음을 시로 쓰기까지 이른다. 단테는 베아트리체를 떠올리게 만드는 그녀를 슬픔을 가누기 힘들 때마다 보러 가곤 한다.(『새로운 삶』 36.2) 하지만 단테는 두 편의 시(『새로운 삶』 35, 36장)를 써서 바쳤던 이 여자와 슬픔을 나누고 싶은 마음은 오히려 가벼운 욕망이며, 그에 비해 "최고로 고귀한 여인을 기억하는 것이 아직도 나의 더 큰 열망이었"(『새로운 삶』 38.6)다고 정리하고, 다시 베아트리체를 향한 사랑에 매진한다.(『새로운 삶』 39~42장)

베아트리체가 죽어 이 세상에 존재하지 않는 상태에서 단테는 자신의 살아 있는 눈에 들어온 여자로 인해 눈물을 흘린다.(『새로운 삶』 35.3, 36.2) 그것은 연민과 동정을 나누는 눈물이다. 그러면서 새로운 여인을 자꾸 보게 되는 것에 대한 기쁨과 마음의 불편함이 공존한다고 토로하고(『새로운 삶』 37.1) 자신의 두 눈의 변덕을 저주한다. 새로운 여자는 분명 단테의 경험의 차원에 존재하는 반면 베아트리체는 기억의 차원과 아울러 미래의 계획의 차원에 존재한다. 자기 자신과의 전쟁을 여러 번 치른 후에(『새로운 삶』 37.3~38.4)[38] 단테는 (기억 속의) 베아트리체

---

38 『향연』(2.2.3)에도 같은 내용이 언급된다.

로 돌아가 앞으로 "어떤 여자에 대해서도 말해지지 않았던 것을 그녀에 대해 말하고 싶다."(『새로운 삶』 42.2)라는 바람을 제시하며 『새로운 삶』을 종결짓는다.

그렇다면 경험의 차원에서 만난 여인은 과연 누구였을까? 『향연』의 2권 전체를 채우고 있는 "고귀한 여인"의 알레고리적 의미에 대한 설명으로 보아 그녀는 단연 철학이다. 그러나 표층의 의미로는 우선 현실에서 경험의 대상으로 존재하는 살과 피를 지닌 여자로 볼 수 있지 않을까. 그럴 때 단테가 베아트리체가 죽은 뒤에 친구와 친척의 도움과 권유로 다른 여자와 결혼했다는 보카치오의 진술[39]을 참조하면, 그 고귀한 여인은 그 알레고리적 의미에 우선하여 젬마 도나티 혹은 어떤 실존했던 여자를 가리킨다고 볼 수 있을 것이다.

단테의 알레고리의 출발지는 상상보다는 현실의 체험이며, 도달점도 역시 추상적 이념 같은 것이 아니라 인간의 역사와 사회일 것이다. 말하자면 단테는 자신의 경험, 그 수평적인 펼침에 수직적인 의미 생성의 고리를 더하고, 그렇게 해서 채굴되어 나오는 자신의 심층적인 세계와 거기에 놓인 생각을 다시 자신의 경험 세계, 즉 인간의 역사와 사회에 적용하는 것이다. 그렇기에 자전적 알레고리는 단테가 그가 살고 있던 물질적인 세상에 대해 그 스스로의 내면의 목소리로 말을 걸고 대화한 결과를 역시 그와 같은 세상에 사는 독자들에게 전달하고 그들과 교환하기 위해 차용한 가장 효과적인 수단이라고 볼 수 있다.

말하자면 이렇다. 단테의 경험을 나는 그의 글을 읽음으로써 경험하고 있는데, 그 경험의 경험은 어떠한 것인가? 단테의 경험은 세상과의 대결인 반면 나의 경험은 그 대결을 기록한 글을 통해 그의 경험을 만나는 것이니, 간접적인 경험이 아닌가 생각할 수 있다. 그런데 여기

---

39 Boccaccio, *La vita di Dante*, p. 85.

1 자전적 알레고리: 단테가 세상에 말을 거는 방식

에서 '간접적'이라는 말은 차등을 뜻하지 않는다. 다시 말해 단테의 경험에 비해 나의 경험이 온전하지 못하다는 뜻이 아니라는 말이다. 나는 단테가 남긴 글을 통해 단테의 경험을 들여다보는데, 이것은 어떤 또 다른 차원에서 단테의 경험을 되살리는 것을 의미한다. 그럴 때 단테의 경험과 나의 경험은 층위가 아니라 차원의 차이를 이룰 뿐이다. 이렇게 이해함으로써만 단테의 경험을 경험하는 수많은 경우들은 단테의 경험의 파편들로서 그 각각이 속한 사회 역사적 맥락에서 수행하는 저마다의 역할을 적절하게 부여받으면서, 또한 그들이 단테의 경험을 매개로 하는 한에서, 서로 연결되는 구도를 그릴 수 있다. 그래서 여기에서 말하는 경험'들'은 그 자체로 관계 속에서 이루어지는 것임을 염두에 둘 필요가 있다. 경험은 순수한 개인의 내면에서 일어난 혹은 타자와 나눌 수 없는 개인의 밀실에 놓인 그러한 것이 아니다. 경험은 대화적 관계를 통해 구체적인 사회 역사적 맥락 속에서 살아 있는 무엇이며, 따라서 계속해서 다른 맥락들과 관계를 맺어 나가기를 그치지 않는다. 그렇기에 단테의 알레고리는 단테 개인의 경험에서 출발하지만, 알레고리로 표현되는 단테의 개인적 경험은 타자들과 관계를 맺는 그 과정 자체를 가리킨다고 볼 수 있다.

경험이란 한 개인이 그를 둘러싼 주변 맥락들과의 끊임없는 대화 속에서 언제나 스스로를 살아 있게 만드는 것이다. 바로 그러한 의미에서 단테의 경험을 경험하는 나는 나를 둘러싼 주변 맥락들과 끊임없이 대화함으로써 나의 경험을 '경험'으로 비로소 유지할 수 있다. 단테 개인의 경험이 어떠한 것인지를 잘 공감하고 이해하는 것이 『신곡』을 읽는 데 대단히 중요한 이유는 여기에서 나온다. 단테의 경험을 경험하면서 『신곡』을 나의 경험으로 변환시킬 때 그 『신곡』은 나에게 하나의 의미로 다가온다. 그것이 『신곡』이 보편적인 가치를 유지해 온 한 이유다. 『신곡』은 대단히 다양한 사회 역사적 맥락들에 놓인 독자들에게

'지금 여기'의 맥락을 충실히 성찰하라고 권유하고 있다.

경험의 작가 단테

『향연』은 자작시 18편에 대한 주해의 형식을 띠고 있다. 단테는 그 속에서 천문학의 중요성을 상술하고, 행성들과 그것들의 심원한 의미들을 나열하며, 수사법과 언어에 대한 진지한 성찰을 피력한다. 이로써 그는 모든 지식의 요약을 포함하는 중세판 개론서를 쓰고자 했던 것으로 보인다. 『향연』은 보에티우스를 모범으로 삼아 쓴 책이면서(『향연』 2.10) 또한 지극히 개인적인 책이다. 지긋지긋한 유배 생활과 가난으로 지치고 그것들이 무엇인지 확실히 느끼면서 시작된 자신의 내적 여행과 새로운 여인(철학)에서 비롯한 열망에 초점을 두기 때문이다.

『향연』에서 단테는 자신의 사랑의 대상을 『새로운 삶』에서 표현했던 살아 있는 여자로부터 철학으로 전환하는 모습을 보인다. 철학의 여인. 그러면서 사랑을 철학적으로 규명하는 작업을 벌인다. 사실상 철학의 여인이라는 알레고리는 『새로운 삶』 시절부터 시작되었다. 그 알레고리는 『새로운 삶』의 저변에 깔려 있으면서, 신의 사랑을 정의하고 분석하리라는 단테의 열망을 집약하여 보여 준다. 『향연』에서 단테는 그러한 (문학적) 열망을 조절하여 사랑의 철학적 이해로 나아간다. 사랑은 문학적 영감으로서 우리를 신에게로 인도하지만, 똑같은 방식으로 사랑은 철학을 통해 우리를 천국으로 오르게 만든다. 신성한 역량은 철학의 여인에게 직접 내려오며, 신성한 사랑은 완전히 영원하기 때문에 필연적으로 그 대상도 영원해야 한다.(『향연』 3.14.6) 이제 『향연』에서 우리는 단테의 사랑의 대상이 베아트리체에서 철학으로 완전히 변신한 것을 목격하는데, 그들의 속성과 역할은 본질적으로 똑같다.(『향연』 3.14.9-15 참조)

아우어바흐가 『향연』이 미완성인 이유를 세 가지로 정리한 대목은 위에서 소개한 철학의 여인이라는 알레고리가 개인의 경험들을 공유하는 방식으로 이루어진다는 점을 이해하는 데 적실하다.[40]

첫째, 개인적인 측면. 단테는 원래부터 "자신의 비상한 천재성에 대한 감각과 자의식"을 지니고 있었으며, 이것이 "예술적 창작을 통하여 지상의 구체적 리얼리티를 판단하고 평가하도록 만들었다"는 것이다. 『향연』처럼 객관적이고 교훈적인 구도는 단테의 내적 욕구를 충족시키지 못했다. 왜냐하면 단테는 자신이 획득하고 제시하는 지식은 어떤 것이 되었든 열정적인 개인적 체험에서 나와야 했기 때문이다. 합리적 논평 형식을 지키기 위해 개인적 운명을 생략하는 것은 부담스러운 일이었다. 단테는 자신의 개인적 생활을 좀 더 전반적인 사건들의 구도 속에 엮어 넣고 싶었다.

둘째, 정치적인 측면. 단테의 정치적 의도와 희망은 번번이 좌절되었다. 자신의 망명이 그 대표적인 사례이지만, 망명 이후에도, 하인리히 7세의 경우처럼, 단테가 생각했던 가능성과 방향에 대한 믿음은 늘 배신당했다. 단테는 자신의 억눌린 운명을 교정하고자 했다. 그러나 스토아학파의 금욕주의나 체념은 그에게 맞지 않았다. 그는 마음속에서 역사적 사건들을 제압하고 질서를 부여함으로써 그 사건들을 나름대로 설명하려 했다. 그런 까닭에 『향연』의 개념적, 비구상적, 사변적, 교훈적 구도는 그에게 부적절한 것으로 다가왔다.

셋째, 철학적 측면. 『향연』을 쓰면서 단테는 자신의 철학적 목표를 달성하는 데 더 통일되고 심오한 방법이 있다는 것을 깨달았다. 그것은 "청신체의 신비주의와 아퀴나스-아리스토텔레스 세계관을 일치시키는 것"이었다.[41] 그에게 이렇게 구성된 철학은 지상의 지각적 형태들의 특

---

40 Auerbach, Erich, *Dante*; 이종인 옮김, 『단테』(연암서가, 2014), 169~173쪽.
41 흥미롭게도 『향연』 3권 2장은 단테가 스스로를 신비주의자로 묘사하는 분위기로 가득하다.

수성을 바탕으로 하여 상상적이고 위계질서적인 우주를 구축하고자 하는 목표를 지닌 것이었다.

위와 같은 아우어바흐의 요약은 적확해 보인다. 그런데 정작 그의 요약은 『향연』이 미완성인 이유를 명시하기보다, 단테가 어떤 유형의 글을 더욱 본격적으로 쓰고 싶어 했던가, 어떤 방식으로 자신의 운명과 자신이 속한 세계와 대결하고 싶어 했던가, 그 결과 나온 『신곡』을 어떤 방식으로 읽고 의미를 부여해야 하는가 하는 새로운 문제들을 우리에게 던져 준다. 과연 단테는 고대 시인들의 문학적 글들이 사건들 속에 의미를 감추고, 또 의미에 사실적이면서도 구체적인 형식을 부여하면서 그 어떤 철학적 논문보다도 보편적인 호소력을 갖게 되었는지 잘 알고 있었고, 나아가 자신의 개인성, 즉 지각, 감정, 상상 등과 같은 개인적 경험들에서 출발하면서 자신이 당면한 구체적인 현실 문제들에 대해 보편적인 힘을 갖춰 호소하고자 했다.

아우어바흐는 단테를 존재를 체험으로 변모시킨 시인으로 정의한다.[42] 여기에서 '존재'란 인간(being)을 말하기도 하고 절대자(Being)를 가리키기도 한다. 단테는 세상을 탐사했고, 그러면서 그 세상을 존재하게 만들었다. 다른 한편, 단테는 신성한 진리를 인간적 운명을 통해 보여 주고자 했다. 존재를 체험으로 변모시킨다고 할 때, 위의 두 가지 경우들은 따로 분리되지 않는다. 단테는 개인의 경험을 "뛰어난 속어(vulgare illustre)"를 통해 펼쳐 내면서 절대자를 인간의 차원에서 표현하는 데 성공했다. 그래서 절대자는 절대적이지 않은, 수많은 오류를 저지르는 인간의 세계에 깃들어 있음을 보여 준다. 그러나 이런 그의 창작은 결코 신성 모독을 저지르지 않는다. 왜냐하면 오류를 저지르는 인간은 '언제나' 부적절하게 혹은 불완전하게 신성한 존재의 일부를 이루

---

42 아우어바흐, 『단테』, 197쪽.

1 자전적 알레고리: 단테가 세상에 말을 거는 방식

고, 그래서 '언제나' 보완을 필요로 하기 때문이다. 어두운 숲에서 방황하던 단테가 언덕 위의 빛을 향해 나아가는 모습에서 우리는 절대자가 단테를 이끄는 방식이 '신적(divina)'이라기보다 '인간적(umana)'이라고 느낀다. 그것은 그 이후로 펼쳐지는 단테의 순례가 수많은 오류와 모호성으로 점철되어 있고, 그것들을 점차 극복하고 명확하게 하는 방식으로 순례가 계속되기 때문이다. 따라서 절대자가 인간의 차원에서 표현된다는 것은 절대자를 인간이 자신의 의지와 이성에 따라 빛을 향해 나아가는 '그 과정 자체에 내재하는' 어떤 강력한 힘 같은 것으로 이해하게 해 준다.[43] 그래서 우리는 『신곡』을 읽는 동안 절대자를 모든 것이 완성된 평온의 차원이 아니라 모든 것을 이루어 나가는 긴장과 성취의 차원에서 인지하게 되는 것이다.

이렇게 보면, 하느님은 휴지 중에 있고 피조물들은 영원히 움직인다는 중세적 역사관을 단테는 약간 비트는 것 같다. 인간은 불확실성 속에서 스스로 결정을 해 나가는 주체로서, 휴지 중에 있는 하느님을 계속해서 자신의 생장 과정에 참여하도록 초대한다. 오직 그럼으로써 인간은 자신의 운명의 주인이 될 수 있다. 단테의 자전적 알레고리란 바로 그러한 인간의 모습이 『신곡』에서 떠오르는 방식이다.

자기 스스로는 어쩔 수 없는 어떤 거대한 힘이 자기를 에워싸고 있다는 걸 느낄 때 우리는 그것을 운명이라고 부른다. 그런데 그 운명이 언제나 우리 자신을 그 속에 담은 채 움직이고 있다는 것을 인지할 때, 우리는 우리 스스로의 생장이 그 거대한 힘과 상호 작용하는 가능성을 추구하게 된다. 그 가능성의 위대성을 보여 주는 것이 바로 『신곡』이다. 단테의 『신곡』은 예컨대 『고백록』에 나타난 아우구스티누스의 지

---

43 천국의 꼭대기에 이른 단테가 펼치는 절대자의 세계에 대한 마지막 비전에는 구원을 향해 나아가는 자신의 소망과 의지를 '이미' 사랑이 이끌고 있었다는 깨달음이 담겨 있다.(『천국』 33. 142-145)

극히 개인적인 고백을 인간 죄에 대한 일반적 조건의 성찰로 확대한 꼴이다. 이는 '나'라는 개인적인(자전적인) 기록을 타자로 확장시킴으로써 가능했다. 독자는 "우리 인생길 반고비에서 나는 올바른 길을 잃고"라는 『신곡』의 첫 구절을 읽으며 "우리"가 "나"로 연결되는 관성에 몸을 실으면서 순례자 단테의 동반자가 되고, 순례자가 지옥과 연옥, 천국에서 느끼는 두려움과 용기, 환희를 똑같이 느낀다. 무수한 독자들이 순례자의 여정에 동반하는 가운데, 순례자가 걷는 구원의 길은 곧 인간 구원의 길로 된다. 이런 과정에서 작가 단테는 배경으로 물러나면서 자신의 내면의 모든 것을 인간 전체로 객관화하고 일반화한다. 그에 비해 루소는 『참회록』에서 자신을 '있는 그대로' 전면에 내세운다. 아우구스티누스도 마찬가지다. 아우구스티누스는 『고백록』에서 구원에 대한 '자신의' 경험과 확신만을 줄곧 말한다. 그가 인간 전체를 생각한다 하더라도 자기를 따라오라는 식 이상은 아니다. 이에 비해 단테의 자전적 글쓰기는 독자가 자신과 대화하고 감수성과 생각을 교환할 것을 의도하는 방식으로 이루어진다.

더욱이 『신곡』이 『고백록』과 『참회록』과는 달리 운문으로 이루어졌다는 면은 주목할 만한 요소다. 『신곡』의 운문은 운율과 압축된 언어라는 성격으로 인해 스스로의 내면을 명확하게 설명해야 하는 '고백'의 형식으로는 불편할 수 있다. 그럼에도 불구하고 단테는 놀라운 힘으로 자신의 개인적 경험과 생각을 일반적 차원으로 형상화한다. 단테는 자신을 순례자로 등장시켜 자신의 주변에서 살았던 사람들, 과거의 문학과 역사서에 기록된 사람들, 그리고 신화와 전설에 등장하는 사람들과 신들을 만나 구체적인 주제를 놓고 대화를 나누는, 감각적인(물질적인, 구체적인) 여행을 들려준다. 이러한 구체성은 순례자가 상승하면 할수록 옅어지고 마침내 천국에 오르면서 눈부신 햇살에 녹아내리거나 산산이 부서지거나 하지만, 그가 그렇게 상승하는 여정에 동참하는 독자들이 반드시 거쳐야 하는, 전반적으로 신성화를 향한 여행을 받쳐 주는 기본 토대다. 결국 자전적 기술은 개인과 보편의 교차, 인간과 신의 교차, 구체와 개념의 교차를 가능하게 하는 창작 방식이며, 이 창작 방식을 비로소 작동하게 만드는 것은 알레고리라고 정리할 수 있다.

자전적 알레고리

단테가 어떻게 자랐고 교육을 받았는지는 자세히 알려져 있지 않다. 다만 피렌체에서 최상층은 아니지만 바로 그 아래 단계의 가문에서 태어났고, 문학과 철학, 신학, 천문학 등 여러 방면에 걸쳐 좋은 교육을 받았다는 것은 짐작할 수 있다. 특히 브루네토 라티니에게서 수사학과 함께 윤리적 사고에 대해 교육 받은 것은 단테가 일생에 걸쳐 보여 준 기본적인 의식과 실천의 토대를 제공했던 것 같다.

청신체파에서 활동하며 단테는 당시의 일반적인 혹은 관습적인 지적 흐름에 대해 근본적인 변화를 일으켰다. 이탈리아어를 확립한 것이나 문학의 형태를 완성한 것, 문학에 철학과 신학의 깊은 내용을 담아낸 것, 그리고 이러한 새로운 시도들을 일군의 시인들과 더불어 공동체를 이루며 추진했다는 것은 단테가 청년 시절을 대단히 야심 차고 활발하게 보냈다는 것을 말해 준다. 그런데 그 활발한 생활과 야심 찬 기획은 문학으로 집중되었다. 다시 말해 청년 단테의 야심은 자신의 내면을 파고 들어가 그 심연을 들여다보고 거기서 보고 들은 것을 새로운 혹은 실험적인 형식으로 담아내려 했다는 측면에서 이해해야 한다. 베아트리체를 우연히 만난 날 황급히 자기 방으로 돌아와 홀로 눈을 감고 애써 꿈속으로 들어가고자 했던 단테(『새로운 삶』 3.2-3)는 소심하다기보다 베아트리체라는 대상으로부터 촉발된 자신의 내면의 미세한 움직임을 놓치지 않으려는 문학적 야심의 소유자였다. 그의 야심은 적어도 청신체파 시절에는 '순수'했다.

한편, 피렌체에서 추방된 이후 단테는 이전의 정치적 연대와 단절되면서 외롭고 쓸쓸한 나날을 보내야 했고, 무력한 유배자가 되었으며, 사회적 지위와 물질적 생활은 후원자들의 호의에 전적으로 의존해야 했다. 오만할 정도로 강한 자존심으로 그러한 변화에 적응하지 못해 그의 생활은 더욱 힘들어졌다. 『향연』에서 그는 이렇게 망명과 함께 찾아온 자신의 불우한 환경을 거론하면서, 무엇보다 글을 쓰고 유통시킴으로써 오명을 씻고자 하는 희망을 내비친다. 아우어바흐의 말을 빌리면, 단테는 "권위 있는 지위를 얻고 싶었고, 그의 불우한 환경에서 오는 나쁜 평판을 수정하려고 애썼다."[44]

여기에서 우리가 유추할 수 있는 것은 단테의 글들이 즐거움과 함께 고통의 산물이었다는 점이다. 그 고통은 자신의 무기력함을 한탄하며 거기에서 빠져나오려고 하는 몸부림에서 비롯한 것이었다. 세상의 정의와 구원이라는 거창한 목표는 결과물들이었지, 처음부터 단테가 염두에 둔 것은 아니었을 것이다. 좀 더 정확히 말해, 그러한 거창한 목표들을 늘 생각은 하고 있었을지라도, 단테로 하여금 글을 쓰게 만든 것은 명성을 얻고 명예를 회복하고자 한 지극히 개인 차원의 이유들이었다.

자전적 글쓰기의 정당성에 대해 말하며 단테는 "자기 입으로 자신에 대해 말하"(『향연』 1.2.3)는 일이 두 가지 측면에서 필요하다고 주장한다. 하나는 자신의 세계를 보여 줌으로써 자신을 옹호한다는 것으로, 이는 보에티우스의 『철학의 위안』을 선례로 하고,(『향연』 1.2.13) 다른 하나는 자신의 세계를 보여 줌으로써 남에게 이로운 결과를 도모하는(그런 의미에서 겸손한) 것으로, 아우구스티누스의 『고백록』을 그 모범

---

44 "사실 나는 돛도 없고 키도 없는 배였으며, 고통스러운 가난에 불어오는 메마른 바람에 이끌려 여러 항구와 포구들, 해변들로 옮겨 다녔다."(『향연』 1.3.5) 아울러 『향연』 1권 3장 전체를 참고할 것. 아우어바흐, 『단테』, 162~163쪽.

1 자전적 알레고리: 단테가 세상에 말을 거는 방식

으로 한다.(『향연』 1.2.14)[45] 단테가 스스로의 얘기를 하도록 만든 것은 우선 자신을 옹호할 필요였다. 그것을 단테는 "오명에 대한 염려가 나를 움직"(『향연』 1.2.15)였다고 말한다. 여기에서 여기에서 단테가 말하는 "오명"이란 젊은 시절에 쓴 사랑의 시들에 대해 그것들이 과도한 열정에서 나왔다거나 베아트리체가 아닌 다른 여자들에 대한 부절제한 감정이 묻어 있다거나 하며 부정적으로 평가하는 말들을 가리킨다. 그러한 "오명"을 벗고, 나아가 사랑의 시를 쓰게 된 동기가 열정이 아니라 덕성이었음을 보여 줄 필요가 있었다는 것이다. 단테가 스스로의 얘기를 하도록 만든 두 번째 이유는 "진정으로 다른 사람들은 줄 수 없는 가르침의 욕망이 나를 움직"(『향연』 1.2.15)였기 때문이다. 자신의 얘기에 깊이 감춰져 있는, 단테의 말을 인용하면 "알레고리의 형상 아래 숨어 있"는 "진정한 의미"를 보여 주고, 그런 식으로 글을 이해하는 방법에 대한 유용한 가르침을 제공하고자 했다.(『향연』 1.2.16-17) 이로써 단테는 자전적 글쓰기의 정당성을 자신을 옹호하고 자신의 뜻을 펼치려는 것으로 확보하고자 한다.

단테의 개인적인 고뇌는 내용뿐 아니라 형식에서 두드러진다. 내용 면에서 문학과 철학, 신학, 역사, 과학을 아우르는 종합자의 면모를 보여 주었다면 형식 면에서는 새롭고 독창적인 발명가의 면모를 보여 주었다. 『새로운 삶』은 시와 산문을 한데 묶은 형식으로 만들면서 자신의 생각을 효과적으로 풀어내는 신선한 구상이었다. 『향연』을 철학서임에도 불구하고 당시로서는 아무도 상상조차 하지 못했던 이탈리아 속어로 쓰면서 모어에 대한 자부심과 함께 자신만이 모어를 제대로 사용할 수 있다는 자신감을 내비쳤다. 그러한 언어적 확신은 『신곡』의 운율과

---

45 단테는 베아트리체를 잃어버리고 다른 사랑을 찾으려 했던 자신의 상처 난 영혼의 치유와 위안을 위해 보에티우스와 키케로를 읽기로 결심한다.(『향연』 2.12.2-4)

구조를 신비로울 정도로 완벽한 조화의 상태로 만들면서 그 형식의 조화가 천국에 이르러 순례자가 조우하는 구원의 조화와 맞물리게 만들었다.

이러한 새로운 형식의 창출들에 단테의 개인적인 욕망과 고통은 어떻게 영향을 준 것일까? 아우어바흐는 이에 대한 대답의 실마리를 제공한다. 아우어바흐는 단테에게 예술의 목표와 최고의 아름다움은 존재의 질서를 확보하는 일이라고 말한다. 단테는 존재의 질서를 구축하기 위해 일종의 형식적 실험을 수행했다. 여기에서 아우어바흐의 진술은 인용할 가치가 있다.

지식은 그 질서로 가는 길로 인도하면서 동시에 질서의 통일성을 서술하고 논증한다. 그리고 질서의 통일성 그 자체는 곧 최고의 지식이 된다. 이렇게 하여 단테가 볼 때 아름다움은 진리와 구분되는 것이 아니다.[46]

아우어바흐는 적확하게 요점을 제시한다. 단테가 창조한 새로운 형식의 아름다움은 그가 보여 주고자 한 구원의 여정과 그 끝에서 던져 줄 사랑과 지성이 조화를 이루는 지복의 상태와 유기적으로 연결된다. 거꾸로 형식의 아름다움은 그러한 조화의 추구의 흔적이자 결과였다. 단테는 언제나 생각하는 바를 '어떻게' 보여 줄 것인가를 진지하게 고민했다. 그래서 『신곡』이나 『새로운 삶』과 같은 문학 작품들은 물론이고 『향연』이나 『속어론』, 『제정론』과 같은 이론서들에서도 내용을 단지 있는 그대로 늘어놓지 않았다.

단테는 사랑의 지성을 지닌 시인-철학자였다. 사랑은 단테의 삶 전체를 채운 경험이고 감수성이었던 한편, 그러한 정황을 일정한 문학적

---

46 아우어바흐, 『단테』, 165쪽.

틀에 담아 소통시키기 위해서는 일종의 절제와 조절이 필요했다. 그 절제와 조절은 문체와 각운 등 문학적 장치들을 이르기도 하지만 또한 정신적인 차원으로 이해할 수 있다. 그러한 문학과 정신 차원의 절제와 조절, 그것을 우리는 지성이라고 부른다. 따라서 '사랑의 지성'이란 단테가 철학자적 시인으로서 갖춰야 했던 기본 태도이자 속성이었다.

시와 철학의 융합은 단테가 알레고리를 통해 자기 자신의 개인적 경험과 감수성을 인간의 보편적 차원에서 유통시키고자 하는 목표에서 필수불가결한 것이었다. 단테는 자신의 언어가 구축한 그 웅장한 합리적 세계 곳곳에 수많은 개인들을 배치하여 개인들의 생생한 얼굴들, 구체적인 움직임들을 통해 우리의 삶과 죽음을 가장 종합적으로 그려 냈다.[47]

〔단테의 시〕 속에서 철학과 시의 융합이 최초로 이루어졌다. 철학과 시는 각자 완벽한 단계에 도달했고 그 단계에서 둘은 서로에게서 도움을 받고, 또 그런 도움을 필요로 한다. 토마스 아퀴나스 이후 스콜라 철학은 시의 도움을 필요로 하게 되었다는 말은 결코 역설적 어법이 아니다. 우주에 질서를 부여하는 이성은 어떤 막다른 골목에 도달했다. (사상의 역사에서 그런 경우가 여러 번 있었으나 이번처럼 현저한 것은 아니었다.) 이제 이성은 시를 통하지 않으면 더 이상 그 자신을 표현하거나 완성할 수가 없었다.[48]

이른바 단테를 철학자적 시인이라 부를 때, 여기에서 '철학자'는 '시인'의 열정과 분출에 대해 절제와 조절의 역할을 담당한다. 흥미롭게도 철학자의 모습은 무엇보다 단테가 구원의 순례에서 근본적으로 의지하는 겸손의 덕목으로 나타난다. 『신곡』에서 단테는 연옥 기슭에

---

47 이를 아우어바흐는 아퀴나스와 비교하여 설명한다. 위의 책, 159~160쪽.
48 아우어바흐, 『미메시스』, 158쪽.

도착한 순례자를 연옥이 빤히 보이는 앞바다에서 침몰한 오디세우스와 비교하면서 겸손을 거듭 강조한다.(「연옥」 1곡 130-136) 겸손은 그가 순례를 성공적으로 밀고 나가는 가장 두드러진 정신적 덕목이자 힘이다. 그런데 자전적 글쓰기는 자신을 낮추고 드러내지 않는 겸손한 개인보다는 자신의 세계를 밝혀야 하는 개인으로서 어느 정도 자기중심적이고 자기 과시적인 분위기를 띠기 마련이다. 그렇다면 작가 단테는 겸손하면서도, 즉 자기를 낮추고 드러내지 않으면서도, 또한 자기를 드러내야 하는 모순에 처한다. 이 모순을 정당화하는 것은 자기가 인간의 구원을 향한 순례를 수행해야 한다는 사명 의식이다. 단테는 스스로를 문학적 감수성으로 채워 구원의 순례길로 내보내지만, 그와 함께 오디세우스와 같은 교만의 오류를 저지르지 않으려는 그의 겸손한 모습은 철학자의 그것이다.

자신의 사랑의 경험을 조절된 지성적 알레고리로 재현하고자 하는 철학자적 시인으로서의 목소리. 이것이 곧 자전적 알레고리라는 개념이 함축하는 의미다. 가드너의 훌륭한 요약을 빌리면, 철학자적 시인으로서의 목소리는 몸은 지혜이고 영혼은 사랑인 신비로운 여인을 찬미하는 알레고리로 지탱되는 압운시에서 최고의 서정성으로 나타난다.[49] 단테는 자기 자신의 경험과 감수성을 인간 전체가 신으로 나아가는 길로 제시하고자 했다. 단테는 자신의 개인적 경험들을 개인 독자들과 공유함으로써 '지적 계몽의 순간'으로 나아가고자 한다. 하지만 단테가 의도하는 '계몽'이란 확정된 해답을 준비하고 독자가 그곳에 이르기를 기다리거나 혹은 아예 앞에 나서서 해답을 제시하는 '오만'과 등가를 이루지 않는다. 단테는 언제나 물음을 던지며 독자가 그 물음에

---

49 Gardner, Edmund G., *Dante and the Mystics*(London: J. M. Dent & Sons Ltd, 1912), p. 51.

대답하는 방식으로 스스로의 별을 찾아가기를 원한다. 단테 자신이 스스로의 별을 찾아나선 길의 기록이 곧 그의 자전적 기록들이기에, 자신의 자전적 기록을 읽는 독자들도 자기와 똑같은 방식의 순례, 그러나 저마다 다른 의미를 찾는 순례를 이어 나가기를 원하는 것이다. 그렇기에 그의 글들은 겉으로 보기에는 완결된 듯 보이지만 결코 완결에 이르지 않으며, 극도로 복합적인 중층의 의미 생산의 구조를 언제까지라도 끝나지 않을 물음과 대답으로 채우는 것이다. 이로써 단테의 알레고리는 언어가 도구적 개념으로 격하하며 겪는 고통에 대한 시적 응답이 된다.

　끝을 맺지 않는 복합적 구조라는 개념은 앞서 살펴본 미완성의 『향연』을 떠올리게 만든다. 『향연』은 미완성이며 더욱이 베아트리체에 대해 말하는 내용이 『새로운 삶』의 내용과 다르기 때문에 우리를 당황하게 만든다. 『새로운 삶』에서 단테는 "고귀한 여인"을 거부하고 베아트리체의 신비한 환상으로 돌아간다. 그런데 『향연』에서 그는 "고귀한 여인"이 제공하는 지혜와 통찰력을 추구한다. 여기에서 "고귀한 여인"은 철학의 알레고리이며, 단테가 그녀에게 바친 시는 정신의 감성적 경험에서 나온 것이라 할 수 있다. 그렇다면 그는 『향연』과 함께 "고귀한 여인"에게 나아가는 지적인 여정에 몸을 실었지만, 그 여정을 미완으로 남기면서 이제 『신곡』과 함께 다시 베아트리체의 신비한 환상으로 돌아가는 것이 아닌가. 그렇게 보면 『향연』이 미완성으로 남은 것은 단테가 어떤 위기의식에 사로잡혔기 때문으로 추측해 볼 수 있다. 철학이 하느님에 대한 앎으로까지 이어질 수 없다는 것을 깨달은 것. 그것은 윌슨이 잘 포착하듯, '지성적 비극'으로 인한 내적 긴장이었다. 예를 들어 단테의 오디세우스는 인간의 지성과 의지의 표상이지만 또한 사기성 오만과 거짓 선동의 죄인이기도 하다. 아마도 단테는 아우구스티누스가 『고백록』에서 지적 탐욕이 지나치면 파멸을 부를 수 있다고 지적

한 것에 자극을 받았을지도 모른다.[50]

『향연』은 이제는 떠나 버린 베아트리체 대신 철학의 여인을 섬기려는 시도였다. 그러나 아리스토텔레스나 아베로에스처럼 정연한 철학서를 쓰지 못할 것이고, 보에티우스와 같은 철학적 알레고리도 쓰지 못할 것임을 깨달았으며, 그래서 '뒤집힐' 필요가 있었다. 그것이 『신곡』의 집필로 나아간 이유였다.[51] 이러한 윌슨의 진단을 받아들인다면, 단테는 『향연』을 미완성으로 남기면서 어떤 감성적이고 영적인 측면에서 극한의 위기 상태에 처한 자신의 모습을 투영시킨다고 결론을 지을 수 있다.

우리는 『새로운 삶』에서 『향연』을 거쳐 『신곡』으로 이어지는 단테의 감성과 정신의 전체 여정을 곱씹을 필요가 있다. 지금까지 논의한 대로, 자전적 알레고리 뒤에는 개인의 감성적 경험과 좀 더 보편적인 지성적 사고 혹은 지시가 도사리고 있다. 전자는 내밀하고 개별적이며 실재하는 현실, 역사적 사실에 관계되고, 후자는 상호 텍스트성이라는 개념으로 설명될 수 있는 것에 가깝다. 단테의 아들 피에트로는 후자의 방식으로 아버지의 텍스트가 읽히기를 바랐으나, 그 자신도 가끔 아버지의 텍스트를 이해하지 못했다.[52] 이에 대해 윌슨은 피에트로가 존경받는 법률학자로서, 그러한 아버지의 감성적 경험이 당혹스러웠을 수 있다고 본다.

그러나 『신곡』은 다를 수 있다. 『신곡』은 『향연』에서 단테가 철학의 여인을 섬기려했던 시도들이 한계에 부딪힌 것을 깨닫고 시작하게 된

---

50 Wilson, A. N., *Dante In Love*(London: Atlantic Books. 2011); A. N. 윌슨, 정혜영 옮김, 『사랑에 빠진 단테』(이순, 2012), 339쪽.
51 위의 책, 350쪽.
52 Vernon, William Warren, *Readings on the Paradiso of Dante, chiefly based on the commentary of Benvenuto da Imola* 2 vols.(London: Methuen & Co., 1909), vol. 1, p. 88; 윌슨, 『사랑에 빠진 단테』, 340쪽 재참조.

또 다른 형식의 글쓰기였다. 『향연』에서 『새로운 삶』의 경험이 뒤집혔다면 이제 『신곡』에서 다시 한 번 뒤집힐 필요가 있었다. 그러나 그렇게 해서 다시 『새로운 삶』의 지점으로 회귀했다고 볼 수는 없다. 똑같은 지점으로 귀환하는 뒤집힘이 아니라 나선형의 궤도를 그리는 뒤집힘이라는 면에서 『새로운 삶』과 『향연』의 단계들을 포괄하는 또 다른 지점으로 나아가는 것을 뜻한다고 보는 것이 더 적절하다.

말하자면 『향연』에서 『신곡』으로 나아간 것은 철학에서 문학으로 나아간 것인데, 그것은 감성적 위기의 반영이었다. 단테는 철학의 한계와 함께 감성의 고갈을 느끼고, 철학은 몰라도 문학은 그 자체로 모든 것일 필요가 없는 것이기에 문학에 끌렸을 것이다. 이때의 문학은 『새로운 삶』의 문학과 다르다. 『새로운 삶』의 문학은 그의 사랑의 모든 것이었지만, 『신곡』의 문학은 그가 사랑을 탐구하는 과정 그 자체로서, 물음을 던지고 함께 풀어 나가는 너른 마당이었다. 그런 면에서 보면 『신곡』이야말로 그 확정된 대답을 보류하면서 언제까지라도 미완의 차원으로 남는다고 볼 수도 있다. 그러나 『신곡』의 미완성은 『향연』의 미완성과 성격이 확연히 다르다. 『향연』의 미완성 상태는 또 다른 지평으로 나아가기 이전, 즉 결과적으로는 또 다른 지평으로 나아가게 된, 그 이전의 상태를 가리키지만, 『신곡』의 미완성은 계속, 언제까지라도, 끝없고 끊임없이 나아가는 여정 자체를 가리킨다.

『신곡』의 알레고리는 과정적인 성격을 지닌다. 단테는 『신곡』에서 글을 쓰는 과정을 반복해서 명시하고 독자들더러 그 과정에 참여하라고 직접 언급한다. 단테는 다름 아닌 작가와 텍스트, 독자의 순환으로 이루어지는 문학 과정의 완벽한 작동을 생각한 것이다. 문학 과정이 지니는 가치와 의미는 이미 『새로운 삶』과 『향연』에서 언어와 의미 생산의 측면에서 충분히 준비되고 있었다. 그래서 『신곡』의 알레고리는 (크로체가 걱정할 법하게) 작가 단테가 일방적으로 의미를 설정하고 그 의미를 찾아내라고 요구하는 형식이 아니라, 설령 작가 단테가 스스로 의도하는 의미가 있다고 하더라도 또 다른 가능한 의미들과의 공존과 경합을 기꺼이 허용하는 방식으로 구축되고 있었던 것이다.

세계의 파편적 인식

단테의 글에서 자신의 외양에 대한 묘사는 거의 찾아볼 수 없다. 그런데 흥미롭게도, 「연옥」에서 베아트리체는 단테에게 이렇게 말한다. "당신의 턱수염을 올리세요."(「연옥」31.68) 다른 어떠한 전제도 없고 이어지는 관련된 내용도 없이, 이렇게 한순간에 툭 던지는 말 한마디는 꽤나 강렬하게 단테의 얼굴 모양을 각인시킨다. 그러나 수많은 초상화들에서 단테는 턱수염을 기른 모습으로 나오는 법이 없다.

단테는 자신의 얼굴을 왜곡하는 것일까? 그보다 우리는 "턱수염"을 알레고리로 놓고 생각할 필요가 있다. 베아트리체는 단테의 실제 턱수염(사실은 부재하는)을 가리키는 것이 아니라 턱수염으로 비유될 법한 것, 이를테면 늙음이나 관성화된 삶, 혹은 감춰진 어떤 것 따위를 지적하고 있는 것이다. 따라서 "턱수염을 올리"라는 베아트리체의 말은 연옥의 꼭대기까지 오른 이 마당에 관성화된 사고와 감정을 걷어버리고 자신의 오류를 인정한 채 새로운 마음으로 뭔가를 하라는 명령이다.

이 경우에서 우리는 알레고리가 인물의 묘사나 동작에 관한 묘사와 더불어 그 묘사의 의미를 더 깊게 하고 결국에는 더 뚜렷이 만드는 데 기여한다는 점을 알 수 있다. 그런 면에서 알레고리는 의미를 모호하게 만들지 않고, 오히려 독자에게 어떤 확신을 갖도록 한다고 말할 수도 있다. 그것은 알레고리가 심층적 의미들을 '계속해서'(때로는 그들이 서로 상충하는 관계를 이루면서) 생산하는 기능을 한다는 면에서 역설적인 것이기도 하다. 『신곡』의 처음부터 끝까지, 아우어바흐가 예시하듯, 어

1 자전적 알레고리: 단테가 세상에 말을 거는 방식

두운 숲에서 빠져나온 단테가 자신을 깊은 바다에서 빠져나와 숨을 헐떡이는 사람으로 비유하는 대목(「지옥」 1.22-24)이나, 천국의 꼭대기에서 하느님의 비전에 파묻히는 것을 어려운 수학 문제를 풀려고 집중하는 수학자의 모습에 비유하는 대목(「천국」 33.133-135)에서, 우리는 구체적인 사건(어두운 숲에서 빠져나온 것과 하느님의 비전을 만나는 것)을 더욱 선명하게 떠올리게 되는 것이다.[53]

그러나 그렇다고 알레고리가 텍스트의 의미를 확정 짓는 것은 아니다. 오히려 알레고리는 텍스트의 의미를 늘어놓고 모으다가 다시 산란시키면서 서로 연결한다. 이런 면에서 아우어바흐가 단테의 알레고리를 장식적이지 않고 상호 연관적이라고 강조한 대목을 유의해 볼 필요가 있다. 아우어바흐가 상호 연관적이라고 말할 때 알레고리는 사건과 인물을 더욱 선명하게 보이도록 하고 리얼리티를 강화한다는 것을 의미한다. 그래서 알레고리를 통해 단테는 뮤즈의 도움을 요청했던("나의 말이 사실과 다름 없이 되도록 해 주시오."(「지옥」 32.12)) 그 소기의 목적을 달성한다.[54] 상호 연관성은 언어를 사건과 인물의 재현 가능성을 높일 뿐 아니라 언어의 함의들을 연결하는 힘을 의미한다. 자신의 말이 사실과 다름없도록 해 달라는 단테의 바람에서 그 '사실'은 일차적으로는 외부적 현실을 가리키지만, 그 재현의 과정에 분리 불가능하게 붙어 다니는, 무한정으로 증식되는 함의들로, 또 함의들 사이에서, 연결되어 있는 것이다. 그런 한에서 단테의 알레고리는 장식적이지 않고 상호 연관적이다.

내세는 완전함, 영혼의 완성이 실현되고 존재의 진정한 실재성을 획득하는 곳이다. 지옥은 지옥대로, 연옥과 천국도 그들대로, 그곳에 배

---

53 아우어바흐, 『단테』, 305쪽.
54 위의 책, 307쪽.

치된 영혼들이 저들의 완전한 실재를 완성하게 하는 곳들이다. 반면 현세는 그러한 완전한 실재에 대한 예시적 비유만이 존재하는 곳이다. 현세에서 인간이 겪는 일들은 내세의 실재의 파편들인 것이다. 그러나 현세의 일들이 내세에 비해 부차적이거나 의미가 없다는 말은 아니다. 파편들이라 해도, 아니 파편들이기 때문에, 현세의 일들은 구체성과 현실성(리얼리티)을 획득한다. 똑같이 말해, 내세의 완전한 실재성은 그곳의 영혼들을 그려 내는 단테의 필치를 통해 완전한 현실성을 지닌 채 재현된다. 그렇다면 그 둘의 차이는 무엇인가? 둘 다 리얼리티를 구현하되 현세는 파편성(불완전성)의 차원에 의거하여, 내세는 실재성(완전성)의 차원에 의거하여 리얼리티를 구현한다는 것이다. 그렇게 말할 수 있는 것은 단테의 『신곡』이 내세를 재현하되 현세와의 연결을 돈독히 하는 가운데 그렇게 하기 때문이다.

단테의 관점을 지배하는 것은 바로 그러한 것이다. 단테는 근본적으로 내세의 완전성과 현세의 불완전성이라는 상호 연결된 구도 위에서 『신곡』을 써 내려갔다. 그러나 다시 말하지만, 내세의 완전성이란 현세의 불완전성이 다다라야 할 목표로 설정되는 것이 아니다. 다만, 위에서 언급한 대로, 참고용이다. 내세에서 완전해지는 그 모습을 참고하면서 현세에서 뭔가를 이루어 나가는 실천의 양상이 단테에게는 중요하게 생각되는 것이다. 따라서 내세와 현세의 구분은 단지 그들 서로의 기능을 잘 발휘하도록 하는 관계를 이루는 한에서 의미가 있으며, 단지 격리하는 것으로서는 의미가 없다.

여기에서 아우어바흐의 글을 인용할 필요가 있다.

역사의 물결은 피안에까지 밀려간다. 그것은 세간적 과거에 대한 추억으로, 세간적 현재에의 참여로, 세간적 미래에 대한 걱정으로, 그러면서 언제나 무시간적 영원 속에 지속되는 시간성 속에 있어서의 비유적 예시로서 물결치

1 자전적 알레고리: 단테가 세상에 말을 거는 방식

는 것이다. 죽은 자는 피안에서의 그의 처지를, 그들의 세간적 드라마의, 계속되며 항시적인 최후의 막으로 경험한다.[55]

그래서 『신곡』의 등장인물들은 예외없이 내세의 존재들이고 그 완전한 실재성을 지닌 채 등장하지만, 거기서 리얼리티를 느끼는 것은 그들이 완성을 얻는 신의 질서가 아니라 그들 자신들의 개별성을 인지하기 때문이다. 당연히 그 개별성은 현세에 닿아 있으며, 거꾸로 말해, 현세에서부터 내세로 올라간 혹은 내려간 어떤 힘이라고 할 수 있다. 따라서 내세의 존재들은 실재성을 완성하되 그 완성의 필수불가결한 요소로 현세의 (과거의) 개별성을 견지한다는 것이다. 그 가역적인 관계가 현세의 개별성의 효과를 한껏 더 높인다.

얼마나 많은 〔내세의〕 인물들이 우리 눈앞에 현세적, 역사적인 삶, 행동, 노력, 느낌, 정열을 펼쳐 보이는가. 이 세상의 무대도 그와 같이 다양하고 강력한 힘의 인물들을 보여 주지 못할 것이다. …… 그리하여 피안은 인간과 인간의 정열의 무대가 된다.[56]

이 무대에서 내세(피안)는 그 자체로 오히려 배경으로 밀려나고 그 무대에 등장하는(전경화되는) 것은 현세적인 삶의 인물들이다.

그 결과 남는 것은 모든 것을 압도하는 직접적인 삶의 체험, 넓고 깊게 감정의 뿌리에까지 파고드는 인간 이해, 인간의 충동과 정열의 해명이며, 그 결과 우리는 아무 장애 없이 그것에 참여하고, 그 다양상과 위대성에 경탄하는 방향으로 이끌리게 된다. 그리고 직접적이고 경이로운 인간에의 참여로 인하

---

55 『미메시스』, 216~217쪽.
56 위의 책, 220쪽.

여, 하느님의 질서에 기초해 있는 역사적 개체적 인간의 모든 것의 불파괴성은 하느님의 질서 그것을 거스르게 된다. 그것은 이 질서를 자신에 봉사하게 하고 그것을 불분명하게 한다. 인간의 이미지가 신의 이미지의 전면으로 나오는 것이다. …… 이 완성에서 예시적 비유는 독립성을 얻는다. 그리하여 지옥에도 위대한 영혼이 있게 된다. 그리고 연옥의 어떤 영혼들은 시 한 편 또는 인간의 창조물의 아름다움으로 하여 잠시 동안 죄닦음의 여로를 잊어버린다. 그리고 피안적 자기완성의 특수한 조건으로 하여 인간의 모습은, 예를 들어 고대의 시에서보다도 더 강하게, 구체적으로, 개성적으로 드러난다.[57]

똑같은 얘기를 내세의 지옥과 천국에 대해서 말할 수 있다. 천국은 지옥의, 지옥이 추구할 법한, 완전성이 실재하는 곳이지만, 그래서 지옥은 늘 불완전한 곳이지만, 그렇다고 해서 지옥이 부수적인 곳은 아니다. 지옥은 오히려 그러한 불완전성으로 인해 구체적인 리얼리티가 천국에 비해 훨씬 더 강렬하게 존재하고 드러나는 곳이다.

아우어바흐는 『신곡』의 인물들이 지상에서는 잠정적 상태에 놓여 있다가 이제 피안적 완성에 이르며, 인간의 성격과 기능은 지상에서 예시되고 천상에서 이루어지게끔 하느님의 구도에서 일정한 자리를 갖고 있다고 파악하며, 그것을 "단테적 피안의 압도적인 실재성"으로 요약한다.[58] 그러한 피안적 완성, "피안의 압도적인 실재성"은 단테의 알레고리적 표현이 포괄하는 거의 모든 것을 집약하는 듯 보인다. 단테의 알레고리적 표현은 피안적 완성 이전의 지상적 잠정성의 모순되고 복잡한 양상들까지, 마치 동심원으로 퍼지는 물결의 중심처럼 발산과 응축을 아우르고 있는 것이며, 그래서 그 완성이란 따로 독립된 무엇이라

---

57 위의 책, 221쪽.
58 위의 책, 214~215쪽.

1 자전적 알레고리: 단테가 세상에 말을 거는 방식

기보다 사실은 그러한 양상들의 종합인 것이다.

알레고리는 단테에게 기억(개인의 체험이 마음에 낙인을 찍은)의 산물로서 그의 영원한 비전으로 나아가는 토대이자 과정을 이룬다. 단테가 천국으로 올라가 목격하는 신의 비전은 "말로 할 수 없는" 것이며, 따라서 단테의 언어, 그 소통의 방식은 조절을 겪을 수밖에 없다.

> 나는 지금 그대에게 맞는 정도로 말하고 있어요.
> 그대와 같은 사람들의 인식의 대상이 되는 것은
> 우선 감각적인 앎에서 출발하지요.
>
> 이런 이유 때문에 성서도 그대들의 지력에 맞추어
> 손과 발을 지닌 하느님을 묘사하지만,
> 사실은 다른 의미가 들어 있지요.
> (「천국」 4.40-45)

베아트리체는 천국에 오른 단테에게 단테가 알아들을 수 있는 방식으로 바꾸어 말한다. 천국을 지탱하는 신의 언어를 인간의 언어로 번역하는 과정에서 인간의 인식이 감각적인 앎에서 출발하고 그런 차원에서 발생하는 지력에 맞출 필요가 있기 때문이다.(「천국」 2.52-57) 그래서 천국의 첫 번째 하늘인 달의 하늘에 올랐을 때 거기에 천국의 영혼들이 나타나는 것은 그들이 거기에 전적으로 속하기 때문이 아니라(복자의 영혼들이 거하는 천국은 오직 하나다.) 천국의 다양한 면모를 단테의 수준에 맞게 설명하기 위해서였다. 그 설명한다는 것을 단테는 (직역하면) "기호를 만든다(far segno)"(「천국」 4.39)라고 묘사하는데, 여기에서 "기호"란 곧 인간의 언어, 즉 기표-기의의 체계이며 특히 단테 자신의 문학 언어를 가리킨다. 단테는 말로 할 수 없는 천국의 세계를 자신의

문학 언어를 통해 들려주고자 하는 것이다.[59]

천국의 경험은 사실상 인간의 철학이 도달할 수 없는 지경, 지성이 그 힘을 완전히 소진한 상태에서 이루어진다. 대신 단테에게는 언어와 사랑이 남아 있다. 그러나 단테의 언어는 "말로 할 수 없음"을 말로 하는 가운데 그 최고의 단계에서 발휘되면서 자신의 사랑의 경험과 기억을 비전의 차원으로 끌어올린다. 사실상 지옥에서 연옥으로, 다시 천국으로 오르는 단테의 여정은 기억에서 영감으로 발전하고 인간에서 신으로 변신하는 구원의 그것이었다. 그 구원의 궁극에서 단테가 얻는 비전은 온통 모호하기 그지없다. 하지만 그 모호성은 언어의 한계를 확장하려는 단테의 문학적 도전이며 또한 소통의 노력이다. 그러한 단테의 도전과 노력에 참가하는 한에서 독자는 자신의 비전을 만들어 나간다. 단테의 여정 전체가 "너의 별을 따라가거라."(「지옥」 15. 55)라고 하는 브루네토 라티니의 명령을 이행하는 것으로 이루어졌다면, 그래서 단테 스스로 물음을 던지고 해답을 찾는 방식으로 나아간 것이었다면, 그와 똑같은 것을 이제 독자도 수행해야 할 단계가 된 것이다. 결국 알레고리는 이와 같이 언어의 한계를 넓히는 가능성의 영역에서 여전히 작동하고 있으며, 그것이 바로 "피안의 압도적인 실재성"이 보여 주는 단테의 사실주의라고 말할 수 있다.

풍경으로서의 알레고리

『신곡』은 오로지 현재로만 채워져 있다. 과거의 인물과 생각, 철학

---

[59] 다음 글을 참고할 것. Moevs, Christian, "God's Feet and Hands(Paradiso 4. 40-48): Non-duality and Non-false Errors", *Modern Language Notes*, 114.1(1999), pp. 1~13.

1 자전적 알레고리: 단테가 세상에 말을 거는 방식

과 신학은 현재의 도마 위에서 새롭게 요리되어 식탁에 올려진다. 역사의 긴 흐름에서 일어났던 과거의 혹은 일어날 미래의 사건들은 단테가 순례를 나서는 이레 사이에 압축되어 평면 위에 배열된다.『신곡』을 읽어 나가며 독자는 배경이 되는 그러한 역사적 사항들을 따로 찾아볼 필요를 강하게 느낄 것이다. 그래야 전경이 되는 내용들을 적절하게 이해할 수 있다고 생각하기 때문이다. 그러나 적어도『신곡』에서 배경은 그저 배경일 뿐이다. 배경은 일단 보고 난 이후에는 전경 속에 묻혀 사라져도 좋을 그러한 것이다. 다시 말해 탐사해야 할 심연이 아닌 것이다. 독자는『신곡』에서 묘사되는 혹은 재구성되는 인물과 생각, 그리고 그들에 담긴 철학과 신학, 역사적 의미들이『신곡』자체에 어떻게 나타나고 있는지 알아보는 데 집중하는 것으로 충분하다. 독자가『신곡』의 '배경'으로 뭔가를 따로 찾아보고자 한다 해도, 그 뭔가는 이미『신곡』내에 '고스란히' 진열되어 있는 것이다. 독자는 오히려 그 진열된 방식에 따라『신곡』의 배경을 짐작하며 읽기를 계속해 나갈 수 있다. 그런 식의 읽기가 선명한 이해에 닿지 못한다 해도 우리는 단테가 단지 이레 동안 저승을 여행한 그 모습 자체를, 그 전면으로 드러나는 그의 숨가쁜 여정 자체를 따라갈 필요가 있다. 그렇게『신곡』에 나타나는 갖가지 성격의 장소들을 단테와 호흡을 같이 하는 자연스러운 지속과 펼침의 감각으로 바라볼 때, 우리는 무엇보다『신곡』이 극히 짧은 시간에 지옥과 연옥, 천국의 이질적인 공간들을 돌아보는 고밀도의 여행 기록임을 비로소 깨닫게 된다. 그렇게 지옥과 연옥, 천국은 서로 긴밀하게 결속된 형태로 우리 앞에 모습을 드러낸다. 순례자 단테와 동행하면서 그의 살아 있고 솔직한 체험을 공감하는 것이『신곡』을 제대로 읽는 방법이다.

영국의 화가 윌리엄 블레이크가 그린 「지옥의 문」(그림 1 참조)은 단테가 앞으로 여행할 저승의 이질적인 다양한 공간들을 평평한 평면 위에 겹쳐서 보여 준다. 단테가 묘사한 지옥의 문은 인간의 이해를 넘어서는, 한 번 들어가면 다시는 나오지 못하는 영원한 단절의 완강한 이미지를 우리 가슴에 깊숙이 새겨 주는 데 비해, 블레이크의 지옥의 문은 활기가 넘치도록 활짝 열린 채 지옥을 어느 때라도 드나들 수 있는 곳인 양 보여 준다. 더욱이 앞으로 단테가 나아가면서 보게 될 지옥의 수많은 장소들을 하나의 평면 위에 겹쳐 동시에 노출시키는 것은 단테의 여행이 지옥뿐 아니라 연옥과 천국에 걸쳐 다양한 차원들을 하나로 연결하는 방식, 그리고 지금 여기의 현재에서 벌어지는 방식으로 이루어진다는 점을 예고하는 것 같다. 블레이크의 그림은 지옥으로 하강하고 연옥과 천국에서 상승하는 단테의 수직적 여행을 공간뿐 아니라 시간의 차원에서 평평하게 만들어 놓았다.

『신곡』을 받치고 거기서 발산하는 심층적 의미들은 제각기 고립된 채 수직으로만 파고 들어가는 것이 아니라 다른 심층들과 수평적으로 연결되면서 『신곡』이라는 세계 전체를 구성한다. 『신곡』이 그 안에서 연속적이고 자연스럽게 전개되는 구원의 순례의 모든 여정들을 단 하나의 순간적 일별로 보게 해 주는 하나의 풍경화라면, 그 풍경화는 수평적인 인식을 가능하게 하는 것이면서 또한 그 아래로 깊이 뻗어 내려가는 심층의 저변을 간직한다.[60] 이른바 풍경화적 알레고리란, 단테의 알레고리의 수법이 인물, 사건, 개념, 표현 등 텍스트의 요소들 하나하나가 서로 분리되어 제각기 종적인 독립된 위치에서 각자의 고립된 심층을 지니도록 만드는 것이 아니라 서로 횡적으로 연결된 위치에서 서로 연결되는 방식으로, 혹은 서로 연결되는 한에서, 서로가 맞물리며 나아가는 의미 생산의 지평을 전개하도록 만든다는 것을 말해 준다. 원근법적 소실점의 자리를 미리 정해 놓지 않는, 자체로는 평평하면서 또한 심층을 품는 것, 그리고 그런 평평함과 깊음을 연결하는 움직임 자

---

60 단테의 글이 풍경화의 특징을 지닌다는 논점에 대해서는 9장을 참조할 것.

1 자전적 알레고리: 단테가 세상에 말을 거는 방식

체, 그것이 단테의 알레고리가 지닌 풍경화적 특성이다.[61]

　『신곡』은 교리서가 아니며 신앙 지침서도 아니다. 『신곡』은 진리를 품고 또한 그 진리를 찾으라고 촉구하는 성스러운 경전이 아니다. 『신곡』은 그야말로 하나의 문학 텍스트로서, 모든 것들을 앞에 내놓아 전시하면서 그것들 사이의 무한대로 펼쳐질 수 있는 연결의 사슬들이 구성되기를 기다린다. 어쩌면 우리가 우선해야 할 일은 깊이 들어가기보다 표면을 어루만지면서 부단하게 연결해 나가는 것이라고 말할 수 있다. 거기에서 얻어지는 깊이는 필연적인 부수적 효과가 아닐까. '필연적인 부수적' 효과라는 말은 우선하지는 않지만 반드시 동반하여 나타나야 할 효과라는 뜻이다. 『신곡』에 심층적 깊이가 내장되어 있다는 것은 의심할 수 없는 '사실'이다. 그러나 『신곡』은 그 깊이를 덮는 풍경으로 우선 우리 눈앞에 펼쳐져 있다. 우리는 깊이 파고 들어가기 전에 먼저 풍경을 바라봐야 한다. 『신곡』은 무한을 한 점으로 축소시켜 담아내는 원근법이 아니라 무한 그 자체가 고스란히 한눈에 펼쳐지는, 우리가 그 일부가 되고 그것이 우리의 일부가 되는, 정확히 그러한 됨의 과정 그 자체인 그러한 풍경의 방식으로 우리 앞에 던져져 있다. 풍경은 그 내부에 심연을 간직하고 있지만, 그 심연의 탐색을 소실점으로 사라져 없어질 것이 아니라 언제까지라도 끝나지 않게 만든다. 바꿔 말해, 심연은 미리 존재한다기보다 풍경을 바라보는 독자의 시선에 의해 형성되어 나타날 하나의 가능태로 존재할 뿐이다. 따라서 독자의 눈을 기다리는 『신곡』의 지형은 그저 평평할 뿐이다. 그렇게 평평하게 있다가 일

61　울룬은 비슷한 생각을 펼친다. 『신곡』에는 과거와 현재, 미래가 하나로 되어 있는데, 그 이유는 그 처음과 끝에 하느님이 위치하기 때문이다. 『신곡』은 단테가 쓴 것이라기보다는 하느님을 성찰하며 읽은 것이다. 『신곡』의 마지막 곡은 결코 진정으로 존재하지 않았던 기원의 완전함을 향한 우리의 향수적 열망의 산물이라는 것이다.(Ullún, Magnus, "Dante in Paradise: The End of Allegorical Interpretation", *New Literary History*, Vol. 32, No. 1(2001), pp. 198~199.

단 독자의 읽기와 함께 작동되어 깊은 심연으로 가라앉기도 하고 높은 봉우리로 솟아오르기도 할 텐데, 그런 전체의 움직임은 풍경의 수평성으로 조절된다.

풍경이 심연의 수직성을 조절하는 것은, 풍경이 계속해서 우리 눈에서 멀어지는 방식으로 존재하기 때문이다. 풍경 속으로 들어가면 풍경은 사라진다. 그러나 풍경 속으로 들어간다고 해도 그 풍경 자체를 내면에 간직하면 풍경은 사라지지 않는다. 간직하는 풍경은 늘 끊기지 않는 하나의 전체로 나타나기 때문이다. 풍경을 그 풍경이 존재하도록 바라보는 것은 일정한 거리를 확보할 때 가능하다면, 그 거리는 물리적이면서 또한 심리적이며 정신적인 것이다.

바로 그렇기 때문에 단테는 계속해서 물러나는 방식으로 『신곡』을 세워 나간다. 예를 들어, 순례자 단테가 지옥과 연옥, 천국을 거쳐 하느님을 만나는 과정은 전체적으로 계속해서 물러나는 형국으로 이루어진다.[62] 연옥까지 그를 이끌던 베르길리우스가 물러나고, 연옥까지 내려와 단테를 맞아들인 베아트리체가 물러나고, 천국의 꼭대기에서 베르나르가 물러나고, 마지막에 남는 것은 단테 자신이다. 그럼으로써 단테는 하느님을 보는 유일한 사람으로 남고, 다른 이들은 조력자로 하나씩 사라져 간다. 단테는 그들과 함께 나란히 서서 하느님을 보는 것이 아니라 그들은 뒤로 물러나서 사라지고,(베르길리우스는 지옥으로 돌아갔거나 혹은 단테와 헤어진 지점인 지상 낙원에 머물거나 혹은 천국까지 올랐다고 해도, 적어도 단테의 행보 자체에서는 뒤로 물러나 사라진다.) 자기 홀로 하느님을 대면한다. 그러나 그렇게 함으로써 단테는 우리 모두를 그의 자리에 함께하도록 한다. 단테를 안내한 자들은 단테뿐 아니라 우리 모두를 안내했고, 그들은 물러나지만 우리는 단테와 함께 남아 하느님을 직

---

62 이 책 「서문」에서 밝혔듯, 물러나기의 토포스는 이 책 전체를 채우고 있다.

1 자전적 알레고리: 단테가 세상에 말을 거는 방식

접 보는 경험을 한다. 그렇게 보면 최종의 길잡이는 단테이며, 그의 안내를 받아 궁극의 지점까지 오른 자들은 독자들이라고 할 수 있다. 그들은 모두가 평평한 표면에 위치한 채로 그들의 위치에, 즉 그들보다 높지도 낮지도 않은 곳에 함께 있는 신을 대면한다.

『신곡』 전체가 단테의 자전적 알레고리라고 할 때, 사실 『신곡』은 우리 각자(개별 독자들)의 삶의 알레고리이기도 하다. 그렇기 때문에 천국의 꼭대기에 오른 순례자와 함께 신을 대면하는 독자들은 「천국」의 마지막 대목을 각자의 삶을 반추하고 또 전망하면서 읽을 필요가 있다. 그럴 때 우리가 천국에 이를 수도 있겠으나, 사실은 천국이 우리에게 내려오는 것이며, 더 정확히 말해, 우리와 천국이 만나는 것이 아닐까. 오른다기보다 끌어내리고 또한 만나는 것. 환상에 잠기기보다는 환상을 현실화하는 것. 유토피아에 도달하고 유토피아를 달성하기보다는 유토피아를 우리 것으로 만들어 나가는 과정을 지속하는 것. 그러한 과정 자체가 우리에게 '가능한 형태의 천국'이 아닐까. 적어도 『신곡』과 관련해서 알레고리란 바로 그렇게, 미리 존재하고 미리 정해진 어떤 깊은 의미를 발굴하는 것보다 오히려 존재하지 않았던 새로운 의미들을 만들어 나가는 일에 더 가깝다.

여기에서 우리는 세속적인 것이 성스러운 것에 도달함으로써 이루어지는 구원이 아니라, 성스러운 것이 세속적인 것 안에서 이루는, 더 정확히 말해 성스러운 것과 세속적인 것이 만나는 그 경계의 일어남으로서의 구원을 생각하게 된다. 바로 이것이 지성을 통해 우리가 수행할 수 있는 사랑의 방식이다. 사랑의 개별 주체로서 사랑의 개인적 경험을 나누면서, 그러는 가운데 사랑을 성이든 속이든 어느 한곳에 가두지 않으면서, 살아 있는 언어에 담아 한없이 울려 퍼지게 하는 것이다. 단테의 사랑은 그것을 대하는 우리가 각각의 소리를 내는 한에서 살아 있을 수 있고 단테의 구원은 바로 그렇게 우리가 계속해서 각각의 살아 있는 소리를 내면서 나아가는 것이다. 그래서 각자의 죄는 각자가 짊어지고 가야 하듯이, 구원도 각자의 별을 따라가면서 이루어 내야 한다고 단테는 말한다. 죄를 대면하는 것이 개인의 엄청난 도전이며 싸움이듯이, 각자의 별을 따라가는 일 또한 도전이며 싸움이다. 사랑은 처음부터 해와 별을 움직이고 있었지만, 그러한 깨달음에 도달하기 위한 단테의 순례는 그렇게 거친 것이었다.

2 단테의 사랑 : 성(聖)과 속(俗)의 교차

단테에 접근하는 주제들

13세기에서 14세기에 걸쳐 약동하는 이탈리아에서 살았던 단테는 시인의 정체성을 토대로 철학자이자 언어학자, 정치가, 그리고 자연과학자의 영역까지 넘나들던 전인적 지식인이었다. 단테가 다양한 방면으로 추구한 삶 전체는 언제나 결단과 행동으로 채워졌고, 그러한 삶의 흐름들을 자신의 내적 성찰의 대상으로 삼고 차곡차곡 자신의 언어에 담아 우리에게 남겨 주고 있다. 그의 언어에 담긴 삶과 성찰을 적절히 이해하기 위해서는 그가 추구했던 만큼이나 다양한 경로들을 통해 접근해야 할 것이다. 단테의 세계에 접근하는 다양한 경로들은 사랑과 인간, 정의, 구원, 섭리, 권력, 소통, 언어와 같이 단테가 천착했던 근본 주제들로 이루어질 텐데, 그들 중 사랑의 주제는 단연 선두에 서서 다른 경로들을 잇고 모으는 역할을 한다.

단테의 세계와 거기에 이르는 경로들을 몇 가지 주제로 환원할 수 있다고 주장하거나 환원하려는 것은 결코 아니다. 그 주제들이라는 것은 그 자체로도 이미 열려 있는 것들이지만, 서로 작용하면서, 또 그로부터 뻗어 나간 다양한 측면들의 행동과 성찰과 맞물린 채, 단테에 대한 거의 무한정한 접근과 해석을 가능하게 만든다. 사랑의 주제 자체도 단테가 남긴 그와 관련된 수많은 변주들만큼이나 수많은 파생 해석과 논의들을 낳는다. 성스러움과 세속성의 관계는 사랑의 주제를 지탱하는 근본 원리들 중 하나로서, 그 자체로 단테의 세계에 접근하는 유력한 경로라고 할 수 있다.

사실 성과 속이라는 주제만큼 단테를 탐색하는 경로로 잘 들어맞는 것도 없을 것이다. 그가 삶과 글을 통해 직면하고자 했던 문제들을 인간 이성과 신의 섭리의 관계, 죄와 벌의 관계, 선과 악의 관계, 육체적 사랑과 정신적 사랑의 관계, 국가의 권위와 교회의 권위의 관계, 속어-변방 언어와 라틴어-중앙 언어의 관계와 같은 것들로 간추려 본다면, 이러한 이항 대립들의 공통된 본질을 바로 성과 속의 관계에 비추어 조명할 수 있기 때문이다. 성과 속의 문제를 다루는 여러 경로와 입장들이 있을 터. 그 둘을 확고하게 가르고 대립시키는 사람도 있을 테고, 둘의 차이보다는 섞임이 의미하는 지평을 바라보는 것에 더 가치를 두는 사람도 있을 것이다. 단테는 전자보다는 후자에 가깝다. 성속의 문제는 단테의 사랑을 성과 속이 교차하는 양상이 우리에게 보여 주는 깊은 의미를 찾는 방식으로 해부하도록 해 준다.

단테의 사랑은 성과 속의 어느 하나로 구분되지 않는다. 단테의 사랑을 상징하는 베아트리체는 모든 인간을 구원으로 이끄는 천사를 상징하는 존재이면서 또한 단테가 한 남자로서 사랑을 바친 구체적 현실의 대상이기도 했다. 한편 단테는 프란체스카를 그녀가 저지른 불륜의 사랑의 죄를 물어 지옥에 배치하지만 그러한 세속의 비뚤어진 사랑에 대해 성모 마리아가 예수 그리스도에 대해 품었던 신성한 "연민"을 내보이며,(「지옥」5.139-142) 나아가 지옥의 프란체스카와 천국의 베아트리체를 세속적 사랑과 신성한 사랑의 두 꼭짓점으로 놓으면서, 그들 각

2 단테의 사랑 : 성(聖)과 속(俗)의 교차

각이 이루는 속과 성을 『신곡』의 처음과 끝이 되도록 하고 있다. 그런 가 하면 성모 마리아는 천국에 머물고 있는 베아트리체를 지옥으로 내려보내면서 속에서 성으로 오르는 단테의 순례를 출발시켰고,[1] 그보다 더 중요하게, 성 베르나르가 "당신의 아들의 딸"이라 부르듯(「천국」 33.1), 예수 그리스도에게 육체의 옷을 입힌 존재로서 인간 사랑의 가장 숭고한 표상으로 나타난다. 이러한 정황들에 비추어 우리는 단테가 신성한 사랑과 세속적 사랑의 잘못된 구분을 폐기하거나 혹은 그들 사이의 거리를 좁히고자 했다고 생각할 수 있다.

성과 속을 가로지르는 단테의 사랑. 단테가 회피하지 않았던 그 사랑은 중세에서 근대로 넘어가던, 새로운 정신을 형성하던 전환기의 당대가 품을 수밖에 없었고 또한 해결하고자 했던 문제의 본질이라고 할 수 있다. 세속적 가치를 긍정하고 그 가려졌던 면들을 발굴하되, 신성한 가치를 결코 저버리거나 외면하지 않는 것이 단테의 시대가 보여 준 흐름이었다. 당대의 수많은 신학자와 철학자, 그리고 작가와 예술가들은 그러한 성속의 교차를 저마다의 방식으로 표현하고 정리하며 해결하려 노력했다. 사랑에 대한 단테의 독특한 추구와 성취는 그러한 자신의 시대의 흐름에 충실히 응답하고자 했던 자세와 노력의 산물이었다. 따라서 단테가 성과 속이라는 큰 범주의 이항 대립에 대해 어떻게 이해하고 또 표현하려 했는지 알아보기 위해 우리는 우선 단테가 남긴 글은 물론, 가능한 대로 그의 생애와 그를 둘러싼 시대의 흐름을 살펴볼 필요가 있다. 다시 말해 성과 속이 교차하던 그의 시대가 요구하는 것에 충실히 답하고자 했던 결과가 그의 성취였다면, 그 요구란 무엇이었는지 우선 생각해 봐야 할 것이다.

---

1 「지옥」 2곡을 보라.

시대의 요구와 단테의 응답

서로마 제국은 콘스탄티누스 1세가 밀라노 칙령을 발표하면서 기독교를 합법적 종교로 공인하고(313년) 테오도시우스 1세가 테살로니키 칙령을 통해 국교로 격상시키는(380년) 한편 제국으로서의 위상은 추락하기 시작했다. 서로마의 멸망(476년) 이후 11세기경까지 약 5, 6세기 동안 지속된 이른바 암흑시대 동안 유럽인들은 초월자의 세상뿐 아니라 인간의 세상을 실질적으로 다스린 기독교의 절대적 영향 아래 그 이전 고전 시대에 인간이 이루어 낸 학문과 예술의 눈부신 성과들을 깊이 묻어 버린 채 수동적인 삶을 연명할 뿐이었다. 반면 고전의 성과들은 이슬람 세계에서 아랍어로 번역되고 아베로에스를 비롯한 아랍 학자들의 손에 의해 보존되고 발전되었다. 이슬람 세계는 지중해 지역을 석권하면서 11세기 들어서서 스페인 지역까지 뻗어 나가는 한편, 유럽 세계는 그즈음 일어나기 시작한 십자군 전쟁을 통해 이슬람 세계를 향해 확장하는 모습을 보였다. 그런 정황에서 이슬람과 유럽 사이에는 경제와 문화 측면의 상호 교류가 일어나기 시작했고, 그와 함께 그동안 이슬람 세계가 간직했던 고전 연구와 보존의 성과들이 유럽에 알려지기 시작했다.

단테는 1265년에 태어나 1321년에 죽었다. 그가 살았던 시대는 여전히 중세였으나, 이전의 암흑을 상당 부분 벗어 버리고 새로운 문화와 제도를 살려 내는 일에 매진하기 시작한 시대이기도 했다. 시민에 의한 자치 도시가 구성되고, 시민들이 더욱 윤택한 현실 생활을 추구하며, 그를 위해 이윤을 확보하는 상업 활동을 전개하고, 아울러 그러한 새로운 세계를 정당화하고 설명하고 받쳐 줄 새로운 학문을 가르칠 대학을 설립하기 시작했다. 또한 새로운 세계관의 흐름과 맞물려 작가와 예술가들은 새로운 정서와 이상을 표현했다. 단테는 그러한 일들을 맡은 수

2 단테의 사랑 : 성(聖)과 속(俗)의 교차

많은 창조적 개인들 중 하나였다.

단테가 대면한 세계는 피렌체나 이탈리아에 국한되지 않았다. 망명 시절 단테가 이탈리아 반도를 벗어났다는 실증적 증거는 없으나, 적어도 그의 관심이 당대의 새로운 학문 중심지였던 파리까지 뻗어 나갔다는 점은 분명하다. 인류 전체의 차원은 아니라 해도 적어도 유럽의 맥락에서 단테는 인류 역사의 거대한 전환을 마주하고 있었다. 당시 유럽은 한정된 도시 국가의 형태들에서 국민 국가 체제로 서서히 변모하면서 유럽이라는 초국가적 공동체의 윤곽까지 떠오르고 있었으며, 그 속에서 권력과 지식, 미적 창조의 측면에서 두 개의 거대한 흐름이 격돌하고 있었다. 한편으로, 교황을 정점으로 하는 교회의 권위는 경제와 정치에서 세속적인 권력을 장악하거나 세속 권력과 경쟁을 벌였고, 하느님의 말씀을 대변하여 영원한 세계는 물론 현실 사회에 대한 이해의 틀을 짜고 그들을 표현하는 심미적 기준과 방식을 제공했다. 그러나 다른 한편, 영원한 세상 이편에 놓인 세속 사회에서 누리고 싶은, 권력과 부, 명예로 대표되는 인간적 욕망들에 대한 관심은 계속해서 자라났고, 그들과 관련시키는 차원에서 인간 이성에 따라 하느님의 말씀을 재해석하고 하느님의 존재를 규명하며 하느님의 모습을 그려 내고자 하는 움직임도 커져 갔다. 그러한 세속적 움직임을 대표하는 철학자는 단연 토마스 아퀴나스였고 예술가는 조토 디본도네였으며 종교인은 프란체스코 다시시였고 작가는 단테 알리기에리였다. 이들은 거의 동시대인들이었다. (아퀴나스가 죽었을 때 단테는 아홉 살이었고 조토는 단테보다 한 살 어렸으며, 산 프란체스코 다시시는 단테보다 거의 한 세기를 앞서 살았으나 시대정신을 공유한다고 말할 수 있다.) 단테는 작가였다. 그는 철학이나 예술을 통해서도 당대의 물음에 답하고자 했으나, 단연 작가로서 간접적인 방식을 취했다. 그는 아퀴나스를 참조했고 조토와 교류했으며 산 프란체스코 다시시를 존경했으나, 그가 자신의 내면세계를 드러낸 것은 상상과 감수성의 언어를 통해서였다.

당시에 일어나던 새로운 흐름은 이후 15세기 들어 르네상스라는 더욱 확고한 물줄기를 이루어 낸다. 당시 중세에서 르네상스를 거쳐 근대로 넘어가는, 인간 역사에서 유일무이한 거대한 전환의 시대가 요구했던 것은 과거 중세의 가치를 새로운 근대의 가치와 어떻게 조화시키느냐 하는 것이었다. '중세와 근대의 조화'라는 구절은 엄청나게 복잡하고 다층적이며 다양하게 뒤섞인 인간의 활동을 담고 있다. 성과 속의 이항 대립은 그 활동을 비추는 하나의 렌즈일 것이다.

단테(를 비롯해 당시의 지식인, 작가, 예술가 등)가 당시 중세에서 근대로 넘어가는 거대한 전환이 일어나고 있다는 점을 '직접' 알았다고 보기는 힘들다. 그 거대한 전환을 인식할 수 있었던 사람들은 근대로 이미 충분히 이행한 시기에 살았던 사람들이었다. 그들은 고대라는 거인의 어깨 위에 올라앉은 덕분에 그들이 어디에서 왔고 어디에 있는지, 인간의 역사를 돌아볼 높은 시야를 확보할 수 있었다. 인간이 역사를 조감하고 성찰하는 행위를 본격적으로 재개하며 근대를 출발시켰던 것은 르네상스 운동과 함께였다. 근대는 고대를 부활시키는 방식으로 이루어진 시대라는 면에서 근본적으로 과거에 대한 관심과 성찰 위에 세워졌다. 하지만 아직 고대라는 거인의 어깨 위에 확고히 오르지 못한 상태에서 단테가 당대에 대해 반응하는 방식은 시대의 흐름을 종합하여 인식하기보다는 직관적으로 감지하고 깨닫고 실천하는 일이었다. 감지한다는 것은 그야말로 온몸과 온정신으로 되는 것이기에 전인적 존재 방식이 받쳐 주어야 하는 일이었고, 실천한다는 것은 깨달은 것, 알게 된 것, 생각하게 된 것을 글이나 예술 형식을 빌려 표현하면서 또한 스스로의 삶으로 구현하는 것을 의미했다.

성과 속의 대립이라는, 당대의 거대한 전환이 응집된 주제는 단테의 글은 물론 그의 삶에서 관찰된다. 그것은 단테의 삶과 글을 받치는 단연 가장 기본적인 주제였다.[2] 그것을 나는 사랑의 주제로 한정하여 생각해 보고자 한다. 사랑은 단테의 삶과 글에서 가장 기본적인 토대였다. 살면서 그는 베아트리체를 사랑했고, (그에 따라 그에 비견되는 다른 종류의 사랑들도 얘기할 수 있다.) 사랑이 처음부터 끝까지 그를 이끄는 대로 글을 썼다. 단테의 사랑은 여러 개념들의 매우 복합적인 공존으로 이루어진다. 때로는 모순되고 때로는 불가사의하며 때로는 현실에서 가장 구체적인 실천으로 튀어나오고 때로는 철학적인 난해한 논리 속으로 깊이 숨어드는 그러한 것이다. 바로 그렇기에 단테의 사랑은 단테의 모든 것이며 또한 단테가 당대의 요구에 응답하는 방식이자 내용이었다고 말할 수 있다. 그리고 단테의 응답의 방식과 내용, 그리고 그것의 표현으로서의 사랑은 단테에 관련해서뿐 아니라 일반 차원에서도 우리에게 많은 것을 얘기해 줄 수 있을 것이다. 위에서 나는 성과 속의 주제를 사랑의 주제로 한정하여 생각해 보자고 했는데, 사실 그와 반대로 성과 속의 주제는 사랑의 주제의 일부분일 것이다.

종교적 경험

성과 속의 관계는 종교와 세속, 종교와 정치, 종교와 주술, 또는 영혼과 육체와 같은 대립의 관계로 볼 수 있다. 단테의 글에서 이러한 대

---

2 그의 삶에 대한 전기적 기록이 거의 없는 상태라 그의 글 속에서 삶의 궤적을 추적해야 하지만, 내가 말하려는 것은 우리의 주목의 방향과 대상을 삶에 맞출 필요에 관한 것이다. 단테의 삶을 참조하는 것은 중요하다. 단테는 살면서 계속해서 달라지고 성숙해졌고, 그 과정은 그의 글로 고스란히 표현되었으며, 그런 만큼 단테의 글은 단테 자신의 자서전, 정확히 말해 '자서전적 알레고리'였다. 한 작가가 처한 사회적, 역사적 콘텍스트는 그 작가를 고려할 때 필수불가결한 요소이지만, 단테의 경우는 특히 그러하다. 우리는 그 점을 단테에 관련한 어떤 측면에서도 인정해야 할 것이다.

립들은 원초적 무구별의 상태에 놓여 있다. 단테는 그 각각의 영역을 구별하여 고착시키는 대신에 그들 사이의 교차를 생각했다. 위의 대립들은 단테에게 원래부터 구별될 것들이 아니었다. 이들은 서로 대립은 하되 서로 교차될 것으로, 서로 관계를 이루며 작동할 것으로 존재한다는 것이 단테의 생각이었다. 그러한 생각은 이성의 순례를 통해 미지의 영역(terra incognita)을 지의 영역으로 바꾸려는 노력을 통해 나온 것이었다. 그리고 이러한 노력의 저변에는 사랑에 대한 정열과 탐구가 놓여 있다.

우리는 '종교(religio)'와 '종교적인 것(religioso)'을 구별할 수 있어야 한다. 전자가 정형태의 상태에 머문다면 후자는 가능태의 단계로 나아간다. '종교'라는 용어의 역사적 용법을 보면 '꼼꼼히 준수하다(relegere)'의 뜻으로 사용된 예가 많은 한편, '종교적인 것'의 개념은 종교를 대하는 자세와 정신을 좀 더 유연하게 펼치는 뜻을 담고 있다.[3] 단테는 기독교라는 '종교'에서 자양분을 먹고 자라나고 활동하며 또 거기로 귀의했지만, 그의 삶과 활동은 그 경계를 넘어서서 그것이 흐를 수 있는 가능한 넓은 영역까지 포괄하면서 이루어졌다. 종교(기독교)에 대해 단테가 오랫동안 숙고하고 경험한 결과 내놓은 처방은 특정 '종교'를 품으면서 넘어서고, 그와 함께 '종교적인' 체험과 원리를 추구하고 삶에 적용하는 것이었다. 그리고 이 처방은 사실상 오랜 세월 동안 풀리지 않고 이어져 온 성과 속의 문제를 회피하면서 그들 중 어느 한쪽으로 안전하게 피신하는 것이 아니라, 오히려 그 문제에 정면으로 대응하고자 한 노력의 표시였다. 그것은 또한 당시의 시대적 요구에 단테가 부응한 것이기도 했다.

무엇보다 우리는 단테의 문학이 기독교라는 특정 종교의 테두리에

---

3 조르조 아감벤, 정문영 옮김, 『언어의 성사』(새물결, 2012), 54~57쪽.

갇히지 않고, 그를 포괄하면서 그 너머로 나아간다는 점을 염두에 둘 필요가 있다. 단테 문학에서 다루는 사랑이라는 주제와 가치, 그리고 그에 대한 단테의 입장도 기독교라는 특정 종교에 매이지 않는다. 그렇게 볼 때 우리는 종교라는 준수의 성격으로 물든 관념의 영역에서 '종교적인 것'이라는 유연한 성격이 깃든 경험의 차원으로 나아가며 단테의 사랑을 생각해 볼 필요가 있다. 그렇게 한다면 성과 속의 상호 교차가 반드시 종교를 위반하지 않으며, 종교 안에서도 성속의 교차가 일어날 수 있다는 점을 단테를 통해 이해하게 될 것이다.

미르치아 엘리아데는 『성과 속』이라는 저서에서 루돌프 오토를 빌려 '종교적 경험'을 종교의 비이성적 측면에 관련된 것, '살아 있는 신'의 성스러운 분노 가운데 나타나는 가공할 힘과 관련된 것으로 보았다. 말하자면 '종교적 경험'은 성스러운 것 앞에서 인간이 갖는 두려운 감정을 가리킨다. 그 감정은 경외감을 불러일으키는 신비, 압도적인 힘의 위력을 분출하는 장엄함, 존재의 완전한 충만성이 꽃피어나는 매혹 앞에서 갖게 되는 경건한 두려움으로 채워진다.[4] 요컨대 엘리아데는 '종교적 경험'을 어떤 한 특정 종교에 국한하지 않고 신이나 종교라는 대상에 함몰되지 않으면서, 그 대신 그것들을 대하는 주체가 신성한 것을 받아들이는 경험과 배타적으로 관련짓는다. 이러한 '종교적 경험'을 단테의 문학에 관련시켜 볼 때 단테는 사랑을 신성한 것으로만 생각하는가, 아니면 신성성을 넘어서서 세속성과 교차하는 지점까지 나아가는 사랑을 생각하는가, 하는 의문들이 떠오른다.

이러한 의문들에 대답하기 위해 우리는 우선 엘리아데가 말하는 '종교적 경험'의 개념을 빌려 오는 것의 한계를 명확히 할 필요가 있다. 엘리아데는 종교적 경험을 "신성한 것을 받아들이는 경험과 배타적으

---

4 미르치아 엘리아데, 이은봉 옮김, 『성과 속』(한길사, 1998), 47쪽.

로 관련짓는다."라고 말하는데, 적어도 단테가 맛보고 추구했던 '종교적 경험'은 반드시 성스러운 것의 경험에 배타적으로 제한되지 않는다. 여기에서 우리는 성스러움에 관련되지 않을 수도 있는 종교란 과연 무엇인가 하는 또 다른 물음을 품게 된다. 그러나 종교란 무엇인가 하는 거대한 질문과 대결하기보다는, 단테가 종교를 어떻게 생각했는지의 물음에 집중함으로써 우리의 논의를 좀 더 구체화시켜 보자.

단테는 종교(기독교)를 추구하면서 또한 비판했다. 그의 추구와 비판은 종교 안에서 이루어진, 일종의 내파였다. 종교(기독교)에서 출발하여 인간의 구원 문제를 안고 씨름하면서 그것을 신성한 차원에 머물지 않고 세속적 차원으로 나아가며 해결하고자 했기에, 다른 무엇보다 구원에 대한 믿음과 추구, 그 실천이 곧 단테의 종교였다고 말할 수 있다. 단테에게 '종교적 경험'이란 구원의 물음을 계속해서 다시 던지면서 시대와 사회의 맥락에 따라 새로운 대답들을 내놓는 것이었다. 그런 한에서 그의 문학은 '종교적 경험'을 종교에 머물지 않게 하고 인간의 삶으로 펼쳐지게 만든, 구원의 거대한 기획 그 자체였다. 문학을 통한 구원은 '종교적 경험'이 흘러나오는 궁극의 출구였다. 단테가 고민한 사랑은 구원을 추진하는, 구원을 실어 나르는, 도도한 물결과 같은 것이었다. 그의 사랑은 성스러운 무엇에만 배타적으로 국한될 수는 없는 것이었다. 무엇보다 문학 작가로서 단테는 세속적인 열정으로서의 사랑으로도 관심을 돌렸고, 그러한 관심이 성스러운 사랑과 관계를 맺는 복잡다단한 양상들이 그의 텍스트들을 채우고 있다.

기독교라는 특정 종교의 분위기는 단테의 사랑이 품는 의미를 이해하기 위해 거쳐야 하는 신성성 혹은 종교성의 '한' 단계다. 단테의 사랑은 하느님의 사랑이든 인간의 사랑이든 그 어느 특정한 개념으로 쪼개지지 않는다. 바로 거기에 단테의 삶과 문학이 단순하지 않고 놀랍도록 복합적인 이유가 있는 것이다. 단테는 특정 종교에 함몰되지 않았을 뿐

2 단테의 사랑 : 성(聖)과 속(俗)의 교차

아니라 어쩌면 이른바 이단의 징후를 보였다. 이렇게 말할 수 있는 이유는 단테가 인간의 삶을 결코 단순하게 혹은 한쪽으로만 보지 않았다는 사실을 부정하기 힘들기 때문이다. 단테는 자신뿐 아니라 개별 인간에 대한 집중적인 묘사를 통해 그의 글이 가장 구체적인 사회 역사적 맥락에서 태어나 삶의 근본 문제들에 직면하게 만든다. 사랑은 그런 단테를 보여 주는 핵심적인 주제다.

사랑 안에 도사린 단테를 상상해 보라. 그것은 사랑 '안'이 아니라 '밖'이기도 하다. 안과 밖의 구별이 없는 것이 사랑 안에 도사린 단테의 모습이다. 『신곡』은 어두운 숲에서 길을 잃고 헤매다 가장 높은 하늘까지 이르는 한 중년 남자의 이야기다. 순례자 단테는 육신을 지니고 지옥과 연옥을 거쳐 하늘로 오른다. 지옥과 연옥에서 단테는 돌에 걸려 넘어지고 햇볕에 그림자를 만들지만, 그러한 육체성은 천국에서 뚜렷이 나타나지 않는다. 사도 바울이 육신을 지니고 천국에 올랐는지 하는 논란을 상기시킨다. 여기에는 순례자 단테가 한 개인의 실존 차원에서 출발하여 실존성의 해체와 재구성을 겪는 과정이 들어 있다.

천국의 높은 하늘로 나아갈수록 문제가 되는 것은 본다는 행위다. 인간이 인간의 눈으로 하느님을 보는 것은 자연스럽지 않다. 인간이 하느님을 보기 위해서는 인간의 밖으로 나가야 한다. 바울과 단테가 천국에서 하느님을 보는 상태는 그러한 객관화의 상태였다. 그것은 곧 인간의 지적 노력이 숙명적으로 도달할 수밖에 없는 역설적 상황이다. 그러나 하느님은 객관화를 통해서, 또는 더 정확히 말해, 물질과 자연의 대상에 대한 지식을 판단할 때와 같은 방식으로, 인지되는 존재가 아니다. 하느님은 그 자체의 빛 속에서만 보인다. 따라서 하느님을 보려면 하느님의 빛 속으로 들어가야 한다. "인성을 초월한다는 것은 말을 통해서 가리킬 수 없"(「천국」 1.70-71)다는 것이 단테의 해결이다. 그러나 이를 신학적 해결이라고만 볼 수는 없다. 왜냐하면 하느님의 빛 속으로 들어가는 과정은 육체와 기억으로 지탱되는 정체성을 지닌 한 인간의 살아 있는 움직임과 다르지 않기 때문이다. 무엇보다 단테는 말을 통해서 가리킬 수 없음 그 자체를 말을 통해서 가리키고 있다. 단테는 언어와 지식의 가능성에 대한 회의론자가 아니었다. 그는 언어는 자체의 한계를 넘어서는 가능성으로 늘 전진하며 지식은 자체의 부정에서 자기 갱신의 동력을 얻는다고 믿었다. 그래서 단테는 천국에서 하느님의 빛에 싸여 해체되는 느낌을 묘사하면서도 실재하는 이 세계에 대한 물음을 멈추지 않는다. 단테가 던지는 수많은 정치, 사회, 법, 제도, 자연에 관한 질문들은 천국의 끝에서 단테가 받아들이는 하느님의 빛 속에서 소멸되지 않는 것이다.

하느님에게 나아가는 과정에서 단테가 언제나 간직하고 있는 것은 사랑이다. 사랑은 단테에게 물음과 더불어 해답도 준다. 그러나 어떻게 그러한지 이해하는 일은 단순하지 않다. 단테와 사랑이란 두 용어를 병립시켜 놓고 보면 사랑과 맞먹는 거대한 삶을 살았던 한 인간의 모습을 떠올리게 된다. 달리 말해, 인간의 삶을 살았기에 그의 사랑은 거대할 수 있었다. 단테와 사랑이라는 병치는 서로를 긴장하게 만든다. 한 남자가 한 여자를 사랑할 때 하느님으로부터 등을 돌리는 것이 아니라 하느님을 향해 다가간다는 것. 이것이 단테가 시도했던 사랑이다. 「지옥」 5곡에 등장하는 유명한 프란체스카의 에피소드는 프란체스카의 기구한 사랑에 대한 단테의 연민이 하느님을 향하고 있음을 강렬하게 보여 준다. 지적으로 성숙한 단테는 신성한 사랑과 세속적 사랑의 잘못된 구분을 폐기한다.

사랑이 무엇인가에 대해 대답을 하는 단테의 방식은 그런 것이다.

> "그런데 혹시 내가 여기에서 보고 있는 사람이
> '사랑의 지성을 가진 여자들'로 시작하는

새로운 시를 쓴 사람이 아닌가요?"

(「연옥」24.49-51)

단테는 연옥에서 만난 보나준타 다 루카에게서 자신의 시인으로서의 정체성을 확인하는 물음을 받는다. 단테는 젊은 시절 "사랑의 지성을 가진 여자들"(『새로운 삶』 19.4)로 시작하는 시를 썼다. 단테 스스로 자신의 시작(詩作) 방식을 묘사한 이 구절은 사랑(amore)과 지성(intelletto)의 불가분성, 앞으로 그의 삶 전체에서 발전되고 성숙해질 사랑의 원초적 개념을 제시한 것이었다. 지성은 인간이 삶의 문제를 해결해 가면서 발전되고 그에 따라 인간은 더 높은 지성을 향유하게 된다. 사랑의 지성이란 사랑을 경험하고 사랑의 문제를 해결하면서 사랑을 이해하는 정도를 높여 나가는 사고의 능력이다. 사랑의 지성은 단테의 삶에서 끊임없고 끝없이 성숙해질 운명을 처음부터 지니고 있다.

인간의 운명은 또한 절대자 혹은 절대 진리를 한없이 추구하는 것이기도 하다. 그런 인간의 운명은 「지옥」 26곡에서 묘사되는 오디세우스의 예에서 보듯 비참한 결말을 맞기도 하고 단테 자신처럼 행복한 결과로 나아가기도 한다. 그러나 순례자 단테는 오디세우스의 실패를 넘어서서 연옥의 산을 오르면서도 오디세우스를 잊지 않는다. 오히려 오디세우스를 자신의 순례를 추동하는 힘으로 느낀다. 오디세우스는 단테가 지적인 여정과 자유 사상에 몰두하던 인생의 시기를 암시한다는 점을 우리는 잊어서는 안 된다. 마찬가지로 프란체스카에 대해 무한의 연민을 느끼고 그 슬픔으로 인해 지옥의 바닥에 쓰러져 버리는 순례자의 모습에서 우리는 사랑에 관련한 인간의 운명을 돌아보게 된다. 베아트리체가 단테에게 사랑에 관한 사색의 수단, 사랑의 알레고리를 제공하는 것은 사랑의 지적 능력을 지닌 인간의 운명을 되새기라는 부름과 다르지 않다.

감옥에서『철학의 위안』을 쓴 보에티우스는 기독교인으로서 순수한 지성의 활동에서 어떤 위안을 얻을 수 있는지 탐구했다. 진정한 행복과 지고의 선, 진리와 정의와 같이 신과 인간을 둘러싼 문제들을 철학적 사고를 통해 숙고하고자 한 것이다. 단테는 보에티우스를 사숙했지만, 그를 결코 기독교중심주의자로 받아들이지 않았다. 보에티우스는 초월과 구원, 사랑과 은총을 깊이 사색하고 세련된 언어로 표현한 철학자이며 작가였다. 마찬가지로 기독교중심주의로 단테를 읽는다면, 단테가 철학자이자 문학 작가임을 간과하는 꼴이 될 것이다. 단테의 사랑 역시 기독교의 사랑에 얌전히 담기지 않는다. 심지어 초서, 셰익스피어 그리고 괴테의 경우처럼, 단테는 사랑에 대한 숭고한 생각과 천박한 저속함을 동시에 품을 수 있었다.

단테의 사랑은 베아트리체와 함께 은총으로 빛났고, 베아트리체의 죽음 이후에 아내로 삼은 젬마 도나티와 함께 철학으로 변화했다.『향연』이 증명하듯, 베아트리체 이후에 단테에게 찾아온 사랑은 젬마의 알레고리인 철학이었다. 단테는 사랑이 불러주는 대로 시를 짓던 시절에서 이제 사랑에 대해 철학적으로 고뇌하는 단계로 나아간다. 그러면서 그 두 여자를 결합시키는 경험과 함께 단테의 사랑은 한결 깊어진다. 그리고 그와 함께 우리도 단테의 사랑을 바라보는 시선을 더욱 복합적으로 만들면서 그 사랑에 더 적절하게 접근하게 된다. 베아트리체를 단테의 유일한 여자이며 사랑으로 생각할 때 단테의 사랑은 기독교적인 경계 내에 머물지만, 지금까지 별로 중요하지 않게 생각되던 젬마의 존재에 눈을 돌릴 때 단테의 사랑은 인간의 삶과 실존에 대한 철학적 사고와 이해를 결합시키면서 한층 성숙한 모습으로 나타나는 것이다.

사실 베아트리체와 젬마의 관계는 확장의 관계다. 실존적 차원에서 보면 단테는 베아트리체에서 젬마로 옮겨 갔고 그에 따라『새로운 삶』에 이어『향연』을 썼다. 그런데 알레고리로 보면 베아트리체의 알레고리는 이미 젬마를 싣고 있다. 베아트리체라는 알레고리는 사랑 자체이기 때문이다. 사랑은 처음부터 젬마를 품으면서 성숙해질 운명을 지니고 있었다. 그래서 젬마는 베아트리체의 변용, 그러나 변질이 아니라 확장으로서의 변용을 나타낸다. 바로 그렇게 단테는 사랑의 지성을 지닌 여인을 등장시키는 『새로운 삶』에 이어 지성의 지평을 확장시켜 줄 고귀한 여인을 그리워하는 『향연』을 쓰고, 그와 함께 그 모든 것을 품으면서 확장해 나가는 구원의 순례로 『신곡』을 썼다. 단테의 사랑은 스스로가 만들어 낸 그러한 과정을 가로지르며 단테의 문학을 받쳐 주었다.

단테의 길잡이들

산 프란체스코와 조토 디본도네는 중세의 추상적인 성스러움을 근대적인 일상적 성스러움으로 전환시키는 데 결정적 역할을 담당했다. 단테는 그들과 함께 속했던 동시대의 변화를 받아들이거나 혹은 만들어 냈다. 그들이 중세에서 근대로 넘어가는 과도기를 살았다고 말한다면, 그것은 곧 그들이 성스러움의 진정성을 세속적인 방식의 표현을 통해 발현하는 변화를 이루어 냈기 때문이다. 단테의 세계에서 성과 속은 그들을 가로지르는 경계가 희미해지는 가운데서도 각각 자체의 영토를 확보하고 있었다. 단테는 그들이 서로 반목하기보다 서로를 받아들이는 가운데 그들 각각의 영토를 더욱 풍요롭게 만들 수 있다는 확신을 가졌고 또 그 확신을 생산적인 시적 언어를 통해 표현함으로써 성과 속의 오래된 문제와 관련해 믿음직스러운 참조점을 제공하고자 했다. 단테의 성취를 성과 속의 교차라고 부를 수 있다면, 그것은 성과 속을 적당히 버무린 것이 아니라 성의 주제를 속의 형식으로 표현하고 나아가 주제나 형식의 측면에서 성과 속을 그들 사이의 경계를 희미하게 하는 방식으로 서로에게 흘러들게 만들었다는 의미로 보아야 한다.

단테를 오로지 성스러운 것을 다룬 작가로만 이해한다면, 그것은 단테를 오해하는 결정적인 지점일 것이다. 오히려 성과 속의 교차가 그를 고전 작가로 만들어 주었다. 단테는 성과 속을 가로지르는 방식으로 인간의 사랑을 이해하고 그 사랑을 구원의 추동력으로 만들게 이끈 자신의 길잡이들을 『신곡』에 등장시킨다. 말하자면 단테는 길잡이들을 앞세우고 자신은 뒤로 물러난 채 사랑과 구원의 길을 모색하고자 했다. 이렇게 물러나서 넓고 멀리 보는 성찰은 단테의 언어가 깊은 소리를 내게 만들어 주었다. 따라서 단테가 어떤 길잡이들을 어떻게 앞세웠는지 우선 살펴보는 것은 자신의 사랑을 어떻게 성숙시켜 갔는지 이해하는 데 큰 도움을 줄 것이다. 보통 지옥과 연옥을 안내한 베르길리우스와 천국을 안내한 베아트리체를 단테의 길잡이들로 생각할 테지만, 사실상 단테에게 깨달음을 주고 단테의 감정과 사고를 변화시킨 인물들은 모두 그의 길잡이들이라고 할 수 있다. 여러 인물들 중에서 특히 베르길리우스와 오디세우스, 베아트리체, 프란체스카, 그리고 성모 마리아를 하나하나 살펴보고자 한다.[5]

베르길리우스

프로이트를 동원해 단테를 분석하면 다음과 같은 설정이 가능할 수도 있을 것이다. 단테는 당대뿐 아니라 과거의 역사와 문화를 뒤져 보면서 자신을 인도할 존재를 찾고자 하는데, 처음에 그 존재는 아버지의

---

5 한편, 아우구스티누스도 생각할 수 있을 것이다. 아우구스티누스는 로마 가톨릭의 4대 성인 중 한 명임에도 불구하고 『신곡』에서 「천국」의 두 부분(10, 32곡)에서 짤막하게 언급된다. 그러나 단테는 비록 직접 언급하지 않아도 성스러움의 주제와 관련해 아우구스티누스'적' 확신에서 큰 영향을 받았다고 볼 수 있다. 단테 학자 에드먼드 가드너는 단테가 『향연』(3. 2. 11-16)에서 말하는 철학자의 개념을 아우구스티누스에게서 얻었다고 말한다. (Gardner, Edmund, *Dante*(London: British Academy, 1921))

2 단테의 사랑 : 성(聖)과 속(俗)의 교차

이미지로 나타나지만 이어 그것을 극복하고 어머니의 이미지로 복귀한다. 그런 구도에서 단테가 처음에는 베르길리우스를, 나중에는 베아트리체를 길잡이로 삼는 이유를 설명할 수 있다. 그런데 그 둘은 모두 단테에게 사랑의 대상이며 또한 사랑의 징표이기도 하다는 점을 간과하지 않을 때, 베르길리우스는 오이디푸스 콤플렉스에 시달리는 단테가 아니라 문학적 (그리고 이교도적) 영감을 필요로 하는 단테에게 절실했던 길잡이라고 생각할 수 있다. 그리고 베아트리체는 그 연장선 위에서 단테의 사랑을 더욱 복잡하고 종합적인 것으로 만드는 존재로 볼 수 있다.

단테는 『향연』 1권에서 한 번, 2권과 3권에서 각각 두 번, 4권에서는 여섯 번 베르길리우스를 언급한다. 베르길리우스가 등장하는 빈도는 점점 높아지며, 마침내 단테는 4권에서 베르길리우스를 가리켜 "우리의 가장 위대한 시인"이며 "최고의 시인"이라고 추어올린다.(『향연』 4.26.8) 사실상 단테의 전 작품에서 베르길리우스는 약 200여 차례 인용된다. 오비디우스는 100번, 루카누스는 50번, 스타티우스가 30~40번에 이른다는 점을 생각하면, 단테가 좋아하는 다른 작가들에 비해서도 월등히 많은 수치를 자랑한다.[6]

『신곡』 이전의 작품에서 단테는 베르길리우스를 길잡이, 대작가, 아버지, 정서적 동반자 그 어느 것도 아닌, 그저 위대한 시인으로만 언급했던 것에 비해,「지옥」을 쓰면서 전술한 모든 것들을 내포하는 존재로 만들었다. 베르길리우스는 문학적 탐구의 계기이자 마당이며 또한 조언자인 한편 점술적 미신으로 단테에게 다가섰다. 단테에게 베르길리우스의 서사시 『아이네이스』[7]는 아무 페이지나 펴면 그 시행이 자신의

---

6 윌슨, 『사랑에 빠진 단테』, 358쪽.
7 Vergilius, *Aeneis*; 천병희 옮김, 『아이네이스』(도서출판 숲, 2010).

상황에 적용되는, 유럽 식자층 사이에서 통용되는 보편적 '미신'의 텍스트였다. 그렇게 무작위로 찾은 어구는 당시 실제로 '베르길리우스의 운명'으로 불렸다. 역사적으로 '베르길리우스의 운명'이 진실을 말하는 경우도 많았다.[8]

많은 평자들은 베르길리우스가 이교도 작가임에도 불구하고 단테가 기독교의 내세를 여행하는 데 길잡이로 삼은 것은 그가 일찍이 『아이네이스』에서 지하 세계를 방문한 경험을 묘사하는,[9] 문학적 선구자이기 때문이라고 지적한다. 그러한 문학적 선배라는 점에서 단테는 또한 운명과 사랑을 검토하고 반영하는 베르길리우스의 방식을 채택했다. 그들에게 사랑은 충분히 세속적인 것이었다. 그런데 단테의 경우 베르길리우스와 함께 지옥과 연옥을 여행하면서 사랑의 개념에 대해 혼란이 깃든 성찰을 행한 연후에 베아트리체에게 나아가면서 더욱 확고해진 신념을 갖게 된다. 베아트리체와 함께하는 연옥의 지상 낙원과 천국에서 사랑에 대한 단테의 생각이 어떤 식으로 '확고'해졌는지는 또 다른 논점이다. 일단 베아트리체를 신성의 상징으로 놓고 본다면, 베르길리우스와 함께했던 세속적인 사랑이 베아트리체와 동행하면서 성스러운 사랑으로 옮아가는 꼴이다. 그렇다면 그 둘과의 동행을 운명처럼 예정하고 있던 단테의 순례에서 성과 속의 교차로서의 사랑은 처음부터 유전자처럼 내재하고 있었던 것이 아닐까. 성속의 차원에서 볼 때 베르길리우스와 베아트리체라는 적어도 겉보기에는 서로 이질적인 두 존재를 길잡이로 삼은 것은 성속이 교차하는 과정을 순례의 강력한 효과로 예정했다는 추정을 가능하게 한다.

연옥의 꼭대기에 이른 순례자가 마침내 베아트리체를 만나는 장면

---

8 윌슨, 『사랑에 빠진 단테』, 359~362쪽.
9 『아이네이스』의 특히 6권을 볼 것.

2 단테의 사랑 : 성(聖)과 속(俗)의 교차

은 성과 속이 교차하는 풍경을 잘 보여 준다. 순례자는 베아트리체와 피렌체에서 인사를 주고받고 난 뒤 17년 만에 그녀를 다시 만난다. 베아트리체의 죽음은 단테를 철학과 현실 참여로 나아가게 만들었고, 이제 문학으로 돌아오면서 베아트리체를 재회한다. 단테의 세속적 경험은 그의 사랑에 철학적 깊이를 더해 주었지만 그런 그를 맞는 베아트리체는 아마도 신성한 사랑으로 안내하기 위한 준비를 하고 있는 듯 보인다. 그것을 감지라도 하듯 순례자는 "그녀의 신비와 권능에 압도되어/ 전부터 지속되어 온 사랑의 힘을 다시"(「연옥」 30.38-39) 느끼고, 그 즉시로 베르길리우스에게로 몸을 돌리며 베아트리체를 대하는 자신의 두려움과 긴장을 위로받고자 한다. 바로 이 대목에서 성과 속의 '표면적인' 교차가 우리 눈앞에 전개된다.

> 어린 시절이 지나가기 전에 이미
> 내가 알았던 그 지고한 덕의 힘이
> 내 눈에 부딪혀 오자, 곧바로 나는   42
>
> 무섭거나 위로가 필요해서 어머니의 가슴으로
> 달려가는 어린아이의 믿음을 지니고서
> 왼편으로 돌며 베르길리우스에게 말했다.   45
>
> "내 핏줄 속에 떨리지 않는 피는
> 한 방울도 남아 있지 않습니다. 내 눈에는
> 오래된 불꽃의 흔적만 남았어요."[10]   48

---

10 이 구절은 베르길리우스의 『아이네이스』에서 따온 것으로, 이제 『신곡』에서 퇴장하는 베르길리우스에 대한 이별 인사로 인용하고 있다. 아이네이아스가 옆에 없다고 생각한 디도가 그를 그리워하며 한 말이다. 「지옥」 5곡, 「천국」 8곡 참조.

그러나 베르길리우스는 이미 우리를 떠나 홀로 사라졌다.
더없이 따스한 아버지 베르길리우스여,
나의 구원을 위해 영혼을 맡겼던 베르길리우스여,   51

단테는 베르길리우스의 언어(46-48)로 그에게 위로와 의지를 구하지만 그는 그가 발화하는 자신의 언어를 듣지 못한 채, 혹은 듣지 않고서, 사라져 버린다. 베르길리우스는 "홀로" 사라지고 그 자리에는 "우리"가 남는다. 순례자는 그를 즉시 "더없이 따스한 아버지"로 추억하는데, 그 "아버지"의 존재는 그가 "구원을 위해 영혼을 맡"기기에 충분할 만큼 포용력 있는 존재로 묘사된다. 이어지는 구절에서 "아버지"의 상실은 아담과 이브가 에덴의 낙원에서 추방되던 것 이상의 충격이라고 가늠한다.

옛날의 어머니가 잃어버린 모든 것도
이슬로 씻긴 나의 뺨이
눈물로 얼룩지는 것을 막지는 못했으리라.
(「연옥」 30.52-54)

아담과 이브가 에덴에서 추방되면서 상실한 '아버지'를 단테는 베르길리우스라는 아버지에 비교해 보인다. 그런 신성 모독의 표현으로 단테는 베르길리우스에 대한 강한 상실감을 드러내고자 한다. 앞서 연옥의 기슭에서 베르길리우스는 이제 막 지옥에서 벗어난 순례자의 얼굴에 묻은 지옥의 흔적을 말끔히 씻어 주었다.(「연옥」 1.121-129) 그 씻김은 곧 연옥의 순례를 위한 필수적인 준비였다. 그런데 이제 순례자는 그 얼굴을 눈물로 적시는 것이다. 눈물은 그의 뺨에 얼룩지면서 지금까지 연옥의 산을 오른 수고를 헛되게 만든다. 에덴동산("옛날의 어머니(이브)가 잃어버린 모든 것")에서 추방된 슬픔과 고통도 그러한 허전함에 비할 바가 아니다. 이렇게 베르길리우스가 아무 말도 없이 순식간에 사라진 것은 베르길리우스에 대한 상실의 깊음을 더한다. 베르길리우스는 또 다른 길잡이가 나타나는 그 순간에, 그와 겹치지 않는 최대한의 그 지점에서, 사라진다. 그러면서 순례자는 베르길리우스와 베아트리체의 경계에서 뒤를 돌아보는데, 그곳에 베르길리우스는 보이지 않고 대신 그의 앞쪽으로 베아트리체가 나타난다. 그 두 길잡이들을 각각 속과 성의 표시들로 보고 그 경계의 엄밀함으로 속과 성이 뚜렷이 구분된다고 볼 수는 없다. 베르길리우스가 순례자가 돌아보는 저 연옥의 아래, 지옥의 제자리로 돌아갔다고 확정지을 수 없으며, 또한 베아트리체는 순례자가 정면으로 보는 저 연옥의 꼭대기 위, 천국에 배타적으로 국한된 존재가 아니기 때문이다. 말하자면 그들 사이의 경계는 '이미' 흐려진 것으로 존재하는데, 다만 순례자는 '아직' 그것을 깨닫지 못하고 있을 뿐이다. 순례자의 깨달음, 성속의 교차로서의 구원과 사랑에 대한 깨달음은 아직 더 높은 발걸음을 필요로 하고 있다. 그것을 베아트리체는 이렇게 일깨운다.

> "단테! 베르길리우스가 그대를 떠났다 해도
> 아직은 울지 말아요. 아직은 울지 말아요.
> 그대는 또 다른 칼 때문에 울어야 할 테니."
> (「연옥」 30.55-57)

베르길리우스는 갑자기 사라졌고, 그 기약 없는 떠남에 순례자는 슬픔과 당혹감에 눈물을 흘린다. 바로 그 순간 베아트리체는 단테의 이름을 부른다. "단테!" 그녀는 단테를 부르는 목소리로 단테를 저편에서 이편으로 데려온다. 이 부분은 『신곡』에서 '단테'라는 이름이 등장하는 유일한 곳이다. 그만큼 베아트리체가 단테를 부르는 그 목소리가 극적인 중요성을 지닌다는 것일 터이다. 그런데 베아트리체의 음성은 마치 베르길리우스의 아버지 이미지를 이어받듯, 그러나 베르길리우스의 "더없이 따스한 아버지"보다도 더 엄격한 남성 지배자의 그것이다. 과연 그녀는 제독의 모습으로 나타나서(「연옥」 30.58-63) 칼의 남근적 은유를 쓰면서 단테에게 앞으로도 계속 울어야 할 것이기에 울음을 그치라고 호령한다.[11] 그것은 순례자의 길이 아직 남아 있다는 것, 사랑과 구원의 이해와 사고를 더욱 성숙시켜 나가야 한다는 것을 의미한다. 그러나 그렇게 예고하는 베아트리체의 머리에는 월계관("미네르바의 잎들"(「연옥」 30.67))이 얹혀져 있으며, 로세티가 그리듯,[12] 순례자도 머리에 월계관을 쓰고 있을 것이다. 그 월계관은 곧 사랑이 지성의 차원으로 오르는 성취를 상징한다.

그렇게 베르길리우스는 베아트리체와 더불어 각각 속과 성의 영역들로 나뉘면서 또한 서로에게로 흘러든다. 그들은 그렇게 나뉘면서 또한 흘러드는 한에서, 그렇게 관계를 이루는 방식으로, 단테의 길잡이들로 존재하는 것이다. 단테는 그렇게 자신의 길잡이들의 존재 방식을 설정하면서 스스로의 구원을 속에서 성으로 나아가는 일방적인 것이 아니라 그 둘이 서로에게 섞여 드는 쌍방적이고 복합적인 것으로 구상하고자 했다.

오디세우스

단테는 오디세우스를 지옥의 깊숙한 곳에 배치하면서 기만과 오만

---

11 베르길리우스와 베아트리체가 양성적 존재들로서 길잡이로서의 정체성을 교환하는 양상에 대해 다음을 참고할 수 있다. 졸고, 「사랑의 무애: 베아트리체의 전략적 양성성과 불교적 해석」, 『단테 신곡 연구』(아카넷, 2011).
12 이 책, 533쪽 참고.

2 단테의 사랑 : 성(聖)과 속(俗)의 교차

의 상징으로 내세우지만, 그 이면에는 오디세우스의 불굴의 의지를 찬탄하는 눈으로 바라본다. 베르길리우스처럼 표면으로 드러나는 길잡이는 아니지만, 오디세우스는 신의 섭리와 인간의 자유 의지라는 풀기 힘든 문제를 생각하게 해 주는 인물로서, 성과 속이 교차하며 자아내는 여러 문제들에 일정한 시사점을 제공한다는 면에서, 단테의 감춰진 길잡이라 할 수 있다.

프란체스카가 많은 작가와 예술가에게 그 파국적인 간통에서 영원한 사랑을 보도록 영감을 주었듯, 지옥의 더욱 깊숙한 곳에서 벌을 받는 오디세우스가 이승에서 수행했던 영웅적 항해는 저주받을 것이 아니라 훌륭하고 근사한 것으로 느끼게 한다. 미지의 땅을 향해 거친 너울을 가르며 항해하는 오디세우스는 돛대에 자신을 단단히 묶고 세이렌의 소리를 갈망한다. 갈망하면 할수록 자신을 묶은 밧줄은 더 단단히 자신을 조여든다. 스스로 조이면서 벗어나고자 하고 스스로 벗어나고자 하면서 조이는 자기모순적인 존재. 돛대에 자신을 묶지만 또한 벗어나려는 갈망을 (자신도 모르게) 키운다.

그러한 이중성은 그의 귀환 여행 전체가 품는 특징이기도 하다. 엘리아데는 카오스와 코스모스를 대비시키면서 미지의 땅, 이질적인 땅, 점령되지 않은 땅의 영역은 유동적이고 미숙한 카오스 상태에 있고, 인간은 그 땅을 점령함으로써, 특히 거기에 정주함으로써, 우주 창조의 의례적인 반복을 통하여 그것을 상징적으로 코스모스로 변화시킨다고 말한다.[13] 오디세우스의 여행은 그러한 신의 기획에 반하거나 거기서 일탈한다. 그러나 그의 여행이 코스모스를 거부하고 카오스를 향한다고 해서 이른바 우주 창조와 반대의 방향, 즉 무질서와 혼란을 목표로 하는 것은 아니다. 그의 반항과 일탈은 일종의 창조, 즉 인간의 세속적

---

13 미르치아 엘리아데, 『성과 속』, 62쪽.

인 창조의 출발이 된다. 카오스가 품는 무질서와 혼돈은 해결해야 할, 정리되어야 할 상태가 아니라 그냥 그렇게 있는 대로 인정해야 할, 그리고 거기서 출발하면서, 그것을 품으면서, 세상을 설명하고 표현해야 할, 그러한 것이다. 그렇다고 신을 부정하거나 배제하는 것은 아니다. 오히려 성과 속은 공존한다. 공존의 의미는 서로를 인정한다는 것이다. 따라서 오디세우스가 미지의 세계로 여행하는 것은 미지의 세계를 코스모스로 창조하는, 신에 의한 정화의 기획과 다르다. 오디세우스의 기획은 고정된 목표를 설정하지 않는다. 그의 여행은 '도달 없는 귀환'[14]이며, 오염된 순례이며, 카오스를 몰고 다니는 방랑이다.

이런 논지에서 엘리아데가 말하는 "정화"라는 개념을 비판적으로 바라볼 수 있을 것이다. 엘리아데는 스페인과 포르투갈의 아메리카 정복자들이 새롭게 발전하고 정복한 국토를 예수 그리스도의 이름으로 점령하고 십자가를 세우는 것을 땅을 정화하는 것으로 해석하고자 한다.

> 십자가를 세우는 것은 땅을 정화하는 것, 그리고 어떤 의미에서 '새로운 탄생'에 대응한다. 왜냐하면 그리스도에 의하여 "낡은 것은 사라지고, 보라, 새로운 것이 나타났기"(「고린도 후서」 5:17) 때문이다. 새롭게 발견된 국토는 십자가에 의하여 '새롭게 되고' '재창조된다.'[15]

이러한 엘리아데의 사고가 기독교에 편향된 유럽 중심주의에 점령되어 있다는 가능한 혐의 아래, 우리는 오디세우스의 정처 없는 방랑의 무대인 카오스의 상태를 긍정적으로 이해하고 받아들일 수 있고, 인간의 창조를 작동시키는 힘을 발견할 수 있지 않을까. 더욱이 오디세우스

---

14 졸고, 「도달 없는 귀환」, 『단테 신곡 연구』.
15 『성과 속』, 63쪽.

의 여행이 물 위에서 이루어진다는 점은 주목할 만하다. 엘리아데를 빌리면, 물은 창조에 선행하는 카오스의 상태인 동시에 죽음의 무형태다. 그의 여행은 카오스와 무형태로의 환원, 존재의 유배(幼胚, larval) 형태로의 귀환이다. 사실상 그런 귀환의 여행에는 도달이 없다. 즉, 여행하는 그 자체가 목표다. 그와 비슷하게, 성과 속의 구별은 이미 불가능하고 부적절하며, 성과 속을 넘나들면서 그 둘의 혼돈을 보고 겪는 것이 오디세우스의 여행에서 우리가 경험하는 것이다.

엘리아데가 카오스라 일컫는 "점령되지 않은 땅의 영역"이 물을 가리킨다면, 오디세우스가 물 위를 항해한 것, 그 유동성의 물질 위를 떠다닌 것 자체가 하느님의 은총의 외부에 있다는 것을 의미할 수 있다. 이는 베이컨이 『새로운 아틀란티스』[16]에서 묘사하는, 배가 표류하면서 죽음을 각오하는 절망적인 상황, 어둠의 혼돈 속에서, 태초의 시커먼 어둠이 배회하는 수면 위를 떠가는 것과 같은 양상이다. 하느님은 그러한 수면에 마른 땅을 마련한 존재였다. 태초에 하나님이 하늘과 땅을 창조하였다. 당시 아무런 형태를 갖추지 못한 땅은 삭막하기만 했다. 이 혼돈의 땅에는 칙칙하게 어둠이 깔려 있었는데, 하느님의 영이 수면을 떠돌고 있었다.[17] 하느님의 영은 수면이 땅으로 바뀌는 전조다. 그렇게 베이컨의 배도 육지를 만나고, 그 육지-아틀란티스는 하나의 유토피아로 그려진다. 그러나 이에 비해 오디세우스의 육지-연옥은 오디세우스의 상륙지로 허락되지 않는다. 베이컨의 배가 상륙하고 오디세우

---

16 프랜시스 베이컨, 김종갑 옮김, 『새로운 아틀란티스』(에코리브르, 2002), 18쪽. 플라톤이 『티마이오스』(박종현·김영균 옮김, 서광사)에서 말한 아틀란티스는 지브롤터 서쪽 대서양에서 바닷속으로 가라앉은 대륙을 가리킨다. 플라톤은 아틀란티스의 위치를 가리키면서 "지금 우리가 헤라클레스 기둥이라 부르는 해협 앞에 한 섬이 있었다."라고 말한다. 헤라클레스 기둥은 금기의 표지로서, 그것을 넘어서는 곳에 위치한다는 점은 곧 미지의 영역임을 가리킨다.
17 「창세기」1:1-2.

스의 배가 난파하는 결정적인 차이는 베이컨이 독실한 기독교인인 반면 오디세우스는 기독교인이 아니라는 점에 있다. 베이컨은 자신의 유토피아가 기독교 나라라는 것을 지극히 당연하게 여겼다. 그것은 당시 유럽인의 공통된 정서이자 의식이었다.

오디세우스가 『신곡』의 한 축을 이루기에 부족하지 않다면, 그것은 오직 오디세우스의 오만한 항해에 대해 단테가 모호한 태도를 취하기 때문이다. 그 모호성은 『신곡』 전체를 저변에서 가로지르는 분위기이며, 사실상 단테의 순례를 끝까지 추동시키는 힘이기도 하다. 그런 면에서 오디세우스는 단테를 이끄는 길잡이(의 뒤집힌 모습으)로 보기에 부족함이 없다. 오디세우스의 그 오만과 정열로 나아가는 항해를 단테가 완전히 부정한다면, 중력에 저항하는 육체를 끊임없이 긍정하면서 천국의 끝까지 오르고 게다가 다시 육체의 세계로 돌아와 육체의 눈과 언어로 자신의 순례를 기록하는 일은 일어나지 않았을 것이다. 그런 면에서 「천국」 31곡에 등장하는 성 베르나르는 오디세우스의 야누스적 존재가 아닐까. 그들이 함께 받쳐 주는 『신곡』의 주된 가르침은 인간은 내면에서든 행동에서든 가능성의 최대한까지 도달해야 할 의무가 있다는 점이다. 그 점에서 인간은, 오디세우스가 강하게 주장하듯, 짐승과 다르다.[18] 하지만 오디세우스는 또한 자신의 한계를 인정할 줄도 알아야 했다.

미지의 세계를 지의 세계로 바꾸고자 하는 오디세우스의 의지는 어쩌면 처음부터 악을 향한 의지였던 것이 아닐까. 바로 그 점을 단테는 오디세우스를 지옥 깊숙한 곳에 배치함으로써 반영하고 있다. 벤야민이 지적하듯, 『성경』은 태초에 악이 지식과 함께 생겨났다는 것을 말해 준다. 뱀은 아담과 이브에게 선과 악을 알게 될 것이라고 속삭인다.[19]

---

18 오디세우스의 짧은 연설을 보라. 「지옥」 26. 112-120.
19 「창세기」 3:5.

하지만 그 이전에, 창조된 우주를 하느님께서 보시니 참 '좋았다'는 구절도 있다.[20] 그렇다면 아담과 이브의 타락이 있기 전에 이 세상에는 악은 존재하지 않았을 것이다. 악은 지식에 대한 욕구, 판단에 대한 욕구와 함께 인간 자신 속에서 비로소 생겨난 것이다.[21] 이렇게 본다면 악은 인간의 역사에 처음부터 심어져 있었고, 인간의 역사를 추동시키는 힘으로도 생각할 수 있다. 그러나 다른 한편 인간의 역사에는 인간의 본질처럼 새겨진 악을 제거하거나 조절하려는 엄청난 사건도 새겨져 있다. 그것은 나중에 살펴볼 성모 마리아의 수태와 함께 시작된다.

베아트리체

사랑은 단테에게 처음이자 끝이다. 단테는 평생 동안 사랑의 본성과 역할, 의미, 그리고 실천 방식을 탐구했다. 단테는 카발칸티의 냉소로 가득 찬 철학(혹은 자연과학적 분석)보다는 궁정풍 연애와 프로방스 전통을 더 중시했다. 관능적인 삶이 무엇인지 알고 있었고, 여성을 우상화한다는 것의 의미를 알았다. 또 실제로 사랑을 경험했고, 상실과 슬픔을 겪었다. 그는 세상을 떠난 여자에게 영적인 사랑을 바쳤고, 아내가 된 여자에 대한 일상적인 사랑이 무엇인지도 알았으며, 사랑이 정치적 의미를 지닌다는 것도 알고 있었다. 사실상 플라톤(『국가』)과 아리스토텔레스(『정치학』) 이래로 정치는 언제나 사랑의 문제였다. 더불어 공동체를 이룬다는 것은 곧 사랑인 것이다. 문학 창작과 더불어 정치적 활동과 함께 시대를 살다 간 단테는 평생 사랑을 묻고 실천한 지식인 작가로 봐도 무방하다.

단테의 사랑은 사랑의 탐구에서 나왔다는 점이 중요하다. 사랑의 열

---

20 「창세기」 1:31.
21 발터 벤야민, 『독일 비애극의 원천』, 350~351쪽.

망, 사랑의 탐구 자체가 사랑이 되었다. 단테는 일생 동안 사랑을 탐구하고 또한 갈구했다. 그러면서 사랑에 이르려는 자신을 처음부터 이끄는 것은 신성한 빛이었다고 고백한다.(「천국」 33.143-145) 그러나 그의 사랑은 그의 경험과 그 경험에 대한 지속적인 이성적 탐구와 함께 정서적, 육체적, 무의식적 욕망에서 나온 것이다. 여기에서 우리는 사랑이 성과 속이 교차하는 지점과 과정으로 발현되는 광경을 그려 본다.

일찍이 지옥에서 체험한 프란체스카에 대한 단테의 연민은 베아트리체를 거쳐 장차 천국에 위치한 마리아의 성속 결집체와 조우하면서 원래 지녔던 그 미성숙한 불안을 치유하게 된다. 그런데 프란체스카로부터 베아트리체, 그리고 성모 마리아에 이르기까지 단테가 가로지른 성과 속의 이편과 저편 사이에는 많은 인물들이 놓여 있다. 이들을 만나고 떠나보내면서 단테는 성과 속의 복합적인 경험들을 차곡차곡 채워나갔다.

단테가 베아트리체를 만난 두 번의 순간은 '만남'에 의미를 부여할 수 있는 아마도 최고의 예가 아닐까. 그 순간을 단테는 이렇게 표현한다.

그때, 진정으로 말하건대, 가장 은밀한 심장의 방에 살고 있는 삶의 정신이 너무나도 강렬하게 떨리기 시작하는데, 그 모세 동맥들이 무척이나 도드라져 보일 정도였다.(『새로운 삶』 2.4)

누구든 그리운 사람과의 만남에서 감수성을 교환하고 사랑을 느낀다. 단테의 예가 특이하다면, 그러한 교환과 느낌이 곧 그의 인생이며 문학이기 때문이다. 단테는 정신적이고 철학적인 면을 바탕으로 하되, 가볍고 가느다란 떨림마저도 놓치지 않는 예민한 감수성으로 사랑을 묘사한다.

단테와 베아트리체의 만남은 단 두 번 일어났다고 알려져 있지만, 단

2 단테의 사랑 : 성(聖)과 속(俗)의 교차

테의 인생이 기록된 방식이 그러하듯, 우리는 그것을 알레고리로 이해할 필요가 있다. 실제로 13세기 피렌체라는 매우 역동적인 도시에서 불과 몇 블록 떨어져 살았던 그들이 베아트리체가 일찍 죽기 전까지 25년 동안 두 번 이상은 마주쳤으리라 보는 것이 자연스럽다. 그러나 그들의 두 번의 만남은 그들의 만남이 어떠한지를 말해 주는 일종의 설정이다. 『새로운 삶』은 전체가 그들의 만남에 대한 단테 자신의 술회로 채워져 있는데, 그 어디에도 도시의 이름은 언급되지 않는다. 실제로 함께 자랐던 사이지만, 그리고 어쩌면 여러 번 만나 얘기도 많이 나누었을지도 모르지만, 단테는 그들의 만남을 단 두 번으로 제한하고, 또는 제한함으로써, 만남의 특별한 의미를 강조하는지도 모른다. 베아트리체는 단테의 인생과 문학에서 중심이 되었고, 단테를 이해하는 데 불가피한 요소가 되었다.

그들이 실제로 만났던 피렌체라는 도시는 단테의 글에서 베아트리체와 만난 지점, 그녀를 추억하는 장소, 그 사연들에 따라 녹아내려 재구성되었다. 피렌체는 하나의 상징이 되었고, 마찬가지로 베아트리체도 실제의 여자보다는 상징의 여자로 남았다. 이 상징을 우리는 알레고리라고 부른다. 알레고리로 존재함으로써 우리는 베아트리체의 세부를 과감하게 생략하는 동시에 그녀가 지닐 수 있는 깊고 다양한 의미들을 떠올리고 또한 부여한다. 그녀에 관련된 알레고리는 일종의 수비학적(數秘學的)인 신비로까지 변화하면서 농축된 의미층을 형성한다.

그런데 베아트리체는 이렇게 추상의 존재이면서 또한 단테에게 세속의 물질성에 대해 생각하도록 해 준 존재이기도 하다. 베아트리체는 시모네 데 바르디라는 부유한 은행가와 중매로 만나 결혼하고 몇 년 후 세상을 떠나지만, 단테와 베아트리체의 사랑은 비운의 사랑이 아니었다. 그의 사랑은 하나의 표본이었다. 성과 속이 교차하는 방식으로서의 사랑의 표본이었다.

흔히 베아트리체는 단테의 문학적 영감이 자리하는 궁극의 원천이며, 인간을 하느님에게 인도하는 천사라고 말하지만, 베아트리체는 영감의 원천이라는 추상적 존재나 인간과 하느님의 중간자적 존재라기보다 실제 현실에서 살았던, 피와 살을 지닌 여자였다. 단테는 베아트리체를 만나 사랑을 느꼈고, 그 사랑을 『새로운 삶』에서 시와 산문을 통해 드러냈다. 베아트리체에 대한 단테의 묘사는 수비학적 신비화로 장식될 만큼 마치 중세의 성화처럼 하나의 상징으로 되어 버렸지만, 그 때문에 묻힌 베아트리체의 현실의 모습은 단테의 삶과 글의 복합성을 이해하는 데 대단히 중요하다.

『신곡』에서 사랑은 지옥의 프란체스카와 함께 시작하고 천국의 베아트리체와 함께 끝난다. 그러나 사랑의 행로는 일직선이 아니라 원을 이룬다. 베아트리체와 함께 끝나는 사랑의 운동은 다시 프란체스카로 돌아가기 때문이다. 어떻게 돌아가는가? 베아트리체를 예수 그리스도의 분신이라고 말할 수 있다면, 그것은 베아트리체가 예수 그리스도처럼 부활했기 때문이다. 부활의 효과는 죽음에서 살아나 천국의 복자들의 무리로 들어간 것에서만 볼 것이 아니라,(그렇게 보면 수많은 복자들과 다를 것이 없다.) 천국으로부터 지옥으로, 또한 연옥으로, 내려갔다는 사실에 있다. 그리스도는 부활하고 승천하기 전에 지옥을 방문해 여러 영혼들을 구출했다. 단지 죽음에서 다시 일어났다는 것, 죽음을 이겼다는 것보다도, 죽음을 초월한 그 존재가 구원과 연결되었다는 점에서 부활의 의미를 찾는다면, 베아트리체 역시 단테를 구원하기 위해 천국의 존재들에게는 금지의 영역들인 지옥과 연옥을 방문했거나 누군가로 하여금 방문하도록 만들었다는 점을 과소평가할 수 없다.(「지옥」 2곡과 연옥 30-33곡을 보라.) 그에 더해 인간(의 죄)을 판단한다는 면에서도 그리스도와 닮았다. 베아트리체는 연옥의 지상 낙원에서 천국으로 오르기 바로 직전의 단테를 만나 그가 지상에서 저지른 죄를 놓고 준엄하게 꾸짖는다. 그것은 우리가 예수의 생애에서 흔히 볼 수 있는 모습이며, 또한 인간의 구원이 칼과 함께 이루어진다는 기독교적 가르침과 일치하는 부분이다.

예수가 그러했듯이, 베아트리체는 천국에 '머물지' 않았으며, 가장 천국답지 않은 장소들을 거리낌 없이 방문하는 의지를 보이고, 거기에 위치한 자신의 존재의 의미를 묻게 한다. 베아트리체는 계속해서 자기가 있던 곳으로 돌아가고 있으며, 그때마다 거기에 머물고 있는 단테를 계속해서 천국으로 끌어올리는 일을 수행한다. 그것이 베아트리체의 사랑이다. 단테의 사랑은 일면 세속적이었다. 베아트리체가 죽은 뒤 단테는 평생 자신의 영혼의 주인으로 삼았던 베아트리체와 관계없이 다른 여자와 결혼했다. 그러나 베아트리체의 꾸짖음 앞에서 그는 부끄러움과 함께 당황하는 모습을 보인다.[22] 그것은 그가 자신의 세속성을 부정해서가 아니라 사랑의 또 다른 측면을 새삼 생각했기 때문이다. 사랑은 세속적이면서 또한 천상의 것이다. 베아트리체는 속세에서 만난 단테에게 속세적인 감정으로 대하고 있으며,(아마 단테가 그렇게 느꼈을 것이다.) 거꾸로 단테는 속세적인 감정을 밀어내고 천상의 감정으로 베아트리체를 대하고 있다. 단테가 프란체스카에 대해 깊은 연민의 감정을 느꼈던 것과 달리 베아트리체에게는 흠모와 부끄러움의 감정을 느낀다는 것은, 자신의 속세적인 감정을 버릴 준비가 되어 있다는 뜻이다.

그러나 우리가 초점을 맞출 곳은 베아트리체와 단테에게 궁극으로 제시되는 천상의 사랑이 언제나 속세적인 사랑과 짝을 맞춰 존재하거나 일어난다는 점이다. 베아트리체는 단테가 천상의 사랑을 얻기 전에 속세의 사랑을 어떻게 추구했는지 책망한다. 그 앞에서 단테는 부끄러

---

22 단테가 베아트리체를 만나고 이어 레테의 강에 몸을 담그기 전까지의 장면을 참고할 것.(「연옥」 31. 1-90)

움과 회한을 느끼지만, 그것이 파올로와 프란체스카를 보며 정신을 잃고 쓰러지는 지경과 비교될 수 있는 정도는 아니다. 그들에 대한 연민은 단테의 가슴 저 깊숙한 곳에 자리하고 있다.[23]

인간적인 사랑과 신적인 사랑은 베아트리체와 단테의 관계 속에서 연결되어 있다. 그렇기에 『신곡』에서 사랑은 프란체스카의 인간적 사랑에서 출발하지만, 그 이전에 단테를 구하려는 베아트리체의 존재가 지옥의 입구에서 충분히 드러난 것에서 볼 수 있듯, 신적인 사랑은 이미 시작되어 있었다. 신의 사랑에 의해 인도를 받은 단테는 프란체스카를 만나 그 애틋한 사랑의 사연을 듣고 그녀가 지옥에 있을 수밖에 없다고 생각하면서, 바로 그런 판단 때문에 걷잡을 수 없는 슬픔에 빠져 정신을 잃는다. 『신곡』의 처음부터 사랑은 그렇게 신과 인간 사이를 좁히는 방식으로 작용하고 있으며, 그런 방식은 연옥에서 베아트리체가 단테에게 보여 주는 사랑의 방식과 다르지 않다.

사랑을 탐구하는 단테는 베아트리체와 "고귀한 여인", 그리고 프란체스카, 마틸다와 같은 여자들을 생각한다. 그의 생각하기, 거기서 비롯하는 그의 경험은 타자의 입장에 선, 타자를 향한 자세와 방법에서 나왔다. 자기 동일성을 기반으로 하면서 또한 거기에서 벗어나려는, 그러한 비동일화의 과정에서 단테는 카발칸티에게서 벗어난 차원에서, 그리고 보편적인 차원에서, 사랑의 주제를 다룰 수 있으리라 본 것 같다. 데카르트가 주체를 설정하고 주체 내에 모든 것을 가두기 300년 전, 그리고 현재 데카르트로부터 벗어나 주체와 타자의 교차를 논의하

---

23 이것이 단테의 개인적 경험에서 비롯된 것일 수 있다는 발상은 흥미롭다. 단테는 일찌감치 젬마 도나티와 결혼을 약속한 사이였고, 실제로 베아트리체가 죽고 나서 1년쯤 뒤에 젬마와 결혼했다. 그러면서 그는 평생을 베아트리체를 생각하며 살았다. 그 자신이 프란체스카처럼 일종의 불륜의 사랑을 경험한 것이다. 결국 단테는 스스로의 가장 개인적인 경험에서 이미 프란체스카를 동정(연민)할 준비가 되어 있었다. 이 연민을 성모 마리아가 예수에게 가졌던 피에타와 같은 성격이라고 할 수 있을까?

기보다 700년 전에 단테는 그런 구상을 했다.

『새로운 삶』의 끝에서 단테는 다른 여자를 사랑한 것을 인정하면서도 베아트리체는 여전히 남을 것이라고 말한다.[24] 전자는 맹목적 신앙보다는 철학적 탐구를 따르고, 청년 시절에서 새로운 경험으로 나아간 것을 의미하고, 후자는 모든 질문과 탐구가 끝났을 때에도 베아트리체라는 실재와 상징은 여전히 남을 것이라고 예고하는 것이다. 『새로운 삶』은 이러한 역설로 인해 빛을 낸다.

베아트리체가 죽은 이후에 단테는 새로운 사랑에 끌린다. 그 대상은 실제로 어떤 여자이기도 했으나, 그것은 다만 계기였을 뿐, 단테가 새로이 의도하고자 했고 나아가고자 했던 곳은 철학과 사회적 실천이었다. 철학자로서 단테는 보에티우스의 『철학의 위안』과 키케로의 『우정론』에서 큰 영향을 받았고, 보나벤투라의 『아우구스티누스』를 읽으면서 신학적 깨달음의 가치를 알았으며, 무엇보다 아퀴나스의 『신학 대전』과 그를 통해 접한 아리스토텔레스 철학은 『신곡』을 비롯해 이후 망명 시절에 집필하는 글들의 토대가 되었다. 한편 피렌체 행정부에서 최고위원의 자리까지 오른 그의 정치적 경력은 외교와 군사 방면의 추구와 함께 망명 시절 이전까지 실천가로서의 단테의 모습을 풍부하게 보여 준다. 대략 1290년 경부터 1301년까지 이어진 이 시기는 단테의 사랑을 기준으로 본다면 사랑을 잃고 또 다른 사랑을 찾기까지의 과도기라고 할 수 있다. 그 시기 이전에 단테의 사랑은 살아 있는 베아트리체에게 향해 있었고 그 이후에는 죽은 베아트리체에게 향해 있었다. 기독교도인 단테는 자신을 '천국'으로 이끌어 줄 교부의 현자나 성인을 선택하지 않았다. 성 베드로나 성 아우구스티누스, 신성하고 신에 가까운

---

24 『새로운 삶』 29~32장(pp. 144~184) 베아트리체의 죽음 이후 1년이 지나 단테는 천사의 모습을 그림으로 그리고, 베아트리체의 떠남을 기념하고 또한 부활을 예감한다. 10장을 참고할 것.

모든 이들 대신, 닉 토시즈의 표현을 빌리면, "어느 은행가의 죽은 아내를 선택했다."[25] '죽은 베아트리체'는 철학과 신학과 같은 학문을 섭렵하고 정치와 행정의 현실 경험을 쌓은 뒤에 만난 사랑의 대상이었다. '죽은 베아트리체'는 『새로운 삶』에 등장했던 살아 있는 베아트리체보다 훨씬 더 원숙하고 웅숭깊은 존재로 『신곡』에서 부활한다.

결국 단테의 사랑은 학문으로 이어지고, 그리고 나중에 다시 사랑으로 복귀한다. 첫 번째 사랑은 낭만과 여자에 관련된 것인 반면, 학문과 실천을 거친 두 번째 사랑은 정신과 구원에 관련된다. 단테의 사랑은 현실과의 대결과 극복, 즉 정치, 유랑, 좌절과 같은 것들의 산물이자 그 과정이었는데, 이를 통해 사랑이 단련되고 깊어지고 넓어지며 보편화되는 중요한 계기를 이루었다.

프란체스카

프란체스카는 단테가 『신곡』에서 사랑을 묘사하는 출발점에 자리한다. 단테의 사랑 묘사는 사랑의 잘못된 경우부터 시작하지만, 그 잘못된 사랑에 대해 모호한 태도를 보여 줌으로써 사랑의 논의가 확정되어 끝맺지 않은 채 계속 이어질 것을 암시하며, 또한 처음부터 사랑이란 과연 무엇인지 그 본질을 성찰할 것을 우리에게 권고한다.

섶을 지고 불에 뛰어들 듯 위험하기 짝이 없는 일에 목숨을 거는 인생이 가련타! 사랑이 무언가? 고작 몸의 욕망 그리고 마음의 위안이 아닌가? 하지만 그토록 비루한 몸의 욕망, 알량한 마음의 위안을 떼어 버리면 사람의 한살이에 남는 것은 또 무언가?[26]

---

25 닉 토시즈, 홍성영 옮김, 『단테의 손』(그책, 2010), 337쪽.
26 김별아, 『채홍』(해냄, 2011), 48쪽.

2 단테의 사랑 : 성(聖)과 속(俗)의 교차

김별아는 소설 『채홍』에서 내시 김태감의 생각을 빌려 사랑의 본질을 적시한다. 그 본질이란 세속적인 것이며, 세속성을 떼어 내면 사랑은 공허하기 짝이 없다는 것이다. 비루한 욕망과 알량한 위안은 영원한 소망과 심대한 섭리와 감히 맞설 수도 없어 보이지만, 필멸의 육체를 지닌 인간의 사랑을 받치는 근본들이다. 위의 텍스트는 프란체스카를 위로하기에 부족하지 않고 어긋나지도 않는다. 프란체스카는 그러한 몸과 그러한 마음으로 사랑을 했고, 그 사랑을 잊지 못하는 모습(고통 속에서 행복했던 시절을 기억하기[27])으로 순례자 단테의 정신을 마비시킨다. 엄정한 지성의 시인을 그렇게 순식간에 마비시키는 힘은 우리 인간의 사랑이 지닌 비루함과 알량함의 밑천들이 생성하는 더할 수 없이 "집요하고 끈덕진 사랑의 충동과 소망"[28]에서 비롯한 것일 테다. 뒤집어 말하면, 시인 단테는 이미 그러한 사랑의 본질을 알았고 아마 체험했던 것이 아닐까. 그리고 『신곡』과 『새로운 삶』의 저변에 그러한 앎과 체험의 그림자가 깊고 우묵하게 자리하는 것이 아닐까.

프란체스카의 사랑은 파올로와 함께, 동시에, 지옥에 떨어지면서 영원한 것으로 되었다. 그렇지 않았다면 그들은 사랑을 믿었을까? 그들은 남몰래 사랑을 즐겼지만 사랑을 믿는 차원으로 건너가지는 않았던 것으로 보인다. 사랑을 즐기던 중에 함께 죽임을 당하면서 그들은 사랑을 믿는 영혼들의 모습으로 지옥의 두 번째 고리에서 한시도 떨어지지 않은 채 함께 허공에서 바람에 날려 다닌다. 지옥에 떨어졌기에 영원한 사랑이 된 역설. 사랑을 즐기기보다는 이제는 사랑의 힘을 믿(어야만 하)는 처지에 떨어진 상태에서 프란체스카가 들려주는 이야기는 전적으로 슬프다기보다 또 다른 면들을 생각하게 한다. 프란체스카의 심

---

27 "비참 속에서 행복한 시절을 떠올리는 것보다 더 괴로운 고통은 없어요."(「지옥」5. 122-123)

28 『채홍』, 49쪽.

정이 단순하지 않다는 점,(그녀가 랜슬롯의 이야기를 곡해하는 것) 그리고
그들의 사연이 죄악으로 물들어 있다기 보다는 연민을 불러일으킨다는
점, 여러 겹의 의미 생산 층들로 이루어져 있다는 점과 같은 것들이다.

단테가 연옥에서 만난 프랑스 시인 아르노 다니엘은 아마도 단테와
비슷한 종류의 사랑을 경험했던 것 같다. 아르노는 다음과 같이 말한다.

> "나는 아르노라고 합니다. 지금 눈물로 노래하면서
> 어리석었던 나의 지난날을 슬프게 기억하며
> 즐거운 앞날을 기다리고 있습니다.
>
> 이 계단의 꼭대기로 당신을 인도하는
> 위대한 힘의 이름으로 부탁합니다.
> 때가 되면 나의 고통을 기억해 주시오."
>
> 그리고 저들을 정련하는 불꽃으로 숨었다.
> (「연옥」26. 142-148)

아르노는 세속적 사랑에 빠진 것을 후회하면서 신성한 사랑을 기대
한다. 그러나 단테는 세속적 사랑에서 몸을 빼내 신성한 사랑으로 옮겨
간 아르노가 자신을 대변한다고 여기지는 않는다. 그런 단테를 세상은
단테를 수월하게 감당하지 못한다. 『신곡』은 아르노와 같은 평이한 해
결로 마감되지 않는, 훨씬 더 대담한 작가이며 텍스트이기 때문이다.

프란체스카의 사랑은 결코 단순하지 않다. 겉으로 그 사랑은 지옥에
서 영원한 벌을 받아야 하는 불륜이며 부도덕한 것이지만, 속으로는 충
분히 복잡하다. 랜슬롯의 이야기를 자의적으로 해석하여 원래는 기니
비어가 랜슬롯에게 먼저 입을 맞춘 것을 프란체스카는 랜슬롯이 먼저

입을 맞춘 것으로 변형시키면서 그에 따라 파올로가 자기에게 먼저 입을 맞춘 것으로 보게 한다. 그런 가식적인 태도를 간파하고 묘사하면서도 단테는 끝내 기절을 하고 지옥의 바닥에 쓰러져 버린다. 그러한 단테의 반응은 자기모순과 좌절, 번민으로 가득하며, 해결을 제시하기보다는 그 번민을 보여 주고 생각하기를 권하는 차원에서 멈춘다.(「지옥」 5.88-142)[29]

여자에 대한 단테의 자세에는 분명 뭔가가 있다. 비일관성. 그것은 그가 관습적인 일반인의 태도를 거부하고 정립시킬 수 없는 뭔가를 꿈꾸기 때문이 아닐까. 어쨌든 단테는 자유분방한 사고와 상상력, 정서의 소유자다. 그의 분노는 가지 못한 길을 아쉬워하는 자의 분노가 아니라 관습에서 헤어나려 하지 않는, 정의(定義)와 대의명분에 얽매인 세상에 대한 분노다. 그러한 세상에서는 기표에 실린 기의들을 자유롭게 투사하는 가능성이 낮을 수밖에 없다. 단테는 작가로서 기표의 자유로운 유희를 추구하고, 그럼으로써 기존 질서에 반항하고자 한다. 여성과 사랑에 대한 단테의 태도는 그와 맞물린다. 결국 프란체스카에 대한 단테의 연민은 단테 자신에 대한 연민과 같다. 전자는 사랑에 직접 맞물리는 한편, 후자는 속어와 공동체, 구원, 정의, 권력과 같이 단테 스스로 질문을 던졌던 다른 문제들로 뻗어 나간다.

적어도 사랑에 관한 한, 사람이 정해 놓은 경계는 결국 사람에 의해 배반당한다. 경계가 배반당한다는 것은 경계를 넘어선다는 것이다. 경계가 배반당하고 초월되는 것은 밀려드는 사랑으로 인한 것이다. 사랑은 원래부터 경계가 없다. 그것이 사랑의 본질이며 사랑이 존재하는 이유

---

29 순례자 단테는 기절함으로써, 작가 단테는 그런 기절을 다만 묘사함으로써, 해결을 제시하기보다 생각을 권한다. 이는 작가의 특권이다. 특히 사랑에 관해서 그러하다. 사랑은 기록되는 것이 아니라 기억되는 것이고, 독자의 공감과 함께 살아나는 한에서 '기록'되는 것이기에 그러하다.

다. 엄연히 프란체스카를 지옥에 배치한 처사로 미루어 단테의 눈에 프란체스카의 사랑은 금기를 벗어난 것이다. 그러나 그 금기는 단테의 혼절과 거기서 엿보이는 연민과 함께 깨진다. 말하자면 단테는 금기를 설정하면서 또한 그 금기를 어지럽힌다. 여기에는 '개인'의 존재가 '끈덕지게' 자리한다. 프란체스카도 개인이고,(그러한 사랑을 한 바로 그 사람) 단테도 개인이다.(그런 사람에게 그런 연민은 느낀 바로 그 사람) 둘 다 시대를 초월하는 행태를 보이는 것은 바로 그런 개인성의 발휘에 기인한다.

파올로와 프란체스카는 정욕 때문이 아니라 그들의 사랑이 그 둘만을 위한 이기주의였기 때문에 지옥에 있다고 생각할 수 있다면, 그러한 그들에 대해 단테가 강렬한 연민을 내보이는 것은 사랑이란 무엇인가 하는 물음에 대해 결코 간결하고 명료하게 대답할 수 없는 자신의 처지를 돌이켰기 때문일 것이다. 베아트리체가 죽은 뒤에 단테는 젬마 도나티와 결혼했지만 베아트리체를 계속해서 그리워했다.[30] 그리고 단테는 사랑의 대상을 학문과 실천으로 확대시켰고, 거기서 그의 사랑은 채 익기도 전에 땅에 떨어진 썩은 열매처럼 결실을 얻지 못한 채 끝나고 말았다. 지옥에 처한 파올로와 프란체스카를 만날 때 단테가 지니고 있던 사랑은 결코 단순하지 않았다. 이미 청신체파 시절에 품었던 고매한 사랑의 이상은 한구석에 밀려나고, 그 자리를 이질적인 불순물들이 오염시킨 뒤였다. 그러나 그러한 복잡성으로 인해 단테의 사랑은 그만큼 복잡하고 불완전한 우리 세상과 온갖 사랑의 경우들에 대해 훨씬 더 높은 단계의 이해와 포용을 펼칠 능력을 갖게 되었던 것이 아닐까. 프란체스카는 애욕의 죄를 짓고 지옥의 두 번째 고리에서 고통을 당하는 죄인인

---

30 여러 평문과 소설들이 추정하듯,((프란체스코 피오레티, 『단테의 비밀 서적』(작은 씨앗, 2011)); 닉 토시즈, 『단테의 손』; 윌슨, 『사랑에 빠진 단테』) 단테의 결혼 생활은 예사롭지 않았다. 부인은 물론 자식들에 대해서도 크게 애정이 없었다고 전해진다. 아마 망명의 불안정한 생활과 학자이자 작가로서의 임무에 크게 기울어져 있었기 때문이 아닐까.

데, 그녀에 대한 연민이 하느님에게 다가가는 단테의 발길에 '속한다'는 것. 바로 여기에 지옥이란, 사랑이란, 성과 속이란 무엇인가의 문제로 나아가는 하나의 길이 놓여 있다.

성모 마리아

『신곡』에서 나타나는 성속의 교차의 궁극, 그리고 그것으로 드러나는 사랑의 절정은 성모 마리아에게서 구현된다. 성모 마리아는 단테는 물론 모든 인류의 구원의 중심에 선 존재다. 크게 세 가지 면에서 그러하다.

첫째, 『신곡』에서 어두운 숲에서 헤매는 순례자를 구하기 위해 루치아를 불러 베아트리체로 하여금 그를 돕게 한 것은 마리아였다. 마지막에 천국의 꼭대기에서 베르나르가 단테와 우리 모두가 지고의 빛을 보게 해 달라고 기도한 대상도 마리아였다.

둘째, 더욱 근본적인 차원에서 보면, 하느님이 동정녀 마리아의 배속에서 인간이 되었다는 '그리스도의 성육신'을 생각할 수 있다. 이는 『신곡』의 중심 주제이자 기독교(로마 가톨릭)의 중심 교리다.

> 『요한복음』은 영원한 말씀이 육신이 되었다고 말한다. 이 육신은 육신의 의지가 아닌 하느님의 의지로 태어났다. 그로 인하여 하느님이 인간을 처음 창조하며 자신의 모습으로 인간을 만들었을 때(그러나 그 모습은 곧 더럽혀져 그리스도 안에서 다시 회복해야 할 모습이다.) 애초 인간의 상태였던 공생(symbiosis)이 실행된다. 따라서 이 육신에 불과한 인간이 하느님이 거하시는, 눈을 멀게 하는 설명할 수 없는 빛에 다가가려면, 그리스도를 잉태한 마리아에게 호소해야 한다.[31]

---

31 윌슨, 『사랑에 빠진 단테』, 441쪽.

이러한 윌슨의 해설에서 우리는 천국의 꼭대기에서 하느님의 빛과 합일을 이루기 전에 순례자 단테가 베르나르의 기도를 통해 성모 마리아와 만나는 장면을 상상하고 작가 단테가 그 장면을 삽입한 이유를 알 수 있다. 작가 단테의 목적은, '코메디아'라는 제목이 의미하는 사항들 중 하나가 그러하듯, 신과 인간의 결합이었다. 이것이 순례자가 눈을 멀게 하고 인간의 언어로 도저히 설명할 수 없는 지고의 빛을 향해 계속해서 다가서는 것의 의미다. 그러한 상태에서 단테가 베르나르를 통해 기도를 드릴 대상, 신과 인간의 결합을 중재할 궁극의 '천사'로 떠올린 존재는 바로 성모 마리아였다.

셋째, 성모 마리아가 신과 인간의 결합을 중재하는 존재라는 것은 마리아의 근본적인 존재 이유이기도 하다. 이 대목에서 우리는 마리아가 수태를 고지 받을 때 그녀가 내린 결단에 주목할 필요가 있다. 속이 성을 받아들임으로써 성을 속으로 내려오게 하여 속을 구원으로 이끄는 이 사업에서 마리아의 자유 의지는 결정적이었다. 사실상 마리아를 성속의 결합으로 보는 것은 해결되지 않은 부분(예로, 마리아가 무원죄의 잉태를 한 존재냐 하는 것)도 있으나, 마리아의 자유 의지는 성속의 문제에서 대단히 중요하다. 그 의지가 바로 성과 속의 연결을 향한 것이기 때문이다.

자유 의지라는 개념은 우리 인간이 운명에 얽매인 존재가 아니며, 그런 한에서 우리 인간이 스스로 내리는 도덕적 선택은 언제나 엄청난 의미를 지닌다는 점을 말해 준다. 이런 진술은 마리아가 자신의 결단을 내리는 순간에 주목할 때 힘을 얻는다. 그녀는 하느님에 의한 잉태를 받아들이기로 선택했다. 그녀가 선택하지 않았다면 구원의 작업은 이루어질 수 없었다. 그렇기에 그녀가 역사적으로 거의 알려진 것이 없음에도 불구하고, 모든 인간은 그녀를 존경하고 숭배해야 하는 것이다.

동정녀 마리아, 당신의 아들의 딸이시여![32]
하느님의 영원한 계획으로 선택된,
모든 피조물들 중 가장 겸손하고 가장 높으신 분이여!

당신은 인간의 본성을 고귀하게
하신 높은 분이시기에, 하느님께서는
스스로 인간이 되기를 꺼리지 않으셨습니다.

당신의 배 속에서 따스함을 준 사랑이
다시 불타올랐으니, 그 따스함으로 이렇게 무량한
평화 속에서 꽃이 피어나고 있습니다.

(「천국」33.1-9)

이렇게 베르나르로 하여금 기도를 올리게 하는 단테는 성모 마리아를 인간으로 보았다. 작가 단테가 사랑의 궁극, 자유 의지의 원천으로서 성모 마리아를 설정하게 된 것은 베르나르가 성모 마리아에 대해 표방한 입장과도 관련이 있을 것이다. 베르나르는 성모 마리아가 원죄 없이 잉태되었다는 무원죄 잉태설에 반대했다.[33] 예수 그리스도는 한 인간의 뱃속에서 태어났다. 그것은 온전히 하느님의 "영원한 계획"이었다. 그래서 성모 마리아는 자신의 "아들의 딸"이라는 모순된 존재 방식에도 불구하고, 그러한 모순을 견디는 한에서 구원자를 이 땅에 내려

---

32 『신곡』의 마지막 장은 우아한 문체에 전례(典禮)의 형식을 띠고 있으며, 가장 유명한 부분들 중 하나다. 궁극의 구원을 주관하는 존재는 하느님이지만, 여기에서는 성모 마리아의 재현을 통해 단테의 비범한 시적 성취를 이루고 있다. 하느님은 사실상 재현할 수 없는 초월적 대상이기 때문이다. 바로 그러한 한계에 부딪히면서 시적 성취는 더 커진다. "당신의 아들의 딸"은 성모 마리아가 하나의 피조물로서 자신의 창조주를 낳은 불가사의를 함유한다.
33 윌슨, 『사랑에 빠진 단테』, 444쪽.

오게 할 수 있었던 것이다. 성모 마리아가 다른 인간과 다른 점은 자신의 의지를 발휘해서 예수 그리스도라는 육신화된 신을 잉태했다는 점이다. 그런 한에서 성모 마리아는 원죄를 지닌 인간이 하느님에게 다가가기 위해 거쳐야 할 필연적인 통로가 된다. 그 통로를 통해 하느님은 "스스로 인간이 되기를 꺼리지 않으셨"고, 그 "배 속에서 따스함을 준 사랑이 다시 불타올라" 성모 마리아는 "모든 피조물들 중 가장 겸손하고 가장 높으신 분"으로 된다.

헤겔에 따르면, 성모 마리아의 모성애는 행복을 느끼는 어떤 한 어머니의 사랑, "잃어버림에 대한 슬픔과 고통받고 죽은 아들에 대한 한탄"을 품은 사랑이다. 이 모성애는 신성함을 고유한 내용을 지니는 동시에 "자연적인 통일성과 인간적인 감정"으로 채워진다. 그래서 인간이 신과 동일시되며, 여기에서 "순수한 망각, 즉 자신을 스스로 완전히 포기하는" 일이 일어난다. "개인이 신과 하나가 되는 느낌은 마리아의 모성애 속에서 가장 근원적이고 사실적으로 생생하게 드러"난다.[34]

이와 같은 어쩌면 환상적이고 신비한 연상의 흐름 속에서 순례자이자 작가 단테는 스스로가 처한 인간으로서의 한계에서 벗어나 순수한 사랑의 빛을 견딜 수 있게 된다. 그러한 견딤은 지옥과 연옥을 견딘 것과 근본적으로 다를 것이 없는 성격의 것이다. 단테는 지옥과 연옥을 견딘 존재로서 천국의 빛을 받아들일 자격과 힘을 얻기 때문이다. 그 절정에서 단테가 의지한 것은 성모 마리아라는 성속 결집체였다. 성속의 교차는 단테가 어둠에서 빛으로 나아가게 만든 힘이었다. 바로 그것이 단테가 『신곡』의 마지막 곡에서 강조한 "사랑"의, "태양과 다른 별들을 움직이시는 사랑"(「천국」 33.144-145)이 의미하는 것이다.

---

34 헤겔, 『미학 강의』 3권(은행나무, 2010), 제2권, 441쪽.

사랑의 탐사

사랑의 지성

단테는 신성한 사랑과 세속적 사랑의 그릇된 구분을 버렸다. 베아트리체의 죽음과 함께 청신체파 시절을 마감하면서 그는 학문에 몰두했고 정치적 행동으로 나아갔으며, 결혼해 가정을 꾸리는 일상인이 되었고, 또한 아르노 다니엘과 프로방스 시인들의 '이단적'인 문학에 심취했고, 마침내는 정처 없는 유랑의 길에서 세상의 복잡한 겹들을 경험했다. 그러나 그의 사랑, 성과 속을 교차하며 가로지르는 가운데 발현된 그의 사랑은 청신체파 시절에 쓴 『새로운 삶』에서 '이미' 시작되었다.

많은 날들이 지난 후에, 앞에서 이 지극히 친절한 숙녀로 묘사한 현현에 뒤이어 정확히 9년이 흘러 그 막바지에 이를 즈음에, 이 불가사의한 여자는 희디흰 색깔의 옷을 입고 그녀보다 연상의 두 우아한 여자들 사이에서 모습을 드러냈다. 길을 가다가 그녀는 내가 두려움에 떨고 있던 그곳으로 눈길을 돌렸고, 오늘로써 영원한 삶으로 보상받을, 이루 말할 수 없을 정도의 깍듯한 예의를 갖추어 내게 고결하게 인사를 했다. 그만큼 나는 지복의 모든 모습을 구석구석 보는 듯했다. 그녀의 그리도 달콤한 인사가 내게 도달했던 시각은 분명 그날 오후 3시였고, 그때가 그녀의 말이 움직여 나의 귀에 이른 처음 순간이었기에, 나는 너무나도 달콤해서 사람들을 떠나, 마치 취한 사람처럼, 내 방의 한적한 공간으로 돌아가 푹 파묻혀 이 지극히 공손한 여자를 생각했다.(『새로운 삶』 3. 1-2)

사실상 『새로운 삶』에서는 베아트리체의 죽음을 애도하는 장면까지 나온다.(『새로운 삶』 29-30장) 단테는 죽은 베아트리체를 기억하며 글을 쓴 것이다. 그런 그에게 남겨진 유일한 희망은 내세에서 그녀를 만나는 것이라고 추측할 수 있다. 따라서 "그녀의 그리도 달콤한 인사"는 단테가 죽은 베아트리체를 내세에서 만나리라는 희망과 함께 스스로의 구원에 대한 기대, 그리고 더 중요하게, 그러한 주제의 글을 쓰리라는 예감을 나타낸다. 단테는 인사를 받은 즉시 자기 "방의 한적한 공간으로 돌아가 푹 파묻혀" 베아트리체를 상상했다고 회상한다. 그는 과연 무엇을 상상했을까.

열여덟 베아트리체의 드레스 속에 숨겨진 육체를 인식하는 단테. 그녀를 만나고 나서 단테는 자신의 방으로 갔다. 자신의 가장 은밀한 마음의 방에서 그는 꿈을 꾼다. 꿈에서 그는 베아트리체가 어떤 성인의 손에 이끌려 자신의 심장을 먹고 나서 슬피 울며 하늘로 올라가는 것을 목격한다. 이 광경에 단테는 너무나도 거대한 불안에 시달리다가 흠칫 깨어나 이를 "사랑에 충실한 모든 이들"에게 알리기 위해 시를 짓기 시작한다.

> 매혹당한 모든 영혼과 친절한 마음
> 그 속으로 이 시가 들어갈지어다,
> 그래서 그들의 마음이 내게 화답하도록,
> 그들의 군주이신 사랑으로 내가 말하도록.[35]
> 벌써 모든 별이 빛나는 시간의
> 삼 분의 일이 거의 지나갔을 때,
> 사랑은 갑자기 나에게 나타났는데,

---

35 사랑으로 말한다는 것은 청신체의 중심 모티프다. 단테는 「연옥」 24곡 49-54행에서 오르비치아니 보나쥰타(Orbicciani Bonagiunta)와 문답을 주고받으며 자신의 청신체적 시의 특징을 이렇게 정의한다. "사랑이 내게 입김을 불어 줄 때/ 마음을 모으고 사랑이 속으로 속삭이는 대로/ 나는 읊조리면서 가는 사람이라오." 『새로운 삶』에서 단테가 채택한, 자신의 내부에서 사랑이 말을 할 때 그 말을 충실하게 기록하고 받아 적는 시작(詩作) 방법을 단테는 청신체라고 명명한다.

2 단테의 사랑: 성(聖)과 속(俗)의 교차

그 존재를 기억만 해도 온몸이 떨려 오네.

내게 기쁨은 나의 마음을 제 손에 쥐고 있는

사랑과도 같았고, 그 팔에는

나의 숙녀가 옷 한 벌에 싸여 잠들어 있었네.

사랑이 그녀를 깨우자, 이 마음은 사랑이 겸손하게 키워 온

겁먹은 그녀를 향해 불타오르는데,

이내 나는 사랑이 울면서 가 버리는 것을 보았네.

(『새로운 삶』 3. 10-12)

　　단테가 베아트리체의 인사를 받고 자신의 방으로 돌아가 꿈을 꾼다는 『새로운 삶』의 묘사를 두고 부르크하르트는 "인간의 정신과 영혼은 자신의 내밀한 삶을 깨닫기 위한 발걸음을 힘차게 내딛고 있다."[36]라고 평가한다. 꿈을 꾸는 단테는 자신의 사랑이 죽는다는 것을 '이미' 알고 있었고, 자신의 사랑이 앞으로 순탄하게 커 나가지 않을 것을, 세상을 이루는 기본 원리와 세상에 횡행하는 불순한 언행들에 연루되어 나날이 변신하고 거듭 태어날 것임을, '이미' 알고 있었다. 그렇게 세월이 흘렀고, 단테는 정처 없이 유랑하면서 그동안 겪고 보고 생각한 사랑을 『신곡』에 담아냈다. 『새로운 삶』의 은밀한 방은 이제 『신곡』의 너른 저승 세계가 되었고, 은밀한 방에서 베아트리체를 생각했던 것처럼 그 너른 저승 세계에서 단테는 베아트리체에 의해 인도되고 베아트리체를 기다린다. 그러면서 단테는 일생 동안 시종일관 자신의 사랑이 어떻게 커 나가고 변화하는지 지켜보고 또 그 과정을 글로 썼다.

　　단테가 성과 속을 씨줄과 날줄로 교차시켜 짜내는 사랑은 "사랑의

36　야코프 부르크하르트, 이기숙 옮김, 『이탈리아 르네상스의 문화』(한길사, 2003), 390쪽.

지성"이라는 구절에서 온전히 요약된다.[37] "사랑의 지성"은 사랑의 영
적 차원을 지적 차원과 교합시킨다는 함의를 담고 있다. 그것은 영적
차원과 지적 차원의 단순한 혼합도 아니고 어느 한쪽이 다른 한쪽으로
흡수되는 양상도 아니며, 그 둘이 각각의 실체를 유지하는 가운데 서로
에게로 넘쳐흐르면서 일종의 종합을 이루어 내는 것을 뜻한다.

> 사람과 샘 사이에서 사랑이 불타오르던 것과
> 반대되는 착각에 나는 빠져들었다.
> (「천국」 3. 17-18)

나르키소스는 샘에 비친 자신의 허상을 실체로 알고 사랑에 빠졌으
나, 순례자는 반대로 실체를 두고 허상으로 착각하고 있다. 단테가 보
기에 나르키소스의 실수는 자신과의 불가능한 사랑에 빠진 것이 아니
라 허상과 실체를 혼동한 것에 있다. 주체가 자신의 자아 속에 빠진다
는 해석은 다분히 프로이트 이후의 심리학에서 나오는 것인 반면, 단테
는 나르키소스가 물에 반사된 자신의 이미지, 즉 그 자신이 하나의 실
체로 받아들이는 이미지에 반했다고 본다. 단테의 이런 구도는 사랑을
빠져드는 것이기보다는 서로를 비추는 것, 즉 하나로 되기보다는 두 개
가 서로를 인지하는 것으로 이해하게 해 준다. 둘이 하나로 되면서 서
로를 조응하는 이러한 대위법적이고 다성악적인 조화는 단테의 사랑이
기본적으로 음악적 조화에 토대를 둔다는 것을 말해 준다. 음악적 조화
에 토대를 둔 사랑의 지성. 들뢰즈의 말을 빌리면, "음악은 초감성적인
질서와 척도에 대한 지적인 사랑이면서 그와 동시에 물체적인 진동들

---

37 "사랑의 지성을 가진 여인들이여." (「연옥」 24. 49-51)

2 단테의 사랑 : 성(聖)과 속(俗)의 교차

로부터 나오는 감성적 쾌락"[38]이다. 음악적 조화는 끊임없이 모든 선율을 전개하는 수평적 멜로디(다성악)이면서 동시에 내부적인 정신적 통일성 혹은 꼭짓점을 구성하는 수직적 화성(화성악)이다.

단테는 "사랑의 지성"이라는 개념을 음악적 조화가 나타나는 연옥의 상층부에서 인지하고 언명하기 시작한다. 단테의 구원의 순례는 곧 스스로를 사랑으로 채워 가고 끝내 사랑으로 현현된 신이 되어 가는 것과 다르지 않다. 그러나 그러한 순례가 다름 아닌 지옥에서 출발했다는 사실은 간과할 수 없다. 신과 인간의 합일을 목표로 하는『신곡』의 전개는 순례자 단테의 슬픔에서 시작하여 기쁨으로 나아가는 꼴을 하고 있다. 순례자는 지옥의 영혼들을 보면서 끝없는 슬픔에 몸을 가누지 못하지만 연옥의 영혼들과 만나는 길에서는 꿈을 꾸며 미래의 구원을 예감한다. 그러나 적어도 단테에게 슬픔은 기쁨으로 대체됨으로써 그 의미를 얻지 않는다. 슬픔은 단테의 순례가 채워 나가는 사랑의 일부를 이룬다.

이 슬픔은, 아퀴나스에 따르면, "인간의 정신적, 본질적 자산, 즉 하느님이 인간에게 부여했던 특별한 정신적 존엄성에 관련된 것이다. …… 정확히 말해 하느님 앞에 선 인간의 상태라는 의무로부터 물러서는 어지럽고 두려운 후퇴인 것이다."[39] 단테가 지옥에서 기절하는 것은 자신의 의무를 너무나 벅찬 것으로 만드는 지옥의 끔찍한 광경을 이기지 못한 탓이다. 그래서 그는 두려워 도망가고 싶었을 테지만, 일단 지옥에 들어선 이상 도망갈 구석, 안전한 피신처란 있을 수 없다. 지옥이 단테 자신의 상상의 세계라는 점을 상기한다면, 단테는 스스로에

---

38 Deleuze, Gilles, *Le Pli, Leibniz et le Baroque*; 이찬웅 옮김, 『주름: 라이프니츠와 바로크』(문학과지성사, 2008), 233쪽.

39 Agamben, Giorgio, *Stanze: La parola e il fantasma nella cultura occidentale*(1977)(Torino: Einaudi, 2006), p. 10.

게 주어진 의무의 전면적 파기를 도저히 스스로 용납할 수 없었던 것이다. 그래서 그는 기절하면서 잠시 의무를 보류하고자 한다. 하지만 잠시 '나태'해지는 단테는 그런 자신에 대해 슬픔을 느낀다. 이렇게 보면 프란체스카에 대한 단테의 "연민"은 우선은 자신에 대한 것일 수 있다. 이에 비해 연옥에서 꿈을 꾸는 단테는 위에서 말한 대로, 사랑의 지성으로 연결될, 사랑의 지성을 준비하는 단계로 올라선다. 연옥에서 꿈을 꾸면서 단테는 자신의 의무를 이행하는 것에 대해 한층 더 강한 자신감에 찬 자신을 발견하는 것이다.

단테에게 의무의 망각, 즉 나태는 슬픔이 흘러나오는 기원과 같은 것일까? 아감벤은 보들레르의 시〔권태〕를 두고 "나태와 목숨을 건 전쟁"이며 또한 "나태를 무언가 긍정적인 것으로 바꾸려는 시도"라고 파악한다. 나태(acedia)의 그리스어 어원은 무관심(a-chedomai)이다. 조토의 스크로베니 프레스코와 프라도 박물관에 있는 히에로니무스 보스의 원형화, 피테르브뤼헬의 판화 같은 것들에서 나타나듯, 나태는 슬픔과 융합되어 있다. 나태에 젖는 슬픔, 나태해지면 슬퍼지고 슬프면 나태해지기 마련인 것. 그것이 연옥의 죄인들이 씻어 내야 할 일곱 가지 대죄에 속한다는 것. 그것을 아감벤은 "정오의 악령"이라는 중세의 알레고리로 설명한다.[40]

그러나 전체의 흐름을 볼 때 지옥에서 내비친 단테의 "연민"이 사랑의 일부, 혹은 사랑으로 연결될 것이었듯이, 나태는, 단테가 연옥에서 설명하듯,[41] 사랑의 한 형태로 보아야 한다. 단테의 나태함은 욕망을 사라지게 하지 않는다. 다만 욕망의 대상에서 멀어질 뿐이다. "욕망과 손에 쥘 수 없는 욕망의 대상 사이에서 아가리를 벌리고 있는 심연 속으

---

40 위의 책, pp. 5~14.
41 「연옥」 17곡을 보라.

2 단테의 사랑 : 성(聖)과 속(俗)의 교차

로 한없이 떨어지는 것."[42] 나태한 인간 단테는 여전히 욕망의 불길을 태우지만 그 불길이 어떤 방향으로 타올라 어떤 목적지로 갈지 알 수 없는 것이다. 따라서 단테의 나태한 상태는 사랑의 욕망을 함께 간직할 수 있는데, 다만 그 사랑의 욕망의 정도와 방향을 수월하게 조절하지 못할 뿐이다.

나태에 대한 교부철학의 해석은 나태한 자를 내면의 유령이 끊임없이 뱉어 내는 생각들을 조절하지 못하는 자로 본다. 나태는 내면이 무너지고 자기에게서 도주하며 영적 존재로서의 존재감을 상실하는 상태다. 자신의 위치와 의도에 불안을 품고 자신의 생각에 질서와 조화를 부여할 줄 모르는 무기력한 상태다.[43] 베아트리체를 만나자 곧바로 자기 방으로 돌아가 꿈을 꾸며 환영을 보는 단테, 베아트리체의 죽어 가는 얼굴을 꿈속에서 응시하는 단테, 프란체스카의 기막힌 사연을 들으며 정신을 잃고 쓰러져 순례를 잠시 중단하는 단테, 시간의 단축이 엄청난 의미를 갖는 연옥에서 잠을 자며 꿈을 꾸는 단테. 이러한 단테의 모습들은 '나태'의 범주에 속하는가.

나태는 유령을 만나는 일이며 생각에 잠기는 시간이다. 아감벤의 지적처럼, 생각이란 중세에서 항상 상상이나 환상과 연관되어 사용되었다.[44] 단테는 생각이 이러한 중세적 개념에서 벗어나 지적 활동으로 쓰이게 된 지점에서 꿈을 꾸고 있다. 그렇게 본다면 단테의 꿈은 환영을 보되 그 환영을 지적 차원으로 끌어내는 복합적인 활동이라 해도 좋을 것이다. "사랑의 지성"이란 바로 그러한 활동을 가리키는 말이다. 상상이나 환상의 무질서한 팽창은 지옥의 슬픈 영혼들을 겪는 단테의 내면을 채웠던 것이다. 단테는 그러한 팽창과 그 조절 사이의 아슬아슬한

---

42 위의 책, p. 12.
43 위의 책, p. 8.
44 위의 책, p. 8.

줄타기 위에서 자신의 언어를 세워 나갔다. 그리고 단테의 모습은 '나태'라는 용어가 단순히 노동을 기초로 하는 자본주의적 윤리에서 벗어나는 소극적 의미로 축소되기 이전에[45] 지녔던 복합적인 의미를 통해서 비로소 이해할 수 있는 상태다. 결국 단테의 "연민", 그 슬픔은 죽음에 이르는 슬픔이 아니라 건강한 슬픔이다. 건강한 슬픔은 나태함을 대상으로부터 멀어지는 도주가 아니라 대상을 향해 나아가는 도주로 만든다.

이미 청신체파 시절부터 단테는 비물질적인 것과 물질적인 것, 이성적인 것과 비이성적인 것을 중개하는 역할이 곧 작가의 임무라고 생각했던 것 같다. 그것은 곧 땅에 걸쳐 있으면서 그 끝은 하늘에 닿아 있는 야곱의 사다리를 놓는 일이었다. 그러한 중개를 담당하는 것은 환상적 영이라고 불리는 것으로, "시선 속의 형상을 스스로의 것으로 받아들이는"[46] 방식으로 존재한다. 말하자면 주체와 대상의 완벽한 교합(보들레르 식의)을 도모하는 꼴인데, 단테의 경우 인간의 시선 속에 들어온 신의 형상을 인간의 언어로 묘사하는 방식으로 신과 인간의 합일을 추구한다. 이것이 『새로운 삶』에서 준비하고 『신곡』으로 결실을 맺은 단테의 영적 여행의 전체 여정일 것이다. 인간의 시선 속에 들어온 신의 형상이라는 구절은 자체를 초월한 존재를 자체 내에 담는다는 식의, 사실상 그 자체로 불가능하고 모순된 내용을 담고 있다. 이것이 순례자 단테가 천국에서 겪은 것이며, 말로 할 수 없음(ineffabilità)과 인성을 초월한다는 것(trasumanar)이라는 용어들로 요약해서 보여 준 바 있다.(「천국」 1곡) 그런데 자신의 시선 속에 들어온 신의 형상을 자신의 것으로 받아들이는 단테의 환상적 영혼을 완벽한 조화로서의 사랑은 이미 그렇게 되도록 이끌고 있었다고 말하며 『신곡』의 끝을 맺는다.(「천국」 33곡) 모든 것

---

45 아감벤은 게으름을 나태의 부르주아적 변장으로 본다. 위의 책, p. 9.
46 위의 책, p. 121.

2 단테의 사랑 : 성(聖)과 속(俗)의 교차

의 경계와 거리가 폐지되는 경지. 단테가 그 경지를 표현할 수 있는 최후의 유일한 길은 원을 측량하는 기하학자의 모습을 끌어오는 것, 인간 지성의 정수로서 수학적 지식을 동원하는 것이었다.

사랑의 구원

이제 우리는 앞서 소개한 부르크하르트의 평가에 맞춰 이렇게 말할 수 있지 않을까. 『신곡』에서 맺은 사랑과 함께 인간 정신은 그것의 가능한 최고의 포용력을 향해 나아갔다고.(「천국」33.124-145) 일찍이 지옥에서 체험한 프란체스카에 대한 단테의 연민은 이제 마리아의 성속 결집체를 향한 확신과 함께 그 미성숙한 불안과 한계를 넘어선다. 그의 연민과 그로 인한 혼절의 상태는 아직 사랑, 즉 구원의 방식으로서의 성속의 종합에 대해 확신을 갖지 못한 데서 나온 것이었다. 단테를 빛으로 나아가게 해 준 힘은 결국 성의 유일한 발현이 아닌, 성속의 합일의 작동이었다. 애초부터 그렇게 작가 단테가 설정한 것으로 『신곡』에 나타나며, 다만 단테의 고민은 성과 속의 교차가 어떻게 이루어지는 것으로 표현하느냐 하는 것이었다. 단테는 아마 성속의 합일이 해답이라는 걸 알고 있었을 것이다. 다만 그 과정을 펼쳐 보일 필요에 당면했던 것이고, 『신곡』은 그 펼쳐 보이는 여정의 기록이었다. 이제 단테는 사랑이 그 모든 것을 설명한다는 것을 보여 준다.

오로지 스스로 안에만 홀로 정좌하신
영원한 빛이시여! 당신 자신에게만 알려지고 당신만을
아시는 당신은 알고 알려지면서 사랑하고 빛을 내십니다.   126

그렇게 발원하여 당신 안에 비추어진
빛으로 나타난 그 원을 나의 눈이 잠시

집중하여 바라보았을 때,   129

자체의 내부에서, 자체대로 물들여진 그것은
우리의 모습으로 그려진 듯했으니, 나의 눈은
그 모습에 온전히 고정되었습니다.   132

고심하며 원을 측량하려는 기하학자가
담겨진 원리를 발견하지는 못하고 다만
자기가 할 수 있는 대로 생각하듯이,   135

나도 그 새로운 모습에 그러했다. 나는
그 모습이 원에 어떻게 들어맞았는지,
거기서 어떻게 자리를 잡고 있었는지 보고 싶었는데,   138

하지만 내 날개는 그에 닿지 않았다.
그 즉시로, 내 정신이 원하는 것을 이루게 했던
어떤 광채가 나의 정신을 흔들었다.   141

여기에서 높은 환상은 힘을 잃었다. 하지만
이미 나의 소망과 의지는, 똑같이
움직여진 바퀴처럼, 태양과 다른 별들을   144

움직이시는 사랑이 돌리고 있었다.
(「천국」 33. 124-145)

단테는 『신곡』을 마무리하는 부분에서 비교적 평이한 비유를 쓴다.

순례자는 눈앞에 펼쳐진 성스러움의 신비를 이해하려 하나 도로(徒勞)에 그치는 괴로움을 묘사하기 위해 기하학자가 원을 측량하는 모습을 끌어온다. 기하학자는 그가 가진 모든 재주를 동원해 사각형을 무수히 그려 원주를 측정하려 하지만 얻고자 하는 원리는 끝에 발견하지 못한다. 그와 마찬가지로 순례자도 지성의 힘을 끌어모아 하느님의 신비를 보고 이해하려 하지만, 끝내 거기에 이르지 못한다는 것을 알게 된다.

단테는 자신이 추구하고자 했던 것("내 정신이 원하는 것")을 이루게 하는 "어떤 광채"에 "높은 환상"을 통해 온전히 집중하려 한다. "높은 환상"은 시인의 고도의 상상으로, 하느님을 관조하기까지 고양되어 왔다. 지성을 도와 이성과 감성을 중개하던 그의 환상은 더 이상 나아갈 수 없고, 따라서 비전은 끝이 났다. 하지만 그의 의지와 소망은 하느님의 의지와 온전히 하나가 되었다. 하느님의 의지는 그의 비전이 그치기를, 이제 그만 작동을 중단하기를 원하고 있었던 것일까?

하느님은 수레의 두 바퀴처럼 모든 운행을 균등하게("똑같이") 관장한다. 그렇듯 하느님은 일정하게 함께 돌아가는 바퀴처럼, 그 모든 것을 알고자 하는 시인의 바람, 위로 오르면서 흔들리고 힘을 잃는 그의 소망을 보편적인 조화 속에서 "이미(già)" 안정시킨 것이다. 신성한 신비의 심오함에 잠기면서 은총이 비추는 가운데 단테는 복자들의 반열에 자리한다.(이는 내세의 순례를 시작하기 전에 어두운 숲에 처한 상태와 대조된다.) 앎의 열망, 궁극의 목적에 노정된 의지는 보편적 질서의 리듬 속에서 안정을 이룬다.

지성("정신")에 바탕을 둔 시인의 작가적 환상은 더 이상 힘을 발휘하지 못하고 따라서 창작을 더 이어 나갈 수 없고, 그에 따라 글쓰기를 통한 구원의 기획을 계속할 수 없는 상태다. 그러나 "이미" 사랑은 구원의 기획을 수행하려는 시인의 "소망과 의지"를 이끌고 있었다. 사랑은 온 우주의 조화를 구현하는 것이니, 구원의 힘과 원리는 사랑에서 나온다는 것이다.[47] 단테의 "소망과 의지"를 "이미" "돌리고 있었"던 "사랑"을 돌리는 것은 단테의 의지의 소산이라고 볼 수 있다. 여기에서 "의지"와 "사랑"은 서로 맞물려 돌아간다. 다시 말해, 단테의 "의지"는 "사랑"이 돌리고, 그런 "사랑"이 "의지"를 돌리는 힘은 다시 "의지"에서 나온다.

단테의 궁극의 관심은 태양이나 별들이 아니라, 자기의 "소망과 의지"를 진즉부터 돌리고 있었던 "사랑"으로 향한다. 사랑은 작가 단테와 독자인 우리 모두의 소망과 의지를 "이미" 돌리고 있었다. 그 사랑은 어디에 있었는가? 이것이 단테가 말하고자 하는 핵심이다. 구원을 향한 우리의 소망과 의지는 "이미" 돌아가고 있었는데, 그 회전하는 중심, 그 회전시키는 힘은 하느님의 사랑에서 나온다. 그런데 사랑은 하느님에게서 나왔으나, 하느님은 그 사랑을 성모 마리아를 통해서(그리고 예수 그리스도를 통해서) 비추었다. 즉 그 사랑은 성의 순수 무결한 완전체가 아니라, 속이 섞여 들어간 일종의 불순물, 성속의 결집체로 변신하는 한에서 우리 인간에게까지 내려오는 것이다.

그 '이미'의 직접적 대상은 힘을 잃은 "높은 환상"이다. 작가의 환상은 이제 힘을 잃고 더 이상 창작해 나갈 수 없는 상태에 도달했다. 이는 우리를 문학을 통해 구원으로 이끄는 한계에 도달했다는 뜻이다. 그런데 구원을 향한 우리의 소망과 의지는 그렇게 작가의 환상이 한계에 도

---

47 『신곡』의 마지막 구절은 하느님을 담고 있다. 하느님의 존재는 「천국」의 처음 구절뿐 아니라 『신곡』을 여는 「지옥」의 첫 곡(1. 16-18)을 채운다. 「천국」 첫 행을 "모든 것을 움직이시는 그분의 영광"으로 시작해서 이제 그 끝 행을 "태양과 다른 별들을 움직이시는 사랑"으로 맺는다. 하느님("그분")은 곧 사랑이며, 천국의 처음이자 끝이고, 또 지옥조차 사랑이 만들었기 때문에("태초의 사랑이 나를 만들었다."(「지옥」 3.6)) 우주 만물이 하느님의 사랑으로 채워져 있다. 시인에게 사랑은 모든 것이다. 『신곡』은 극도의 혼란으로 시작한다. 어두운 숲에서 길을 잃은 영혼에게 신도, 지도자도, 방향도 없다. 그런데 사랑의 신에 의해 사랑의 원천과 재결합한 그 영혼은 이제 행동할 준비가 되어 있다. 영혼과 육신의 움직임과 삶에 대한 영원한 긍정이 가능해진 것이다.

2 단테의 사랑 : 성(聖)과 속(俗)의 교차

달하기 전에 "이미" 사랑에 의해 계속 움직여지고 있었다. 사랑이 "이미" 우리의 소망과 의지에 작용하고 있었다는 뜻이다. 그렇기에 그 사랑은 오로지 작가와 독자의 내면으로 흡수되는 한에서 그 힘을 발휘한다. 그런 사랑은 단테가 지금까지 추구해 온 것, 즉 성속의 교차로서의 사랑이다.

말로 할 수 없는 성스러움을 단테는 말로 하고 있다.[48] 천국의 태양천에서 청빈으로 새로운 사랑을 찾는(「천국」 11.64) 산 프란체스코의 몸에 나타난 십자가 성흔은 육신을 통한 성령의 발현, 즉 성이 속과 결합하는 신비로운 성육신의 확고한 예다. 사실상 그러한 신비는 『신곡』 전체에 퍼져 있다. 널리 퍼진 성육신의 신비로움 속에서 사랑의 의미는 더욱 깊어진다. 육체적 사랑과 영적 사랑, 개별적 사랑과 집단적 사랑은 하나의 사랑 안에서 교합하고 상승한다. 이것을 단테는 문학(상상과 글쓰기)으로 구현했던가? 어쩌면 거꾸로 글쓰기를 통해 상상을 하고, 그 상상을 사랑의 경험과 탐구로 받치는 가운데 육신화된 사랑의 본질을 깨닫는 순서로 나아갔다고 봐야 할 것이다. 글을 쓰면서 그는 사랑의 경험을 분석하고 표현하는 연습을 했고, 그러면서 사랑의 성스러움과 세속성이 교차된 육신화된 사랑으로 나아가면서 그것을 통해 하느님으로 표상되는 궁극 진리에 도달하고자 했다. (그래서 그의 글들은 전체가 완벽한 일관성을 이루지 않고 서로 모순을 보인다.) 그러면서 독자를 그러한 자신의 여정 전체에 동참시킨다. 그 여정은 글쓰기뿐 아니라 정치와 사랑, 망명 등 실제 삶도 들어가 있지만, 결국 그 여정을 들여다보게 해 주는 것은 그의 글밖에 없다. 글쓰기는 그의 모든 것(사랑의 경험

---

48 이는 엘리아데가 성스러운 것이 자연적인 실재와는 전적으로 다른 하나의 실재로서 현현함에도 불구하고 경외, 장엄, 신비와 같이 인간의 세속적인 정신생활을 묘사하는 말에서 빌려다 표현한다고 지적하는 것과 같은 맥락이다. 엘리아데는 그러한 유추적 표현법은 그 전혀 다른 것을 표현할 수 없는 인간의 무능에 기인하며, 인간의 자연적 경험을 초월하는 모든 것을 그 경험에서 얻은 언어로 환원한다고 지적한다. 엘리아데, 『성과 속』, 48쪽.

과 탐구, 육신화된 사랑이라는 궁극의 단계)을 이끌고 포괄한다. 마치 그 모든 별과 해를 처음부터 이끄는 것이 사랑이었다고 결론 짓듯이, 단테의 모든 것을 이끈 것은 (사랑보다는) 글쓰기였다.

이제 단테는 독자들에게 영과 육신의 교차, 삶에 대한 긍정, 구원의 추구를 수행하라는 촉구를 한다. 어두운 숲에서 시작한 단테의 순례는 이제 영원한 행복을 제시하는 것으로 끝나는데, 그 영원한 행복의 내용은 이전의 순례 전체를 톺아보는 것으로 비로소 채워진다. 다시 말해, 영원한 행복은 성의 순수 무결한 완전체가 아니라 지옥과 연옥과 천국의 흔적들의 결합체라는 것이다. 바로 거기에서 우리의 구원의 실천이 시작된다.

3 단테의 변신

변신의 함의와 단테의 변신

생물학이라는 근대 학문의 차원에서 변신(變身, metamorphosis)이라는 용어는 동물이 태어난 뒤에 육체적으로 자라나는 과정을 가리킨다. 세포 증식과 그로 인한 차별화는 동물의 몸의 구조에 명백하고 단절적인 변화와 함께 행동 양식의 변화를 동반한다. 사실 변신이라는 용어의 과학적 사용은 제한적이다. 모든 종류의 세포 증식의 양상에 적용되지 않는다. 예로, 포유동물에 변신이라는 용어를 적용하는 것은 적절하지 않다. 그러나 변신이라는 용어의 한 전범을 제시했던 오비디우스 이래로 문학 창작에서 변신은 오히려 인간을 포함해 포유동물의 경우에 거의 배타적으로 적용되었다. 서양 문학에서 변신이라는 용어는 오비디우스와 루카누스부터 카프카에 이르기까지 여러 작가들에 의해 정착되었는데, 특히 몸의 생물학적 변화라는 측면을 공통적으로, 또 현저하게, 담고 있다. 여러 작가들에 의해 정착되는 과정에서 변신의 의미가 특히 몸의 변형과 관련된 것으로 굳어졌으리라는 추정이 가능할 것이다. 그러나 변신은 몸의 외적인 변형과 그 묘사에만 그치는 것은 물론 아니다. 변신은 몸의 변형이면서 또한 정체성의 변형이기도 하다.

변신은 범박하게 말해 변형과 이동을 내포하는 용어다. 무릇 하나에서 다른 하나로 변하고 옮아가는 것은, 그 원리가 그러하듯, 유지와 상실, 재획득의 연쇄를 의미한다. 그리고 그 속에는 흔적과 오염, 새로운 창조의 국면들이 담기게 된다. 변신의 주제를 다룬 작가들은 거의 예외 없이 한 대상의 변형과 이동, 그로 인한 정체성의 유지와 상실, 재획득의 연쇄가 일어나는 과정을 텍스트에서 묘사했는데, 흥미로운 것은 그 작가들이 그러한 변신의 과정 위에 자신을 올리면서 스스로의 변신을 추구하는 경향을 보인다는 점이다. 변신은 한 텍스트 내에서 한 대상에게 일어나는 사건인 한편, 한 텍스트의 변신 사건이 다른 텍스트에서 또 다른 변신의 사건으로 탈바꿈하는 일이 일어나는데, 바로 그러한 변신 과정 전체는 작가 자신의 변신의 알레고리이기도 한 것이다.

사실 변신이라는 용어 자체를 제목으로 사용한 오비디우스가 변신 주제의 원조라면, 그런 오비디우스의 변신을 변형시킨 여러 사례들을 떠올릴 수 있다. 변신을 다룬 작가들이 구사한 묘사와 비유의 다양성은 양상의 차이일 수도 있고 또한 성취의 단계나 깊이의 차이일 수도 있다. 작가들이 변신을 다루는 양상과 성취가 저마다 다르다는 것 자체가 일종의 변신의 결과라고 말할 수 있다. 바꿔 말해, 한 작가는 선배 작가의 예를 그대로 이어받기보다는 어떤 식으로든 변형을 가하는 과정에서 자신의 독창성을 확보하고자 하기 마련이다. 그런 과정에서 양상이 달라지는 것은 물론 그 성취의 정도도 달라질 수 있는 것이다.

이렇게 변신은 한 텍스트 내에서 묘사되는 사건이자 작가들 사이에서 일어나는 사건이지만, 또한 한 작가에게 일어나는 사건이기도 하다. 어떤 한 작가에게 일어나는 변신은 다시 자신의 한 텍스트 내부 혹은 여러 텍스트들 사이에서 보이는 변신과 그에 따라 작가 자신에게서 일어나는 변신, 그리고 후대에 작가와 텍스트에 대한 평가들이 시대마다 달라진다는 의미에서의 변신으로 나눠 생각해 볼 수 있다. 단테의 변신은 단테가 자신의 여러 텍스트들과 더불어 계속해서 새로운 모습으로 변모하며 나타나는 것을 뜻할 수 있는 한편 살아 있는 작가 자신의 변신을 뜻하기도 하며, 또한 르네상스와 낭만주의 시대에 각기 다른 모습으로 나타났던 변신을 가리키기도 한다.[1]

단테는 자신의 『신곡』 내에서 구원의 순례를 이어 가는 동안 계속해서 변신을 하는데, 사실상 『신곡』 내에서 변신을 하는 순례자의 모습은 작가 단테가 일생 동안 이루어 내는 변신의 함축적인 알레고리로 볼 수 있다. 『신곡』을 단테의 자전적 알레고리라고 적확하게 파악한 윌슨은 단테가 "세속적인 사랑을 하는 남자로서, 친구로서, 아버지로서, 남편으로서 사랑의 경험들을 거부하지 않으면서도, 신성한 사랑과 은총의 화신이 된, 해와 별을 움직이는 사랑의 대변인 베아트리체의 안내를 받는다."[2]라고 말한다. 단테는 바로 그러한 세속과 신성 사이에서 일어나는 스스로의 변신의 과정을 문학으로 옮기는 데 주력했던 것이다. 살아 있는 한 사람으로서 단테는 일생 동안 구원을 향해 자기 자신을 변신시켜 갔다. 단테는 피렌체의 마이너 귀족 가문에서 태어나 정치적인 성공을 거두고 망명가의 길을 걸으면서 철학자와 정치학자, 신학자, 그

---

1 그러한 측면에서 모든 작가들은 '변신'을 겪는다고 할 수 있다. 특히 시공간을 초월하며 살아남는 고전 작가들의 경우 변신의 양상이 두드러지게 나타난다. 그것은 그만큼 자신들이 속했던 시대에 충실히 응답하는 과정의 결과로 창작이 다양하게 이루어졌고 그렇게 나온 창작물이 시공을 초월한 호소력을 지닐 수 있기 때문일 것이다. 단테의 문학 언어가 16세기부터 20세기에 걸쳐 영국과 독일, 스페인 등 유럽에서 텍스트의 세부 국면들이나 작가의 사상, 이미지의 구성, 그리고 그 밖에 여러 측면에서 어떠한 변신을 거듭하며 살아남았는지 하는 주제에 대해 다음 책을 참고할 수 있다. Haywood, Eric G., ed. *Dante Metamorphoses: Episodes in a Literary Afterlife*(Dublin and Portland, Or: Four Courts Press, 2003). 이 글에서 나는 단테의 텍스트에서 표출된 변신과 단테 자신의 변신, 이 두 가지를 집중하여 논의하고, 단테 이후에 단테의 모습이 어떻게 변화해 갔는가 하는 일종의 수용의 문제는 다음 작업으로 미루고자 한다.
2 윌슨, 『사랑에 빠진 단테』, 357~358쪽.

리고 언어학자로 활동하고, 그리고 마침내 진지한 문학 작가로, 계속해서 자신을 뒤집는 모습을 보여 준다. 이러한 변신의 양상들 전체가 곧 단테를 이루며, 인류의 구원이라는 하나의 귀결점을 향해 응집되는 특징을 보여 준다. 아스콜리가 단테를 서양 문학에서 가장 "믿을 만한 (authoritative)" 문화적 인물로 평가하는 것은 이렇게 단테가 삶과 지식과 실천의 다양한 국면들을 거치면서 스스로의 개인적 정체성을 인류의 구원이라는 숭고한 차원에서 구현해 냈다고 보기 때문이다.[3]

아스콜리의 주목할 만한 논점과 별도로 필자가 생각하는 것은 그러한 구원을 향한 단테 자신의 변신은 그러한 자신의 변신 과정 전체를 바라보고 또 그 변신 과정이 자신을 바라보게 하는, (다시 말해, 변신 과정을 바라본 스스로의 시선의 흔적이 스스로에게 남아 있게 하는) 이른바 상호 조응의 행위를 통한 것이라는 점, 그리고 그러한 조응은 무엇보다 기억을 통해서 이루어진다는 점이다. 말하자면 시차로 유발되고 시차를 유발시키는 기억에 의한 조응, 기억 속에서 이루어지는 조응을 통해 변신의 목적인 구원을 '지속적으로' 달성하고자 했으며, 그것이 『신곡』에 정교한 필치로 표현되고 있다는 점이다.(기억에 의한 조응은 그 시차성으로 인하여 성찰을 수반한다는 점도 기억하자.) 그렇다면 구원을 문학 활동의 궁극 목적으로 삼았던 단테에게 변신과 조응이란 구원을 향한 하나의 창작 방법론으로 채택되었다고 볼 수 있다.

여럿이 지적하듯, 단테가 오비디우스를 침묵시키는 것,(「지옥」 25. 97) 그 자신감은 오비디우스가 비기독교 세계에 머문 작가인 반면 자신은 오비디우스의 성취에 기독교 세계의 심원한 비유들을 더했다는 확

---

3 아스콜리는 단테가 어떤 과정을 거쳐, 어떤 글을 쓰면서, 개성과 자의식을 갖춘 근대 작가로 변신해 나갔는지 추적한다. Ascoli, Albert Russell, *Dante and the Making of a Modern Author*(Cambridge: Cambridge University Press, 2008).

신에서 나온다.[4] 이를 상호 텍스트성의 측면으로도 볼 수 있는데, 정작 중요한 것은 그 두 작가 사이에 연속성과 차이의 관계, 라이벌과 영감의 근원의 관계가 있는 한편, 단테는 기독교 세계의 심원한 차원을 적용한 것에 더해 고도의 복합적인 의미를 창출하는 데 성공했다는 점이다. 그래서 오비디우스의 변신은 외적 형상의 변화를 묘사하는 데 치중한 반면, 단테의 변신은 윤리와 철학, 신학 차원에서 조명될 내용을 지닌다. 「지옥」에서 단테가 오비디우스와 자신을 대놓고 비교하면서까지 표출한 자신의 변신 묘사에 대한 자부심은 묘사의 우월성을 넘어서서 단테 자신의 삶과 문학 전체가 변신의 과정을 거치면서 구원을 향해 나아가고 있다는 것에 대한 확인이기도 했다. 바로 이러한 점들이 단테의 변신의 주제가 시대를 넘어서서 현재적 의미를 담고 지속되도록 만든 힘이다. 그런 힘을 통해 단테는 단순한 모방의 시인에서 벗어나고, 또 스스로 오비디우스를 넘어선다고 과시하는 가운데 자칫 저지를 수 있는 오만의 죄를 피할 수 있었던 것이다.[5]

단테는 글을 쓰면서 스스로의 변신을 이루고자 하는 열망을 직간접적으로 표현했으며, 때로는 실천으로, 때로는 성찰로, 때로는 자각으로, 때로는 지식의 축적으로, 때로는 경외와 겸손의 표현으로 변신의 주제를 변주하는 모습을 보였다. 단테와 관련해서 변신의 의미를 추적하는 작업은 비교적 많은 성과를 남기고 있다. 변신이라는 주제 자체가 그리스와 로마까지 거슬러올라가는 심원한 뿌리를 지니고 인간의 문화사에서 대단히 다양한 변주를 이루며 지금까지 파생되었기 때문이며, 그와 함께 더 중요한 것은 단테를 이해하는 가장 중요한 주제들 중 하나이기

---

4 Barolini, Teodolinda, *Dante and the Origins of Italian Literary Culture*(New York: Fordham University Press, 2006), p. 158; Cioffi, Caron Ann, "The Anxieties of Ovidian Influence: Theft in Inferno XXIV and XXV", *Dante Studies*, with the Annual Report of the Dante Society, No. 112(1994), p. 78.
5 Barolini, *Dante and the Origins of Italian Literary Culture*, p. 158.

때문이다.[6] 단테는 『신곡』에서 변신의 국면들을 오비디우스와 루카누스 같은 고전 작가들과 다르게 표현하면서, 지옥의 죄인들이 결코 성찰적 조응이 장착된 변신을 겪지 못한 반면, 지옥과 연옥, 천국을 거치는 순례자는 성찰적 조응으로서의 변신을 거치면서 구원을 성취한다는 것을 보여 준다. 그러한 성취는 작가의 차원에서 볼 때 변신을 새롭게 표현하고 거기에 새로운 의미를 부여함으로써 단테 자신의 문학적 독창성을 환기시키는 것이기도 했다.

변신으로서의 순례

변신은 고대 이래로 수많은 작가들이 흥미를 갖고 다뤄 온 주제다. 작가들은 한 존재의 정체성이 바뀌는 것, 혹은 더 직접적으로 '몸'이 변화하는 것을 다양하게 상상했다. 그런데 현대의 테크놀로지는 그 상상의 세계를 현실의 세계에서 펼쳐 낸다. 클론이라 불리는 복제가 그것이다. 남의 세포가 된다는 것. 또 남의 세포를 자기 것으로 만든다는 것. 그렇게 바뀐 세포들의 집합체는 몸의 변화를 야기하고 정체성의 변화까지 몰고 온다.[7]

---

6 질송은 베아트리체를 변신의 측면에서 조명하면서 단테의 종교적 소명 의식을 논의한 흥미로운 글을 썼다. Gilson, Etienne, "Dante's Clerical Vocation and Metamorphoses of Beatrice", *Dante and Philosophy*(New York: Harper & Row, 1963), pp. 1~82.
7 이런 진술은 과잉된 것으로 볼 수도 있다. 세포를 다룬다는 것, 세포를 복제하여 새로운 생명을 만든다는 것은 아직 실험 단계일 뿐이기 때문이다. 아직 자유로운 복제 기술의 운용은 불가능하다고 한다. 따라서 위의 문장은 더 정확히 하면 현대의 테크놀로지는 세포 복제의 현실을 과거보다 더 실감나게 상상하도록 해 주었다고 수정해야 할 것이고, 따라서 몸의 변화와 정체성의 변화도 아직 상상의 차원에서 이루어진다고 말해야 한다. 그 상상의 차원은 문학과 영화에서 주로 이루어지고 있는데, 문학의 경우 그 역사가 상당히 길다. 그것은 복제-변신의 꿈이 인간에 내재한 주요 욕망들 중 하나라는 것을 말해 준다. 왜 인간은 복제와 변신을 꿈꾸는가? 그것은 기본적으로 '다른 모습으로 되기'인데, 기본적으로 일탈이라는 낭

기본적으로 변신은 잉태와 생장의 과정 혹은 양상으로 이루어진다. 잉태는 세포가 분열을 시작하는 기점을 말하며 생장은 그 분열이 완숙한 경지에 이르러 개별자로서의 생명과 활동을 영위하기에 적절한 상태를 향해 나아가는 것을 말한다. 변신은 둘 이상 복수의 개체들이 서로의 정체성을 교환하는 과정이며 결과다. 변신의 끝에서 하나의 새로운 단일체나 여러 개의 파생물이 생겨나는데, 주목할 것은 그 단일체 혹은 파생물들 안에는 상호 교환의 흔적이 남아 있다는 사실이다. 각자의 세포가 뒤얽히기도 하고,(이는 각각의 세포 상태가 유지되는 경우다.) 서로의 세포 안에 서로의 속성을 남기기도 한다.(이는 각각의 세포가 분열을 일으키는 경우다.)

육체의 변형과 정체성의 변화라는 이분법으로 모든 변신의 유형들과 그것들이 수반하는 의미 체계가 말끔하게 정리되는 것은 아니다. 그 이분법을 넘어서서, 혹은 그 이면에, 더욱 복합적인 무엇이 숨어 있을 수 있다. 어떤 개체가 변신하면서 자신과 타자를 한꺼번에 모방하는 양상에서 그 개체는 끊임없이 변하며 자기 정체성을 변화롭게 유지한다. 바로 그렇게 변하면서도 변하지 않는, 혹은 변하지 않으면서도 변하는, 그러한 과정을 곧 변신으로 본다면, 어떤 것이 그러한 변신의 과정 그 자체로 존재하는 것도 가능할 것이다.

『신곡』에는 수많은 변신의 몸들이 등장한다. 그중 그리핀은 방금 말한 변신의 과정 그 자체로 존재하는 예로 인용할 만하다. 그리핀은 연옥의 꼭대기에서 사자의 몸과 독수리의 머리를 하고 순례자 단테의 눈앞에 나타난다.

만적 욕구 혹은 창조라는 인간의 욕구에 닿아 있다. 전자는 문학과 같은 상상의 활동이 기본적으로 인간에게 재미를 가져다준다는 면에서, 후자는 미지의 세계를 남겨 두지 않으려는 인간의 존재 방식이라는 면에서, 인간 역사에서 끊임없이 작용했다. 그 둘은 사실상 서로 결속되어 있다.

그리핀이 전차를 목에 걸고 끌어왔다.   108

그리핀은 두 날개를 위로 높이 펼쳤는데,
각각 한가운데 띠와 양쪽의 세 줄기 띠들 사이로 펼쳤기에
어떤 띠도 부서지거나 해를 입지 않았다.   111

날개는 눈으로 볼 수 없을 만큼 높이 솟아 있었고
새에 해당하는 부분은 황금빛이었으며,
나머지는 하얀 바탕에 붉은 얼룩들이 찍혀 있었다.   114
(「연옥」 29. 109-114)

거울에 비친 햇살처럼, 그녀의 눈에
두 짐승의 모습이 때로는 이 모양
때로는 저 모양으로 어른거렸다.   123

독자들이여, 상상해 보라! 그 자체는
변함이 없으면서 그 이미지로는 끊임없이 변하는
피조물을 보고 내가 얼마나 놀랐는지!   126
(「연옥」 31. 108-126)

　단테는 그리핀의 존재를 눈으로 보면서도 그게 무엇인지 이해하지 못
한다. 그 이유는 바로 그리핀이 단테가 우리 세계에서 익숙하게 보던 존재
방식과 판이하게 다르게 생겼기 때문이다. 그리핀을 이루는 두 개체들은
같으면서도 다르고 같은 때(同時)에 같은 곳(同空)에서 존재한다.[8] 우리가

8　우리는 '동시'라는 말은 쓰지만 '동공'이라는 말은 쓰지 않는다. 복수의 존재들이 한 순간

사는 물질적 세상에서 이런 식으로 존재하는 것은 없다. 동시적, 동공적 존재는 물질적 존재 방식을 초월한다. 그러한 이중의 속성을 이해하기 어렵기는 그리핀이나 예수나 마찬가지다.[9] 순례자에게 그리핀의 존재는 천국에서 내내 맞닥뜨릴 수많은 난해한 신학적 질문을 예감하게 만드는데, 흥미롭게도 그 이전에 이미 지옥의 깊은 곳에서 일어나는, 순례자가 목격한 사람과 뱀의 합성 사건은 그리핀을 예고한다. 물론 예고의 연쇄일 뿐, 그 각각의 성격은 지옥과 천국의 거리만큼이나 다르다고 생각할 수 있다. 그러나 반드시 그런 것은 아니다. 왜냐하면 연옥에서 그리핀을 만나는 순례자는 바로 며칠 전 지옥에서 보았던 사람과 뱀의 합성의 장면을 선명하게 떠올릴 것이기 때문이다.

연옥에서 그리핀을 보며 지옥에서 목격한 뱀의 변신 장면을 기억에 떠올리면서 비롯할 법한 복잡한 내면의 심리는 텍스트에서 직접 나타나지 않는다. 다만 단테가 내세에서 겪는 지옥과 연옥, 천국이라는 서로 판이하게 다른 세계들의 경험은 연속으로 혹은 거의 동시에 이루어지고 있으며, 지옥의 경험은 장차 오르게 될 천국의 경험의 뒤집힌 꼴을 하고 있다는 점은 말할 수 있다.(연옥은 일종의 완충 지대로서, 뒤로는 지옥을 상기시키면서 앞으로는 천국을 예고한다.) 단테가 천국을 온전히 받아들이지 못하는 것은 그런 측면에서 해석해 볼 수 있다. 천국으로 오

에(즉 공간을 달리 한 채) 함께할 수는 있으나, 또한 한 공간에 함께한다는 것(즉 시간의 일치에 더해 공간의 일치)은 이 물질 세계에서 가능하지 않기 때문이다. 동공이란 동시에 공간의 일치를 더한, 한 단계 더 나아간(어렵다는 의미에서) 존재 방식의 표현이다. 그것이 불가능한 이유는 물질성 때문이다. 물질은 그 성격상 두 개 이상이 한곳에 동시에 존재할 수 없다. 바로 여기에서 단테의 자부심의 근거가 발견된다. 그는 자신의 변신의 묘사가 물질성에 기반을 두면서 또한 동공적 존재 방식을 실현한다는, 차원이 높은 혹은 차원을 달리하는 국면을 보여 준다.

9 '십자가에 못 박힌 신'이라는 니체의 역설을 떠올릴 수 있다. "지금까지 어디에서건 간에 이러한 용어만큼 끔찍스럽고 의문스럽고 미심쩍은 것도, 이만큼 대담한 역설도 존재한 적이 없었다."(프리드리히 니체, 김훈 옮김, 『선악을 넘어서』(청하, 1982), 46절, 72쪽) 또한 그리스도의 변용을 볼 것.(「마태」 17:1-9))

르면서 그의 육체적 눈은 천국의 절대적 빛 앞에서 시련을 겪고 결국에는 해체의 국면을 맞는다. 그러면서 빛으로 변신한다. 그러나 단테가 빛을 자신의 몸에 담아낸다는 것은 아니다. 담아낼 '물질적' 그릇(육체)이 사라졌기 때문이다.[10] 따라서 천국에서 겪는 단테의 육체적 변신은 지옥과 연옥에서 목격하는 다른 존재들의 마찬가지로 육체의 변형에서 기인하는 예들과는 다르다고 볼 수도 있다. 그러나 담아낼 물질적 '그릇'은 사라졌어도 '정신적' 그릇은 없어지지 않고, 기억과 상상, 그리고 언어의 형태로 남는다. 그래서 빛으로 변신하는 과정에서는 물론 그 후에도 그들은 남아서 작동한다. 그 작동의 결과가 바로 『신곡』이다. 천국에서 단테의 몸은 해체되어 정신적인 차원만 남게 되지만, 그 정신을 담고 있고 또 담을 육체는 세상에 남아서 정신을 기다린다.[11] 그래서 정신은 순례의 끝에서 이 세상으로 돌아와 작가의 육체에 담기면서 『신곡』을 쓰는 것이다.

따라서 변신은 『신곡』 전체에 걸쳐 순례자 자신에게서, 작가와 순례자에게서, 그리고 순례자와 하느님에게서 일어난다. 사실상 '코메디아(comedía)'라는 제목으로 단테가 궁극적으로 인성과 신성의 결합을 의미하려 했다는 것(『편지』 10.15)을 생각하면, 『신곡』은 사람으로부터 신으로 변신하는 여정의 기록이라고 할 수도 있을 것이다. 그런데 그러한 궁극의 변신이 천국에서 이루어지는 한편 지옥에서는 또 다른 형태의

---

10 혹은 절대적 빛의 구원을 얻기 위해 단테 스스로 그릇을 던져 버렸다고 말할 수도 있다. 여기에서 '그릇'의 비유는 다음을 참조할 것. 「연옥」 25. 45.

11 단테는 작가와 순례자로 존재한다. 작가는 텍스트를 구성하는 위치에서 순례자를 텍스트에 등장시킨다. 그런데 텍스트 내에서 순례자는 계속해서 작가의 존재를 환기시킨다. 순례자는 작가의 위치로 돌아갈 것을 끊임없이 다짐하고 또한 우리에게 상기시킨다. 뿐만 아니라 작가는 직접 전면에 나서서 독자에게 자신의(순례자를 거치지 않은) 목소리를 들려준다. 이런 식으로 작가와 순례자는 전면적으로 연결되어 있다. 이것이 순례자 단테가 천국을 오르면서 인성의 한계를 호소하면서도 끝내 인성의 가능성을 버리지 않는 이유와 방법을 말해 준다. 순례자는 돌아갈 것이며 이미 언제나 돌아가 있기도 하다.

변신이 일어나며, 거기에서는 흥미롭게도 신의 자리에 뱀이 들어선다. 다시 말해, 천국에서 인간이 신과 결합하여 변신하는 한편, 지옥에서는 신 대신에 뱀과 결합하여 변신하는 것이다. 따라서『신곡』의 궁극적 목적인 인간과 신의 결합을 변신의 한 양상 혹은 방식으로 본다면, 지옥의 변신을 추적하는 과정에서 그것을 천국의 변신과 연결하려는 시도는 지옥과 천국의 관계를 전향적으로 생각하게 이끈다. 천국과 지옥의 변신들은 변신인 한에서 근본적으로 서로 다르지 않으며, 다만 서로 뒤집힌 꼴을 하고 있을 뿐이다. 인간이 신과 결합하여 변신하는 것이 상승인 반면, 인간이 뱀과 결합하여 변신하는 것은 지옥의 밑바닥으로 하강하는 차이가 있을 뿐이다.

지옥은 (사람과 뱀의) 상호 변신의 과정을 묘사하고, 연옥은 변신의 결과물(그리핀)을 보여 주며, 다시 천국은 변신의 과정(순례자가 신으로 변하는 것)[12]을 묘사한다. 그러나 또한 지옥과 천국은 각각 징벌과 행복이 영원히 결정된 곳이라는 면에서 도달의 성격이 강하고, 반면 연옥은 천국으로 오르는 진행의 단계라는 면에서 과정성(지향성)이 강하다. 요컨대 지옥과 천국은 변신의 과정을 묘사하면서 결국에는 그 영원하게 확고해진 결과물을 보여 주는 데 비해, 연옥은 변신의 결과를 묘사하면서 결국에는 그 결과가 또 다른 단계로 나아가는 하나의 단계임을 보여 준다.

천국은 지옥의 뒤집힌 세계이며 지옥은 천국의 뒤집힌 세계라고 할 때, 연옥은 그들의 뒤집음의 축이다. 순례자 단테는 지옥을 뒤집으며 천국으로 나아가고 다시 천국을 뒤집으며 지옥의 순례로 다시 나아간

---

12 순례자 단테는 순례를 계속하면서 변한다. 그리고 자신의 변화에 대해 대단히 긍정적으로 생각한다. 구원의 순례에서 변하지 않으면 오히려 이상하기도 할 터이다. 그는 천국을 순례하면서 "다른 목소리와 다른 양털"(「천국」 25.7)을 지니고 현세로 돌아갈 것을 다짐한다. 또 그가 천국에 오른 것은 레테와 에우노에를 거치면서 이루어지는 변신을 통해서 가능했다.

다. 순례자가 하느님의 빛으로 변신하는 것은 곧 구원의 궁극적 도달점이지만, 단테는 그것을 뒤집어 현세로 돌아온 순례자를 가정하고 그 위치에서 순례자의 기억을 내면에 들이는 방식으로 순례자를 다시 어두운 숲으로 향하게 한다. 그렇게 다시 길을 나서는 순례자는 천국에서 겪었던 "인간을 초월하는"(「천국」1.70) 도저히 말로 할 수 없는 경험, 하느님의 빛과 하나가 되는, 인간의 언어를 넘어서는 경험을 무화시키고 다시 철저하게 인간의 존재로 변신하는 것이다. 그렇게 어두운 숲에서 지옥의 순례를 다시 시작하고, 지옥의 제자리에서 맴도는 죄악의 변신을 목격하고 난 뒤 천국에서 하느님과 하나가 되는 은총의 변신으로 올라선다. 그렇게 지옥과 천국 사이에서 계속해서 반복되는 그의 변신의 순례는 언제나 연옥에서 그리핀을 만나는 지점에서 뒤집어진다. 그리핀은, 예수 그리스도가 인간에게 그러하듯, 순례자의 발길을 죄에서 구원으로 나아가도록 하는 축으로 존재하고 있는 것이다.

지옥과 천국의 조응

「지옥」 24곡의 전반부를 채우는 농부의 유명한 알레고리는 뒤이어 24곡 나머지와 25곡 전체에서 전개될 변신의 양상들에 대한 단테의 심리적 정황을 예언적으로 묘사한다.

> 한 해가 시작될 무렵, 물병자리 아래서
> 태양이 미지근한 빛을 내고
> 밤은 벌써 하루의 절반을 향해 갈 무렵,[13]   3

---

13 태양이 물병자리에 있을 때는 1월 20일경부터 2월 20일경까지다. 이때 밤은 태양의 반

서리가 땅 위에 하얀 자기 누이[14]의
모습을 그려 두려 하지만
그의 붓질이 오래가지 않을 무렵,   6

양에게 줄 먹이가 바닥난 시골 농부가
아침에 일어나 눈이 내려 하얗게 변한 들녘을
보고 걱정하여 허리를 두드리며   9

집으로 돌아와 무얼 할지 모르는
사람처럼 안쓰럽게 서성거리다
밖에 나가 보니 그새 온통   12

바뀐 세상의 모습을 보고
다시 희망에 부풀어 지팡이를 쥐고
양 떼를 몰고 풀을 먹이러 나서는 것처럼,   15

바로 그렇게 선생님은 찌푸린 이마로 날
놀라게 하시더니 곧바로 나의 아픈 곳에
약을 발라 치료를 해 주셨다.   18

허물어진 다리에 다다랐을 때 선생님은
내가 산기슭에서 처음 보았던 그
부드러운 모습으로 나를 바라보셨던 것이다.   21

대편 하늘에 있으면서 낮보다 길게 이어진다.(「연옥」 2. 4) 춘분이 가까워지면서 태양은 북
으로, 밤은 남으로 이동하면서 낮은 길고 밤은 짧아져 간다.
14 '눈(雪)'을 의미한다.

선생님은 바위 파편들을 잘 살피고
뭔가 생각을 정리한 다음
두 팔을 벌려 나를 단단히 붙잡아 주셨다.   24

(「지옥」 24. 1-24)

위의 텍스트에서는 순례자가 이전 곡에서 묘사한 여섯 번째 구렁에
서 힘겹게 올라온 것, 순례자의 게으름에 대한 베르길리우스의 책망,
일곱 번째 구렁에 대한 전반적인 관찰, 반니 푸치와의 만남 등, 순례가
진행되며 나타나는 다양한 측면들이 서리의 비유를 통해 대단히 풍부
하고 감각적이며 압축적인 리듬으로 묘사된다.[15] 마크 무사는 단테의
심리적 정황이 세 가지로 표현된다고 파악한다. 첫째, 처음에는 서리
로 하얗게 채색되었다가 이내 햇빛으로 따스해져 푸르게 변하는 풍경.
둘째, 언어의 양상이 기운(2, 6), 상태(11, 13), 의존(20, 24)으로 나아가
는 추이. 셋째, 순례자와 길잡이 둘 다 농부의 모습으로 묘사되는 점(농
부는 서리를 눈으로 착각하여 양에게 풀을 먹이지 못할까 걱정하다가 이내 서
리가 걷히는 걸 보고 마음을 놓는데, 베르길리우스는 그렇게 농부가 서리에 속
았듯 말라코다에게 속았고 또한 순례자는 그렇게 농부가 마음을 놓듯 이전 구
렁에서 겪었던 힘든 일이 순식간에 사라지는 것을 느낀다.)[16] 우리는 또한 길
잡이가 순례자를 바위에 오르도록 도와주는 장면(22-24)에서 순례자가
길잡이를 목자로 대하는 것을 알 수 있고, 이후 순례자는 길잡이가 나
태를 질책하는 바람에 다시 기운을 차린다.(「지옥」 24. 58-60)[17]

---

15 이에 대한 관찰은 다음 글을 참고할 수 있다. Maier, Bruno, "Il canto XXIV dell'
Inferno" in *Lectura Dantis Scaligera*(Firenze: Le Monnier, 1971), p. 833.

16 Musa, Mark, *Dante's Inferno*, translation with notes and commentary
(Bloomington, Indiana: Indiana University Press, 1971), p. 201.

17 "이 말에 나는 똑바로 일어났다. 그리고/ 전보다 호흡이 한결 가벼워진 듯한 모습으로/
말했다. '계속 가시죠. 전 강하고 의연합니다.'"(「지옥」 24. 58-60) 이 대목은 순례자가 처음

이렇게 비유적으로 표현된 순례자의 심리적 변화의 연쇄는 도둑 반니 푸치와 만나면서 구체적으로 외화되는 계기를 얻는다. 발다사로가 잘 관찰하듯,[18] 순례자와 반니 푸치의 관계(「지옥」24.117-151)는 이른바 "언어적 변신(linguistic metamorphosis)"과 함께 서로의 원래의 위치가 역전되는 모습을 보인다.

> 길잡이가 그에게 누구인지 물었다.
> "나는 얼마 전 토스카나에서
> 이 무시무시한 목구멍으로 떨어졌소.   123
>
> 잡종답게 인간이 아닌 짐승의 삶을
> 좋아한 나는 짐승 반니 푸치요.
> 피스토이아는 내가 들어앉기 좋은 굴이었소."[19]   126
>
> "선생님! 도망치지 말라고 하시고,
> 무슨 죄로 여기에 처박혔는지 물어보세요.
> 피로 범벅이 된 저자의 꼴을 본 적이 있어요."   129

어두운 숲에서 빠져나와 길잡이를 만났을 때 그 거대한 저승 여행에 선뜻 나서지 못하고 주 저하던 장면(「지옥」2.31-33)과 함께 순례를 결심하는 장면(「지옥」2.136-142)을 상기시 킨다.

18 Baldassaro, Lawrence, "Metamorphosis as Punishment and Redemption in Inferno XXIV", *Dante Studies*, No. 99(1981), pp. 97~98.

19 반니 푸치는 피스토이아 흑당의 지도자였다. 단테 시대에 "피로 범벅이 된" 그의 명성은 살인과 약탈을 일삼은 경력과 함께 널리 퍼져 있었다. 순례자는 그가 폭력의 죄를 지은 다른 망령들과 함께 플레게톤(「지옥」12곡)에 있지 않고 여기에 있는 것에 놀라워한다. 1293년 피스토이아의 산 제노 성당의 성물이 사라졌는데, 그때 절도죄로 붙잡힌 사람은 람피노 포레 시였다. 그러나 나중에 진실이 드러나 반니 푸치와 반니 델라 몬나가 잡혔는데, 동료가 사형 당한 반면 푸치는 도망쳤다.

그자는 내 말을 듣고 주저 없이
나를 향해 얼굴을 들어 세심하게 살피더니
사악한 치욕으로 낯빛이 추하게 변했다.   132

그리고 험한 말들을 쏟아 냈다. "네놈이 보다시피
비참한 모습으로 널 만난 것이
저세상에서 생명이 다했을 때보다 더 괴롭구나.   135

네가 묻는 것을 부정할 수 없으니
아름다운 성물을 제의실에서 훔친
도둑이기 때문에 이곳에 빠져 있는 것인데,   138

다른 자가 이미 그 죄를 뒤집어썼다.
네가 이 어두운 곳을 벗어나게 된다 해도,
귀를 열고 내 예언을 똑바로 기억해라!   141

그러면 여기에서 날 본 것을 즐기지만은 못하리라.
먼저 피스토이아에서는 흑당이 사라지지만,
새로운 사람과 법으로 피렌체를 변화시킬 것이다.[20]   144

마르스가 불길한 구름을 겹겹이 두른
마그라 계곡에서부터 번개를 몰아오면,
피체노의 벌판 위에서 모진 폭풍우와 함께   147

---

20 흑당이 피렌체로 옮겨 간다는 의미다.

거친 싸움이 벌어질 것이다. 번개가
삽시간에 구름을 찢어 버리면, 상처를 입지 않고
도망가는 백당은 하나도 없을 것이다.[21]

내 이렇게 말하는 것은 네 마음에 고통을 주기 위해서다."　151
(「지옥」 24. 121-151)

　처음에 반니는 순례자에게 "험한 말들"(133)을 쏟아내면서 지옥에
있는 자신을 순례자에게 들킨 것에 대한 "사악한 치욕"(132)을 내보인
다. 이로 인해서 반니는 나중에 치욕을 되갚는 방식으로 단테에 관련된
미래의 재난을 예언한다.(142-151) 반니는 처음에는 취조받는 자이지
만 나중에는 취조하는 자로 변신하고, 순례자는 반대로 처음에는 취조
하는 자이지만 나중에는 취조받는 자로 변신한다. 흥미로운 것은 이러
한 역할의 역전이 언어의 역전과 함께 일어난다는 점이다.
　처음에 순례자는 주어로, 반니는 목적어로 표현된다.(117-129) 그러
던 것이 이제 순례자의 취조에 대한 반니의 대답에서 반니가 주어로 되
고 순례자는 'tu'라는 비존칭어로 네 번(133, 134, 136, 140) 불리면서 목
적어로 표현된다. 반니의 말투는 상당히 명령조인데(139-141) 순례자
가 앞서 반니를 대하며 사용한 명령조의 말투(127-128)를 되울리는 형
상이다. 이렇게 서술 내용은 물론 문법의 차원에서도 순례자와 죄인의
대립이 묘사되는데, 이 대립은 그들 각각이 경험하는 변신들이 앞으로
크게 갈려 나가는 도덕적 거리를 예고한다.

---

21 피렌체 근교의 도시 피스토이아는 당쟁이 끊이지 않던 곳이었는데, 백당과 흑당도 그중
일부였다. 1301년 피렌체 백당의 도움으로 피스토이아에서 흑당이 쫓겨나지만, 1년 후 흑당
이 다시 백당을 몰아낸다. 단테는 백당에 속해 있었다. 날씨를 은유로 쓰는 것은 단테 시대의
전형적인 기법이었다.

사실 변신이란 순례자의 내면이 발전해 나가는 과정을 묘사하는 하나의 방식이다. 죄로 물든 어두운 숲에서 길을 잃고 헤매다가 언덕 위의 빛을 향해 몸을 돌려 나아가는 구원의 여정의 시작(「지옥」 1곡)은 물론, 순례자의 육체와 정신이 시시각각으로 변하는 지옥과 연옥, 천국의 현장들, 그리고 천국의 빛과 하나가 되는 구원의 궁극으로부터 다시 죄로 물든 어두운 숲, 즉 이승으로 돌아와 "다른 목소리와 다른 양털을 지닌"(「천국」 25.7) 구원자의 역할을 하는 여정이 단테의 내면이 변화하는 내용이며, 그것이 『신곡』 전체를 이룬다.[22] 사실상 단테의 변신은 천국의 꼭대기에서 절정에 도달한다.(「천국」 33.109-114) 거기에서 단테는 시각의 상실과 비전의 획득을 경험하면서 눈으로 본 것을 기록하는 대신 그의 비전을 중개하는 매체들(시각, 인간, 지성, 환상 등등)의 사라짐을 기록한다. 이렇게 지옥의 입구에서 천국의 꼭대기에 이르는 순례에서 일어나는 단테(순례자이며 또한 작가로서)의 내면의 전반적인 변신의 여정이 곧 『신곡』의 뼈대를 이룬다면, 「지옥」 24곡과 25곡에서 묘사하는 변신은 그 뼈대에서 출발의 단계를 이룬다. 이 출발의 단계에서 단테는 변신하는 죄인들의 죄를 묻기보다는 그 변신의 방법과 형태를 보여 주는 데 더 골몰하고, 또 그 보여 주는 데 더 자신의 방식에 대해 자부심이 깃든 자평을 함으로써 이후 전개될 자신의 변신을 준비하는 듯 보인다.

　이후 연옥에서 묘사되는 변신은 순례자가 구원자로 나아가는 가운데 일어나는 내면의 변화를 가리키는 중요한 알레고리로 등장한다.

22　프레체로의 진술을 참고할 만하다. "순례자의 세계관의 변신이 마무리되는 것은 마지막 순간에서다. 그때 그는 마침내 우리가 읽은 이야기를 쓰는 능력이 생긴 시인으로 변신한다." (John, Freccero, "Dante's Prologue Scene", *Dante Studies*, LXXXIV(1966), p. 20; Baldassaro, p. 99 재참조)

오만한 그리스도인들이여, 가엾은 자들이여,

너희 마음의 눈은 병이 들어

뒤로 가는 발길에 아직도 믿음을 두고 있구나!

우리는 유충들, 최후의 심판을 향해

온전히 날아갈 천사 나비가 되기 위해 태어난

유충들임을 모르는가!

아직 완전히 성장하지 못한,

결점투성이 미완의 벌레에 지나지 않건만,

어찌하여 마음만 그렇게 높이 세우고 있는가!

(「연옥」 10. 121-129)

　　오만의 죄를 지은 연옥의 죄인들은 무거운 돌덩이를 지고 연옥의 산을 오르는 고통을 겪어야 한다. 그런 그들을 순례자는 "천사 나비"의 "유충"에 비유한다. 이 비유는 생물학적 변신을 직접 끌어온 것이며 또한 구원을 향한 본격적인 변신의 내용을 말해 주기도 한다. 연옥의 죄인들은 죄를 씻으면서 산을 오르고 마침내는 연옥의 정상에 위치한 지상낙원에서 천국으로 오를 준비를 하게 된다. 이렇게 죄인에서 복자로 나아가는 본질적인 변신을 작가는 나비의 유충에 적절하게 비유하는 것이다.

　　그때 근엄한 노인이 소리 높여 외쳤다.

"이게 무슨 일이냐, 굼뜬 영혼들아!

어찌 게으름을 피우며 여기 서 있는 거냐!

어서 산으로 달려 올라가, 하느님을 가로막는

너희 허물을 벗어 버려라!"

(「연옥」 2.119-123)

연옥에서 구원의 변신은 위와 같이 뱀이 허물을 벗는 변신으로 비유되기도 한다. 그 허물은 베르길리우스가 미처 다 벗지 못한 죄이기도 하다.[23] 그러나 같은 뱀의 비유라도 「지옥」에서 묘사된 뱀의 비유와는 성격이 다르다. 지옥에서 죄인들이 뱀으로 변신하는 것은 징벌의 한 방식이면서 또한 작가 단테로서는 변신을 묘사하는 하나의 방식이기도 하다. 반면 연옥에서 허물을 벗으라고 말하는 것은 정죄의 한 방식이면서 또한 작가 단테로서는 변신의 묘사가 실어 나르는 내용의 측면에 관계한다. 즉, 연옥에서 묘사되는 변신은 변신의 방식보다는 변신이 가리키는 함의를 보여 주는 데 더욱 관계하는 것이다.

그런 차이가 나타나는 이유는 순례자의 변신이 지옥과 연옥, 그리고 천국을 거쳐 일어나는 데 반해 지옥의 변신은 지옥 내에 국한되기 때문이다. 지옥에서 일어나는 변신은 그것으로 끝나지만 순례자의 변신은 계속해서 이어지며, 그 이어짐의 방향에는 구원이라는, 지옥에서는 상상도 할 수 없는 대기획이 자리한다. 그래서 지옥에서 일어나는 변신은 순례자의 변신을 예고하는 서주이지만, 정확히 말해 구원의 예고라기보다는 변신의 방법적(묘사 방식) 측면에 제한된다고 볼 수 있는 것이다. 연옥 이후에서 순례자가 목격하고 또 자신에게서 일어나는 변신은 낡은 인간의 본성을 버리고 새롭게 거듭나는, 죽음에서 부활로 나아가는 드라마인 데 비해, 지옥에서 순례자가 목격하는(지옥에서 순례자는 결

---

23 "아, 고귀하고 깨끗한 양심이여, / 하찮은 허물조차 당신에게는 쓰라린 후회로군요!"(「연옥」 3.8-9)

3 단테의 변신

코 변신을 겪지 않는다.) 변신의 장면들은 제자리에서 머무는[24] 기분 나쁜 재생일 뿐이다.[25]

그러한 정체(停滯)의 특징을 지니는 지옥의 변신을 나타내는 대표적인 예가 바로 앞서 소개한, 「지옥」의 24곡 후반부를 채우는 반니 푸치의 에피소드다. 이어 25곡은 24곡 후반부에 등장한 반니 푸치가 자신의 독설을 음란한 손짓과 욕설로 마감하는 것으로 시작한다.

> 이 말을 마치자 도둑은 두 손을 높이 들어
> 상스러운 손짓을 해 보이며 외쳤다.
> "하느님아, 이거나 먹어라!"
> (「지옥」 25. 1-3)

단테는 지속적이고 점진적으로 변신을 하면서 꾸준하게 하늘로 오르는 반면 반니 푸치의 변신(「지옥」 24. 97-120)은 결코 하늘로 향하지 못한다. 이동 자체가 불가능한 탓이다. 반니가 하늘을 향해 삿대질하는 장면은 자신의 위치가 낮은 곳에 있으며 또한 높은 곳에 오르지 못할 것임을 분명히 알고 있다는 느낌을 풍긴다. 반니는 이 손짓과 마지막 외침을 끝으로 그 존재를 상실한다. 그것은 그가 인간-뱀으로 변신하기 때문이다. 그러나 형태는 없어져도 그 죄의 속성은 남아 있을 것이다. 그것이 그의 변신이 지옥에서 벗어나지 못하는 이유다. 이렇게 스스로 낮은 곳에 위치한다는 것을 자인하고 그곳에서 벗어날 수 없다는 저열한 영혼의 표현은 순례자가 연옥으로 오르는 대목에서 묘사되는 나비의 유충과 대조적이다. 나비의 유충은 언젠가 "천사 나비"가 되어

---

24 "이전의 형상대로."(「지옥」 24. 105)
25 이런 식으로 단테의 변신을 지옥에서 일어나는 변신(특히 반니 푸치의 변신)과 대비시키는 논의는 다음을 참고할 것. Baldassaro, 앞의 글, pp. 89~112.

훨훨 날아오를 테지만, 반니는 그런 경험을 할 가능성이 원천적으로 차
단된 상태다. 그래서 반니의 변신은 반니가 자신을 인간이 아니라 짐승
으로 확인하듯이(「지옥」 24.124-125) 구원을 스스로 포기하는 것의 표
현이다. 따라서 반니의 변신은 철저하게 지옥의 같은 장소에 머물며 반
복될 뿐이다.

　작가는 반니의 변신을 두고 불사조와 간질병 환자의 두 비유를 사
용한다.

> 위대한 현자들의 말에 따르면,
> 불사조는 죽었다가 오백 년이 지나
> 다시 태어나는데,　　　　　　　　　　　　　　　　　108
>
> 일생을 곡식이나 풀은 먹지 않고
> 오로지 유향과 발삼의 진액만 먹고 살며,
> 몰약과 계피로 제 몸을 감싸며 죽는다고 한다.　　　　111
> (「지옥」 24.106-111)

　불사조는 죽어도 죽지 않는 속성상, 변신의 무한한 반복성을 연상하
게 한다. 그러나 반니의 불사조다운 영원한 변신은 제자리에만 머무른
다. 전환을 이루지 못하는, 자체의 동일성을 반복할 뿐인, 그러한 변신
은 고통스러운 일일 뿐이다. 따라서 반니를 불사조에 비유하는 것은 불
사조가 지닌 불멸의 뜻을 부정적으로 만든다. 예수 그리스도의 부활과
대조되는 국면이다.[26]

26　불사조에 대한 단테의 묘사는 유향과 발삼을 먹고 사는 불사조에 대한 오비디우스의 묘
사(오비디우스, 천병희 옮김,『변신』(도서출판 숲, 2005), 392~400쪽)를 상기시킨다. 또한
예수의 도유식(anointment)의 두 장면을 떠올릴 수 있다.(「마가」 14:3-9;「요한」 19:39-

땅으로 끌어당기는 악마의 힘 때문인지
사람을 옥죄는 발작 때문인지,
영문도 모르고 자꾸 넘어지는 사람이   114

다시 일어나서도 자신이 겪은
엄청난 불안에 어쩔 줄 모르고
주위를 돌아보며 숨을 몰아쉬듯이,   117

우리 눈앞에서 뱀에게 물어뜯긴 사람이 그러했다.
복수를 위하여 그러한 벌을 주시는,
아, 하느님의 전능이여! 그 얼마나 경외로운가!   120
(「지옥」 24. 112-120)

위에서 묘사되는 지옥의 간질병 환자는 반니 푸치의 육체적, 심리적
상태, 즉 그가 자신의 변신이 무엇을 뜻하는지 모른다는 점을 비유한
다. 반면 예수가 치료한 간질병 환자[27]는 부활하여 구원으로 이르는 변
신을 수행한다.

이러한 대조들을 통해 작가 단테는 자신의 대리자인 순례자의 변신
이 반니 푸치의 변신과 본질적으로 다르다는 것을 보여 준다. 지옥에
서 벗어난 순례자는 계속해서 변신을 목격하고 또 경험한다. 연옥에서
단테는 꿈속에서 불에 타는 자신을 바라본다.(「연옥」 9. 31-33) 이 변신

---

40) 한편 지옥의 밑바닥에서 이루어지는 지옥의 전도(轉倒)와 기독교적 개종의 관계에 대한
글을 참고할 것.(John, Freccero, "Infernal Inversion and Christian Conversion: Inferno
XXXIV", *Dante, The Poetics of Conversion*(Harvard University Press, 1986), pp.
180~185.

27 예수는 간질병에 걸린 소년을 그 아버지의 요청에 따라 치료한다. 「마태」 17:14-21;
「마가」 9:14-29; 「누가」 9:37-43.

은 불에 타는 반니 푸치(「지옥」 24.100-102)와 같으면서도 완전히 다르다. 그것은 순례자와 반니가 각각 독수리와 불사조로 비유되는 것과 궤를 같이한다. 불사조는, 앞에서 설명했듯, 전통적 상징과 다르게 반니의 불가능한 부활을 상기시키는 반면, 독수리는 단테의 계속되는 변신, 매번 새로운 단계로 올라서는 변신을 함의한다. 요컨대 반니는 무지한 자신을 견지하는 반면 단테는 계속해서 더 높은 단계의 이해에 도달한다. 그래서 꿈에서 깬 단테는 한층 더 진보한 자신을 발견한다. 그 진보는 산을 더 높이 올라간 공간적 진보인 동시에 더 높은 이해의 단계에 올라선 정신적 진보이기도 하다. 이에 비해 반니는 진보에 대한 의지가 전혀 없는, 그러한 자기기만적인 의지를 내보인다. 그것은 곧 은총을 거부하는 것이다.

단테의 변신은 구원의 은총을 받아들이는 국면으로 계속해서 나아간다. 천국에 오른 순례자는 시력을 상실하고 또 회복하면서 이전보다 더 강해진 자신을 발견한다. 그가 상실한 시력은 인간의 육체적 시력이고 그가 회복한 시력은 영혼의 정신적 시력인 때문이다. 영혼의 정신적 시력을 통해 절대자의 비전을 얻는 것이 순례자가 획득하는 구원의 궁극이며 은총의 궁극적 선물이다. 그래서 일찍이 지옥의 순례를 시작할 때 혼자였던[28] 단테는 이제 지옥과 연옥, 천국, 그리고 현세의 우주 전체를 껴안는 단계로 나아가고,[29] 이로써 지옥과 천국을 횡단적으로 연결하면서 개인과 전체의 통일, 무모순의 성취를 이루어 내는 것이다.[30]

---

28 오직 나만 홀로/ 나아갈 길과 연민과의 전쟁을/ 수행할 준비를 하고 있었으니.(「지옥」 2.3-5)

29 나는 그 깊숙한 곳에서 보았다./ 우주의 조각조각 흩어진 것이/ 한 권의 책 속에 사랑으로 묶인 것을./ 그 안에서 실체와 사건, 그리고 그들의 관계가/ 아우러져 있었다.(「천국」 33.85-89)

30 천국에서도 변신은 일어난다. 다만 인간의 눈으로 감지하기 힘든 빛의 작용으로 이루어진다는 차이가 있다. 이를 두고 지옥에 비해 천국의 변신의 주체들이 인간의 몸짓을 내보이지 못하고 따라서 개성을 드러내는 데 한계가 있으며, 「천국」이 「지옥」에 비해 시적 효과가

한편 단테의 변신의 궁극은 은총을 얻고 개인의 구원을 이루는 것보다는 이승으로 귀환하여 인류 전체의 구원을 동반하는 국면에서 이루어진다고 말할 수 있다. 이 점은 '돌아온 단테'라는 화두와 직결되는 사항이다. 오디세우스의 귀환이 집에 돌아간 이후에도 계속해서 이어지듯,[31] 단테의 변신도 지옥에서 천국으로 이어지는 한 번의 순환으로 끝나는 것이 아니라 지옥-연옥-천국-이승으로 이어지는 순환을 끝없이 계속하면서 이루어지는 것이다.[32]

이러한 순례자-작가의 변신은 반니의 변신이 결코 따라잡을 수 없는 그러한 것이다. 반니의 변신은 자꾸만 자체의 자기도취적인 재생으로만 돌아간다. 반니는 갇힌 망명자로서 내내 울혈 상태에 머무른다. 반면 단테는 지옥을 여행하면서 지옥을 배우는 경험을 쌓는다. 단테에게 지옥은 머무는 곳이 아니라 자신의 순례를 추동시키는 여행의 한 단계다. 그래서 단테의 변신은 느리지만 지속적으로 이루어지면서 『신곡』 전체의 중심 뼈대를 이루는 것이다. 변신은 반니에게 형벌인 반면 단테에게는 은총이다. 중요한 것은 그 둘이 병치되어 비교되고 있다는 것이다. 비교의 결과는 한참 뒤에 「천국」에서 제시되지만, 사실상 그 제

떨어진다는 지적을 할 수 있다. 그러나 「천국」에서도 개성은 살아 있고 개성에 대한 표현도 살아 있다. 그것들은 빛에 대한 풍부한 묘사들로 나타난다. 아우어바흐, 『단테』, 309~311쪽 참조. 또한 이 책의 8장을 참고할 것.

31 졸고, 「도달 없는 귀환」, 『단테 신곡 연구』 참고.

32 도메니코 디 미켈리노가 그린 「『신곡』을 들고 있는 단테(La divina commedia di Dante Alighieri)」(Fresco in Duomo of Florence, 1465)(그림 2 참조)에는 『신곡』을 펼쳐 든 단테가 중앙에 자리 잡고 그 왼편으로부터 시계 반대 방향으로 지옥과 연옥, 그리고 천국이 배치되는데, 오른쪽으로 피렌체의 풍경이 그림의 3분의 1을 차지한다. 그것은 『신곡』에서 단테가 추구하는 구원이 결코 내세에서 완결되는 것이 아니라 현세에서 일어나고 내세로 연결되는 일임을 말해 준다. 말하자면 『신곡』은 내세로 연결된 구원의 여부를 다시 현세로 돌아오게 만드는 장치다. 『신곡』을 읽으며 독자들은 내세로 나아갔다가 그곳에서 구원을 받은 자들과 그렇지 못한 자들을 두루 둘러보고 현실로 돌아와 구원에 대해 생각하기 시작할 것이기 때문이다.

시는 지옥과 연옥, 천국, 그리고 이승을 관통하면서 이루어지고 있다.

지옥을 견딘다는 것. 그것은 곧 지옥을 외면하지 않는 일이다. 순례자 단테가 천국으로 오른 것은 지옥을 거쳤기에 일어난 일이다. 더욱이 연옥의 정상에서 순례자는 레테와 에우노에의 물에 몸을 적셨는데도 죄의 기억을 간직한 채 천국에 오른다. 또 천국에서 순례자는 천국에 온전히 잠기는 대신 이승으로 돌아가리라고 다짐한다. 순례자는 지옥을 잊지 않는다. 그가 돌아가고자 하는 이승은 천국이 아니라 지옥에 훨씬 더 가깝다. 그래서 지옥을 견디면서 지옥을 외면하지 않고 지옥을 잊지 않는 것은 곧 지옥을 조응하는 것이다. 지옥의 조응은 지옥 내에서도, 또한 연옥과 천국으로 오르면서도, 계속해서 일어난다. 그래서 천국은 구원의 궁극으로서 도달하고 머무는 곳이 아니라 또 다른 구원의 여정을 시작하도록 준비하는 '과정적인 장소(place in process)'다. 천국은 작가이자 순례자로서 단테가 걷는 원환의 한 부분인 것이다.

따라서 단테가 지옥을 견딘다는 것은 천국을 향해 나아가는 토대를 이루면서 또한 천국이 그 자체로 구원의 종국이 아니게끔 만들어 주는 행위이며 인식이다. 이로써 지옥은 천국이 존재하는 한 아무것도 아닌 곳으로 되어 버리는 일은 일어나지 않는다. 단테에게 지옥은 결코 무화되지 않는다. 오히려 변신의 출발이며 토대, 또 참조의 대상이다. 적어도 작가이자 순례자로서 단테가 걷는 원환의 여정에서 지옥은 천국으로 변신하고 천국은 지옥으로 변신하는 일들이 일어난다. 그 변신에는, 서로의 조응이 있기 때문에, 서로의 흔적이 남아 있다. 그런 면에서 단테는 지옥의 영혼들이 천국을 응시하며 드물게나마 천국으로 오르는 일이 일어나는 것처럼(아담), 천국의 영혼들도 천국의 원리에 반하는 언행을 할 때 지옥으로 떨어지는 일이 일어난다(루치페로)는 점을 상기시키는 것이다.

그런데 지옥과 천국을 서로 조응하게 만드는 것은 다름 아닌 단테 자신의 변신이다. 순례자 단테가 천국에서 이승 세계로 다시 돌아가기를 결심할 때 순례자는 작가로 변신한다. 순례자-작가 단테는 이승에서 다시 시작하는 구원의 순례가 이승에 머무는 동안 완수되고 성공을 이루지 못하리라는 것을 잘 안다. 구원은 이루기보다는 추구하는 한에서 단테에게 의미 있는 것으로 다가온다. 순례자-작가로서 단테는 이승에서 저승으로 이어지는 구원의 순례의 기억을 글로 남기고 그 글을 통해, 그 글을 읽는 독자들과 함께, 구원의 순례를 계속해서 이어 나간다. 구원은 끝도 없고 끊임도 없다. 그렇게 구원이 늘 인간과 함께하도록 만드는 것은 단테가 지옥을 견디는 힘이며 행위다. 지옥을 견딘다는 것은 지옥과 그 뒤집힌 세계로서의 천국을 서로 조응시키는 일이다. 그러나 그 조응은 온전한 거울에 서로를 완벽하게 닮은 이미지로 비추어 내는 일이 아니라 계속해서 이지러지는 거울에 서로를 비추는 일이다. 그래서 지옥과 천국을 서로 일그러뜨리며 비추는 가운데 우리는 그 둘에 대한 성찰을 더욱 새롭고 깊게 할 수 있는 것이다. 그런 면에서 단테는 결코 천국으로 도피하지 않았다. 지옥을 견디는 일은 천국을 견디는 일로 연결되고, 그러면서 이승으로 돌아온 단테는 비로소 구원의 사업을 인간의 책무로 돌릴 수 있었던 것이다. 여기에는 승리란 없다. 어느 한편의 승리는 동일화의 연속이며 변신이 아니기에. 다만 단테는 도피하지 않고, 그 힘든 여정을 회고하는, 생각만 해도 두려움이 새로 솟는, 죽음보다도 더 끔찍한(「지옥」 1.6-7) 일을 독자와 더불어 계속하는 것이다.

지옥의 죄인들의 변신

「지옥」에서 변신의 장면은 24곡과 25곡에 걸쳐 주로 묘사된다. 전부 세 가지의 변신 장면이 나타난다. 첫 번째 변신은 24곡의 97행부터 120행까지 묘사된다. 두 번째 변신은 25곡의 44행부터 78행까지, 세 번

째 변신은 역시 25곡 79행부터 138행까지 나온다. 이어 139행부터 151
행까지 이 변신들에 대한 해설의 내용이 제공된다. 변신의 묘사는 이어
지는 26곡 초반(1-12)까지 여파를 남긴다. 34개의 곡(cantica)으로 이루
어지고 수많은 주제와 에피소드가 담긴 「지옥」에서 변신의 주제가 세
곡에 걸쳐 다뤄지는 것은 그 주제가 대단히 비중이 크다는 것, 그리고
작가 단테가 변신의 주제에 대해 관심이 많았음을 방증한다. 물론 지
옥에서 일어나는 변신은 성찰적 조응을 결여하고, 따라서 연옥과 천국
으로 오르는 단테와 달리 지옥의 같은 장소에 머물며, 더욱이 이승으로
돌아와 구원의 기획을 인류 차원에서 수행하는 단테의 변신과 본질적
인 차이를 보인다. 그러나 변신에 대한 단테의 묘사는 「연옥」과 「천국」
에서는 흩어져 있는 반면 「지옥」에서는 집중된 채 길고 세심하다. 그것
은 그만큼 지옥의 변신 사건이 단테에게 변신의 출발이자 참조 대상이
기 때문일 것이다. 아마도 그렇기 때문에 지옥의 변신이 인류 구원을
향한 단테의 변신과 내용 면에서는 전혀 일치하지 않음에도 불구하고,
이후 전개될 변신 주제의 탄탄한 토대를 마련하기 위해 집중적이고 자
세하게 묘사하는 것일 것이다. 말하자면 「지옥」의 변신 묘사는 단테의
구원 기획만큼이나 기획적이고 독창적이어야 하는 것이다.

『신곡』 전체에서 단테는 끊임없이 고전의 원천들을 재방문하지만,
「지옥」 24곡과 25곡은 특히 재방문의 흔적이 두드러진다. 거기에서 직
접 거명되는 고전 작가들은 루카누스와 오비디우스다.[33] 뱀들의 "무시

---

33 이들은 단테가 주목하는 고대 로마의 시인들로서, 림보에서 단테가 만나는 네 명의 시인
들(나머지 둘은 호메로스와 호라티우스)에 속한다. 루카누스의 글들은 대부분 살아남지 못
했기에 단테 시대에는 오직 『파르살리아(Pharsalia 또는 De bello civili)』로만 기억되었다.
케사르와 폼페이의 전쟁사를 다루는 10권으로 된 미완의 이 서사시는 베르길리우스의 『아이
네이스』와 스타티우스의 『테바이스(Thebais)』와 함께 중세에 매우 널리 읽히고 연구되고 모
방되었다. 한편 오비디우스는 단테에게 정전 작가의 지위에 있다고 할 수 있을 정도로 『새
로운 삶』(25.9)부터 『속어론』(2.6.7)과 『향연』(3.3.7; 4.25-28)에 이어 특히 『신곡』에
서 숱하게 자주 인용되고 참조된다. 『신곡』에 오비디우스라는 이름은 두 번(「지옥」 4곡 90에

3 단테의 변신

무시한 덤불"의 묘사에서 단테는 루카누스(『파르살리아』 9권)가 묘사한 아프리카 사막과 거기에 서식하는 치명적인 여러 종류의 뱀들을 모델로 차용하고 이름도 빌려 온다.(「지옥」 5. 85-87) 그러나 고전의 흔적은 단순하지 않다. 무엇보다 단테는 도전과 경쟁의 의지를 내비친다. 카쿠스[34]라는 인물을 보자.

> 선생님이 말했다. "이놈이 카쿠스다.
> 아벤티노 산 절벽 아래 살면서
> 피의 호수[35]를 수도 없이 만든 놈이야.　　　　　　　27
>
> 형제들과 한 길로 가지 않는 것[36]은

서 림보에 위치한 등장인물로서,「지옥」 25곡 97에서 작가로서) 거명된다. 오비디우스는 불사조(「지옥」 24. 106-110; 『변신』(천병희 옮김, 도서출판 숲, 2005), 15. 392-402), 아이기나(「지옥」 29. 63; 『변신』, 7. 523-657), 황금시대(「연옥」 28. 139-141; 『변신』, 1. 89-112)에 관련하여 함축적으로 인용된다. 오비디우스의 인물과 단테(시인이자 순례자)의 비교는 『신곡』 전체에 넓게 퍼져 있다. 참고할 자료들은 다음과 같다. Brownlee, Kevin, "Dante and the Classical Poets", *The Cambridge Companion to Dante*, (ed.), by Rachel Jacoff(Cambrdige: CUP, 1993), pp. 100~119; Sowell, Madison U., (ed.), *Dante and Ovid: Essays in Intertextuality*(Binghamton, N. Y.; Medieval and Renaissance Texts and Studies, 1991).

34 카쿠스는 불의 신 불카누스(그리스 신화에서는 헤파이토스)의 아들로, 로마의 일곱 언덕들 중 하나인 팔라티노 언덕의 동굴에 살면서 사람들을 잡아먹고 약탈을 일삼았다. 헤라클레스가 게리온의 소들을 빼앗아 스페인에서 그리스로 돌아가다가 그 언덕 가까이에 와서 잠에 들었는데, 그 틈을 타서 소를 훔쳤다. 카쿠스는 도망친 흔적을 남기지 않으려고 훔친 소를 꼬리를 끌며 뒷걸음치며 달아났다. 그러나 소를 찾던 헤라클레스가 카쿠스의 동굴을 지나다가 소의 울음 소리를 듣게 되고, 입으로 불을 뿜으며 대항하는 카쿠스를 목을 졸라 살해한다. 카쿠스가 헤라클레스에게 발각된 것은 누이동생 카카가 헤라클레스를 연모하여 오빠의 거처를 알려 주었기 때문이라는 설도 있다.

35 카쿠스가 잡아먹은 사람과 짐승의 피가 고여 생긴 호수. Vergilius, *Aeneid*; 천병희 옮김, 『아이네이스』(도서출판 숲, 2007), 195~196쪽.

36 다른 켄타우로스들은 폭력의 죄인들을 가둔 일곱 번째 고리에 있다.(「지옥」 12곡) 카쿠스는 절도의 죄를 적용하여 여덟 번째 고리에 배치되었다.

그놈이 근처에 있던 수많은 짐승 떼를
간교하게 몰래 훔쳐 냈기 때문이다.   30

헤라클레스의 몽둥이를 맞고서
나쁜 버릇을 고치기는 했지만, 백 대를 때렸어도
열 대 맞은 느낌도 들지 않았을 거야."[37]   33
(「지옥」 25.25-33)

　오비디우스의 카쿠스는 헤라클레스의 몽둥이에 맞아 죽는데, 단테
는 이를 따른다.[38] 이는 다른 한편 베르길리우스의 카쿠스가 목 졸려 죽
는 것[39]과 대조적이다. 흥미로운 것은 「지옥」에서 카쿠스가 타살(打殺)
되었다고 말하는 사람은 정작 등장인물로 나오는 베르길리우스라는 사
실이다. 단테는 스승의 고전적 예를 스승 스스로 수정하도록 만든다.
　이렇게 단테가 카쿠스의 죽음을 타살로 처리하는 것은 카쿠스가 위
선과 기만의 죄인이라는 사실에 상응한다. 위선과 기만의 죄인은 공개
적으로 집행되는 공정한 힘에 형벌을 당하는 것이 자연스럽기 때문이
다.(콘트라파소)[40] 고전들과 달리 단테는 카쿠스를 켄타우로스로 만들

37　헤라클레스는 카쿠스를 수도 없이 두들겨 팼는데, 이미 열 대도 맞지 않아 죽었다는 의
미다.
38　Ovidius, *Fasti*, 1.543-586; 5.643-652. 다음 글에서 재참조. Dana, Sutton, "The
Greek Origins of the Cacus Myth", *The Classical Quarterly*, Vol. 27, No. 2(1977),
pp. 391~393. 오비디우스가 유형지 토미스에서 쓰다가 미완으로 남긴, 별로 알려지지 않
은 이 시집을 단테가 참고했는지, 아니면 그저 우연의 일치인지는 확인하기 힘들다. 한편 오
비디우스의 『변신』 15권에서 헤라클레스는 수많은 켄타우로스들을 타살하는 것으로 묘사된
다. 그러나 그들 중 카쿠스의 이름은 나오지 않는다.
39　베르길리우스에 따르면 그는 교살되었다.(베르길리우스, 『아이네이스』, 8.184~275)
40　카쿠스는 여기에서 절도죄를 지은 망령들을 지키고 또 벌을 주는 역할을 담당한다. 카쿠
스 자신이 절도를 저지른 자였다는 점에서 역설적이다.

고,[41] 거기에 더해 활짝 편 날개를 달고 불을 내뿜는 용을 그의 머리 뒤에 얹는다.(「지옥」 25.22-24) 베르길리우스의 카쿠스는 연기와 불꽃을 토해 내지만,[42] 단테는 용을 새로 등장시켜 (연기는 아니고) 불을 내뿜게 한다.(단테는 연기 효과를 이어지는 장면을 위해 아껴 두는 것 같다.)

> 날개를 쫙 펼친 용 한 마리가
> 그놈의 목덜미 바로 위에 도사리고 앉아
> 어느 망령이고 닥치는 대로 불을 뿜어내고 있었다.
> (「지옥」 25.22-24)

이와 같이 단테는 선구자들의 창조물을 '오염'시킨다. 그러나 그 오염 속에서 우리는 또 다른 재창조의 성취를 목격한다. 단테가 성취한 재창조의 내용은 그가 「지옥」 24곡과 25곡에서 묘사한 세 가지의 변신들이 '변신의 상승 효과'를 일으키면서 그 각각이 보여 주는 특징들에서 찾을 수 있다.
1) 첫 번째 변신은 한 개체에서만 일어난다.
2) 두 번째 변신은 두 개체들이 서로의 안으로 관통한다.
3) 세 번째 변신은 두 개체가 서로의 개별성을 교환한다.

첫 번째 변신은 다음과 같이 묘사된다.

> 손은 뒤로 젖혀진 채 뱀으로 묶였고

---

41 단테는 카쿠스를 켄타우로스로 등장시키는데, 카쿠스는 베르길리우스나 여느 로마 시인들에게서 켄타우로스로 등장하지 않는다. "사람의 형체가 시작되는 곳까지"라는 것은 카쿠스가 반인반수의 괴물이라는 점을 표현한다.
42 베르길리우스, 『아이네이스』, 8.251.

허리에는 뱀의 꼬리와 머리가

삐져나와 앞쪽에서 뒤엉켰다.   96

그때 우리 쪽에 있던 어떤 자에게

뱀 한 마리가 와락 달려들어

목과 어깨가 이어지는 부분을 물어뜯었다.   99

o자와 i자를 아무리 빨리 쓴다 해도

그자의 몸에 불이 붙고 타 버려 재가 되어

부서져 내리는 것만큼 빠르지는 않을 것이다.   102

그러나 재는 땅에 스러졌다가

또다시 제 스스로 모이더니

순식간에 이전의 형상대로 자라났다.   105

(「지옥」 24. 94-105)

　　뱀 한 마리가 한 도둑의 목덜미에 덤벼들자 곧바로 도둑의 몸이 재
가 되더니 또다시 그 즉시로 재가 다시 모여 원래의 인간의 형상으로
돌아간다. 죄인은 일어나 "엄청난 불안으로 어쩔 줄"을 모른다. 위의
변신의 모델은 루카누스의 사벨루스. 『파르살리아』에서 병사 사벨루스
는 뱀에 물리고 그 즉시 육체가 해체된다. 루카누스는 그 해체를 하나
하나 추적하는 반면,[43] 단테는 재로 되었다가 육체로 재구성되는 과정
의 찰나성을 집중적으로 예리하게 묘사한다. 아마 이를 통해 단테는 루

---

43 Lucanus, Annaeus, *Pharsalia*, tr. Jane Wilson Joyce(Cornell University Press, 1993), 9. 734 이하.

카누스를 넘어서고자 했을지도 모른다. 아니 넘어선다기보다는, 다른 선구자 오비디우스를 참조하면서[44] 오염시키고 변형시킨다고 보는 것이 더 적절할 것이다. 단테는 스스로 또 다른 변신을 꿈꾸는 것이다. 거기에는 이전의 흔적들이 남아 있지만, 단테의 어조가 두드러진다. 따라서 흥미롭게도, 단테가 묘사한 변신은 스스로의 변신의 예고이기도 하다고 말할 수 있다.

2)와 3)은 그와 같이 단테가 오염을 또 다른 창조의 단계로 '변신'시킨 결과물들이다.

두 번째 변신은 다음과 같이 묘사된다.

저들을 향해 눈을 치켜뜨고 있는데
발이 여섯 개 달린 뱀이 망령 하나에게
덤벼들어 통째로 몸을 휘감았다.   51

가운데 발로 배를 휘감고
앞발로 두 팔을 움켜잡더니,
두 뺨을 이리저리 물어뜯었다.   54

뒷발로는 허벅지를 짓누르고 꼬리는
사타구니 사이에 넣어 허리를 휘감아
자기 등 뒤로 뻗어 올렸다.   57

담쟁이덩굴이 아무리 나무를 얽어매도,
그 끔찍한 짐승이 자기 몸으로

---

44 이노와 아타마스가 뱀과 얽히는 광경의 묘사를 참조할 것. 『변신』, 4. 365 이하.

다른 놈의 사지를 휘감는 것만큼은 못 될 것이다.　　　　60

마치 뜨거운 초가 녹아내리듯
두 몸은 서로 엉키더니 색깔이 뒤섞여
이전에 지녔던 각자의 모습이 사라졌다.　　　　63

마치 종이가 너울거리는 불꽃 앞에서
처음에는 노란빛을 띠다가 미처
새카맣게 되기도 전에 흰빛이 죽는 것과 같았다.　　　　66

다른 두 망령이 그를 바라보다가
소리쳤다. "저런, 아넬로. 네 몸이 변하고 있어!
이미 둘도 아니고 하나도 아니로구나!"　　　　69

두 개의 머리는 벌써 하나가 되어 있었다.
뒤섞인 두 형체가 하나의 얼굴로 나타났는데,　　　　72
둘이 사라진 바로 그곳이었다.

두 개였던 팔이 몸뚱이 네 군데에 뭉툭하게 솟아
사타구니는 다리와 배, 그리고 가슴과 함께
일찍이 본 적이 없는 사지(四肢)가 되었다.　　　　75

이전의 모습은 온데간데없이 씻겨 나갔다.
뒤바뀐 형상은 둘이면서 아무것도 아닌 듯한
그런 모습으로 느리게 꼼지락거리며 사라졌다.　　　　78
(「지옥」 25.49-78)

　　　　　　　　　　　　　　　　3 단테의 변신

위의 텍스트에서 단테는 사람과 뱀이 합쳐지는 양상을 길게 묘사한다. 단테는 담쟁이덩굴과 초, 종이와 같은 사물들을 동원해 아넬로의 변신을 묘사한다. 그의 변신은 두 존재가 하나로 되면서 이전에 둘 각각이 지녔던 각각의 개인성들을 상실하고, 완전히 새로운 존재로 되는 양상에 초점을 맞춘다. 아넬로의 변신을 지켜보던 "다른 두 망령"의 묘사("이미 둘도 아니고 하나도 아니로구나!" 69행)가 그 점을 잘 요약해 준다. 둘도 아니고 하나도 아닌 상태는 무엇을 의미하는가? 둘이 합쳐져 새로운 하나가 되었지만 그렇다고 하나도 아니라는 것은 둘로서의 성격이 여전히 남아 있다는 것, 그러나 또한 둘도 이미 아니라는 것을 말한다. 그렇다면 새롭게 변신한 결과물은 이전의 둘의 상태와 이후의 하나의 상태 사이에서 어정거리는 일종의 과정적 방식으로 존재하는 것이 아닐까.[45]

단테는 "둘이면서 아무것도 아닌 듯한 그런 모습"이라고 요약하는데, 이는 이 변신이 '됨'("되었다." 75행)의 존재 방식을 취한다는 것을 보여 준다. 정지된 상태가 아니라 운동의 과정으로 존재하기. 그 운동은 사라짐(78행)으로 연장되면서 그 성격을 끝까지, 저 너머까지, 지속시킨다. 즉, 사라짐은 둘이 사라진 것(73행)에 이어 하나가 된 몸이 사라진 것(78행)으로 계속해서 이어진다. 이러한 변신은 단테의 진술대로 "일찍이 본 적이 없는"(75행) 것이다. 일찍이 세상에 존재한 적이 없는 사지(四肢)를 단테는 목격하고 있다. 그만큼 그의 변신은 이미 완전히 새롭게 존재하는 무엇을 대상으로 하고 있음을 강조한다.

이렇게 하나에서 둘로 이동하고 이어 아무도 아닌 것으로 이동하는 단테의 변신은 전반적으로 대단히 급속하게 전개된다. 그런데 그러한

---

45 이에 비해 오비디우스는 살마키스가 뱀과 하나가 된 광경을 변신이 완전히 끝난 것으로 묘사한다. 『변신』, 4. 378 이하.

급속한 전개의 끝, 변신의 결과물은 느리게 꼼지락거린다.(78행) 장면의 변환을 통해 극적인 효과를 자아내는 것 같다. 극적인 효과는 명암의 대비에서도 두드러진다. 무더운 날의 채찍질 아래 한 수풀에서 다른 수풀로 난 오솔길을 관통하는 도마뱀. 투명하고 눈부신 여름 햇빛은 사지가 엉키는 음울함을 파괴한다.

나중에 단테는 연옥에서 스타티우스를 등장시켜 아넬로의 변신이 영혼의 통일성을 결여하는 사이비 변신임을 설명한다.(「연옥」5.34-108) 아넬로를 공격하는 잔인한 뱀이 그의 배를 향해 돌진하여 "맨 처음 우리가 영양을 섭취하던 부분을 꿰뚫고는/ 그 앞으로 떨어져 몸을 길게 뻗었다."(「지옥」25.85-86)라는 대목에서 단테가 정작 의도하는 것은 변형 장면들의 섬뜩함이 인간이 뱀으로 변했다는 것이 아니라 그렇게 변한 것이 무엇인지 아무도 말할 수 없다는 데서 나온다는 점이다. 그 변신체가 무엇인지 말할 수 없는 것은 그것이 인간인지 짐승인지 확인할 형상적 특성이 없기 때문이다. 그래서 부오소와 푸치는 그런 아넬로의 변신을 두고 "둘이면서 아무것도 아닌 듯한"(「지옥」25.77) 인상을 갖는 것이다. 여기에서 스타티우스가 주장한 영혼의 통일성이 해체된다. 「연옥」25곡에서 인간 존재가 어떻게 태어나는지에 대해 스타티우스가 설명한 바에 따르면, 사이비 변신이란 지옥의 죄인에게서 일어나는, 실존으로부터 벗어나려는 움직임으로, 이는 곧 형상의 통일성의 와해를 뜻한다. 그렇게 보면 아넬로는 실체를 확인할 수 없는 지경까지 결합이 풀린 존재로서, 스타티우스가 말하는 영혼은 아넬로에게 깃들 수가 없다.[46]

아넬로가 짐승과 얽히는 장면을 묘사하면서 단테가 사용하는 동사

---

46 Ginsberg, Warren, "Dante, Ovid, and the Transformation of Metamorphosis", *Traditio*, Vol. 46(1991), p. 210; in *Dante's Aesthetics of Being*(Ann Arbor: University of Michigan Press, 1999), p. 215. 나중에 이 주제로 돌아올 것이다.

는 avviticchiare다. 이 단어 속에는 vite(덩굴)라는 변신의 은유가 들어 있다. 그 은유는 실존을 지키는 지적 영혼이 자체를 어떻게 "유일한 영혼"[47]으로 만드는지에 대한 것이다. 인간에게 존재하는 "유일한 영혼"은 단테가 『향연』에서 말하는 "지성"(『향연』 3.6.12)으로서, 아리스토텔레스의 용어를 빌리면, 몸의 '형상'을 말한다. 그러한 영혼의 특징이 인간과 창조주의 유사성의 관계를 구축한다. 반면 아넬로는 형상이 없는 사물, 더 이상 하나의 독립된 실체로 확인될 수 없는 무엇이 된다. 그래서 스타티우스가 말하는 영혼이 그 힘을 완전히 상실하는 지경에 이른다. 그런 까닭에 아넬로는 자신을 짐승과 구별하지 못하게 된다.[48]

한편 세 번째 변신은 다음과 같이 묘사된다.

그때 한여름에 채찍처럼 감겨드는
불볕 아래서 도마뱀이 울타리를 바꾸면서
길을 가로지르기를 번개처럼 하듯이,   81

후추 알갱이처럼 까맣고 창백한
새끼 뱀 한 마리가 이글거리는 눈을 하고
다른 두 망령의 배를 향해 돌진했다.   84

그리고 둘 중 하나에게 달려들어
맨 처음 우리가 영양을 섭취하던 부분을 꿰뚫고는
그 앞으로 떨어져 길게 몸을 뻗었다.   87

---

47 alma sola. 'alma'는 라틴어의 어원에서 생산적인, 음식을 공급하는, 친절함과 같은 뜻을 지닌다. 통일된 영혼을 묘사하는 매우 적절한 용어다. 또한 'alma'는 'fiche'(뱀과 얽혀 말을 하지 못하는 상태에서 나온 것)(「지옥」 25.1)와 대립한다. 「천국」 24곡과 25곡을 볼 것.
48 『향연』 2.7.3/4.7.10-15. 같은 맥락에서 반니는 스스로 짐승이라 칭한다.(「지옥」 24.124-126)

배가 뚫린 망령은 뱀을 바라보았지만 아무 말도

하지 않았다. 오히려 꼿꼿한 다리로 버틴 채

잠에 취한 듯 혹은 열병에 걸린 듯 하품을 했다.　　　　90

망령은 뱀을, 뱀은 망령을 마주 보았다.

망령은 상처에서, 뱀은 입에서 연기를

힘차게 내뿜었고, 그 연기들이 서로 부딪혔다.　　　　93

(「지옥」 25. 79-93)

　　세 번째 변신은 배 속에서 이루어진다. 배(腹)가 세포가 처음으로 결합하고 자라나는 잉태와 성장의 장소라는 점은 이 세 번째 변신의 원초적 성격을 상징한다. 위의 텍스트에서 마치 정자와 난자가 결합하는 단계를 연상시키는, 뱀이 사람에 입거한 순간 이후에 한동안 침묵이 흐른다.(88-90)[49] 침묵은 이후 전개될 변신의 첫 번째 징후로서, 본격적인 변화가 일어나기 전의 서막과 같은 분위기를 자아낸다. 이에 바로 이어 사람과 뱀은 서로 연기를 내뿜고 그 연기들은 서로 부딪힌다. 몸의 변신 이전에 그 기운이 서로 마주치면서 변신의 적절한 (신비로운) 환경을 준비하는 것이거나 변신의 힘이 눈에 보이도록 외화되는 것으로 볼 수 있다. 여기까지 단테는 변신의 예비 단계를 묘사하고 나서, 아래 인용한 텍스트에서 보듯이, 잠시 휴지기를 갖고 자신의 변신의 묘사가 얼마나 뛰어난지 고대 시인들을 직접 거명하며 강조한다.

　　가엾은 사벨루스와 나시디우스에 대해

49　이 부분의 묘사는 인간이 태어나고 성장하는 과정을 거꾸로 뒤집은 것이다. 바르칸이 잘 지적하듯, 두 번째 변신이 생식이라면 세 번째 변신은 성장을 가리킨다. Barkan, Leonardo, *The Gods Made Flesh*(New Haven: Yale, 1986), p. 157.

묘사했던 루카누스여! 이제는 입을 다물라!

그리고 내가 지금 하는 말에 귀를 기울이기를.   96

오비디우스여! 카드무스와 아레투사에 대해 입을 다물기를.

그 남자를 뱀으로, 그 여자를 샘으로 바꾸는

절묘한 시를 지었어도 난 질투하지 않으련다.   99

그들의 두 존재는 서로 형상만 바뀌었을 뿐

두 형상의 질료까지 바꿀 정도로

변신하지는 않았으니.   102

(「지옥」 25.93-102)

　　고대 로마의 시인 루카누스(「지옥」 4.90)는 『파르살리아』(9.761 이
하)에서 사벨루스와 나시디우스가 겪은 육체적 변형을 묘사한다. 그
둘은 카토의 부하였는데, 뱀에 물려 하나는 그 독으로 인한 고열로 재
가 되고,[50] 다른 하나는 어찌나 몸이 부어올랐던지 갑옷이 터져 나가면
서 갈기갈기 찢어졌다고 한다. 그런데 루카누스의 변신은 이미 24곡에
서 묘사된 첫 번째 변신의 모델로 쓰였다. (아마 단테는 세 번째 변신을 전
개하는 와중에 루카누스를 굳이 직접 거명함으로써 자기는 이미 루카누스를
넘어섰다고 암시하는 것일까.) 한편 오비디우스는 『변신』에서 카드무스
가 뱀의 형상으로 변하고(4.572-661) 아레투사가 샘으로 변하는 장면
(5.710-740)을 묘사했다. 카드무스는 테베를 건설한 인물로, 나중에 방
랑하며 뱀이 되었는데, 아내가 이를 보고 신들에게 원래의 모습으로 돌
리든지 그게 안 된다면 자기도 뱀으로 만들어 달라고 요청해 아내도 뱀

---

50 이 장면은 앞서 반니 푸치의 변신과 함께 재연되었다.(「지옥」 24.100-117)

이 되었다. 아레투사는 디아나 신을 섬기는 여신들 중 하나였는데, 강의 신 아르페오에게 쫓길 때 디아나에게 기도하여 샘으로 변했다.

단테는 이 두 작가들이 다룬 변신의 묘사들에 비해 자신의 묘사가 단연 뛰어나다고 자부한다. 단테는 그들의 변신은 일방향이지만 자신의 변신은 쌍방향이고, 또 그들의 묘사는 형상의 변화에서 그쳤지만 자신의 묘사는 질료의 변화까지 포함한다는 차이를 말하는 것 같다.[51] 형상이란 존재를 구별하는 원리, 즉 대상을 특징짓는 것이며, 질료는 그 특징을 받치는 물질적인 요소를 의미한다고 한다면, 질료의 변화까지 포함한다는 것은 물질성의 변형까지 동반한 완벽한 의미의 변신을 의미할 것이다. 따라서 단테는 자신의 변신은 다층적이고 근본적인 차원에서 이루어지는 정체성의 변화까지 동반한다고 자부하는 듯하다.

이어 단테는 자신의 변신의 묘사를 재개한다.

둘의 합쳐짐은 그렇게 진행되었으니,
뱀의 꼬리는 쇠스랑처럼 갈라졌고
다친 놈의 두 발은 하나로 합쳐졌다.   105

두 다리와 허벅지는 삽시간에 서로
달라붙고 뭉개져 접합된 부분에는
아무 흔적도 남지 않았다. 한편   108

뱀의 갈라진 꼬리는 그렇게 없어진
상대방의 형상으로 변했는데, 제 가죽은 부드러워지고
상대방의 피부는 딱딱해졌다.   111

---

51 카드무스가 뱀으로 변신할 때 뱀이 따로 등장하는 것이 아니라 카드무스 홀로 뱀으로 변한다.

그놈의 팔은 겨드랑이 속으로 말려 들어가
짐승의 두 다리가 되어 짧아졌고, 그러면서
두 다리는 그놈의 짧아진 팔만큼 늘어났다.   114

뱀의 뒷발은 서로 얽혀 쪼그라들더니
남자가 감추는 그 부분을 이루었고, 동시에
불쌍한 놈의 그것은 둘로 갈라졌다.   117

연기가 또 다른 빛깔로 이놈과 저놈을
뒤덮고 한 놈은 털을 씌워 자라나게 하고
다른 놈에게서는 털을 뽑아내는 동안,   120

이놈은 일어서고 저놈은 주저앉았으나,
그들은 서로의 잔악한 등불을
피하지 않으면서 서로의 얼굴을 바꾸었다.   123

서 있는 놈은 관자놀이 쪽으로 얼굴을 끌어당기니,
과도하게 뒤로 밀린 살점은
귀가 되어 반반한 볼 위로 솟아올랐다.   126

뒤로 밀려나지 않고 남아 있던 살점들은
얼굴에 코를 이루었고,
필요한 만큼 입술로 부풀어 올랐다.   129

주저앉은 놈은 낯짝을 앞으로 내밀고
달팽이가 더듬이를 집어넣듯이

귀를 머리 안으로 끌어당겼다.   132

하나여서 이전에 말을 할 수 있었던
혀는 갈라졌고, 다른 놈의 찢어진 혀는
하나가 되었다. 연기가 그친다.   135
(「지옥」 25. 103-135)

위에서 길게 인용한 텍스트는 사람("그놈")과 뱀("짐승")이 서로의
정체성을 교환하는 양상을 역동적으로 묘사한다. 사람의 팔은 짧아져
뱀의 길어진 앞발을 이루고,(단테가 묘사하는 뱀은 다리를 지녔다는 점에
유의할 것) 사람의 긴 상태와 뱀의 짧은 상태가 서로 바뀌면서 중간쯤에
서 만난다. 사람과 뱀은 각자의 속성을 서로에게 이어 주면서 또한 각
자의 속성을 유지한다. 그런데 그 결과는 각자의 원래의 속성이 완전
히 없어진 형태다. 이러한 변신이 모순으로 들릴 수 있는 것은 서로를
이어받으면서 각자를 유지하기 때문이다. 결국에는 이어받고 유지하면
서(혹은 이어받지도 유지하지도 못하면서) 제3의 무엇으로 변한다. 그렇기
때문에 그 변신은 질료의 변형까지 동반하는 정체성의 변화로 이해되
는 것이다.
　위의 세 번째 변신은 첫 번째와 두 번째 변신에 비해 더욱 완벽하
다. 단테는 고전 시인들의 변신은 한계가 있다고 지적한다.(25. 100-
102) 그에 비해 자신의 변신은 길고 자세하며 생생하고 무엇보다 "새롭
다." 그는 반복해서 자신의 변신이 자신의 눈을 침침하게 하고 마음을
혼란스럽게 만들 정도로 새롭다고 주장하면서(25. 145-146) 이 변신의
주제에서 떠나간다. 그는 자신의 "글이 새로운 주제를 잘 표현하지 못
했다 해도 용서하기를"(25. 143-144) 바란다. 그러나 그 바람에 자신의
묘사를 과거의 예들과 견주어 스스로 폄하하려는 의도는 전혀 깃들지

않는다. 왜냐하면 그가 보고 묘사하고자 한 변신은 온전히 '새로운' 것이기 때문이다. 새롭기 때문에 과거의 예들과 비교할 필요 자체가 없어지는 것이다.

고전 시인들과 단테를 비교하는 것은 일차적으로 필요할 수 있다. 그러나 그 이상은 아니다. 단테가 변신의 주제를 어떻게 다뤘는지 비평하기 위해서는 고전들과의 단순 비교는 적절하지 않다. 그 비교에서 나올 법한 논의보다는 단테의 묘사에 대한 분석과 의미 부여가 더 적절하고 흥미롭다. 예컨대, 단테의 특징이 고대 시인들에게 없다는 것, 단테가 확실히 고대 시인들에게서 벗어났다는 것을 보여 주는 일이 얼마나 무리가 따르는 일이고 또한 무의미한 일인가. 그렇게 고대 시인들의 부족함을 증명하려 하기보다 단테의 독창성(이를 다음 장들에서 조응을 중심으로 설명하려 한다.)을 그 자체로 보여 주는 것을 목표로 한다면, 그를 위해 주목해야 할 점을 단테는 이미 제시해 놓았다. 그것은 바로 '새로움'이다.[52]

우리는 특히 세 번째의 변신의 장면에서 단테의 독창성을 크게 두 가지로 관찰할 수 있다. 하나는 연기고(단테가 그 극적 효과를 노린 듯 보이는) 다른 하나는 물질성(단테 스스로 강조했듯)이다. 뱀의 입으로부터, 또 뱀에 상처를 입은 자로부터 나오는 두 갈래의 연기는 서로 부딪히면서 두 개의 몸을 소통하게 만든다. 그리고 동시에 또 다른 소통을 구축한다. 즉, 두 개의 시선들이 부딪히고 고정된다. 이들은 서로 피할 줄도 모르고 피하려 하지도 않는다. 모든 것은 침묵 속에서 전개된다. 이러

---

52 이러한 '새로움'은 단테가 고전 시인들에 대해 선언한 자신의 문학의 특징이다. 단테는 고대를 부활하는 르네상스조차 뛰어넘는 그런 종류의 새로움을 말하고 있는 것일까? 만일 그러하다면 훨씬 나중에 니체가 예고했던 "새로운 철학자"들, 그들에 대해 설명하는 내용(니체, 김훈 옮김,『선악을 넘어서』(청하, 1982), 69쪽)이 단테에게도 해당하는 것일까? 니체의 설명은 길지만, "자유정신의 소유자"로 요약된다. 한편 단테의 새로움은 (블룸도 지적했던) 단테의 자만에 가까운 자부심에서 나온다. 그의 자부심은 니체 식으로 설명해야 할지도 모른다.

한 신비, 이러한 불가항력은 온전히 단테의 것이다.

물질성을 보여 주는 것은 여럿이다. 배꼽(25. 85-86), 하품(89-90), 휘파람 불기(쉭쉭거리기)와 침 뱉기(137-138), 담쟁이덩굴(58), 뜨거운 초(61), 불에 탄 종이(64-66), 도마뱀(79-81), 후추 알갱이(84), 달팽이(132). 이것들은 신비롭고 수수께끼 같은 느낌마저 주면서 필연적으로 그 자리에 놓여 있다. 우리는 그것들을 피할 수 없고 그냥 지나칠 수 없다. 왜냐하면 그 모든 것들은 단테의 변신을 구성하는 필수 요소들이고 또 우리가 그 변신을 이해하기 위해 불가피한 의미를 동반하기 때문이다. 이들을 그냥 지나친다면 변신은 완성되지 않는다. 이들은 공연히 그 자리에 있는 것이 아니다. 단테의 사물들도 그 자리에서 단테의 변신 묘사를 '필연적으로' 받친다. 그 자리에서 있음으로써, 변신을 이루고 증거한다. 이러한 물질성은 단테의 변신이 그 외에 다른 것일 수 없음을 보여 준다는 의미에서 진실성과 통한다.

시선과 조응

조응의 불허

변신이 하나에서 다른 하나(혹은 여럿으로)로, 혹은 여럿에서 하나(혹은 여럿으로)로 변하는 것을 의미한다면, 변신은 일종의 관계의 문제로 볼 수 있다. 관계의 끈을 이어 주는 것은, 앞에서 언급한 물질적 변신이든 형상적 변신이든 속성의 일치라고 볼 수 있으나, 더욱 직접적인 것은 시선의 교환 혹은 더 적절히 말해 정체성의 교환이다. 일치와 교환의 차이에 주목해 보자. 이 글에서 사용하고자 하는 용어 '조응'은 사전적 의미로 "서로 일치하게 대응함" 혹은 "원인에 따라서 결과가 생김"(照應)의 자동사로 쓰이거나 또는 다른 한자인 조응(調應)으로 쓸 때는 "눈이 어두운 곳이나 밝은 곳에 대해 차차 적응하게 되는 기능"이라는 생물학적 의미로 쓰인다. 우리의 경우 전자의 용법이 더 맞을 텐데, 중요한 것은 조응(照應)이란 일면 인과론적 의미를 지닌다는 점이다.[53] 이와 함께 조응이라는 용어가 자동사로 쓰인다는 점도 유의할 필요가 있다. 무엇을 무엇에 일치시키는 '동작'이 아니라, 무엇이 무엇에 일치하는 '양상'을 더 가리킨다는 점이다.

어떤 변신에서 조응이 일어나지 않는다면 그 이유는 이른바 비동일화의 작용이 없기 때문이다. 비동일화란 간단히 말해 동일성을 유지하면서 동시에 해체되는 것을 뜻한다. 동일성을 하나의 현존의 기본 조건으로 생각할 때, 동일성의 유지와 해체를 동시에 겪는다는 것은 하나의 현존을 유동적으로 만든다는 말과 같다. 어떤 변신에서 조응이 일어난다면 그 변신은 변신 이전의 정체성을 버리면서 또한 버리지 않는 비동일화의 작용으로 일어난다. 이전의 정체성이 시선에 머물고(성찰) 새로운 정체성이 나타나되 이전의 정체성의 흔적이 남아 있는 것. 이런 식으로 변하면서도 변하지 않는 존재를 우리는 연옥에서 순례자가 맞닥뜨린 그리핀에게서 확인할 수 있는데, 우리가 우선 논의할 점은 지옥에서 일어나는 변신에는 그러한 비동일화의 작용으로서의 조응이 없거나 부족하다는 점이다.

---

53 인과론을 적용한다고 해서 조응을 과학적 원리로 생각하자는 것은 아니다. 원인에 따라 결과가 생긴다는 것은 결과, 즉 현재의 상태가 나오게 된 원인이 있다는 것이지, 원인을 보면 자동적으로 결과를 알 수 있다는 것은 아니다. 조응과 더불어 인과론을 거론하는 것은 예측이나 법칙의 적용(또는 신봉)이 아니라, 상태와 과정에 대한 관찰을 주목하기 위해서다. 간단히 말해, 예측이나 법칙의 적용은 변신의 개체들의 속성의 일치를 더 주목하는 것인 반면, 상태와 과정의 관찰은 변신의 개체들의 정체성이 교환되는 것에 더 주목하는 것을 말한다. 따라서 인과의 관계를 변신과 조응에 적용하는 것은 변신을 결정론적인 범주에 넣는 것이 아니다. 결정론적인 범주는 변신이 현실적인 것이 될 때 가능하다. 우리가 다루는 변신의 주제는 문학과 상상의 범주에 놓여 있고, 따라서 그것이 어떻게 이루어지느냐 하는 양상을 묘사하는 방식에 우리는 더 관심을 기울이는 것이다.

첫 번째 변신(「지옥」 24곡에서 묘사되는 반니 푸치의 변신)은 인간에게서 뱀으로 이동하고 다시 인간으로 되돌아오는 과정으로 일어난다. 그의 변신에서는 원래의 정체성과 변형된 정체성 사이에 조응이 일어나지 않는다. 어떤 관계 자체가 일어나기에는 그 변신이 하나의 정체성 안에서 이루어질 뿐, 정체성의 이동이 일어나지 않는 탓이다. 인간의 형태는 뱀의 형태로 옮겨졌다가 곧바로 다시 인간의 형태로 돌아오면서 인간과 뱀은 본질적으로 '이미' 하나의 몸속에서 공존한 채 서로에게서 이탈한 적이 없으며, 따라서 서로를 조응할 관계가 구성되지 않는 것이다.

이에 비해 두 번째 변신(「지옥」 25곡의 도둑들의 변신)에서는 도둑과 뱀이 두 개의 개체로 나뉘고 서로에게로 관통하기 때문에 그들 사이에서 나름대로 조응 관계가 일어난다고 생각할 수도 있다. 그러나 그 조응의 관계는 일시적 혹은 표면적일 뿐, 조응의 주된 효과인 성찰을 지속적으로 이어 나가는 힘은 존재하지 않는다. 그 이유는 근본적으로 그들에게 선을 향한 의지가 없기 때문이다. 선을 향한 의지는 그들의 정체를 본질적으로 바꿔 놓을 테지만, 오로지 악의 기운만으로 채워진 그들의 존재는 아무리 변신에 변신을 거듭해도 성찰은 일어나지 않으며, 악의 동일성만 반복하게 되는 것이다. 그런 측면에서 진스버그의 지적은 예리하다. 그 도둑들의 변신은 도둑들이 지옥에서 받는 고통이며, 그렇게 변신의 고통을 주는 것이 지옥의 징벌이다. 그런데 징벌의 고통은 표면인 반면, 징벌의 본질은 변신으로 인해 변화되는 형상들 사이에서 조응의 관계로 구성되지 않는다는 것이다. 작가 단테는 바로 그러한 조응 관계의 결여, 관계들을 형성하는 역동적 과정의 결여를 보여 주고 있는데, 더 나아가 이러한 관계의 결여 자체가 정의(justice)를 위반하는 결과를 가져온다는 점에 주목할 필요가 있다.[54] 지옥에서 일어나는 변

---

54 Ginsberg, "Dante, Ovid, and the Transformation of Metamorphosis", p. 205.

3 단테의 변신

신은 지옥을 변화시킬 수 없다. 오히려 지옥의 본성을 더욱 선명하게 만들 뿐이다.

지옥의 죄인들의 변신을 어떻게 규정하고 평가할 것이냐 하는 문제에서, 리얼리티의 측면을 강조하는 아우어바흐를 참고할 필요가 있다. 단테가 추적하고 묘사하는 지옥의 변신의 예들에서 우리는 변신이 외모에만 해당되고 성정에는 해당되지 않는다는 것을 알 수 있다. 도둑들의 변신에서 그들의 외모는 변화하지만 성정은 그대로다. 아니, 오히려 도둑으로서의 성정은 계속 이어지고 더욱 강해진다. 그래서 변신의 결과 도둑으로서의 리얼리티가 더욱 두드러지게 된다.

이러한 우리의 관찰은 변신을 겪는 도둑의 차원에서도 일어난다. 도둑은 자신의 몸이 변하는 것을 보면서 더욱 두드러지고 확연해지는 자신의 정체성을 조응한다. 그러나 그 도둑의 조응을 리얼리티의 인식으로 볼 수는 있어도, 그것이 자신의 정체성에 대한 성찰과 반성, 그리고 변형의 의지까지 동반한다고 보기는 힘들다. 조응이란 변신의 정체성을 확인하는 행위이면서 또한 그 정체성의 변화를 유도하는 혹은 예견하는 매개적 행위다. 그래서 도둑은 자신의 죄를, 죄를 짊어진 자신의 모습을 바라보지만, 그 이상으로 나아가지 못하는 것이다. 그들의 변신에는 외피의 관찰만 있을 뿐 내면의 조응은 없다.

내면의 조응까지 가지 않더라도, 리얼리티의 재현 단계에서만 보더라도 단테의 변신은 오비디우스의 변신과 다르다. 오비디우스의 변신은 신화와 전설이 지니는 환상적 특징에 사로잡혀 있다. 이에 비해 단테의 변신은 현실로 나아간다. 현실로 나아간다는 것은 변신의 주체들이 변신을 겪으면서 스스로 이승에서 행한 행위들에 대해 심판을 받는다는 것을 의미한다. 구체적으로 그들이 행한 행위들에 대해 지극히 구체적으로 반응하는 것은 그들 자신만이 아니라, 그들을 둘러싼 사람들도 포함된다. 그들을 둘러싼 사람들은 그들의 변신에 대해 조롱하고 야유하고 침을 뱉는다. 그들은 도둑들과 함께 살았던, 단테도 잘 알고 있는 '현실'의 사람들이다. 이렇게 단테의 변신은 개별적 인간의 운명이기 때문에 오비디우스나 루카누스의 변신보다 훨씬 구체적이다.[55]

아우어바흐의 이러한 관찰에서 가져올 것은, 단테의 변신 묘사를 리얼리티의 성취의 측면에서 오비디우스의 변신 묘사와 구별했다는 점이다. 이를 단순히 문학적 기교나 효과의 측면이라고 의미를 축소할 필요는 없으며, 이 글에서 논의하고자 하는 변신은 리얼리티의 획득의 측면 위에서 또 다른 측면들을 함의한다. 즉, 단테의 변신은 정체성을 유지하는 동시에 변화시키는 기본 원리 위에서 지옥과 연옥, 그리고 천국을 관통하며 이루어진다는 면에서 텍스트에 등장하는 인물과 대상에 대한 묘사뿐 아니라, 현실 세계에서 이루어 내는 단테 자신의 (순례자와 작가로서) 변신을 뜻하기도 한다는 것이다. 나아가 『신곡』에서 묘사된 변신의 주제는 정의, 선과 악, 공동체와 같은 『신곡』의 근본 주제들과 직접 연결되어 있다는 점도 중요하다.

단테가 묘사하고자 한 변신은 결국에는 단테 자신의 변신으로 이어지면서 그 자체로 단테가 궁극의 목표로 삼았던 구원의 길을 구축하는 한 요소였고, 그런 측면에서 단테 자신의 변신은 개별적 인간의 운명이었으며, 바로 그 점에서 우리는 다시 아우어바흐로 돌아가게 된다. 저승에서 이승의 경험적 리얼리티가 보존된다는 것은 주지한 바와 같다. 오히려 저승의 리얼리티는 이승의 리얼리티에 비해 더욱 총체적이고 필연적이다. 단테가 묘사한 지옥의 변신은 그렇게 강화된 리얼리티를 표상하는 하나의 예다. 리얼리티 속의 구체적인 한 인간. 그것이 끝없이 이어지는 단테의 구원의 출발점이 아니겠는가.

---

55 아우어바흐, 『단테』, 308쪽.

3 단테의 변신

그런 면에서 변신은 저승에서 작용하는 '신적 질서'의 일부라고 말할 수 있다. 그 '저승'이 우선 지옥을 가리킨다 해도 그러하다. 지옥에서 일어나는 변신은 죄의 본질을 적시하고 구원을 향해 구축된 신적 질서, 그 보편적 체계와 원리의 일부를 이룬다. 변신의 결과 일어나는 양상, 즉 이전의 것과 이후의 것이 다르게 되는 현상은 그 변신의 주체가 지니는 정체성을 더욱 확연하게 보여 주는 효과를 낸다. 도둑의 변신은 곧 도둑의 본질을 적나라하게 보여 준다는 것이다. 바로 그렇기 때문에 지옥의 변신은 지옥을 지옥답게 보여 주는, 그러한 신적 질서의 일부를 이룬다고 말하는 것이다. 그런데 여기에서 다시 강조할 것은, 그러한 도둑의 변신에서 도둑의 정체성이 확연히 드러난다고 해도, 문제는 정체성의 변화와 그에 따른 성찰이 동반되지 않는다는 것이다. 바로 그 때문에 역설적으로 도둑의 본질(과 나아가 지옥의 본질), 즉 성찰을 동반하지 않는 정체성, 변화하지 않는 정체성, 동일한 정체성의 유지와 지속이 적나라하게 드러나는 것이고, 또한 그 변신이 지옥에 국한될 수밖에 없는 이유도 거기에 있다.

　동일성의 반복은 징벌과 도둑의 상호 관계가 성립하지 않기 때문에 일어난다. 다시 말해, 도둑은 징벌로 인해 어떠한 정체성의 변화도 일으키지 않는다. 지옥의 징벌은 영원한 고통을 야기할 뿐, 그로 인해서 죄를 인지하고 죄를 씻는 단계로 나아가도록 하는 기능은 전혀 없다. 따라서 도둑의 변신은 외양의 변화만을 동반하는 것이기에 지옥의 징벌이라고 할 수 있다. 변신은 적어도 지옥에서는 서로 다른 존재들 사이의 관계 자체를 형성하지 않고, 그래서 본질적 정체성을 동일하게, 영원히, 반복한다. 그것이 지옥에 정의가 부재하는 이유다. 도둑의 변신은 도둑이라는 그저 본질적 정체성을 영원히 반복함으로써 지옥에 정의의 부재를 지속시킨다. 이렇게 도둑의 변신은 정의의 부재라는 지옥의 속성을 받쳐 주면서 순례자가 추진하고 작가 단테가 구현하게 될 변신과 달리, 진스버그의 표현을 빌리면, "사이비 변신 (metamorphosis of unbecoming)"에 머문다. 변신이되 변신이 아닌 것. 변신이되 됨의 과정이 없는 변신. 이와 달리 단테 자신의 변신은 변신 그 자체로 지속되면서 계속해서 뭔가를 이루어 나가는 '됨'의 과정을 구성한다.

지옥의 도둑들은 천국의 덕성을 뒤집으면서 알레고리의 가능성, 즉 신의 영원한 영광의 기호가 되는 가능성을 제거한다.[56] 알레고리란 언어의 내재적 이해를 뜻하는데, 도둑들은 언어에 형상을 기입하고 지속시키기에는 너무나 딱딱한 질료의 차원, 너무나 질긴 표피의 차원에 머물기 때문이다. 『향연』(2.1.10-11)에서 단테는 언어가 문자적 이해, 알레고리적 이해, 그리고 영적, 도덕적 이해로 나아가는 단계를 지닌다고 말한다. 단테는 스스로의 변신을 알레고리의 단계에 위치시키면서 그 다음으로 영적, 도덕적 단계로 나아가는 발판을 마련하는 셈이다. 단테의 영적, 도덕적 단계는 「지옥」에서 「연옥」과 「천국」으로 이어지면서, 그리고 순례자로부터 작가로 나아가면서, 성취된다.

조응의 작용

성육신(incarnation)에 관해 아우구스티누스가 『고백록』에서 설명한 바에 따르면, 하느님은 역사적 인물과 사건, 기록된 말과 발화된 말, 자연 현상 등을 통하여 타락한 인간을 변모시키려 한다. 『성경』은 이런 변모를 추구하는 신적 의지가 흘러드는 도관이다. 따라서 성경을 올바로 읽는 인간은 이런 변모에 자동적으로 참여하게 된다. 그러나 인간은

---

56 단테가 악을 재현하는 방식은, 죄는 한 영혼이 하느님에게 귀의하는 것의 뒤집힌 모방, 하느님 안에서 월등하게 존재하는 덕성들의 전도된 모방이라는 신플라톤주의적 개념을 천착한 아우구스티누스에 의지한다.(Augustinus, *Confessions*; 아우구스티누스, 선한용 옮김, 『성어거스틴의 고백록』(대한기독교서회)) 단테에게 귀의란 곧 변신과 동종의 것이다.

현실의 모든 것들을 충분히 관리할 수 있다는 자기 충족성의 믿음 때문에 변모를 유도하려는 신의 노력을 거부한다. 성육신은 이러한 미진한 존재로서의 인간을 향한 보완적 성격의 사랑 때문에 하느님의 말씀이 인간이 되어 지상에 온 결과다. 따라서 성육신은 하느님의 자기-겸손의 구체적 표현이다.

단테가 묘사하는 지옥의 변신 장면들은 온전히 악에 속한다. 반면 하느님의 겸손의 표현인 성육신이라는 변신체는 온전히 선에 속한다. 성육신의 원리에 따르면, 인간은 본능적으로 변신을 거부한다. 무릇 변신은 그 출발부터 부족과 결여를 품고 있는데, 인간은 스스로의 부족과 결여를 인정하려 하지 않기 때문이다. 바꿔 말해, 변신은 자신의 부족과 결여를 조응하는 장소이며 행위라고 할 때, 인간은 그러한 성찰적 조응을 스스로 수행하기 힘든 존재인 것이다. 그렇다면 지옥에서 변신하는 영혼들은, 비록 악에 속한다 할지라도, 자신의 부족과 결여를 인정하는 데서 출발하거나 혹은 인정하는 결과를 갖는 것이 아닌가.

그러나 지옥에서 일어나는 변신에는 성찰적 조응이 빠져 있다. 원래부터 성찰은 지옥에 어울리지 않는 요소다. 성찰은 개개 인간이 자신을 돌아보고 반성하며 새로운 준비를 하는 행위를 가리키는데, 선은 물론이고 악을 돌아보고 뉘우치고 회개하는 가능성 자체가 지옥에서는 완전히 차단되어 있기 때문이다. 결국 지옥에서 변신하는 영혼들은 변신을 해도 자신의 부족과 결여를 인정하지 못한다고 봐야 한다. 그러한 인정(그것이 성찰적 조응의 효과일 텐데)은 연옥에 가서나 이루어질 일이다. 그렇다면 조응 관계가 없고 성찰이 없는 변신을 거듭하는 지옥의 죄인들에게 일어나는 그 '변신'이란 과연 무엇인가?

단테의 지옥에서 변신하는 두 개체(두 번째와 세 번째 변신에 등장하는 사람과 뱀)는 서로의 몸으로 재생되고 부활한다. 제3의 존재로 거듭나면서 또한 자신을 반복한다. 동일자의 혼종적 반복 속에서 그들 각자의 순수성은 오염되어 불순해진다. 서로에게 오염되어 서로의 모습을 받아들이고 서로의 모습을 이식하는 동안 각자는 자기에게 낯선 형태가 자신을 형성하는 광경을 보게 된다.[57] 그것은 직접적으로는 외부의 것이지만, 사실은 자신의 내부에 숨어 있는 혹은 감춰진 자신(이를테면, 죄, 특히 절도 죄)의 또 다른 이면이기도 하다. 그것이 나타나 자신을 변형시키고 그 과정에서 '이건 내가 아닌데' 하는 당혹과 거부의 의식을 갖게 되지만, 그러한 변신의 과정이 진행되면서 그것이 외부이면서 또한 내부의 것이 아닌가 하는 '생각'이 들기도 할 터이다. 그 '생각'을 변신의 상대를 바라보는 자기 성찰의 시선이라고 볼 수도 있을 것이다. 이때 그 '생각'은 자신의 죄의 인식과 죄의 결과로 변형이 일어났다는 것에 대한 인식, 이렇게 두 단계의 인식의 조응으로 이루어진다. 그 '생각'은 변신이 몰고 오는 두려움이자 분노이며 당혹을 담을 수 있으나, 또한 그러한 감정들은 그 '생각'이 동반하는 부수물이기도 하다. 그러나 과연 그 '생각'을 성찰이라는 개념과 동등하게 놓을 수 있을까?

동일자의 혼종적 반복 속에서 일어나는 오염의 결과 두 개체는 각자 자신과 자신 안에 있는 것이 분리된다는 의식을 갖게 된다. 그러나 그들의 몸은 변신 이전에 각자 하나였으며 변신 이후에도 여전히 하나로 남는다. 따라서 자기가 생각하는 자신의 정체성과 그 안에서 자신의 의지나 인식에서 벗어나 존재하는 그 무엇으로 분리된 상태(에 대한 인식)는 하나의 몸에서 이루어졌고 변신 이후에도 하나의 몸에서 이루어진다. 정확히 말해, 변신 이후에는 그러한 분리의 상태 혹은 인식은 두 배로 증가하는 반면, 분리는 여전히 하나의 몸에서 일어난다. 분리의 상태는 분열되어 많아지는 반면 그것이 일어나는 몸-장소는 여전히 하

---

57 "이놈은 일어서고 저놈은 주저앉았으나,/ 그들은 서로의 잔악한 등불을/ 피하지 않으면서 서로의 얼굴을 바꾸었다."(「지옥」 25. 121-123) 육체의 다른 부분들은 변신하지만, 눈은 그대로 남으면서 변신을 계속 추동시키고 지켜본다.

3 단테의 변신

나인 것이다.

지옥에서 일어나는 조응은 성찰의 조건으로서의 객관화(objecti-
fication)와 본질적으로 다르다고 말할 수 있다. 이른바 사이비 조응에서
는 원인-결과-원인으로 연결되는 이동이 한 몸에 이루어질 뿐, 객관화
처럼 자신의 외부로 나가거나 자신을 외부에 둘 수 없다. 인과의 운동
이 한 몸에서 일어난다는 것. 그것이 지옥에서 일어나는 성찰이 부재하
는 혹은 성찰로 연결되지 않는 변신의 특징적인 양상이다. 그에 더해,
인과의 운동이 한 몸에서 이루어진다는 것은 우주와 삶의 운행을 받치
는 인과의 운동을 한 몸 속에 축소하고 환원시키면서, 하느님이 정초한
근본적인 우주와 삶의 운행을 어지럽힌다. 반니 푸치가 하느님에게 이
상한 손짓을 하며 욕설을 퍼붓는 것(「지옥」 25. 1-3)(지옥의 바닥을 딛고
당당하게 하느님을 올려다보는 오만불손한 시선 그 자체가 사이비 조응이다.)
은 바로 하느님을 근본적으로 부정하는 것이다.

변신의 매개가 뱀이라는 점은 사이비 조응의 의미를 더욱 선명하게
볼 수 있도록 해 준다.[58] 도둑의 고통은 죄와 벌의 속성들이 서로 상응
하는 콘트라파소를 이룬다. 도둑은 첫째, 뱀에 쫓기고 묶이고, 둘째, 뱀
에 의해 여러 방식으로 강탈당한다. 전자가 콘트라파소의 표면적인 내
용이라면, 후자는 좀 더 비틀린 콘트라파소라 볼 수 있다. 전자가 남의
것을 훔친 행동의 대가는 저항할 수 없이 묶이는 것이라는 점을 보여
준다면, 후자의 경우는 절도가 근본적으로 자신을 드러내지 않고 남을
속이는 기만의 행위라는 점을 가르쳐 준다.[59]

---

58 「지옥」 7곡에서 뱀은 운명의 여신 포르투나의 비유로 쓰였다. 운명의 여신은 "풀밭의 뱀
처럼 숨"어 있으며, 쉼 없이 변신한다. 여기에서 변신의 의미는 "필요에 따라 빠르게 움직이
며, 그에 따라 인간 만사가 순식간에 변"(「지옥」 7. 89-90)하기 때문이다. 한편 뱀을 매개로
한 테이레시아스의 변신을 참조할 것.(「지옥」 20. 40-45)
59 특히 「지옥」의 절도죄를 범한 도둑들은 기만의 성격을 강하게 드러낸다. 기만은 『성경』
의 뱀이 지니는 간교한 사기와 상응한다. "소르델로는 선생님의 팔을 끌면서 말했다. / "저기

도둑들이 지옥에서 벌을 받는 동안에도 스스로 보존하는 자신의 유일한 속성, 즉 외부의 타자가 결코 제거할 수 없는 것이 있다. 그것은 절도의 욕망이다. 그것은 뿌리 깊게 내재화되어 있기 때문에 변신을 통하지 않고서는 제거될 수 없다. 그러나 죄의 속성의 완전한 제거란 지옥에서 있을 수 없다. 고통의 영원한 반복을 위해서 죄의 속성은 몸의 원래적 상태와 함께 끝없고 끊임없이 부활한다. 변신을 통해 스스로의 속성이 묶이고 또한 강탈당하는 것. 그것이 도둑들이 당하는 고통이 더욱 커지는 이유다. 강탈하는 것과 강탈당하는 것 사이를 왕복하면서 도둑들은 자신의 정체성을 확인하지도, 유지하지도 못하며, 바로 그렇기 때문에 자신을 원래 그대로의 모습으로 내세우지 못하는 가운데 기만의 모습만 드러내는 것이다.

　이제 우리는 이런 물음을 던질 수 있다. 뱀은 고문자의 역할을 위임받은 악마적 존재들인가? 아니면 지속적인 변신과 함께 뱀으로 변형되는 죄인들 자신인가? 뱀과 함께 변신을 겪으면서 절도죄를 지은 망령들은 벌을 받는 존재이자 벌을 주는 존재가 된다. 원인과 결과가 일치, 즉 조응한다. 징벌은 일방향이 아니라 쌍방향으로 작용한다. 원인이 결과가 되고 다시 결과가 원인으로 작동한다. 인과가 일치한다는 것은 이렇게 계속해서 기원으로 돌아가는 형세를 취한다. 기원으로 돌아가지 않으면, 즉 죄라는 원인이 받쳐 주지 않으면, 지옥은 성립하지 않는다. 여기에서 조응이란 기원을 상기시키는 일이며, 거기서 영원한 징벌이 가능해진다. 그러나 이런 종류의 조응은 지옥의 영원한 징벌을 받치는 혹은 정당화하는 역할에 국한되며, 죄에 대한 인식과 반성적 성찰로 연

우리의 원수를 보십시오!"/ 그가 손가락을 들어 우리가 볼 곳을 가리켰다./ 작은 계곡을 따라 열린 곳에/ 뱀 한 마리가 있었는데, 아마도 이브에게/ 쓰디쓴 음식을 준 그놈일 것이었다." (「연옥」 8. 94-99) 여기에서 "쓰디쓴 음식"을 이브에게 주는 뱀은 인간의 적으로 의인화된다. 또, 순례자가 앞서 마주쳤던 게리온은 몸은 뱀이고 머리는 사람인 괴수로서, "부정부패의 더러운 이미지"(「지옥」 17. 7)로 나타난다. 게리온은 기만의 순전한 상징이다.

　　　　　　　　　　　　　　　　　　　　3 단테의 변신

결되지는 않는다. 죄에 대한 근본적 인식과 반성적 성찰은 징벌이 정죄로 바뀌면서 죄의 주체가 자체의 정체성을 변화시키는 데까지 나아가는데, 그러한 변신은 지옥에서 결코 일어나지 않는 것이다.

그에 비해 순례자 단테가 체험하는 진정한 조응은 지옥에서 일어나는 변신이라는 징벌의 본질을 지옥 자체 내에 머물게 하지 않고 지옥과 연옥과 천국의 모든 우주의 운행이 조화롭게 이루어지도록 하는 데까지 닿는다. 그러면서 단테의 순례의 발길은 지옥과 천국을 서로 뒤집힌 꼴을 이루면서 서로를 조응하는 관계에 놓는 것이다. 그것이 천국에서 조화로운 음악이 묘사하는 구원의 성취로 이르는 길이다.[60]

뒤집힌 지옥으로서의 천국

변신이 터를 두는 기생과 숙주의 관계는 단테가 묘사한 인간과 뱀의 변신에도 고스란히 나타난다. 앞에서 논의한 단테의 세 가지 변신들은 인간이 숙주가 되고 뱀이 거기에 기생하는 꼴이 출발점을 이룬다. 그러나 변신이 진행되면서 죄를 지은 영혼은 인간이 뱀에 기생하는 뒤집힌 관계로 옮겨 간다. 이렇게 뒤집힌 관계는, 천국에서부터 떨어져 지옥의 맨 밑바닥에 거꾸로 박혀 있는 지옥의 마왕 루치페로가 상징하듯, 지옥의 속성의 본질을 보여 준다.

지옥과 연옥, 천국을 횡단하는 단테에게 변신은 자기 성찰의 장소이며 기회다. 변신이 끔찍할 수도, 희망찬 것일 수도, 황홀경에 빠지는 것일 수도 있으나, 또 다른 자기를 바라본다는 면에서 그러하다. 그 또 다

---

60 단테는 음악이 우주의 신성한 질서를 표현한다고 보았다. "그대가 조절하고 맞추신 조화"(「천국」 1.78)는 인간의 삶, 그 무질서하고 가변적인 상태가 마치 악보처럼 조화를 이루어 신성한 상태로 변화하는 지점을 가리킨다. 거꾸로, 부조화는 신성함의 부재를 일으킨다.

른 자기는 지금 진행되고 앞으로 다가올 변신의 과정에서 마주보이는 모습이기도 하지만, 이미 자기 내부에 자리했던 것이 외화된 것일 수도 있다. 세포의 변형은 숙주를 필요로 한다. 그런데 숙주에 기생하며 세포는 변형되지만, 변형된 세포는 여전히 숙주의 일부로 남는다. 그렇게 변형된 일부를 안고 가는 것이 숙주의 운명이라면, 숙주는 그렇게 변형된 일부를 안고 가는 운명이 또한 자신을 들여다보는 운명임을 직시하지 않을 수 없다. 그것이 변신이 몰고 오는 조응의 의미다.

우리는 변신하기 이전 상태의 각각의 개체들, 각자의 가치를 잃지 않는 그 존재들에 주목할 필요가 있다. 도둑도, 뱀도, 변신 이후에 각자의 가치를 어떤 방식으로든 유지하고, 그 변신의 결과도 또 다른 새로운 변신의 과정에 놓이게 된다면, 그렇게 변신한 결과물은 그 종합된 가치를 새로운 방식으로 존속시키게 될 것이다. 마찬가지로 지옥과 천국도 각자의 가치가 있다. 단테의 순례가 지옥에서 시작하여 천국에서 궁극의 도달을 이루는 것처럼 제시된다고 해서 지옥은 없어도 좋을 또는 없어져야 할 장소이고 천국만이 우리에게 유일하게 의미가 있는 곳으로 여겨서는 안 될 것이다. 마찬가지로 지옥은 천국이 있기 때문에 그 반명제로서만 존재할 수 있거나 존재할 가치가 있다고 말하기도 어렵다. 지옥과 천국이 서로 섞이며 이루어지는 변신을 상상할 수 있는가. 그것은 단테가 순례를 통해 계속해서 맛보고 또한 우리 독자에게 보여 준 바로 그것이다.

천국을 지옥이 뒤집힌 곳이라고 말할 때, 그들이 어떤 두터운 납판으로 갈라서서 서로 전혀 영향을 미치지 못하는 곳이라는 뜻이 아니라, 변신의 진행 과정에서 서로를 복사하고 반복하는 방식으로 관계를 맺는 곳이라는 뜻이다. 지옥은 순례자가 앞으로 나아가서 만나는 지점에 위치하는 천국을 예고/기대하는 식으로 존재하는 반면 천국은 순례자가 떠나온 어떤 곳으로 지옥을 바라보는 거점으로 존재한다. 그러나 그들은 원래부터 하나로 있었다. 우리는 단테가 거의 동시간대에서 거의 동일한 감정과 의식을 지니고 지옥과 연옥, 천국을 여행했다는 점을 기억할 필요가 있다. 지옥의 사흘과 연옥의 사흘, 그리고 천국의 하루는 혼재되어 있고, 그만큼 그의 정신과 감정도 마구 섞여 있다. 헤겔의 비유적 표현을 빌리면, "천국에서 태양의 광채를 받으면서 시든 꽃 위에도 날아다니는 나비"와도 같다.[61] 순례자는 사랑과 화해의 조직자로서 뛰어난 면모를 보여 준다. 이것이 『신곡』을 풍요롭고 충만한 지혜의 보고로 만드는 원인들 중 하나다.

단테의 『신곡』은 기억의 산물이다. 그는 순례를 마치고 이 세계로 돌아와 순례를 기억하며 글을 써 내려갔다.(그렇게 설정한다.) 글을 쓰는 동안 그의 머리와 가슴은 지옥과 연옥과 천국의 서로 엇갈린 풍경들로 혼란스러웠을 것이다. 그러나 이 혼란은 부정적이기보다는 오히려 전략적인 것으로 『신곡』에 적용되었다. 지옥을 회상하면서 그는 천국의 벅찬 환희를 가슴에 담았을 것이고, 연옥의 밝은 햇살 아래 펼쳐진 꽃들의 무리를 천국의 압도하는 빛으로 던져 넣었을 것이며, 연옥의 산을 오르면서 그 아래에 두고 온 지옥의 망령들을 애처롭게 회상했을 것이다. 실제로도 작가 단테가 「지옥」을 끝내고 나서야 비로소 「연옥」의 구상에 착수했다기보다 「지옥」을 쓰면서 연옥과 천국을 생각하고, 「천국」을 쓰면서 지옥(이미 다 묘사한)을 돌이켜보기도 했을 것이다.

지옥과 천국은 서로를 조응하는 가운데 비로소 각자의 의미를 극대화한다. 그러니 지옥도 하느님의 구원의 기획의 일부가 아니겠는가. 단테는 하느님의 기획을 온전히 이해했고, 그 구원의 기획에 참여하기 위해 하느님의 세계에서 인간의 세계로 돌아오리라는 다짐을 수도 없이 반복했던 것이다. 단테가 천국을 뒤집으면 지옥이 되고 지옥을 뒤집으

---

61 헤겔, 『미학 강의』 3권, 456~457쪽.

면 천국이 된다는, 그들 서로가 서로의 속성을 마치 변신의 한 몸처럼 지닌다고 말하지 않는가 하는 추론은 공포이기도 하다. 그러나 그것은 하느님의 구원의 기획에 부응하는 것이며, 그것이 주는 효과는 그들 각각의 존재 이유(즉 지옥에 가지 않으려고 노력하면 천국에 가고 천국을 경시하거나 모르면 지옥에 간다는 것)와 정확히 일치한다.

이러한 결론은, 앞서 2장에서 논의했듯, 단테의 『신곡』이 전적으로 기독교에 속하지 않고 또 선악의 이분법에 완전히 갇히지도 않는다는 평가로 연결될 수 있다. 이런 가능성이 카발라와 같은 비의에 근거를 두는 해석에 닿는다고 할지 모르나, 그 여부를 따지는 일은 소모적이다. 『신곡』이 선악의 이분법으로 정확히 나뉘기보다는 혼재하는 선악에 둘러싸인 우리 세상을 더 잘 이해하고 있다는 것을 생각하는 것으로 충분하다. 단테가 순례를 떠난 것, 그리고 이 세상에 돌아와 순례를 기록한 것의 목적은 "선을 다루기 위한 것"이지만, 그와 함께 "거기서 보아 둔 다른 것들"도 말하지 않을 수 없는 것이다.(「지옥」1.1-9) 과연 선은 '다른' 무엇과 함께 공존하며, 변신의 주제는 단테가 본 바로 그런 진실을 담고 있다.

변신은 관계를 만들어야 한다. 그래야 정의가 이루어진다. 그것이 지옥이 만들어진 궁극의 원인이었다. 관계를 담지 못하는 변신의 범례가 되는 것이 지옥이 우주적 정의를 유지하는 데 기여하는 길이다.[62] 변신이 관계를 만든다는 것은 변신 이전과 이후가 관계를 맺는다는 의미다. 이는 동일성의 반복이 아니라 어떤 차이의 반복으로 연결을 이룬다는 것을 뜻한다. 문제는 지옥에서 일어나는 변신, 특히 절도죄를 지은 죄인들에게서 일어나는 변신은 동일성의 반복만을 이룰 뿐이며, 따라

---

62 지옥의 문에 새겨진 문구를 보라. "정의가 나의 높으신 창조주를 움직였고."(「지옥」 3.4)

서 그것은 사이비 변신이라는 점이다. 정의가 관계들을 형성하는 역동적 과정이라면, 절도죄를 지은 죄인들에게 일어나는 변신은 그러한 과정을 방해하는 모습을 보인다. 다시 말해, 그 죄인들의 변신은 정의가 창조했으되 스스로는 결코 깃들지 않는 지옥의 본질을 단적으로 드러내 주는 것이다. 지옥은 천국의 뒤집힌 꼴을 하고 있다.

지옥의 모든 죄인은 일종의 탈구를 겪고 있다. 형상으로부터 이탈하는 무질서의 운동이자, 인간을 인간으로 만들었던 몸과 영혼의 살아 있는 관계의 균형을 무너뜨리는 움직임이다. 절도의 죄인들은 형상의 기능을 결여한다. 그들은 물질의 윤곽만 지닐 뿐, 형상을 갖춘 지적 영혼이 될 가능성은 전무하다. 그들의 변신은 너무나도 아둔한 피조물, 내적 깊이를 결여하고 영혼의 진수(육체의 외적 변화에도 불구하고 그 힘이 지속되는)가 사라지는 피조물로 변하는 과정일 뿐이다. 그래서 그들의 변신은 아무런 의미가 없는 혼돈스러운 변화에 불과하다.[63]

정의＝관계라는 명제에서 본질적인 것은 '나'와 타자가 이루는 관계들의 망이다. 아퀴나스 식으로 말하면, 정의가 요구하는 평등은 스스로 행동할 능력을 지닌 다양한 존재들 사이에만 있다. 다양한 타자들을 내면에 허용한다는 것은 곧 타자와 공유(공감, 연민)하는 능력(이것이 바로 정의)이다.(이를 나는 지금까지 '성찰적 조응'의 관계라고 부르고 있다.) 그러나 지옥에 떨어진 영혼들은 스스로 뭔가를 할 능력을 상실하는 동시에 인간들만큼 다양해지는 능력을 상실한다. 그들은 그저 지극히 희미한 방식으로만 그들이 저지른 죄의 본질을 알고 징벌의 적법성을 인지한다. 그 결과 지옥에서 정의는 제대로 설 자리를 잃는다. 따라서 특히 지옥에서 성찰적 조응이란 곧 정의를 이해하는 하나의 방식이다. 지

---

63 이런 상태는 오비디우스가 『변신』에서 묘사하는 변신이 일어나(야 하)는 근본 조건이자 세상의 근본적 꼴을 상기시킨다. "어떤 요소도 자체의 형상을 지키지 않았고, 모든 것은 다른 모든 것과 어긋난 상태에 있었다."(『변신』, 1. 17-18)

옥의 죄인들은 조응의 관계를 적절히 형성하지 못하고 따라서 정의로운 존재가 될 가능성을 상실한다. 전술하다시피 그 조응의 관계망은 도둑들의 변신에서 결코 구성되지 않는데, 그 근본적(태생적) 이유를 단테는 나중에 연옥에서 만난 스타티우스가 길게 설명하는(「연옥」 25.34-108) 인간의 탄생 과정을 통해 제시한다. 스타티우스의 설명의 초점은 인간의 육체가 어떻게 성립하고 활동하는가, 그리고 죽음 이후에 영혼의 상태는 어떠한가 하는 것이다.

여기에서 흥미롭게도, 변신의 주제는 「지옥」의 25곡(영혼의 변형의 묘사), 「연옥」의 25곡(인간의 생장과 죽음의 묘사), 「천국」의 25곡(변용에 대한 묘사)을 횡단한다는 사실을 우선 지적해 둘 필요가 있다. 그저 우연이라고 보기 힘들 만큼 그 횡단은 직접 모습을 드러내며 또한 긴밀하게 연결된다. 그것은 지옥과 연옥, 천국에 걸쳐 이루어지는 단테 자신의 변신의 기착지들이다.

「천국」 25곡 전체에서 순례자는 신앙과 희망, 자비에 관련하여 베드로와 야곱, 요한에 의해 심사를 받는 모습이 묘사된다. 이 셋은 예수가 변용된 모습을 보이는 자리에 있었던 제자들이다.[64] 이들이 순례자를 심사하는 내용은 곧 그들 자신을 완전하게 하는 부활의 덕목들이다. 마치 그 변용-부활의 육체적, 물질적 경우를 대입시키기라도 하듯이, 순례자가 천국에서 듣는 신앙에 대한 내용은 연옥에서 듣는 생장에 대한 내용과 상응한다.[65] 여기에서 단테는 자기가 받은 심사에 연옥에서 만난 스타티우스가 펼치는 고찰을 연결한다.

　　"당신들을 먹이시고 당신들의 필요를 언제나

---

64 「마태」 17:2; 「마가」 9:2-3; 「누가」 9:28-36. 단테가 받는 심사의 정점은 아담을 만나는 것이다.(「천국」 26, 27곡) 아담은 지상에서 생장한 생명의 표본이며, 인간의 형상과 실체가 완벽하게 결합한 경우이며, 무에서 유로의 변신의 패턴이다.

65 「연옥」 25. 73-75와 「천국」 24. 139-141, 「연옥」 25. 76-78과 「천국」 24. 109-111을 비교.

만족시켜 주시는 하느님의 양의 위대한 잔치에
선택받은 분들이시여!   3

당신들의 축복의 식탁에서 떨어지는 부스러기를
이 사람이 죽기 전에 미리
하느님의 은총으로 맛보려 하니,   6

그의 측량할 수 없는 갈증을 생각하소서.
당신들은 이 사람의 사고의 원천이신 하느님의 샘을
영원히 마시니, 몇 방울로 그를 적셔 주소서!"   9
(「천국」24.1-9)

　　위에서 인용한 베아트리체의 기도는 "목마른 핏줄"에 대한 스타티
우스의 묘사(「연옥」25.37-39)를 상기시킨다.

아직 손대지 않은 식탁 위의 음식처럼,
목마른 핏줄이 마실 수 없고
온전히 보존되는 완전한 피가 있소.
(「연옥」25.37-39)

　　"완전한 피"는 "목마른 핏줄"이 마시는 것이 아니라 "아직 손대지
않은 식탁 위의 음식처럼" 남아 있다. "완전한 피"는 신비로운 몸("선택
받은 분"(「천국」24.3)과 그 몸을 키우고 거기에 형상을 주는 실체("하느
님의 양"(「천국」24.2)의 결합을 뜻하며, 다시 이 "하느님의 양"은 「지옥」
24곡 초반부에서 아침에 서리를 눈〔雪〕으로 착각한 시골 농부가 염원
하던 바를 성취하는 궁극의 지점을 가리킨다.

연옥의 스타티우스가 인간의 생장과 관련하여 기술하는 변신의 종류 및 과정들(「연옥」 25. 34-108)은 지옥의 죄인들의 변신이 결국에는 실패한 것임을 보여 준다. 죽음과 함께 인간은 육체를 지상에 버리고 영혼의 상태로 저 세계에 진입한다. 아케론의 강변에서 육체 모양의 공기 형태로 영혼이 이루어지는데, 이때까지도 이성을 유지하고 상실의 고통을 알지만, 일단 아케론 강을 건너면 그들 내부에 있던 이성적 영혼은 그 원리를 상실하고, 그들을 인간 존재로 만드는 내재적이고 통일적인 형상의 힘을 잃는다. 그리고 그렇게 만들어진 지옥의 영혼은 곤궁과 고난이 만들어 내는 결여를 향해 끝없이 나아간다.[66] 이제 지옥의 영혼은 "지성의 선을 영원히 잃는다."(「지옥」 3.18)

이렇게 존재에서 멀어지는 움직임은 전체적으로 사이비 변신의 형태를 취한다. 선은 존재이며 악은 결여라고 할 때, 악은 선을 먹어 치우지 못한다. 악은 선을 축소시킬 수는 있으나 완전히 무화시키지는 못한다. 악이 선을 축소시키는 것은 질료를 완전하게 하는 형상을 질료가 받아들이는 준비 상태를 손상시키는 방식으로 이루어진다. 살아 있는 영혼에게 이 형상은 은총을 받아들이는 준비 상태를 가리킨다. 따라서 악이 선을 축소시킨다는 것은 은총을 받아들이는 상태가 손상된다는 것을 의미한다. 그러나 악이 겹겹이 쌓여도 은총을 받아들이는 준비 상태는 완전히 사라지지 않는다. 그것이 인간의 영혼의 본질이기 때문이다. 결국 지옥의 영혼은 인간의 영혼을 상실하는 상태로 나아가는, 사이비 변신을 지속함으로써 존재한다.

여기에서 문제는 은총을 향한 운동은 정의를 향한 운동과 같은 궤도를 따른다는 점이다. 지옥의 영혼은 은총의 가능성을 완전히 상실한

---

66 아우구스티누스가 『고백록』에서 밝힌, 선은 존재이며 악은 결여라는 선악론을 상기시킨다. 2장 참조.

다. 최고의 선은 인간 존재를 완벽하게 만들지만(「천국」 7.79-80) 지옥의 영혼들은, 저들의 죄로 말미암아, 이전과 전혀 다르게 만들어 준다. 그들의 상태는 이전의 상태로 회복되지 않는 불가역성의 성격을 띤다. 단테는 지옥의 영혼들이 악으로 전환하는 불가역적 과정을 정의의 실현 과정의 뒤집힌 패러디로 묘사한다. 그들은 "천사 나비"로 되는 변신을 결코 겪지 못하며, 선을 향한 의지가 자리하는 인간의 영혼에서 '이미' 벗어난 거꾸로 된 변신만을 겪은 결과로 남는다.

정의는 관계이며 조절이다. 즉 조절된 관계에서 정의가 작동한다. 그런데 도둑들은 관계가 조절되지 않는다. 도둑들은 영혼의 이성 부분과 비이성 부분의 공정한 관계를 파멸시키면서 인간이 마땅히 지녀야 할 질서를 혼란스럽게 만든다. 아리스토텔레스의 이분법에 따르면,[67] 인간의 육체는 형상을 받을 가능태의 상태라고 할 수 있다. 그런데 도둑들의 변신은 형상보다는 몸(질료)의 변형만 일어나고, 그들 속에 있는 하느님이 만든 지적 영혼은 그 속성을 잃는다. 그 속성이 있어야 그들은 하느님의 이미지 안에 있다고 할 수 있다. 지옥의 어떤 망령도 그 육체성은 지적 영혼과 적절한 관계를 이루지 못하면 그 육체성을 실현시키는 형상을 얻을 가능태를 잃은 상태에 놓여 있다. 그래서 지옥의 죄인들은 "아직 완전히 성장하지 못한 결점투성이의 미완의 벌레"(「연옥」 10.127-128)의 상태에서 벗어나지 못한다. 그들은 비존재로 될 수밖에 없으며, 그것이 그들의 변신의 종점이다.

---

67 아리스토텔레스는 무릇 사물은 존재 양식을 가능태(potentiality)와 현실태(actuality)의 두 가지로 지닌다고 파악하면서 운동과 윤리를 설명한다. 현실태는 가능태를 완전한 의미에서 현실로 만들어 준다. 아리스토텔레스의 이론은 중세 신학에 큰 영향을 주었다. 아퀴나스에 따르면 모든 사물은 본성상 엔텔레케이아(질료가 형상을 얻어 완성하는 현실)의 과정에 참여한다. 그래서 모든 영혼은 죽음 이후의 세계에서도 그 완전한 가능태를 가능한 한 많이 실현하고자 한다. 지옥의 죄인들도 영혼의 자연스러운 충동에 복종하기에 가능태의 실현으로 나아가고자 하는 의지를 보인다. 그러나 그 의지가 실현으로 이어지는 것은 아니다.

따라서 지옥의 죄인들의 육체성의 용적은 증가할 수밖에 없고, 그것이 그들이 악으로 돌아서 있다는 것을 말해 준다. 이와 관련해서 프레체로는 지옥(뿐 아니라 내세 전체)의 영혼들이 지니는, 혹은 담긴, 육체라는 것은 단지 허구적으로 존재한다고 지적한다. 다시 말해 그들의 존재는 리얼리티를 결여한다는 것이다. 따라서 그들의 존재를 재현하는 방식은 (미메시스가 아니라) 아이러니일 수밖에 없다. 마찬가지로 단테의「지옥」에서 묘사되는 물질은 은유의 범주에서 이해되어야 한다.[68] 이러한 프레체로의 견해는 아우어바흐나 진스버그의 견해와 상당히 어긋난다. 나의 견해로도 단테의 묘사가 은유나 알레고리에 속하는 것은 맞지만, 그 이전에 혹은 그와 함께 강력한 물질성을 견지한다는 것은 사실이며 또한 퍽 중요한 사항이다.

변신의 묘사가 물질의 묘사에 바탕을 둔다는 것은 단테 자신의 발언으로도 확인된다.

독자여, 지금 내가 말하는 것이
잘 믿기지 않더라도 놀라지 마시라!
직접 본 나도 수긍하기 힘드니까.
(「지옥」 25. 46-48)

그려진 사실을 직접 보았던 자라도, 이렇게 몸을 숙여
밟으며 지나간 나보다 더 잘 보지는 못했을 것이니,
(「연옥」 12. 67-68)

---

68 Freccero, "Infernal Irony: The Gates of Hell", in *Dante: the Poetics of Conversion of God*, (ed.), R. Jacoff(Cambridge, MA; 1986), pp. 93~109.

그런데 단테는 온전히 미메시스의 성취에만 머물기보다 그것을 알레고리로 포장하면서 자신의 길, 자신의 전체 변신의 과정을 내포시키는 데까지 나아간다. 그것을 바롤리니는 "미메시스의 미끄러지는 경계"[69]라는 멋진 말로 표현한다.

지옥의 변신 묘사에서 단테는 위의 모든 것들을 종합적으로 예고하는 방식으로 신성한 정의가 어떻게 행사되는지 보여 준다. 바로 이 때문에 단테는 자신의 변신 묘사가 남다르고 뛰어나다고 자부하는 것이다. 자신의 작가적 능력에 신성한 사명을 수행한다는 자부심이 더한 결과인 것이다. 이에 비해 오비디우스의 변신도 정의의 비유로 볼 수 있지만, 그의 변신은 텍스트의 의미를 텍스트의 심층이 아닌 표층에 위치시키는 장치일 뿐이다.

진스버그에 따르면, 오비디우스의 변신은 어떤 피조물의 특징이 그 외향 형태의 변화에도 불구하고 바뀌지 않기에 원래 형태와 새로운 형태가 서로 동일하다. 예를 들어, 나무로서의 다프네와 님프로서의 다프네는 서로 같지 않다는 점을 보여 주는 것으로 오비디우스의 변신은 끝난다. 하지만, 그러한 외양의 차이보다는 그 차이에서 오는 어떤 질적인 변화가 오비디우스의 변신에는 부족하다. 정체성은 내적 본질에서 나오기 때문에 어떤 변화의 의미를 이전 형태나 새 형태 중 어느 하나만 참조함으로써, 혹은 그들 사이의 차이만 참조함으로써, 고정시키려는 시도는 무의미하다. 나무로 변신한 다프네는 나무나 님프 이상의 어떤 것의 정체성을 지니게 된 것이다. 변신은 그로 인해 변화된 사물만큼이나 충분히 그 사물을 유연하게 이해할 것을 우리에게 요구한다.[70]

그런 면에서 완전히 다른 삶을 찾은, 다른 존재로 새로 태어난 다프네, 이전의 다프네도 아니고 새롭게 된 나무도 아닌, 또는 그 둘을 포용하는 제3의 무엇으로서의 다프네에 단테의 변신이 중첩된다는 점을 주목할 필요가 있는 것이다. 한편 오비디우스의 변신은 지옥의 뒤집힌 정의를 묘사하는 데 한계가 있다. 지옥의 뒤집힌 정의는 징벌과 그 징벌에도 불구하고 전혀 변하지 않는 죄인, 그 징벌과 죄인의 관계 자체가 결여된 것을 가리키는데, 그러한 관계의 결여를 묘사하기 위해서는 변신의 이전과 이후를 더욱 본질적으로 파악해야 하기 때문이다. 오비디우스의 변신은, 전술하다시피, 외향 형태의 변화의 묘사에만 치중한 것으로 보이는 것이다.

정리하면 지옥의 변신은 동일성의 유지와 관계의 결여, 정의의 부재 혹은 뒤집힌 정의를 재현한다. 이런 것들을 보여 주기 위해 단테는 변신의 이전과 이후를 외양의 변화만이 아니라 본질의 변화 여부에 초점을 맞춘다. 그 결과 외양은 변화했어도 본질의 변화는 없다는 것을 제시하고자 한다. 그렇다면 단테가 지옥에서 다루는 악덕은 하느님 안에서 월등하게 존재하는 덕성들의 뒤집힌 모방이라고 말할 수 있다.[71] 아우구스티누스에 따르면, 처음에 모든 악덕은 그것에 상응하는 미덕의 외양을 입으면서 미덕으로 변형되고, 악덕은 그렇게 만들어진 표피를 지향한다. 이는 뒤집힌 전환(개종)으로서, 하느님으로부터 피조물로 돌아서는 것에 불과하다. 악덕을 미덕으로 변장시키는 것. 아우구스티누스의 고백의 핵심은 바로 그러한 변장이 자신의 모습이었다는 것에 있다. 덕성의 뒤집힌 모방에서 타락한 세계가 나오고 에덴동산의 균열된 이미지로의 변형이 일어난다.

단테가 지옥의 죄인들을 그려 내는 것은 바로 그러한 뒤집힌 모방의 측면이었다. 지옥의 모든 고리마다 악덕이 변형되어 속을 채운 미

---

71 아우구스티누스, 『고백록』, 2. 6.

덕이 허위로 포장되어 있고, 모든 죄인들은 그러한 허위의 일환으로 자신을 변화시켜 나간다. 예를 들어 프란체스카는 자신이 여전히 파올로와 궁정적 사랑을 나눈다고 믿으면서 그 사랑의 이미지를 우리에게 주려고 애쓴다. 그러나 그녀의 진술에는 허위와 허영이 들어 있다. "하나의 사랑은 우리를 하나의 죽음으로 이끌었다."(「지옥」 5. 106) 이 진술은 수사적으로 뛰어나다. "하나의 사랑(un'amore)"과 "하나의 죽음(una morte)"은 비슷한 발음으로 인해 둘의 차이를 좁히는 효과를 낸다. 그러나 프란체스카와 파올로가 "하나의 죽음"에 이른 것이 그들의 사랑을 정당화하느냐 하는 것은 별개의 문제다. 그들은 육욕의 죄를 지었으며, 그 죄를 조금도 변화시키지 않으면서 폭풍에 휘둘리며 스스로의 마음과 생각, 기억, 감정 등을 변화시킨다. 그것은 표면만의 변신이며, 그 속에서 지옥의 죄인들의 동일성은 굳건하게 유지된다.

이에 비해 단테나 아우구스티누스에게서 변신이란 죄에 대한 분명한 징벌이다. 오비디우스의 변신의 언어가 변신을 완전하게 묘사하기에 적절하지 않다는 단테의 확신은 지옥의 죄인들의 변신이 죄에 대한 분명한 징벌로 이어지지 않는다는 판단에서 나온다. 죄에 대한 징벌의 효과는 죄의 인정과 그로 인한 고통인데, 그러한 인정과 고통 대신에 죄에 대한 무지와 단순한 육체적 고통만이 주어진다. 징벌의 진정한 효과가 주어지는 곳은 지옥이 아니라 연옥이다. 따라서 단테는 지옥의 한계적 특징을 강조하면서 그곳에서는 본질의 변화까지 일어나는(그것을 개종이라 표현할 수 있다.) 진정한 변신이 이루어지지 않는다는 것을 말한다. 그렇게 본질의 변화까지 추적하는 그 자체로 인해 단테는 자신의 변신 묘사가 오비디우스의 변신 묘사에 비해 월등하다고 자평하는 것이다.

단테의 변신의 독창성

해럴드 블룸은 작가와 순례자는 「천국」에서 결합한다고 말한다.[72] 그러나 그 둘은 이미 지옥과 연옥은 물론 천국에서도 늘 결합되어 있는 동시에 떨어져 있었다. 그리고 순례의 끝에서 순례자의 위치에서 작가로 돌아왔다고 하지만, 그렇게 돌아온 작가에게서도 순례자의 흔적은 고스란히 남아 있다. 남아 있지 않다면 어떻게 순례의 글을 쓸 수 있겠는가. 순례의 글을 쓴다는 것, 그 이전에 (혹은 그 이후에) 일어나는 순례 그 자체는 작가와 순례자 사이에 일어나는 변신(조응이 깃든)이며 '자체 변용'(니체가 말하는 신)이다.

단테의 변신이 자랑하는 독창성이란 그가 수행한 변신의 묘사가 남다르다는 것과 함께 그 자신의 작가적 행로에서 겪은 지옥과 연옥, 천국, 현실을 오가는, 또 일생에 걸친, 변신 또한 남다르다는 자부심을 가리킨다. 단테는 늘 그런 자신을 바라보는 가운데 삶과 문학을 지속시켰다. 그러한 자기 조응은 철학적 수업에서 나온 효과였다. "철학 공부로 단련된, 일치와 조응이라는 단테의 타고난 감각."[73] 단테는 시적 상상과 종교적 경의의 쉽지 않은 공존을 철학적 성찰로 깊게 침잠하는 가운데 문학적 재능을 발휘해 극적으로 묘사했다. 이런 면에서 그가 변신 과정 자체를 하느님과 죄인 사이의 뒤집힌 연결로 만들면서 문제를 초극하고자 했다는 점은 변신을 그 스스로의 구원의 과정으로 생각했다고 볼 수 있다. 도둑이 외설과 음란의 언행으로 그 존재를 부정하는 그리스도의 도래는 인간의 척도가 하느님의 이미지로 창조된 것임을 알게 해 준다. 지옥은 그러한 인간 육체의 왜곡, 훼손이 공공연히, 자주, 영원히 일

---

72 Bloom, Harold, *Genius: A mosaic of 100 Exemplary Creative Minds*; 손태수 옮김, 『세계 문학의 천재들』(들녘, 2008), 263쪽.
73 아우어바흐, 『단테』, 169쪽.

어나는 곳이다. 그래서 그러한 훼손된 육체는 신이 없는 역사, 신성과 세계의 관계를 정신적으로 뒤집은 결과를 표상한다.[74]

단테가 일찍이 변신 주제의 문학적 성취를 이루어 냈던 루카누스와 오비디우스를 높게 평가한다는 사실은 범상하게 볼 일이 아니다. 단테가 림보에 머무는 위대한 고전 작가들을 만나는 장면에서(「지옥」4.88-90)에서 그는 호메로스를 단연 맨 앞에 세우고, 그 뒤를 호라티우스와 오비디우스, 루카누스의 순서로 정렬한다. 단테가 베르길리우스와 함께 그들과 마주쳤을 때, 그들은 먼저 베르길리우스에게 인사하고 그다음에 단테에게 인사한다. 이를 두고 알베르토 망구엘은 "먼저 로마의 승리를 노래했던 거장 시인에게, 그리고 두 번째는(나중의 일이지만) 기독교의 승리를 노래한 거장 시인에게 인사한 것이다. 그가 위대한 시인이기 때문에 가능한 일이었다."[75]라고 말한다. 그러나 그렇게 인사하게 만든 것은 바로 단테 자신이었다. 말하자면 단테는 스스로를 위대한 시인으로 올린 것이다.(따라서 그가 위대한 시인이기 때문에 가능한 일이라기보다는 그 스스로 위대한 시인으로 자평했다는 것이 더 정확하다. 또 "나중의 일"도 아니고 『신곡』을 쓰던 바로 그 당시에 이루어진 자평이다.) 이러한 자평은 「지옥」 25곡으로 직결된다. 단테는 자신의 필력이 자기 스스로 위대한 작가의 반열에서 세 번째와 네 번째의 위치에 놓았던 오비디우스와 루카누스를 능가한다고 그들의 이름을 직접 불러 가며 자랑하고 있다.

단테가 오비디우스를 넘어선다는 자부심을 표현하는 강도는 모질기까지 하다.(「지옥」 25..97-102)[76] 그러나 단테가 적어도 오비디우스를

---

74 Shapiro, Marianne, *Dante and the Knot of Body and Soul*(London: Macmillan, 1998), p. 57.

75 Manguel, Alberto, *Homer's The Iliad and Odyssey: A Biography*; 김헌 옮김, 『일리아스와 오디세이아』(세종서적, 2012), 137쪽.

76 그러한 극복의 자부심은 텍스트의 차원에만 국한된다. 한편, 베르길리우스에 대해서는 인물과 텍스트 모두에서 극복의 자부심을 내보이지만, 그 정도는 전혀 모질지 않다.

204

찬미한다는 것은 의심할 여지가 없다. 앞서 언급한 지옥의 림보에서 단테가 오비디우스를 만나는 장면을 보자. 아리스토텔레스를 비롯해 수많은 현자와 작가, 예술가들을 거명하면서 단테는 오비디우스를 잊지 않았다. 이교도인 그들을 지옥에 둔 것은 내세의 일정한 질서를 유지해야 할 단테로서 어쩔 수 없는 선택이었을 것이다. 하지만 지옥 중에서도 림보에 두었다는 것, 그리고 그곳에서 그들을 만나는 단테의 언행의 함축적 의미는 오비디우스를 찬미한다는 점을 보여 준다. 바롤리니는 그러한 찬미가 「지옥」 25곡에 가서 수정된다는 것은 비약이라고 주장하면서, 단테가 일종의 변증법적 해결을 하고 있다고 날카롭게 지적한다. 단테는 오비디우스를 찬미하고(「지옥」 4곡) 이어 오비디우스의 성취를 교정하며(「지옥」 24-25곡), 그리고 자신의 종합적인 변신을 이루는 하나의 구성 요소로 넣는다.[77]

이러한 변증법적 해결에서 단테가 보여 주고자 하는 것은 스스로의 예술적 자부심이다. 이 예술적 자부심을 두고 단테 자신도 모르게 저절로 솟아오른 무의식적인 것이라는 관찰도 있고[78] 반면 의식적이고 의도적이라는 주장도 있다.[79] 오비디우스의 변신을 변형 혹은 수정하는 「지옥」 24곡과 25곡에 바로 이어서 26곡에서 오디세우스를 다루면서 단테는 오디세우스와 자신의 차이와 공통성을 매우 교묘하게 표현해 낸다. 그 복잡성은, 변신 주제가 그러하듯, 『신곡』 전체에 걸쳐 있으며, 그 내용은 구원을 향해 나아가는 태도와 방법에 관련한다. 요컨대 단

---

77 Barolini, *Dante and the Origins of Italian Literary Culture*, p. 160.
78 Terdiman, Richard, "Problematical Virtuosity: Dante's Depiction of the Thieves", *Dante Studies* 91(1973), pp. 27~45; Barolini, 위의 책, 같은 곳 재참조.
79 Hawkins, Peter, "Virtuosity and Virtue: Poetic Self-Reflection in the Commedía", *Dante Studies* 98(1980), pp. 1~18; Barolini, 위의 책, 같은 곳 재참조; Hawkins, Peter S., *Dante's estaments: Essays in Scriptural Imagination*(Stanford: Stanford University Press, 1999). 특히 Part 3: "Dante and Ovid", pp. 146~193.

테는 인간으로서의 삶의 태도와 작가로서의 능력에서 선구자들을 내세우면서 그들을 극복한다는 주장과 함께 그들이 자신의 성취를 구성하는 요소들임을 교묘하게(바롤리니의 표현을 빌리면, 변증법적으로) 내비치는 것이다.

단테의 자부심이 전혀 근거 없는 것도 아니었을 것이다. 망구엘은 당시의 다른 작가들과 달리 단테는 "고전 작가가 아니면서도 그의 동시대 사람들에게서 그리스와 로마의 위대한 저자들에 버금가는 대우를 받았던 첫 번째 작가였다."[80]라고 말한다. 맞는 말이다. 그러나 단테 자신도 그렇게 생각했다는 것은 여전히 흥미로운 점이다.[81]

이것이 흥미로운 이유는 불멸성과 관련이 있다. 불멸이란 인간이 아닌 신이 지닌 속성이다. 그러나 인간은 불멸을 자기 방식으로 추구한다. 호메로스가 단테의 곁에 늘 뮤즈로 자리하면서 단테의 말과 생각을 웅숭깊게 드러내도록 하고, 그것이 지금 우리에게, 그리고 앞으로도 존속된다고 상상하면 그런 것들이 곧 단테의 언어를 불멸을 향해 진행하도록 해 준다고 생각하게 된다. 우리가 『신곡』을 문학 텍스트로 간주하고 단테를 문학 작가로 고려할 때, 그는 인간의 구원의 기획을 고전 시인들과 함께 추구함으로써 그 기획을 불멸의 사업으로 만들었다고 결론 내릴 수 있다.

이러한 내용은 더 나아가 단테의 구원이 인간 사회와 삶에 관여하는 것으로 만들었다는 면에서 더욱 흥미를 끈다. 앞선 세대의 누군가가 이룬 위대한 성취를 다음 세대의 누군가가 이어받아 함께 공유하고 뒤 세대로 이어 준다는 것은, 세네카의 말처럼, 우리에게 "영원으로 가는 길을 열어 줄 것이고, 누구도 끌어내어 내던질 수 없는 지극히 높은 곳

---

80 망구엘, 『일리아스와 오디세이아』, 139쪽.
81 다음 구절을 참조할 것. 「천국」 2. 7-9.

으로 당신을 올려 줄 것이다."[82] 단테와 그의 동시대 사람들에게 세네카의 주장은 상식이었다.[83]

해럴드 블룸은 "영향에 대한 불안(anxiety of influence)"이라는 매력적인 개념을 만들어 냈다.[84] 그것은 작가가 자신보다 앞선 작가의 창조물을 자신의 상상적 성취에 대한 위협이라고 느끼는 경험을 말한다. 단테는 루카누스와 오비디우스에 대해 그런 종류의 불안을 느꼈을까? 그가 「지옥」 25곡에서 거침없이 내지르는 자신감은 그 불안의 이면에 불과한가? 그래서 불안을 감출 뿐이었을까? 그러나 블룸을 더 참조한다면, 그런 불안은 자신의 자리를 빼앗겼다는 확신보다는 위대성이 다시 발휘되기 힘들다는 깨달음이며, 그 깨달음의 힘보다도 영감의 위력이 훨씬 더 강력하다는 것을 인정하는 겸손한 자세다.

이를 받아들인다면, 우리는 단테의 자신감 혹은 불안은 선행자의 위대성을 인정하는 겸손한 자세이며, 나아가 그 위대성을 계속 이어 나가는 자신(의 독창성)에 대한 자부심이라고 생각할 수 있다. 그런 면에서 우리는 단테가 추가한 것(넘어선 것이라기보다는)이 무엇일까 추측할 필요가 있다. 그것은 변신의 주제가 함의하는 바를 확장한 것일 것이다.

게리온의 가죽을 두고 아라크네가 짠 직물에 비유하는(「지옥」 17.16-18) 단테는 무의식적으로 자신의 예술적 기교의 우수성을 비유하고 있을지도 모른다. 단테가 아라크네의 직물 짜기의 우수성을 표현하기 위해 "미친(folle)"이라는 형용사를 동원한 것은 의미심장하다.(「연옥」 12.43) 그 똑같은 용어를 단테는 오디세우스의 항해(「지옥」 26.125)

---

82 세네카는 계속해서 이렇게 말한다. "이것이야말로 죽을 수밖에 없는 당신의 유한함을 연장시켜 주는, 아니 죽을 수밖에 없는 당신의 유한함을 불멸성으로 바꿔 주는 유일한 방법이다." Seneca, "On the Shortness of Life", in *The Stoic Philosophy of Science*, Tr. by Moses Hadas(New York: Doubleday & Co., 1958); 망구엘, 139쪽 재인용.
83 망구엘, 『일리아스와 오디세이아』, 139쪽.
84 Bloom, Harold, *Anxiety of Influence: A Theory of Poetry*(Oxford: OUP, 1997).

3 단테의 변신

뿐 아니라 단테 자신의 순례(「지옥」 2.35)를 묘사하기 위해 채택한다. '미친'이라는 용어의 뜻이 그러하듯, 단테는 자신의 순례나 오디세우스의 항해가 혼란스럽고 불안하여 주저하게 되는 그런 것이라고 말하면서 사실은 둘 다에 대해 자부심을 끼워 넣는 것이다. 그 자부심이 각각 섭리에 대한 순응과 인간 의지의 발휘인 한편, 아라크네의 탁월한 기술을 표현하는 '미친'이라는 용어는 예술적 창조성에 관련된다. 결국 단테는 '미친'이라는 용어를 통해 자신의 모든 것들을 말하고 있다.[85]

단테에게 예술적 자부심은 인간을 신에게 연결하는 통로였다. 인간의 정신과 마음, 감각을 하나로 모아 그것을 미적 언어로 표현하는 것은 인간이 지닌 독특한 능력이다. 그것은 곧 하느님이 원하신, 영혼에 연결된 육체와 다르지 않다. 그런데 단테의 미적 언어는 『새로운 삶』부터 『신곡』에 이르기까지 계속해서 괄목할 변화를 겪었다. 그러한 변화 전체를, 그리고 그 속에 담긴 의미를, 알레고리로 표현하는 것이 바로 지옥과 연옥, 천국을 통과하는 순례자의 여정이다. 그 여정은 하느님의 세계("태양과 다른 별들을 움직이시는 사랑"(「천국」 33.145))를 인간의 미적 언어에 담아내고자 하는 노력이었다.

이런 의미에서 우리는 독창성이란 완전히 새로운 무엇을 창조하는 힘이나 성격보다도 이렇게 과거와 대화하고 과거를 이어 나가면서 추가하고 확장하는 힘이자 경향이라고 생각할 수 있다. 비평가 폴 발레리는 사자가 양고기를 자기 것으로 만들어 살아가듯이, 타자를 먹이로 삼는 것은 가장 독창적이고 가장 자기다운 행위라고 말한다. 사자는 양의 고기를 자신의 새로운 몸으로 변신시킨다는 면에서 충분히 독창적이고 또한 자체의 정체성을 계속해서 유지하는 행위를 수행한다.

---

85 오비디우스, 『변신』, 6.7-8. '무모한'(6.32), '운명'(6.51)…… 이런 식으로 오비디우스도 단테의 '미친'의 범주에 닿는 용어들로 아라크네의 기술을 묘사한다.

이것도 변신으로 본다면, 변신의 주제는 이른바 타자화의 한 표현이라고 할 수 있다. 그러나 사자가 된 양은 양의 질료와 정체성 둘 다 유지하지 못한다는 점도 간과할 수 없다. 따라서 발레리의 진술은 내가 말하는 변신의 예로 적절하지 못하다. 발레리의 진술에는 변신의 과정에서 남는 혹은 유지되는 원래의 것의 흔적에 대한 사유가 부족한 듯 보인다.[86] 사자가 된 양은 양으로서 지녔던 원래의 질료와 정체성을 둘 다유지하지 못한다. 그러나 다른 한편 발레리의 비유는 독창성이라는 개념을 다르게 생각할 여지를 주며, 그런 한에서 변신의 개념이 독창성에 대한 새로운 이해에 기여하는 정도를 긍정적으로 평가하도록 해 준다. 발레리는 한 작가의 행위가 다른 사람들의 행위에 의존하는 양상이 복잡하고 불규칙적일수록 그 작가의 독창성이 커진다고 말한다.[87] 말하자면 양고기를 먹은 사자는 양으로부터 벗어나 있기에 독창적인 존재가된다는 것이다. 블룸 식으로 말하면 영향에 대한 불안으로부터 벗어나있는 것이다.

독창성이란 과거의 흔적이 남으면서 또한 그것을 넘어서는 그러한 '과정' 자체를 말한다. 일종의 '양피지 위에 다시 쓰기'라고 할 수 있다. 적어도 단테의 독창성을 말할 때 그러하다. 단테의 독창성을 나는 그가 '새로움'을 거론하는 점에 주목하면서 분석하고자 했는데, 설령 단테 자신이 완전히 과거의 흔적으로부터 벗어나고 자유로워졌다고 느꼈다 할지라도, 적어도 텍스트에서 단테는 과거의 흔적을 스스로 보여 주고 있으며, 거기에 빚지고 있음을 부정하지 않는다. 그것이 그가 말하는 새로움이 뜻하는 것이다. 어쩌면 그렇게 일부러 보여 줌으로써 자신

---

86 그것을 번역 행위에 적용할 때도 마찬가지다. 원작이 번역물로 '변신'하는 것에서 원작은 남지 않는다는 말인가? 원작과 번역물 사이에서 어정거리는 것. 그것은 복수의 개체들 사이에서 어정거리는 변신과 상응한다.
87 폴 발레리, 김진하 옮김, 『말라르메를 만나다』(문학과지성사, 2007).

3 단테의 변신

의 새로움이나 독창성에 대해 더 생각하게 만들고, 그럼으로써 결국에는 자신의 새로움과 독창성을 더 강조하는 효과를 거두게 되는지도 모른다. 이것은 아마도 니체가 말하는 변장에 더 가까운 창조적 예술가의 덕목이 아닐까.

2부

단테의 언어

4 단테의 속어의 양상들

소통의 언어

일흔의 나이에 처음으로 법정에 선 소크라테스는 자신이 법정의 언어에 완전한 이방인이라고 항변한다. 그래서 자신의 발화 방식을 무시하고, 다만 자신이 말하고자 하는 발화의 내용에만 귀를 기울여 달라고 요청한다.[1] 그가 변명 혹은 옹호하는 자신의 입장이 낯선 법정의 언어 앞에서 받아들여지기를 희망하던 그는 당당했다. 그 당당함의 이유는 다름아니라 그가 법을 준수하면서 자신을 옹호한다는 주장이고[2] 진실을 말한다는 확신이며[3] 그 진실의 진술이 "인간의 지혜(human wisdom)"[4]로서 필멸의 운명, 즉 죽음을 넘어서서 지속되리라는 믿음이었다. 지혜를

---

1 Plato, "Apology-Justice and Duty(i): Socrates Speaks at his Trial", *The Last Days of Socrates*, tr. by Harold Tarrant(London: Penguin Books, 2003), p. 40.

2 위의 책, p. 41.

3 위의 책, p. 43.

4 위의 책, 같은 곳. 소크라테스는 자기가 모르는 것임에도 불구하고 안다고 생각하는 사람과 달리 자신은 자신의 무지를 잘 알고 있으며, 그런 면에서 자기가 더 현명하다고 본다. 요컨대 지혜의 요건으로 소크라테스는 자기가 모르는 것을 안다고 생각하지 않는다는 것을 꼽는다. 위의 책, pp. 44~45.

사랑하는 삶에서 죽음은 두려워할 만한 것이 안 되는 것이다.[5]

우리가 위의 경우에서 언어와 관련해 생각할 수 있는 것은 의미 작용(signification)보다는 의사소통(communication)의 언어다.[6] 소크라테스가 무시하고자 한 발화의 방식은 언어가 어떻게 창조되고 의미가 담기느냐 하는, 의미 작용의 차원에 가까운 사항이었던 것에 반해, 그가 내세우고자 했던 발화의 내용은 언어가 어떤 의미를 담고 어떻게 전달되느냐 하는, 소통의 차원에 가까운 사항이었던 것으로 생각할 수 있다. 이른바 '법정의 언어'를 의미 작용의 언어로 볼 수 있는 까닭은, 적어도 소크라테스에게 그 언어는 이미 존재하는 내부의 체계를 고수하면서 내부의 반복적 순환으로만 이루어질 뿐 외부의 새로운 맥락들과 소통하는 데까지 나아가지 않기 때문이다.

그런데 소크라테스의 바람에 따라 법정의 언어가 의미 작용의 언어로부터 의사소통의 언어로 거듭난다고 해서 법정의 언어나 법정 그 자체가 사라지는 것은 아니라는 점을 간과하지 말아야 한다. 소크라테스는 결코 법정을 떠나지 않았고 법정의 언어가 지시하는 대로 자신의 죽음을 받아들였다. 앞서 나는 소크라테스가 거부하고자 한 법정의 언어를 찰스 퍼스에 기반을 둔 에코의 기호학을 빌려 의미 작용의 언어, 그 체계 지향적 언어의 단계에 빗대어 보고자 했다. 그런데, 리처드 로티

---

5 위의 책, pp. 54~55.
6 위의 언어 형태의 두 분류는 찰스 퍼스와 그의 기반 위에 서 있는 움베르토 에코에 따른 것이다. 에코에 따르면, 언어의 의미 작용의 측면은 인간의 경험이 아닌 방법의 차원에서 이루어진다.(Eco, Umberto, *A Theory of Semiotics*(Bloomington: Indiana University Press, 1975), p. 16) 의미 작용은 기호 과정이라 불리는 하나의 구조 내에서 이루어지며, 이 기호 과정은 현실을 주체가 결여된 기호들의 사슬로 객관적으로 분류하고 조직하는 하나의 방식이다. 적어도 기호 과정은 경험적이고 의식적인 주체보다는 방법론적인 주체만을 허용하는 것이다.(*A Theory of Semiotics*, p. 315; *Trattato di semiotica generale*(Milano: Bompiani, 1976), p. 377; 졸저, 『에코 기호학 비판』(열린책들, 2003), 219쪽) 따라서 소크라테스가 의미 작용의 언어를 거부했다는 것은 소크라테스가 자신의 실존을 배제하는 방법적 구조 속에 함몰되기를 거부했다는 것으로 해석할 수 있다.

의 실용주의적 관점에 따르면, 기호학자 에코가 초약호(meta-code)를 찾으려는 열망에서 퍼스를 읽었다면, 소설가 에코는 이제 그러한 난해한 원리와 엄청나게 정교한 기호학과 형이상학의 체계의 비밀을 캐려는 야심을 극복한다.[7] 그러나 기호학자 에코가 사라진 자리에 소설가 에코가 들어섰다기보다 기호학자 에코와 소설가 에코가 겹친 모습을 그려 볼 필요가 있다. 말하자면, 소크라테스는 법정의 (의미 작용의) 언어를 자신의 (의사소통의) 언어에 묻혀 사라지게 만들기를 원한다기보다 후자를 전자에 적용시키기를 원했다는 점을 생각해야 하는 것이다. 결국 소크라테스는 법정을 떠나지 않았고, 또한 '거리의 언어'로 이루어 내는 소통을 포기하지도 않았다.

언어의 생성과 소통에 대해 고민하는 소크라테스의 모습을 단테와 겹쳐 보면 라틴어와 속어 사이에서 고민하는 단테의 모습이 떠오른다. 소크라테스가 법정을 떠나지 않으면서 또한 자신의 언어를 포기하지 않듯, 단테는 라틴어를 폐기하고 라틴어에서 속어로 옮겨 가기보다는 그 둘의 교합에서 나오는 새로운 언어를 생각한다. 의미 작용의 언어와 의사소통의 언어라는 구분은, 단테의 경우에 비쳐 볼 때, 라틴어와 속어, 문어와 구어, 랑그와 파롤이 각각 지향하는 지점들의 공통된 차이를 연상시킨다. 대체로 이 이항 대립들은 서로 정확히 일치하지 않아도 상당히 비슷한 관계로 묶인 것들이다. 전자의 항목들이 체계를 '구축'한 결과물에 가깝고 또 그것을 지향하는 성격을 지닌다면, 후자의 항목들은 그 구축된 체계를 '활용'하는 과정에 더 관련이 깊다. 단테는 언어 체계의 구축과 그에 따른 지식의 구축을 사회적 유통의 흐름에 올리면서 언어와 지식을 공동체의 조직과 운영에 활용하고자 했다. 그렇게 두

---

7 Rorty, Richard, "Il progresso del Pragmatista", *in Interpretazione e sovrainterpretazione*(Milano: Bompiani, 1995), p. 113.

4 단테의 속어의 양상들

지점 사이를 오가면서 단테가 만들어 내고자 했던 언어는 단테 스스로 "뛰어난 속어(vulgare illustre/illustrious vernacular)"[8]라고 부른 언어였다.

단테 당대에 이르기까지 언어 환경은 어떠했던가? 우선 라틴어는 그것을 국어로 사용하던 로마 제국의 멸망과 함께 꾸준하게 질서를 잃어 갔고, 그에 반비례하여 로망스어들은 제 모습을 갖춰 나갔다. 로망스어들은 9세기에 처음으로 문헌에 출현하면서[9] 글로 표기되는 모습을 보이기 시작한다. 이탈리아 속어는 960년쯤 베네벤토 지방에서 만들어진 플라치티 카시네시(Placiti Cassinesi)라고 알려진 법조문에서 그 전신이라 할 수 있는 구어 라틴어로부터 갈려 나와 뚜렷하게 제 모습을 선보였다. 이탈리아에서 출현한 문학 언어로서의 속어에 한정하여 말한다면, 1226년 프란체스코 다시시가 썼다고 전해지는 「피조물의 노래」가 현존하는 초기의 속어 문학 텍스트들 중 하나로 알려져 있다. 이 텍스트에서 선교를 중요시하는 프란체스코 교단의 창시자는 하느님 창조주와 세상의 피조물들과 이루는 일종의 교합의 관계를 매우 구체적인 사물의 언어로 표현한다. 이는 속어의 탄생이 소통을 목표로 했다는 점을 상징적으로 보여 준다. 이 텍스트는 당시 움브리아 속어로 쓰였는데, 이후 13세기 중반을 넘어서면서 토스카나가 정치, 경제, 문화의 중심지로 급속도로 성장하면서 이탈리아 속어는 토스카나화(toscaneggiamento) 현상을 보인다. 이때 피렌체에서 활동한 단테를 비롯한 청신체파 시인들은 유례없는 집단의식과 이론적 토대, 주제 의식,

---

8 이 용어는 나중에 그저 '속어'라는 용어로 정착된다. 이 용어는 그렇게 정착되는 과정에서 나타나던 '속어'의 성격을 잘 설명해 주는, 단테가 직접 만들어 낸 술어적 표현이다.(『속어론』 1. 18. 1)

9 813년 프랑스 투르에서 개최된 공의회에서 설교를 로망스어(rusticam romanam linguam)로 하기로 결정되었다. 이는 일반 사람들이 이제는 잘 이해하지 못하게 된 고전 라틴어가 아니라 늘상 사용하는 속어를 언급한 최초의 예였다. 이로부터 속어의 발생이 공식화되었다.

그리고 언어적 기교를 통해 새로운 속어 문학 언어를 창출했다.

이탈리아 속어는 이렇게 13세기를 관통하면서 급속하게 성장하고 정착했다. 토스카나의 피렌체를 중심으로 이탈리아어를 정착시키는 과정에서 단테는 "뛰어난 속어"를 제시했는데, 사실상 그것은 현대 이탈리아어가 누리는 국어와 동등한 지위나 정체성을 지닌 것은 아니었다. 단테의 속어는 단지 당시 이탈리아 반도에서 사용되던 최소한 14개 이상의 지역어들 가운데 하나였다. 물론 단테의 속어가 현대 이탈리아의 표준 이탈리아어[10]가 된 것은 사실이다. 그러나 현대 이탈리아에서 사용되는 다양한 지역어들이 표준 이탈리아어의 방언들이라고 보기는 힘들다. 왜냐하면 표준 이탈리아어는 토스카나 피렌체 방언이 역사적으로 이어진 형태인 한편, 이탈리아의 지역어들은 대부분, 이후 표준 이탈리아어로 불리게 될 피렌체 방언과는 별도로, 라틴어에서 제각기 발전되거나 갈려 나왔기 때문이다. 따라서 이탈리아에서 대부분의 지역 언어들은 표준 이탈리아어의 '방언'들이 아니라 라틴어에서 독립적으로 내려온 분리된 언어들로 봐야 한다.

이렇게 보면 단테의 피렌체 지역어는 다른 지역어들과 함께 존속되어 오면서 다만 표준 이탈리아어의 자리와 역할을 맡았다고 이해할 수 있다. 이런 맥락에서 우리는 단테의 속어를 표준 이탈리아어나 국어로서의 이탈리아어가 아니라, 다른 지역어들과 구별되는 나름의 특징을 지닌, 피렌체라는 지역에서 사용되던 지역어라고 정의할 수 있다. 나름의 특징은 두 가지로 정리할 수 있다. 첫째, 토스카나라는 지역에서 상인이 주축이 된 신흥 시민 계급을 중심으로 여성까지 포괄하는 범위의

---

10 이탈리아어는 현재 주로 유럽에서 사용되는 로망스어다. 이탈리아를 비롯해 스위스, 산마리노, 바티칸 시티와 같은 곳에서는 공용어로, 알바니아, 말타, 슬로베니아, 크로아티아에서는 제2 공용어로, 그리고 크리미아, 에리트레아, 프랑스, 리비아, 모나코, 몬테네그로, 루마니아, 소말리아에서는 소수자 언어로 사용된다. 또한 미주 대륙과 오스트레일리아의 이탈리아 이민자들의 공동체에서 사용된다.

4 단테의 속어의 양상들

사람들이 사용하는 언어라는 것이다. 라틴어에 비해 교육받지 못한 중류 이하 계급 및 여성까지 포괄하는 범위에서 사용되는 언어 형태였다. 이런 식으로 지역으로 피렌체에 한정된 언어가 계급과 성의 확장된 영역들을 통해 이탈리아 전역으로 확산되어 더 넓은 소통의 역할을 하면서 표준어가 된 꼴이다. 그러나 위에서 말한 대로, 지역의 방언들은 여전히 존재하기 때문에 단테의 지역어는 특수한 한 지역의 언어로서, 전체를 다만 대표할 뿐이다. 둘째, 특히 고귀하고 특권적이며 세련된 문학 언어라는 점이다. 표준 이탈리아어의 기원에는 단테를 비롯한 13세기 토스카나 작가들이 구사한 언어가 자리한다. 이 언어의 문법과 핵심 어휘군은 현재에 와서도 거의 바뀌지 않는다. 중요한 것은 그들이 지역과 계급, 성을 가로지르는 횡단적 소통을 이루어 내는 힘이 무엇보다 문학 언어를 통해 실현될 수 있다고 보았다는 점이다.(그렇기 때문에 첫 번째의 특징과 모순되지 않는다.) 단테는 경험과 실천, 현실과 같은 하부 단위들을 은총과 이론, 이상과 같은 상부 단위들과 연결하여 현실의 공동체를 이루어 내는 것을 곧 구원이라 생각했으며, 피렌체의 지역 언어를 이탈리아어로 세우는 것은 구원의 사명과 같은 선상에 있다고 보았다.[11]

단테는 청신체파 시절에 『새로운 삶』을 속어[12]로 쓰면서 사랑의 감정을 소통시키는 방식을 선보였다. 그리고 긴 세월이 지난 후 『신곡』의 창작을 위해 역시 속어를 선택함으로써, 인간을 구원으로 이끄는 원대한 기획을 받치는 언어적 토대의 지위를 속어에 부여한다. 이것 역시 구원과 정의, 공동체를 필요로 하는 당대의 요구에 부응하는 것은 물론

---

11 단테의 대표작 『신곡』에 들어 있는 '희극(commedia)'이라는 용어가 신과 인간의 합일을 가리킨다는 점은 바로 그렇게 아래와 위가 연결되는 모든 형태를 구원의 이름으로 추구한다는 뜻을 내포한다.
12 이를 단테는 나중에 『속어론』에서 "뛰어난 속어(vulgare illustre)"라고 부른다.(『속어론』 1. 18. 1)

이들을 시공을 초월한 인류의 보편 문제들로 소통의 무대에 올리기 위한 결정이었다. 단테는 한편으로 『향연』과 『속어론』과 같은 저서들에서 속어의 문제를 이론적으로 논의하면서, 창작과 이론 양쪽에서 명실상부하게 속어를 당대의 새로운 문화에서 다루어야 할 가장 중요한 문제로 제출하기에 이른다.(5장 「속어의 탐사」 참조) 그가 제출한 속어 문제는 그 이후 14세기 중반 이후부터 인문주의자들이 취한 논의 방향과 근본적으로 달랐고, 따라서 현재 우리에게 주는 함의도 큰 차이를 보인다. 단정적으로 말해 단테가 제출한 속어의 문제는, 인문주의자들의 속어 논의가 중앙의 언어를 향한 체계화에 집중했던 것과 달리, 삶의 현장에서 일어나는 소통의 문제와 긴밀하게 관련된 것이었다.(6장 「소리 내는 언어」 참조)

소통의 언어를 생각하는 단테의 모습은 곧 사랑과 구원과 같은 인간 삶에서 더욱 실질적이고 직접적인 문제들을 고민하는 단테의 모습과 맞아떨어진다. 그에게 속어 문제는 속어에 어떻게 체계를 부여할 것인가 하는 논리적인 차원보다는 소통의 언어를 어떻게 생산하고 전파하며 소비할 것인가 하는 실용적이고 실천적인 차원의 것이었다. 단테로 하여금 한 언어를 선택하고 세련하도록 만든 것은 소통의 언어를 향한 열망이었다. 그 열망은 선택하고 세련시킨 언어라는 결과물에 정착하기보다는 한 언어를 선택하고 세련하는 과정 자체를 유지하는 것에 집중된다. 같은 맥락에서, 단테가 이탈리아어 속어를 소통의 언어로 대했던 태도에는 과도기적인 정황이 있었으며, 라틴어와 속어의 교합과 같은 언어 운용상의 과정적(in-process) 성격이 두드러진다고 말할 수 있다.

4 단테의 속어의 양상들

선택된 언어

용어의 일반적 정의 차원에서 볼 때 속어(俗語, vernacular)는 표준어에 비해 특정한 지역이나 계급에 한정하여 사용되는 언어다. 현대의 표준 이탈리아어는 단테 당시에 속어의 상태로 존재했다. 토스카나의 피렌체에서 사용되던 지역어를 문학적 재능으로 벼리고 다듬은 결과물("뛰어난 속어")이 현대에 이르러 이탈리아의 표준어로 굳어졌다. 단테가 수행했던 것은 피렌체라는 한 특정한 지역과 신흥 시민 계급이라는 한 특정한 계층이 공식 언어로 사용하기 시작했던 언어를 이탈리아라는 더 넓은 세계에서 계층을 넘나드는 모든 이탈리아인들이 사용하는 언어로 만든 것이었다. 이러한 속어화(vernacularization)의 과정에서 주목할 것은 단테의 이탈리아어는 처음부터 표준어였던 것이 아니라 피렌체어라는 지역 속어의 상태였다는 점이다.

단테가 이론과 창작 양쪽에서 당대의 언어적 경합의 지형 위에서 라틴어 대신에 이탈리아 속어를 지지하고 사용했던 것은 일종의 선택이었다.[13] 그 선택은 당시에는 힘든 것이었다. 아직까지 전통적인 대세는 라틴어였고, 또 단테 자신이 라틴어로 교육을 받아 라틴어가 그의 정신과 내면을 받치는 언어였던 반면, 이탈리아 속어는 비교적 아직까지는 잘 정비되어 있지 않은 '흩어진' 언어였기 때문이다. 하지만 이탈리아 속어는 그에게 만들어 나가야 할 언어로서 다가왔고, 그 스스로

---

13 나는 여기에서 '선택'이라는 용어를 라틴어보다 속어를 향한 단테의 의지를 반영하기 위해 의도적으로 사용한다. 단테가 속어를 선택했다고 보는 것은 "속어 문학 언어는 새싹이나 나비처럼 나타나는 것이 아니라 만들어진다."(Pollock, Sheldon, "The Cosmopolitan Vernacular", *The Journal of Asian Studies* 57, no. 1(1998), p. 7)라는 확신 위에서 나온 것이다. 폴록은 하나의 언어를 선택해야 하는 필연성을 적극적으로 지지하는 바흐친의 문학 언어적 의식(Bakhtin, M. M., *The Dialogic Imagination: Four Essays*(Austin: University of Texas Press, 1981), p. 295)을 참고한다. 폴록은 하나의 문학 언어가 선택될 때 사회적, 정치적 세계에서도 뭔가가 선택된다고 말한다.(폴록, 위의 책, 같은 곳)

이룬 대단히 성공적인 이론적 지지(支持)와 창작의 성취와 함께 소통의 도구로 매우 적절한 것이 되어 갔다.

그런 면에서 단테가 『향연』과 『신곡』을 속어로 쓰기로 선택하고 결정한 이유를 두 가지로 생각해 볼 수 있다.

첫째, 궁극적으로 더 많은 사람들의 계몽과 구원을 위한 것이었다. 상인을 주축으로 하는 신흥 시민 계급이 저들의 사업의 필요에 따라 속어를 공문서 작성이나 개인의 기록에서 사용하면서 속어의 유통이 본격화되었다. 그러나 라틴어를 모르고 속어만 아는 사람들은 신흥 시민 계급뿐 아니라 "제후들, 남작들, 기사들, 그리고 다른 많은 고귀한 사람들을 포함하고, 남자들뿐 아니라 여자들까지 포함"(『향연』 1.9.5)한다. 이런 단테의 진술은 당시에 속어를 전용하는 사람들이 이미 한 특정한 계층을 넘어서서 매우 널리 퍼져 있었다는 것을 말해 준다. 그래서 단테는 속어를 사용해야 할 필요를 무엇보다 "더 많은 사람들에게 봉사"(『향연』 1.9.2)하려는 데서 찾는다.

여기에서 또한 주목할 것은 속어만 아는 "고귀한 사람들(nobile gente)"의 존재다. 라틴어를 사용할 줄 아는 지식과 권력과 부를 독점한 사람들이 아니라 라틴어를 모르고 속어만 아는 사람들을 "고귀"하다고 부른 뜻은 무엇인가. 단테는 "최대한 많은 사람들을 학문과 덕성으로 인도하고자"(『향연』 1.9.7) 속어를 사용하며, 그 "많은 사람들"은 곧 "진정한 고귀함이 심어진 자들"(『향연』 1.9.8)이라고 명시한다. 단테는 아리스토텔레스의 『윤리학』 1권에서 "제비 한 마리가 왔다고 봄이 되는 것은 아니다."라는 문장을 인용하면서, 속어가 몰고올 "봄", 즉 지식의 전파와 소통이 극대화되는 때를 전망하고 있다. 그리고 이러한 전망은 속어가 지식을 열망하는, 그래서 고귀한, 더 많은 사람들에게 유용한 것을 준다는 확신 위에 서 있다.

아우어바흐에 따르면 위와 같은 단테의 확신이 실천으로 이어진 그

4 단테의 속어의 양상들

때 이후로 유럽의 문화생활을 발전시킨 기본적 저서들은 다양한 속어들(이후 각국 구어들로 발전될)로 집필되었다. 그 저서들의 공통분모는 "뛰어난 속어"의 개념이었다.

일상생활의 언어를 문학의 언어로 삼아, 생각과 전통의 살아 있는 요소를 알고자 하는 모든 사람에게 전해 준다는 것. 단테로부터 시작된 이런 공통적인 개념은 다양성 속의 통일성이었고, 진정한 근대 유럽의 코이네(공통 언어)였다. '뛰어난 속어'의 정신을 정의하기는 상당히 어렵지만 다음과 같이 설명한다면 그 전반적 윤곽은 제시한 것이다. '뛰어난 속어'는 세계에 질서를 부여하는 지식을 얻으려는 구체적 노력이며, 보편적 인간 행동과 운명에 필요한 지식을 얻기 위한 노력이다.[14]

아우어바흐가 설명하는 "뛰어난 속어"에 대한 단테의 문학적 관심은 일찍이 청신체파 시절에 시작되었고 망명의 경험과 함께 본격적으로 펼쳐졌다. 사실상 새로운 언어를 통해 새로운 주제를 가능한 많은 사람들 사이에서 소통시키고자 하는 청신체파적 열정은 단테가 작가로서 쌓아올린 경력 전체를 관통하는 것이었다. 그가 일생 동안 소통시키고자 한 것은 "세계에 질서를 부여하는 지식"이었으며, "보편적 인간 행동과 운명"을 성찰하는 데 필요한 지식이었다. 그러한 지식이 새로운 주제인 이유는 세계와 인간을 바라보고 구성하는 방식이 이전과는 다르다는 단테의 청신체파적 확신에서 비롯되었다.[15] 결국 단테의 "뛰어난 속어"는 당시 새롭게 등장하여 활동하는 구체적인 인간들 전체가

---

14 아우어바흐, 『단테』, 166쪽. 번역서에는 "고상한 구어"로 옮겼으나, "뛰어난 속어"로 교체하면서 나의 글의 통일성을 유지하고자 한다.
15 청신체파는 주제와 문체의 측면에서 이전과는 확연하게 다르다는 문학적, 철학적, 실천적 자부심을 가진, 단테와 카발칸티를 위시한 당대의 혁신적인 시인들의 집단이었다.

필요로 하는 소통의 도구였다고 말할 수 있다.

둘째, 일종의 언어적 유토피아(linguistic utopianism)[16]를 실험하기 위해서였다. 단테가 속어를 선택, 결정한 것은 라틴어에 대한 속어의 우월성을 확신하고 이를 확고하게 하기 위해서라기보다는 라틴어와 속어의 관계에 깃든 중심과 주변부의 구도를 부정(비동일화)하기 위해서였다.[17] 그런 면에서 단테가 속어를 사용하기로 선택하고 결정했다고는 하지만, 사실상 그 속에는 어떤 애매하고 모호한 분위기가 감돈다는 점을 간과할 수 없다. 그런데 역설적으로 바로 그 애매모호함이 라틴어와 속어 관계에 대한 단테의 발언들이 서로 모순되는 이유와 정당성을 설명하고 확보해 준다.

단테는 『향연』과 『속어론』 각각에서 라틴어와 속어 중 어떤 것이 더 우월한가에 대해 일관되지 못한 진술을 한다. 『향연』에서는 라틴어를 "영원하고 오염되지 않는 것이지만 속어는 불완전하고 오염될 수 있다."(『향연』 1.5.7)라고 말하는 반면, 『속어론』에서는 "이 두 가지 언어들[라틴어와 속어] 중, 더 고귀한 것은 속어다."(『속어론』 1.1.4)라고 말을 바꾸는 것이다. 말하자면 그는 라틴어와 속어를 깨끗하게 구분하고 어떤 하나를 선택하는 모습을 보이지 않는다. 단테가 속어를 대하는 태도의 모호성에는 라틴어-중앙 언어를 전유하며 내세운 속어를 또 하나의 중앙 언어로 변질시키면서 저지를 수 있는 중심화의 오류에 대한 경계가 담겨 있다. 단테가 속어로 추구하고자 했던 '언어적 유토피아'란 어떤 한 언어의 절대적 우월성을 고착시키는 것이 아니라 언어를 벼리는 방법의 지속적인 극대화가 이루어지는 무대를 가리킨다. 소통의 도

---

16 다음 책들을 참고할 수 있다. Eco, Umberto, *In cerca della lingua perfetta*(Roma: Laterza, 1993); Steiner, George, *After Babel: Aspects of Language and Translation* (Oxford: OUP, 1992).

17 다음을 참고할 것. 졸저, 『단테 신곡 연구(아카넷, 2011)』, 471~485쪽.

4 단테의 속어의 양상들

구로서 언어를 버리는 일을 작가로서나 지식인으로서 절대 필요한 임무라고 할 때, 지식인 작가로서 단테는 한 언어의 정착을 통해서보다는 과연 그 언어의 어떤 존재 방식을 통해서 자신의 정신을 소통의 궤도 위에 올릴 수 있을 것인지 고민했던 것이다.

단테는 한 언어의 우월성을 주장하기보다 두 언어 사이에서 애매한 입장을 '견지'했다. 바란스키가 잘 관찰했듯, 단테는 언어들의 충돌에서 기인하는 긴장과 모순을 자신의 목적을 위해 이용할 만한 기회이자 다른 방식의 해결을 제공하는 기회로 생각했다.[18] 다시 말해, 언어들의 충돌을 해결해 없애야 할 것이라기보다 자신의 언어가 언어 본연의 역할을 좀 더 충실히 할 수 있도록 계속해서 자신의 언어를 다듬어 나가는 하나의 장으로 활용했던 것이다. 라틴어와 이탈리아어를 대하는 단테의 애매한 태도는 그 두 언어 중 어느 하나를 선택하고 다른 하나를 버리기보다는 둘 사이의 긴장 관계를 유지하면서 각자의 기능을 선별하여 활용하는 실용적인 태도라고 할 수 있다. 단테의 이탈리아 속어가 문학 언어로서 힘을 갖는 것은 그것이 라틴어를 배제한 독립적인 위치에서 누리는 완전한 기능과 체제 때문이 아니라 라틴어와 서로 길항 관계를 지속하기 때문이었다.[19]

---

18 Baranski, Zygmunt G., "'Significar per verba': Notes on Dante and Plurilingualism", *The Italianist*, vol. 6(1986), p. 6.
19 같은 맥락에서, 단테의 속어가 결코 자신의 모어를 '그 자체 그대로' 문자로 정착시킨 형태가 아니라는 점도 유념할 사항이다. 단테가 "뛰어난 속어"를 완성한 것은 언어들의 어원학적 탐사를 수행함으로써 가능했다. 다양성 속에 깃든 공통적인 것을 보는 어원학적 탐사는 속어와 라틴어 사이뿐 아니라 다양한 속어들이 발전해 나온 경로들 사이에서 이루어졌다.(『속어론』1.8.2-3) Fubini, Ricardo, *Umanesimo e secolarizzazione da Petrarca a Valla*(Roma: Bulzoni, 1990), p. 10.

망명의 언어

단테의 속어는 시대의 변화에 직면하며 발휘한 엄청난 지적 노력과 욕망의 과정이며 결과였다. 무릇 노력과 욕망은 언제나 지향성을 지니는 법. 단테는 과연 어느 곳을 지향했던가? 이 물음에 대한 대답에 단테의 삶과 문학의 의미가 담긴다. 마치 천국의 꼭대기에 다다른 순례자 단테가 구원의 궁극에서 깨달은 소망과 의지의 바퀴처럼(「천국」 33.143-144), 라틴어와 속어의 두 축이 함께 일정하게 돌아가는 것이 단테의 언어였다. 단테의 속어가 라틴어를 전유(한 결과라기보다)하는 과정 자체라고 말할 때, 그것을 우리는 독신(瀆神)에 저항하는 망명의 언어이자 사물의 언어라 명명할 수 있다.

망명은 속어에 대한 단테의 입장에 큰 영향을 미쳤다. 1302년 3월 10일 그는 아마도 공직에 있는 동안 부패를 저질렀다는 혐의로 "로마의 가장 아름답고 가장 유명한 딸 피렌체" 정부에 의해 사형 선고를 받는다. 단테는 피렌체를 두고 "나는 그 품속에서 태어났고 내 삶의 절정기까지 부양되었으며, 진심으로 그곳의 좋은 평화와 함께 그곳에서 피곤한 내 영혼을 쉬고 내게 남은 시간을 마무리하고 싶다."라고 묘사한다. 그때 이후로 단테는 "순례자로 거의 구걸하면서, 이 언어[토스카나어]가 퍼져 있는 거의 모든 지방들에 갔으며, 내[단테 자신의] 의지와는 달리, 종종 부당하게 상처받은 자의 탓으로 돌려지는 운명의 상처를" 보았고,(『향연』 1.3.4) "돛도 없고 키도 없는 배"처럼 "고통스러운 가난에 불어오는 메마른 바람에 이끌려 여러 항구와 포구들, 해별들로 옮겨 다녔다."(『향연』 1.3.5) 그러면서 단테는 자신의 모습이 사회적으로 어떻게 비치는지 걱정한다.

나는 혹시 어떤 소문을 통해 나를 다른 모습으로 상상하였을 많은 사람들

4 단테의 속어의 양상들

의 눈앞에 나타났는데, 그들의 눈앞에서 내 인격은 초라해 보였을 뿐 아니라, 이미 완성된 작품이든 장차 완성될 작품이든 모든 내 작품이 가치 없게 보였다.(『향연』 1.3.5)

그러나 단테는 그런 그들의 인식을 겉만 보고 판단한 것으로 치부한다. 왜냐하면 그 인식은 "어린아이처럼 이성이 아니라 감각에 따라 살아"(『향연』 1.4.3)가는 사람들에 의한 것이기 때문이다. 이런 진술들로 미루어 단테는 공정하지 못한 망명의 상황에서 자신의 지식의 향연을 더 빛나고 무게 있는 문체로 치장하여 권위를 부여하고 싶었을 것이라는 추측이 가능하다.

나는 보다 고상한 문체로 이 작품[『향연』]에 약간의 무게를 더함으로써, 더 큰 권위가 있는 것처럼 보일 필요가 있다."(『향연』 1.4.13)

따라서 『향연』의 도덕적 내용뿐 아니라 이탈리아어로 쓴다는 결정 또한 망명의 경험에서 비롯된 것으로 볼 수 있다. 단테는 이탈리아 반도를 방랑하는 중 이탈리아어 방언들을 만나면서 거대한 잠재력을 확인할 수 있었다. 그 방언들이 기술(art)보다는 사용(use)에 의해 조절되고 문학 언어로 주조될 수만 있다면, 이탈리아 공동체의 소통의 도구로서 라틴어를 훌쩍 뛰어넘어 새로운 언어로 재창출될 수 있으리라는 믿음도 생겼을 것이다. 이러한 확신이 더 속어의 위대한 고귀성을 진술하면서 『속어론』을 쓰도록 만들었다. 청년 시절에 속어로 썼던 『새로운 삶』의 언어는 이제 철학 연구와 정치 활동, 그리고 그에 이은 망명에 의해 구축된 지적, 실천적 관심의 전체 영역을 포용하도록 되는 것이다. 그러한 과정을 거치며 단테는 결국에 『신곡』으로 이르는 언어의 길을 발견했던 것이다.

독신에 저항하는 언어

'망명'이라는 용어를 하나의 알레고리로 이해할 때 단테의 속어는 일종의 '독신'의 성격을 지닌다고 말할 수 있다. 독신을 신에게서 떨어져 나오는 하나의 망명이라고 볼 수 있는 것이다. 피렌체는 단테에게 따뜻한 둥지였던 반면 망명은 고통스러운 방랑의 연속이었다. 피렌체는 예를 들어 베아트리체의 죽음과 같이 엄청난 시련을 단테에게 안겨주던 곳이었지만 또한 그 시련을 극복할 수 있는 정신적으로 익숙한 토양이기도 했다. 그러나 망명은 단테에게 그와는 본질적으로 다른 경험이었다. 피렌체 외부를 겪는 것은 이전에 외교 사절로 피렌체 밖의 다른 도시들로 자주 여행을 했던 것과는 차원이 다른 얘기였다. 외교 사절의 경험은 돌아갈 곳이 언제나 안전하게 보장된 상태 위에서 이루어졌던 반면 망명은 더 이상 돌아갈 곳이 남아 있지 않는 상태로 진입하는 것을 의미했다. 말하자면 이제는 피렌체와 철저하게 단절되고 대신 완전히 새로운 '외부'와의 만남에서 새로운 관계를 모색해야 하는 새로운 출발의 기점이었던 것이다.

이러한 맥락에서 우리는 독신에 대한 아감벤의 진술을 참고할 수 있다.

독신은 맹세의 일종이다. 다만 신의 이름이 선언이나 약속이라는 맥락에서 떨어져 나와 그 자체로, 부당하게, 의미론적인 내용과 무관하게 소리 내어 말해지는 맹세다. 맹세에서는 신의 이름이 말과 사물(사태) 사이의 연관을 표현하고 보증하면서 로고스의 진실함과 힘을 규정하는 것이었다면, 독신에서 신의 이름은 이러한 연관의 붕괴와 인간의 말의 덧없음을 표현한다. 맥락 없이 '부당하게' 불리는 하느님의 이름은 사물(사태)에서 말을 떨어뜨려 놓는 거짓 맹세와 대칭을 이룬다. 맹세와 독신은, 그것들이 축복(덕담)과 저주(악

담)인 한, 언어라는 사건 자체 속에 공기원적으로(co-originarily) 내포되어 있
다.[20]

말이 사물에서 분리된 상태가 곧 거짓 맹세이며 저주, 독신이다. 하
느님의 이름을 부당하게 부르는 것은 곧 독신이며, 신에 대해 거짓말을
하는 것이다.(이에 비해 거짓 맹세는 신을 거짓말의 증인으로 내세우는 것이
다.)[21] 말이 사물에서 분리된 상태, 신의 이름이 말과 사물 사이의 연관
을 보증하지 못하는 상태, 로고스의 진실함과 힘이 사라진 상태. 이런
맥락에서 축복은 신의 이름으로 언어와 세계를 하나로 묶어 주는 행위
인 반면, 저주는 신의 이름으로 언어와 세계의 진실한 관계를 깨뜨리는
행위라고 구분할 수 있다. 거짓 맹세는 언어를 남용함으로써 사악한 힘
을 풀어놓고, 이 사악한 힘은 저주가 되어 거꾸로 다시 거짓 맹세와 맞
서게 된다. 그럼으로써 신의 이름은 의미화의 관계에서 떨어져 나오고
공허하고 의미 없는 말, 곧 독신의 언어가 되며, 따라서 그런 신의 이름
은 부적절하고 사악한 용도로 쓰이게 되는 것이다.(이 자체가 또한 의미
화의 관계에서 떨어져 나오는 것이다.) 주술은 신의 이름을 부당하게 사용
한다.[22] 독신은 "갑작스럽고 격렬한 감정의 압박 아래서 '무심코 입 밖
에 내는' 말"이며, 따라서 의사 소통의 특성을 갖지 않는다. 독신은 본
질적으로 비의미론적인 것이다.
　단테의 속어는 그것이 소리를 내는 소통의 언어인 한, 신의 이름을
부당하게 사용하는 흐름에 맞서는 과정으로 유지된다. 이는 인간과 신
의 관계를 회복하고 이어 주려는 것으로 볼 수 있다. 단테가 『신곡』의

20　조르조 아감벤, 정문영 옮김, 『언어의 성사』(새물결, 2014), 88~89쪽.
21　아감벤은 이런 차이를 아우구스티누스를 참조하며 밝힌다. 위의 책, 90~91쪽.
22　위의 책, 93~94쪽. 위의 논지를 이어 아감벤은 방브니스트를 빌려 "독신은 일종의 절규
　　로 나타나고, 그래서 감탄사로 이루어진 구문 배열을 이루고, 따라서 독신이야말로 가장 전
　　형적인 감탄사의 예라고 할 수 있다."라고 설명한다. 위의 책, 101쪽.

제목으로 '희극'이라는 용어를 채택하면서 신과 인간의 합일을 의미하려 했다는 사실은 그러한 속어의 목표를 단적으로 드러내 보여 주는 예다. 일찍이 라틴어를 모르는 베아트리체의 귀에 가 닿는 속어로 쓴 『새로운 삶』에서 단테가 베아트리체를 향한 사랑을 정작 베아트리체 자신은 라틴어를 모른다는 이유로 소외시킨 채 라틴어를 할 줄 아는 사랑의 신에게 라틴어로 고백하는 풍경은 그 라틴어를 사실상 독신의 언어로 만든 것이 아니었던가. 이미 『새로운 삶』을 쓰던 시절에 단테는 라틴어가 말과 사물을 이어 주는 역할을 더 이상 하지 못하리라고 예감한 것이 아니었던가. 발화체가 아니라 발화 행위에 주목하면서 단테는 속어를 선택했고, 발화 행위에 축복과 저주가 공기원적으로 존재할 수 있다는 것을 알게 된다. 그리고 더 나아가 속어를 통해 독신의 비의미론성을 교정하고자 했다. 그래서 그가 결국에 추구하고자 한 것은 신의 언어와 교신하는 인간의 언어였으며, 그렇게 신과 인간이 결합하도록 만들어 주는 통로로서의 언어를 발화할 것을 하느님의 이름을 걸고 맹세한다.(「천국」 25.1-3) 그가 맹세하는 대상은 하느님이고 순례자는 다만 그러한 맹세 언어의 화자이지만, 그 맹세 속에서 인간의 언어는 하느님의 언어와 교신하는 것이다.

> 하느님의 이름을 소리 내어 말한다는 것은 곧 그것을 이름과 존재, 말과 사물(사태)을 분리하는 것이 불가능한 언어 경험으로 이해한다는 것이다.[23]

『신곡』에서 단테는 하느님의 이름을 소리 내어 말한다.[24] 그때 그가 '말'하는 언어는 속어였다. 속어를 통해 그는 말과 사물을 분리하는 것

---

23 위의 책, 112쪽.
24 이 책 5장 중 「속어의 사용」에서 자세히 논의할 것이다.

4 단테의 속어의 양상들

이 불가능한 언어를 경험하고자 한다. 단테의 속어가 망명 이전과 이후에 근본적으로 다른 차원에 놓이는 것은 '독신'의 경험, 즉 피렌체로부터의 이탈과 외부의 새로운 경험이었다. 이를 아감벤 식으로 말하면, 신과의 연관의 붕괴와 그에 따른 말의 덧없음이 한쪽에 있고, 다른 한쪽으로는 사물의 언어로의 전환이 놓여 있다. 소리 내어 하느님의 이름을 발화하는 『신곡』 속에는 말과 사물이 서로 조응하는 관계들이 도처에 잠복하고, 그러한 관계들의 이음이 계속해서 구원의 궁극으로 나아가는, 계속해서 변신을 거듭하는 순례자 단테를 추동시킨다. 신과의 연관의 붕괴와 언어의 덧없음이 사물의 언어로 계속해서 전환하는 것은 바로 그러한 단테의 변신 과정에서 일어나는 일이다. 사실상 성과 속의 교차, 블레이크 식으로 말해 지옥과 천국의 결혼은, 앞서 아감벤을 인용한 문구에서 나오듯, 맹세와 독신의 관계처럼, 공기원적으로 단테의 언어 속에 내포되어 있다.

사물의 언어

단테에게서 현실은 사물의 가장 깊고 궁극적인 의미가 포착될 수 있는 장소다.[25] 단테의 속어 선택은 가장 낮은 부류부터 상류 계층까지 실존의 개개 양상들에 가치를 부여하는 것과 함께 그 자신을 현실 발견의 가장 정통한 증인으로 만들었다. 현실의 발견은 당시 조토 같은 화가와 함께 구상 예술에서 이루어졌고, 프란체스코 다시시가 포교를 위해 지은 송가에서 추구되었다. 단테 당시의 구상 예술과 단테의 정신은

---

25 Assorati, Giovanni, *Non sembiava imagine che tace*(Firenze: Societàeditrice fiorentina, 2011), p. 24.

현실과의 대화라는 특징을 공유한다. 단테가 태어나기 40년쯤 전에 나온 프란체스코 다시시의 송가 「피조물의 노래」는 범신론과 유명론이라는, 자연과 현실에 대한 새로운 방식의 이해와 접근 위에서 창작된 속어 문학 작품이며, 같은 시기에 예수 그리스도와 산 프란체스코의 일대기를 그린 조토는 그동안 추상적이고 관념적으로만 인지되었던 신과 범접하기 힘든 대상이었던 신의 대리자를 현실의 인간에게 친숙한 일상의 차원에서 경험할 수 있도록 해 주었다. 당시 13세기 전반에 시작된 문학과 미술의 새로운 흐름은 현실에 놓인 사물 자체를 포착한다는 것의 의미를 문학과 미술을 향유하는 사람들에게 언어의 소통이라는 측면에서 생각하도록 하는 것이었다.

마찬가지로 단테가 속어를 정착시킨 것은 언어 자체의 창제보다는 언어의 소통이 이루어진 데서 그 가치를 찾아야 할 것이다. 무엇보다 우리는 『향연』을 속어로 쓴 작가로서의 단테를 생각할 필요가 있다. 『향연』을 통해 단테는 자신의 지식과 지식의 탐구 방식, 그리고 그 탐구의 자세를 라틴어를 모르는 사람들에게 알리고 나아가 그들과 공유하고자 했다. 그렇게 소통하고 공유하고자 하는 자세와 필요성의 인식, 그리고 그를 위한 노력이 단테의 속어에 들어 있는, 단테의 속어를 진정으로 빛나게 만드는, 그러한 요소들이다.

단테는 당시 이탈리아 반도에서 쓰이던 혹은 그가 마주쳤던 최소한 열네 가지의 속어들을 이탈리아어를 구성하는 언어들로 생각했다. 그는 그 가운데 하나였던 피렌체어를 이탈리아어의 표본으로 발전시켰다. 그 과정에서 그가 채택한 철학은 저변까지 포용하는 소통이었고 그가 채택한 대상은 문학 언어와 그 문학 언어로 쓰인 구체적인 텍스트였으며, 그가 채택한 방법은 글을 쓰고 독자와 나누는 것이었고, 그 속에서 그가 담아내고자 한 것은 그즈음 발견되기 시작한 현실의 인간과 세계였다. 이러한 모든 것들이 그의 속어의 구성 원리이며 실행의 내용이었다.

단테는 속어를 논의하면서 결코 국가와 민족이라는 총체적 함의가 깃든 관념적 단위를 앞세우지 않았다. 그러한 근대적인 개념들 이전에 살았던, 그런 것들을 겪어 보지 못한 그로서는, 사실상 그런 개념들을 포괄하면서도 훨씬 뛰어넘는 자신의 구상을 그가 일생 동안 추구한 공동체의 기획에 담아내는 데 주력하는 것이 더 자연스러웠을 터였다.(그는 결코 '이탈리아'라는 용어를 쓰지 않았다.) 그는 결코 하나의 정부, 하나의 계층, 하나의 이념에 봉사하는 언어를 만들려 하지 않았고 또한 그의 언어를 그러한 것들에 종속시키려 하지도 않았다. 그의 언어는 오히려 그러한 개개의 요소들을 연결하고 소통시키는 매개였고, 그러한 개개의 요소들이 더욱 자유롭고 정의로운 공동체를 형성하도록 만드는 대화의 도구였다. 단테에게 언어란 목적이 아니라 수단이었다. 문학 언어라는 목표물이 엄연히 그의 머리에 있었어도, 그리고 언제나 언어의 가능성을 확장하려는 노력을 기울였어도,(예컨대 '말로 할 수 없음'의 문제를 정면으로 제기한 것) 언어는 어디까지나 그러한 고민을 하도록 해 주는 도구이자 과정이며 통로였다.

『향연』에서 선지자적인 어투와 『성경』의 언어를 쓰면서 단테는 근대 세계에서 속어 문화가 결국 승리할 것임을 예견한다. 마키아벨리와 갈릴레이가 등장하기 수세기 전에 단테는 유럽 문화의 발전을 억누르는 라틴어의 억압을 부수기 위해 싸웠던 사람들 중 하나로 자리를 차지하고 있다. 단테가 중세 라틴어 대신에 속어를 쓰고, 또 라틴어의 억압을 받지 않았다는 것은, 자신이 지닌 지식인 상류 계급의 특권을 스스로 방치했다는 의미다. 중심을 거부했다는 것, 그 실험을 인생을 걸고 했다는 것, 망명의 궤적을 탈중심의 궤도 위에서 그려 냈다는 것. 이런 의미에서 그는 당대의 변혁의 선두에, '중심'에 있었다.

바이스슈타인에 따르면, 단테는 베로나의 영주 칸 델라 스칼라에게 보낸 편지에서, 그리고 보카치오는『데카메론』본문의 네 번째 날 서문에서, 그들이 속어를 사용하는 것에 대해 변명할 필요를 느꼈다. 초서조차도『캔터베리 이야기』중 서막에서 순례자의 자태를 빌려 자기에게는 교양이 없으므로 고상한 문학 수준에 미칠 수가 없다고 지적하면서 그 구성상의 리얼리즘이나 그 문학 언어를 비꼬는 식으로 변호한다. 그래서 바이스슈타인은 이들이 르네상스보다는 중세의 맥락에 더 속해 있으며, 진정한 르네상스는 페트라르카와 더불어 시작되었다고 본다. 페트라르카는 고전 작가의 작품을 원전으로 읽기 위해 일부러 그리스어를 배웠기 때문이다.[26]

다른 한편, 우리의 논지에 따라 우리는 르네상스의 고전 문화 재생은 사실상 라틴어와 그 속어들의 관계에서 나오는 갈등을 '봉합'하는 방식으로 이루어졌다고 볼 수 있다. 이는 거꾸로 단테와 보카치오, 초서가 그러한 관계의 갈등에, 비록 부분적으로는 갈등을 넘어서 속어 사용에 대한 부끄러움을 표출하고 있지만, 정면으로 대응하고 있다는 의미이기도 하다. 특히 단테는 속어 사용에 대한 정당성과 필요성, 그리고 구체적인 실행 방향까지 설명하기 위해『속어론』이라는 학술서를 쓰면서 다른 두 작가들에 비해 더 적극적으로 속어 사용에 대한 확신과 사명감을 내보인다. 이들이 바이스슈타인의 주장대로 르네상스 이전에 중세에 속한다고 보는 것은 속어의 사용이 한 시대의 거대한 전환기에 일어났다는 점을 말해 준다. 그들이 문학 언어로 속어를 사용한 것이 그들을 중세에 속하게 만든다면, 정작 그 '중세'는 안정된 '암흑의 세계'보다는 이미 새로운 시대로 넘어가는 거대한 전환의 현장으로 보아야 한다는 것이다. 그 전환의 현장에서 속어의 사용은 오히려 라틴어와

---

26 Weisstein, Ulrich, *Einführung in die Vergleichende Literatur-Wissenschaft*; 이유영 옮김, 『비교문학론』(홍성사, 1981), 95쪽.

4 단테의 속어의 양상들

속어의 갈등 관계를 '봉합'하기보다는 그 관계를 정면으로 문제로 다루는 방식으로 이루어졌으며, 그러한 대결의 방식은 체계의 중심으로 진입하기보다는 현실의 변방으로 나아가고자 하는 새로운 소통의 언어를 향한 의지의 소산이었다.[27]

단테의 속어는 사물로 내려가서 사물로 스며들고, 사물을 거쳐, 사물 그 자체로부터 다시 뿜어져 나오는 사물의 언어였다. 『신곡』에 담긴 농밀한 언어는 알레고리의 단계 이전에 우선 사물의 직접적인 드러냄과 체험을 장려하고 도모하는 방식으로 구성되어 있다. 망명의 상황에서 언제나 신의 높은 곳과 소통하고자 했던 단테의 욕망은 가장 낮은 곳으로 내려가고자 하는 의지와 불가분의 것이었다. 아니, 낮음이 오히려 높음을 이끄는 방식으로 단테의 정신은 형성되었고, 그의 속어가 무르익어 갔다. 그러한 사물의 언어가 어떻게 소리를 내는지, 그 소리의 떨림이 우리의 귀까지 어떻게 이르고 어떤 변화를 일으키는지 살펴보자.

영혼의 언어

흥미롭게도 단테는 『신곡』에서 소통의 문학 언어 문제를 직접적인 방식으로 거론한다. 『신곡』은 거대한 허구 세계의 한가운데서 독자들이 인간의 보편적인 문제들에 직면하도록 이끈다. 그러한 보편적인 문제들 중 하나는 언어다. 언어는 문학이라는 것이 존재하고 작동하는데 필수적인 요소로서, 그 점에 대해 단테는 정면으로 문제를 제기하

---

27 근대 전환기 동아시아에서 일어난 속어의 발생도 시대의 거대한 전환기에 일어났다. 동아시아에서는 서양의 르네상스와 같이 과거의 고전 전통을 전격적으로 부활시키는 현상이 전면적으로 일어나는 대신 속어 사용이 각 국가별로 정착되는 현상으로 이어졌지만, 속어 사용의 시작이 '전환'의 내용을 채우고 있다는 것은 분명하다.(가라타니 고진, 조영일 옮김, 『네이션과 미학』(도서출판b, 2009), 특히 「문자의 지정학」 참조, 209~246쪽.

고 있는 것이다. 단테의 결론은 문학을 받치는 언어는 이른바 소통의 언어여야 한다는 것인데, 그러한 결론 자체보다는 거기에 이르는 과정에서 내놓는 논점들이 언어와 문학에 대한 우리의 성찰을 풍요롭게 만들어 준다.

소통의 언어는 그냥 만들어지지 않으며 또 언제까지라도 저절로 유지되는 것도 아니다. 단테는 인간의 기원에서 언어가 어떻게 다뤄졌는지 하는 점에 착안하여 「지옥」 31곡에서 「창세기」에 묘사된 바벨탑 사건을 끌어온다. 순례자가 지옥의 맨 밑바닥에서 마주친 니므롯은 노아의 세 아들 중 벌거벗고 자는 노아를 돌보지 않아 노아의 저주를 받은 함의 자손이다.[28] 니므롯은 순례자 일행과 마주치자마자 다음과 같은 소리를 내뱉는다.

라펠 마이 아메케 차비 알미.(「지옥」 31.67)

이 소리는 아마도 단테가 성경이나 중세 어휘들, 혹은 그가 접했다고 추정되는 아랍어나 히브리어나 아람어(고대 시리아어)에서 기인한 변형되고 파편화된 단어들을 무작위로 연결한 것으로 보인다.[29] 바로 뒤를 잇는 베르길리우스의 진술이 명시하듯(「지옥」 31.81) 이 소리는 이해를 넘어선 '잡음'이다. 이 구절을 해석하려는 시도들은 수도 없이 많았지만, 대다수의 비평가들은 아무런 뜻도 없는 혼란스러운 언어를 보여 주기 위해 단테가 만들어 낸 임의적인 표현이라고 결론지었다.[30] 뒤이어 나오듯, 이 표현은 바벨탑을 건설하다가 인간의 언어가 무수하게

---

28 「창세기」 9, 10장 참조.
29 Bosco, Umberto, Divina Commedia의 주석. Firenze: Le Monnier, vol. 1. (Inferno) p. 459.
30 Caccia, Ettore, "Raphèl maìamècche zabìalmi", Enciclopedia Dantesca, vol. 4(1973).

4 단테의 속어의 양상들

다른 언어들로 갈려 나간 사건과 직결된다.(「지옥」 31.76-78)

우리가 주목할 것은 이 잡음이 원래는 의미를 만들어야만 하는 언어가 부패한 상태라고 볼 필요가 있다는 점이다.[31] 다시 말해, 소통을 기본 성립 조건으로 하는 언어의 범주에서 벗어난 '잡음'이라기보다는 원래는 소통 가능한 언어였던 것이 제 기능을 발휘하지 못하게 된 형태라는 것이다. 따라서 논점은 그 부패한 언어가 어떤 뜻도 생산하지 않는다는 점을 확인하는 것이 아니라 오히려 그들이 어떤 뜻도 생산하지 않는다는 점의 의미가 무엇이냐를 묻는 것이어야 한다. 이는 바벨탑의 붕괴가 소통의 혼란과 함께 언어의 부패를 가져왔다는 점과 연결된다.

언어의 부패(혹은 타락)는 바벨 이전까지 일어나지 않았다.[32] 단테는 『속어론』에서 아담의 언어가 신성한 기원을 지닌, 따라서 부패하지 않는 언어였고, 바벨 이전까지 히브리인들의 언어로 살아남아 사용되었다고 말한다.(『속어론』 1.7.4-8/「천국」 26.124) 따라서 위의 니므롯의 외침은 바벨탑의 혼란 이후에 나온 것으로, 아담의 언어가 부패한 형태라고 볼 수 있다. 바꿔 말해, 니므롯은 이미 부패한(타락한) 상태에 있는 언어를 발화하고 있으며, 바로 그렇기 때문에 이해를 넘어선 '잡음'으로 들리는 것이다.[33]

이러한 니므롯의 부패한 언어에 대한 순례자와 베르길리우스의 반응은 어떠했던가?

"라펠 마이 아메케 차비 알미."

---

31 플루토의 경우도 마찬가지였다.(「지옥」 7.1-3)

32 혹은 아담과 이브의 '타락'과 함께 언어의 '타락'도 일어났다고 볼 수도 있다. 한편, 단테의 문학은 타락한 인간의 언어를 그 기원의 순수성으로 회복시키고자 하는 문학의 구문론으로 받쳐진다.(Lombardi, Elena, *The Syntax of Desire: Language and Love in Augustine, the Modistae, Dante*(Toronto: Toronto University Press, 2007))

33 이 점에서 니므롯의 부패한 언어는 신성한 기원("성가", 「지옥」 31.69)과 직접 대치된다.

그 사나운 입이 울부짖기 시작했다. 그에게
그보다 더 달콤한 성가는 없을 성싶었다.   69
길잡이가 그를 향해, "우둔한 망령이여!
화가 나거나 다른 감정이 널 건드리거든
뿔을 쥐고 그걸로 풀려므나!   72

목을 찾아보라, 그러면 목을 묶어 놓은
줄을 발견하리라, 아 혼란스러운 망령이여,
네 거대한 가슴에 띠를 두른 그걸 보라!"   75

그리고 내게 말했다. "놈은 속을 드러내는 거야.
이자는 넴브로토인데, 그 헛된 생각 때문에
세상에서 단 하나의 언어가 사용되지 않지.   78

저자는 버려두자. 쓸데없는 얘기는 하지 말자.
그의 말이 누구에게도 통하지 않듯이,
그에게는 어떤 말도 통하지 않는다."   81
(「지옥」31.67-81)

베르길리우스는 이해할 수 없는 소리를 외치는 니므롯에게 아주 구
체적인 의미를 담은 언어를 써 가며 구체적인 지시를 내린다.(70-75)
그는 니므롯이 자기 말을 전혀 이해하지 못한다는 것을 알면서도(79-
81) 구체적으로 니므롯을 지정하며(70) 말을 건넨다. 그러면서 베르길
리우스는 그의 외침이 의미를 실어 나르는 언어가 아니고 단지 화풀이
하는 소리에 지나지 않으니 차라리 뿔나팔을 부는 것이 낫지 않겠느냐
고 권한다. 그런 그의 태도에는 경멸과 귀찮음이 묻어난다. "혼란스러

운 망령"(74)이라 부를 때 그는 바벨탑이 붕괴하면서 생겨난 언어의 혼란을 암시하는 듯 보인다. 베르길리우스는 말을 주고받을 가치도 없다며 니므롯을 버려두고 떠나자고 하는데(79-81) 그 전에 그는 바벨과 언어의 혼란이 니므롯의 외침과 관계된다는 점을 명시한다. "그 헛된 생각"(77)은 바벨을 가리키며, 그로 인해서 "세상에서 단 하나의 언어가 사용되지 않"(78)는다고 설명하고 있는 것이다. "단 하나의 언어"는 세계 언어를 가리키는 한편, 그것이 더 이상 사용되지 않는 상태, 바벨 이후에 언어의 혼란이 일어나는 상태에서는 여러 언어들이 사용되어 왔다는 것을 상기시킨다. 과연 14세기 초반 『신곡』을 쓰던 시절, 단테는 여러 속어들이 공존하는 상황에 놓여 있었다. 바벨 식의 디아스포라와 그로 인한 언어의 혼란은 사실상 단테가 이탈리아 속어로 『신곡』을 창작하는 배경을 이루었던 셈이다. 그렇다면 언어의 혼란, 그를 초래한 언어의 부패는, 적어도 단테의 경우에, 반드시 부정적으로만 해석될 사항은 아니었을 것이다.

니므롯은 「창세기」에서 "야훼께서도 알아주시는 힘센 사냥꾼이었다."[34]라고 묘사된다. 단테는 니므롯이 지닌 그러한 사냥꾼 이미지를 그대로 가져온다.(70-75) 그리고 베르길리우스로 하여금 소통되지 않는 언어를 늘어놓는 니므롯에게 뿔나팔을 불라고 권유하도록 한다. 바벨이 야기한 언어의 혼란으로 인해 표출하는 분노[35]를 풀라는 뜻이다. 이해되지 않는 소리를 외치는 니므롯은 언어를 뺏긴 사냥꾼이다. 원래 언어의 사냥꾼으로서 니므롯은 하느님에 맞서 인간 이성에 무한으로 뻗어 나가는 힘을 부여하려는 프로메테우스와 같은 존재였다고 볼 수 있다.[36] 그런데 이제는 언어를 포획하지 못하고 대신 언어를 포획하던 지

---

34 「창세기」 10:9.

35 "놈은 속을 드러내는 거야."(「지옥」 31. 76)

36 『속어론』에서 언어의 사냥은 다음과 같은 맥락에서 해설된다. "인간 행위들이 이제는

난 시절을 그리워하며 뿔나팔이나 부는 회고적인 행위를 하는 것으로 보아 니므롯은 바벨 이전의 존재라는 걸 알 수 있다.[37] 바벨 이후의 혼란 상태에서 이제 니므롯의 언어 사냥은 이루어지지 않는다. 다만 알아들을 수 없는, 부패하고 타락한 소리만 외칠 뿐이다.

바벨 이후의 혼란 상태에 처하기는 마찬가지지만, 단테의 언어 사냥은 니므롯과 사뭇 다르다. 니므롯의 언어 사냥이 회고적이고 풀리지 않는 울혈의 상태에 처한 반면, 단테의 언어 사냥은 현재 진행형이며 또한 미래 지향적이다. 『속어론』에서 단테는 사냥의 측면에서 "뛰어난 속어"를 탐색한다. 그것은 언어의 타락과 혼란의 상태를 견디는 것과 다르지 않다. 그 견딤이 사실상 단테의 속어를 형성한다. 지금 니므롯을 대하는 순례자도 그러한 혼란의 상태를 견딤, 그 자체로서의 속어를 경험하고 있다. 이러한 순례자의 경험은 지옥에서 일어나는 언어의 타락으로부터 천국에서 이루어지는 언어의 순화로 이어지면서,[38] 천국의 꼭대기에서 '말로 할 수 없음'의 단계까지 이른다. 지옥에서 겪는 언어의 타락 상태가 천국에서 겪는 '말로 할 수 없음'과 직결되는 것이다.

단테는 천국의 꼭대기로 오르면서 인간 언어의 능력을 상실한다. 이

대단히 많은 다양한 언어들로 이루어지고, 그에 따라 많은 사람들이 그들이 단어를 사용하지 않을 때보다 사용할 때 다른 사람들과 더 잘 이해하지 못하기 때문에, 우리는 어머니가 없었거나 어머니의 젖을 빤 적이 없는 사람, 유아기나 성인기를 겪지 못한 사람이 사용했다고 여겨지는 언어를 사냥해야 한다."(『속어론』1.6.1) 여기에서 "사람"이 아담을 가리킨다고 볼 때, 언어의 사냥이란 기원의 언어, 부패하고 타락하기 이전의 언어를 포획하는 것을 가리킨다.

37 실제로 「창세기」(9, 10장)에서 니므롯은 바벨 이전 세대의 인물로, 사실상 바벨탑의 건축과 직접적인 관련이 없는 것으로 묘사된다.

38 플루토가 내뱉는 '사나운' 소리("파페 사탄, 파페 사탄 알레페!")(「지옥」 7.1)와 천국의 영혼들이 부르짖는 소리("호산나! 만인의 거룩한 주님이시여!")(「천국」 7.1)는 각각 「지옥」과 「천국」의 7곡 1절에 위치하면서 텍스트 내에서 정확하게 대칭을 이룬다. 지옥의 소리는 소통 불가의 형태인 반면 천국의 소리는 완벽한 소통을 이룬다. 천국의 완전한 소통의 언어는 소통 불가의 지옥의 소리가 뒤집힌 꼴이다.

를 고백하며 차용한 '말로 할 수 없음'이라는 용어가 문학 언어가 지닌 소통의 힘을 역설적으로 표현한다고 볼 때(『향연』3.3.15/「천국」33.55-57)[39] 단테가 경험한, 인간 언어 능력의 상실이란 곧 아감벤의 용어로 "시적 사건"이라 부를 수 있는 그러한 것이다. "시적 사건"은 지성과 언어가 분리된 상태, 즉 지성은 언어가 말하는 것을 포착할 수 없고 언어는 지성이 뜻하는 것을 완전히 소화하지 못하는 상태를 말한다.[40] 언어가 지성으로부터 분리되는 시적 사건에서 주목할 것은 그렇게 지성으로부터 분리되는 '언어'가 바로 속어라는 것, 그리고 더 나아가 속어가 그러한 언어와 지성의 분리라는 사건 '자체'를 형성하는 언어라는 점이다. 그 언어는 지성과 분리되어 "지성이 보는 것을 완벽하게 표현할 수 없는"(『향연』3.3.15) 그러한 언어다. 아감벤을 빌리면, "그런 분리 상태가 곧 시를 정의한다. 거기에서 언어는 이해하는 것 없이 말하는 반면, 지성은 말하는 능력이 없이 이해한다."[41] 시적 언어가 이해를 향해 나아가는 과정은 이해가 언어를 향해 나아가는 과정과 서로 조응을 이루고, 그럼으로써 그들 각각의 불완전함은 실질적으로 그들 각각의 완전함과 일치하게 된다.

『향연』에서 단테는 이러한 구성적인 불완전함("지성의 약함과 우리 언어 능력의 부적절함")을 비난하지 못할 결함이라 말한다.(『향연』3.15.9) 작가 단테는 곧 지성과 언어의 분리 상태를 견디고자 하는 듯 보인다. 지성이 언어를 따라가지 못하는 것은 곧 언어가 지성의 새 지평을 연다는 것을 의미한다. 하느님의 은총이 그러한 새로운 언어의 경험("말로 할 수 없음"(「천국」1.70))을 가능하게 해 주며, 그것이 바로 단

---

39 졸고, 「한없음의 잉여: 『신곡』의 보편성과 문학 과정」,『단테 신곡 연구』, 1장, 특히 72~75쪽.

40 이와 관련해 『향연』 3권의 3, 4장을 볼 것. 특히 『향연』 3.3.13-15.

41 Agamben, Giorgio, *The End of the Poem: Studies in Poetics*(Stanford Univ. Press, 1999), p. 39.

테의 『신곡』을 낳은 속어 문학 언어 혹은 시적 언어였다. 속어 문학 언어는 거기에 영혼이 귀를 기울이고 느끼게 만드는 그러한 시적 언어다. 지성은, 천국의 끝에서 단테가 그러하듯, 저만치로 밀려나고, 대신 언어와 영혼이 남는다. 그리고 언어는 이제 영혼이 보는 것을 표현하는 방식으로 영혼과 관계를 맺으며, 그럼으로써 영혼은 언어가 말하는 것에 귀를 기울이게 된다. 그러나 그렇게 단테가 자신의 영혼을 언어에 채워 넣는 것은 여전히 그의 지성의 작용이다. 다만 지성은 뒤로 물러나면서 영혼과 언어의 새로운 만남을 받치고 또한 관조한다. 사실상 단테의 속어는 그러한 관조에서 나온 것이다. 인간을 초월하는 것을 말할 수 없다는 인간 언어의 한계를 여전히 단테는 인간의 언어로 토로하면서 언어의 한계를 확장하고 있는 것이다.

바로 이런 관점에서 우리는 단테의 속어가 문학 언어로서 지니는, 이른바 소리를 내는 언어로서의 가능성과 의미를 추적할 수 있다. 단테의 속어는 단테가 언어의 가능성을 『신곡』을 비롯한 문학 텍스트에서 그 극한까지 밀어붙이면서 확보한, 확보함으로써 얻어진, 그러한 언어다. 이제 단테의 속어는 사물의 언어이며 또한 소리를 내는 언어가 된다.[42] 우리는 언어의 가능성의 무대에서 단테의 속어를 바라볼 필요가 있다. 단테의 속어는 언제까지라도 어떤 거대한 틀 안에 담기기를 거부하는 방식으로, 다시 말해 언어의 가능성을 더욱 펼치는 방식으로, 그 정체성을 유지하는 언어다. 사물과 언어의 연결이 지금까지 논의한 단테의 속어, 그 사물의 언어로서의 본질이라고 한다면, 그것은 사물과 언어가 일대일의 대응을 이루는 사전 풀이 식의 언어 운용과 본질적으로 다르다. 사물의 언어는 사전을 다만 참조하면서 그를 넘어선 세계를 실제로 상상하고 개념화하며 그에 맞는 언어들을 다시 사전 안에서 선

---

42 6장 중 「살아 있는 언어」를 참조할 것.

4 단테의 속어의 양상들

택하거나 사전 밖에서 찾는 현실의 한 양상을 가리킨다. 우리는 사전을 표준화의 '한' 측면이자 단계로 볼 필요가 있다. 이 말은 사전의 화용론적 측면, 맥락적 측면, 즉 누가 어떻게 사전을 활용했는지의 측면을 봐야 한다는 것이다. 왼손에 사전을 들고 오른손이 뭔가를 쓰는 구도에서 그 두 손들은 각각의 세계에 놓이거나 한쪽이 다른 쪽으로 일방적으로 흐르는 관계가 아니라, 서로 길항 관계를 이룬다. 따라서, 에코가 기대했던 백과사전이 무망한 것이었다면,[43] 이제 우리는 개인어 사전 혹은 감정 사전이라 불릴 법한 것의 가능성을 생각해야 한다. 그것은 체계화(표준화)와 개인적 변용 사이를 오가면서 계속해서 재구성된다. 언어의 가능성에 대한 접근은 기호학적 종류의 체계화가 아니라 개인(들)의 정념을 포괄하는 연구일 필요가 있다.

바로 이런 방향에서 우리는 단테의 속어에 접근할 수 있어야 한다. 속어에 대한 단테의 근본 입장은 언어는 다양하고 유연한 맥락들을 담아내고 다시 내보내는, 그 자체로 무경계의 양상으로 존재하고 가변성의 방식으로 움직인다는 것이었다. 그렇게 할 수 있는 언어를 창조하거나 혹은 선택해야 할 필요와 그 방향은 다름 아닌 지금 우리가 읽는 『신곡』으로 나타나고 있다.

세계시민적 속어

이제 단테의 이탈리아 속어의 성격을 묘사할 수 있는 마지막 항목으로 세계시민적 속어(cosmopolitan vernacular)라 불리는 개념을 생각해

---

43 다음 책에서 논의했다. 졸저, 『에코 기호학 비판: 열림의 이론을 향하여』(열린책들, 2003), 141~146, 175~180쪽.

보고자 한다. 세계시민적 속어란 언어들을 국가 단위로 분할하고 경계를 짓는 국민주의와 달리 그러한 국가적 단위의 동일성을 전제하지 않고 실제로 언어가 유통되는 현실 자체를 들여다볼 때 떠오르는 개념이다. 원래 세계시민주의는 모든 종류의 경계를 넘어서는 동시에 그 경계를 유지하는 원리다. 한 언어의 경계 안에 형성된 정체성을 그 경계 밖의 정체성과 양립할 수 있는 것으로 보고, 그 양립 자체가 경계 안과 밖의 동일성들을 전제로 하는 것이 아니라 그 동일성들이 섞이는 비동일화의 과정임을 강조하면서 언어의 소통이 경계를 초월하는 양상을 포착하고자 하는 데 그 목적이 있다.

단테의 속어는 어떤 확정된 단일 언어라기보다는 라틴어와 이루는 길항 관계 속에서 "더 많은 사람들"의 소통을 담당하는 문학 언어를 창출하려는 과정 전체를 가리킨다. 그런 면에서 단테의 속어를 이해하기 위해 '속어화'라는 과정적인 개념을 항상 염두에 둘 필요가 있다. 그 과정에서 단테는 라틴어와 속어가 하나가 다른 하나에 대해 지배적인 위치에 서지 않는 윤리적 상태를 구상함으로써 자신의 속어의 정체를 마련하고자 했다. 단테가 라틴어를 지역적 속어로 번역하는 것이 라틴어-원천 언어로 돌아가는 지역적 속어 자체의 해체로 끝나지 않으며, 오히려 원천 언어와의 관계를 수평적으로 유지하는 방식으로 속어 자체의 생명력을 지속시킨다면, 그러한 단테의 속어는 세계시민적 속어라고 부르기에 충분하다. 세계시민적 속어라는 용어는 단테의 속어를 적절하게 설명하는 여러 양상들 중 단연 큰 설득력을 지닌다.

우리의 목표는 단테의 속어를 세계시민주의의 틀로 정의하는 것이 아니라 그 안에 있는 세계시민주의적 징후를 추적하는 것이어야 한다. 따라서 셸든 폴록이 제안한 "세계시민주의적 속어"라는 용어를 사용한다고 하지만, 다만 단테가 이론과 창작에서 보여 준 속어화 혹은 이중적 글쓰기의 전체 과정이 지닐 수 있는 현재적 의미를 점검하는 하나의 지점으로 삼고자 한다.

속어 문학은 작가가 더 작은 장소를 위해 더 큰 세계를 거부함으로써 자
가 자신의 문화적 우주의 경계를 재구성하려는 의식적 결정에서 시작되었다.
문화를 만드는 새로운 지역적인 방식들과 사회와 국가의 질서를 세우는 새로
운 방식들이 등장했다. 이러한 문화와 권력의 발전은 역사적으로 독자와 청자
의 공동체를 소통시키기 위한 새로운 언어 사용이 그 공동체 자체를 공고하
게 할 수 있다는 사실에 의거해서 이루어졌다.[44]

세계시민주의가 울리히 벡의 말대로 '이것이냐 저것이냐(either/or)'
보다는 '둘 다(both/and)'의 관계를 가리키고,[45] 미뇰로가 지적하듯 "전
지구적 공생을 향한 일련의 프로젝트"[46]를 가리키는 한에서, 위에서 인
용한 텍스트에 나타난 폴록의 관찰은 속어라는 용어가 이미 세계시민
적 사고의 징후를 품고 있다고 확신하게 해 준다. 중세 라틴어 장치가
이미 '속어화'의 한 형태라고 생각해 본다면, 한편으로는 고대의 권위
를 전문적인 학자들이 분석하는 데 사용된 '토착적' 중세 라틴어와 다
른 한편으로 고대의 권위를 상인과 은행가, 수공인, 여자들이 접근할
수 있도록 만드는 '지역적' 속어 사이에 어떤 차이가 있는지 살펴볼 필

---

44 Pollock, Sheldon, "Cosmopolitan and Vernacular in History", *Public
Culture* 12.3(2000), pp. 591~625; Breckenridge, Carol A. et. al. ed.
Cosmopolitanisms(Duke University Press, 2002), pp. 15~53, p. 16.

45 Beck, Ulrich, *TheCosmopolitan Vision*(Cambridge: Polity, 2006), pp. 57~58. 울
리히 벡은 또한 이렇게 진술한다. "세계시민적 전망은 이것이냐 저것이냐를 가르는 실재
론적인 원리를 거부한다."(Beck, Ulrich, "Cosmopolitanism: A Critical Theory for the
Twenty-first Century", *The Blackwell Companion to Globalization*, ed. by George
Ritzer(Oxford: Blackwell, 2007), p.166.

46 Mignolo, Walter D., "The Many Faces of Cosmopolis: Border Thinking and
Critical Cosmopolitanism", ed. by Carol Breckenridge. et. al, *Cosmopolitanisms*(Duke
University Press, 2002), p. 157.

요가 있다. 무릇 속어라는 형태의 언어는 성공적인 문학 언어가 되기 전까지 시간으로나 공간으로 엄격하게 제한되기 마련이다. 원래 속어는 시간과 공간을 넘어서 사용된 세계시민적 언어가 아니기 때문에, 속어를 선택한다는 것은 작은 장소를 위해 넓은 세계를 거부하는 것과 다르지 않다. 그러나 폴록은 또한 속어화라는 용어를 특수한 텍스트를 또 다른 언어로 연출하여 인도하는 것이 아니라 새로운 문학 언어로 표현하는 모든 것을 가리키는 것으로 이해한다.[47] 그것은 지역과 지역, 국가와 국가 사이의 문화적 이동을 함축하고 예고하며 실행하는 의도적이고 의식적인 행위다.

속어화는 학습된 언어에서 모어로의 이동을 의미하며, 이는 곧 문학 언어의 창조로 연결된다. 그렇다고 학습된 언어로 문학 언어를 창조할 수 없다는 말은 아니다. 다만 속어화의 현상이 문학 언어의 창조로 연결된다는 지적은 단테가 속어와 관련해 이룬 성취의 의미를 잘 조명할 수 있도록 해 준다는 점이 중요하다.

어떤 문학 언어를 선택하는 것은 동시에 어떤 공동체를 선택하는 것이다. 그러나 또한 문학이 구성하는 정체성의 성격과 그 정확한 의미는 근대 이전의 세계를 중심으로 (상상되기보다) 탐사될 필요가 있는 것도 사실이다.[48]

이러한 주장은, 특히 뒤를 잇는 다음과 같은 진술과 연결해 본다면, 속어와 세계시민주의의 관계를 통해 잘 이해될 수 있다.

세계시민주의의 실천은 어떤 경계들에 의해서도 차단되지 않고서 멀리

---

47 Pollock, "Cosmopolitan and Vernacular in History", p. 17.
48 Pollock, Sheldon, "The Cosmopolitan Vernacular", *The Journal of Asian Studies*, 57, no.1(1998), p. 9.

여행을 하는, 더 중요하게, 매이지 않고 걸리지 않으며 점유되지 않은 문학적 소통이다.[49]

사실상 속어화 과정이 유럽에서 근대 국민 국가의 생산을 동반하고 지원했다 해도, 초기 근대에서 속어화 과정은 근대성의 '특수한' 형태였다. 더욱이, 세계시민적 사고의 배경 위에서 공동체란 것은, 근대 국민 국가처럼 동질적인 단위 위에 형성된 경우, 단테가 자신의 속어를 갖고 언어 공동체의 측면에서 상상했던 것과 비교될 수 없는 것이다. 단테가 상상했던 공동체는 오히려 새로운 공간과 시간, 새로운 사회와 문화를 위한 새로운 좌표를 목표로 했다. 그가 언어 횡단적 의식을 통해 제시하고자 했던 것은 이른바 속어-순수주의보다는 다언어주의, 혹은 이른바 속어-순수주의를 포함하는 다언어주의의 경험에 더 가까운 것이었다.

이런 맥락에서 우리는 단테의 속어를 그 내부에서 더 치밀하게 탐사할 필요가 있다. 그의 선택은 기존의 다양한 언어들 중 하나를 고르는 것이 아니라 어떤 특별한 방향을 취하는 것이었기 때문이다. 그는 라틴어를 넘어서는 동시에 포함하는 또 다른 방향에 위치한 언어의 어떤 일정한 모습을 향해 나아가고자 했던 것이다. 그는 그곳에 접근하며 그것을 끌어안고 구체화하고 세련시키고 완성하고자 했다. 그 모든 것은 그가 "뛰어난 속어"라고 부르는 것을 정향했다. 흥미롭게도, "뛰어난 속어"가 선택되고 형성되는 그러한 과정은 이미 그 내부에, 그 출발부터, 고스란히 새겨져 있었다는 점이다.

우리가 이제 단테의 속어 내부에서 탐사해야 할 것은 그것이 타자의 감수성(타자에 대한 감수성)에 어떻게 젖어 있는지, 왜 그러한지 하

49 Pollock, "Cosmopolitan and Vernacular in History", p. 22.

는 것이다. 실제로 그의 속어는 타자의 감수성으로 지탱되는데, 그것은 '외부'의 인식으로부터 나온다. 라틴어라는 외부가 존재한다는 이해와 함께 그는 타자화의 의식으로 무장했고, 그에 따라 자신의 속어가 자체의 외부를 허용하도록 만들 수 있었다. 단테의 속어가 라틴어의 외부였다면, 그 속어의 (외부로서의) 인식은 속어를 타자에 대한 감수성으로 채워지도록 만들었다는 점도 인정해야 한다. 더욱이, 감수성을 잘 실천하기 위해서 단테는 소통의 문학 언어를 향해 자신의 속어를 발전시켜야 할 필요를 느꼈다. 문학이란 타자의 감수성이 만들어 내는 가장 세련되고 완전한 형식이기 때문이다. 여기에서 우리는 그의 속어가 세계시민주의의 징후를 보여 준다고 생각해 볼 수 있다.

단테의 속어에 나타나는 세계시민주의적 징후는 단테의 속어가 정당한 권력(『제정론』에서 주로 논의되는)이 모든 종류의 일방주의를 폐기하는 방식으로 작동하는 그러한 공동체를 목표로 한다는 사실에 주목할 때 제대로 감지될 수 있다. 다시 말해, 세계시민주의는 단테의 문학 속어가 지니는 함의들을 설명해 준다는 것이다. 단테에게 속어는 라틴어의 전통적 문화 권력에 저항하는 그의 의도적인 선택과 의식적 실천에서 떠오른다. 라틴어가 보편적이라면 그의 속어는 지역적이다. 그러나 속어의 지역적 양상은 세계시민적 언어로서의 속성을 내세움으로써 자체를 보편적으로 유지한다. 이런 과정은 정확히 속어가 세계시민주의를 자체의 구성 요소로 지역화할 때 일어난다. 따라서 '세계시민적 속어'는 모순된 표현이 아니다. 오히려 세계시민적 사고와 속어는 서로의 속성을 충실하게 반영한다. 이런 과정을 가능하게 만드는 것은 문학이다.

여기에서 우리는 문학을 근대 국민 국가와 같은 어떤 특별한 공동체의 단위에 전적으로 속하지 않는 어떤 것으로 이해할 필요가 있다. 한 편의 문학 텍스트가 이른바 국민이나 국어와 같은 국가의 요소들로 풍부하게 혹은 완벽하게 채워져 있다 해도 우리는 여전히 그 문학 텍스트가 한 국가에 배타적으로 속한다고 말할 수 없다. 그 이유는 문학 생산의 복잡성을 들여다보면 찾을 수 있다. 개인 작가의 정체성은, 특히 그의 텍스트들이 세계 문학으로 흘러간다면, 민족적 경험에 국한되지 않고 그 경험을 넘어선 다양한 목소리들에 늘 열려 있다. 단테는 이 점을 보여 주면서 속어로 된 문학을 '번역된 것'으로 이해하고자 했다. 그의 문학이 이탈리아의 특수한 색채를 표현함으로써 이탈리아의 '독창적'인 것으로 간주될 수 있다고 할지라도, 이 독창성은 근대 국민 국가를 (포괄적으로) 초월하여 더 넓은 세계시민적 범주에 속하는 한에서 더욱 그 빛을 발휘할 수 있다. 우리는 어떤 문학이 어디에 속하느냐를 생각할 때 문학 텍스트 자체가 그 점에 대해 매우 예민한 척도를 내재한다는 점을 생각해야 한다. '어디'라는 것은 넓어지고 좁아지기를 반복하면서 문학 텍스트의 맥락화의 가능성을 한껏 높여 나간다. 따라서 소속의 정체성이란 것을 우리는 문학 텍스트가 어딘가에 속하는 동시에 어디에도 속하지 않는다는 것으로 이해할 필요가 있다.

단테가 문학을 세운 토대로 삼았던 이중언어주의는 우연적으로 주어진 것이 아니라 그 스스로 의지하고 선택하며 계획한 것이었다. 더욱이 근대 국민 국가와 연계된 상상된 구성물이 아니었다. 속어가 문학과 결합될 때 속어는 세계시민적 속성을 띠며, 한 국가의 지역성을 초월하며 재생되는 모습을 현저하게 내보이게 된다. 이중언어주의는 문학의 다양성을 다시 회생시키고 활발하게 만드는 힘을 통해서 그러한 결합을 지원한다. 우리가 우리의 위치를 단지 자체의 부정을 거의 허용하지 않는 전통적인 정체성에 의지함으로써 찾고자 한다면, 우리는 우리 위치가 근대 국민 국가처럼 단지 상상적인 것임을 알게 되며, 따라서 소속의 정체성은 우리 상상의 경계 내에만 머물면서 그 효력을 유지하게 된다. 그에 비해 내가 제안하고자 하는 소속의 정체성이란 우리가 스스로를 타자와 관련시키되, 단순히 우리의 정체성을 세우기보다는 근본적으로 새로운 가능성에 열려 있는 정체성들의 차이를 견디고 존중한다는 것을 의미한다. 이렇게 자기부정으로 이해되는 소속의 정체성은 단테가 끊임없이 자신의 정체성을 부정하기 위해 자신의 문학 속어 안에 그 대립물을 포괄한다는 생각을 받쳐 준다. 단테가 자신의 문학 속어 안에 포괄하는 대립물은 이른바 구성적 외부라 불리는 것으로, 그것 없이 단테의 문학 속어는 활성화되지 않을 것이다.

4 단테의 속어의 양상들

5 속어의 탐사

라틴어와 속어의 관계:『향연』

어울리지 않는 관계

지옥에서 이교도들 사이를 걷던 순례자 앞에 갑자기 나타난 파리나타는 순례자의 말씨에 주목한다.

> "그대의 말씨는 그대가 태어났던
> 그 고귀한 땅, 아마도 나로서 너무나
> 곤란했던 그곳을 확실하게 보여 주는구려."
> (「지옥」 10. 25 - 26)

순례자의 정체를 얼굴보다는 말투로 미루어 알아보는 이 대목은 베드로가 예수를 부인하던 장면을 상기시킨다. 베드로는 세 차례에 걸쳐 예수를 부인하는데, 이를 듣던 사람들이 베드로에게 다가가 "틀림없이 당신도 그들과 한패라는 건 당신 말씨만 들어도 알 수 있소."[1]라고 말한다. 베드로가 발화한, 예수를 모른다는 내용보다도 발화의 방식에 더 주목하면서 베드로의 정체, 즉 예수에 소속된 존재임을 규정하는 이 대목에서 발화한 내용이 진실성을 의심받는 반면 발화의 방식은 진실성을 판단하는 온전한 기준이 되는 흥미로운 국면을 보게 된다.

파리나타가 알아본 단테의 말씨는 단테가 태어났던 곳이자 파리나타가 여러 번 전쟁을 일으켰던 토스카나의 속어를 가리킨다. 단테는 스스로 일상에서 토스카나어를 사용했다고 우리에게 전하는 셈이다. 그러나 우리는 언어학자 툴리오 데 마우로의 연구 결과에 의지해서 단테가 이탈리아어를 '발명'했다고 말할 수 있다.[2] 그렇다면 단테가 발명했다는 그 이탈리아어는 무엇인가? 그것은 단테가 일상에서 사용하던 토스카나어인가? 혹은 청신체파 활동과 함께 문학 언어로 선택하고 『신곡』에서 확고하게 정착시킨 토스카나어를 가리키는가? 단테가 사용하던 말(구어)은 그대로 정착해서 문어가 되지 않았다. 단테가 '발명'한 이탈리아어는 일상에서 사용하던 구어를 문어로 정착시키는 과정에서 태어난 언어였다. 앞에서 설명한 대로, 구어의 세련화 과정에서 라틴어의 개입이 있었다는 점은 이탈리아어, 즉 단테가 '발명'한 이탈리아어를 설명하는 데 대단히 중요하다. 또한 단테의 구어(토스카나어)가 문어로 된 이후에도 다른 구어(방언)들에서 온 문어들과 경합을 벌여야 했을 것이다.[3] 하지만 단테는 이탈리아 속어라 불리는 것은 "시칠리아든 아풀리아든, 또 토스카나, 로마냐, 롬바르디아, 또는 마르케와 같은 어디에서 왔든 이탈리아에서 속어 시를 써 온 뛰어난 작가들이 사용한 언

---

1 「마태」 26:73.
2 단테가 태어날 무렵의 이탈리아어 어휘 수는 현대 이탈리아어의 60퍼센트 정도였고, 『신곡』을 완성할 무렵의 이탈리아어는 90퍼센트 정도였다. 따라서 이탈리아어의 30퍼센트 정도가 단테가 활약하던 시기에 만들어진 셈이다. Mauro, Tullio De, *Storia linguistica dell' Italia unita*(Bari, 1963), p. 135.
3 단테는 망명 초기에 "최소 열네 가지의 다른 속어들"을 만났고, "수도 없는 다른 형태의 발화들"이 있을 것으로 기대했다.(『속어론』 1. 10. 7) 뒤에서 예시하는 아르노의 예를 참조할 것.

5 속어의 탐사

어"(『속어론』1.19.1)라고 선언한다. 이탈리아 속어는 현실에서 존재하며, 그것은 "전체로서의 이탈리아에 속한다."(『속어론』1.19.1) 『속어론』(특히 2권을 보라.)에서 단테는 "뛰어난 속어로 시를 쓰는 데 사용하기 위해 지켜야 할 원칙들"(『속어론』2.1.1)을 세우는 데 집중한다.

단테는 스스로 위대한 문학적 성취를 이루면서 선택하고 지지한 토스카나어를 이탈리아어로 정립하는 기획을 추진했지만 그가 살았던 시절은 여전히 언어적인 혼란기였고, 이탈리아어를 어떻게 정립할 것이냐를 둘러싼 이른바 속어 논쟁(questione della lingua)은 이후 벰보를 지나 300년 이상 이어졌다.[4] 단테에 이르러서뿐 아니라 중세에서 근대로 이어지는 내내 속어의 문제는 교황청을 비롯하여 유럽 전 지역에서 문젯거리였다. 속어를 사용하느냐 라틴어를 사용하느냐 하는 문제는 각 지역에 따라, 경우에 따라, 계층에 따라, 사람에 따라, 그 해결이 조금씩 달랐다. 여기에서 속어란 지역어, 즉 방언과 거의 동의어였다. 그러나 단테에 이르러 속어라고 말할 때 그것은 이른바 토스카나화(toscaneggiamento) 현상을 거치면서 다른 지역어들에 비해 어느 정도 문어로서 지위가 확립되고 체제도 안정된 토스카나 방언을 가리키는 것이었다. 단테는 그것을 라틴어(latino)라고 부르면서 문법(grammatica)이라고 부른 라틴어와 대치시켰다.

단테가 언어의 문제를 어떻게 고찰하고 "뛰어난 속어"를 탐사했는지 하는 것은 『속어론』과 『향연』에 구체적으로 잘 정리되어 있다. 『향연』과 『속어론』은 단테의 시작 활동의 원리를 밝혀 놓은 일종의 문학 이론서 혹은 비평서들이다. 겉으로는 당시부터 서서히 쓰기 시작했던 『신곡』과 아무런 관련이 없어 보이지만, 『새로운 삶』과 『신곡』으로 대

---

4 다음 책에서 자세한 정황과 해설을 참조할 수 있다. Gilson, Simon A., *Dante and Renaissance Florence*(Cambridge: Cambridge University Press, 2005).

표되는 문학 글쓰기의 철학적, 이론적 토대를 밝혀 놓았다고 볼 수 있다. 단테는 『향연』에서 라틴어의 본질적인 안정성과 반대되는 속어들의 변하기 쉬운 속성에 대해 평한 이후에, 라틴어와 속어의 관계에 대해서는 나중에 『속어론』에서 더욱 완벽하게 설명할 것이라고 진술한다.(『향연』 1.5.4-10) 이로 미루어 『속어론』은 『향연』의 집필을 시작한 이후에[5] 쓰였을 것이라는 추정이 가능하다. 『향연』이 단테의 시들이 지닌 주제를 주로 논의했다면, 『속어론』은 기법의 측면을 조명했다는 차이가 있다. 두 저작은 단테의 망명 시절 정치적인 사고를 가다듬는 과정에서도 유용했다. 『향연』의 4권은 '보편적인' 로마 제국의 필연성이 처음으로 작가의 상상력을 포획한다고 쓰는 한편, 『속어론』은 팔레르모의 페데리코 2세의 궁정에서 활동한 이른바 시칠리아 학파(scuola siciliana) 시인들이 구사한 언어를 참조하면서 이탈리아에서 "뛰어난 속어"를 어떻게 만들어 낼 것인지를 논의한다. 두 권 다 미완성이다.

단테는 속어로 쓴 『향연』을 "밀이 아니라 잡곡으로 만들어진 빵"(『향연』 1.5.1)에 비유하면서, 라틴어가 아니라 속어를 사용한 이유를 세 가지로 변명한다.

첫째 이유는 어울리지 않는 관계에 대한 신중함이고, 둘째는 자발적인 너그러움이며, 셋째는 자기 모국어에 대한 자연스러운 사랑이다.(『향연』 1.5.2)[6]

---

5 『향연』을 끝낸 이후라고 말할 수 없는 것은 『향연』이 『속어론』과 마찬가지로 미완성으로 남은 저작이기 때문이다.
6 엄밀히 말해 '모국어'는 '모어'와 다르다. 모어는 화자가 태어나서 자라는 동안 직접 경험하면서 익히는 언어로서, 한 국가의 언어가 하나로 통일된 경우에는 화자의 모어가 그/그녀가 속한 국가의 언어, 즉 모국어와 동일하지만, 한 국가가 복수의 언어들을 모국어로 하는 경우에는 그 둘이 일치하지 않을 수 있다. 위에 인용된 "모국어에 대한 자연스러운 사랑(lo naturale amore a propria loquela)"에서 "모국어"는 "propria loquela", 즉 '자기 말'을 번역한 것인데, 여기에서 '자기 말'이란 단테의 피렌체어를 가리킨다. 당시 피렌체에서 여러 언

첫 번째 이유로 제시하는 "어울리지 않는 관계"란 라틴어와 속어의 관계를 가리킨다. 라틴어는 고귀함과 역량, 아름다움을 갖춘 영원하고 오염되지 않는 언어이지만, 속어는 불안정하고 오염될 수 있는 언어라고 구별한다.(『향연』 1.5.7)

> 인간의 개념을 표현하도록 마련된 언어는 그 역할을 수행할 때 역량이 있으며, 그것을 더 잘하는 언어가 더 역량이 있다. 라틴어는 마음속에 떠오르는 많은 개념들을 표현하는데, 속어는 그렇게 하지 못하기 때문에, 두 언어를 모두 사용하는 사람은 라틴어의 역량이 속어의 역량보다 더 크다는 것을 안다.(『향연』 1.5.12)[7]

『향연』은 칸초네와 이를 설명하는 산문으로 이루어져 있다. 단테는 일종의 화두를 담아 던지는 칸초네가 속어로 쓰였다면 그 속어로 쓰인 텍스트를 해설하기 위해서는 속어를 가장 잘 이해하는, 같은 속어를 써야 한다고 말한다. 칸초네(텍스트)가 주인이고 해설(비평)은 그에 봉사하는 하인인데, 하인이 주인에게 종속되지 않으면 봉사가 힘들어지고, "하인 자신의 판단과 자신의 의지에 의해서만 봉사하게 될 것"이므로, 그것은 "부적절"하기 때문이다. 따라서 칸초네의 하인 역할을 하는 해설의 용어는 칸초네에 복종하는 의미에서 속어이어야만 한다. 만일 속어가 아니라 라틴어라면 그 복종이 이루어질 수가 없다.(『향연』 1.5.4-6) 단테는 해설 용어로 라틴어를 사용했더라면, "라틴어는 칸초네들에 종속되지 않고 그보다 우월하게 되었을 것이라고 결론을 내릴

어들이 사용된 것이 아니라 피렌체어 하나만 존재했으므로 모국어라고 해도 틀리지 않으나 단테의 '자기 말'은 아직 근대 국민 국가의 함의가 깃들지 않은 것임을 감안해 '자기 말'이나 '모어'로 옮기는 것이 더 적절하다. 「연옥」에서 단테는 '자기 말'을 "parlar materno"(「연옥」 26.117)라 표현하면서 '모어'의 의미를 좀 더 분명하게 한다.
7 위의 진술은 단테가 라틴어로 사고했음을 추정하게 만든다.

수 있다."(『향연』 1.5.15)라고 확언한다.

그런데 여기에서 종속 혹은 복종이라는 용어들은 어느 한편이 다른 한편에 대해 우월하다는 뜻이 아니라 서로에 대한 이해의 차원과 관련이 깊다는 점에 유의할 필요가 있다. 단테는 라틴어가 속어에 "복종하지 않는다."라는 표현이 라틴어를 사용하는 사람이 속어로 쓰인 책을 이해하지 못한다는 점을 뜻한다고 밝힌다.(『향연』 1.6.1) 라틴어와 속어는 서로 "부적절한" 관계에 놓여 있으며, 바로 그 점이 언어적 혼란을 낳는다고 설명한다.

> 라틴어는 속어를 개략적으로 이해할 뿐 뚜렷하게 이해하지 못한다. 만약 속어를 뚜렷하게 이해한다면 모든 속어들을 이해할 것이다. 어느 한 속어를 다른 속어보다 더 잘 이해할 이유가 없기 때문이다. 따라서 누구든지 완벽한 라틴어 지식을 갖고 있다면 속어를 뚜렷하게 이해하는 습관을 갖고 있을 것이다. 하지만 그렇지 않은데, 완벽한 라틴어 지식을 가진 사람일지라도, 만약 그가 이탈리아 사람이라면 영국 속어와 독일 속어를 구별하지 못하고, 만약 독일 사람이라면 이탈리아 속어와 프로방스 속어를 구별하지 못하기 때문이다. 따라서 라틴어가 속어를 이해하지 못하는 것은 분명하다.(『향연』 1.6.7-8)

여기에서 우리는 개별 속어들이 독자성을 지닌다는 것, 속어가 그 속성상 변화하기 쉽다는 것, 그리고 그렇기 때문에 역설적으로 속어가 소통 가능성을 더 많이 지니며 또한 소통의 필요성도 내재한다는 주장을 엿볼 수 있고, 그와 함께 라틴어는 그러한 본성을 결여한다는 취지를 이끌어낼 수 있다. 라틴어는 개별 속어를 "이해하는 하인이 될 수 없었을"(『향연』 1.7.1)뿐더러 그 속어의 친구들(다른 속어들)을 이해할 수 없기에 폭넓은 "교제"가 불가능하다는 것이다.

언어의 소통은 주인과 하인의 "부적절한" 관계가 아니라 그들 사이에 명령과 복종으로 이루어지는 완전하고 조화로운 관계에 의거한다. 속어로 발화되는 주인(칸초네)이 명령(해설의 명령)하는 바를 가감 없이 완전하고 충실하게("달콤하게", 『향연』 1.7.2-5) 따르는 것은 라틴어로는 불가능하고 속어로만 가능하다. 속어는 주인의 명령의 한계까지만 감으로써 절제를 갖추는 데 비해(『향연』 1.7.9), 라틴어는 속어로 쓰인 칸초네의 의미를 그대로 해설하기보다는 덜하거나 더하거나 하는 결핍과 과잉, 두 쪽의 죄를 짓기 때문이다. 라틴어가 저지르는 결핍과 과잉의 죄는 곧 무절제한 복종을 가리키며, 이는 결과적으로 복종하지 않는 것과 다름없다는 것이다.(『향연』 1.7.10)

반면 속어는 주인의 명령에 충실히 응답한다. 하인으로서 섬겨야 할 주인, 즉 칸초네가 그 고유의 의미를 그것을 이해할 수 있는 모든 사람들이 설명을 듣고 이해하기를 원하고 또 명령하기 때문이다.(『향연』 1.7.11) 말하자면 속어만이 그 명령에 충실함으로써 "해설" 본연의 기능을 완전하게 수행할 수 있다는 것이다.[8] 이로써 『향연』을 속어로 쓴 첫 번째 이유를 우리는 알 수 있다. 그것은 "어울리지 않는 관계에 대한 신중함"(『향연』 1.5.2)으로 요약할 수 있다. 말하자면, 『향연』이 단테 자신이 과거에 쓴 시들에 대한 해설의 형식을 취하고 있는데, 그 시들이 속어로 쓰였으니 그에 대한 해설도 속어로 써야 한다는 "신중"한 고려를 의미한다.

우리는 무엇보다 이러한 라틴어와 속어의 "어울리지 않는 관계"를 소통의 문제와 관련지어 살펴볼 필요가 있다.

---

8 위에서 속어가 라틴어보다 더 고귀하다는 『속어론』의 진술이 『향연』에서 라틴어를 고귀하고 우월하다고 진술한 것과 양립할 수 있다는 점을 알 수 있다. 『향연』보다 나중에 쓰인 『속어론』에서 단테는 속어의 우월성을 말하면서 『향연』과 모순되는 모습을 보이지만, 사실상 『향연』에서 이미 그 모순의 해결책을 제시한다.

낱말들이 서로 적절하게 잘 어울리는 언어는 더 아름다우며, 속어보다 라틴어에서 더 적절하게 어울리는데, 속어는 사용을 따르고 라틴어를 기술을 따르기 때문이다. 그래서 라틴어는 더 아름답고, 더 역량이 있으며, 더 고귀하다고 사람들이 인정한다.(『향연』 1.5.14)[9]

소통이란 타자의 영역을 들이고 타자의 영역으로 들어가는 일종의 섞임이다. 위의 텍스트에서 단테는 라틴어 더욱 완전한 내적 체계를 지닌다는 면에서 아름답고 역량이 있으며 고귀하다고 하면서 그 이유로 라틴어가 "기술(arte)"을 따르기 때문이라고 말한다. 그 "기술"이란 곧 문법 체계를 가리키는 반면, 속어가 따르는 "사용(uso)"이라는 것은 언어가 사람들 사이에서 유통되는 현상을 가리킨다. 체계적 완전함을 자랑하는 라틴어의 역량은 유통 과정에서 계속해서 변할 수 있는 불순한 (앞에서 "잡곡"이라 가리킨 것을 떠올리자.) 속어의 역량과 같은 차원에서 따질 수 없다. 다만 속어가 불안정과 오염을 전제로 하거나 혹은 동반하면서 변화하기 쉬운 속성을 지녔다는 것 자체가 소통을 가능하게 만드는 반면, 라틴어는 그 불변성과 안정성으로 인해 소통을 굳이 필요로 하지 않는 언어라고 구분할 수 있다. 이러한 소통의 문제는 『향연』을 속어로 쓴 두 번째의 이유인 "자발적인 너그러움"으로 더 잘 설명된다.

자발적인 너그러움

단테는 『향연』을 속어로 쓴 두 번째 이유를 "자발적인 너그러움"(『향연』 1.5.2)으로 제시하면서 이를 세 가지로 설명한다.

첫째는 많은 사람들에게 제공하는 것이고, 둘째는 유용한 것을 제공하

---

9 김운찬은 "사용"보다는 "관습"이란 용어를 채택했는데, 속어가 소통의 언어라는 점을 조명하는 차원에서 "사용"이라는 용어를 쓰고자 한다.

5 속어의 탐사

는 것이며, 셋째는 그 선물을 요구하지 않는데도 제공하는 것이다.(『향연』1.8.2)

『향연』을 속어로 쓴 이유는 많은 사람들이 유용한 내용을 편리하게 제공받도록 하는 것에 있다는 말이다. 이를 "자발적인 너그러움"이라고 표현하는데, 이 너그러움은 속어가 아닌 라틴어로는 실현할 수 없다고 확신한다.(『향연』1.9.1) 단테는 계속해서 위의 세 가지 이유들에 대해 부연설명한다. 첫째, 라틴어는 소수에게만 혜택이 돌아가는 반면 속어는 분명 대단히 많은 사람들에게 봉사하기 때문에,(『향연』1.9.4) 라틴어로 해설을 쓴다면 이탈리아어를 모르는 많은 문인들이 그런 봉사를 받을 수 없다는 것이다. 둘째, 실제로 사용되는 언어를 사용해야 한다는 것이다. 속어는 "최대한 많은 사람들을 학문과 덕성으로 인도"(『향연』1.9.7)하는 것으로, 그 의미는 "진정한 고귀함이 심어진 사람들에게만 사용될 수 있"(『향연』1.9.8)다.(이 "진정한 고귀함"은 『향연』4권에서 본격적으로 논의된다.) 셋째, 속어로 쓰인 칸초네에 대한 해설은 누구도 요구하지 않는 것인데 단테는 그런 해설의 봉사를 자청해서 한다는 것이다. 그에 비해 라틴어로 쓰인 글들은 해설이나 주석을 '요구'한다.(『향연』1.9.10)
결론적으로 단테는 이렇게 단언한다.

그러므로 분명히 나는 자발적인 너그러움으로 인해 라틴어가 아니라 속어를 선택했다.(『향연』1.9.11)

여기에서 주목할 것은 단테의 이 선언이 "선택"에 관한 것이라는 점이다. 단테는 속어를 선택했다. 여느 작가도 그렇겠지만 단테에게 언어의 문제는 중요했다. 당시 작가(혹은 지식인)가 쓰는 언어가 지금처럼 '국어'로 통일된 것이 아니었기에, 단테는 개인의 문학 언어뿐 아니라 이탈리아 공동체의 언어, 나아가 보편적인 소통의 언어를 선택하고 발전시켜야 할 시대적 요청에 당면한 상태였다. 결과적으로 그는 당시 '중심의 언어'였던 라틴어가 아니라 '주변부의 언어'였던 속어를 선택했고, 그 선택에 대한 정당성을 『향연』과 『속어론』 같은 이론서들을 통해 정리하고, 또한 그 선택의 효과를 창작(『신곡』)을 통해 입증하고자 했다. 그가 고민했던 대상은, 소크라테스처럼, 소통의 방식(문법)보다는 소통의 내용이었다. 다시 말해, 내용을 소통시키기 위해서 소통의 방식은 수단으로 격하될 수 있다는 것이었다. 따라서 결과적으로 단테는 라틴어에 '문법(gramatica)'의 역할을 맡기고, 이탈리아 속어는 '라틴어(latino)'라 부르면서, 속어로 하여금 라틴어가 그때까지 행사했던 보편적 소통의 임무와 지위를 전유하도록 만들었다.

이런 식으로 속어를 선택하는 중대한 결정을 내리면서 단테는 우선 라틴어가 지녔던 보편성을 외면할 수 없었을 것이다. 라틴어와 속어를 두고 『속어론』과 『향연』에서 때때로 그가 보인 모순적인 입장에도 불구하고 그가 자신의 위대한 창작물인 『신곡』과 함께 최종적으로 내린 선택은 속어였으며, 거기에서 가장 크게 고려한 점은 역시 소통이었다. 보편성이란 곧 소통을 받치는 한에서 의미가 있고, 또 거꾸로, 소통을 이루는 한, 보편성도 확보될 수 있다는 점에서,[10] 그러한 선택은 곧 속어의 보편성을 (사후적으로) 확립하게 만든 것이었다.

---

10 보편성에 대한 이러한 생각 자체가 보편성의 의미를 다시 돌아보게 만든다. 보편성은 주어진 것이 아니고 고정된 것도 아니다. 보편성은 만들어 나가는 것이며 계속해서 변화하면서 실체로 존재하는, 유연하고 가변적인 것이다. 속어의 보편성에 대해서는 다음 장(「속어의 지위」)에서 다룰 것이다.

모어에 대한 사랑

『향연』을 속어로 쓴 세 번째 이유로 드는 것은 자기 "모어에 대한 사랑"(『향연』1.5.2)이다. "모어", 즉 "자기 말(propria loquela)"로서 속어를 사랑할 때 그 사랑은 "단순한 사랑이 아니라 가장 완전한 사랑"이며, 그것이 그의 "안에 있음을 증명하고 또 이해할 만한 사람에게 그것을 증명"(『향연』1.12.2)하고자 하는 것이 단테가 『향연』을 집필할 때 속어를 선택한 이유였다. 그는 아리스토텔레스의 『윤리학』과 키케로의 『우정론』을 들어, 사랑을 발생시키는 원인들로 "가까움"과 "장점"을, 사랑을 증대시키는 원인들로 "혜택"과 "목적"을 들어, 그것들이 그가 속어에 대해 갖고 있는 사랑을 발생시키고 증대시켰다고 말한다.(『향연』1.12.3)

먼저 속어에 대한 사랑을 발생시키는 원인으로 꼽은 "가까움"과 "장점"을 살펴보자.

첫째, 가까움이란 곧 언어의 친근성을 의미하며, 모어의 성격과 통한다. 속어는 "다른 언어보다 최초로 마음속에 유일하게 홀로 있었기에"(『향연』1.12.5) 단테는 속어를 가깝다고 느낀다. 그와 함께 속어는 가까이 위치한 사람들이 사용하기 때문에 우정을 발생시키고, 스스로의 차원에서나 타자와의 관계에서 친근성을 도모하기 때문에 속어를 사랑하게 된다는 것이다.

둘째, 단테는 속어의 장점을 생각을 잘 표현하는 것으로 보았다. "생각을 잘 표현하는 것이 가장 사랑과 칭찬을 받으며, 따라서 그것이 〔언어의〕최고의 장점"(『향연』1.12.13)이라고 말할 때 단테는 속어를 생각하고 있었다. 단테는 이어서 이렇게 말한다. "〔그러한 장점이〕다른 장에서 증명하였듯이〔1.5.12〕, 우리의 속어에 있기 때문에, 분명히 그것은 내가 갖고 있는 사랑의 원인이 되었다. 앞에서 말했듯, 장점은 사랑을 발생시키는 원인이기 때문이다."(『향연』1.12.13) 요약하면 단테는 속어가 자기 생각을 잘 표현하는 장점을 갖고 있으며, 그것 때문에 사랑을 받는 언어라고 말하고 있다.

다음으로 속어에 대한 사랑을 증대시키는 원인으로 꼽은 "혜택"과 "목적"을 살펴보자.

첫째, 인간은 스스로를 존재하게 하고 선하게 만드는 두 가지의 완전함을 갖고 있는데, 속어는 단테에게 그 두 완전함의 원인이 되기에 속어로부터 커다란 혜택을 받은 것이라 설명한다.(『향연』 1.13.3)

둘째, 속어는 단테를 최종적인 완성인 학문의 길로 인도했다. 단테가 라틴어에 입문한 것도 속어를 통해서였으며, 그 라틴어는 이후 단테의 학문적 발전의 토대가 되었다.(『향연』 1.13.5)[11]

이상과 같이 단테는 속어를 모어로서 사랑하는 이유를 네 가지를 들어 설명한다. 그런데 특이한 것은 단테가 그렇게 속어를 사랑한다고 말하면서 또한 속어를 라틴어보다 저열하며 "불순"(『향연』 1.5.7)하다고 본다는 점이다. 『향연』에서 "불순"하다는 표현을 단테는 음식과 관련한 알레고리로 차용한다. '향연'은 "천사의 빵"(『향연』 1.1.6), 즉 최고의 지식을 먹는 혹은 먹이는 잔치를 말한다. 그런데 단테는 향연을 시작할 때 하인들이 마련된 빵에서 불순물을 깨끗이 없애듯, 자신의 연회의 빵에서도 불순물을 없애고자 한다. 우연적인 불순물 두 가지를 제거(『향연』 1권 2-4장)한 다음, 이제 "실질적인 불순물, 말하자면 라틴어가 아니라 속어로 쓴 것"(『향연』 1.5.1)에 대해 변명한다. 불순물은 "밀이 아니라 잡곡으로 만들어진 빵"(『향연』 1.5.1)이라는 표현에서 보듯, 밀(라틴어)에 대한 잡곡(속어)의 알레고리로 표현된다.

단테가 『향연』에서 속어를 사용한 이유를 설명할 때 제시한 목표는

---

11 이와 함께 단테는 속어와 자신이 같은 목적을 갖고 있다고 말한다. 그것은 안정을 통해서 자체의 보존을 추구하는 것이다. 그런 동일한 목적의 조화를 통해 우정이 확고해지고 더 커졌다.(『향연』 1.13.6-7)

5 속어의 탐사

지식의 향연에 쓰일 빵에서 불순물을 제거하기 위한 것이었다. 그러나 그 빵이 밀(라틴어)이 아닌 잡곡(속어)으로 만들어졌다고 말하지만, 사실상 잡곡이라는 것 자체가 불순물인 것은 아니었다. 다시 말해 『향연』 1권에서 펼친, 불순물을 제거하려는 노력은 속어를 제거하는 것이 아니라 속어로 글을 쓰는 것에 대한 오해를 불식시키고 그 정당성을 확보하려는 노력이었다. 바로 이런 측면에서 다음과 같은 단테의 발언을 이해할 수 있다.

> 다음에 나오는 칸초네들과 함께 먹어야 하는 이 빵은 잡곡으로 만들어졌다는 것과, 또한 불순물에서 완전히 깨끗해졌다는 것을 알 수 있다.(『향연』 1.13.11)

따라서 단테의 진술에서 잡곡과 불순물은 서로 별개의 것들로 보아야 한다. 단테가 제공하는 빵은 분명 밀이 아닌 잡곡으로 만들어진 것이며, 그것이 불순물이라고 한다면(처음에(『향연』 1.5.1) 그렇게 언급했다.) 그것은 제거되어야 할 불순성이 아니라 정당화되어야 할 불순성이었다. 그렇기 때문에 (혹은 그런 한에서) 단테는 음식을 더 많은 사람들에게 제공할 시간이 된 것이라고 선언할 수 있었다.(『향연』 1.13.11) 단테의 빵은 수많은 굶주린 자들의 배고픔을 만족시킬 것이고, 그의 이탈리아어는 새로운 문화의 토대로서, 단테의 진술을 빌리면, "새로운 빛, 새로운 태양이 될 것이며, 그 새로운 태양은 바로 낡은 태양이 지는 곳에서 솟아오를 것이고, 낡은 태양이 빛을 비추지 않기 때문에 어둠과 암흑 속에 있는 사람들에게 빛을 비춰 줄 것이다."(『향연』 1.13.12) 위와 같은 맥락에서 『신곡』에서 단테가 프로방스의 음유시인 아르노 다니엘이 구사한 "모어"를 찬미한 의미를 이해할 수 있다. 순례자 단테는 연옥에서 청신체파 동료 시인이었던 귀니첼리를 만나는데, 귀

니첼리는 단테에게 아르노 다니엘을 "모어의 가장 훌륭한 대장장이"로
소개한다.

> "새로운 용법으로 시를 쓰는 한,[12]
> 당신의 우아한 시는 당신이 쓴
> 잉크마저 값지게 만들 것입니다."   114

> "형제여, 내가 가리키는 이자는,"
> 하고 그가 앞에 있는 한 영혼을 손가락으로 가리켰다.
> "모어의 가장 훌륭한 대장장이였소.   117

> 그는 사랑의 시와 산문에서
> 누구보다도 탁월했소! 리모주의 시인[13]이 그보다
> 더 낫다고 생각하는 바보들은 내버려 두시오."   120
> (「연옥」 26. 112-120)

우리의 논의와 관련해서 위의 텍스트를 통해 우리는 단테가 모어-
속어에 대해 품은 마음/태도를 짐작할 수 있다. "모어의 가장 훌륭한
대장장이"란 1180년부터 1210년경까지 이름을 날린 프로방스의 음유
시인 아르노 다니엘을 가리키며,[14] 귀니첼리가 언급하는 "모어(parlar

---

12 당시 속어로 시를 쓴 청신체파를 가리킨다. 여기에 속한 시인들은 주로 사랑과 여성 찬
미라는 새로운 주제로 서정시 운동을 전개했다.
13 리모주 출신의 프로방스 음유시인 기로 드 보르넬을 가리킨다. 아르노 다니엘보다 더 소
박한 문체를 구사했다. 단테는 『속어론』에서 그와 아르노, 그리고 베르트랑 드 보른을 프로
방스 3대 시인으로 인용한다.
14 페트라르카는 아르노 다니엘을 가리켜 "위대한 사랑의 거장"이라 부르면서(Toynbee,
Paget, *Dante Dictionary*(Kessinger Publishing, 2006), p. 60) 이탈리아 밖의 연애시 작
가 중 최고의 자리를 부여했다.

materno)"는 프로방스어(오크어)를 가리킨다. 오크어뿐 아니라 오일어로 창작한 시인들도 단테는 잘 알고 있었다. 그로 미루어 단테는 프랑스 문학에 관심이 많았고, 실제로 그 자신이 프랑스어로 창작을 병행한 국제적인 작가이기도 했다. 다른 한편 단테가 말하는 "모어"가 프로방스어라는 특정 언어가 아니라 무릇 작가가 사용하는 자신의 언어(propria loquela)를 가리킨다고 볼 수도 있다. 그렇게 보면 단테는 다니엘을 어떤 언어를 막론하고 작가라고 불릴 수 있는 그 어떤 이보다도 더 우월하다고 평가하는 셈이 된다.

지금까지 속어에 대한 단테의 '입장'을 『향연』을 중심으로 살펴보았다. 이제 단테가 과연 '무엇'을 속어라고 보았는지 『속어론』의 논의를 통해 살펴보자.

속어의 지위: 『속어론』

라틴어와 속어의 관계

전체적으로 『속어론』은 『향연』의 정신에 충실하다고 볼 수 있다. 그것은, 부분적인 차이는 있지만, 특히 『속어론』 제 4권에서 펼쳐진, 속어의 고귀성을 자연의 선물의 완벽함으로 보는 이론에서 발견된다. 단테는 이탈리아어의 잠재적 영광에 대해 열정적인 믿음을 가졌다. 그것이 당시까지 라틴어와 그리스어, 아랍어의 전유물이었던 철학에 대한 새로운 책(『향연』)을 속어로 쓰기로 결정하는 데 영향을 미쳤으며, 그로 인해 이제 속어의 더 고귀한 기원을 이론적으로 옹호하는 데까지 나서는 것이다. 비록 라틴 문화의 결과적인 문화적 우월성이 단테로 하여금 속어 수사학에 대한 이 저작을 라틴어로 쓰게 했지만, 속어로 작성된 『향연』에서는 라틴어의 우월성을 진술하고, 라틴어로 쓰인 『속어론』에서는 속어의 우월성을 주장하는 모순을 감추지 않는다.

『속어론』은 원래 네 권으로 기획되었으나, 제1권과 제2권의 두 권으로 그친다. 제1권은 완성되었으나 제2권은 14장에서 쓰다 말고 중단한다. 제1권은 언어 현상들을 다루면서, 가장 고양된 언어부터 "단 하나의 가계를 지닌" 언어까지 모든 단계의 문체와 언어를 검토할 것이라고 공언하는 한편, 속어가 어떻게 우수하고 어떤 속어를 채택할 것인지를 다룬다. 제2권은 가장 고귀한 시 문체를 논의하는 한편, 누가 속어를 사용할 수 있는지, 그 방식은 무엇이고 주제는 무엇이며 청중은 누구인지 논의한다. 존 스콧에 따르면, 단테가 집필하지 못한 제3권은 아마도 속어의 분석을 산문의 창작으로 예시하고자 했을 것이다. 『향연』이 산문으로 쓰인 이탈리아 문학의 최초의 위대한 작품이라는 점을 생각하면 그에 대한 해설이 빠진 것은 아쉽다. 역시 시작도 하지 못한 제4권은 희극 문체를 다뤘을 것이었다.[15]

『속어론』 초입부에서 단테는 「창세기」에 쓰인 인간의 창조와 뱀의 유혹, 바벨탑의 건축과 언어의 혼란 등을 자신의 자유로운 환상을 통해 기술하면서 이른바 "성경언어학"이라고 불리는 언어론을 개진한다. 『속어론』은 속어를 변호하는 최초의 언어 이론서로서, 수사학, 문학사, 비평 등 다양한 분야를 다루지만, 모든 논증은 언어에 관한 주제로 집중되며 속어 문학의 운명은 속어의 새로운 위상에 달려 있다고 보는 입장을 취한다.[16] 『속어론』에서 단테는 자신의 독창성을 내세우는 데 결코 주저하지 않는다. 속어의 사용은 모두에게 필수적인데도 불구하고 자기에 앞서 그 누구도 속어로 쓰인 수사학에 대해 논의한 적이 없다는 사실을 강조한다.

---

15 Scott, John A., *Understanding Dante*(NotreDame University Press, 2005), p. 34.
16 김명배, 「*De vulgari eloquentia*에 나타난 '언어 문제'」, 《이탈리아어문학》 33집, 2011, 31쪽.

『속어론』은 문법서인가 수사학서인가? 전자로 본다면 언어의 올바른 사용을 위한 체계를 제시하는 일종의 엄격한 규칙 준수법의 내용이고, 후자로 본다면 표현의 심미성과 설득의 효과에 대해 논의하는 자유로운 표현법의 내용이다. 전자가 랑그, 즉 한 언어의 발화들의 기저를 이루는 형성 규칙들과 패턴들의 총체를 담는 쪽이라고 한다면, 후자는 파롤, 즉 실제적인 발화들 자체에 대한 논의에 다가선다고 할 수 있다. 『속어론』의 제목(*De vulgari eloquentia*)에 이미 '수사(eloquentia)'라는 말이 들어 있긴 하지만, 『속어론』은 후자에 치우치지 않고 둘을 함께 논의하고 있다. 그것은 전자가 받쳐 주어야 후자의 활용이 가능하듯, 실질적으로 둘이 불가분의 관계에 있기 때문이다. 그럼에도 불구하고 위에서 던진 물음이 중요한 이유는 그 물음이 단테가 속어를 대하는 태도가 기본적으로 무엇이었는지 생각하도록 해 주기 때문이다.

단테는 무엇보다 새로운 언어의 선택과 전파에 관심을 쏟았다. 그는 새로운 언어의 필요성과 선택의 문제를 "더 많은 사람들"에게 묻고자 했고, 그것을 전파함으로써 교육과 창작의 붐을 일으키고자 했다. 아래 인용한 『속어론』의 첫 문장에서 우리는 『신곡』의 작가가 이미 『향연』과 『속어론』에서 계급과 성의 구분 없이 그때까지 고급 라틴 문화에 의해 포기되거나 무시된 가능한 한 많은 수의 사람들을 계몽하려는 열망을 공표하고 있음을 알 수 있다. 이에 비춰 볼 때 속어 수사학에 대한 이 저서가 라틴어로 쓰인 것은 역설적이다. 그러나 식자층에게 자신의 사명 의식을 공표하고자 그는 첫 문장에서 당당하게 책의 계몽적 목표를 선언한다.

나 자신 이전에 그 누구도 속어로 쓰인 수사학의 이론을 어떤 방식으로도 논의하지 않았다는 것을 알고서, 그리고 그러한 수사학이 모든 이들(수사학을 습득하려 하는 남자들은 물론 여자와 어린이들까지, 자연이 허락하는 한)

에게 필요하다는 것을 우리가 분명히 알 수 있기에, 나는 위에서 내려오는 말씀에 감화를 받아, 제 나라 말[17]을 하는 사람들의 언어에 대해 유용한 어떤 것을, 맹인처럼 거리를 걷는 자들의 이해를 다소 계몽시키기를 희망하고, 또한 앞에 놓인 것이 그들 뒤에 놓여 있음도 생각하면서, 말해 보고자 한다.(『속어론』 1.1.1)

속어는 인간의 기술의 산물이라기보다 자연의 산물(하느님의 자식)이다. 단테는 속어를 "우리의 유모를 모방함으로써 어떤 규칙도 없이 습득하는"(『속어론』 1.1.2) 언어라고 정의한다. 마치 모어를 규정하는 듯한 이런 내용은 공동체의 성격을 지니는 것이지만, 바로 그렇기 때문에 단테는 역설적으로 인류 사회가 공동체 단위로 분열되는 것을 대가로 치러야 한다고 생각했던 것 같다. 사실 이는 이른바 모어가 나중에 국민 언어로 분화되면서 걸어야 하는 숙명이기도 했다. 이에 대해 단테는 라틴어를 문법이라 부르면서 그러한 분열을 완화하고 조절하기 위한 일종의 처방으로 내놓는다.

다른 종류의 언어도 존재한다. 그것은 로마인들이 문법(grammatica)이라 불렀던 것이다. 모든 민족은 아니지만 그리스인들과 다른 민족들도 이 이차적 종류의 언어를 갖고 있다. 그러나 소수의 민족들만이 그 완전에 이를 수 있었다. 오랜 기간에 걸친 근면한 연구를 요구하기 때문이다.(『속어론』 1.1.3)

이어 단테는 속어가 라틴어-문법보다 고귀한 이유 세 가지를 든다.

---

17 vulgar tongue. 라틴어에 비춰 지역의 언어를 가리킨다. 앞에서 살펴보았듯, 『향연』에 나온 "자기 말(propria loquela)"과 「천국」에 나온 "모어(parlar materno)"와 같은 맥락에서 이해할 수 있다.

이 두 가지 언어들 중, 더 고귀한 것은 속어다. 첫째, 속어는 인간이 독창적으로 사용하는 언어이기 때문이다. 둘째, 세계 전체는, 비록 다른 발음들로 다른 단어들을 사용하지만, 속어를 쓰기 때문이다. 셋째, 속어는 우리에게 자연스럽지만, 라틴어는 반대로 인공적이기 때문이다.(『속어론』 1.1.4)

속어는 인간을 인간으로 서도록 해 주는, 인간의 정체성을 받치는 언어이며, 더욱이 세계 어디에서나 사용되는 언어라는 것이다. 여기에서 "세계 전체"는 사실상 이탈리아 반도, 즉 단테의 언어 경험이 펼쳐지던 곳을 가리킨다고 해도 무방하다. 14세기 당시 이탈리아 반도를 넘어선, 세계의 다른 지역들에서는 중국어나 아랍어처럼 다른 '속어'들이 존재하고 있었으나 단테는 그 점을 무시한 채 위의 진술을 하고 있는 것이다. 그러나 여기에서 단테의 언어학적 지식의 불완전함보다는 그가 말하고 쓰던 언어 세계를 그가 어떻게 보았는지를 주목할 필요가 있다.

사실상 문법/속어의 대립은 오랫동안 서유럽에서 고수되었다고 볼 수 있다.[18] 속어가 자연스럽게 사용되는 언어라는 것은 에덴의 언어로서 하느님이 인간에게 부여한 선물이었다는 점을 가리킨다. 반면 속어는 "집에서 만들어져 기분에 따라 변하는"(『향연』 1.5.8) 언어이기도 하다. 라틴어가 "인공적"이라는 것은 바로 그러한 속어의 가변성으로부터 자유롭기에 시대와 사회의 차이에도 불구하고 불변하는 언어라는 뜻을 담고 있다. 라틴어는 미래의 세대들, "고대인의 의견과 위업"에 접근하려는, 다른 언어를 말하는 사람들, "그들이 다른 장소들에 살기 때문에 우리와는 다른 그런 사람들"(『속어론』 1.9.11)에게 불변으로 전

---

18 라틴어를 지키고자 문법을 법률로 대하고자 했던 마르쿠스 테렌티우스 바로의 『라틴어에 대하여』는 고전적 예다. 문법/속어의 대립은 서유럽에서 오랫동안 살아남았다. 라틴어와 동의어로서의 "문법"은 17세기 영국에서 설립된 문법 학교에서도 나타난다.(Scott, *Understanding Dante*, p. 35)

해진다. 단테는 문법을 우선적으로 바벨 붕괴 이후의 언어에 깃든 치명적인 결점(시공에 따른 변화하기 쉬운 성격)과 싸우는 인간의 창의력에 의해 발명된 치유책으로 생각했다.

위에서 인용한 텍스트의 진술은 속어가 라틴어가 제공하는 보편적인 문법과 등가의 관계에 있음을 보여 주고, 보편적 차원으로 나아갈 가능성을 보여 준다.[19] 그래서 『향연』에서 "고귀함으로 인해 라틴어는 영원하고 오염되지 않는 것인 반면 속어는 불안정하고 오염될 수 있"(『향연』 1.5.7)다고 진술했다 해도,(『향연』 1.5.14도 참조) 그 진술이 속어의 고귀성을 주장하는 『속어론』과 모순되는 것은 아니다. 속어의 "불안정성과 오염"은 오히려 소통 가능성의 증대와 맞물리며, 바로 그것이 단테가 "더 고귀한 것은 속어다."(『속어론』 1.1.4)라는 진술로 말하고자 했던 것이었다. 문법의 불변성은 자체의 안정되고 부패하지 않는 속성을 통해 속어의 소통 가능성의 증대를 '받쳐 주는' 역할을 한다.

이것이 문법 기술의 발명가들이 시작했던 지점이었다. 그들의 문법은 시간과 공간에 의해 변하지 않는 말의 정체성 바로 그것이다. 그 규칙은 많은

---

[19] 마리아 코르티는 『속어론』이 볼로냐에서 쓰였다는 추정을 토대로 당시 젠틸레 다 친골리(Gentile da Cingoli)와 같은 볼로냐 학자들이 내세운 문법의 새로운 개념에 영향을 받았을 가능성을 주장한다.(Corti, Maria, "*De vulgari eloquentia* di Dante Alighieri" in *Letteratura italiana: Le Opere*, edited by Alberto Asor Rosa(Torino: Edinaudi, 1992), 1권 pp.187~209) 그들은 문법을 보편적인 것, 즉 모든 언어들에 공통된 요소들을 다룬다고 보았다. 문법은 따라서 인류가 소유한 언어적 가능성 혹은 기능으로서, 일정한 언어에서 의미를 만들어 내면서 다양하게 구체화된다. 단테는 사변적 문법에 대한 새로운 접근의 한두 가지 측면에 자극을 받았던 것 같지만, 그것을 선택적으로 사용했다. 예컨대, "문법 기술의 창조자들"(『속어론』 1.9.11)과 "문법의 제작자들"(『속어론』 1.10.1)은 다르다. 창조자들(철학자들)은 문법을 언어의 변화하기 쉬움과 싸우는 치유책으로 발견했지만, 대조적으로 제작자들은 다양한 문법적 언어들(라틴어, 그리스어, 히브리어)의 구성 요소들을 창조하고 형성하고자 했다. 어쨌든 단테가 생각하는 문법은 기술에 의해 조절되는 제한된 수의 언어들에 한정된 것이었다.

5 속어의 탐사

민족들의 공통된 동의와 함께 형성되어 왔으며, 어떤 한 개인의 의지에 따를 수 없다. 그 결과 그것은 변할 수 없다. 따라서 문법이 제자리를 지켜 온 것은, 개인들의 태도의 변화에 기인하는 언어의 변화로 인해 우리가 고대인들의 사고와 기획을 아는 것이 불가능해지지 않도록 하기 위해서였다.(『속어론』 1.9.11)

위의 텍스트에서 우리는 단테가, 『향연』에서 예고한 바와 같이,[20] 『속어론』을 쓰면서 이탈리아어와 라틴어의 딜레마를 해결하는 데 진일보한 모습을 보여 준다는 것을 알 수 있다. 『향연』은 『속어론』에 대한 일종의 예고였다. 『향연』에서 단테는 속어로 쓴 자신의 시에 대한 해설을 하면서 자연스럽게 속어가 하나의 문제로 된다는 점을 자각하는 듯 보이고, 속어 문제가 어떤 중요성을 지니고 있으며, 라틴어와 관련해 어떤 식으로 논의되어야 하는지 방향과 본질을 제시하고 있다.

보테릴이 지적하듯, 단테가 『속어론』에서 '문법'이라 부르는 것은 곧 '라틴어'를 가리키되, 그 라틴어는 『속어론』의 어휘록으로 보아 시종일관 규칙에 지배되는 문학 언어, 최고의 시인들이 쓴 라틴어와 동일시되는 문학 언어를 의미한다. 단테의 엄격한 이론 체계에 따르면 수많은 종류의 실제로 사용되는 라틴어들은 '문법'에서 배제된다.[21] 다시 말

---

20 "그것에 대해서는 하느님의 뜻에 따라 내가 '사람들의 언어'에 대해 쓰고자 하는 책 어딘가에서 더 완벽하게 말하겠다."(『향연』 1.5.10) 이 책 앞의 5.1장에서 언급했듯, 이러한 진술로 미루어 『속어론』은 『향연』 이후에 쓰였다는 점을 확인할 수 있다.

21 Botterill, "Introduction", Dante Alighieri, De vulgari eloquentia, tr. by Steven Botterill(Cambridge: CUP, 1996), p. 90. 이에 따라 이 글에서 별도로 표기하지 않는 한, '라틴어'는 문학 언어로서의 라틴어, 로마 고전에 사용된 라틴어를 가리킨다. 이를 문어 라틴어라고도 할 수 있을 텐데, 로마 당대에 쓰인 고전에 나타나는 문자 라틴어와 다르며 또한 중세 라틴어(고전 라틴어가 변질된 형태의 문자와 문어 및 구어 라틴어)와도 일정 부분 거리가 있는 것으로 이 글에서 논의될 것이다. 마찬가지로 이 글에서 단순히 '속어'라고 지칭하는 것은 문어 속어 혹은 더 정확히 말해, 문학어 속어를 가리키며, 이는 구어 속어는 물론 문자 속어와도 다르다. 앞으로 위의 내용에 따라 '라틴어'와 '속어'라는 용어들을 사용하며, 특별히

해, 단테가 라틴어에서 보고자 했던 불변성은 그 문법 표준의 성격보다
는 고전적 정전성에 가까운 것이었다. 이런 의미에서 단테에게 라틴어
는 죽은 언어가 아니었다. 사실상 라틴어는 타의 추종을 불허하는 문학
전통과, 법과 철학, 교회와 국가의 언어로서 국제적 지위를 누렸다. 이
런 사실들은 『향연』에서 라틴어의 더 큰 고귀성을 진술했을 때(『향연』
1.5.8 / 1.5.14) 단테의 마음에 있었음에 틀림없다. 사고와 감정의 섬세
한 뉘앙스를 표현하는 능력과 지적 도구로서의 그 효용은 더 큰 아름다
움과 힘을 확인시켜 준다.[22] 요컨대 속어가 문법 규범을 갖추기까지 라
틴어는 오랫동안 '문법'의 역할을 했다고 보는 것이다. 사실상 속어를
위한 자체의 문법적 표준이 정립되기 전에 얼마나 많은 시간이 흘러야
했는지 생각할 필요가 있다. 이탈리아어의 경우 문법 규칙 체계가 완성
된 것은 15세기 이후의 일이었고, 이 견본이 뻗어 나가고 이탈리아 속
어들의 체계가 시도된 것은 16세기 이후다.[23]

　중요한 것은 '문법'과 '라틴어'라는 용어들이 단테의 텍스트들에서
서로 바꿀 수 있는 용어들이라는 사실이다. 단테가 "뛰어난 속어"를 만
들면서 염두에 두었던 라틴어는 결코 로마인들의 '자연' 언어, 즉 모어

지시 대상을 적시할 필요가 있을 때에는 '문어 라틴어', '구어 속어' 식으로 명시하기로 한다.
22　이에 대해 윌슨은 이렇게 진술한다. "라틴어는 여전히 유럽의 국제어였다. 라틴어는 유
럽인들을 한데 묶어 주었고, 그 이유는 그 언어가 무척 편리하여 서로 다른 유럽 지역들의 식
자층이 이해하는 단일한 언어로 법과 철학, 외교, 그리고 많은 일상적 대화를 하게 해 주었기
때문만은 아니었다. 라틴어가 유럽인들을 한데 묶어 준 것은 라틴어로 된 문학과 신학과 그
리스도 이전의 신화들이 유럽인들이 공유하는 상상적 경험이었기 때문이기도 했다."(윌슨,
『사랑에 빠진 단테』, 322~323쪽)
23　최초의 속어 문법서는 레온 바티스타 알베르티가 1437년부터 1441년 사이에 저술한
『토스카나어의 문법(*Grammatica della lingua toscana*)』이다. 이 책에서 알베르티는 속
어(당시의 토스카나어이자 현대의 이탈리아(국)어)가 라틴어를 모델로 하고 있다고 쓴다.
이 책은 1908년까지 출판되지 않았다. 1516년에 나온 포르투니오(Giovanni Francesco
Fortunio)의 『속어의 문법 규칙(*Regole grammaticali della volgar lingua*)』과 1525년에 나
온 벰보(Pietro Bembo)의 『속어의 산문(*Prose della vulgar lingua*)』은 이탈리아 국어의 자
질을 갖춘 속어를 확립하고자 했던 책들이었다.

가 아니었다. 라틴어는 단테의 속어의 직접적인 뿌리가 아니었던 것이다. 『향연』에서 속어는 변덕스러운 사용에 종속되며 따라서 라틴어가 속어보다 더 고귀하다고 묘사된다.(『향연』 1.5.8) 그에 비해 『속어론』에서 속어는 자연의 산물이자 하느님의 자식으로 환영받는 반면, 자연의 인공적 모방으로 정의되는 문법 기술, 즉 라틴어는 조물주로부터 한 발 더 멀어진 것으로 묘사된다.(『속어론』 1.1.4) 『향연』에서 기술되는 라틴어의 우월성이 그 불변의 성격과 특히 기술의 규칙들에 부합하는 성격에 기초를 둔다면, 그런 사항은 『속어론』에서 인공성의 측면에서 다시 강조되는 것이다. 여기에서 단테가 말하는 자연과 조물주로부터 멀어진 인공적 기술의 라틴어는 로마인들의 모어라기보다는 그들이 남긴 고전 텍스트를 이룬 문어였다.

언어의 역사와 속어의 성격

단테가 『속어론』 1권 전체를 할애하여 스케치한 언어의 역사를 검토하는 일은 그가 생각하는 속어의 성격을 더 잘 파악하는 데 도움을 준다. 바란스키가 잘 요약하듯,[24] 단테가 언어의 역사를 스케치하는 방식은 보편에서 특수로 나아가는 것이다. 단테가 『속어론』의 1권 9장까지 논의한 것은 이른바 '성경언어학'이었다. 단테는 『성경』을 중심으로 아담의 창조로부터 바벨의 비극에 이르기까지 언어의 변천을 다루면서 합리적 기호에 의한 언어적 소통이 하느님이 인간에게 준 선물이라는 점을 분명히 한다.

단테는 인간에 의한 최초의 발화는 무엇이었고, 누구에게, 어디에서, 언제 발화되었는지, 그리고 어떤 언어가 사용되었는지 논의한다. 언

---

24 Baransky, Zygmunt G., "Dante's Biblical Linguistics", *Lectura Dantis*(1989), 5: pp. 105-143.

어는 천사도 짐승도 사용하지 않는 인간의 고유의 특성이다.(『속어론』 1.1.4) 짐승은 오직 소리만 생산하고, 천사는 "물리적" 언어의 필요 없이 직접 소통한다. 인간 존재만 "합리적이고 감각적인 기호"(『속어론』 1.3.2)를 필요로 한다. 그 기호는 소리로 구성되는 한, 감각에 토대를 두고, 그들이 실어 나르는 의미 때문에 합리적인 속성을 지닌다.

『성경』에 따르면 인간의 언어를 처음으로 발화한 사람은 이브였다. "한 여자가 어떤 다른 존재 앞에서 말했다."(「창세기」 3:1-3) 그때는 이브가 악마의 질문에 대답했을 때였다. 그러나 단테에 따르면 이러한 언어 기호의 기능을 처음으로 부여받고 사용한 사람은 이브가 아니라 아담이었다.

> 비록 우리가 성경에서 여자가 최초로 말했다고 읽고 있지만, 그럼에도 불구하고 최초로 말한 사람은 남자였다고 추정하는 것이 더 합리적이다. 그런 고귀한 인간적 행동이 여자보다는 남자에게서 비롯되지 않았다고 보는 것은 적절치 않다.(『속어론』 1.4.3)

『성경』의 권위를 거스르면서까지 단테는 어쩌면 남성중심주의에 투철한 모습을 보이는 것이 아닐까. 이브의 눈앞에서 아담이 혼자 뱉은 말들이나 아담이 동물들의 이름을 부른 것(「창세기」 2:19-23)을 단테는 무시한다. 단테에게 언어란 분명히 대화와 소통을 의미했기 때문이다. 그럼에도 불구하고 단테는 언어를 처음 사용한 인간은 여전히 아담이었다고 결정을 내린다. 단테에 따르면, 아담이 최초로 내지른 말은 "El", 즉 하느님을 가리키는 자신의 단어였다. 그런데 그 단어가 어떤 언어에 속한 것이었는지가 단테에게는 중요했다. 이 문제를 숙고하면서 단테는 다른 무엇보다도 모어라는 존재, 즉 태생지가 어디인지를 고려해야 한다는 일종의 교구주의를 내세웠다. 단테는 피렌체에서 추방

5 속어의 탐사

당하고 사형 선고를 받으면서 모든 감정적 편견에서 자유로워진 자신의 확신을 주장한다.

> 어떤 형태의 언어는 최초의 영혼과 더불어 하느님에 의해 창조되었다. 나는 '형태'라고 말할 때 사물을 위해 사용되는 말들과 말들의 구성, 그리고 그 구성의 배열을 모두 지칭한다. 이러한 형태의 언어는, 아래에서 보듯, 인간이 오만의 죄를 저지르면서 흩어지지만 않았어도, 모든 화자들에 의해 계속해서 사용되었을 것이다. 아담은 이런 형태의 언어로 말했다. 이런 형태의 언어를 아담의 모든 후예들이 ('혼돈의 탑'으로 해석되는) 바벨탑이 건설되기까지 말했다. 이것이 히브리의 자손들이 이어받은 언어의 형태다. 그래서 그들은 히브리라고 불린다. 이런 형태의 언어는 히브리인들에게만 남겨졌고, 그들로부터 내려온 우리의 구세주는 (그가 인간인 한에서) 혼돈의 언어가 아니라 은총의 언어를 말한다. 그래서 히브리어는 최초의 화자의 입술이 주조했던 것이었다.(『속어론』 1.6.4-7)

단테가 말하는 최초의 언어가 지녔던 "형태"는, 바벨 사건이 없었다면 계속해서 사용되었을 것이라고 언급한 바에 따르면, 온전한 언어로서의 기능과 형상을 지녔던 것으로 보인다. 온전한 언어의 형상은, 아리스토텔레스가 말하는 형상(form) 개념이 잠재성을 실현하는 매개를 가리키듯, 발화를 전제로 이루어지며, 발화의 기능은 기호와 사물을 연결한다. 하느님은 최초의 인간 아담에게 기호(특히 소리)와 사물을 본질적 차원에서 연결하는 언어를 발화하는 능력을 부여했고, 그것은 필요한 어휘들과 구문을 구성하는 능력을 포함했다. 이러한 아담의 은총의 언어는 바벨탑이 무너지기 전까지 사용되었다. 그리고 하느님이 바벨탑의 건설자들을 그들 사이에 혼란을 뿌리면서 벌하신 후에 아담의 언어는 히브리인들에 의해 존속되었고, 그래서 그리스도는 "혼돈의 언어가 아니라 은총의 언어"(『속어론』1.6.6)를 사용할 수 있었다. 그에 비해 바벨 이후에 다른 모든 언어들은 '자의적인' 기호들로 구성된다.(『속어론』1.3.3\1.9.6)

그런데 위에서 요약한 『속어론』의 설명은 「천국」(26곡)에서 묘사하는 아담의 발언과 모순된다. 「천국」에서 등장하는 아담은 히브리어가 자기가 "창조"한 독창적 언어가 아니었으며, 자신의 언어는 바벨 이전에 이미 소멸되었다고 주장한다.

> 내가 사용했던 언어는
> 니므롯의 족속들이 이룰 수 없는 일에
> 착수하기 훨씬 전에 소멸되었다.   126

그리고 이어 모든 언어들에 내재한 변화하기 쉬운 성격을 주장한다.

> 어떠한 인간 정신의 산물도
> 영원히 지속될 수 없으니, 자연의 모든 사물처럼
> 인간의 경향도 별들과 함께 변한다.   129

> 사람이 말하는 것은 자연스러운 일이다. 그러나
> 어떻게 말하느냐, 이렇게 혹은 저렇게 말하느냐는
> 네가 좋은 대로 하도록 자연은 허락하신다.   132

> 내가 지옥의 고통으로 내려갈 때까지
> 최고선은 세상에서 I로 불렸다.
> 그분은 지금 그분의 축복된 빛으로 나를 감싸 주신다.   135

> 나중에 가서 그분은 EL이라 불렸다.

가지에서 잎들이 떨어지고 다른 잎들이 같은 자리에

돋아나듯이, 인간의 습관은 자연스럽게 변한다.   138

(「천국」 26. 124-138)

이렇게 인간의 언어를 인류의 시초로부터, 바벨("혼돈") 이전에도, 끊임없이 변해 왔던 것으로 보는 견해는 지극히 혁명적인 생각이며, 아담의 언어 히브리어가 그리스도가 구세주 사명을 수행하는 데 사용할 수 있도록 바벨 이후에도 바뀌지 않은 채 남아 있다는, 이전에 『속어론』에서 스스로 펼친 논지에 정면으로 반대되는 것이다. 요컨대 「천국」에서 단테는 언어는 변한다고 단언한다. 아담이 창조되었을 때 그는 입을 열어 인간의 언어를 발화했다. 그가 발화한 언어는 하느님을 가리키는 용어였다. 그런데 단테는 『속어론』에서 하느님을 지칭하는 용어는 "El"로서, "El"은 히브리어에서 하느님을 위한 최고의 이름이라고 설명하는 반면(『속어론』 1.4.4), 위의 인용된 텍스트에서 보듯, 「천국」에서 아담은 하느님의 이름을 "I"(통일성과 완전성을 의미)로 불렀는데, 그것이 나중에 히브리어 "El"로 대체되었다고 진술한다. 결국 하느님을 가리키는 아담의 언어는 '변화'했다는 것이다.

단테는 '자연' 언어들이 변화하기 쉽다는 점을 강조했는데, 그 점을 인간 존재의 본성이 원래 불안정하다는 인식에서 이끌어낸다.(『향연』 1.5.7-9/「천국」 5.98-99/『속어론』 1.9.11)[25] 언어의 가변성에 대한 확신은 창조적 작가로서 단테를 형성하는 데 가장 중요한 요인들 중 하나였다. 사실상 시간과 공간은 언어가 소통 행위를 증진시키는 과정에서 방해물로 작용한다. 작가가 창조한 문학 언어는 시간이 지날수록, 또 공

---

25 "그리고 별이 그렇게 변하여 웃음을 띠는 듯했다면,/ 본성이 변화로운 인간인 내게는/ 무슨 일이 일어났겠는가!"(「천국」 5. 97-99)

간적 거리가 멀어질수록, 독자들과의 공감대를 확보하기 어려워진다. (그런 점에서 고전의 역설은 바로 시공간이 방해물이 아니라 다리의 역할을 한다는 것에서 나온다고 할 수 있다.) 언어는 시간과 공간에 따라 변화할 수밖에 없으며, 따라서 언어는 단일한 형태로 언제까지라도 남기보다는 다양한 형태로 끊임없이 분화될 운명을 지닌다. 그리고 그 다양성은 소통을 어렵게 만든다. 단테는 그러한 언어 가변성의 전개를 공시적, 통시적인 측면에서 강조한다.

예를 들어, 단테는 파비아의 고대 시민들이 지금 살아난다면 그들은 지금 그곳의 주민들이 말하는 언어와 완전히 다른 언어로 말할 것이라고 추정한다.(『속어론』1.9.7) 또 이탈리아 반도 내에서 동부의 파두아 말은 서부의 피사 말과 다르며, 인접하는 도시들(밀라노와 베로나, 로마와 피렌체) 사이에서도, 같은 기원을 지닌 사람들(나폴리와 가에타, 라벤나와 파엔차) 사이에서도, 서로 다른 방언을 쓴다고 관찰한다. "더 놀라운 것은, 보르고 산 펠리체에 사는 볼로냐인과 스트라다 마조레에 사는 볼로냐인처럼 같은 도시에 사는 사람들도 그러하다는 것이다."(『속어론』1.9.5) 단테는 그렇게 언어가 시공의 거리에 따라 변하는 이유를 인간 존재가 "가장 불안정하고 변화하기 쉬운 동물"이라는 사실에서 찾는다. 따라서 인간의 언어는 관습이나 예의처럼, 점진적으로, 그러나 불가피하게, 시간과 공간에서 변화한다. 이렇게 단일한 지역이나 도시 내에서도 발견되는 언어의 다양성과 가변성을 관찰한 결과 단테는 문법이 발명된 것은 바로 자연스러운 언어 변화와 분열의 효과를 막기 위해서였다고 결론 내린다. "이 문법은 다른 시간과 장소들에서 동일하고 변화하지 않는 언어의 한 형태일 뿐이다."(『속어론』1.9.11)[26]

---

26 단테의 진술에서 "언어의 '한' 형태"라고 말한 점을 주목할 필요가 있다. 문법은 영원불변의 유일한 언어가 아니라, '한' 언어의 동일성과 불변성(정체성이라고 말하는 것이 더 나을 듯)을 보장하는 체계라는 것이다. 이는 다시 말해 다양한 언어들이 그들 자체의 문법을 가진

이렇게 언어가 다양하게 분기할 뿐만 아니라 일단 분기된 상태에서 한 언어는 그 자체대로 독립된 형식과 체계를 갖춘다는 점을 문법의 개념과 함께 내세운다. 그리고 이어 이탈리아의 가장 "뛰어난 속어"를 "추적"하는 일에 착수한다. (따라서 문법은 이탈리아 속어와 대치하기보다 이탈리아 속어를 받쳐 주는 관계를 이룬다.) 단테는 "뛰어난 속어"의 존재를 당연히 존재해야 하는 것으로 여겼다. 중세 기독교 사상가들에 의하면 통일성은 최고로 바랄 만한 것이다. 왜냐하면 통일성은 우주와 그 창조주의 구조를 반영하기 때문이다. 따라서 위와 같은 실질적, 이론적 이유들로 단테는 이탈리아 전역을 뒤지며 문법과 통일성의 기반을 갖춘 최상의 속어 언어를 찾아 나선다.[27]

단테가 우선 검토한 지역은 로마였다. 단테에 따르면 로마인들은 스스로 모든 것에서 앞서 나간다고 주장하기 때문이다. 그러나 단테는 그들의 말을 이탈리아의 모든 방언들 중에서 가장 추악한 것으로 결론 짓는다. "거의 놀랄 것도 없다. 로마어는 다른 모든 방언들보다 로마인들을 더 역겹게 만드는 그들의 관습과 예의의 부패를 반영하기 때문이다."(『속어론』 1.11.2) 이렇게 로마어를 진단한 뒤 다른 지역의 언어들을 짧게 패러디하며 지나간다. 당시 최신이자 최고의 문화를 이끌던 피렌체 시민으로서 단테는 어쩌면 편견을 지닌 듯도 보이는데, 과연 그는 "산과 들의" 말들을 그냥 지나쳐 버린다. 예를 들어 사르데냐인은 이탈리아인도 아니다. 왜냐하면 "그들은 그들 자신의 방언이 없는 듯 행세하며, 원숭이가 사람을 모방하듯 라틴어를 모방하기 때문이다."(『속어론』 1.11.7) 다른 한편 토스카나인은 자만심이 지나쳐 언어의 측면에서

다는 것, 따라서 문법이란 언어가 다양한 만큼 다양할 수 있다는 점을 말해 준다.

27 Mazzocco, Angelo, "Dante's Notion of the Illustrious Vernacular: A Reappraisal", *Linguistic Theories in Dante and the Humanists*, *Studies of Language and Intellectual History in Late Medieval and Early Renaissance Italy*(Leiden: E. J. Brill, 1993), pp. 108~158.

도 지나친 면들을 보인다고 혹평한다. 그래서 mangiare 대신에 manicare 를 사용하고 introcque 같은 말을 사용하는 것을 비난한다.[28] 그럼에도 불구하고 단테는 토스카나인들이 사실상 "탁월한 속어의 지식, 즉 귀도, 라포, 또 다른 사람[단테 자신], 모든 피렌체인들, 치노 다 피스토이아"(『속어론』 1.13.4)를 사실상 배출했다고 결론 내린다. 결국 단테는 토스카나의 중심지 피렌체의 언어를 예로 들면서 그것이 "뛰어난 속어"의 표본이라고 정의한다. 그렇게 『속어론』 1권을 최고의 이탈리아어(latium vulgare)는 "이탈리아에서 속어 시를 쓴 모든 뛰어난 대가들에 의해"(『속어론』 1.19.1) 사용된 언어라는 자신감에 찬 진술로 맺는다.

속어의 사용

『속어론』 2권으로 가면 단테는 누가 어떤 방식으로 속어를 적절하게 사용할 수 있는지를 논의한다. 우선 단테는 중세의 수사학과 시학이 주로 수사의 형식적인 면만 강조한다고 비판한다.[29] 사실 『속어론』이 뛰어나다면 그 뛰어남은 바로 그러한 중세의 전통을 무시한다는 것에서 찾을 수도 있으리라. 단테는 아마도 스스로가 더 중요한 문제를 논의한다고 느꼈던 것 같다. 기존의 어떤 모델도 그의 관심을 끌지 못했다. 기준이 되는 모델이 부재하는 가운데 단테는 낭만적 서정시 분야에서 그가 확인한 위대한 예들을 보여 주고 분석함으로써 그 자신의 권위적 전통을 구축하고자 했다. 이는 추상적인 규칙 체계에 함몰되는 것이

---

28 그런데 흥미롭게도 이렇게 비난한 말들은 『신곡』에서 그대로 쓰인다.(「지옥」 33.60, 20.130)

29 다음 책은 아우구스티누스 이후 르네상스에서 고전 전통이 되살아나기 이전까지 중세 수사학이 행동과 사고를 규정하는 전통적인 형식을 가르치는 데 집중되어 온 양상을 정리한다. Murphy, James J., *Rhetoric in the Middle Ages: A History of Rhetorical Theory from Saint Augustine to the Renaissance*(Berkeley: University of California Press, 1974).

아니라 위대한 작가들의 실천에서 감화를 받고자 하는 것이었다. 그런 측면에서 단테는 프로방스와 이탈리아의 시인들을 자주 참조했다.

『속어론』2권은 뛰어난 이탈리아 속어는 산문과 운문 양쪽에 사용될 수 있다고 주장하면서 시작된다. 『향연』의 1권에서 단테는 시라는 장신구는 철학과 도덕의 진실을 표현하는 데 장애물이 될 수 있다고 예고한 바 있다.[30] 그럼에도 불구하고 『속어론』2권 초입(2.1.1)에서 그는 속어에서 운문이 산문 작가의 창작을 위한 모델로서 "확고한 우선권"을 지닌 것으로 보는 전통을 따른다. 주목할 것은 속어가 산문과 운문 양쪽에 모두 사용될 수 있다고는 하더라도, 그중 어느 쪽에 더 적합한가를 판단한다면, 단연 단테는 운문의 편을 든다는 점이다. 단테는 최고의 속어 서정시에 비견할 만한 뛰어난 이탈리아어 산문의 예를 찾아내지 못했다.

단테의 견해로 속어를 가장 적절하게 사용하고 속어의 뛰어난 특질을 가장 잘 활용하는 형식을 운문이라고 봤을 때, 그 점을 받쳐 주는 것은 개인성에 있다. 시를 쓰는 모든 사람은 가장 뛰어난 언어를 사용해야 한다. 그 점에 대한 확신은 항상 단테를 따라다녔다. 따라서 단테는 가장 뛰어난 언어를 사용하는 창작가는 시인이라고 생각했고, 바로 그 점이 시인 단테의 독창성을 보장해 준다. 단테는 미를 단지 장식의 차원에서 이해하고자 했던 전형적으로 중세적인 개념을 거부하고, 대신 적절성(convenientia)이라는 근본 개념을 주장한다. 존 투크에 따르면, "이 적절성이라는 것은 인식론적, 역사적 의미에서 미와 동의어다." 존 투크는 단테가 생각했던 적절성은 개인적인 적절성이라고 지적한다. 즉, 미와 선이 객관적으로 완벽하게 들어맞는 것보다는, 그 미와 선

---

30 "치장과 의상의 장식들 덕택에 어느 여자가 원래의 자신보다 더 칭찬받을 경우 그녀의 아름다움이 잘 드러나지 않을 수 있다."(『향연』1.10.12)

이 시인 자신에게 내재하는 인성과 협력하는 원리가 곧 적절성이며 진정한 미로 올라선다는 것이다.[31] 결국, 모든 시인이 뛰어난 속어를 써야 하는 것은 아니다. 뛰어난 속어는 "지식과 재능"이 모두 뛰어난, 미와 선을 자신의 인성과 조화시킬 줄 아는 시인들의 전유물로 받아들여져야 한다. 반면 대개의 속어 시인들은 그 둘 중 하나도 소유하지 못한다.(『속어론』2.1.8)

단테는 논점을 더 좁히면서, "뛰어난 속어"를 사용하는 데 적절한 운문의 형식은 송가 혹은 칸초네라고 주장한다. 칸초네는 "뛰어난 속어"를 위한 가장 고귀한, 유일하게 적절한, 시 형식이라는 것이다. 중세의 시 분류에 반영된 서열을 따르면서 단테는 운문의 형식을 칸초네, 발라드, 소네트 순으로 순위를 매긴다. 칸초네가 가장 앞서는 이유는 발라드는 춤꾼을 위해 지어진 것인 반면 칸초네는 시인의 목적 자체를 충족시키기 때문이다.(『속어론』2.3.5) "운문으로 쓰인 것이 무엇이든 그것은 하나의 칸초네[노래]라고는 하지만", 칸초네의 우월성은 칸초네라는 용어 자체가 하나의 특수한 형태의 시를 의미한다는 사실에 의해 증명된다. 결국 칸초네의 우수성은 칸초네만이 운문 분야의 모든 측면을 포괄한다는 사실(『속어론』2.3.8)에서 나온다. 단테는 발라드나 소네트는 당시 이탈리아에서 막 출현한 형식들이지만, 칸초네는 이미 200년 이상 지어져 왔다는 것을 상기시킨다. 칸초네는 그것을 짓는 작가들에게 더 위대한 명성을 약속하며, 다른 어떤 유형의 시보다도 더 조심스럽게 보존된다. 단테는 『새로운 삶』에서 "소네트의 짧은 형식으로는" 자기에 대한 베아트리체의 힘의 효과를 묘사할 수 없기에 "그래서 칸초네를 시작했다."(『새로운 삶』27.2)라고 말한 바 있다.

---

31 Took, John, *Aesthetics Ideas in Dante*(Oxford: Clarendon Press, 1984), pp. 68~69.

이제 속어가 소통의 언어로서 보편성을 지니는 이유를 다음과 같이 정리할 수 있다.(이는 단테가 『향연』을 속어로 쓴 이유들 중 하나로 드는, 앞에서 인용한 '자발적 너그러움'을 설명하는 세 가지의 내용과 상응한다.) 첫째, 라틴어가 오랜 세월 동안 담아 온 학문의 이치와 사상적 체계를 담고 있다면, 속어는 자연과 삶, 생활과 감정의 이치를 담고 있다. 그래서 라틴어가 보편적인 만큼 속어도 보편적일 수 있다. 둘째, 라틴어가 중심의 언어라면 속어는 주변부의 언어다. 여기에서 중심은 체계와 안정을 지향하는 것을 의미하는 반면 주변부는 작동과 과정을 지향한다. 속어는 그 자체로 이미 자기 부정성을 내재한다. 그것이 비동일화의 동력임은 말할 것도 없다. 비동일화란 중심에 대한 부정뿐 아니라 자체에 대한 부정까지 포함하는 것이기에, 속어는 주변부의 언어로서 진정한 보편으로 나아가는 토대가 된다. 셋째, 속어의 보편성을 더 선명하게 설명하기 위해 복수 언어들 사이에서 일어나는 비동일화 과정을 관찰할 필요가 있다. 단테의 경우, 라틴의 정신을 속어에 담아내는 과정에서 속어가 라틴의 보편성을 전유하는 방식으로 새로 구성되었던 것이다. 단테의 속어는 지역적인 정체성에 충실한 하나의 근대어였다. 그러나 또한 단테의 속어는 중세의 보편을 전유했다는 면에서 서양이 근대 국민 국가를 세우며 필요로 했던 근대어에 머물지 않고, 그것을 넘어서서 인간이 자연스럽게 사용하면서 변화하고 그렇게 변화하는 대로 인간의 다양한 맥락들을 담아내는 언어였다.

6 소리 내는 언어

언문일치와 번역

언문일치의 언어

문어와 구어[1]가 분리되는 현상은 계급적 분리라는 사회적 현상을 동반한다. 흔히 문어를 다루는 계급이 사회적 권력을 독점하게 되는데, 거꾸로 권력을 독점하기 위해 문어를 배타적으로 관리하는 기획도 이루어지기 마련이다. 문어를 다루는 사회 계층과 구성원을 제한하는 것이 단테 당시에 라틴어와 속어가 경합하던 정치적 역학 관계였다. 예를 들어, 교회의 언어로서 문어 라틴어는 유일한 은총의 언어였고, 성직자와 귀족으로 이루어진 소수의 지식인 지배층은 그 언어를 다룰 수 있는 사람들을 엄격히 제한했다. 따라서 라틴어가 문란해진 형태로서 속어는 자연스럽게 문어보다는 구어의 형태로 먼저 다양한 계층의 구성원

---

1 문어(文語, written/literary language, 글말)는 글로 쓰인 언어를 가리키고 구어(口語, spoken/colloquial language, 입말)는 입으로 발화하여 나온 언어를 가리킨다. 한편, 문어라는 용어는 미적 언어로서 문학 언어를 가리키기도 한다. 이 책에서는 글로 쓰인 언어를 가리킬 때에는 '문어'로, 미적 언어(특히 단테의 문학 언어)를 특정해 가리킬 때에는 '문학 언어'로 표기하기로 한다.

들 사이에서 유포되고 그 정당성을 확보하며 힘을 얻어 갔다. 그런 오랜 흐름 끝에 속어가 문어의 형태로도 라틴어에 대항할 여건과 필요가 숙성되는 시기에 이르러 속어를 문어로 정착시키는 시도가 이루어졌고, 그 결과 속어를 사용하는 새로운 계급과 권력 구조, 새로운 관계들이 생성되는 새로운 시대가 열리는 것으로 이어졌다.

라틴어는 중세 내내 보존과 오염 사이에서 줄타기를 해 왔다. 보존은 성경 필사의 경우처럼 주로 문어의 형태를 유지하려는 노력을 통해 이루어졌고, 오염은, 공의회 기록이나 상업 문서, 일기에서 볼 수 있듯, 구어에서 생겨나 문어의 형태에 영향을 미치는 방식으로 일어났다. 로마 제국의 멸망과 함께 구어의 측면에서 라틴어는 계속해서 무질서해지고 속어화되는 모습을 보이는 한편, 문어 라틴어도 조금씩 이전의 체계를 잃어 갔던 것도 사실이다. 예를 들어 13세기의 문어 라틴어는 5세기의 문어 라틴어와 달랐다. 라틴어가 무너지기 시작한 5세기 이래 로망스 속어가 문어로 정착하는 13세기까지 이탈리아를 비롯한 유럽(지리적 의미에서)의 화자들이 대면한 언어들은 논의의 편의를 위해 다음과 같이 네 가지 종류로 분류해 볼 수 있을 것이다. 문어 라틴어(grammatica/the literary latin language)와 구어 라틴어(volgare latium/the spoken Latin language), 문어 속어(volgare illustratio/the literary vernacular language)와 구어 속어(volgare/the spoken vernacular language).

우리가 논의 대상으로 삼고 있는 두 언어는 라틴어와 이탈리아 속어이지만, 그 속에서 생각해야 할 언어들의 모습들은 더 세분화된다. 어느 언어든 말꼴이 있고 글꼴이 있기 마련이다. 글꼴이 없이 말꼴로만 통용되는 언어라고 하더라도 글꼴은 언젠가 실현될 잠재태로 자리한다고 볼 수 있다. 라틴어는 고대 로마 제국의 국어로서 오랜 세월 동안 갈고 닦인 말과 글의 복합체였지만, 로마 제국이 멸망한 뒤로 그 통일된 체계성을 조금씩 상실해 가고 있었다. 국어로서의 힘을 상실하는 현상은 말에서 우선 나타났다. 그 '말'은 로마 제국의 '변방'(로마 당대와 로마의 멸망 이후의 지리, 문화, 정치적 차원에서)에서 표준 라틴어(문어 라틴어, 문학어 라틴어, 고전 라틴어)와 다르게 사용된 구어 라틴어(vulgar Latin)를 가리키며, 이는 이후 이탈리아 속어를 비롯한 일군의 로망스어들로 재편성되었다.

문어 라틴어는 중세 내내 유럽 전역에서 널리 사용되는 보편어이자 국제어(lingua franca)였다. 그런데 문어 라틴어도 그러했지만 구어 라틴어는 시간이 흐르면서 계속해서 질서를 잃고 변화되었고, 어느 시점부터는 현재 우리가 라틴어보다는 속어에 더 가깝다고 인지하는 형태의 언어가 되어 있었을 것이다. 이를 가리켜 구어 속어라고 말할 수 있다면, 구어 라틴어와 구어 속어의 차이를 지금 우리가 대하는 것처럼 뚜렷하게 인식할 수 없는 상황에서, 즉 변화가 매우 긴 시간에 걸쳐 이루어졌고 변화의 내부에만 위치해야 했던 상황에서, 사람들은 그들이 일상적으로 사용하는 구어 속어를 문자화 또는 문법화한 것이 곧 문어 라틴어라고 생각했을 것이다.[2] 이는 단테 당시의 사람들이 구어 속어를 사용하면서 그들의 언어를 라틴어 혹은 라틴어의 변형물로 간주했다는 뜻이다. 말하자면 지방어가 아무리 중앙어와 달라도 지방어인 한에서 중앙어의 큰 범주에 들어간다는 일반론을 떠올릴 수 있다. 이런 까닭에 그들은 '이미' 라틴어와 '다른' 종류의 언어를 사용하고 있었음에도 불구하고 그 사실을 아직 잘 인지하지 못했을 가능성이 크다.

문어 라틴어와, 구어 라틴어가 변형된 형태로서의 구어 속어의 차이는 예를 들면 런던 영어와 인도 영어의 차이와 같다. 런던 영어와 인도 영어는 발음과 억양, 또는 표현법에서 차이가 나지만 '영어'라는 공통

---

2 Tavoni, Mirko, "Volgare e latino nella storia di Dante" in *Dante's Plurilingualism: Authority, Knowledge, Subjectivity*, eds. by Sara Fortuna, Manuele Gragnolati and Jürgen Trabant(London: Legenda, 2010), pp. 52~68.

범주 내에 묶인다. 단테 당시에 구어 속어를 사용하던 일반인들은 라틴어를 자기들이 사용하는 속어, 문맹의 농부와 여자들이 사용하는 속어, 철학자가 말로 하는 속어(이런 속어들을 '구어 속어'라 부른다.)를 문자화하고 문법화한 언어로 생각했다. 라틴어는 문자어(글)로서 보편 언어였다. 문제는 그러한 구어 속어와 그러한 문어 라틴어의 거리가 점차 멀어져갔다는 점이다. 더 정확히 말해, 구어 속어를 문어 라틴어로 귀속하여 정착시키기보다는 구어 속어를 정착시키는 또 다른 제3의 문자가 필요하다는 인식이 생겨난 것이다. 이는 구어 속어의 실질적인 쓰임새가 이미 문어 라틴어의 고정된 (따라서 안정된) 체계를 넘어서고 있었기 때문일 것이다.

방금 지적했듯이, 당시 이탈리아 반도에서 속어를 실제로 발화하던 사람들은 그들 자신이 라틴어가 아니라 '속어'(이탈리아어)를 사용한다는 의식은 하지 않았을 것이다. 그들은 그들 자신이 여전히 라틴어를 사용한다고 믿었고, 그 이전에 사실상 그런 믿음 자체가 존재하지 않았을 것이다. 속어로 대화를 나누는 사람들은 그들의 말이 라틴어와 다른 언어에 속한다는 구분 자체가 불필요했다는 것이다. 요컨대 라틴어와 속어의 경계가 아직까지 확실하게 그어지지 않은 상태에 있었던 것이다. 그런 상태에서 라틴어와 속어를 구분하지 않아도 아무런 불편을 느끼지 못하던 사람들은 성직자나 귀족처럼 라틴어를 표기할 줄 알았던 제한된 계층의 소수였다. 그와 함께 사실상, 똑같은 구도를 적용해서, 라틴어를 표기할 줄 몰랐던 나머지 대부분의 사람들도 라틴어와 속어를 구분하지 않는 것이 불편하지 않았기에 구태여 라틴어와 속어를 구분할 필요를 느끼지 못했을 것이다. 그런데 9세기 초반을 기점으로 공식 문서에서 속어 표기가 등장하기 시작하고, 포교와 상업 활동에서 속어의 사용이 확산되면서 속어를 사용하는 사람들이 그들의 구어를 문자로 정착시킬 필요를 점점 더 크게 느끼기 시작하며, 또한 시민 계층의 확대와 대학의 설립이 보여 주듯 식자층의 숫자가 증대하면서, 구어-속어가 문어-라틴어와 다르다는 인식이 생겨났다.[3]

중세의 화자들은 문어 라틴어와 구어 속어 사이의 차이와 불일치를 인지할 때마다, 혹은 인지하는 과정에서, 구어 속어를 문자화하는 다른 길을 모색하게 되었다. 그렇게 해서 나온 것이 '문자'의 형태로 된 속어, 즉 스크립타(scripta)라 불리는 것이었다.[4] 스크립타는 표음 문자의 성격을 지닌다. 프로방스에서 처음 출현한 스크립타는 현지 화자가 발화하는 것을 현지 화자의 정서법과 철자에 따라 음성적으로 표기한 결과였다. 스크립타는 문어 라틴어와 구어 속어 사이의 차이와 불일치(를 교정하려는)의 산물로서, 실제 화자들에 의한 철자와 정자의 방법에 따른 음운적 상징들에 따라 말을 발음하여 표기한 표음 문자였다. 14세기 초에 유럽에는 다수의 스크립타들이 존재했고, 사람들은 그것들이 각각 서로 다른 개별 언어들이라고 인지하지 않았으며, 따라서 그들이 라틴어가 아닌 다른 언어를 사용한다고 생각하지 않았다. 그러나 현재 우리는 라틴어와 스크립타(더 정확히 말해 스크립타가 발전되어 몇몇의 더 축소된 범주들로 정착한 형태로 남은 로망스 언어들)가 서로 다른 언어라고 구별한다. 중세의 화자들이 그들이 사용하는 언어가 라틴어와 '다른 언어'라는 자각이 생겼을 때, 바로 그때가 언문일치의 결과로 나온 진정한 의미의 문어 속어(이를 스크립타와 구별할 필요가 있을 것이다.)가 출발한 때였다.

---

3 수신자 단계에서 일어난 광범위한 소통의 상황은 특히 주목할 필요가 있다. 예컨대, 단테 당시(14세기) 토스카나어는 라틴어를 번역하는 속어들을 대표하는 언어였지만, 그것은 나중에 15세기에 로렌초 메디치가 주도한 피렌체의 문화 지형에서 일어난 것처럼 어떤 문화 특권층이 이끈 하나의 기획 아래 이루어진 것이 아니라, 일반 저변에서 자발적으로 형성된 속어의 생산과 소비에서 기인한 것이었다. Cornish, Alison, *Vernacular Translation In Dante*(Cambridge: Cambridge University Press, 2011), pp. 7~8.

4 스크립타는 '글'이라는 뜻으로, '말'이라는 뜻의 베르바(verba)와 짝을 이룬다. 스크립타는 특히 쓰인(筆) 글을 가리킨다.

이런 상황에서 구어 속어를 문어 라틴어와 다른, 하나의 독립된 문자로 표기해야 한다는 요구는 당연한 것이었다. 말을 새로운 글로 정착시켜야 할 때, 그래야 말이 지닌 생명력과 정서, 그리고 소통의 기능이 해결된다고 판단될 때, 새로운 글을 발명하고 구성하고 개량하는 일이 일어나기 마련이다. 그런 과정에서 구어 속어는 문어 라틴어와 확실하게 구분되어 갔으며, 문어 라틴어를 대체하는 새로운 언어로서 자리를 잡게 된다. 이런 식으로 새로운 언어가 기존의 언어를 성공적으로 대체해 나간 것이 바로 근대를 관통하는 언어사적 흐름이었다. 유럽에서 새로운 문자의 등장은, 한글처럼 단박에 이루어진 것이 아니라, 서서히, 수백 년에 걸쳐 이루어졌다. 단테는 그런 변화의 정점에 서 있었고, 그것을 더욱 확고하게 이루었다. 단테 이후에도 속어 논쟁은 계속 이어졌고, 라틴어도 계속 문어로(는 물론 구어로도 극히 소수 사람들 사이에서) 사용되었다. 그러나 단테의 속어 이론(『속어론』, 『향연』)과 속어 사용의 예(『새로운 삶』, 『신곡』)는 이후 이탈리아 속어가 이탈리아 반도에서 확고하게 정착하는 데 결정적인 기여를 했다.

그렇다면, 앞에서 예고한 대로, 여기에서 주목할 것은 그런 배경에서 배출된 단테의 이탈리아 속어는 어떤 성격을 지닌 언어였던가 하는 물음이다. 단테의 이탈리아 속어를 단순히 라틴어를 대체한 새로운 언어라고 할 수 없다는 점에서 논점이 생겨난다. 단적으로 말해, 단테는 라틴어를 속어와 완전히 다른 언어로 간주하지 않았다. 그러나 시간이 흘러 이제 우리는 라틴어는 라틴어이고 속어는 속어라고 구분한다. 우리의 잣대로만 단테의 라틴어와 속어를 생각할 수 없는 이유다.

단테 시대(13세기 후반에서 14세기 전반)에 문어 라틴어, 정확히 말해 고대 로마에서 사용하던 고전 라틴어와 상당한 차이가 있는 이른바 중세 라틴어는 단테 당시에 사회에서 널리 사용되던 일종의 보편 언어였다. 전술한 속어화가 급속히 진행되던 당시 문어 라틴어를 대하는 태도를 두 가지로 구분할 수 있을 것이다. 첫째, 문어 라틴어(the literary latin language)를 문법(grammatica)으로 계속해서 정착시켜 그 중심어로서의 지위를 확보하려는 노력이고, 둘째, 이미 사용되고 있던 구어 속어를 문어 라틴어와 연동시켜 문어 속어로 정착시키려는 시도였다. 전자는 나중에 (15~16세기) 인문주의자들이 수행한 언어 논쟁(questione della lingua)의 중심 주제로 연결되었던 한편, 후자는 단테를 비롯한 당시 문인들이 추진했던 속어화(volgarizzamento/vernacular translation/vernacularization)의 내용이었다.

라틴어의 전유

앞장에서 강조했듯(5장), 단테가 라틴어라는 것을 말할 때 그 라틴어는 단테 당대에 사용되던 중세 라틴어나 구어 라틴어보다는 단테 자신이 읽었던 고전 텍스트에 사용된 라틴어를 가리키며 더 포괄적으로는 고전 텍스트들 자체를 가리킨다고 봐야 할 것이다. 단테의 속어는 결코 라틴어를 완전히 배제하는 방식으로 태동하거나 완성되지 않았고, 오히려 라틴어의 일정 부분을 이어받는 면이 있었다. 베르길리우스와 스타티우스, 오비디우스와 같은 로마 시인들의 고전 텍스트들은 단테가 이탈리아 속어를 세련하는 데 직접적인 큰 도움을 주었다. 그 도움은 라틴어 텍스트들이 담고 있는 인간에 대한 깊은 통찰과 표현에서 나온 것이었다. 그러나 다른 한편, 아우어바흐의 예리한 관찰이 보여 주듯, 단테의 속어는 로마의 라틴어가 담지 않은 혹은 담아내기 힘들었던 요소들을 실어 나르는 데까지 나아갔다. 단테의 속어가 인물이나 사건, 묘사, 생각 등 모든 면에서 높은 것과 낮은 것을 뒤섞어 놓는다는 면에서 그러하다. 단테의 인물들은 너무나 평범해서 인구에 회자되지 않는 경우들도 많고 단테의 묘사는 예상을 뛰어넘어 독자의 눈을 어지럽힌다. 예를 들어 단테가 「천국」에서 쓴 "아무데나 가려우면 가려운 대로 긁으라지."(『천국』 17.129) 같은 문장은 천국의 묘사에서 도저히 어울리지 않지만, 단테는 독자의 예상을 뛰어넘을 뿐 아니라 일상적이고 기괴하고 불쾌한 것을 직접적인 필치로 자세하게 묘사하고 있다.[5] 아우어바흐는 이러한 현상을 "숭고함에 있어서의 지나친 현실적 근접성"이라 부른다.[6] 숭고를 추구하되 숭고하지 않은 것을 통한다는 의미이며, 바꿔 말해 "고대적인 것을 추구하면서 동시에 다른 것을 포기하기를 원치 않았던" 것이다.[7]

단테가 라틴어와 이탈리아어를 단순히 언어적으로 통합하고자 했다는 증거는 희박하다. 오히려 라틴어 문장을 그의 창작 문체를 한 단계 고양시키는 수단으로 채택했다. 단테가 라틴어를 지지한 것은 당시의 언어적 혼란에서 벗어나는 동시에 다언어주의가 제공하는 유리한 점들을 탐사하기 위한 것이었다. 단테는 속어 사용을 통해 고대 라틴어 텍스트에 담긴 웅혼한 주제와 성찰, 수사적 기교를 발전적으로 이어받으면서 또한 동시에 그러한 것들을 자신만의 방식으로 변형시키는 데 뛰어난 수완을 발휘했다. 라틴어는 속어의 아직은 미숙하고 유연한 체계에 질서를 부여해 주는 언어였다.

단테가 라틴어와 속어 사이에서 애매한 태도를 취했던 이유는 무엇보다 그가 직면했던 당대의 언어적 현실을 해결하고자 했기 때문으로 보인다. 사회적 현실에 바탕을 두고 그 현실을 관찰하여 얻은 현실의 인식과 통찰, 그리고 거기에서 나오는 새로운 철학은 단테가 『신곡』을

---

5 아우어바흐, 『미메시스』, 202쪽.

6 위의 책, 같은 곳.

7 위의 책, 같은 곳. 같은 식으로 바란스키는 단테의 속어가 지역어와 초지역어를 둘 다 지양하면서 또한 둘 모두를 포용하는 모습을 지적한다. "단테는 당시의 언어적 혼란에서 탈출하는 동시에 다언어주의가 제공하는 기회를 활용하기 위해 구어 라틴어(vulgare latium)를 지지한다. 이로써 단테는 더 넓은 목표를 향할 수 있는데, 그것은 지역주의를 하지 않는다고 해서 초지역적 언어로 나아가는 것도 아니라는 것이다." Baransky, "'Significar per verba': Notes on Dante and Plurilingualism", p. 10.

쓰는 가장 중요한 이유이자 요소들이었던 한편, 그것들을 담아내는 적절한 언어의 형태 혹은 방식이 필요했던 것이다. 그렇게 본다면 『신곡』의 속어는 라틴어를 이으면서 넘어선, 즉 '전유'한 결과라고 말할 수 있다.[8] 단테는 속어 작가의 임무는 고전 선조를 모방하는 것이라고 하면서 『신곡』을 쓰기 전까지 라틴 문학의 우월성을 믿었다. 그래서 『새로운 삶』에서 그는 사랑의 주제에서만큼은, 그리고 비율에 따라서, 운율(rima)에서는 속어를, 시행(verso)에서는 라틴어를 쓸 것을 권유했다.[9] 그러나 나중에 망명을 떠나면서 곧바로 생각이 달라졌다. 그는 망명 초기에 쓴 『속어론』에서 속어 문학의 범위를 더 포괄적으로 제시하면서 속어의 비중을 높여 나가는 모습을 보인다.[10]

우리가 간과하지 말아야 할 것은 단테가 왜, 그리고 어떻게 해서 언어 문제를 갖고 씨름을 하게 되었느냐 하는 물음이다. 단테 당시에 언

---

8 이 전유가 『신곡』을 낳는 근본 동인이었으며, 그에 대해 단테 이후의 인문주의자들은 매우 불편하게 여겼다. 이 점은 아우어바흐도 언급한 바 있다. 아우어바흐, *Mimesis*; 『미메시스』, 203쪽.

9 "주어진 비율에 따라서 운율(rima)을 위해 속어로 시를 짓는 것은 시행(verso)을 위해 라틴어로 시를 짓는 것과 마찬가지다."(『새로운 삶』 25. 4) 실제로 단테는 『새로운 삶』에서 21개의 라틴어 문장을 사용한다. 그러나 이는 라틴어의 우월성보다는 언어의 개별성에 대한, 혹은 다언어주의에 대한, 단테의 뛰어난 감각을 보여 주는 것이 아닐까? 한편 『속어론』에서 다음과 같이 속어를 옹호하는 입장을 보인다. "나는 속어로 시행(verso)을 쓰는 사람들을 여러 번 '시인들'이라 부른 적이 있다. 이러한 과감한 표현은 당연히 옳은 것이다. 우리가 시를 규칙에 따라 작성된 언어적 발명 바로 그것이라고 올바로 이해한다면, 그들(속어를 시행을 쓰는 사람들)은 지극히 분명하게 시인들이기 때문이다. 하지만 그들은 위대한 시인들, 즉 규칙을 준수하는 자들과 다르다. 위대한 시인들은 시를 규칙의 지배를 받는 언어와 기교로 (시를) 썼던 반면 그들은 앞서 말한 대로 어쩌다 그랬기 때문이다."(『속어론』 2. 4. 2-3)

10 『속어론』에서 단테는 오이어와 오크어의 유용성에 대해 설명하면서 이탈리아 속어는 그들 두 언어보다 두 가지 장점을 갖춰 더 우월하다고 말한다. "왜냐하면 첫째, 치노 다 피스토이아와 그의 친구처럼 속어 시를 더 달콤하고 섬세하게 써 온 사람들은 속어의 친구들이자 충직한 하인들이었기 때문이고, 둘째, 그들은 모두가 공유하는 문법(gramatica)과 가장 가깝게 접촉한다고 볼 수 있으며, 이 점은 이 문제를 합리적으로 고려하는 사람이라면 매우 확고한 주장으로 나타날 것이기 때문이다."(『속어론』 1. 10. 2) 위 인용문에서 치노 다 피스토이아(1270~1336)는 청신체파 시인이며, "그의 친구"는 물론 단테 자신을 가리킨다.

6 소리 내는 언어

어 상황은 다언어주의라고 부를 수 있는 것이었다. 라틴어가 절대적인 지배 언어로서의 지위를 상실하기 시작하면서 나중에 로망스어라고 불리는 새로운 언어들(속어)이 싹트고 있었다.『새로운 삶』에서 단테는 다언어주의를 단순히 라틴어와 속어 사이에 일어나는 문학적 대립으로 제시하지만,『속어론』에서는 다언어주의가 문학뿐 아니라 도시와 농촌 사이의 관계부터 다양한 인종적, 언어적, 지리적 영역들 사이의 관계들까지 남유럽 전체의 물질적 조건을 포괄한다고 말한다. 단테의 염원은 이탈리아의 지역적 다언어주의를 초월하려는 것이었고, 그러한 염원은 망명이라는 결정적인 경험에서 생겨났다. 따라서 다언어주의를 초월하려는 염원은 언어 차원과 함께 현실 차원의 정치적 혹은 실천적 측면에서 나온 것이었다.[11]

『신곡』에 담긴 숭고함은 고대 라틴어 텍스트들이 숭고하다고 간주할 수 없던 것들을 숭고하다고 본 결과였고, 따라서 기존의 숭고함의 범위를 훨씬 확장하거나 변형시켰다. 사실상 단테로서 다언어주의를 해결하는 것은 어떤 한 언어의 절대 우위를 주장하는 것이 아니었다. 그보다 단테가 구상한 것은 속어가 라틴어를 전유하는 구도였으며, 그 전유는 속어 자체의 언어적 체계 내부에서보다는 속어가 외부로 펼쳐지는 일종의 화용론적 차원에서 이루어졌다.[12] 바로 그 점에서 우리는 『신곡』의 제목을 이루는 '희극'이라는 용어가, 그것이 품는 다른 많은 함의들 가운데, 일반 대중들 사이의 소통을 내포한다는 것을 생각해 봐야 한다.[13]

---

11 『향연』 1권 11장 전체;『속어론』 1권 15장 전체.
12 단테가 『속어론』을 쓴 목적은 "제 나라 말을 하는 사람들의 언어에 대한 유용한 뭔가를 말하기 위한 것"(『속어론』 1.1.1)이며 "속어의 효과적인 사용의 이론을 가르치기 위한 것"(『속어론』 1.19.2)이었다. 여기에서 "제 나라 말"이란 라틴어에 대한 지역의 언어를 가리킨다.
13 이러한 논지에 대해서는 다음을 참고할 것. Quaglio, A. E., "Titolo in Commedía" in Enciclopedia Dantesca, vols 5(Rome: Istituto della Enciclopedia Italiana,

아우어바흐는 「지옥」 10곡을 분석하며 단테의 언어를 두고 다음과 같이 진술한다.

> 단테의 언어는 비교도 할 수 없는 풍부성, 실감, 힘, 유연성을 가지고 있다. 그는 비교할 수 없이 많은 어형을 사용하고, 다양하기 짝이 없는 사상(事象)과 내용을 비교할 수 없이 확실한 힘으로 파악한다. 그리하여 우리는 이 사람이야말로 그의 언어를 통하여 세계를 새로 발견했다는 생각을 갖지 않을 수 없게 되는 것이다.[14]

아우어바흐에 따르면 단테는 당대 혹은 그 이전의 어떤 작가들에 비해서도 "불가해한 기적"[15]으로 보일 정도로 단연 독창적이고 풍부한 언어를 구사했다. "그때까지는 생각도 할 수 없던 힘과 깊이를 부여"[16] 했다는 것이다. 이러한 평가와 함께 아우어바흐에게서 참조할 점은 그러한 단테의 독창성이 바로 구어의 화용론적 속성에서 나왔을 가능성이다. 『새로운 삶』을 쓰던 문학적 출발점에서 단테는 "이름은 그 이름이 붙은 사물로부터 나오며, 이름은 사물의 결과"(『새로운 삶』 13.4)라고 말한다. 같은 맥락에서, 문학적 성숙기에 나온 『신곡』에서도 '희극'이라는 제목을 붙인 의도에 맞게, 또는 인류의 구원이라는 웅장한 목표와 맞지 않게, 당시 일상생활에서 널리 사용되던 구어를 그대로 갖다쓰는 것을 주저하지 않았다.[17] 『신곡』의 숭고미는 엄연한, 부정할 수 없

1970~1976), II, 79~118(pp. 79~81).

14 아우어바흐, 『미메시스』, 200쪽.

15 위의 책, 200쪽.

16 위의 책, 201쪽.

17 아우어바흐는 카발칸티가 순례자 단테에게 던지는 물음, 즉 "come dicesti? egli ebbe?"(무슨 말을 하는 거야? 했던이라니?)(「지옥」 10.67-68)을 예로 들면서, 이런 문장들이 흔히 일상에서 쓰는 표현들임을 상기시킨다. 아우어바흐는 『신곡』의 리얼리티를 읽어 내면서 단테의 소리를 듣고자 했던 것 같다. 어떤 의미가 그 뒤에 숨어 있느냐를 파악하기 이전

6 소리 내는 언어

는 요소지만, 『신곡』은 정작 이를 구어라는 비구속적인 어법에 담아냄으로써 역설적으로 인류의 구원이라는 웅장한 목표에 훨씬 다가선다. 이것이 『신곡』의 언어가 지닌 힘일 텐데, 그것은 문자로 정착되지 않는 소리의 가능성 혹은 소리를 정착시키지 않는 문자의 가능성을 한껏 높이는 것으로 볼 수 있다. 여기에서 우리는 개인과 공동체의 관계를 속어의 탄생을 '지역적 보편 언어'로 측정함으로써 어떻게 다시 설정할 것인지 상상할 수 있다. 위에서 논의한 대로, 단테는 속어를 세계 전체("더 많은 사람들")에서 채택되는 한에서 라틴어보다 더 고귀하다고 간주한다. 단테가 『신곡』을 속어로 쓴 것은 속어가 소리를 널리 울려 퍼지게 하는 문학 언어라는 측면에서 라틴어보다 더 고귀하다는 점을 보여 주기 위한 것이었다. 그렇게 하면서 그는 이탈리아 속어의 최고의 단계를 성취했다.[18]

에, 그보다 먼저 들려오는 단테의 웅장하면서도 섬세한 소리를 들으며 단테의 세계에 잠기게 된다는 것이다. 그런 면에서 아우어바흐는 단테의 물질성과 세속성, 그리고 직접적인 표현과 같은 리얼리즘의 요소들을 통해 독자가 그를 직접 만난다고 보는 것 같다. 위의 책, 201쪽.

18 케이시는 이렇게 말한다. "우리는 단테가 『신곡』을 속어로 쓰면서 라틴어 대 속어의 문제를 단번에 완전히 해결했다고 생각할 수도 있다. 『신곡』은 근대 속어로 쓰인 최초의 고전, 그 당시까지 성경이나, 베르길리우스와 오비디우스와 같은 문학 고전들을 위해서만 이루어졌던 당시 학식 있는 주석자들에 의한 학문적인 논의의 대상이 된 최초의 문학 작품이었다. 『신곡』의 필사본이 600개가 넘는다는 사실은 단테가 14세기 이탈리아에서 얼마나 성공을 거둔 작가였는지 잘 보여 준다." Cachey, Theodore J. Jr., "Latin versus Italian", *The Contest of Language*, ed. by W. Martin Blommer(Notre Dame, Indiana: University of Notre Dame Press, 2005), p. 17. 다른 글에서 나는 다음과 같이 언급한 바 있다. "적어도 글을 짓는 작가적 차원에서 볼 때 라틴어는 번역을 필요로 하는 반면 속어는 번역을 필요로 하지 않는다. 소리 나는 대로 쓰이는 표음 문자의 성격 탓이다. 라틴어 역시 표음 문자지만, 제국의 언어로서 제국이 사라진 이후에 표음 문자의 성격을 상실해 가고 있었다. 따라서 라틴어를 표기한다는 것은 말하는 내용을 옮기는 것, 즉 번역의 과정을 내재하는 일이었다. 그에 비해 속어는 말하는 그대로를 표기하는 것이니 번역을 필요로 하지 않는다. (그러나 엄밀히 말해 말하는 그대로를 표기하는 언어는 존재하지 않는다. 표기된 글은 말을 일정하게 배신하기 마련이다. 이는 번역의 불확정성과 통한다.) 대신 속어들 사이의 번역은 필요하다. 정리하면, 라틴어가 번역된 언어라고 말할 때의 번역이 수직적 번역이라면 속어들 사이의 번역은 수평적 번역이라고 할 수 있다. 그러나 텍스트와 텍스트, 언어와 언어, 국가와

단테가 '희극'이라는 용어를 자신의 가장 위대한 작품의 제목으로 채택한 이유들 중 하나는 "높은 비극"으로서의 베르길리우스의 『아이네이스』와 구별하기 위해서였다.[19] 주지하다시피, 단테는 라틴어와 속어의 비교 우위를 놓고 『속어론』과 『향연』에서 서로 어긋나는 발언을 하고 있으며, 또한 『신곡』과 같은 실제 창작에서도 사뭇 다른 자세를 취한다. 그러나 분명한 것은 『편지』에서 "비극은 고양되고 숭고하고, 희극은 참으로 느슨하고 낮다."라고 말할 때,[20] "느슨하고 낮은" 희극은 단테가 심미적 기준을 적용한 결과가 아니라 당대의 현실에 스스로 대담하게 직면한 결과로 나온 것이었다는 사실이다.[21]

사실상 단테에게 '낮음'과 '높음'의 구별은 더 이상 의미가 없었을 것이다. 그에게 중요한 것은 자신과 독자의, 또 독자들 사이의, 대화가 얼마나 잘 이루어지느냐 하는 것이었고, 현실의 재현이나 숭고한 주제를 담아내는 등의 일들은 거기에 복무하는 차원에서나 의미 있었을 것이다. 주목할 것은 『신곡』의 문체가 고대 비극의 문체와 닮지 않았고, 그런 한에서 '희극'이라는 용어를 쓸 수 있었다는 점이다. 이때 '희극'이라는 용어는 매우 폭넓고 때로는 모순되는 내용을 가리키게 된다. 모호함과 불확실성은 언어를 대하는 단테의 기본적인 특성이다. 이를 두고 단테가 새로운 언어를 주조하는 중대한 국면에서 머뭇거렸

국가 사이의 수평적인 대화를 가리킬 수평적 번역이란 것이 과연 '어떻게' 가능한가 하는 의문은 남는다."(졸고, 「타자의 환대로서의 번역」, 《세계문학비교연구》, 세계문학비교학회, 43집, 2013, 113~148쪽)

19 「지옥」 20. 113.

20 Alighieri, Dante, 『편지』, 11. 16; 다음 졸저의 논의도 참고할 수 있다. 『단테 신곡 연구』, 479~485쪽.

21 이를 두고 아우어바흐는 다음과 같이 설명한다. "높은 스타일에서는 보지 못하던, 직설적 표현 형식들이 쓰이게 되고, 그 직접성에 고전주의적 취미 기준이 충격을 받는 것이다. 뿐만 아니라 이 모든 리얼리즘은 하나의 사건 속에 움직이는 것이 아니다. 다양한 사건이 여러 높이의 어조 속에 연달아 나오는 것이 이 리얼리즘의 특징이다."(아우어바흐, 『미메시스』, 207쪽)

거나 확신이 없었다고 말하기보다는, 그러한 머뭇거림의 이유와 의미가 무엇인지를 적극적으로 밝혀내는 것이 훨씬 더 생산적인 일일 것이다.

적어도 단테에 관련해서 볼 때, 라틴어와 속어의 관계는 단순히 앞의 것을 뒤의 것이 이어받는다는 식의 연대기적인 수직 관계, 혹은 우월한 것의 영향을 받아 저열한 것이 발전된다는 식의 진화론적인 관계로 이해할 수는 없다. 또한 단테 스스로 밝히듯(『속어론』 1.10.7) 당시 망명인 단테가 마주쳤던 최소한 열네 가지의 이탈리아 속어들 사이에 수평적인 대립이 존재한다고 생각하는 것도 적절하지 않다.(『속어론』 1.19.1) 수직적 대립에서는 라틴어와 속어가 지식인의 언어와 민중의 언어, 지배적 언어와 피지배의 언어의 관계가 설정되고, 수평적 대립에서는 로망스어들 사이에서 로마의 언어와 지방의 언어가 지리에 따라, 또 시간의 흐름에 따라, 병렬되는 구도를 이룬다. 단테가 구상했던 라틴어와 속어의 관계는 위의 수직적, 수평적 대립으로 간단하게 정리할 수 없을 만큼 복잡하다. 라틴어/속어는 하나의 언어 내에서 구분되는 쓰임의 차이를 이루지만 완전히 다른 두 언어는 아니다. 라틴어/속어는 같으면서도 다른 관계를 이룬다.

주지하다시피 단테가 『속어론』에서 속어의 이론을 세우고자 한 목표는 계몽적인 것이었다. 그는 "맹인처럼 거리를 걷는 자들의 이해를 다소 밝게 해 주기를 희망"(『속어론』 1.1.1)하면서 『속어론』을 쓴다고 밝힌다. 라틴어와 속어의 수직적 관계를 부정하는 단테의 입장에서 구어-속어를 새로운 문자로 정착시키는 일은 필연적인 것이었다. 말의 정착이라는 목표를 위해서 어떤 형태의 문자를 채택할 것인가? 이것이 단테가 직면한 문제였는데, 여기에서 그는 라틴어로 귀속시키느냐 혹은 새로운 문자를 창출하느냐 하는 선택의 기로에 직면했을 것이다. 이 선택에서 중요한 점은 말-구어를 구사하는 사람들에게 어떤 글-문자가 얼마나 친숙하냐 하는 물음을 고려하는 일이었다. 한문이 조선이 아니라 중국의 글-문자였다는 점에 더해 일반 사람들에게 어렵고 배우기 힘든 언어였다는 점이 세종으로 하여금 새로운 언어를 만들게 했다는 점과 비슷하게, 단테는 라틴어가 식자의 언어로서 대다수의 사람들이 사용하기 힘든 글-문자였다는 점에서 또 다른 새로운 언어를 구상했던 것이다. 다만 그 새로운 언어란 세종처럼 완전히 다른 체계의 문자가 아니라 이미 수백 년 동안 계속해서 라틴어에서 갈라져 나오고 있었던 지역어로서의 속어, 라틴어와 같으면서도 다른 형태의 언어였다. 이제 단테의 임무는 그 이중성을 지닌 속어를 세련하고 체계화하면서 '새로움'의 옷을 입히는 것이었다. 따라서 그가 구상하는 '새로운 언어'는 발명이라기보다는 정착에 가까운 것이었고, 이 정착의 기획을 단테는 문학을 통해서 수행하고자 했다. 결국 단테의 속어는 문학 언어로 귀결되고 완성되었다.

속어는 일차적으로 모어이며 보육의 언어다. 단테의 표현을 빌리면 "어린이들이 그들 사이에서 그들로부터 배우는 언어"(『속어론』 1.1.2)다. 사실 이러한 단테의 묘사는 중요한 정치적 함의를 갖는다. 속어에 가족이라는 제도적 위치성을 부여한 것이다. 속어가 가족 내에서 하나의 제도로 자리하는 데 비해 라틴어는 그보다 더 뚜렷한 제도적 위치를 교회에서 차지한다. 그런 두 쌍의 관계에서 우리는 가족이 교회를 대신하는 장소라는 생각을 해 볼 수 있다. 가족이 교회를 대신하는 구도에서 우리는 속어가 일종의 정치적 모호성을 띠는 모습을 관찰할 수 있다. 가족은 일차적으로 개인 정체성의 기원이지만 동시에 주교의 권위의 장소이기도 한 것이다. 이 때문에 중세 후기에서 속어는 경우에 따라서 귀족적인 관심이나 개인적인 자기 진술의 수단으로 사용되는 한편 기존의 관습적 의식을 유지하는 의사소통의 통로가 될 수 있었다. 이러한 모호성은 속어의 정치적 가치를 온전히 진보적인 것으로만 볼 수 없게 만

든다.[22]

하지만 단테가 궁극적으로 선택한 속어는 한 사람이 태어나서 엄마의 입말을 통해 집안에서 익히는 모어 그 자체는 아니었다. 단테의 속어는 그에 더해 교육과 연마를 통해 세련된 문자로 정착되고 또한 유통되는 일종의 사회 언어였다.[23] 대개의 언어들은 모어에서 사회 언어로의 변이 과정을 겪는다고 할 수 있지만, 문제는 단테의 속어가 그런 과정에서 라틴어의 영향을 필수 요소로 채택했다는 점이다. 언어학자 렙스키에 따르면 단테는 피렌체의 원어민이었고 피렌체어를 모어로 했다. 그러나 대개의 학자들이 생각할 법한 것보다 약간 더 복잡한 정황이 있다. 그것은 1265년에 태어난 단테가 언어 습득에서 중요한 시기, 즉 1265년에서 1270년 사이에 습득했을 법한 종류의 언어가 우리가 알고 있는 피렌체어와는 달랐을 것이라는 추정이다. 14세기 중반 이전, 즉 단테가 피렌체어를 이탈리아어로 어느 정도 확립시킨 이전에는 전형적으로 피렌체어라고 생각할 만한 모습은 기록에 잘 보이지 않는다.[24] 그렇기에 단테의 속어, 단테가 피렌체어를 문학적으로 세련하면서 창출했다고 하는 이탈리아 속어는 그의 모어 자체가 아니었다고 말할 수 있다. 단테의 속어는 오히려 하나의 창조된 문어, 그 속에 사상을

22 Scanlon, Larry, "Poets Laureate and the Language of Slave: Petrarch, Chaucer, and Langston Hughes" in *The Vulgar Tongue: Medieval and Postmedieval Vernacularity*, eds. by Fiona Somerset and Nicholas Watson(The Pennsylvania State University Press, 2003), p. 246.
23 더욱이 단테가 의미하는 모어는 '어머니'의 언어가 아니라 '타자의' 언어에서 나온 양육의 언어다. Léglu, Catherine E., *Multilingualism and Mother Tonguein Medieval French, Occitan, and Catalan Narrative*(Penn State University Press, 2010), p. 63.
24 Lepschy, Giulio, "Mother Tongues in the Middle Ages and Dante", *Dante's Plurilingualism: Authority, Knowledge, Subjectivity*, ed. by Sara Fortuna, Manuele Gragnolati and Jürgen Trabant(Legenda, 2010), p. 19. 단테에 대한 엄청난 양의 연구에도 불구하고 단테가 실제로 피렌체를 떠나 예컨대 볼로냐, 라벤나, 파두아, 베로나, 베네치아에 있었을 때 평범한 사람들과 어떤 언어로 대화했는지 아직 밝혀내지 못했다.(같은 쪽)

실어 나르는 라틴어가 깃든 형태의 피렌체어였다.

이렇게 단테의 속어가 라틴어의 사상을 내재화하는 가운데 성립되었다고 할 때, 단테의 속어는 어떻게 해서 라틴어가 아닌, 완전히 독립된 언어로 인지될 수 있었던가? 일본의 사상가 가라타니 고진은 속어가 단순히 문자로 '표기'되었다는 것보다 라틴어나 한자 같은 세계 언어가 속어로 '번역'되었다는 것에 주목한다.

> 속어(국민어)는 그것이 문장어(라틴어나 한자)로부터의 번역에서 나온 것이라는 점이 망각되고 직접적인 감정이나 내면에서 나온다고 생각되는 시점에서 완성된다.[25]

이러한 가라타니 고진의 진단은 우리의 경우에 퍽 적절하게 적용할 수 있는 듯 보인다. 속어는 화자가 그것을 감정과 내면에서부터 자기의 언어라고 생각하는 시점에서 완성된다. 화자가 속어의 변형태, 즉 속어의 방언을, 그것도 심하게 변형된 방언을 사용한다고 해도, 일단 그렇게 완성된 속어는 화자로 하여금 그 속어를 사용한다고 믿게 할 것이다. 심하게 변형되어 소통이 되지 않는 방언이라 해도, 그것은 여전히 그것이 나온 속어에 속하는 것이다. 이렇게 완성된 속어는 더 이상 어떤 언어의 번역어가 아니라 또 하나의 독립된 기원이 된다.

그런데 속어는 단테의 감정과 내면에 달라붙은 것만은 아니었다. 단테는 속어를 또한 '사용'하고 있었다. 『향연』에서 단테는 속어로 쓰인

25　가라타니 고진, 『네이션과 미학』, 56쪽. 다른 한편, 가라타니 고진의 논의에서 '속어'는 '국민어'를 가리키는 것으로 보이는데, 단테의 속어는 결코 '국민어'가 아니었다. 그 점은 단테의 속어를 세계시민적 속어로 정의내리는 데 결정적인 사항이다. 따라서 이 책에서 가라타니 고진의 논지는 단지 그의 속어 구상이 라틴어와 갖는 관계를 이해하는 데 쓰일 뿐이며, 나중에 세계시민적 속어를 논의하는 것과 연결되는 것은 아님을 분명히 하고자 한다. 다음을 볼 것. 졸저, 『단테 신곡 연구』, 413쪽.

칸초네를 해설하는 언어로는 라틴어가 아닌 속어가 어울리는 것은 사실이지만, 그것이 라틴어의 우월성을 자동적으로 보증하는 것보다는 오히려 속어의 소통 능력을 강조하는 것으로 연결되어야 한다고 강조한다. 단테는 소통을 담당하고 작동시키는 언어로서 속어를 의식하고 있었다. 아마 청신체의 훈련은 속어를 그의 감정과 내면에 어느 정도 들러붙게 만들었을 것이다. 그러나 그것도 어느 정도일 뿐, 완전히 내면화된 것은 아니었다. 청신체의 훈련은, 청신체파 시인들의 사랑의 개념과 사랑에 대한 접근이 그러했듯이, 하나의 지적인 훈련이었다. 라틴어는 늘 그의 머리 한쪽에 자리하고 있었고, 따라서 라틴어를 번역하면서 속어를 구사한다는 '의식'이 자기도 모르는 사이에 어느 정도 그의 언어 구사를 지배하고 있었을 것이다. 요컨대 그는 속어를 갖고 감정만 표현한 것은 아니었다. 또한 지식과 정신, 사고의 내용을 구성하고 전달했다. 후자의 것들은 그가 라틴어를 통해 훨씬 더 많이 학습한 것들이다. 따라서 단테의 이탈리아 속어의 사용에서 라틴어의 간섭이 있었으리라는 추론은 타당성이 높다.

어떤 무엇이 한 번 이름을 얻으면 그 이름은 그 무엇이 변화되어도, 변화에 따라 형용사가 추가될 수는 있어도, 계속 따라가기 마련이다. 그렇다면 이름이 붙은 시점과 사연을 알아보는 것이 중요할 것이다. 바로 그것들이 단테가 속어를 추구한 이유와 과정을 설명해 준다. 단테가 자신의 속어를 "뛰어난 속어"라고 부르던 시점은 그의 청신체 시절, 즉 시를 처음 쓰며 사랑의 욕망을 표현하던 시절로 거슬러 올라가야 한다. 사랑의 욕망을 표현하는 과정에서 단테는 베아트리체를 대상으로 삼아 그녀와 만나던 사연들을 표현한다. 단테가 속어를 '속어'라고 부르기 시작한 그곳, 그 시점에 베아트리체가 있었다. 베아트리체에 대한 사랑을 표현하기 위해 그는 그가 사용해 온, 그의 몸에 배어 있는 토스카나어(피렌체어)를 '속어'로 인식하고 그것을 세련시킨 문학 언어를 '속어'

라고 부르기 시작한다. 그리고 그것을 『새로운 삶』과 『신곡』과 같은 문학 창작들로 구체화하고 자신의 평생 동반자로 삼았다. 그리고 자신의 속어와 너무 다른 형태의 이탈리아 속어들까지도 '속어'라고 불리지 않도록 자신이 '속어'로 부른 언어의 기준과 성격, 범위 등을 정하고자 했다. 그 결과로 나온 것이 『속어론』과 『향연』과 같은 이론서들이었다.

반복하건대, 단테의 속어는 단테의 모어 그 자체는 아니었다. 단테의 속어는 훈련과 교육, 발명을 거친 하나의 인공 언어, 사회 소통 도구로 발전되어 가고 또 성취에 이를 언어였다. 이렇게 보면 단테가 라틴어와 속어 사이에서 행한 선택의 모호성이 이해된다. 단테에게 중요한 것은 어떤 한 언어를, 한 언어의 독자적 우월성을, 확고하게 지지하고 고정시키는 것이 아니라, 한 언어를 소통의 언어로 유지시켜 나가는 것, 이른바 '소리를 내는 언어'를 끊임없이 매만지는 것이었다. 단테는 라틴어와 속어 사이를 끊임없이 왕복했으며, 그 과정에서 속어의 체계를 계속해서 세련시켜 나갔다. 그렇게 하나의 언어를 정착시키기보다 다른 언어와의 길항 관계 속에서 계속해서 새롭게 벼리는 '과정' 자체가 단테의 '속어'라고 불리는 것이다.

그렇다면 단테의 속어는 이미 존재하는 피렌체어, 즉 단테에게 모어를 가리키면서 또한 그것을 다듬고 세련시킨 문학 언어를 가리킬 수 있다. 그 둘을 구분하는 것은 가능하지 않다. 오히려 구분하지 않는 것의 의미가 더 중요하다. 왜냐하면 모어라는 것은 단테의 문학을 가능하게 한 일종의 모태였기 때문이다. 그가 일상적으로 발화하고 그의 몸에 배어 있는, 그가 자신을 표현하기 위해 가장 익숙하게 사용할 수 있는 것이 모어로서 피렌체어였고, 그 언어를 통해 자신의 사랑을 표출했던 것이다. 그러나 그의 성취는 거기에서 끝난 것이 아니었다. 단테는 모어로서의 피렌체어를 문학 창작을 통해 더 세련시키면서 모범적인 언어로 만들어 나갔다. 이런 과정에서 라틴어가 중앙 언어라고 불리듯 또 다른 중앙의 언어로서 이탈리아 속어가 이른바 토스카나화(Toscaneggiamento)의 과정에서 형성되었다. 그 중앙의 언어는 라틴어라는 중앙의 언어와 근본적으로 다른 성격의 것이었다. 말하자면 이탈리아 속어라는 새로운 중앙의 언어는 하나의 중심이되 또 다른 중심들의 존재를 허용하고 그들과의 소통과 교류를 전제로 하는 언어였기 때문이다.[26]

베아트리체에 대한 사랑의 언어로서 단테의 속어는 그렇게 이해해야 한다. 가야트리 스피박은 "단테의 텍스트에서 베아트리체는 하나의 대상으로 완전히 내려간, 쓰일 대상일 뿐 존재하는 주체는 아니다."[27]라고 말한 적이 있다. 청년 시절에 쓴 『새로운 삶』에서 단테는 베아트리체에 대한 절절한 사랑을 호소하되, 이 호소를 베아트리체가 아닌 사랑의 신을 향해, 속어가 아닌 라틴어로 한다. 베아트리체는 라틴어를 모르는 존재로 제외되고 사랑의 본질에 대한 내용은 사랑의 신과 단테 사이에만 오간다. 결국 베아트리체는 단테가 재현하고자 하는 궁극의 목적이 아니라 다만 거기로 이르는 길목이라는 것이다.[28]

---

26 중세 기독교 유럽에서 라틴어가 모어(祖語, mother tongue)로서 언제 생명을 다했는지는 확실하지 않으나, 대부분은 문헌학자들은 5세기 이래로 더 이상 라틴어 화자들이 나타나지 않았다고 추정한다. 상황은 어떤 모어를 쓰느냐(로망스어, 독일어, 켈트어)에 따라 달랐을 것이다. 어쨌든 우리가 아는 중세의 모든 라틴어 서적은 어떤 의미에서 번역된 것이다. 왜냐하면 그걸 쓴 사람들은 그들이 사용하고 있던 언어의 원어민(native speaker)이 아니었기 때문이다. 14세기 단테 당시의 사람들, 특히 라틴어를 알던 지식인들은 속어들을 사용하면서 또한 라틴어를 사용했을 것이다. 이러한 다중 언어의 상황에서 속어는 새로운 소통의 도구로 자리를 잡아 가고 있었다.

27 가야트리 스피박, 태혜숙 옮김, 『다른 세상에서』(여이연, 2003), 61~69쪽.

28 단테의 『새로운 삶』 중에서 시인은 라틴어로 시작(詩作)하는 사람만 의미했다. 반면 이탈리아어로 창작하는 사람은 단지 '운문시인(Rimatore)', '운을 빌려 이야기하는 사람(Dicitore per rima)'이라는 표현으로 불렀다.(『새로운 삶』 25.4) 물론 시간이 흐르면서 이 표현들과 개념은 서로 뒤섞여 사용되었다.(Burckhardt, Jacob, *Die Kultur der Renaissance in Italien*; 야코프 부르크하르트, 이기숙 옮김, 『이탈리아 르네상스의 문화』(한길사, 2003), 278쪽, 주 17을 볼 것) 단테는 이미 이때부터 속어라는 뜨거운 문제를 어떻게 다뤄야 할지 설명할 필요를 느꼈던 것 같다.(『새로운 삶』 25.1-7) 그는 시와 산문의 결합으로 이루어진 이 독특한 책을 라틴어가 아닌 속어로 쓰기로 결정했다. 그것은, 가야트

그러나 속어만 알아듣는 베아트리체는 단테에게 과연 부수적인 존재였던가? 단테는 라틴어를 이해하지 못하는 어떤 여자에게 그야말로 어쩔 수 없이 일반 민중의 언어인 속어를 쓴 것이 아니었다. 베아트리체가 라틴어를 이해하지 못하는 것은 '사실'일 수 있고 그 점을 단테도 지적하고 있지만, 단테에게 라틴어가 베아트리체에 대한 사랑을 온전한 형태로 실어 나를 수 없는 언어였다는 점도 간과할 수 없다. 무엇보다 베아트리체에 대한 단테의 사랑은 단테 자신의 문학과 문학 언어를 작동시키는 원천이 아니었던가. 결국 속어만 알아들을 수 있는 베아트리체라는 존재는 단테가 이탈리아 속어로 문학을 수행하는 거대한 기획에서 지극히 적절하고 필수적인 것이었으며, 베아트리체가 알아듣는 속어는 훨씬 나중에 『속어론』에서 단테가 "뛰어난 속어"라고 부르는 언어의 기원을 이룬다고 말할 수 있다.[29]

단테에 따르면, 라틴어는 지식의 언어이지만 언제나 모어를 전제로 하면서, 규칙과 교육을 수단으로, 모어를 통해서만, 학습될 수 있다. 그런 과정을 통해서 비로소 라틴어는 바뀌지 않고 영속적인 것으로 된다. 결국 라틴어의 더 큰 고귀성은 속어의 원초성을 배제하지 않는다는 모

리 스피박이 페미니즘의 시선으로 지적하듯(Spivak, Gayatri, *In Other Worlds: Essays in Cultural Politics*(London: Routledge, 2006)) 라틴어를 알아듣지 못하는 베아트리체를 향한 사랑을 속어로 표현함으로써 인간 감정을 소통시키는 새로운 방식을 제시하는 것이었다. 그것은 라틴어로부터 이탈리아어로의 전환, 문자로 된 문어 속어의 정착의 필요를 보여 준 것이었고, 『향연』과 『속어론』의 기획은 이때부터 시작된 것이었다.(Ewert, A., "Dante's Theory of Language", *The Modern Language Review*, Vol. 35, No. 3(1940). p. 355.

29 이러한 논지를 이어 나가면 단테가 베아트리체를 통해 구체화하고자 했고 『신곡』과 함께 그 정점에 이른 사랑의 개념은 라틴어로 사랑의 신에게 호소하던 사랑과 현저하게 다르며, 이로써 단테의 '새로움'은 언어와 함께 주제의 측면에도 적용된다고 볼 수 있다. 단테는 이탈리아어로 쓰면서 라틴어의 정신을 갖고 있었다. 베아트리체는 단테에게서 하나의 수단으로서 대상화되고 분산되며 방해받는 존재로 하락한다.(스피박, 『다른 세상에서』, 61쪽) 이 경우 단테는 자신이 추진하는 근대어를 통한 근대화의 기획 자체를 말끔하게 정리하지 못했다는 생각을 할 수 있다. 그러나 바로 이 점이 단테를 근대 이전이면서 근대 이후의 차원으로 생각하게 해 준다. 단테의 현재적 의미는 거기에서 찾을 수 있을 것이다.

순이 생겨난다. 단테의 속어는 단테에게 라틴어를 학습하게 해 주었고 그 결과 지식의 길로 들어서게 되었다는 것이다. 따라서 속어는 모든 것의 기반을 이룬다.(『향연』 1.13.5) 이것이 내가 전유 혹은 과도기적 언어라는 개념을 통해 속어가 라틴어와 함께 단테의 문학을 구성한다고 주장하는 내용이다. 단테는 이러한 모어와 문법어의 이중적인 발화 경험의 맥락과 그들의 이중 관계 속에서 라틴어와 속어의 관계를 성찰한다. 사랑의 시인들에 둘러싸인 가운데 속어를 문학적으로 의식하는 것과 속어에 문법을 부여하는 것. 그 '사이'에서 단테는 이중적인 발화 경험을 했던 것인데, 사실상 이 경험은 『새로운 삶』에서 『신곡』까지 단테의 전 생애를 가로지른다.

이렇게 봐야만 속어에 안정성을 부여하는 단테의 프로젝트의 새로움이 이해된다. 다시 말해 단테는 속어에 안정성을 부여하되 문법 언어의 안정성을 이식하는 방식이 아니라 문학 언어로 거듭나게 하는 방식을 취했던 것이다. 그런데 엄밀하게 말해 문법 언어의 안정성을 '이식'하는 형태는 아니었다 해도, 속어에 안정성을 부여하는 단테의 노력에는 라틴어의 문법성, 죽은 언어의 본성에 대한 그 자신의 접촉과 의식이 깃들어 있다. 그런 과정에서 속어가 라틴어로 귀속되지 않거나 라틴어의 아류로 끝나 버리지 않은 것은 속어의 살아 있음의 속성을 극대로 작동시킨 것에서 가능했다. 결국 단테는 라틴어와 속어 사이를 왕복하고 속어의 살아 있음을 유지하는 가운데 속어를 하나의 문학 언어로 새롭게 구성할 수 있었다. 이러한 왕복을 이루는 이항 대립을 나중에 15~16세기의 인문주의자들은 살아 있는 언어와 죽은 언어의 대립으로 대체시키면서 이전에 단테가 견지했던 '애매한 과도기적 태도'를 버리고 그 대립 구도를 더 분명하게 만들었는데, 여기에서 떠오르게 되는 것은 라틴의 문법성이었다.

그림 1

윌리엄 블레이크, 「지옥의 문」, 1827년, 테이트 갤러리, 런던.

그림 2

도메니코 디 미켈리노, 「『신곡』을 들고 있는 단테」, 1465년, 두오모 박물관, 피렌체.

그림 3
하이메 프랑코, 「블러드」, 1993년, 캔버스에 오일,
229×168cm.

그림 4
하이메 프랑코, 「어센션」, 1993년, 캔버스에 오일,
229×168cm.

그림 5
크레모나의 산 시지스몬도 성당의 문.

그림 6
조토 디본도네, 「유다의 입맞춤」, 1304~1306년, 프레스코,
185×200cm, 스크로베니 성당, 파도바.

그림 7
캐스퍼 데이비드 프리드리히, 「안개 바다 위의 방랑자」, 1817~1818년, 94.8×74.8cm,
쿤스트할레, 함부르크.

그림 8

시모네 마르티니, 「베르길리우스의 이상상」, *Commento a Virgilio*, 1340~1344년,
암브로시아나 미술관, 밀라노.

그림 9

르네 마그리트, 「인간의 조건」, 1933년, 캔버스에 오일, 100×81cm,
내셔널 갤러리 오브 아트, 워싱턴.

그림 10
제임스 휘슬러, 「야상곡」, 1789~1880년, 44.5×59.7cm, 웨일스 내셔널 뮤지엄, 카디프.

그림 11

단테 가브리엘 로세티, 「베아트리체의 죽음 일주년에 천사를 그리는 단테」, 1849년,

펜과 잉크, 버밍엄 뮤지엄 앤드 아트 갤러리, 런던/1853년, 종이 위에 수채 및 농후 색소,

42×61cm, 애슈몰린 박물관, 옥스퍼드.

그림 12

로세티, 「단테의 초상을 그리는 조토」, 1852년, 수채, 종이에 펜과 갈색 잉크, 36.8×47cm,
개인 소장.

그림 13

로세티, 「베아트리체가 죽을 때 꾼 단테의 꿈」, 1856년, 종이 위에 수채 및 농후 색소,
48.7×66.2cm, 테이트 갤러리, 런던/1871년, 리버풀 국립 박물관.

그림 14

로세티, 「베아트리체의 인사」, 1859년, 74.9×160cm, 두 개의 패널 위에 유화,

캐나다 내셔널 갤러리, 오타와.

그림 15-1

로세티, 「단테의 사랑」, 1859년, 마호가니 패널 위에 유화, 74.9×81.3cm, 테이트 갤러리, 런던.

그림 15-2

로세티, 「단테의 사랑」, 1860년, 종이 위에 갈색 잉크, 25×24.1cm,
버밍엄 뮤지엄 앤드 아트 갤러리, 런던.

그림 15-3

로세티, 「단테의 사랑: 해시계와 횃불을 든
사랑의 연구」, 1865년, 종이 위에 연필과 잉크,
12.7×32cm, 버밍엄 뮤지엄 앤드 아트 갤러리, 런던.

그림 15-4

로세티, 「석류를 쥐고 생각에 잠긴
단테」, 1852년, 종이 위에 잉크,
22.9×20cm, 브리티시 아트 예일 센터.

그림 16

로세티, 「축복받은 베아트리체」, 1864~1870년, 캔버스에 오일, 86.4×66cm,
테이트 갤러리, 런던.

수평적 번역

금세기 들어 발전하기 시작한 번역학은 특히 세계화가 진행되는 가운데 중앙의 언어들과 지역의 언어들이 점점 더 첨예하게 대치하는 상황에서 중요한 학문으로 자리를 잡아 가고 있다. 현대의 번역학은 번역을 단순히 언어들의 자리를 바꾸는 것보다는 문화 전반의 상호 교환의 현상으로 이해하고자 한다.[30]

그런데 이렇게 더욱 포괄적인 차원에서 문화적 교환으로 이해되는 번역이라는 진일보한 개념은 접어 두고라도 두 언어들이 이루는 원천과 목표라는 번역의 일차적인 양상도 단테 이전의 중세 사회에서는 일어나지 않았다. 원천으로서의 라틴어가 목표로 하는 지점 자체가 존재하지 않았기 때문이다. 속어는 아직 표준화되지 않은 채 발아의 단계에 머물렀고, 학교에서 교육되지 않은 채 시간과 장소에 따라 언제나 변화에 노출된 언어였다. 그러나 특기할 것은 속어가 급속도로 정착하면서 라틴어와 대등한 지위에서 원천-목표의 구도를 형성한 이후에도 속어는 그저 하나의 언어로서 목표의 지점에 고정되어 있었다기보다 여러 언어들 사이의 '관계'로서의 역할을 맡게 된다는 점이다.[31] 라틴어

---

30 번역학의 이러한 이해를 위한 참고 자료는 다음과 같다. Bassnett, Susan and André Lefevere, "Introduction: Proust's Grandmother and the Thousand and One Nights: The Cultural Turn in Translation Studies", *Translation, History and Culture*(London and New York: Pinter Publishers, 1990), pp. 1~13; Bhabha, Homi, "How Newness Enters the World: Postmodern space, postcolonial times and the trials of vultural translation", *The Location of Culture*(London: Routledge, 1994), pp. 212~235; Burke, Peter and R. Pochia Hsia, *Cultural Translation in Early Modern Europe*(Cambridge: Cambridge University Press, 2007); Bachmann-Medick, Doris, "Translational Turn", *Cultural Turns*(Reinbek: Rowohlt Taschenbuch Verlag, 2006), pp. 238~283. 한편 순환으로서의 번역은 다음 글들을 참조할 것. Weinberger, Eliot, *Outside Stories 1987~1991*(New York: New Directions, 1992), p. 61; Sontag, Susan, "The World as India", *At the Same Time: Essays and Speechs*(New York: Ferrar Strauss Giroux, 2007), pp. 156~179.
31 속어의 성격을 고찰한 학자들은 비슷한 견해를 내놓는다. "이 용어[속어]는 언어 자

305

6 소리 내는 언어

가 속어로 변환되는 과정에서 그 두 언어들은 그들이 속한 각각의 문화들을 연결하면서 언어와 문화의 관계가 탄탄해지기도 하고 약화되기도 한다. 당시 라틴어의 사용은, 설령 고대 라틴어를 중세 라틴어로 '번역'하는 것이라고 해도, 여전히 라틴어 내부에서 머무르는 것이었던 반면, 이른바 속어는 그 자체로 라틴어를 구어 속어로 발화하고 문어 속어로 기록한 결과였다. 그렇기에 속어는 서로 다른 언어들의 관계 그 자체로 태어났으며, 이를 우리는 그 적절한 의미에서의 번역, 즉 속어 번역(vernacular translation) 혹은 속어화(volgarizzamento)라고 부를 수 있다.

단테와 페트라르카, 보카치오로 이어지는 이탈리아 문학의 발생기(13~14세기)에서 속어화는 언어 관련 전문 학자들이 아닌 평범한 사람들(서기, 은행원, 상인)의 자발적인 혹은 필요에 따른 행위였고, 따라서 많은 경우 익명으로 산문의 형태를 통해 미완성의 상태로 이루어졌다.(여러 사람들이 개입한 흔적이 남는 복잡한 필사본 전통은 여기에서 생긴 것이다.) 당시 갑작스럽고 광범위하게 읽기와 쓰기에 접근하게 된 이탈리아인들은 다들 독자에서 작가로 변신하는 양상을 보였다. 속어화는 독자들에 의한 (작가적) 글쓰기를 가능하게 만든 환경이었다. 사실상 속어화의 현상은 '전면적인' 것이었다고 할 수 있다. 코니시에 따르면, 당시에 제작된 속어 필사본이 134편 발견되었으며, 그중 97편이 고전이

체가 아니라 한 언어 상황과 다른 언어 상황 사이의 관계를 묘사한다."(Somerset, Fiona and Nicholas Watson, "Preface", Somerset and Watson eds., *The Vulgar Tongue: Medieval and Postmedieval Vernacularity*(University Park: The Pennsylvania State University Press, 2003), p. x); "속어의 성격이라는 것은 특성이 아니라 관계다."(Worley, Meg, "Using the Ormulim to Redefine Vernacularity" in Somerset and Watson, eds., pp. 19~30. p. 19); "속어는 다양한 사회 언어적 이슈들이 모이는 장소로 생각될 수 있다. 그 학문적 유용성은 시간과 거리를 연결하는 그 다층적인 힘을 관찰하고 그를 통해, 널리 퍼져 분리된 문화 상황들이 서로 맺는 지적 관계들을 발견하는 것이다."("Introduction: King Solomon's Tablets", Somerset and Watson, eds., *The Vulgar Tongue: Medieval and Postmedieval Vernacularity*, p. 7)

나 중세 자료의 속어화로 볼 수 있는 내용을 담고 있다. 이는 당시 72퍼센트의 속어 문학이 다른 원천에서 기인했다는 것, 즉 새로운 문학 전통의 큰 부분이 번역과 함께 시작되었다는 것을 보여 준다. 이러한 번역의 팽창은 당시 이탈리아 반도에서 일어나기 시작했던 새로운 형태의 사회, 종교, 정치, 경제적 활동에서 기인한다. 재판소의 서기들은 라틴어로 된 법문화를 그 법이 대상으로 하는 속어 사회와 연결하는 일상적인 번역가들이었다. 프란체스코 다시시와 함께 시작된 포교를 주된 목표로 하는 탁발 수사들로 이루어진 새로운 교단은 일반 대중들이 잘 알아들을 수 있도록 속어로 번역한 성경을 설교에서 사용했다. 그리고 상인과 은행원의 손에는 언제나 잉크가 묻어 있었다. 당시 이탈리아는 '작가'의 세상이었다.[32]

주지하다시피, 단테가 만난 라틴어는 이미 무질서해진, 그러나 아직 로망스어로 변형되어 틀이 잡히지 않은, 그러한 상태의 라틴어(중세 라틴어)를 가리킨다. 5세기 이래로 문어 라틴어를 일상적으로 사용하는 구어 라틴어 화자는 점점 줄어들었고, 그 대신 지역에 따라 로망스어, 게르만어, 켈트어 등의 속어들이 사용되었다. 이러한 속어들이 문자로 표기되기 시작한 것은 빨라야 9세기부터였다. 그와 함께 문어 라틴어도 느리지만 지속적인 변형을 겪으면서 로마 제국의 고전 라틴어와 다른 형태가 되어 갔다. 그 변형을 인지하고 고전의 순수하고 세련된 기원을 부활시키려는 움직임을 우리는 고전 문예 부흥 운동(르네상스)이라 부르며, 그것은 실질적으로 단테 시대에 이미 시작되고 있었다. 그런데 그러한 기원의 부활과 더불어 이미 퍼져 나간 지류들을 또 다른 기원으로 확립하려는 움직임도 또한 일어나고 있었으니, 이를 속어화라고 부른다. 속어화 과정에서 중요한 것은 구어를 문자로 정착시키는 것이었다.

---

32 Cornish, *Vernacular Translation in Dante*, pp. 1~2.

6 소리 내는 언어

여기에서 '문자'라는 용어는 단순히 '표기'를 가리킨다. 반면 '문어'라는 용어는 인쇄된 글과 더불어 '문'의 성격을 갖춘, 즉 문학 언어까지 포괄한다. 언문일치라고 불리는 현상도 그렇게 이해해야 할 것이다. 언문일치는 단순히 구어가 문자로 정착된 것을 가리키기보다는 구어와 문어가 서로 닮아 가는 것을 뜻한다. 특히 언문일치는 구어와 상관없이 자체의 영역을 고수하던 문어가 구어의 영향을 자체 내에 허용하면서 일어난 현상이다. 따라서 언문일치는 구어가 지니고 있는 실질적인 측면의 소통 능력과 그 발현을 문어가 반영하고 담아낸 것이며, 그렇기에 구어의 변화보다는 문어의 변화를 더 의미하는 것으로 이해할 수 있다.

따라서 언문일치는 소통으로서의 문학이라는, 당시로서는 새로운 현상을 동반했다. 이탈리아 문학은 일찍이 13세기에 프란체스코 다시시를 비롯한 초기의 종교 문학에서 이른바 작가-발신자가 구어를 쓰던 일반 민중들(독자-수신자)과 소통을 넓히는 과정에서 구체화되었고, 14세기에 들어서서 페트라르카의 경우에도 사랑이라는 페트라르카 개인의 감수성을 다수의 독자들과 교환하고 서로의 공감대를 넓히고 또한 깊게 하는 통로였으며, 보카치오가 목격한 새로운 시대의 새로운 현실을 함께 바라보고 또한 체험하는 마당이었다. 더욱이 단테는, 『속어론』과 『향연』에서 볼 수 있듯, 소통의 문제를 언어와 철학의 차원에서부터 발본색원하고자 노력한 언어학자였고, 또한 『신곡』을 쓰면서 문학을 자신의 개인적인 순례를 인류 전체의 구원의 순례로 연결시키는 매개로 활용했다.[33] 결국 언문일치는 당시 작가적 의식을 지닌 창작가들이 이탈리아 구어 속어를 문어로 정착시키면서 문학을 실현하는 과정이 소통의 차원에서 중요성을 지녔다는 점을 설명하는 데 좋은 지표가 된다.

---

33 『신곡』이나 『새로운 삶』과 같은 문학 텍스트의 언어들이 단테의 '개인어'인지(청신체파의 경험에서 나왔든 그 이후의 개인적 숙성의 결과였든) 당대의 이탈리아 속어의 형성 과정의 일부인지 구분해서 살펴보는 일도 의미가 있을 것이다.

특히 단테의 속어화를 특징짓는 요소였다는 점을 기억할 필요가 있다.

위의 논리를 연장하여 무릇 문학 언어는 언문일치를 동반한다고 말할 수 있다면, 당시에 단테가 이론이나 창작을 통해 속어 사용을 옹호하고 그 효과를 극대화하고자 노력했던 이유와 의미를 찾아볼 수 있다. 그 이유는 문학 창작을 하는 데 라틴어는 학습된 제2의 언어로서 비교적 부적절하다고 여겼기 때문이고, 그 의미는 속어라는 새로운 소통의 언어를 창출하고 그에 따라 문학이라는 새로운 문화의 형식을 완성했다는 것으로 요약할 수 있다. 그러나 그렇다고 해서, 라틴어에서는 언문일치가 일어나지 않았다고 봐야 하기 때문에 라틴어에서는 문어 라틴어라고 할지라도 문학적이라고 부를 측면은 부족하다고 보거나, 그래서 문어 라틴어에서는 인문주의자들이 수행한 고대 로마 문학의 모방과 발전만이 있었다[34]고 단정할 필요는 없다. 그러한 코니시의 주장이 옳다 해도, 적어도 단테의 속어화는 문어 라틴어의 영역을 '포괄'함으로써 어떤 문학적 성취를 이루어 냈다는 점을 간과하지 말아야 한다.

그 성취란 무엇인가? 단테의 속어화는 문어 라틴어를 폐기하는 것이 아니라 '전유'하는 것이었다. 그래서 단테는 문어 라틴어라는 토대를 결코 방기하지 않았고, 오히려 속어를 통해 '번역'해야 할 원천으로 삼았다. 그런데 단테가 수행한 번역, 즉 라틴어를 속어로 번역하는 과정은 언어들 사이의 번역이라기보다 언어들이 담고 있는 문화적 내용을 옮기는 이른바 문화적 번역이었고, 이는 인문주의자들이 라틴어를 중심의 언어로 고수하고자 했던 태도와는 본질적으로 다른 태도에서 나온 것이었다.

인문주의자들의 속어 논쟁은 이전의 문어 라틴어(고대 로마 시대의 라틴어에 가까울수록 그 완전성이 인정되고, 키케로의 라틴어가 모범이 되는)

---

34 Cornish, *Vernacular Translation in Dante*, p. 3.

6 소리 내는 언어

를 모방하고 발전시키는 과정에서 이루어졌다.[35] 단테의 "뛰어난 속어"
는 15세기에서 16세기에 걸쳐 이루어진 인문주의자들의 언어 논쟁에서
제시된 속어와 다르다.[36] 단테의 속어화는 모어로서 경험한 구어 속어
를 바탕으로 문어 라틴어(문헌)를 속어로 번역하는 가운데 문어 속어로
귀결되었다. 이러한 진술은 단테의 문어 속어가 온전히 구어 속어를 표
기하는 것으로만 성립되었다는 기존의 견해와 사뭇 다른 주장으로 연
결될 수 있다. 단테의 문어 속어는 구어 속어의 표기는 물론이고 문어
라틴어의 번역을 통해 나올 수 있었다는 것인데, 이러한 주장의 내용을
적절히 이해하기 위해서는 언문일치와 번역을 구분해 볼 필요가 있다.
요컨대 단테가 속어로 문학을 창작한 것은 구어 속어의 표기로 이룬 언
문일치와 더불어, 구어 속어를 통해서 얻은 경험은 물론 문어 라틴어를
통해 얻은 지식을 옮겨 담아낸, 일종의 번역 행위였다고 말할 수 있다.
    번역이라는 개념은 단테의 속어가 지녔다고 생각되는 특징을 더 잘,
혹은 다른 방향에서, 조명할 수 있게 해 준다. 단테의 속어화는 최종적
으로 문어 속어로 귀결된 것으로 이해해야 하며, 그것은 더 정확히 말

---

35 여기에서 르네상스가 나왔다. 역사적으로 문어 라틴어는 주로 11세기 이전에는 라틴어
문헌의 보존과 함께 살아남았고, 11세기 이후에는 라틴어 문헌의 연구와 함께 그 (발전적)
변형이 이루어졌다고 말할 수 있을 것이다. 이슬람 세계에서 아베로이즈와 같은 학자들이 연
구한 라틴어 문헌들과 그 결과물들은 대략 14세기 이래 이탈리아를 비롯한 유럽 세계로 역수
입되었고, 이탈리아 지식인들은 그들이 사용하던 라틴어와 이슬람 세계에서 보존된 라틴어
를 비교할 수 있게 되었다. 그런 과정에서 이탈리아에서는 로마의 라틴어 문화는 물론 그것
이 모태로 삼았던 그리스 문화를 살려 내고 발전시키는 대기획이 일어났다.
36 이와 관련해 페르틸레의 진술은 인용할 가치가 있다. 『속어론』은 언어와 문학의 보편
적 이론과 역사의 맥락에서 단테 자신의 속어 문학의 형식상의 존엄성을 라틴어로 보여 준
것이었다. …… 『속어론』의 논리적 모순은 "뛰어난 속어"를 역사적 실체이자 초월적 관념 양
쪽으로 제시한 것에 있다. …… 단테는 역사적 현상으로서의 언어와 구원의 역사 측면에서
의 언어라는 별개의 문제들을 아우르는 하나의 통합된 해결을 찾고자 한 것이다."(Pertile,
Lino, "Dante", The Cambridge History of Italian Literature(Cambridge: Cambridge
University Press, 1999), pp. 47~49.

해 문어 속어로 이루어진 문학 언어의 발명[37]이었다. 단테는 새로운 문어를 발명했고, 그 발명된 문어에 구어를 정착시키는 과정도 더불어 일어났다. 바로 그 과정이 언문일치라 불리는 것이다. 이미 각각 존재하며 사용되는 '언(구어)'과 '문(문어)'이 서로 다른 상황에서 그 둘을 일치시키는 것이기 때문이다. 흔히 언문일치는 '문'을 '언'에 일치시키는 방식을 가리킨다. 다시 말해 실제로 사용되는 언어가 중심이 되는 것이다. 그런데 단테가 새로운 문어에 구어를 정착시키는 과정에서 구어는 이미 존재하고 있었던 반면 새로운 문어는 아직 존재하지 않는 언어였다는 점을 주목할 필요가 있다. 바로 그렇기 때문에 단테는 새로운 문어를 발명해야 하는 상황에 직면해 있었던 것이다. 중요한 것은 그런 과정에서 단테는 구어 속어를 모어로서 겪은 경험과 문어 라틴어라는 학습된 언어를 통해 쌓은 지식을 '함께' 아우르는 이른바 과도기적인 특징을 내보였다는 사실이다. 반면 인문주의의 언어 논쟁은 문어의 정착이라는 한 방향을 주장하는 것으로 수행되었다. 그래서 인문주의자들이 고수하고자 했던 문어 라틴어는 문자 텍스트로 집중되고, 그러다 보니 외부와의 소통과 접변에 노출되지 않은 채 격리되고 고립되었으며, 그 결과 구어-모어라는 대응물이 없는 문어-학습된 언어가 되었다. 이러한 이른바 '죽은 언어'에서는 언문일치가 일어나지 않았다.

인문주의자들의 언어 논쟁은 라틴어라는 이미 존재하는 한 언어의 범주 내에서만 이루어지는 동질적인 것이었고, 따라서 번역이라는 것에 대한 의식을 갖는 것이 가능하지 않았다.[38] 고대 로마의 라틴어와 그

---

37 단테는 전 생애에 걸쳐 이탈리아 속어를 확립시키는 노력을 기울였다. 언어 실험과 문학 운동, 그것들에 대한 이론적 검토와 그에 기반을 둔 대작의 집필, 이런 과정들로 미루어 그의 노력을 '발명'이라 할 수 있지 않을까.

38 그러나 구어 속어, 즉 실제로 발화되는 언어를 라틴어 문어로 정착시키는 경우에는 번역이 이루어졌다고 볼 수 있을 것이다. 이 번역은 한 언어에서 다른 언어로 건너가는 형태에 해당한다.

6 소리 내는 언어

들의 라틴어는 서로 적잖은 차이가 있었지만 (혹은 그 차이 때문에) 그들의 목표는 로마의 라틴어를 재생하고 그것을 모범으로 삼아 모방하려는 것이었다. 인문주의자들이 라틴어를 대한 것이 라틴어라는 한 언어에서 일어났듯, 단테의 속어화 작업도 속어라는 한 언어의 범주 내에서 이루어지는 동질적인 것이었지만, 그럼에도 불구하고 단테의 속어화에서는 번역이 일어났다. 그 점은 두 가지로 살펴볼 수 있다. 하나는 단테가 라틴어를 통해 학습한 지식을 문어 속어로 옮기는 것이고, 다른 하나는 구어 속어의 경험을 문어 속어로 옮기는 것이다. 전자의 경우는 번역이라 직접 부를 수 있는 한편, 후자의 경우는 언문일치라고 불리는 것인데, 언문일치는 복수의 속어들을 발생시키면서 나중에 그들 사이의 번역을 일으키는 기반이 된다.

무릇 언문일치의 과정에서, 주로 넓은 지역의 차이에 따라 서로 다른 구어들이 발생하고, 다시 그 구어들이 문어로 정착하면서 서로 다른 문어들로 분화하고 발전하는 가운데 문어들 사이의 번역이 일어나게 된다. 말하자면 언문일치는 다양한 구어들이 사라지지 않고 다양한 문어들로 보존되는 동시에 그 다양한 문어들 사이의 차이와 더불어 그들 사이의 번역이 일어나게 되는 원천 혹은 동인이라고 볼 수 있다. 이러한 현상은 중앙의 언어에 대조되는 주변부의 언어 '들'에서 일어나는 독특한 것이다. 단테 당시에 복수의 속어들은 구어의 형태로 이미 존재하고 있었고, 그들에 대해 복수의 문어 속어들이 나왔기 때문에, 문어 속어들 사이에서 번역이 일어날 기반이 형성될 수 있었다. 라틴어는 이른바 중앙의 언어로서, 그것을 중심으로, 그 자체를 통해서, 소통이 이루어지는 반면, 속어들은 변방의 언어들로서, 그 언어들이 소통을 이루기 위해서는 서로의 모습으로 변신하는 것이 필요했던 것이다. 구어 속어와 문어 속어는 단절되지 않고 함께 연동하는 같은 언어지만, 연동한다는 그 점, 즉 언문일치는 복수의 속어 '들'을 낳게 했던 것이다.

라틴어와 속어를 직접 비교해 설명해 보자. 문학 라틴어를 문법으로 세우려는 작업은 키케로의 라틴어로 대표되는 기원을 모방하면서 이루어졌던 반면, 구어 속어를 문어 속어로 세우려는 작업은 문자와 소리, 문어와 구어의 상응을 통해 일어나는 언어의 새로운 경험에 더 가까운 것이었다. 전자는 동일한 언어(라틴어) 내에서 일어나는 한에서 동질적인 형태를 취하고 따라서 번역 행위는 오직 고전 틀을 충실히 따르면서 완전하게 되는 식으로 이루어지는 반면, 후자의 경우 다수의 속어들이 이미 구어의 형태로 존재하면서 거기에서 다수의 문어 속어들이 나오고 따라서 번역 행위는 서로의 양상을 교환하는 식으로 일어날 수 있다. 전자를 수직적 번역이라 부른다면 후자는 수평적 번역이라 할 수 있다.

수직적 번역에서는 문학적인 언어가 나오기 어렵다.[39] 반면, 속어를 모어로 하는 작가가 속어로 글을 쓰는 경우를 작가가 구어 속어로 느끼고 생각하고 말하는 '내용'을 그 구어 속어와 일치하는 표기법을 지닌 문자로 옮기는 것으로 볼 때, 이 경우에는 일차적으로 번역이 필요하지 않다고 말할 수 있다. 그것은 속어가 표음 문자이기 때문이다. 즉, 화자가 발화하는 그대로를 표기하고 구어의 청각 이미지를 문어로 옮기는

---

39 한편 로마 태생이 아니면서 로마를 대표했던 라틴 작가들이 적지 않으며, 또한 프란츠 카프카, 나보코프, 콘래드처럼 교육을 통해 습득한 제2언어로 창작하는 작가들이 엄존한다.(Adams, J. N., *Bilingualism and the Latin Language*(Cambridge: Cambridge University Press, 2003); Janson, Tore, *A Natural History of Latin*(Oxford: Blackwell, 2007)) 이탈리아의 경우, 보이아르도, 아리오스토, 카스틸리오네, 골도니, 만초니, 스베보, 갓다와 같은 작가들은 토스카나 출신이 아니면서, 즉 이탈리아 원어민이 아니면서, 이탈리아어로 창작을 했다.(이때의 '이탈리아어'는 토스카나어가 주축이 된 표준어라는 개념이 강하다.) 그들이 남긴 성과들은 세계 문학으로 평가될 만큼 뛰어나다. 그러나 그러한 경우들 중 어느 것도 라틴어처럼 '죽은 언어', 즉 현실에서 쓰이지 않는 언어로 창작한 경우는 없다. 교육을 통해 습득한 언어라도 현실에서 쓰이는 살아 있는 언어라는 점이 문학적인 언어를 보장한다.

형태로 글쓰기가 이루어진다. 이러한 언문일치를 기반으로 문학 언어가 만들어진다면, 여기에서는 서로 다른 언어들 사이에 이루어지는 종류의 번역은 일어나지 않지만 넓은 의미의 번역(경험을 옮긴다는 것)은 일어난다고 말할 수 있다. 또한 나중에 이차적으로 일어나는 복수의 속어들 사이의 번역이 예고된다.

소리와 문자

전술했듯, 속어를 모어로 하는 작가가 라틴어로 글을 쓰는 경우를 작가가 구어 속어로 느끼고 생각하고 말하는 '내용'을 그 구어 속어와 일치하지 않는 표기법을 지닌 언어로 옮기는 것으로 볼 때, 이 경우에 번역이란 현상이 일어난다고 말할 수 있다. 그런데 이는 수직적 번역임을 주지할 필요가 있다. 수직적 번역에서는 소리와 문자의 일치가 이루어지기 힘든데, 왜냐하면 오로지 문자 혹은 문어의 형태로 지탱되던 과거의 틀을 유지하려는 경향이 작용하기 때문이다. 다른 한편, 우리는 역사적으로 속어와 속어 사이에서 이루어진 수많은 번역의 예들을 목격할 수 있다. 따라서 단테가 이탈리아 속어를 선택했을 때, 그는 자신의 언어가 이미 다른 언어들로 번역될 운명임을 자각하고 있지 않았을까. 그것을 우리는 한 언어가 다른 언어로 옮겨 가는 번역일 뿐 아니라 더 흥미롭게 한 문화가 다른 문화로 옮겨 가는 번역이라고 부른다.[40] 이러한 수평적 번역에서 문자와 소리의 일치는 그 둘이 서로 영향을 주고 그럼으로써 다양한 시공간들에서 그들의 양상을 변화시키는 방식으로 일어난다. 결국 속어는 소리와 문자의 일치를 통해 형성되었으며, 거기

---

40 코니시는 라틴어-속어의 전이는 한 문화의 언어로부터 확산의 언어로 건너가는 "언어간 치환"이었다고 묘사한다.(Cornish, *Vernacular Translation in Dante*, p. 3) 나는 속어화가 단지 확산의 역할을 했다고 말하기는 어렵다는 면에서 코니시에 부분적으로 동의한다. 하지만 속어의 창조적 역할 전체를 더 적극적으로 조명할 필요가 있다. 그럴 때 "언어간 치환"이 함의하는 것은 라틴어와 속어 사이에서 번역이 일어난다는 의식이 완전히 사라지는 것이라고 생각할 수 있다.

에서 문자와 의미의 일치는 매개의 역할을 했다.

여기에서 『속어론』이 소리와 문자의 일치라는 속어의 속성을 설명하면서 속어에 관한 논의를 시작한다는 점을 주목할 필요가 있다.

나는 어린애가 처음 소리를 구별하기 시작할 때 주변에 있는 사람들로부터 습득하는 언어를 '속어'라고 부른다. 또는 더 정확하게 말하자면, 속어란 우리가 어떠한 형식적인 지침 없이, 유모를 모방하면서 배우는 언어라고 선언한다. 또 다른 종류의 언어가 존재하는데, 로마인들이 문법이라 불렀던 언어다.(『속어론』 1.1.2-3)

속어는 단테가 문법이라 부르는 고전 형식 혹은 모델의 변용물이 아니라 소리를 구별한 결과로 자체의 의미를 만드는 언어다. 사실상 『속어론』에서 단테의 목표는 "제 나라 말을 하는 사람들의 언어에 대해 유용한 어떤 것을 말해 보고자"(『속어론』 1.1.1) 하는 것이었다. 여기에서 소리와 의미의 일치를 주목할 필요가 있는데, 속어의 소통 능력이 원래 어디서 나오는지 추론하도록 해 주기 때문이다.

신호는 내〔단테〕가 논의하는 고귀한 토대다. 신호는, 그것이 소리인 한에서, 또한 합리적인 한에서, 그리고 이 소리가 관습에 따라서 어떤 것을 의미하도록 주어진다는 면에서, 지각될 수 있는 그런 것이다.(『속어론』 1.3.3)

『성경』에 따르면 소통의 능력은 하느님이 아담을 창조했을 때 인간에게 주어졌다. 아담은 하느님과 사물의 이름을 소리 내어 발화한 최초의 인간이었다. 우리는 또한 바벨탑이 소리와 의미의 균열로 인해 소통의 혼란을 일으켰다는 사실을 기억할 수 있다. 요컨대, 소리와 의미의 유기적인 관계를 유지할 때 화자는 우리 세계에 존재하는 어떤 것의 이

름을 부를 수 있는 능력을 소유할 수 있게 되는 것이다.[41]

바벨의 혼란 이후에 과연 어떤 종류의 언어가 회복되어야 하는가. 첫째, 소리와 의미(지각 가능하고 합리적인) 사이의 연결 위에서 나오는 언어여야만 한다. 둘째, 이 연결은 소리와 문자 사이의 일치 위에 서 있어야만 한다. 말하자면 소리와 의미의 연결이 바벨탑의 붕괴와 함께 깨졌고, 그 연결을 회복하기 위해 소리를 문자로 분절할 필요가 있다는 것이다. 그 분절은 소리와 문자가 의미를 생성하는 그런 방식으로 둘을 연결함으로써 이루어진다. 의미는 소리의 정체성을 형성해 주고 동시에 소리를 문자에 스며들게 만들기 때문이다. 중요한 것은 이런 과정에서 문자와 의미의 일치가 일어난다는 점이다. 이것이 바로 라틴어가 단테의 기획, 즉 "뛰어난 속어"를 소통의 문학 언어로 만들고자 하는 기획에 기여하는 지점이다.[42]

로마 제국에서 라틴어가 위에서 묘사한 관계의 결과로서 소통의 언어로 쓰였다고 가정해 본다면, 우리는 라틴어가 중세 내내, 그리고 단테의 시대에서, 특히 르네상스의 인문주의적 기획에 의해서,(여기에서 라틴어는 고전 라틴어로 회귀함으로써 재생되고 갱신되어야 할 언어가 되고 있었다.) 소리-의미-문자의 관계가 붕괴함에 따라 오염되어 가고 무질서하게 된 과정을 관찰할 수 있다. 그러나 라틴어가 고전의 기원으로 온전히 돌아가는 것은 불가능했다. 당시에 라틴어는 이미 소리와 문자

---

41 아리스토텔레스는 인간의 소리가 가분성과 결합성을 갖고 있다는 사실에 주목한다.(*De interpretatione* 16a, 27-29. *Poetics* 1456b, 22~24) 인간의 소리는 짐승의 소리와 다르다. 짐승의 소리는 분절할 수 없고 결합되지도 않으며, 그래서 문자화된 소리를 만들어 낼 수 없기 때문이다.(De Benedictis, Raffaele, "Dante's Semiotic Workshop", *Italica*, Vol. 86 no. 2(2009), p. 190) 단테는 인간의 기호-언어와 동물의 소리를 구별하면서(『속어론』 1.3.2-3) 아리스토텔레스를 따르는 듯 보인다.

42 인간의 목소리와 발화들을 비교한 후에 단테는 "발화의 힘은 인간 존재들에게만 주어졌"(『속어론』 1.2.7)으며, 인간의 언어 기호는 이성과 지각의 상호 작용으로 이루어진다고 결론을 내린다.(『속어론』 1.3.2)

의 일치로 지탱되지 않는 언어로 사용되고 있었기 때문이다. 라틴어는, 죽은 언어로서, 그 소리를 들으면서 체득하는 것이 아니라 공부를 통해 학습되는 언어였다. 이것이, 위에서 보았듯, 인문주의자들이 죽은 언어의 역할을 근본적으로 재생시키고자 노력했던 까닭이다.

사실상 소리와 의미의 연결이 깨진 국면은 살아 있는 언어로서의 라틴어가 소멸한 것 바로 그것이었다. 이제 단테가 "주어진 비율에 따라서 운율(rima)을 위해 속어로 시를 짓는 것은 시행(verso)을 위해 라틴어로 시를 짓는 것과 마찬가지다."(『새로운 삶』 25.4)라고 말할 때, 그가 운율을 쓰는 힘을 내재한다고 보는 속어는 소리-의미 관계에 의지하는 발화의 형식으로 변환된다. 여기에서 그는 소리와 의미의 연결을 아직도 문자와 의미의 일치를 유지하던 고전 라틴어를 전유함으로써 회복하고자 하고, 그럼으로써 일찍이 바벨의 붕괴에서 기인한 소리와 문자의 어긋남을 소통의 새로운 언어의 탄생으로 전환시키고자 한다. 바벨의 혼란은 소리와 의미의 일치의 붕괴에서 일어난 것이었고, 그 회복은 소리와 문자의 일치를 통해 이루어져야 할 것이었다. 왜냐하면 그 회복이란 소리와 의미의 일치의 붕괴가 없었던 바벨 이전으로 완전하게 돌아가는 것을 의미할 뿐 아니라 또한 소리와 문자 사이의 일치를 매개로 하여 반복적으로 도달해야 할 하나의 과정을 의미할 수 있기 때문이다. 말하자면, 포스트 바벨 언어는 소리를 문자에 매개시킴으로써 가능한 바벨 이전의 언어를 반복적으로 재방문하면서 회복될 것으로 비로소 존재하는 것이다. 단테에게 문자화된 소리는 우리가 아담의 언어에서 발견할 수 있는 소리와 의미의 일치로 이루어진 언어라는, 기원적 언어의 상태를 상상하는 필수적인 기반이다.

타락하지 않은 최초의 언어라는 개념은 언제나 인류가 잃어버린, 그러나 흐느적거리는 유령처럼 지구를 홀리면서 아직도 동쪽 저 멀리 어딘가에 존재하는, 지상 낙원의 상상적 아우라를 공유한다. …… 모든 지식은, 어떤 언어로 나타나든지, 아담의 언어에 의거하여 그 가능성을 펼칠 수 있다.[43]

단테는 아담의 후손들이 바벨탑을 건설하면서 아담의 순수하고 완전한 단일 언어가 여러 개의 언어들로 붕괴하면서 혼돈이 시작되었다고 묘사한다.(『속어론』 1.6.4-7/「천국」 26.124-138) 따라서 단테에게 바벨은 곧 혼돈의 상징이며, 바벨 이전은 혼돈 이전의 순수하고 완전한 언어가 존재하던 상태를, 바벨 이후는 혼돈 이후에 불순하고 다양한 언어들이 혼재하는 상태를 가리킨다. 그런데 바벨의 혼돈은 바벨 이전의 순수에 대한 결여로서 바벨 이전으로 돌아감으로써 완성에 이르러야 하는 것이라기보다, 오히려 바벨 이후의 불순한 혼재의 상태로 나아가면서 그 혼돈 자체를 이전과는 완전히 다른 언어 소통의 국면으로 전환시키는 하나의 기반일 수 있다. 적어도 단테는 바벨 이전의 은총의 언어와 바벨 이후의 혼돈의 언어 '사이'에서 일어나는 소통에 초점을 맞추면서, 혼돈의 언어는 우리가 사용하는 언어의 자의성이라는 본질에 닿는다고 본다.(『속어론』 1.3.3\1.9.6) 다시 말해 바벨 이전을 잊어버리고 무화시킨다면, 바벨 이후의 단계에서 일어나는 혹은 일어나야 하는 언어 소통 현상을 적절히 설명하지 못한다는 것이다. 역설적으로, 언어의 소통에 대한 인간의 열망은 바벨-혼돈 이전에 아무런 문제가 없었던 상태보다 오히려 바벨-혼돈 이후에 다양한 언어들이 혼재하는 가운데 더 가열차게 추구되었다. 문제는 '포스트 바벨'이라고 말할 때, 언어 소통에 대한 인간의 열망이 언어들의 혼재와 함께 그 이전에 존재했던 단일 언어 체제와 분리될 수 없었다는 점에 주목할 필요가 있다는 점이다. 소통이란 복수 언어들을 단수 언어의 차원에서 연결하는 것이기

---

43 Somerset, *The Vular Tongue: Medieval and Postmedieval Vernacularity*, p. 10.

때문이다. 단, 복수 언어들 각자의 맥락과 정체성이 유지되어야 한다는 단서가 붙는다. 바로 이렇게 바벨 이전과 바벨 이후를 함께 아우르면서 소통의 언어를 계속해서 추구하는 일종의 윤리적 차원의 언어를 나는 포스트 바벨(post-Babel)(바벨 이후의 상태만 가리키는 스타이너의 "after-Babel"[44]과는 다른) 언어라고 부르고자 한다.

단테가 바벨 이전과 바벨 이후 사이를 왕복하는 추와 같은 여행에서 형성하고자 하는 속어는 그것이 소리와 문자, 소리와 의미, 문자와 의미 사이의 연결들을 통해서 의미를 생장시키고, 또한 번역 행위를 통해서 언어의 순환을 장려한다는 면에서 소통의 특징을 지닌다. 번역 행위는 이러한 속어의 성격을 더욱 효과적으로 확인해 준다. 그것은 번역 행위가 중앙의 단일 언어로서의 라틴어 대신에, 바벨의 붕괴 이후에 널리 퍼진, 주변부의 다양한 언어들의 존재를 전제로 하기 때문이다.

흥미롭게도 이를 뒤집어 말하면 언어는 그 소통의 차원에서 성립된다. 바로 이것이 개인의 언어가 그가 속한 공동체로 연결되는 방식이며 개인이 공동체("더 많은 사람들")를 구성하는 과정이 아닐까. 그렇다면 단테의 속어는 이미 언어의 매개를 통한 소통의 차원과 서로 작용하고 있는 한에서 그 '완전한' 단계를 향해 나아간다고 말할 수 있다. 이는 개인 언어와 공동체가 서로를 지배하려 하는 것이 아니라 항구적인 '재영토화'의 과정에서 서로의 역할을 검토한다는 것을 의미한다. 그것이 단테의 문학 언어가 보편적 차원에서 계속해서 재해석될 수 있는 이유다.

벤야민은 소리와 문자의 양극성이 빚어내는 긴장 자체에 주목한다.

소리는 피조물의 환희이고 드러냄이며 외람됨이고 신 앞에서의 무력함이

---

44 Steiner, George, *After Babel: Aspects of Language and Translation*(Oxford: OUP, 1998).

다. 반면에 문자는 그 피조물의 집약이고 위엄이고 우월함이며 세상의 사물들에 대한 전능함이다.[45]

소리와 문자의 대립 관계는 그 둘이 성공적으로 하나로 결합될 수 있는 가장 강렬한 지점에서 이루어진다. 소리와 문자, 바꿔 말해 소리를 내는 언어와 의미를 품는 언어는 서로 결합하여 소통의 언어로 나아가는데, 그 결합 안에서 그들의 대립도 극대화된다는 것이다. 따라서 그들의 결합의 방향은 유기적인 언어의 단계에 이르는 것은 아니다. 오히려 그 각자가 치열하게 맞서면서 각자의 역할을 충실하게 이행하는 것에 가깝다. 그것은 마치 벤야민이 바로크 언어가 그 요소들의 반동에 의해 끊임없이 요동친다고 말하는 것과 비슷한 상태다. 그 상태에서 언어는 깨지면서 의미 작용이 박탈되며 단지 의미의 잔여물을 함유하는데, 언어의 표현 방식의 변화와 상승은 그 깨진 파편의 형태로 이루어진다.[46] 이때 언어는 벤야민이 "자발적이고 창조적인 발화의 소리"라고 부르는 것을 내면서 순수한 소리의 영역으로 열리고, 소리가 울려 퍼지는 자유로운 유희가 일어난다. 그 단계에서 비로소 의미를 품는 언어가 작동하면서, 소리를 내는 언어와 의미를 품는 언어 사이의 긴장이 언어의 심연을 들여다보도록 우리를 그 심연의 가장자리로 떠미는 것이다.[47]

문자가 소리를 결여할 때, 작가는 소리를 문자의 외부에 놓인 다른 어떤 곳에서 가져온다. 그러면서 작가는 문자에 자신의 의도를 담긴 자의적 의미를 실어 보낸다. 소리 내는 언어로서 속어를 만들어 나가면서 단테 역시 자신의 의도가 담긴, 자의적 의미들이 실린, 그러한

---

45 발터 벤야민, 『독일 비애극의 원천』, 302쪽.
46 위의 책, 310~311쪽.
47 위의 책, 301쪽.

권위적 언어가 만들어지는 것을 피할 수 없었다. 하지만 독자들의 의도가 거기에 복속되는 것을 원한 것도 아니었다. 그렇게 작가와 독자의 의도들이 경합을 벌이며 그런 가운데 새로운 의미들을 생장시키는 국면이 바로 문자로 하여금 소리를 내게 만든다는 것이 의미하는 것이다.

언어에 적극적인 것은 없다고 말하면서 소쉬르가 부정하고자 했던 것은 언어가 어떤 경계를 명확히 만든다는 사고 자체였다. 예를 들어, 어떤 방언을 문자로 기술하면 그것이 그 방언을 명확하게 만들고, 그것에 의해 규범적인 것으로 변하게 된다. 소쉬르에 따르면 두 개의 방언들 사이에 경계가 없듯, 두 개의 언어 사이에는 법이나 국가와 같은 경계가 없다. 문자가 경계를 만드는 반면 소리내는 언어는 (음성중심주의와 별도로) 경계를 흐리게 한다. 그렇게 소리에 기반을 둔, 소리 내는 언어로서 단테의 속어는 라틴어와 속어의 경계를 흐리게 만드는 한에서 살아 있는 언어로 묘사될 수 있다.

단테가 추구한 속어화[48]

속어화의 역설
라틴어의 속어화는 이질적인 어떤 것을 옮겨 오는 것이라기보다 라틴어의 사용 영역과 사회 계급이 하나의 동질적인 사회 내에서 이동

---

48 '속어화(volgarizzamento)'는 vulgarization과 vernacularization의 비교를 통해 더 잘 이해할 수 있다. 찰스 브릭스는 전자를 언어 내부에서 이루어지는 해설인 반면, 후자는 학습된 언어와 모어 사이의 상호 이동을 가리킨다고 구별한다. Briggs, Charles F., "Teaching Philosophy at School and Court: Vulgarization and Translation", Somerset, Fiona and Nicholas Watson, eds., *The Vulgar Tongue: Medieval and Postmedieval Vernacularity*, pp. 99~111, p. 99.

하는 것을 의미했다. 사회를 주도하는 세력이 라틴어를 사용하던 성직 자층으로부터 속어를 사용하는 상인 시민 계급으로 이동하면서, 언어의 사용은 제례와 학술보다는 실질적인 차원의 정치적, 상업적, 윤리적 차원에서 이루어지게 된다. 이러한 라틴어에서 속어로의 이동을 문화의 언어로부터 확산의 언어로 옮겨 가는 "언어 간 전치(transposition intralinguale)"라 부를 수 있다.[49]

사정이 이러하기 때문에 속어화는 현대의 번역학이 말하는 문화 번역의 개념에 따를 때 적절하게 이해될 수 있다. 속어화는 예컨대 국가 혹은 지역들 사이의 이동이 아니라 국가 혹은 지역 내부에서 일어나는 이동이었고, 그 이동은 지리적인 것보다는 사회적이고 문화적인 것이었다. 속어화의 역사는 세계와 사물을 이해하고자 노력한 대중들의 역사다. 어떤 개인 학자에 의해서가 아니라 시대를 넘어선 수많은 독자들이 참여하며 이루어진 새로운 이해 방식의 창조의 과정이다. 그런데 코니시는 속어화가 역설적으로 자체의 해체의 씨앗을 함유한다는 점을 지적한다.[50] 세계와 사물에 대해 더 많은 것을 이해하고자 하는 열망은 그러한 세계와 사물의 이해의 결과를 더 넓고 웅숭깊게 담고 있는 라틴어로 직접 나아가고자 하는 열망으로 이어지면서, 결국에는 속어화의 흐름에 대한 반발을 조장하기 때문이다. 다시 말해, 세계와 사물에 대해 '이미' 더 많이, 더 정교하고 차원 높은 이해를 담고 있는 라틴어를 번역한 결과로서의 속어가 원천의 단계보다 더 적게, 더 조잡하고 차원 낮은 이해를 담을 수밖에 없지 않을까 하는 회의를 불러일으킨다는 것이다. 사실상 라틴어를 속어로 옮기던 당시의 '작가'들은 고대 용어에 대한 근대적인 등가어를 찾는 데 관심을 쏟았고, 로마인이 근대인과 어

---

49 Cornish, *Vernacular Translation in Dante*, p. 3 재참조.
50 위의 책, p. 5, 9.

떻게 다른가보다는 둘 사이의 공통점을 찾는 데 더 흥미를 보였다. 특히 이탈리아에서 로마의 역사는 '우리의' 역사로 간주되었다. 당대 이탈리아와 고대 로마의 문화적인 근본 차이가 무엇이었든, 속어화는 실질적으로 그 차이를 지웠던 것이다.[51]

속어화라는 작업은 영광을 거의, 아니 전혀, 약속하지 않는, 발 아래 짓밟히지 않는다 해도 잘 해야 몇 달 만에 잊힐, 끝없는 노동을 요구하는 일이었다. 속어화는 라틴어라는 원천으로 돌아가는 일, 그 과정의 일부로 간주되었다. 따라서 속어화는 속어가 새롭게 창출하는 세계로 나아가기보다는 오히려 과거의 모델로 돌아가 그곳에 재정착하려는 움직임을 보였던 것이다. 그것은 라틴어의 번역이 아니라 라틴어로 돌아가는 일, 즉 라틴 문화의 재생이었으며, 속어화는 자체에 권위를 부여하는 것이 아니라 권위를 계속해서 새롭게 만드는 일이었다.[52] 이를 두고 코니시는 "번역으로부터 벗어나는 번역, 원천으로 되돌아가는 번역"[53]으로 훌륭히 묘사한다.

다른 한편, 나중에 르네상스 시대에서 인문주의자들은 속어로 번역된 고전들이 그들이 부활시키고자 하는 고전과 상당히 다르다는 점을 발견했다.[54] 그들은 속어화 과정이 이루어 낸 고전어에 대한 근대적인

---

51 위의 책, p. 5.
52 위의 책, p. 7.
53 위의 책, p. 9.
54 탄투를리는 여러 글들에서 리비우스의 다양한 버전들을 검토하면서 속어화가 계속해 거듭되면서 '문화의 퇴적층'을 형성하고, 그 위에서 인문주의 르네상스의 싹이 돋아나게 되는 과정을 추적한다. 결국 속어화를 수행한 자들은 역설적으로 라틴어와 라틴 문화로 돌아가고자 하는 르네상스의 선구자가 되었다. Tanturli, Giuliano, "I Benci copisti: vicende della cultura fiorentina volgare tra Antonio Pucci e il Ficino", *Studi di filologia italiana* 36(1978), p. 197~313; "Volgarizzamenti e ricostruzione dell'antico: i casi della terza e quarta Deca di Livio e di Valerio Massimo, I parte del Boccaccio (a proposito di un'attribuzione)", *Studi medievali* 27(1986), p. 811~888; "Il Petrarca e Firenze: due definizioni della poesia", *Il Petrarca latino e le origini dell'umanesimo*,

등가어에 대해 불만을 갖게 되었고, 한 번 속어로 번역된(속어화) 것들을 다시 번역하면서 원래의 라틴어를 회복하는 데 주력했고, 또는 속어를 유지하더라도 나중에 이질적으로 작용하게 될 라티니즘(latinism)을 사용하고자 한다. 이런 과정에서 인문주의자들은 고전 세계와 근대 세계의 '차이'를 규명하는 데 더 주력하게 되고, 그와 함께 속어를 다른 틀에 넣어 다시 주조하려는 노력을 기울이게 된다. 말하자면 그들은 고전의 차별적인 부활을 꾀했던 것이다. 인문주의자들의 이러한 작업은 속어화가 불멸의 고전들을 지역적인 차원에 머물게 하면서 지역적 맥락에 따라 변질 혹은 갱생되고, 바로 그렇기 때문에 자체로 새로워지게 될, 종국에는 잊혀질 것들로 만드는 경향이 있다는 의심 위에서 수행된 것이었다.

속어화를 수행한 사람들과 인문주의를 추진한 사람들은 둘 다 고대의 문화를 현재에서 유통시키고자 하는 공통된 목표를 지닌다. 그러나 둘의 차이는 두드러진다. 전자는 텍스트를 근대 독자에게 근접시킴으로써, 후자는 독자를 라틴 문법을 훈련시킴으로써 텍스트에 접근시킴으로써, 고대의 문화를 살려 내고자 한 것이다. 로널드 위트(Ronald Witt)는 속어 번역이 독자들을 라틴어를 배우지 않고서도 작가에게 접근할 수 있도록 만드느라 피렌체에서 인문주의의 발전을 늦췄다고 주장한다. 그래서 인문주의자들에게 번역이란 부적합한 행위였다. 그들이 볼 때 번역은 고대인의 지혜를 언어의 섬유에 짜 넣는 것이었기 때문이다.[55] 이런 맥락에서 속어화는 인문주의 운동과 그것이 추구하는

Quaderni petrarcheschi 10(1993), p. 141~163; "Continuità dell'umanesimo civile da Brunetto Latini a Leonardo Bruni" in Claudio Leonardi (ed.), Gli umanesimi medievali(Florence: SISMEL. 1998), p. 735~780.
55 Witt, Ronald, In the Footsteps of the Ancients: The Origins of Humanism from Lovato to Bruni(Leiden: Brill, 2000), p. 229, 506. 이는 세계와 사물을 더 잘 이해하고자 하는 열망에서 비롯한다. 이 열망이 궁극적으로 원천 언어의 더 큰 이해를 향한 열망으로 돌이켜 이끈다. 법정 앞에 선 소크라테스가 자기 언어로 말하고자 했던 것도 결국에는 '원천 언어'로 가고자 하는 열망이 아니었던가? 단테도 그러한 열망을 지니고 있었던 것으로 보인다.

텍스트에 대한 문헌학적 접근에 적대적인 것이었다. 인문주의자들은, 페트라르카가 그 선봉에 섰듯, 근대인의 언어를 갱신해서 고대에 접근 하려 하기보다 근대 독자들이 의고적 혹은 인공적 언어에 맞추고 고대 인들과 수위를 맞추기를 고집했다.[56]

속어화의 과정은 문헌학적으로 세세한 부분들을 탐사하고 발굴하 는 작업과 대립되는 것이었다. 속어화의 추진과 문헌학적 세부화의 추 진은 실질적으로 서로 대각선으로 대립된다. 사실상 속어라는 용어는 기원과 가능한 한 가까운 위치에 배치되는 텍스트가 아니라 반대로 가 장 넓게 발산되고 가장 대중적으로 소비되는 텍스트의 언어를 의미한 다. 어떤 의미에서 이는 작가를 독자에게 데려가느냐 독자를 작가에게 데려가느냐 하는 문제로도 생각해 볼 수 있다. 인문주의 학자로서 페 트라르카에게 독자는 수백 년 동안 게으르고 무식한 정신을 유지해 온 존재였던 반면, 상대적으로 인문주의에 덜 경도된 작가 보카치오는 페 트라르카 작업의 속어 버전을 생산하면서 문헌학적 기획과 정확히 반 대 방향으로 나아갔다.[57] 페트라르카가 보기에 보카치오의 작업은 자기 가 수고를 들여 정성스럽게 복원한 기원을 문맹의 게으른 자의 손으로

"시의 규범에 따라 조화를 이루는 작품은 그 모든 감미로움과 조화를 깨뜨리지 않고 고유의 언어에서 다른 언어로 번역될 수 없다는 것을 모든 사람이 알아야 한다. 바로 그런 이유 때문 에 호메로스는 우리가 갖고 있는 다른 작품들처럼 그리스어에서 라틴어로 번역되지 않았다. 그리고 바로 그런 이유 때문에 『시편』의 시구들에는 조화와 음악의 감미로움이 결여되어 있 다. 그것들은 히브리어에서 그리스어로, 그리스어에서 라틴어로 번역되었는데, 첫 번째 번역 에서 그 모든 감미로움이 상실되었기 때문이다."(『속어론』 1. 7. 14-5)

56 Witt, Ronald, "What did Giovannino Read and Write? Literacy in Early Renaissance Florence", *I Tatti Studies: Essays in the Renaissance* 6(1995), pp. 89~93.

57 보카치오 자신은 적어도 『데카메론』을 출판한 이후에 인문주의와 특히 페트라르카의 방 향으로 크게 기울어졌고 그 방향과 반대쪽에서 나온 『데카메론』의 성취를 부정하려 했지만, 『데카메론』 이상의 성취는 이루어 내지 못했다. 따라서 이 문장은 보카치오의 『데카메론』에 관한 진술로 보아야 한다.

되돌려준 것일 수도 있었다. 그러나 그들 이전에 속어화를 추진했던 단테는 두 움직임(작가를 독자에게, 독자를 작가에게)의 동시적 발발의 모습을 보여 준다. 단테와 함께 추진된 속어화는 원천으로 돌아가는, 자체의 해체로 끝나는 번역이 아니라, 원천과의 관계를 유지하는 방식으로 자체의 생명력을 지속시킨 흐름으로 이해된다. 그것이 인문주의의 물결이 밀어닥치기 전에 단테가 수행했던 초기의 속어화가 수행했던 것이었다.

과도기의 언어

속어화는 사실상 국민 국가의 성립을 동반하는 범유럽적 움직임의 전형적인 현상이었다. 역설적으로 그런 현상이 이탈리아에서 시작된 것은 초기의(원래의) 속어화 운동의 추동력이 인문주의에 의해 한풀 꺾인 이후였다. 폴록은 유럽의 속어화 현상은 일찍이 고대 로마에서 라틴어가 확산되던 방식을 고스란히 복제한 것이라고 지적한다. 라틴어의 확산은 로마의 주변부들이 견지하던 자생 문화를 말살한 정복 국가의 폭력을 등에 업은 것이었다. 그러나 이탈리아에서 일어난 아주 초기의 속어화 운동은 국가 체제를 지향하지 않았고, 폴록이 산스크리트어의 확산에 대해 말한 것과 아주 닮아 있다.[58] 이탈리아의 초기 속어화 운동은 결코 자체의 보편성을 이론화하지 않았고, 정치적 지배를 통해서가 아니라 "무역상, 지식인, 종교인, 자발적인 모험가들의 순환"을 통해 형성되었다. 우리가 일반적으로 생각할 법한 속어=국어는 15세기 이후 국민 국가의 성립과 함께 일어난 것이고, 13~14세기에 단테와 함께 일어난 속어화는 그와 크게 다른 성격의 것이었다. 우리는 후자를 전자에 구겨 넣지 말고 그 성격이 무엇인지 그것이 지닌 복잡함을 무마하지 않는 방식으로 선명하게 조명할 필요가 있다. 그 요점은 속어화가 속어 내

---

58 Pollock, "The Cosmopolitan Vernacular", pp. 6~37.

부에서 일어나는 일이자 외부(라틴어)를 포용하는 성격이었다는 것이다.

단테의 속어는 근대 국민 국가의 차원을 넘어서는, 아마 근대화의 초기의 짧은 순간에 발현되었을, 일종의 무소속의 언어였다. 속어화는 두 작가(작가와 번역자) 사이에서는 물론 많은 범주의 사람들 사이의 이동을 함의한다. 14세기 이탈리아에서 그것은 국민주의적 프로젝트가 아니었다.[59] 토스카나어가 속어화가 도달하는 최종의 목적지로서의 언어였을지라도 그것은, 앞에서도 기술했듯이, 대중 저변의 자발적인 생산과 소비(혹은 발신과 수신)에 기인한 것이지 나중에 15세기에 로렌초 메디치가 주도한 피렌체에서 일어난 것처럼 문화적 특권의 수행에 기인한 것은 아니었다. 속어화 운동의 목적은 (나중에 인문주의자들이 그리스 작가들을 라틴어의 세계로 밀어넣은 것처럼) 토스카나어의 힘을 배타적으로 과시하거나 정착시키는 것은 아니었다. 단테가 자신의 모어의 부흥을 위해 국민주의적 열망을 표현했고 어느 정도 보카치오가 계승했던 것은 사실이지만, 단테는 더욱이 단테는 한 국가 안에서 혹은 한 국가를 위해 쓰지 않았고, 다만 국가의 한스러운 부재 안에서, 그리고 자신의 망명으로부터, 글을 썼다.[60]

---

59 역사적으로 일어난 국민주의 프로젝트는 7세기 이후의 아랍인들(번역을 정부 정책으로 추진한 역사상 최초의 경우)이나 9세기 영국의 알프레드 왕, 13세기 카스티유의 알폰소 10세, 14세기 프랑스의 샤를 5세와 같은 경우들에서 확인된다. Faiq, Said, "Medieval Arabic Translation: A Cultural Consideration", *Medievalia*, 26. 2(2005), 99~110; Davis, Kathleen, "National Writing in the Ninth Century: A Reminder for Postcolonial Thinking about the Nation", *Journal of Medieval and Early Modern Studies*, 28. 3(1998), 611~637; Hanna et al., "Latin Commentary Tradition and Vernacular Literature", Minnis, Alastair, and Ian Johnson (eds.), *Cambridge History of Literary Criticism*, vol. II: *The Middle Ages*(Cambridge: Cambridge University Press, 2005), 363~421.

60 Cornish, *Vernacular Translation in Dante*, pp. 7~8. 라틴어는 이탈리아에서 외부의 언어가 아니었다. 이탈리아는 이미 라틴(어)에 물든 처지였다. 단테의 역할은 문학을 통해 라틴어에 물든 자신의 언어를 부정하면서 동시에 수립하는 것이다. 20세기 초반 중국에서 후스(胡適)가 문학이 국어의 창조를 이끌어 간다는 주장을 펴기에 이른 것은 단테의 그러

이탈리아 언어의 창조자이자 이탈리아 문학의 창시자인 단테는 이탈리아에 말과 생각을 동시에 주었고, 인종과 땅의 개념에 지적 개별성을 가미했다. 그러므로 이탈리아 국가의 아버지, 이탈리아 자치의 아버지라고 불릴 자격이 충분하다. 그러나 그가 꿈꾼 적 없는 현재의 이탈리아 통일의 선지자나 아버지로 불릴 수는 없다.[61]

단테의 속어는 인문주의 르네상스기를 거치면서 라틴어에 의해 그 창조적 속성이 대체되고 변질되었으며 19세기 리소르지멘토와 20세기의 파시즘의 분위기에서는 내셔널리즘의 이념적 구성물로 전용되기도 했다. 부르크하르트는 "14세기 피렌체에서 나타난 훨씬 더 독립적이고 본질적으로 민족적인 문화의 씨앗이 나중에 인문주의자들이 그리도 완벽하게 잘라 버렸다."[62]라고 평했다.

단테는 현존하는 그의 글 어디에서도 '이탈리아어(italiano)'라는 용어를 사용하지 않았다. 그가 '이탈리아어' 대신 사용하는 용어는 '라틴어(latino)'였고 그것의 구어는 속어(volgare)였으며, 그것의 문어(문법적

한 속어화의 의식과 과정을 참조하면서였다. "영국, 프랑스, 독일의 국어는 문학이 발달하자 부지불식간에 국어가 될 수 있었다. 이탈리아는 그렇지 않았다. 당시 반대하는 사람이 대단히 많았기 때문에 당시 새로 등장한 문학가들은 한편으로는 국어의 문학을 창작하고자 노력했으며, 다른 한편으로는 어째서 고문(라틴어)를 폐기해야 하고 어째서 백화(구어)를 사용하지 않을 수 없는가를 글로 써서 고취해야 했다. 이러한 의식적인 주장이 있고,(가장 강력했던 사람은 단테와 알베르티 두 사람이다.) 또 그와 같은 가치 있는 문학이 있고서야 비로소 이탈리아의 '문학의 국어'가 창조될 수 있었다."(胡適,「建設的文學革命論」, 北京大學 等1 中國現代文學硏究室(主編),『文學運動史料選』(第1册)(上海: 上海敎育出版社), 74쪽; 이보경,『근대어의 탄생』(연세대 출판부, 2003), 111쪽 재인용) 여기에서 후스가 말하는 국어의 창조는 중국 문학의 전통적인 위계질서의 전복을 도모하는 것이었고, 궁극적으로 속어를 사용하는 집단의 위상을 중국 국민국가의 주체, 국어의 주체로 만드는 일이었다.(위의 책, 112쪽)

61 Symonds, J. A., "Dante", *Cornhill Magazine*, XII, July, 1865, p. 244; 윌슨, 307~308쪽에서 재인용.

62 Burckhardt, Jacob, *The Civilization of the Renaissance in Italy*(Penguin Books, 1990), p. 136. 이 구절은, '민족적'이라는 개념만 제외하면 이 글의 맥락에 잘 맞는 말이다. '민족적'이라는 개념은 적어도 단테의 경우에서는 다시 논의되어야 할 것이다.

언어)는 라틴어로 지칭했다.(『향연』1.5.13) 당시 로망스 언어 세계에서 사람들은 과연 우리가 지금 생각하는 프랑스어, 스페인어, 포르투갈어, 이탈리아어 등을 구사했을까. 이런 식의 추정은 그 방식 자체가 현재적 관점, 즉 국가 언어가 확립된 시점을 취하기 때문에 나온다. 단테가 구별하고자 했던 것은 이탈리아어와 라틴어가 아니라 그가 속어라 부르는 것과 로마인이 문법(grammatica)이라 불렀던 것이었다. 즉, 속어와 문법의 구별은 구어(소리-문자)와 그것의 문자화된 언어 혹은 문법 언어(의미-문자)의 구별인 것이다.(『속어론』1.1.4) 단테에게 이런 식의 구별은 국가 언어들의 상상과 아무 관계가 없다. 다시 말해, 단테의 내면에서 라틴어와 이탈리아어의 구분은 확실하게 이루어지지 않았다. 단테의 기획은 속어의 문어 형태를 세우는 것이었다.

단테의 속어화는 속어 위주의 단독 과정이 아니라 라틴어와 속어의 언어적 활용의 과정들을 함께하면서 이루어진 것이다. 주된 경우에서 단테는 구어 속어를 통해 내면에 형성한 내용을 문어 속어로 정착시켰지만(주변부의 언어로 살기) 어떤 경우에서 단테는 먼저 내면에서(혹은 실제로 표기를 통해) 라틴어로 문장을 구성한 이후에(또는 구성하는 동시에) 이를 속어로 번역해서 발화하거나 표기하는 일이 일어났을 수 있다.(주변부의 언어로 나아가기) 이와 함께 속어를 라틴어의 틀 내에서 정착시키는 일도 일어났을 수 있다.(중앙의 언어를 간직하기) 이러한 종류의 현상, 즉 이중 언어로 글쓰기의 과정은 흔히 급격한 과도기의 상황에서 일어난다는 점에 주목할 필요가 있다.

단테 스스로 피력하듯, 문법어는 언제나 속어를 전제로 하면서, 속어를 통해서만, 학습될 수 있다.[63] 문법어는 속어보다 더 고귀하다 할지

---

63 "우리의 속어는 나를 최종적인 완성인 학문의 길로 인도하였는데, 그를 통해 나는 라틴어에 입문하였고 그를 통해 라틴어를 배웠으며, 나중에 그 라틴어가 나의 이후 발전의 길이 되었기 때문이다. 그러므로 내가 인정하듯이 분명히 그는 나에게 가장 커다란 혜택을 주었

라도, 속어가 지닌 원래성과 직접성을 결코 배제하지 않는다. 여기에서 주목할 점은 단테가 문법어와 속어의 관계를 검토하는 것은 문법어와 속어의 이중적인 발화 경험의 맥락에서였다는 점이다. 그것은 첫째, 청신체파의 사랑의 시인들과 더불어 속어를 문학적으로 의식한 것과, 둘째, 속어를 통해서 문법어를 기반으로 하는 학문의 길로 들어선 것으로 요약할 수 있다. 속어를 문학적으로 의식한 것은 청신체파 시절이었고 속어를 통해 문법어를 기반으로 하는 학문을 하게 된 것은 베아트리체의 사망 이후에 철학에 눈을 돌리던 시절이었다. 1290년 전후로 일어났다고 볼 수 있는 그러한 '연대기적' 진행은 단테의 속어화가 지니는 '과도기적' 성격을 보여 주는 한 측면이다.

그러나 이러한 '연대기적 과도기'라는 설명은 언어의 발전이 문법어에서 속어로 이행한다는 '통시적 분리'(죽은 언어가 산 언어보다 이전의 위치에 자연스럽게 놓이는)를 의미하는 것이어서는 안 된다. 단테가 그 과도기에서 보여 준 것은 통시적 분리보다는 '공시적 비교(보완)'에 해당하는 것이었다. 그 비교(보완)는 문법어와 속어의 수평적인 교환의 관계, 즉 소통에 더 적절하게 연결된다.

단테가 사용하고자 한 속어는 아직 '문법'의 상태가 아니었으며, 문법의 확립으로부터 지지(支持)를 받는 상태가 아니었다. 이 진술은 부정적인 의미가 아니다. 우리는 문법의 안정된 틀로 들어가기 이전의, 과도기적인 상태에 주목할 필요가 있으며, 문법의 확고한 지지(支持)를 받기보다는 문법을 '의식'하는 것이 단테가 속어를 정착시키는 데 오히려 결정적인 역할을 했다고 보아야 한다. 그런 의미에서 위에서 단테의 속어 사용이 과도기적 성격을 지니는 것이 통시적인 관계보다는 공시적인 관계에서 이해해야 한다고 지적했던 것이다. 그리고 그런 이해 위

다."(『향연』 1. 13. 5)

에서 단테의 속어가 소통의 언어라고 말하는 것의 적절성과 의미를 확보할 수 있다.

역사적으로 근대 국민 국가를 지탱함으로써 성장했던 다른 언어들처럼(역으로, 그 언어들을 지탱함으로써 근대 국민 국가가 성장했다.) 단테의 속어는 기본적으로 음성 언어였다. 하지만 여느 국어들과는 다르게, 단테의 속어는 19세기 이탈리아가 통시적 언어학의 기반 위에서 이탈리아어의 기원을 로마 라틴어에 직접 연결하고자 했던 국가적 헤게모니라는 목적론적 합리화와 분명히 선을 긋는다. 가라타니 고진이 주장하듯,[64] 통시적 언어학의 체계는 유럽이 그 형성 단계에서 아랍 문명에 빚을 졌다는 역사적 사실을 무시하고, 대신 근대 언어들(속어)을 그리스와 로마의 고전 언어들로 통합시키면서 결국에는 19세기 유럽의 전 지구적 헤게모니를 합리화하기에 이른다. 그것은 사실상 언어학을 정치적으로 사용하는 것에 불과하다. 통시적 언어학은 언어를 생장과 소멸의 유기체로 간주함으로써 한 국가나 문명의 출몰을 그들의 언어에 투영시키고자 한다. 그래서 이탈리아 속어가 라틴어를 계승했다고 말한다면, 이탈리아가 로마의 정치와 문화 체계를 계승했다고 말하는 것과 같게 되는 것이다. 여기에서 라틴어를 이탈리아 속어의 부모 언어로 보는 생각이 나타나는데, 그 속에는 이른바 목적론적 진화 이론이 작동하는 것이다.

이와 다르게, 라틴어의 보편성의 외부를 인정함으로써 단테는 이탈리아 속어의 특수성을 확보할 수 있었고,(거꾸로, 이탈리아어의 특수성을 확보함으로써 단테는 라틴어의 외부를 인식할 수 있었고) 그럼으로써 살아 있는 감정과 생활, 신념과 욕망을 재현하라는 자기 시대의 요구를 껴안고자 했다. 바로 그런 과정에서 그의 속어는 자체의 보편성을 구현했던

---

64 가라타니 고진, 『내이션과 미학』, 179쪽.

6 소리 내는 언어

것이다.[65] 단테는 이탈리아 속어를 라틴어의 대체나 계승이 아니라 전유로 이해했다. 여기에서 전유란 이탈리아어가 라틴어로부터 직접 연원했다기보다 라틴어에 내재한 (보편성의) 속성을 간파하고 가져왔다는 것을 의미한다. 이런 측면에서 단테는 이탈리아 속어와 라틴어를 서로에 대해 평등하고 독립적인 언어들로 볼 수 있었다. 그런 관계를 구축함으로써 그는 속어에 독립된 언어의 지위를 부여하고자 했던 것이다.

문학성이란 그것이 사물-현실을 실어 나르고 시대의 요구에 부응하는 언어의 능력에서 떠오른다는 면에서 또한 소통의 가능성을 의미한다. 그 소통의 가능성으로 말미암아 문학성은 사실상 한 공동체를 건설하고 유지하는 토대가 된다. 더욱이, 자신의 속어를 수많은 속어들 중 표본적인 것으로 구성했던 것처럼 단테는 보편적 체계와 가치로 이루어진 공동체를 상상했고, 그 공동체의 소통의 형국을 번역 가능한 것으로 만들기 위해 그 공동체가 타자들의 목소리에 열려야 하는 필연성을 강조했다. 이것이 단테가 가장 진화된 언어로 세우고자 했던 것이다.

요컨대 단테의 속어화는 정확히 말해 라틴어(바벨 이전)와 속어들(바벨 이후) 사이를 왕복하는 과정 자체를 가리키는 것으로 이해할 수 있다. 그의 속어는 바벨이 무너진 이후에 생겨난, 그래서 바벨을 쌓던 사람들과 전혀 무관한 언어가 아니라, 바로 앞에서 묘사한 과도기의 방식으로 바벨 이전의 상태와 연결되는 과정에서 태동한 언어였다. 단테가 『새로운 삶』과 『신곡』을 속어로 쓰고 『향연』과 『속어론』에서 속어에 대한 생각을 정리하면서 수행했던 것은 바벨 이후를 창안한 것이 아니라, 바벨 이전에서 바벨 이후로 건너가는 일을 계속해서 반복하는 것

---

65 다른 모든 근대 국민 언어들이 보편성을 가진다는 것은 아니다. 또한 단테의 보편성을 그대로 인정하자는 것도 아니고, 그의 보편성이 근대성 혹은 근대라는 시대에 속한다고 말하는 것도 아니다. 내가 말하고자 하는 것은 만일 근대 국민어가 보편적으로 보인다면 그것은 서구의 근대 문명에서 떠오른 제국적 속성과 효과들에 기인한다는 점이다. 단테의 보편성은 오직 그러한 제국적 속성과 효과들 외부에 위치한 것으로 간주될 경우에만 재조명될 수 있다.

이었다. 그가 바벨 이후의 언어를 창안한 것처럼 보이는 것은 사실상 그 반복 과정에서 바벨 이전의 언어로 회귀하는 힘보다는 바벨 이후의 언어가 생장하는 힘이 월등하게 크기 때문이다. 언어의 측면에서 단테를 과도기의 시인이라 부르는 것은 대단히 중요하다. 왜냐하면 단테 이후에도 이탈리아에서 수백 년 동안 지속된 속어 논쟁은 이탈리아 국어를 주조하는 데로 나아가는 단계였고, 그 과정에서 단테의 과도기적 '긴장'은 어쩔 수 없이 느슨해졌기 때문이다. (바로 그렇기에 단테의 언어를 국어, 표준어, 보편어와 다른 궤도 위를 달리는 용어로서 인식해야 할 '속어(vernacular)'라고 부르는 것이 필요할 것이다.)

우리는 지금 바벨 이후의 언어로'만' 생각하고 글을 쓰는 '국어'의 시대에 살고 있다. 속어는 이제 완전히 국어로 정착되었다. 그러나 오히려 그렇게 바벨 이후의 언어로'만' 살고 있기에, 그렇게 '국어'로 정착된 '속어'는 바벨 이후가 아니라 바벨 이전으로 회귀하려는 욕망을 갖고 있는 것이 아닐까. 현재 전 지구적으로 국어들 사이에 수평적인 대화가 형성되기보다는 어떤 몇 개의 언어들(혹은 영어처럼 단 하나의 언어가)이 수많은 소수자의 언어들에 비해 더 유력한 중앙의 언어로 올라서려는 경향이 크게 나타난다. 단테는 문학 언어를 창출함으로써 중앙어의 '기억'에서 변방어의 '현장'으로 나아가는 토대를 마련했고, 번역을 한 텍스트에서 다른 텍스트로, 한 문화에서 다른 문화로 옮겨 가는 것으로 보게 해 주었다. 그것은 침묵으로 빠져드는 언어 대신에 소리를 내는 언어의 탄생이었다. 우리는 바벨 이전에서 바벨 이후로 건너가는 일을 계속해서 반복하는 단테의 포스트 바벨 식의 긴장을 떠올리며 그의 문학(literariness)을 대할 필요가 있다.

단테의 속어

살아 있는 언어

아감벤이 『이탈리아의 범주들』[66]에서 죽은 언어와 산 언어 사이의 이중 언어(bilingualism)를 말한 것은 단테의 속어가 지닌 포스트 바벨식의 긴장을 잘 보여 준다. 아감벤에 따르면, 인문주의 논쟁이 '언어의 문제(questione della lingua)'를 제기하면서 속어 인문주의와 라틴 인문주의를 대비했을 때, 죽은 언어로서의 라틴어라는 개념은 라틴어를 옹호하기 위해 원래 고안된 것이었음에도 불구하고 결과적으로는 오히려 속어의 옹호에 무기를 제공했다.[67] 사정은 이러하다.

15세기와 16세기에 걸쳐 일어난, 라틴어와 속어에 대한 인문주의의 논쟁에서 라틴어는 죽은 언어인 반면 속어는 살아 있는 언어의 특징을 가진 것으로 취급되었다. 그러나 역설적인 발상이 생겼는데, '죽은' 언어란 그 어느 때인가는 살아 있었다는 것을 전제로 하며, 인문주의의 사명은 '죽은' 것을 '산' 것으로 전환시키는 일과 다르지 않다는 것이었다. 인문주의자들은 죽었다 다시 태어난 언어(라틴어)를 살아 있는 사랑의 대상으로 최초로 인식했던 자들이었다. 그들은 라틴어를 찬미하면서 거기서 죽음과 재생, 그리고 삶의 순환을 목격한 것이었다. 로렌초 데 메디치와 같은 인문주의자는 "어떤 하나의 부패는 다른 것의 창조"라고 말하면서 언어의 발전을 살아 있는 유기체의 발전과 비교했다. 또한 시코 폴렌톤은 언어를 살아 있는 유기체와 등가시하는 것을 탄생과 재탄생의 비유가 아니라 잠들기와 다시 깨기의 비유로 표현했다. 그에 따르면 라틴어를 쓰는 뮤즈들이 수천 년의 선잠에서 깨어난 것이 곧

---

66 Agamben, Giorgio, *Categorie italiane: Studi di poeta*(Venezia: Marsilio, 1996).
67 Agamben, Giorgio, *The End of the Poem: Studies in Poetics*(Stanford University Press, 1999), p. 51.

르네상스라는 것이다. 한편 로렌초 발라는 새로운 생명으로 다시 깨어나게 될 라틴어의 죽음에 대해 말한다. 그에 더해 스페로네 스페로니는 라틴어를 식물의 생명 순환과 비교할 수 있는, 자연의 현상인 반면, 속어는 아무리 오래되었다고 해도 아직 완전히 꽃피우는 단계까지 이르지 못한 상태에 있다고 주장한다.[68]

아감벤의 예리한 관찰에 따르면, 이렇게 죽은 언어로서의 라틴어라는 개념은 원래 라틴어를 찬미하기 위해 만들어진 것이었지만 속어의 옹호에 무기를 지급하는 꼴로 해석될 수 있다. 속어는 살아 있는 것으로서 '이미' 죽음과 삶의 유기적 순환을 겪고 있는 중이며, 따라서 이제 처음으로 죽음에서 살아난 라틴어보다 더 우월한 것으로 여겨질 수 있다는 것이다.[69] 속어가 과연 지금 막 탄생하고 앞으로 성장할 새로운 언어인지, 이제는 오염되어 늙고 죽어 갈 고대의 언어인지를 가리는 것이 사실상 인문주의의 속어 논쟁의 본질이었다. 그런데 속어에 대한 그러한 논쟁 자체는 속어가 라틴어에 기반을 둔 새로운 언어일 수 있다는 가능성을 함축하기도 한다. 따라서 라틴 인문주의에서 속어 인문주의로의 이행은 죽은 언어와 산 언어의 대립의 결과가 아니라 그들 사이의 보완의 과정이라고 생각할 수 있다.[70]

정작 그 보완을 수정했던 사람은 단테였다. 단테가 자신의 "뛰어난 속어"를 앞세우며 구상했던 것은 속어와 라틴어의 공존 혹은 그 둘이 이루는 완전한 형태의 이중 언어였다. 그에 반해, 아감벤의 예리한 지적처럼, 인문주의자들이 하고자 했던 것은 그것을 한 언어(라틴어-죽은 언어)를 다른 언어(속어-산 언어)보다 시기적으로 앞선 것으로 통시적으로 배열함으로써 그 두 언어를 철저하게 분리시킨 것이었다. 그런데 그

---

68 위의 책, p. 57.
69 위의 책, 같은 곳.
70 위의 책, p. 52.

6 소리 내는 언어

런 상태에서 결과적으로 라틴어-죽은 언어는 단테의 이항 대립 중에서 단테가 불멸의 언어로 취급했던 고전 언어-라틴어가 아니라 새로운 종류의 '모어'의 역할을 맡게 된다. 즉, 라틴어를 부활하여 새롭게 살아난 언어로, 속어를 죽은 언어로, 서로의 위치를 환치하면서, 과거에 속어가 산 언어로서 맡았던 모어의 역할을 라틴어가 빼앗아 오는 것이었다. 그렇게 함으로써 라틴어의 죽은 언어로서의 정체성은 다른 언어들이 연원한 기원의 언어로 내세워지고, 그 죽음은 다른 언어들의 문법성과 지적 체계를 제공하는 독창성으로 거듭난다. 죽은 언어로서의 라틴어의 출현이야말로 속어를 하나의 문법 언어로 변형시킨 결정적인 것이었다. 그래서 죽은 언어의 개념이 로망스 언어학에서 근대 언어과학의 탄생을 가능하게 했던 것이다. 중요한 것은 라틴어를 이제 부활하여 새롭게 살아난 언어로 등장시키면서, 단테의 속어가 수행했던 기능(유연한 안정성, 즉 고립되지 않으면서도 문법의 역할을 하는 것)을 대체시키고자 했다는 점이다.[71]

이렇게 라틴어의 오염과 재생을 열정적으로 경험하면서 인문주의자들은 원래 속어의 경험이었던, 산 언어의 경험을 라틴어로 옮기고자 했다. 그래서 라틴어는 다시 르네상스 시기 동안 급진적으로 새로운 형태로 다시 떠올랐던 것이다. 그 라틴어는 더 이상 중세의 불변의 문법 언어가 아니라 살아 있는, 부패될 수 있고 죽어 사라질 수 있는 언어(이것이 과거에 속어의 모습)가 되었다. 그런 라틴어는 고대 로마의 언어가

---

71 위의 책, pp. 54~55. 라틴어와 속어의 관계는 한자와 한글의 관계와 똑같지 않았다. 라틴어는 한자에 비해 더 무력했고 속어는 한글에 비해 정제의 기간이 더 길었다. 그러나 그 파급력은 한글에 비해 훨씬 더 강력했다. 르네상스 인문학자들의 언어는 라틴어였지만, 그들을 지금까지 기억하게 만드는 것은 당시 그들 글들의 일부를 받쳤던 속어라는 사실을 주목할 필요가 있다.(그 이유는 위의 사항들을 생각하면 알 수 있다.) 즉, 르네상스의 힘은 어쩌면 라틴어의 재생, 오래된 것의 부활보다 속어의 탄생, 새로운 것의 뻗어 나감에서 더 힘차게 나왔던 것이다.

아니라 당대의 인문주의의 문헌학의 흐름에서 '사용'되는 언어였다. 그렇다면 그러한 라틴어의 화려한 부활은 단테가 일찍이 속어를 하나의 언어로 세우기 위해 했던 방식, 즉 살아 있는 소통의 언어를 생각했던 방식을 고스란히 가져온 것이 아닌가. 그러나 거기에서 빠뜨린 것은 단테의 살아 있는 속어에 깃든 죽음과 삶, 불변과 부패라는 이항 대립에 대한 '애매한 과도기적 태도'와 그를 통한 대립의 유연한 조절, 그리고 거기에서 나오는 문학 언어의 형성이었다.

단테가 『속어론』을 쓰던 시절에 이탈리아 속어는 아직 완성되지 않은, 라틴어에서의 번역은 물론 내면을 담는 언어로 형성되지 않은 시점이었다. 이와 함께 생각해야 할 것은 라틴어 자체가 그 의미를 이미 부동의 차원에서 정착시킨 상태가 아니었다는 점이다. 라틴어는 고대 로마 제국의 멸망 이래 계속해서 문란해지고 오염되어 가고 있었다. 따라서 고대의 라틴어와 다른 라틴어를 사용한다는 사실을 의식한 르네상스의 지식인들은 고대의 라틴어를 재생할 생각을 하게 되었는데, 그런 생각의 저변에는 사실상 고대 라틴어의 죽음이 전제로 깔려 있었다. 왜냐하면 죽은 상태에서만 그 순수성을 간직할 수 있기 때문이다. 순수한 상태를 간직한 죽은 라틴어가 '르네상스'(재생)의 목표에 필수적이었던 것이다. 그에 따라 고대 로마의 멸망 이후에 문란해지고 오염된 라틴어는 그러한 문란과 오염의 과정에서 생겨난 로망스 속어들과 함께 다시 정제되고 거듭나야 할 것으로 취급되었다.

단테는 속어를 자신의 언어로 만드는 과정에서 라틴어를 전유하고자 했는데, 그렇게 전유되는 라틴어는 이미 세계 언어가 아니었다. 세계 언어가 보편적인, 확정된, 불변의 언어라고 한다면, 라틴어는 이미 유동적이고 가변적인, 파편화되어 가고 있던 언어였기 때문이다. 르네상스 인문주의자들은 그렇게 허물어져 가던 중세의 라틴어가 일찍이 누렸던 원래의 세계 언어로서의 지위를 찾고자 했다. 물론 단테 자신

6 소리 내는 언어

이 참고한 라틴어는, 베르길리우스나 스타티우스 등『신곡』에 등장하는 로마 작가들의 예에서 보듯, 고전 라틴어였다. 그러나 인문주의자들과의 차이는 단테는 그 과거의 고전 라틴어를 있는 그대로 살려 낸다기보다 당대의 새로운 언어 상황에 따라 변용하고자 했다는 점이다. 그것을 일종의 번역이라고 생각할 수 있다는 것이다. 단테에게 라틴어와 속어는 일종의 번역의 관계에 있었고, 거기서 일어나는 언문일치와 문학 언어의 창출이 번역 행위의 가능태들로 이미 내재하고 있었다. 그 점을 우리는 단테의 이론적 논의나 창작적 표현에서 탐사할 수 있다.

이탈리아 속어를 위한 단테의 기획은 속어를 문법어로 온전히 변형시키는 일 없이 그 속어에 안정성을 부여하는 작업이라고 말할 수 있다. 흥미롭게도 단테는 "영속적이고 부패하지 않는", 죽은 언어(라틴어)의 본질을 의식하면서 출발한다. 단테는 속어의 살아 있는 상태를 간취했고 동시에 그 상태는 오직 라틴어의 '죽은' 상태 내에서만 혹은 그 상태와 어울려서만 가능해질 수 있다고 이해했다. 이는 인문주의자들이 라틴어를 죽은 언어에서 살아 있는 언어로 전환시킨 것과 다르다. 왜냐하면 단테가 속어를 죽은 언어와 산 언어 사이의 상호 작용에서 뽑아내는 것은 어떤 한 언어의 승리를 선언하기보다는 (소통을 향한) 뛰어난 문학 언어를 세우려는 목표를 지녔기 때문이다. 이런 식의 문학적 기획은 라틴어보다 더 고귀한 새로운 속어를 세움으로써만 가능했다.[72]

여기에서 중요한 것은 이 소통의 언어를 속어 문학 언어라고 부르는 것이 적절하다는 점이다. 단테는 번역의 경험을 통해 속어 문학 언어로 글을 썼다. 단테는 "속어로 시를 쓰기 시작한 최초의 인간은 자기 말들을 라틴어 운문을 따라가기 어렵던 여자들이 이해하도록 하고 싶어했기에 그렇게 하기 시작했다."(『새로운 삶』 35.6)라고 진술한다. 여기

---

72 그것을 단테는『속어론』에서 세 가지로 설명한다. 5장 참조.

에서 나는 이탈리아 속어를 사용한 최초의 시인들이 라틴어로 생각하지 않았을까 추론해 본다. 말하자면 그 시인들로서는 이탈리아 속어로 쓰는 것이 일종의 번역이었던 셈이 아니었을까. 사실상 이탈리아 속어는 그들이 라틴어로 사고한다는 혹은 라틴어를 번역한다는 의식을 더 이상 지니지 않게 되었을 때에서야 그 완벽한 형태와 용법을 얻었던 것이다. 바로 여기에서 모어로서의 이탈리아어는 그들의 문학 언어가 되었다.

그러므로 우리는 단테의 속어는 다름 아닌 속어 문학 언어를 의미하며, 적어도 부분적으로는 문법, 즉 지식 지향적인 라틴어에서 파생한다고 말할 수 있다. 단테의 속어는 속어 문학 언어로서 구어 속어(모어의 경험)와 문어 라틴어(모어를 번역한 것)로 구성된다. 단테가 이런 식으로 라틴어와 속어의 교합 가능성에 대해 생각했다는 걸 인정한다면, 그가 라틴어와 속어 사이의 일종의 문화적 번역을 수행했다고 말할 수 있다. 단테의 이탈리아 속어의 경험은 라틴어를 재생된 언어이자 살아 있는 언어로 보는 인문주의자들의 반전의 도래를 '이미' 포함하고 있는 것이다.

이러한 추론은 새로운 언어를 세우려는 단테의 도전을 이해하는 데 중요하다. 그가 발명한 속어는 그의 궁극적 성취인 문학 언어로 수렴되었기 때문이다. 그의 도전은 그의 속어가 그것이 출발한, 소리와 사물로부터 솟아오른,(그래서 우리는 그의 언어적 추구를 '경험'이라 부르는 것이다.) 기원들의 흔적들을 포함하고 있다는 점을 잊지 않았기에 성공적이었다. 이런 방식으로만 단테는 자신의 속어를 문학 언어로 만들고 나아가 다른 언어들과 문화들을 소통시킬 수 있었다. 속어 문학 언어를 창조하면서 단테는 중앙 언어의 '죽은 기억'으로부터 주변부 언어의 '살아 있는 목소리'로 옮겨 가는 발판을 마련할 수 있었다.

단테가 라틴어와 속어 중 어느 한쪽이 아니라 그들이 만드는 '관계'

그 자체에 주의를 기울였다는 사실을 단테의 이론서와 창작물에서 발견할 수 있다. 『향연』에서 단테는 "라틴어는 영속적이고 부패하지 않는 반면 속어는 불안정하고 부패할 수 있다."(『향연』 1. 5. 7)라고 진술한다. 같은 맥락에서 단테는 언어의 두 경험을 문법 언어와 모어로 구별한다.

> 나는 어린애가 처음 소리를 구별하기 시작할 때 주변에 있는 사람들에게서 습득하는 언어를 '속어'라고 부른다. 또는 더 정확하게 말하자면, 속어란 우리가 어떠한 형식적인 지침 없이, 유모를 모방하면서 배우는 언어라고 선언한다. 또 다른 종류의 언어가 존재하는데, 로마인들이 문법이라 불렀던 언어다.(『속어론』 1. 1. 2-3)

단테의 시대에 라틴어는 문맹들이 사용하던 구어의 문어 형태 혹은 문법어 형태로 간주되었다. 다시 말해, 이탈리아 속어는 라틴어의 일부였고, 그 두 언어는 사실상 서로 다른 언어들이었다. 라틴어는 마땅히 하나의 공용어(lingua franca)라는 이러한 구도 위에서 단테는 속어가 자체의 독특한 언어적 정체성을 구축할 필요가 있다고 생각했음에 틀림없다. 라틴어는 문법 언어이기에 언어들의 필멸성을 허용하지 않는다면, 그것은 라틴어는 이미 죽어 있는 언어인 반면 속어는 지금 여기에서 살아 있다는 의미를 내포한다. 단테의 문학 텍스트에 확연하게 내재한 본질적인 이중 언어주의는 형태론적 측면이 아니라 그의 세상에 정면으로 맞서는 방식에서 나온 것이다. 당시에는 언어의 사용에 대한 두 개의 주된 태도가 있었다. 하나는 문학 라틴어를 문법으로 세워 중앙의 언어로 확립하는 것이고, 다른 하나는 구어 속어(모어)를 문어 속어로 세우는 것이다.

단테가 이런 식으로 세운 자신의 이중 언어론은 15~16세기에 인문주의자들이 다시 펼친 이중 언어론과 다르다. 그들이 서로 다른 이유는 그들이 논의 대상으로 삼은 현상들 자체가 전혀 다른 것들이었기 때문이다. 다른 현상이란, 단테는 모어와 문법 언어라는 두 개의 다른 언어 경험들을 논의한 반면, 15~16세기에는, 라틴어든 속어든, 규칙화된 언어(문법어, grammatical language)를 논의했다는 점으로 설명된다. 단테의 입장에서 보면 15~16세기에 논의 대상으로 삼은 두 언어인 라틴어와 속어는 둘 다 문법 언어의 속성을 지닌다. 둘 다 언어라는 사건의 원래적인 경험을 거부하고 언어 이전의 지식과 사고를 전제로 하기 때문이다. 따라서 이 시기에는 죽은 언어와 산 언어를 대비시킨 것이 아니라, 언어적인 경험 자체를 없애 버렸다는 데서 근본적인 위기에 사로잡혀 있었다.[73] 이에 비해 단테의 속어는 발화의 원래적이고 직접적인 경험을 지닌 '모어'로서,(『속어론』 1.2.21/『향연』 1.13.5) 문법 언어와 확실히 구분되었다. 단테는 속어가 발화의 경험에서 나온 모어라는 사실을 속어가 사랑을 야기하는 원인이며 지식을 일으키는 정신의 계몽과 일치한다는 주장으로 연결시킨다. 여기에서 사랑이란 언어에 대한 사랑을 가리키며, 무엇보다 계몽은 소통의 의미로 이해된다는 점에 유의할 필요가 있다.

단테는 계몽-소통에 내재하는 '말로 할 수 없음'을 경험한다. 언어를 초월하는 곳에 대한 경험, 언어가 사라지는 것에 대한 경험, 언어로 해결할 수 없는 것에 대한 경험. 이러한 경험들은 단테가 말하는 계몽-소통의 전제들이며 조건들이다. 역설적으로 들릴 수 있으나, 계몽-소통은 언어의 사라짐을 기반으로 해야 한다. 언어가 궁극적으로 지향하는 혹은 다다르는 곳은 하나의 객관적인 불변의 체계이며 실재인데, 이러한 객관적 불변성은 결코 '말로 할 수 없음'(『향연』 3.3.5/「천국」 33.55-57)을 허용할 수 없거나 허용해서는 안 되기 때문이다. 다시 말해, 언어

---

73 Agamben, *The End of the Poem*, p. 53.

란 항상 무엇인가를 지시해야 하고 그러한 지시의 과정을 받치는 객관적 체계로 이루어져 있어야 한다. 그에 비해 단테가 경험한 '말로 할 수 없음'이란 언어가 사라지고 다시 나타나기를 반복하는 과정 자체를 가리킨다. 여기에서 언어는 무엇인가를 지시하지만 그러한 지시의 과정이 필연적으로 하나의 객관-불변의 체계에 의해 받쳐지기보다는 언어 자체가 지시의 수면으로 떠올랐다가 그 아래로 가라앉기를 반복한다. 여기가 비로소 계몽-소통의 온전한 의미가 실현되는 곳이다.[74]

이렇게 속어가 살아 있는 사랑을 야기하는 원인이자 소통에서 비롯하는 지식을 일으키는 기반이기 때문에 단테에게 속어는 '기술(art)'이 아니라 '사용(습관, use)'에 더 해당되며, 그래서 역설적으로 속어는 계속해서 사용되는 과정에서 언제나 과도기적인 상황, 즉 지속적인 죽음에 처하게 된다. 속어로 말하는 것은 말의 끊임없는 죽음과 재탄생을 경험하는 것이다. 이는 문법을 지향하는 언어가 결코 완전하게 이를 수 없는 경지다.[75]

이러한 아감벤의 관찰에서 다음과 같은 것들을 알 수 있다. 첫째, 모어와 문법의 서로 다른 경험들 사이의 대립이 단테가 겪은 이중어라고 할 때, 그 이중어는 언어들 사이의 대립을 의미하기보다 언어들을 통한 문화들 사이를 중재하는 것에 더 관계한다. 둘째, 속어는 살아 있는 언어로서, 죽은 언어(라틴어)의 우수함을 이어받은 것으로 이해할 수 있다. 더욱이 살아 있는 언어로서 속어는 그 살아 있는 목소리(모어의 성격)를 정신이 아니라 몸에서 내보낸다. 그로써 살아 있다는 것은 시화(詩化)된다는 것과 동격이 되고, 속어는 문학 언어의 지위를 획득한다.

---

74 일찍이 데리다가 제시한 언어의 유희와 지시의 관계를 떠올릴 수 있다. Derrida, Jaques, "Structure, sign and play in the discourse of the human sciences"(1967), in David Lodge, (ed.), *Modern Criticism and Theory: a Reader*(New York: Longman, 1988), pp. 108~123.

75 Agamben, *The End of the Poem*, pp. 53~54.

문학 언어로서 단테의 속어는 사물로 내려서는 사물의 언어다.[76] 사물로 스며들고 다시 사물을 통해 사물로부터 산란된다.『신곡』을 흠뻑 적시고 있는 언어는 알레고리적 표현 이전에 혹은 그와 함께 사물을 직접 드러내고 사물의 경험을 장려한다. 망명의 처지에서 신과 소통하고자 하는 단테의 염원은 가장 낮은 장소로 내려가고자 하는 의지와 분리되지 않는다. 오히려 그의 영혼과 속어는 의지가 염원을 받치는 그러한 방식으로 형성된다. 이제 우리는 사물-언어가 어떻게 소리를 생산하고 소리가 우리의 귀에 어떻게 울리는지, 그리고 단테는 자신의 속어를 사물-대상과 어떻게 상응하는 것으로 생각하는지 물을 필요가 있다.

> 최초의 인간은 최초의 발화를 하느님 당신께 돌렸다. 다시 말해, 이 최초의 화자는 즉각 말을 했는데, 하느님의 창조의 힘이 그의 몸에 숨을 불어넣는, 그야말로 그 즉시였다. 하나의 인간은 지각하기보다는 지각되는 것이 더 진정으로 인간적이라고 할 수 있다. 그래서 만일 우리의 창조주, 그 완전의 원천이자 사랑이 우리의 최초의 조상을 그 내부에 일체의 완전을 불어넣으면서 완성했다면, 이 가장 고귀한 피조물은 지각되기 이전에 지각하지 않았다고 봐야 하지 않겠는가.(『속어론』1.5.1)

최초의 인간의 최초의 발화 대상은 그에게 발화의 힘을 준 하느님이었다. 최초의 인간은 하느님에 의해 지각되었고, 그 지각됨으로부터 그 인간의 지각이 깨어났기 때문이다. 지각되는 존재에서 지각하는 존재로의 전환은 순식간이었다. 존재의 탄생은 곧 발화 행위와 거의 동시에 이루어졌던 것이다. 지각하는 존재와 지각되는 존재 사이의 순환 궤

---

76 4장 「영혼의 언어」를 참조할 것.

도 위에서 최초의 언어는 그들 사이의 직접적이고 필연적인 관계를 내재한 채 발화되었다. 그 언어는, 자의적이지 않았다. 단테는 누군가는 최초의 인간이 말을 할 필요가 있었겠느냐는 의문을 표시할 수 있다고 가정해 본다. 하느님은 그가 무슨 비밀을 가졌는지 다 알기에 굳이 그 비밀을 말에 실어 보낼 필요가 없지 않겠느냐는 물음이다. 그러나 단테는 인간은 언제 하느님의 영원한 의지에 의견을 표현할지 알아야 하고, 그래서 하느님이 최초의 화자가 자신의 심중을 말하지 않아도 안다고 해도 하느님은 여전히 최초의 인간이 말하기를 원했다고 강조한다. 따라서 최초의 인간이 발화한 것은 하느님의 은총의 기호인 것이다.(『속어론』 1.5.2)

인간의 언어는 하느님과의 지각 관계라는 직접적이고 필연적인 관계로부터 생성되었다. 최초의 인간인 아담은 "어머니가 없고 어머니의 젖을 마신 적도 없이, 어린 시절이나 성숙기를 본 적도 없는 사람으로서",(『속어론』 1.5.3) 언어를 발화했다. 말하자면 아담의 언어는 모어가 아니었던 것이다. 아담의 언어는 하느님과 '함께', 즉 지각되면서 지각하는 관계에서 만들어졌다. 그렇게 서로를 지각하는 동시적 관계에서 나오는 언어 형식으로 아담은 발화를 했고, 이후로 인간은 그런 형식을 유지하면서 바벨 이전까지 언어를 사용해 왔다. 그것이 곧 히브리어였다. 바벨의 혼란 이후에 그 언어는 히브리인들과 함께 남았고, 그래서 히브리인들 사이에서 나온 우리의 구주는 혼란의 언어가 아닌 은총의 언어로 말했던 것이다.(『속어론』 1.5.4-5)

중요한 것은 서로를 지각하는 동시적 관계에서 나온 이 언어 형식이 자의적 성격을 띠지 않는다는 점이다. 언어의 자의성이란 소쉬르의 개념은 소리가 의미에 제약되지 않는 현상(예를 들어 '아버지'를 가리키는 소리는 각 국어들마다 다르다.)에서 나왔다. 단테는 소통 당사자들이 서로를 지각하는 동시적 관계에서 나온 소리가 하나였다는 점(EL)에서 언어의

필연성을 생각했던 것이다.[77]

요컨대, 단테에게 중요한 것은 인간의 최초 발화에서 속어의 모델을 찾거나 가리키는 것이지만, 사실 그런 것은 존재하지 않았고 단테도 망명 중에 만났던 열네 개의 이탈리아 방언들 중에서 찾을 수가 없었다. 따라서 단테는 이 세계에서 일어나는 인간의 소통에 대한 새로운 경험과 사색 위에서 새로운 언어를 "창조"할 필요성에 직면했다. 새로운 언어는 문학 언어에서 그 정점에 이른다.

> 단테에게 유일하게 진정한 모델은 모델이 아닌 그러한 모델이다. 그것은 시적 언어다. 시적 언어는 존재와 소실 사이에서 예기치 못하게 자체를 드러낸다. 이러한 이중적인 과정이 기호의 존재와 사물의 소실의 실존적 조건 사이에서 도드라진 속어를 받치며, 존재와 소실 사이의 내적 유희로 나타나는 단테의 시적 언어를 가능하게 한다.[78]

이제 단테는 자신의 속어 사용이 "새로운 빛, 새로운 태양이 될 것이며, 그 새로운 태양은 바로 낡은 태양이 지는 곳에서 솟아오를 것이고, 낡은 태양이 빛을 비추지 않기 때문에 어둠과 암흑 속에 있는 사람들에게 빛을 비춰 줄 것"(『향연』 1.13.12)이라고 말한다. 그의 꿈은 그의 글들이 다수의 근대 속어들로 번역되는 것을 통해 실제로 실현되어 왔다.

단테의 속어가 남긴 것

『속어론』에는 단테 자신이 사용했던 토스카나 방언을 이탈리아의

---

77 이 점에 대해서는 이 책 5장 「속어의 지위」를 를 참고할 것.
78 De Benedictis, "Dante's Semiotic Workshop", p. 201.

6 소리 내는 언어

공식 언어 같은 것으로 만들겠다는 그의 의지가 강하게 담겨 있다.『속어론』은 단지 언어에 관한 논문이 아니라, 끊임없이 변하는 단테의 정치적, 종교적 견해들의 길을 따라 세워진 하나의 푯말이었다. 예를 들어 우리는 단테가 중앙 집권식 의회를 가진 이탈리아를 상상하는 부분을 참고할 수 있다.

이탈리아에 법정이 없다는 말(독일의 왕처럼, 단일한 제도의 의미에서)이 맞다고 해도, 그 구성 요소들이 없는 것은 아니다. 독일 법정의 요소들이 단일한 군주 아래 통일되어 있는 것처럼, 이탈리아 법정의 요소들도 은총의 빛이 깃든 이성에 의해 함께 모여 있다. 그래서 이탈리아인들이 군주가 없다고는 해도 법정이 전혀 없다고 말하는 것은 맞지 않다. 우리에게 법정은 있다. 다만 그 물리적 구성 요소들이 흩어져 있을 뿐이다.(『속어론』1.18.5)

여기에서 앞서 4장(「단테의 속어의 양상들」)에서 소개했던 소크라테스의 에피소드를 상기해 보자. 그는 법정의 언어에 완전한 이방인이었고, 그래서 그가 사용해 왔던 언어를 선택하고자 했다. 단테로서도 역시 그가 사용해 왔던 언어를 사용할 수 있는 '법정의 언어'는 없다. 그러나 『속어론』의 저자로서 그는 "이탈리아인들에게 법정은 있으며, 다만 그 물리적 구성 요소들이 흩어져 있다."(『속어론』1.18.5)라고 주장한다. 단테에게 '법정'이란 무엇인가? 예컨대, 한 국가의 정체성을 받치는 토대(예를 들면 중앙집권식 의회나 행정부)일 것이다. 다만 그 토대가 독일의 경우처럼 단일한 군주 아래 통일되어 있지 않고 파편처럼 흩어져 있다는 것이다. 소크라테스가 "내〔소크라테스〕가 자라나며 익숙해졌던 방식과 방언으로" 말하고자 하는 것처럼, 그렇게 단테는 "우리에게 법정이 없기에 우리의 뛰어난 속어는 집이 없는 방랑자처럼 더 검소한 집에서 환대를 받으러 떠돌아다니"(『속어론』1.18.3)지만, 그 속어로 말

을 하면서 속어의 소통 공간을 형성하고자 한다.[79]

여기에서 이탈리아라는 법정을 구성하는, 그런데 당장은 흩어져 있는 그 "물리적 구성 요소"는 바로 이탈리아 국민을 가리킨다고 생각할 수 있다. '이탈리아'라는 정체(政體)를 생각하는 단테의 정치에서 주권은 국민에서 비롯한다. 피렌체에서 세도가들에 대항하는 시민들이 선출한 정치인으로서, 황제를 이탈리아 국민의 힘을 확보하는 최선의 방법으로 보게 된 정치학자로서, 그러한 관점은 일관되게 유지되었다. 그런 점에서 19세기 이탈리아 리소르지멘토 기간 동안 얄궂게도 단테가 이탈리아 내셔널리즘의 선구자로 이해되었던 것을 수긍할 수 있다.[80] 그러나 분명 단테의 '네이션'은, 그게 있었다 하더라도, 19세기에 이탈리아가 필요로 했던 네이션과 달랐다. 그 둘을 같게 보는 데서 20세기에 들어서서는 단테를 파시스트로 몰아가는 일조차 일어났다. 요컨대 우리는 단테의 속어를 국어와 같은 차원에 놓지 않는 한에서 그 가치를 재확인할 수 있다.

단테의 "뛰어난 속어"를 "집이 없는 방랑자"로 생각해 본다면 속어의 공간을 구축하고자 한 그의 계획은 우리가 지금 국민 국가라 부르는 것을 넘어서며, 따라서 그의 이탈리아 속어는(비록 '이탈리아'라는 접두사가 붙긴 해도) 국가 언어의 정체성으로부터 벗어나 세계시민적 방향으로 기울어진다는 점을 이해할 수 있다. 사실상 우리가 단테의 속어에서 목격하는 바벨적 디아스포라는 세계시민적 속어가 떠오르고 작동하는 환경으로 생각될 수 있는 것이다. 라틴어를 지역 속어들로 번역하는 것은 그 속어들을 해체하고 결국에는 기원으로서의 라틴어로 복귀하는

---

79 단테는 자신의 "뛰어난 속어"를 이탈리아 반도에서 발견했다기보다 사변적인 방식으로 구성했다. 그것은 문학 언어의 전범이 부재하고 또한 이탈리아 반도 내에 단일한 정치적 권위가 부재하는 상황에서 나온 것이었다. Botterill, "Introduction", p. xxiii.
80 윌슨, 『사랑에 빠진 단테』, 325쪽.

6 소리 내는 언어

것으로 그치지 않으며, 그렇기 때문에 그러한 번역은 기원 언어와 수평적 관계를 유지하는 방식으로 속어 자체에 새로운 생명을 계속해서 부여할 수 있다.

단테의 속어가 형성된 곳으로서 '법정'은 국가적 차원보다는 세계시민적 차원에 훨씬 더 가깝다. 세계시민적 차원에서 단테의 속어를 통해 누리는 시적 우수성이 가장 잘 작동한다. 소크라테스가 아마도 법정이 더 넓고 더 유연한 국면이 되어 자신의 이방인 목소리를 담아내기를 희망했던 것처럼, 단테는 자신의 속어가 이탈리아 반도(단테 이후 19세기에는 근대 국민 국가로서의 이탈리아)에 국한되지 않고 인간 사회 전체로 넓어진 어떤 공동체를 위한 소통의 힘을 발휘하도록 하고자 했다.[81]

속어의 확산은 그 불완전으로부터 솟아오른다. 이는 아담이 사용한 언어가 이미 바벨 이전에 죽었다(「천국」 26. 124-126)는 사실로 확인된다. 다시 말해, 최초로 하느님을 지시했던 아담의 완전한 언어가 이미 사라졌을 때, 그 자리에서 다언어적 상황이 도덕적 불완전성과 함께, 그리고 결국에는 우리 세계의 불완전성과 함께 솟아오른다는 것이다. 그러면 불완전성이란 무엇인가? 역설적으로 바벨 이후의 상황은 인간의 도덕적 언어적 불완전성을 야기하면서도 결국에는 문학적, 정치적 차원에서 볼 때 단테 속어의 세계시민적 양상을 유발하며, "세상에 존재하는 언어적 다양성이라는 명백하고 부정할 수 없는 사실"[82]을 함의하고, 따라서 한 언어의 완성보다는 다양한 언어들 사이의 수평적 번역과 교합이 일어나게 된 것이다. 여기에서 우리는 속어의 지역적 속성이 그 보편성을 위한 역설적 조건이 되며, 그것은 실질적으로 속어의 문학

---

81 세계시민주의와 근대성의 관계는 대단히 미묘하다. 이와 관련해 미뇰로가 말한 "비판적 세계시민주의"(Mignolo, "The many Faces of Cosmopolis", pp. 157~187)를 참고할 수 있다. 미뇰로에 따르면 세계시민주의는 근대성의 전망에서 연원하여 추구되고 있는 것으로 이해될 필요가 있다.
82 Botterill, "Introduction", p. xxi.

적, 정치적 특징에서 가능하다고 결론 내릴 수 있다.

단테의 속어는 중앙어-라틴어에 대한 작은 공동체의 고유한 언어였다. 그러나 그 공동체의 고유한 기억과 전통, 심성을 전달하는 언어는 권력과 자본의 장치를 돌리는 동력으로서의 중앙의 언어, 효율적인 명령 전달로서의 중앙 언어와 반드시 대치하는 것만은 아니다. 우리는 단테의 속어와 함께 '언어'가 탄생했다고 말할 수 있어야 한다. 중앙 언어로 굳어져 간 라틴어는 언어의 죽음을 맞았고, 질문 없는 디스토피아, 근원적 불모의 대지의 도래를 초래했다. 반면 단테는 언어의 '소리'를 냈으며, 그럼으로써 언어의 가치를 작동시켰다. 그러나 그 과정에서 라틴어가 일정한 역할을 수행했음을 부정하기 힘들다. 라틴어와 속어의 관계는 우월이나 고귀와 같은 비교와 기원-유래, 혹은 원인-결과라는 수직적 관계가 아니라 기능과 역할의 수평적 관계로 보아야 할 것이다. 그것은 차이의 이상적인 교합으로 나타나는 관계다. 특히, 후자는 관계를 맺는다는 그 자체가 그들 각각의 자리를 확보해 준다는, 개체보다는 관계 우선적인 사고를 연상하게 하며, 이 글에서 계속해서 강조하는 소통의 진정한 의미를 재확인하게 해 준다.

우리는 언어들 사이의 관계를 한 언어가 다른 언어에 승리를 거두는 전쟁 같은 것으로 이해할 필요가 없다. 바로 이것이 단테의 이탈리아 속어에 대해 접근할 때 그 속어가 처했던, 라틴어를 포함한 복수의 언어들의 환경을 필수적으로 유념해야 하는 이유다. 비록 단테가 복수 언어주의의 의식을 유지한 채 자신의 생각을 표현하는 최상의 언어를 찾느라 골몰했다 하더라도, 결과는 언제나 다른 언어들, 여러 언어들 사이의 긴장을 유지하는 것이었다.

단테의 속어는 몇 편의 문학 텍스트와 몇 권의 이론서로 세상에 남았다. 그는 속어 문제를 해결했다기보다 출발시켰다. 그 이후로 르네상스를 거쳐 뱀보 등의 논쟁들이 일어났고, 근대 국민 국가 체제들이 출현하면서 속어는 국민 국가의 언어, 즉 '국어'로 굳어지는 역사적 정황이 생겨난다. 19세기에 이탈리아도 국민 국가를 수립하면서 이탈리아어에 대한 관심이 지극히 현실 정치와 아울러 교육과 문화의 최일선의 문제로 급부상했다. 단테의 속어는 수백 년에 걸친 해자를 건너뛰어 '고전적' 모델로 채택되었다. 그러나 그의 속어는 '고전적'이라 불리기에는 그 자체로 급진적이고 가변적인 성향을 지니고 있다. 더욱이 그가 '속어'라는 용어로 의미하려 했던 것은 한 근대 국민 국가의 국어와는 사뭇 다른 것이었다. 국민 국가 체제가 세계화의 흐름과 공범 관계에서 발전을 거듭하는 현재 상황에서 우리는 수많은 언어들이 사라지는 것을 목격한다. 단테의 속어는 한 지배적인 체제를 옹변하는 중앙의 언어라기보다 그 사라지는 언어들의 존재 권리와 방식을 위한 윤리적 정언이 아니겠는가. 바로 이 점에서 우리는 단테의 언어를 대할 필요가 있다.

7 정전의 주변부적 변용: 신채호의 『꿈하늘』*

단테를 거슬러 만나기

한 편의 문학 텍스트의 문학 가치는 텍스트 내에만 있는 것이 아니라 그 텍스트의 수용이 일어나는 맥락에 따라 결정되고 또 변화한다. 한 편의 텍스트로서 단테의 『신곡』이 지닌 문학 가치는 어떤 한 특수한 시공과 문화적 맥락 속에 고정되어 있지 않다. 따라서 단테의 『신곡』이 한국의 맥락에 의거해 새롭게 해석되는 한에서, 이탈리아의 『신곡』이 있다면 한국의 『신곡』도 존재한다고 말할 수 있다. 비평가 토머스 엘리엇은 단테의 언어가 셰익스피어의 언어에 비해 더 쉽게 번역된다고 관찰한 바 있다. 단테를 번역할 때 그 원래의 언어의 많은 부분을 보존할 수 있으며, 이를 통해 우리는 단테의 언어를 온전한 형태로 만날 수 있다는 것이다.[1] 그러한 관찰은 단테의 언어가 그것이 속했던 사회와 역

---

* 이 장은 졸저 『단테 신곡 연구』(2011)에서 단테와 신채호의 관계에 대해 미래의 연구 과제로 제시한 요점(11.3장)을 본격적으로 논의한 것임을 밝힌다.

1 Eliot, Thomas S., *Dante*(1921)(New York: Haskell House Publishers LTD, 1974), pp. 32~35. 한편 단테와 엘리엇에 관한 최근 논의로는 다음 책을 참고할 것. Douglass, Paul, *T. S. Eliot, Dante, and the Idea of Europe*(Cambridge Scholars Publishing,

사, 문화적인 특수한 맥락을 넘어서서 더욱 보편적인 지평으로 발산하고 또 타자의 특수한 사회 역사적, 문화적 맥락에 더욱 잘 수용되는 성격을 지닌다는 뜻으로 읽힌다.

과연 단테는 자신의 세계를 여느 서양 작가들보다 더 강하고 핍진하게 한국 독자들에게 호소한다고 봐도 지나치지 않다. 단테는 그의 정신이나 내면의 측면에서 중세에서 근대로 넘어가는 과도기의 특성을 농후하게 내보였으며, 그 점에서 한층 더 유연하고 열린 언어를 형성함으로써 한 특정 시대나 지역에 국한하지 않는 보편성을 갖추었다. 아직 교회가 막강한 영향력을 행사하고 있었지만 또한 개인의 의식과 정서에 대한 관심이 새롭게 떠오르고 있는 상황에서 단테는 개인으로서의 자의식을 확보하면서도 또한 하느님의 세계에 속한다는 의식을 견지했고, 그러한 이중적인 의식을 당시 사람들과 공유하고 있었다.[2] 단테를 대할 때 서양 근대 문명의 자기중심적이고 우월적인 태도를 비교적 덜 느끼면서 인류 전체가 공감하고 지향하는 인간의 사랑과 구원의 문제로 직접 나아가게 된다면, 그것은 아마도 그러한 연유에서일 것이다.

단테를 읽으며 인간의 깊숙한 곳에 자리 잡은 섬세한 감정들이나 고매한 이상, 그리고 인간이 직면한 문제들에 대해 다른 무엇보다 문학을 통해 탐사하는 기회를 가질 수 있다는 점은 엘리엇의 비평적 판단이 보증한다. 엘리엇은 단테의 『신곡』이 셰익스피어가 지니지 못한 주제의 보편성과 언어의 수월성을 지니며, 그것들은 단테의 알레고리가 지닌 시각적 이미지의 직접성과 일관성, 그리고 그로부터 나오는 고대와 중세를 아우르는 넓고 다양한 인물과 사건, 개념들의 보편성에 대한

2011).

2 앞의 2장에서 조토 디본도네, 프란체스코 다시시, 토마스 아퀴나스와 같은 동시대인들을 예로 들어 설명했다.

당대적 체험 같은 것들에서 생긴다고 말한다.[3] 엘리엇의 주장은 단테의 언어가 고전적 지위를 확보해 온 것이 사실은 그것의 유지라기보다는 변용의 과정을 거쳐서였다는 점을 관찰하는 데 도움을 준다. 우리의 경우, 단테가 긴 시간과 먼 거리를 뛰어넘어 20세기 초반의 한국에 어떻게 수용되었는지, 수용의 과정에서 어떤 변용을 겪었는지, 그 양상과 의미를 논의하는 것은 단테의 언어와 문학의 가능성을 더욱 보편적 관점에서 조명하는 길일 것이다.

동아시아에서 수용한 단테는 방금 설명한 14세기의 과도기 시인보다는 다분히 19세기 낭만주의의 분위기 속에서 이탈리아에서, 또한 영국을 비롯한 유럽과 미국에서, 부활한 근대적 시인이었다고 말해도 지나치지 않다. 19세기 이탈리아는 리소르지멘토라는 국가 독립 및 통일 운동의 시대를 겪고 있었다. 무엇보다 투철한 민족주의의 이념적 토대를 필요로 했던 당대 상황에서 단테는 이탈리아 민족의 정체성을 받치는 정신적 기둥으로 호출되었고, 그에 걸맞는 역할을 언어와 학문, 그리고 실천의 측면들에서 유감없이 발휘했다. 일본의 메이지 유신과 함께 본격화된 동아시아의 근대화는 서양 근대 문명을 직수입하는 사업과 함께 진행되었으며, 그 과정에서 단테는 서양 근대 문명을 받치는 중요한 하나의 표상이었다. 서양 근대성의 수용은 계몽적 기획 아래 이루어졌으며, 단테는 동아시아 전역에서 계몽의 '주체'로 연구되고 추종되었다. 그런데 수용 대상을 표상하는 존재였던 만큼 단테에 대한 동아시아의 접근은 수용자의 입장보다도 대상의 입장에 충실한 것일 수밖에 없었다. 다시 말해 19세기 세계 전체를 지배하던 민족주의 이념의 흐름 속에서 당시 이탈리아의 시대적 필요에 따라 부활한 단테에 초점을 맞췄다는 점을 주목할 필요가 있다는 것이다. 거기에서 생략된 것은

---

3 Eliot, *Dante*, 22쪽.

7 정전의 주변부적 변용: 신채호의 『꿈하늘』

14세기의 현저하게 '다른' 사회와 문화의 맥락에서 활동하고 지적 생산물을 남겼던 단테였다. 그 기원으로서의 단테는 그가 남긴 글들을 통해 가장 잘 접근되고 이해되며 해석될 수 있다.

바로 이런 측면에서 우리는 근대 서양을 대신하여 동아시아를 계몽하고자 했던 일본에 의한 단테 수용보다는, 그 계몽의 또 다른 얼굴인 제국적 야심에 대한 저항을 서양 근대에 대한 또 다른 형태의 접근으로 연결시키고자 했던 한국의 시도들을 재조명할 필요가 있다. 이른바 서양과의 동일성을 확보하려는 기획이나 혹은 그 발산에 참여하려는 것으로 요약될 수 있을 일본의 단테 연구 대신에, 단테를 당대 한국의 맥락에 따라 변용했을 가능성을 탐사하는 의미를 찾아보자는 것이다. 단테를 변용한다는 것은 무엇보다 그가 남긴 문학 언어를 다른 아무런 이념적 장애물 없이 직접 만나야만 이루어질 수 있다. 어떤 것의 변용은 그 어떤 것이 우선 전제되어야 가능하기 때문이다. 따라서 그러한 변용은, 결과적으로는, 19세기에 어떤 실용적인 구체적 목표에 맞춰 부활시킨 단테가 아니라, 원래의 단테 자신의 문학과 언어의 세계와 조우하는 일이었다고 말할 수 있다.

이러한 논의는 개화기의 한국 문학이 근대적 계몽의 대상으로, 즉 서양 근대에 대한 타자로 고착되었는지, 또는 그런 한편에서 '고착된 타자'의 인식이 존재했지만 그와 더불어 스스로에게 부여된 고착된 타자의 위치에 대한 저항과 함께 어떤 새로운 문학 가치를 추구했는지, 단테의 문학이 타자에 대한 감수성을 얼마나 풍부하게 갖추면서 자체의 변용을 허용했는지, 그리고 그 변용이 어떻게 자체의 동일성과 어긋나지 않는 지평을 향하고 있었는지 등의 물음들에 대한 답변으로 이루어질 것이다.

작가 신채호가 수행한 변용

이와 같은 측면에서 근대 한국 문학 한 켠에서 몇 편의 소설을 남긴 신채호에 주목하고자 한다. 신채호는 역사학자이자 독립운동가였지만 작가이기도 했다. 작가로서 신채호는 일제 강점하의 전체주의적 사회 정치 체제에 대한 문학적 저항의 가능성을 추구했으며, 나아가 당시 동 아시아를 지배하던 민족주의가 지닐 수밖에 없었던 강고한 동일성의 경향을 극복하려는 모습을 보였다. 그는 그가 살았던 일제 강점기라는 어두운 시대가 요구하는 역사의식을 여러 방면에서 실천에 옮기고자 했던 지식인 작가였다. 작가적 의식은 신채호가 당대의 현실을 인식하고 역사를 해석하며, 나아가 행동으로 실천하는 데 근본적인 기저에 깔린 무엇이었다. 더욱이 무릇 문학이 추구하기 마련인 보편 지향성을 생각할 때, 작가로서의 신채호를 조명하는 것은 신채호의 사상과 실천의 의미를 더욱 보편적인 차원에서 고찰하는 데 좋은 지침을 제공할 것이다.

이 글에서 초점을 맞추는 텍스트는 신채호가 1916년에 쓴 『꿈하늘』[4]이다. 신채호는 조선의 독립이라는 대의와 관련해 이탈리아와 단테에 큰 관심을 가졌고,[5] 또 흥미롭게도 그가 남긴 소설 『꿈하늘』의 구조와 내용은 『신곡』의 그것들과 대단히 유사하다. 그러나 신채호가 『신곡』에서 직접 영향을 받은 흔적을 추적해 발굴하는 작업은 뒤로 미루기로 한다. 그보다 이른바 비교 문학적 징후들이 그 두 텍스트들 사이를 어떻게 가로지르는지 탐사하고 구성하는 것이 『신곡』의 언어와 문

---

4 신채호, 「꿈하늘」(1916). 『단재 신채호 전집』 하권, 단재신채호선생기념사업회 편(형설 출판사, 1995), 174~224쪽.

5 신채호는 량치차오의 『의대리건국삼걸전』을 번역하고 1909년 《대한매일신보》에 「동양 이태리」라는 논설을 쓰며, 『꿈하늘』에서 "마쩌니의 『소년 이태리』를 본떠 회의 규칙을 만들 어"(210쪽) 매국노를 처단하는 장면을 묘사하는 등, 이탈리아의 근대사에 각별한 관심을 가 졌던 것으로 보인다.

학성이 타자의 맥락과 어떻게 만나서 어떤 변용을 이뤘는지 살피고 또 『꿈하늘』의 문학 가치를 본격적으로 혹은 새롭게 조명하려는 당면 과제에 훨씬 더 기여하는, 의미 있는 작업이기 때문이다.

단테는 이미 개화기 조선에서 널리 알려진 작가였기에 신채호는 어떻게든 단테를 알았을 것이고 또한 아마도 일본어로 번역된 『신곡』을 읽었을 것으로 추정할 수 있다.[6] 신채호는 이탈리아의 독립 통일 운동에 매우 관심이 많았고 단테를 계몽과 자유를 실천한 지식인으로 알고 있었을 것이다. 그러나 우리에게 더욱 흥미로운 것은 『꿈하늘』과 『신곡』이 그 구조와 기법, 주제의 측면에서 놀라울 정도로 유사한 특징을 보인다는 점이다. 그것이 그저 우연이라고 하기는 어려우며, 혹시 우연이라 해도, 그러한 유사성들을 조명하는 것은 분명 그들 각각의 문학 가치뿐 아니라 정전의 주변부적 변용과 같은 현재 이슈가 되는 비교 문학의 논점에 기여한다는 점에서 매우 중요하다.

비교 문학에서 다루는 수용 관계는 '무엇'을 받아들였느냐 하는 수용 대상 중심적 접근보다는 그것을 받아들여 '어떻게' 소화하고 재구성하여 어떠한 의미를 창출했느냐 하는 수용 주체 중심적 접근에서 더 풍부한 논의를 생산한다.[7] 이에 맞춰, 『신곡』과 『꿈하늘』 사이에서 비교 문학적 징후들이 어떻게 나타나는지 탐사하고 구성하는 우리의 작업에서 『신곡』을 하나의 기원으로 놓고 『꿈하늘』이 거기에서 파생된 유사성을 어떻게 보이는지를 직접 대비하여 밝히기보다는, 『꿈하늘』 자체의 텍스트적 분석과 그 문학적 가치 평가에 논의를 좀 더 집중하고자 한다. 말하자면 『꿈하늘』을 거울에 비친 『신곡』의 2차적 이미지이며 그

---

6 일본 제국의 단테 연구는 대단히 활발했고, 그런 흐름은 식민지 조선으로 그대로 이입되었다. 다음 글 참조. 졸고, 「한국 근대 문학의 단테 수용」, 『단테 신곡 연구』.

7 다음 글에서 논의했다. 졸고, 「비교 문학의 새로운 과제」, 『비동일화의 지평: 문학의 보편성과 한국 문학』(고려대 출판부, 2010), 98~140쪽.

둘의 관계를 둘의 유사성 또는 혼동으로 보는 직접적 영향 관계가 아니라, 둘 각자를 엄연히 분리된 실체들로 놓고『꿈하늘』을 고찰하는 가운데 필요에 따라『신곡』을 동원한다는 것이다. 그럴 때 우리는『신곡』에 대해『꿈하늘』이 '자체적으로' 생산해 낸 변용의 측면을 고찰하고, 그럼으로써『꿈하늘』의 고유한 문학 가치를 조명하는 길로 나아갈 수 있을 것이다.

내가 말하는 변용의 의미는『꿈하늘』을『신곡』과 다른 시대와 문화에서 발생했지만 비교할 요소들이 많은 텍스트로 보는 것에 더하여 더욱 중요하게, 신채호 자신이 시대의 요구에 부응하는 내용을 창작의 측면에서 보여 준 새로운 방식으로 생각해 볼 수 있다. 그동안 신채호의 사상과 문학적 형상화 사이의 불일치를 설명하려는 시도들이 있었다. 그만큼 신채호가 그를 둘러싼 세계와 관계를 맺는 방식은 매우 독특했다. 민족 현실의 무력함에 대한 인식은 그의 생애 전체를 뒤덮었고, 그 가운데 그가 내세웠던 아나키즘, 역사학자로서 의지했던 민족주의, 저널리스트로서 보여 준 강고한 형태의 투쟁론, 그리고 작가로서 소설 창작에서 내비친 환상성 등이 그러하다. 신채호가 이러한 상호 이질적인 측면들 사이에서 길항과 지양의 관계를 성공적으로 유지했다고 볼 수 있다면, 특히 문학 작가로서 생산한 텍스트들의 분석은 그 유지가 과연 어떤 의미를 지니는지를 모색하도록 해 주는 적절한 길이라고 볼 수 있다.[8]

---

8 이와 관련하여 최수정의 진술을 들어 보자. "신채호 작품의 구조적 특징과 환상의 특징은 바로 당시로서는 신채호의 문사적, 투사적 면모에서만 가능한 현실에 대한 타자적인 인식과 물질적인 상상력을 보여 준다. 적절한 표상, 제한적 표현을 통해 알 수 있듯이 이념을 견지하면서도 급진적인 상상을 촉발하는 데서 나오기 때문이다."(최수정, 「신채호의『꿈하늘』과 『옹과 옹의 대격전』연구」,《한양어문》, 한국언어문화학회, 2001, 197쪽) 이런 인식의 타자성과 물질적 상상력을 '추상의 미학'의 측면에서 보자는 최수정의 제안은 주목할 만하다. 한편 이와 관련하여 신채호의 소설이 다른 신소설들과 다른 이질성으로 인해 근대 문학을 확장하는 데 기여했다는 주장을 참조할 수 있다. "단재의 문학적 글쓰기가 문학의 범주에 속하는 것인가를 묻는 것은 한국 근대 문학의 성격을 묻는 일과 같다. 단재의 문학에 대한 인식과

그런 면에서 예컨대 20세기 초반, 근대 소설의 양식이 완성되어 가는 상황에서 『꿈하늘』은 전통 소설, 특히 군담계 영웅 소설에서 나타나는 신화적 상상력에 근대적 현실을 담아내는 미적 표현이었다는 지적은 중요하게 다가온다. 그것은 전통 소설의 공간 구조를 자신의 시대와 이념에 따라 변용한 것이었다는 의미다. 『꿈하늘』에 바탕으로 깔려 있는 초월적인 시공간은 전통 소설의 구조를 개성적으로, 또 시대의 분위기에 맞춰 계승한 것이어서, 비록 근대적 상상력에 익숙해지기 시작했던 당대 독자들이라도 친숙하게 여길 수 있었을 것이다.[9]

요컨대 우리가 신채호에게서 이른바 변용의 비교 문학적 징후를 찾아낸다면, 그것은 단테와 맺는 직접적인 관련성을 확보하려 하기보다는, 신채호가 특정 시대에 처한 자신의 특수성, 혹은 더 구체적으로 말하면, 자신의 주변부성, 그 대체될 수 없음의 개별성을 더 조명하기 위한 것이어야 한다. 따라서 『꿈하늘』에 나타난 변용의 흔적들은 단테와 연결됨으로써만 그 의미를 획득하는 것이 아니라, 그 자체로 해석의 독립적인 힘과 구조를 갖는 것으로 봐야 한다. 오히려 단테와 그의 『신곡』과 비교하는 내용은 『꿈하늘』이 지닌 의미 생산 방식을 조명하는 데

구체적인 실천은 현재에 이르기까지 근대 문학의 주류를 형성해 온 문학의 관념과 글쓰기와는 상당한 차이를 보이고 있다. 단재 문학의 이 같은 이질성에 비추어 볼 때 우리 근대 문학이 사실상 실제 문학과는 다른 경로를 밟아 성립할 수도 있던 가능성과 그 이질성이 주류에 대한 전복적 의의를 지닐 수도 있다는 점에 주목해야 할 것이다."(김진옥, 「단재 문학과 한국 근대 문학의 성격」, 『단재 신채호의 현대적 조명』, 대전대 지역협력연구원편(다운샘, 2003), 93~94쪽; 이동재, 「신채호 소설의 문학적 계보 연구」, 《현대문학 이론연구》 20호, 2003).
9 한금윤, 「신채호 소설의 미적 특성 연구 ―『꿈하늘』과 『용과 용의 대격전』을 중심으로」, 《현대소설연구》, 한국현대소설학회, 1998, 153쪽. 이를 두고 민찬은 전통적이어서 오히려 독창적인 근대적 글쓰기라고 묘사한다. "단재와 같이 전통 문학의 형식이나 방법을 가지고도 근대 이후의 문학에 계승할 수 있다는 점이다. 전통 문학과 근대 문학이 단절되었다는 사실이 암묵적으로 용인되고 있는 이때 전통 문학의 자장 안에서 벌어지고 있는 단재의 창작 행위는 왜곡된 통념을 거두어들일 수 있는 소중한 사례라 할 만하다."(민찬, 「단재 소설의 경로와 전통의 자장」, 『단재 신채호의 현대적 조명』, 대전대 지역협력연구원 편(다운샘, 2003), 90쪽.

동원되는 아주 효과적이면서도 부차적인 것임을 재삼 강조해 두고자 한다.

20세기 초 한국 근대 문학의 역사를 기술하는 다수의 저술들에서 신채호를 비롯한 박은식, 장지연 등의 작품들을 역사 전기 소설로 구분하면서, 애국 계몽기의 시대 성격에 따라 규정해 버린 것은 평이하고 밋밋한 파악이다. 신채호의 텍스트는 그렇게 규정되기에는 너무 입체적이고 환기성이 뛰어나다. 예컨대, 그의 알레고리가 지시하는 것은 민족정신, 민족 자강, 민중 의식, 역사의식, 저항 의식임에는 틀림없지만, 그와 함께 텍스트의 가치를 평가하기 위해서는 그것이 함의하는 더욱 선명한 보편화의 가능성을 검토해야 한다. 이른바 '주변부적 변용'은 신채호가 당대 사회에 제출했던 민족과 민중, 역사의 의미를 더욱 보편적인 개념으로 만들어 준다.

『꿈하늘』 읽기

『꿈하늘』과 『신곡』

한국이 이미 일제의 지배 체제에 들어가고 있던 상황에서 신채호는 1907년 중국의 계몽사상가인 량치챠오[梁啓超]의 『의대리건국삼걸전(意大利建國三傑傳)』을 번역한다. 그것은 이탈리아 근대 국가 성립 과정에서 크게 활약한 가리발디, 마치니, 카부르 같은 인물들의 역사적 행위를 당대 한국 상황의 시대적 요청에 대처할 하나의 준거로 삼고자 한 것이었다. 단테는 이탈리아의 재기와 부흥의 과정에서 조국 통일을 갈망하는 민족주의자들의 선구자이며 애국적 대시인으로 묘사되었고, 신채호는 그런 그에게서 조선의 희망을 보고자 했다. 그는 각별한 관심을 갖고 이탈리아 근대사를 바라보았고, 1909년 《대한매일신보(大韓每日新

報)》에 「동양 이태리(東洋伊太利)」라는 논설을 발표한다. 이 글에서 신채호는 이탈리아에 대해 이미 상당한 이해를 갖추고 있었음이 드러난다. 그는 이탈리아의 독립과 통일의 노선에 조선의 미래를 투사하고자 했으며, 조선을 '동양 이태리'로 만들자고 주장한다. 아마 신채호는 '동양 이태리'의 꿈과 함께 '동양 단테'의 꿈을 꾸었는지도 모른다.

1916년 망명지 베이징에서 쓴 소설 『꿈하늘』은 당시 곧바로 출판되지 못했으며, 나중에서야 『신채호 전집』에 수록되면서 세상에 나와 빛을 보게 된다.[10] 따라서 신채호가 당대의 독자들을 염두에 두면서 그 소설을 썼다 해도 실제로 소설을 읽고 평가했던 독자들은 거의 반세기 이후의 사람들이었던 셈이다. 『꿈하늘』이 그것이 생산된 당대의 산물인데도 불구하고 정작 당대에서 소비되지 않고 외부의 변화와 단절되어 오랜 시간을 보낸 후에 비로소 실제 독자들과 만났다는 사실은 『꿈하늘』에 대한 해석과 평가의 방향 자체를 다시 생각하게 이끈다. 요컨대 『꿈하늘』의 당대적 의미에 대한 직접적인 사회적, 수용학적 접근보다 텍스트 해석을 중심으로 하는 일종의 공시적 접근이 『꿈하늘』의 문학 가치를 평가하는 데 더 적절하다고 볼 수 있는 것이다. 그런 식의 접근은 『꿈하늘』이 한 편의 문학 텍스트로서 한국이라는 문화적 주변부의 맥락이 이른바 중심의 맥락을 어떻게 변용한 것으로 보이는지 분석하

---

10 신채호가 썼다고 추정되는 많은 문학 작품들은 즉각 혹은 전혀 출판되지 않았다. 그는 1928년부터 수감되었으며 1936년에 결국 감옥에서 숨을 거뒀다. 그 이후로 그의 문학 작품들은 잊혔다. 출판의 노력들이 없었던 것은 아니지만 일제 강점 체제 아래서 번번이 실패로 돌아갔던 것 같다. 1960년대에 들어서서 신채호의 문학 작품들은 《조선문학》(1964)과 《문학신문》(1965) 같은 북한에서 발행된 잡지들에 수록되며 출판되기 시작했다. 『꿈하늘』은 1964년 10월 20일 주령걸의 해설과 함께 《문학신문》에 처음으로 소개되었다. 김병민에 따르면 신채호의 원고들은 1966년 이래로 북한의 국립중앙도서관에서 정리되었다.(김병민, 『신채호 문학 유고 선집』(연변대 출판부, 1994), 2~3쪽) 남한에서는 신채호 전집을 위한 편집위원회가 1970년에 결성되었고, 『신채호 전집』 1판이 1972년 형설출판사에서 간행되었다. 이러한 역사적 정황에 의거해 볼 때 『꿈하늘』은 1964년까지 대중에게 공개되지 않았다고 판단할 수 있다.

고, 또 그 의미와 가치는 무엇인지를 평가하는 작업으로 이어진다는 면에서『꿈하늘』에 대한 흥미로운 읽기의 방향을 제시해 줄 것으로 기대한다.

『꿈하늘』의 작가로서 신채호는 탈민족주의자이자 무정부주의 이론가로서 협소한 민족주의에서 탈피하는 방식으로 조선의 역사를 재해석하면서 계몽을 실천하고자 했다. 어떤 면에서 신채호가 사회진화론이 주장하는, 제국주의의 기본 논리에 지나지 않는 적자생존의 원리를 인정하고 받아들였다면, 이것은 일종의 지적 항복이었다고 할 수 있고,[11] "제국을 몽상한 대조선주의자 단재가 무정부주의 혁명가 단재를 압도했다."[12]라는 진단도 수긍할 수 있지만, 적어도 그러한 평가들은『꿈하늘』의 작가 신채호에게 그리 어울리는 것 같지 않다. 우리는 무엇보다 『꿈하늘』에 나타난 탈민족주의의 징후들을 재조명할 필요가 있다. 그를 통해 이념으로서의 민족주의를 극복하는 그의 시도들을 재평가하는 동시에 그가 처한 현실에서 민족주의가 지녔던 사회 역사적 의미와 자리를 모색할 수 있을 것이기 때문이다.[13] 신채호는 이러한 종류의 단선적이지 않고 복합적인 논의를 문학적 글쓰기를 통해 수행한 대표적인 지식인이었다. 자유를 빼앗긴 당대의 억압 아래서 그가 누릴 수 있는 유일한 자유는 역사적 사실에 기반을 둔 상상적 글쓰기를 수행함으로써 당대 사회와 교감을 나누는 것이라고 생각했을 것이다. 그것은 넓은 확산보다는 깊은 공감을 희구하는 것으로 나타났다. 사실상『꿈하

---

11 박노자, 「개화기의 국민 담론과 그 속의 타자들」, 『근대 계몽기 지식 개념의 수용과 그 변용』(소명, 2005), 244쪽.

12 최원식, 『제국 이후의 동아시아』(창비, 2009), 27쪽.

13 여기에서 우리는 「조선 혁명 선언」에서 그가 피력한 이른바 '포용적 초월'로서의 모습을 그려 볼 수 있다. 다른 한편, 이 '포용적 초월'의 개념은 그의 독특한 근대성 인식에 관련한다. 다음을 볼 것. 김인환, 「신채호의 근대성 인식」, 《한국문화연구》 30호, 1997; 채진홍, 「신채호 소설에 나타난 근대인관」, 《한국어문학》 55호, 2005; 박정심, 「한국 근대 지식인의 근대성 인식」, 《동양철학》 56호, 2008.

늘』에서 그는 미국과 독일을 추종하는 오류를 저지르지 말 것을 경고한다.[14] 여기에서 우리는 신채호의 민족주의가 더 이상 우승열패의 사회진화론에 입각한 근대의 배타적 민족주의가 아니라 훨씬 더 진보한 형태의 민족주의임을 알 수 있다. 일본을 따라서 서양의 근대화된 국가들을 모방하는 것은 그가 볼 때 해결책이 될 수 없었다.

1900년대 초반에 신채호는 민족을 영토적 동질성과 역사적 연속성을 토대로 이해하고자 했지만, 이념으로서의 민족주의와는 무관한 모습을 보였다. 헨리 임은 신채호가 민족에 대해 스스로 지닌 보다 자유로운 개념으로 인해 일제하의 조선을 필연적으로 하나의 민족으로 동질화되지 않는 방식으로 이해하고 그런 차원에서 자신의 자유로운 문학적 정체성을 형성할 수 있었다는 측면에서 그의 문학을 평가하고자 한다.[15] 실제로 신채호는 혁명의 주체는 이제 더 이상 민족이 아니라 프롤레타리아트이며, 이런 식의 인식을 앞세워야만 프롤레타리아트를 낳은 제도들을 뿌리뽑을 수 있을 것이라고 주장했다. 여기에는 민족주의를 넘어선 정치적 계획과 민족주의의 담론 외부에 위치한 역사의식이 놓여 있다.

한반도의 남북 양쪽에서 역사가들은 신채호와 여타 지적 선배들의 민족주의적 전망에 고취되어 열성적으로 식민지 통치의 불법성을 폭로하고 비난하였으며, 한국 민족주의자들의 영웅적 항쟁을 기념함으로써 식민지화의 수치심을 씻으려고 하였다. 그러한 서술 경향은 선과 악, 착취와 저항, 한국인 희생자/영웅과 일본인 원흉이라는 이분법적 묘사를 지향하는 것이었다. 이렇게 경직된 흑백 맞추기식 서술 속에 음영과 색의 다양성, 즉 식민지 생활의

---

14 신채호, 『꿈하늘』, 175쪽. 이하 『꿈하늘』을 참조한 쪽수만 괄호 속에 인용한다.
15 Em, Henry, "Nationalism, Post-Nationalism, and Sin Ch'ae-ho", *Korea Journal*, Summer 1999, pp. 283~317.

차이, 특이성, 예외성, 모순, 모호함, 미묘함, 역설 등이 들어갈 여지는 없었으며, 이러한 것들 대부분은 뒷배경으로 밀리거나 적극적으로 기억에서 잊히게 되었다.[16]

바로 이렇게 밀려나고 잊힌 부분들의 재조명과 재의미화가 비동일화의 사고가 작용해야 할 곳이다. 그것은 이데올로기로서의 민족주의를 넘어서는 동시에 민족주의의 현장을 포착하고 그 의미를 다시 새기는 일이다. 예컨대, 신채호는 민족주의에 대한 이런 방식의 논의를 수행한 대표적인 지식인이었고 또한 작가였다.[17]

신채호의 탈민족주의는 저항과 비동일화의 복합적인 논리에 의거해, 윤리의 문제와 연결되는 방식으로, 더 적극적으로 해석되어야 한다. 그의 탈민족주의는 그가 처한 시대의 요구에 응답하는 방식으로 그 자신의 윤리를 더 유연하고 더 맥락에 근거한 것으로 만들기 때문이다. 위에서 말한 대로 그러한 자세에서 나온 글쓰기는 단테가 『신곡』을 쓴 방식과 상당히 유사하다.

여기에서 『신곡』에 대한 바이스슈타인의 진술을 인용해 보자.

대중적 지지를 받지 못하는 영향의 특별히 두드러진 예로 우리는 『신곡』을 언급할 수 있다. 『신곡』은 이탈리아 외부의 일반 대중이든 대부분의 외국 작가들이든 지속적인 감명을 주지 못했음에도 불구하고 깊은 영향을 받은 소

---

16 카터 에커트, 「헤겔의 망령을 몰아내며」, 『한국의 식민지 근대성』, 512쪽; *Colonial Modernity in Korea*, Gi-Wook Shin and Michael Robinson eds.(Cambridge(MA): Harvard University Press, 1999).

17 예로, 헨리 임은 신채호의 민중 개념이 민족이라는 편협한 범주를 대체하면서 그의 역사 서술을 통국가적 차원으로 나아가게 한다고 주장한다. Em, Henry, "Minjok as a Modern and Democratic Construct: Sin Ch'aeho's Historiography", *Colonial Modernity in Korea*, Gi-Wook Shin and Michael Robinson eds.(Cambridge(MA): Harvard University Press, 1999), pp. 336~362.

7 정전의 주변부적 변용: 신채호의 『꿈하늘』

수의 작가들(보들레르와 엘리엇과 같이)의 중개를 통해 문학 전통에서 확고
한 위치를 차지하게 된다.[18]

위의 내용에 동의하느냐 하는 문제와 별도로, 신채호도 또한 결과적
으로는 그 "소수의 작가들" 중 하나로 평가받을 수 있을 것이다. 왜냐
하면 그의 텍스트는 식민지 시기에 단테를 다시 쓰는 작업을 통해 한국
문학과 그 독자들에게 특별한 의미를 새겨 넣은 것으로 볼 수 있기 때
문이다. 말하자면 신채호는 창조적 배신을 수행한 셈이다. 배신이라는
용어는 『꿈하늘』이 『신곡』에 비해 문학 가치가 떨어진다는 인상을 줄
수 있지만, 다른 한편 변용의 의미를 더 강력하게 환기시키는 효과를
낸다. 단테의 텍스트는 신채호의 텍스트에서 그 배신에 의한 변용의 힘
을 실현하며, 그로 인해 단테의 위대함은 타자의 맥락에서 다시 한 번
빛을 발한다고 말할 수 있다.

현존하는 『꿈하늘』의 텍스트는 3장의 대부분이 존재하지 않으며,
마지막 장으로 여겨지는 6장의 뒷부분은 끝맺지 않은 채 남겨져 있다.
이러한 창작 형식의 미완성은 어떤 의미에서 의도된 것이다. 실제로 어
떤 연유에서 쓰다 만 것인지, 또 독자에게 읽히기를 굳이 기대하지 않
았다는 주장[19]이 맞는지 알 수 없지만, 여기에서 '의도'란 작가 신채호

18　바이스슈타인, 『비교문학론』, 66~67쪽.

19　정진원, 「단재 신채호의 『꿈하늘』 텍스트 분석」, 『텍스트언어학』(한국텍스트언어학회,
2005), 105쪽. 이와 관련해 홍명희의 발언을 참조할 수 있다. "단재는 많은 소설들도 썼는
데, 그것을 어디다 발표해 보겠다든가 하는 그런 의도에서 쓴 것이 아니라 참지 못해 터져
나온 심장의 울부짖음이라 할가, 바로 몸부림치는 조선의 외침, 조선의 지조를 그대로 토로
해 놓은 것이라 할 수 있습니다."(《문학신문》, 1966. 3. 1; 정진원, 앞의 글, 105쪽에서 재
인용) "내면의 분출"이라는 면에서 작가는 시대의 요구에 부응했지만, 시대를 함께하는 독자
들에 대한 의식은 부족하지 않았을까, 그래서 그것이 기본 서사 양식이 부족한 이유가 되지
않았을까 하는 추정도 가능하다. 그럼에도 불구하고 『꿈하늘』의 미적 평가는 텍스트 수용자
의 입장에서 이른바 "용인성(acceptability)"의 측면에서 이루어져야 한다는 정진원의 주장
(108~111쪽)을 주목할 만하다.

가 어떤 작가적 목표 아래 미완성으로 남기고 거기에 어떤 의미를 부여하고자 했다는 것이 아니라 형식에 구애받지 않는 것을 창작 지침으로 삼았다는 것을 말한다. 또는 그의 개인적인 상황으로 인해 완성하지 못했을 수 있는데, 이 경우에도 『꿈하늘』의 세계를 그 상태 자체로 완전하다고 보거나 혹은 그 미완성의 효과를 조명하는 방식으로 읽을 수 있다. 미완성의 형식은 무엇보다 작가의 내면의 자유분방한 표출이 창작의 목표로 작용했음을 보여 준다고 할 수 있는 것이다.

실제로 신채호는 『꿈하늘』의 서문에서 형식적 완성을 추구하지 않는다고 직접 선언했다.[20] 그리고 텍스트의 끝은 미완의 문장으로 끝난다.

> 나는 원래 무정(無情)하여 나의 인간(人間)에 대하여 뿌린 눈물은 몇 방울인가 세이랴…….(224)

이 문장은 신채호의 끝나지 않는 자기반성의 정수에 다름 아니다. 신채호는 『꿈하늘』을 미완성으로 남기지만, 그것은 그의 역사 성찰의 일부이자 하나의 과정으로 시작도 끝도 없이 끼워지는 모양새를 이룬다.

또 『꿈하늘』의 형식은 시와 소설의 혼합이라는 독특한 형식을 이룬다. 무릇 시는 호소력을 배가시키고 소설은 설명을 한다. 시에서뿐 아니라 인물이나 싸움의 산문 묘사에서도 운율감이 발견된다.[21] 신채호는 「천희당시화」에서 "시(詩)란 자(者)는 국민 언어(國民言語)의 정화(精

---

20 "글을 짓는 사람들이 흔히 배포(排鋪)가 있어, 먼저 머리는 어떻게 내리라, 가운데는 어떻게 버리리라, 꼬리는 어떻게 마무르리라는 대의(大意)를 잡은 뒤에 붓을 댄다지만, 한놈의 이 글은 아무 배포 없이 오직 붓끝 가는 대로 맡기어 붓끝이 하늘로 올라가면 하늘로 따라 올라가며, 땅속으로 들어가면 땅속으로 따라 들어가며, 앉으면 따라 앉으며, 서면 따라 서서, 마디마디 나오는 대로 지은 글이니, 독자(讀者) 여러분이시여, 이 글을 볼 때, 앞뒤가 맞지 않는다 우아래의 문체(文體)가 다르다, 그런 말은 마르소서."(174쪽)
21 이를 두고 이선영은 "반율문체"의 문장이라고 정의내린다. 이선영, 「민족사관과 민족문학」, 《세계의 문학》 1976 겨울호.

華)"라고 말한 바 있다. 그에 비해 『신곡』은 일종의 서사시로서, 시와 소설의 각각의 기능을 해체하고 병렬시킨 것으로 볼 수 있다. 특히 한놈이 남나라에서 하늘이 먼지로 덮인 까닭을 크게 느끼고 하늘을 비로 쓸다가 힘이 빠져 언젠가 하늘이 푸르러질 날이 오리라 생각하며 읊는 시(219~220)는 한글의 기본 글자를 두운으로 하는 절묘함을 자랑한다.

『꿈하늘』은 신채호가 국민의 사상적 계몽과 국가의 독립에 조급했던 상황에서 쓰였기 때문에 『신곡』의 완성도에 비교할 수는 없다. 단테는 지옥과 연옥, 천국이라는 웅대한 구조를 창안하고 거기에 생명을 불어넣은 하나의 기원의 위치에 선 작가였다. 『꿈하늘』은 이를 이어받는 구도를 취하지만, 흥미롭게도 지옥-연옥-천국의 순서 대신에 연옥-지옥-천국으로 재배열한다. 연옥은 죄를 씻을 수 있는 기회의 장소라는 면에서 사실상 인간 세계의 반영이다. 신채호가 연옥을 맨 앞에 놓은 것은 한국이 제국주의의 지배 아래 들어가고 망국의 비운을 맞게 된 당시 상황을 강조하기 위해서였을 것이다. 말하자면 한국이 결국에는 '망국'이라는 지옥에 떨어지게 된 원인을 한국 국민들에게 상기시키고자 한 것이다. 「연옥」에서 단테는 순례자 단테가 구원을 향해 나아가는 모습을 묘사한다. 그런 한편 신채호는 『꿈하늘』에서 연옥을 조선인이 거대한 적에 맞서서 싸워야 하는 장소로 재현한다. 그것은 희망의 조국으로 나아갈 수 있는가 하는 의구심의 표출인 동시에 그를 위한 애국심을 검토하는 국면이기도 했다. 그것은 일본 제국주의에 대한 저항이라는 당대의 시급한 요청에 대한 응답을 보여 주는 것 같다.

단테가 설정한, 연옥에서 씻어야 할 일곱 가지 죄는 교만, 질투, 분노, 태만, 인색, 탐식, 애욕으로서, 이들은 모두 사랑에 직간접으로 관련된다. 처음 세 가지 죄들은 사랑의 왜곡이고, 네 번째는 불완전하고 부족한 사랑의 표시이며, 나중 세 가지 죄들은 과도한 사랑을 표시한다. 그에 비해 『꿈하늘』에서 설정된, 이겨 나가야 할 연옥의 시련들은 고통,

재물, 새암, 분노, 실망, 적막, 애욕으로, 조선의 독립운동과 관련해 이해되어야 할 것들이다. 특히 고통, 실망, 적막이 단테와 다른 측면으로 두드러지는데, 이는 식민지의 시민이 직면하고 극복해야 할 상황을 나타낸다. 「연옥」에서 순례자 단테가 정죄산을 오르면서 자신의 이마에 새겨진 P 자를 하나씩 지우고 구원의 길로 나아가는 것처럼,[22] 신채호는 연옥을 대적과 싸우는 장소이자 님의 나라에 이르기 위한 혹독한 시련을 경험하고 애국자의 의지를 점검하는 장소로 그린다. 그러나 순례자 단테는 지옥에서 출발해 연옥을 거치면서 죄를 씻고 천국에 오르지만, 『꿈하늘』의 주인공은 연옥에서 마주치는 시련들을 끝내 이기지 못하고 지옥으로 떨어진다. 연옥에서 지옥으로 하강하는 것은 국권 상실의 알레고리로 읽히며, 그에 대한 신채호의 통절한 인식이라 볼 수 있다.

　『꿈하늘』에서 묘사되는 지옥은 단테의 지옥에 비해 훨씬 더 명쾌하고 날카롭다. 「지옥」에는 수많은 종류의 영혼들이 생생하게 묘사되어 그것이 『신곡』의 현실 관여성을 높여 주는 요인으로도 지적될 정도인데 반해 『꿈하늘』의 지옥에는 단 두 가지의 유형들, 즉 국적(國賊)과 망국노만 자리한다. 이는 신채호가 자신의 조국의 위기에 모든 것을 집중하고자 했기 때문이다. 그가 말하는 국적은 주로 일본에 이용당하거나 일본을 숭배하거나 일본인과 혼인하는 자들이며, 망국노는 나라가 망해도 아무런 감각 없이 노예의 삶을 달갑게 살아가는 사람들을 가리킨다. 신채호는 전자에서 침략자와 한 치의 타협도 허용하지 않겠다는 의지를, 후자에서는 투쟁 정신을 상실한 사람들에 대한 울분을 토로한다. 이렇게 신채호는 단테의 지옥을 참고로 하면서 당대 한국의 상황에 맞춰 변용하는 모습을 보인다.

　단테의 천국은 영원한 행복이 보장된 곳이다. 하지만 이에 비해 신

22　P는 죄를 의미하는 이탈리아어의 Peccato의 첫 글자를 가리킨다.

채호의 천국은 일찍이 평화로운 곳이었고 한국 역사의 문화재들이 모여 있는 곳이었으며 생전에 국가와 민족을 위해 공덕을 쌓은 인물들이 사는 곳이었지만, 언제부터인가 먼지가 뽀얗게 덮인 곳으로 묘사된다. 이렇게 폐허가 된 천국이라는 예외적인 상상을 통해 신채호는 외세에 짓밟히는 한국 현실을 보여 주고자 했던 것 같다. 신채호는 천국이라는 장소를 도저히 그가 처한 조국의 현실과 유리된 장소로 그릴 수 없었고, 다만 희망이 과거의 것으로 사라진 천국에서도 민족 정기를 위해 끊임없이 투쟁하는 신국민의 모습을 제시하는 것에 집중한다.

『꿈하늘』은 서양의 정전으로서의 『신곡』이 지역적인 특수한 맥락에서 부활한 것으로 평가될 수 있다. 여기에서 우리는 주변부적 변용이 작동하는 현장을 확인할 수 있다. 물결과 나무라는 프랑코 모레티의 은유를 빌리면,[23] 중앙의 단테가 (나중에 일어날) 지역의 아류들, 즉 단테 자신의 수용자들을 물결의 한가운데로 집중시키는 힘을 지닌 것으로 나타난다면, 신채호는 단테라는 통일체를 여러 갈래들로 찢어 놓는 것으로 나타난다. 물결은 결국 지역에 근거지를 두는 가지들로 흘러들고, 언제나 그 가지들에 의해 심각한 변형을 겪게 되는 것이다.

---

23 "나무는 통일성에서 다양성으로의 이행을 묘사한다. 한 그루의 나무는 많은 가지들을 달고 있다. 물결(널리 퍼진 공통의 성향)은 반대로 처음의 다양성이 수렴되는 동일성을 관찰한다. 할리우드 영화는 시장을 차례대로 정복하고 영어는 언어들을 하나하나 집어삼킨다. 나무는 지리적 불연속성을 필요로 한다.(서로로부터 뻗어 내리기 위해) 물결은 장벽을 싫어하며 지리적 연속성 위에서 번창한다.(물결의 관점에서 이상적 세계는 연못이다.) 나무와 가지는 국민 국가들이 매달리는 곳이고, 물결은 시장이 매달리는 것이다. 그들은 공통점이 없다. 그러나 그들은 함께 작용한다. 문화의 역사는 나무와 물결로 이루어진다. 농업 발전의 물결이 인도유럽어족들의 나무를 받치고, 그 나무는 새로운 언어와 문화 접촉의 물결에 의해 쓸려 나간다. 세계 문화가 이 두 메커니즘 사이에서 진동하는 동안, 그 산물들은 복합적인 것이 된다. 법칙이 작용한다. 그 법칙은 두 메커니즘의 교차점을 직관적으로 포착해 낸다. 근대 소설을 생각해 보라. 분명히 근대 소설은 하나의 물결이다. 그러나 그 물결은 지역 전통의 가지들로 흘러들고, 언제나 그 가지들에 의해 심각하게 변형을 겪는다."(Moretti, Franco, "Conjectures on World Literature", *New Left Review* 1(2000), p. 161)

계속 모레티를 참조하면, 이러한 물결과 나무의 관계는 국민 문학과 세계 문학의 분업의 기초를 이룬다. 즉, 나무를 보는 사람은 국민 문학을 하고, 물결을 보는 사람은 세계 문학을 하는 것이다. 이러한 분업은 협동이지만 또한 도전이기도 하다. 그 두 입장이 상충할 수 있기 때문이다. 그러나 문학이란 언제나 복합적인 관계의 산물이다. 문제는 그 두 입장 중 어느 것이 우세하냐를 가리거나 결정하는 일이 아니라 그 둘을 교차시키면서 서로 다른 관점으로 활용하는 일이다. 문학은 하나인데, 그것을 바라보는 관점은 다를 수 있는 것이다. 바로 이것이 비교 문학이 필요로 되는 이유다. 비교 문학을 하는 이유는 단연 그것이 국민 문학보다 더 좋은 관점을 제공하기 때문이다. 혹여 국민 문학 연구자가 해당 국민 문학에 대해 훨씬 더 많은 지식과 혜안을 지닌다고 해도, 그 국민 문학에 대해 비교 문학자는 계속해서 또 다른 관점을 들이댈 수 있어야 한다. 그런 과정에서 그 국민 문학에 대한 연구의 성과는 더 새롭고 발전된 형태로 나올 수 있기 때문이다. 여기에서 국민 문학 편향의 연구가 저지를 수 있는 "추악한 일방성과 편협성"[24]을 피할 수 있다. '주변부적 변용'이라는 개념은 바로 이러한 비교 문학의 가치를 재확인하게 해 주고 거꾸로 그를 통해서 문학을 바라보는 더욱 공정한 태도와 방법을 견지하도록 해 주며, 그 결과 더욱 보편적인 차원의 문학적 성취를 평가하는 길을 제공해 준다. 그러나 이러한 결론에 이르기 위해서 우리는 우선 『꿈하늘』의 세밀한 읽기를 수행해야 한다.

변신: 환상과 사실의 혼융

『꿈하늘』의 주인공은 한놈으로서, "잠과 꿈이 서로 종합하는"(174) 존재로 설정된다. 사실상 지금까지 이루어져 온 『꿈하늘』에 대한 연구

---

24 위의 글, 같은 곳.

는 그러한 한놈이라는 존재의 성격도 그렇고 『꿈하늘』 전체의 설정도 초현실적인 것이어서 이를 두고 몽환적인 전통적 혹은 전근대적 문학의 성격이라든가 환상 문학으로 보면서[25] 그 미적 형식의 의미를 규명하려는 작업[26]이 대부분이었다. 『꿈하늘』의 초현실적인 세계를 몽환이나 환상으로 보는 데 이의를 달 필요는 없으나, 어떻게 그렇게 연결하고 그 의미를 어떻게 부여하느냐 하는 것이 우리의 주된 논의의 대상이 되어야 할 것이다. 그런 의미에서 환상이 현실과 소통하는 효과적인 수단이 된다는 주장[27]은 주목할 만하다. 그러나 거기에 더해 초점을 둘 곳은 『꿈하늘』이 해석의 다양성을 보장하는 이른바 '미적 형식'을 품는다는 점이다. 바로 그 점이 『꿈하늘』이 시대적 요구에 대한 직접적 부응으로 나온 것이면서 또한 시대를 초월한 다양한 해석을 가능하게 하는 요소다.

　『꿈하늘』의 기본 설정은 환상과 사실의 혼합에 있다. 한편으로, 환상적 요소는 주인공 한놈의 다양한 존재 방식들에서 엿볼 수 있다. 꽃과의 대화는 자연 혹은 외부와 합일이 되는 모습이고, 성현들과의 만남은 시간을 초월하는 모습이며, 오른팔이 왼팔도 되어 보고 여덟 개의 개체로 갈라지는 것은 초자연적 변신 혹은 자아와 세계의 미분리로 생각할 수 있다. 다른 한편, 사실적 요소는 『꿈하늘』에서 등장하는 사건

25　이를 두고 양언석은 "전통적 몽유 소설"이라고 정의한다. 양언석, 「『꿈하늘』에 나타난 작중 인물 분석」, 《새국어교육》, 한국국어교육학회, 1993, 1쪽.
26　한금윤·정학성, 「몽유담의 우의적 전통과 개화기 몽유록」, 《관악어문연구》 3, 1978; 류양선, 「개화기 서사 문학 연구」, 《현대문학연구》 28, 1979; 김성국, 「개화기의 몽유록 소설 연구」 계명대 대학원 석사 학위 논문, 1984; 윤명구, 『개화기 소설의 이해』(인하대 출판부, 1986); 유종국, 『몽유록 소설 연구』(아세아문화사, 1987); 신재홍, 『한국 몽유 소설 연구』(계명문화사, 1994); 조동일, 『한국 문학 통사』 4권(지식산업사, 1994).
27　한금윤, 「신채호 소설의 미적 특성 연구 ── 『꿈하늘』과 『용과 용의 대격전』을 중심으로」, 『현대 소설 연구』(한국현대소설학회, 1998).

이나 인물이 역사서들의 실증적 자료에 의거한 것[28]이라는 점에서 찾아볼 수 있다. 그런데 작가는 "자유(自由) 못하는 놈이니 붓이나 자유하자고 마음대로 놀"(175)자고 하면서도 또한 환상과 사실을 "섞지 말고 갈라 보시소서"(175)라고 독자에게 권한다. 그것은 환상과 사실이 독자의 차원에서 서로 조화와 대리 보충의 관계를 이룰 것을 바라는 것이다. 『꿈하늘』에서 환상적 요소는 그것으로 그치거나 텍스트 내에 한정되지 않고 현실로 뻗어 나가거나 현실과 관계를 맺는 한에서 의미를 갖는다는 것이다. 작가의 고정된 의도에 따르라기보다는 작가와 함께 자유분방한 '꿈'을 꾸어 보자는 것이 아닌가. 역사는 역사대로, 상상은 상상대로, 저마다 독립된 영역을 지키는 동시에 그 둘이 종합될 것을 의도하는 것이다. 그것은 자유를 빼앗긴 상황에서 그가 독자와 더불어 누리고자 하는 유일한 자유란 역사적 사실에 근거하여 상상적 창작을 구성하고 이를 발산하고 공감하는 것이기 때문이었다.[29]

이는 작가 단테가 잠을 통해 순례자 단테로 변신하여 상상 세계에 등장하며 또한 다시 작가 단테로 돌아가는 것을 상기시킨다. 『신곡』에서 잠은 도덕의 상실 상태이기에 순례자의 궁극 목적은 잠에서 깨어나

---

28 신채호는 계속해서 『고기』, 『삼국사기』, 『삼국유사』, 『고려사』, 『광사』, 『역사』와 같은 역사서들에 근거를 둔 역사적 사실들을 참조한다고 스스로 밝힌다.(175)

29 그래서 모방 이론과 표현 이론의 구분을 통해 『꿈하늘』이 문학과 현실의 '대립', 주관적 정신을 작품에 투사하기 위해 상상력의 화동을 강조하는 표현 이론으로 더 적절하게 이해될 수 있다는 이창민의 논지(이창민, 「『꿈하늘』의 구성과 문제」, 《국어문학》 36집, 67쪽)에 공감한다. 이러한 구분은 신채호가 단테를 '모방'하기보다 자신의 '표현'으로 이끌었다는 추정을 받쳐 준다. 한편 이를 낭만주의적 동경의 측면에서 볼 수도 있다. 동경에서 출발하여 동경 속에서 진행되고 동경 속에서 벗어나지 않은 채 완성에 미달하고 영원한 생성 과정에 머무는 것의 측면을 말한다.(지명렬, 「낭만주의와 동경의 문제」, 『문예 사조』(문학과 지성사, 1977), 48쪽: 이도연, 「낭만적 정신의 현실적 구조 ─ 신채호의 『꿈하늘』론」, 『민족 문화 연구』(고려대 민족문화연구소, 2002), 224~225쪽) 그 '영원한 생성'이 『꿈하늘』이 자꾸 반복해서 호소하는 그 무엇이라고 할 수 있다. 구체적으로 말하면 자주독립 국가라는 미래의 가능태를 가리킨다.

는 것이며 잠에서 깨어난 작가 단테는 잠에서 순례자가 본 도덕의 상실 상황을 기억에 떠올리며 우리에게 글로 남겨 전한다. 순례자는 지옥에서는 잠을 자며 연옥에서는 꿈을 꾼다. 지옥의 잠이 이성을 상실하는 참이라면 연옥의 꿈은 그러한 자신을 성찰하는 터다. 잠과 꿈은 상상 세계에서 현실 세계로 나아가는 단계들이다.[30] 잠과 꿈은 단테에게 그러하듯이, 신채호에게도 각성의 계기나 자기 계시, 자기 인도의 역할을 한다. 신채호는 한놈이 잠과 꿈이 종합을 이루는 존재라고 선언함으로써 스스로의 독립 성취의 욕구를 퍽 단순하고 간결하고 직접적으로 드러내면서 한놈을 길잡이로 채택하는 것을 정당화하고, 그런 방식으로 스스로에게 계시하며 스스로를 인도한다. 다만 다른 것은 신채호가 한놈의 단계에서나 글을 쓰는 작가의 단계까지 잠과 꿈에 잠겨 있다고 선언하는 점이다. 신채호는 서문에서 『꿈하늘』이 "꿈 꾸고 지은" 것이 아니라 "꿈에 지은 글로" 알아 달라고 독자에게 당부한다.(174) 신채호-한놈이 꿈속에서 『꿈하늘』을 썼다는 선언은 입몽 이전은 물론 입몽 부분까지 탈락시키기 위한 장치라고 볼 수 있다.[31] 그것은 단테처럼 현실로 나아가는 단계가 없다는 징표라기보다는, 자신의 상상이 그만큼 자유분방하다는 점, 그렇게 독립의 상상도 자유분방해야 한다는 점을 말해 주는 것으로 볼 수 있다. 이에 대한 김영민의 분석을 들어 보자.

현실에서는 소망의 실현이 방해받는다. 더구나 단재가 사는 시대에는 그로 인한 좌절감이 더욱 큰 시대였다. 따라서 꿈속에서 희망을 느끼더라도, 꿈을 깬 이후는 그것이 곧 좌절감으로 이어진다. 현실에서 작품을 쓸 경우, 아무리 그것이 꿈을 바탕으로 한 것일지라도 결말에서는 현실을 생각하지 않을

---

30 다음 졸저를 참고할 것. 『단테 신곡 연구』, 57~61, 383~387쪽.
31 이창민, 앞의 글, 68쪽.

수 없다. 하지만 꿈에 쓴 작품은 현실의 어려움에서 자유롭다. 여기에서는 꿈과 현실이 조화를 이룰 필요도 없다. 작가는 하고 싶은 이야기를 현실적 제약 없이 얼마든지 해 나갈 수 있다. 단재는 이 작품을 쓰면서 그것이 현실적으로 얼마나 실현 가능한 것인지 생각하지 않았다.[32]

우리는 작가의 의도와 함께 그것이 내는 효과를 생각해야 한다. 그 효과란 당대에 직접 일어난 것이라기보다(사회 수용사적 문제) 해석의 과정에서 텍스트에 내재하고 텍스트가 불러일으킨다고 볼 수 있는 효과를 가리킨다. 그렇다면 꿈속에서 쓴 작품이 현실의 어려움에서 자유롭다 하더라도, 그 자유로움은 현실과 관계없다는 점을 가리키기보다는 꿈꾸기의 자유분방함(이것이 바로 창조적 작업이 아닌가!)을 우선 가리키는 것으로 보아야 할 것이다.

더불어 신재홍이 몽유록의 전형적 서술 구조를 입몽, 인도 및 좌정, 토론, 토론의 진정, 혹은 잔치의 배설, 시연, 시연의 정리, 각몽으로 정리하고, 서술 구조의 핵심이 토론과 시연에 있다고 분류한 점[33]을 참조하면『꿈하늘』은 입몽의 단계가 없는 몽유록의 하나로 볼 수 있겠으나, 이 글에서는『꿈하늘』이 몽유록에 속하는지의 여부는 따지지 않기로 한다. 그보다『꿈하늘』에 입몽이 없다는 것, 입몽의 부재가 잠과 꿈의 종합을 이룬다는 것, 그로 인해 자유분방한 상상의 세계를 펼친다는 것, 그리고 중요하게 그러한 펼침이 알레고리를 통하여 강한 현실적 호소력을 갖는다는 것과 통한다는 점을 강조하고자 한다. 입몽 단계의 부재는 한놈이 현실에서 솟아오르기보다 처음부터 잠과 꿈의 존재이며, 한 특정한 시공에 국한되지 않는다는 것을 보여 준다. 그러나 역설적으

---

32 김영민,『한국 근대 소설사』(솔, 1997), 320쪽.
33 신재홍,『한국 몽유 소설 연구』(계명문화사, 1994), 214~219, 275쪽.

로 그러한 국지성의 의도적 결여는 특수한 상황에 대한 더욱 깊이 있고 예리한 호소로 연결되는 전략이라고 할 수 있다.

또한 단테와 신채호는 작가로서 독자를 호명하면서 독자를 직접 만나 호소한다는 면에서 동일한 서사 기법을 보이며, 이는 계몽적 지식인으로서 뚜렷한 현실적 목적의식을 지니고 실천적인 문학을 하고자 하는 것으로 볼 수 있다. 『신곡』에서 작가 단테와 순례자 단테가 동일한 인물이듯이, 『꿈하늘』에서도 작가 신채호와 주인공 한놈은 동일시된다.[34] 『꿈하늘』의 전체 구성은 한놈과 동일체인 '나'(작가)의 기억에 의해 지탱되는 것으로 설정된다.(191) 그래서 신채호는 한놈으로 하여금 자신의 주장을 대신하게 한다. 그러나 작가의 모습은 철저히 뒤로 물러나 숨어 있고 인물만 작가(현실)와 인물(허구·환상) 둘 다를 표상하게 한다. 역사의식과 시대의 요구에 부응하는 지식인-작가로서 신채호는 자신의 자아의식과 역사의식, 자기 성찰을 한놈이라는 인물에 투영한다.[35] 한놈의 정체성은 신채호의 거울적 이미지인 것이다. 한놈은, 단테가 그러하듯이, 자유, 독립, 선구, 지식인, 방랑, 망명과 같은 면모들로 이루어져 있으며 고독하고 소속이 없고, 다만 의지할 곳은 조상뿐이다.(184)[36] 그래서 한놈은 친구가 없고 단독자로 등장하며(188) 자신의

---

34 작가는 한놈을 작가 자신을 가리키는 '나'로 부른다.(185) 또 『신채호 전집』에 실린 「신채호 연보」에 따르면 신채호는 '한놈'을 자신의 필명들 중 하나로 썼으며(「연보」, 『신채호 전집』 하권, 495쪽) 또한 다음과 같은 진술도 참고할 수 있다. "1916년(37세) 3월에 중편 소설 『꿈하늘〔夢天〕』을 집필, 역사적인 독립운동의 길을 환상적으로 극화한 작품인데, 바로 선생 자신을 모델로 한 '한놈'의 자전적 소설이다."(「연보」, 『신채호 전집』, 하권, 500쪽)

35 역사가, 사상가로서의 신채호를 우선시하고, 그 면모들이 문학에 어떻게 투영되었는지를 탐사하는 연구 내용은 1970년대의 민족 문학의 흐름을 타고 주로 이루어졌다.(한금윤, 「신채호 소설의 미적 특성 연구: 『꿈하늘』과 『용과 용의 대격전』을 중심으로」, 《현대소설연구》, 9, 137-138쪽)

36 이 점은 단테가 로마의 시인 베르길리우스를 자신의 길잡이로 삼은 것이나 로마를 이상적인 공동체로 본 것과 통한다. 덧붙일 것은 그들이 현재에는 없는, 앞으로 이루어 나갈 공동체, 즉 유토피아를 꿈꾼다는 것인데, 그 유토피아는 이미 이루어진 것으로보다는 이루어 나

분신들을 거느려도 결국에는 다 사라지고 혼자 남게 된다.

처음부터 혼자였던 것은 아니다. 일곱 사람은 "우리"(191)라는 대명사로 호칭되면서 공공성과 함께 작가와의 합일성을 이룬다. 작가는 일곱 사람으로 이루어진 한놈과 분리되면서 동시에 그들 안으로 들어가 있다. 스스로의 분리와 종합을 이루면서 서로의 고통을 위안하고 격려하고 꾸짖는 가운데 스스로를 성찰하는 광경이다. 그들 모두는 사실은 한 몸('한놈'이 의미하듯)으로서, 신채호 자신이며 한민족 공동체다. 그렇기에 잇놈부터 시작해서 모두가 분리되어 떨어져나가는 것은 공동체 와해의 알레고리라고 볼 수 있다.

순례자 단테가『신곡』의 세계에서 상승의 의지를 계속해서 펼치듯, 그들은 계속해서 나아간다. 나아가는 과정에서 "고통"(199)으로 인해 잇놈이 낙오하고 "황금"(199)으로 인해 엿째놈이 분리되며, 자체의 내부 혹은 실수("새암의 화"(199))로 인해 셋놈이 죽고, 셋놈을 실수로 쏜 넷놈은 불에 타 죽임을 당한다. 여기에서 "새암"은 냇물을 말하는데, 특히 배신을 함의한다. 그것은『신곡』에서 지옥을 관통해서 흐르고 마지막에는 지옥의 밑바닥에 이르러 호수를 이루는 강물을 떠올리게 만드는데, 지옥의 밑바닥에서 가장 무거운 죄를 지은 자들이 우리가 얼핏 생각하는 바와 달리 살인자보다는 배신자들이라는 점은 의미심장하다. 『꿈하늘』에서는 그러한 배신의 죄가 역사적으로 어떻게 일어났는지 자세하게 묘사된다.(196~197)『꿈하늘』에서 그 "새암"을 거쳐 지나가는 것은 곧 죄의 극복을 함의한다. 순례자 단테가 지옥에서 빠져나와 연옥으로 올라가는 데 성공했듯, 한놈과 그의 분신들도 성공적으로 "새암"을 건넌다. 새암을 극복하는 데 필수 도구로『꿈하늘』에서는 화랑도와

가는 과정 그 자체로 표상된다는 점이 중요하다. 나는 이를 이른바 과정적 유토피아라는 용어로 설명한 바 있다. 졸고, 「단테의 공동체의 형식: 종교적 상상과 문학적 구원」, 『단테 신곡 연구』, 129~190쪽.

한학, 불교, 기독교를 거론하는데, 그것은 보편적인 지식과 도덕, 신앙을 추구하고 소통시키려는 작가의 열정에서 나온 것들이다.

위에서 말했듯, 한놈을 이루는 여러 정체성들은 분열의 상황을 암시한다. 마지막으로 남은 닷놈은 초연하게 살겠다 하고 셋놈은 적에게 투항하겠다는 상황에서 한놈의 결정은 각자는 각자의 짐을 지고 있으니 각자 가자는 것이었다.(200) 그러나 스스로의 결정에 대해 주저한다. 그것은 자신의 분신, 즉 자기 자신의 내분과 자기 분열, 그것들을 통합하고 추스르고자 하는 열망이 남아 있기 때문이다. 그럼에도 불구하고 결국 한놈만 남는 것은 '짐'을 혼자서 지게 된 것을 뜻한다. 외로움과 슬픔. 한금윤에 따르면, 사실상 "'한놈'과 똑같이 복제된 여섯 명의 '한놈들'은 대아(大我)이어야 하는 민족주의자가 현실적인 상황에서 겪게 되는 소아(小我)적인 욕망에 연연하게 됨으로써 발생하는 문제점을 드러내기 위해 설정된 것이다. 즉, 고난으로 인한 좌절, 부귀영화에 대한 유혹, 동료에 대한 질투로 민족을 위한 마음이 사라져 '대아'를 세우지 못하게 되는 현실을 우회적으로 보여 준 것이다."[37]

결국 혼자서 초월의 세계를 여행하는 한놈은 "님"의 나라를 희구하지만 한없이 외롭고 고되고 슬프기만 하다.(201) 그는 공감의 대상과 동반자를 희구하지만 자신의 분신들 혹은 현재의 공동체로서는 역부족임을 실감한다. 공감의 대상과 동반자는 한놈이 정서와 이념으로 추구하는 자신의 미래의 목표(그것은 구체적으로 말해 한민족("무궁화")으로 볼 수 있다.) 자체를 가리키기 때문이다. 그 목표가 한놈의 동반자이며 길잡이인 것이다. 한놈의 여행은 언제나 그 목표에 의해 인도되며, 따라서 한놈은 끊임없이 변신함에도 불구하고 언제나 동일하게 남아 있다. 그는 연장(延長)되고 연속되며 발산하지만, 그런 과정에서, 혹은 사이

---

37 한금윤, 앞의 글, 145쪽.

에서, 싸움에서 결코 벗어날 수 없다.[38] 이렇게 변신은 한놈의 무소속과 맥락 의존적 정체성이 끝없이 지속되는 것을 보장한다. 오직 싸움을 통해서 한놈의 변신과 동일성은 공존하는 것이다.[39]

중요한 것은 이러한 모순적 공존의 과정에서 한놈의 슬픔은 언제까지라도 계속된다는 점이다. 슬픔과 관련하여 정진원은 근대의 합리성과 실리성을 전근대적 특징(역사적 전거를 통해 이상형을 추구하는 '전통성'과 의분의 눈물을 흘릴 줄 아는 지성과 감성이 겸비된 것)을 대비해 보이면서 슬픔을 전근대적인 것으로 정의한다.[40] 그러나 근대/전근대가 그렇게 명확하게 구분되는지, 또 그 구분에 따라 신채호의 인간상을 확정 지을 수 있는지, 너무나 큰 차원의 구분을 너무나 작은 차원의 텍스트 인물에 적용하는 것은 아닌지, 어떤 다른 차원에서 천착할 필요가 있지 않은지 생각해야 할 것이다. 신채호가 생각하는 이상적인 인간상은 다음과 같이 묘사된다.

정(情)이 많고 고통(苦痛)이 깊은 사람이라야 우리의 놀음을 보고 깨닫는 바 있으리니, 네가 인간(人間) 삼십여 년(三十餘年)에 눈물을 몇 줄이나 흘렸느냐? 눈물 많은 이는 정(情)과 고통(苦痛)이 많은 이며, 이 놀음에 참여하여 상등(上等) 손님이 될 것이요, 그 나머지는 중등(中等) 손님, 하등(下等) 손님

---

38 신채호가 펼친 변신의 상상과 묘사는 대단히 탁월하다.(184~185)
39 이와 관련해 최수정의 지적은 주목할 만하다. 한놈의 조력자들은 시각적인 모습보다는 어떤 메시지를 전달하느냐가 중요하며, 그러한 청각 이미지를 통해 시간을 진행시킨다. 이에 비해 한놈과 반동 인물들은 변신을 하면서 시각적 이미지로 나타나고 공간적 형상화를 이룬다. 변신은 서사 전개의 관념적 요소인 한편 감각적 분절 단위이기도 하다. 인물이 변신하여 공간이나 상황이 획기적으로 바뀌면서 인물이 서사 세계에 처해질 때, 변신은 서사의 관념적 요소이면서 동시에 공간의 분절 단위이며 '시퀀스'적인 기능을 한다.(최수정, 187쪽) 정리하면, 주제와 이념의 내용은 '들려오는' 형태로 전달되고, 이념을 이루는 관념들은 인물들을 통해 직접적으로 조합, 전환된다. 전자는 변신하지 않는 인물들을 통해, 후자는 변신하는 인물들을 통해 표상된다.(최수정, 189쪽)
40 정진원, 앞의 글, 101~102쪽.

7 정전의 주변부적 변용: 신채호의 『꿈하늘』

이 될 것이요, 아주 적은 이는 들어가지 못하나니라.(223~224)

 "정이 많고 고통이 깊은 사람"은 구원의 순례길을 떠나기 전에 단테의 모습을 연상시킨다.(「지옥」 2.1-6) 단테는 혼자서 외롭고 힘든 길을 가야 하는 심정을 숨기지 않는데, 그 심정은 고스란히 독자에게 전달되어 앞으로 일어날 단테의 순례에 젖어들 준비를 하도록 만드는 효과를 낸다. 외로움과 고독은 결국에 혼자서 짐을 지는 상황에서 나오는 것인데,[41] 그에 대한 위로는 그 짐을 나눠 지는 것이 아니라 모든 사람이 운명적으로 각자의 짐을 지고 있다는 인식에서 나온다. 순례자 단테의 외로움은 슬픔과 겹치면서 정신을 잃는 지경까지 이르게 만들고, 그것이 그의 순례의 길을 구불구불하게 만든다. 그러나 그러한 우회는 단테가 걷는 순례의 정당성을 훼손하기보다 더 튼튼하게 만들며 천국으로 나아가는 필수적인 여정을 이룬다. 이와 비슷하게 한놈의 슬픔은 신채호 혹은 그의 텍스트의 기저를 이루는 것은 맞지만, 정작 한놈은 거기에 지배되지 않는다. 한놈의 정체성은 슬픔으로 이루어지지만, 또한 슬픔을 극복하는 방식까지 포괄한다. 한놈은 공감의 대상과 동반자를 희구하며, 마침내 님의 나라에서 '님'을 만난다.
 눈물과 슬픔은 전근대/근대의 이분법을 넘는, 보편적인 것이다. 그 보편성의 의미가 무엇인지를 조명하는 것이 신채호 텍스트 읽기의 주요한 길이 될 것이다.

---

41 다음을 보라. "어떤 이들은 공동의 짐을 맡으라고 하면 거부하는데,/ 그대의 시민들은 요청을 받지 않아도 지레 소리 높여/ 대답한다. '내가 그 일을 맡겠소!'라고."(「연옥」 6. 133-135); "다만 하얀 열쇠와 노란 열쇠를 돌리지/ 않고서는 누구라도 마음대로 제 어깨 위에/ 있는 짐을 바꿔서는 안 됩니다."(「천국」 5. 55-57)

님의 나라: 신채호의 세계의 구조

『꿈하늘』에서 신채호의 세계관은 간결하게 제시되지만, 그 중층은 두텁고 무수한 겹들의 구조를 이룬다.

첫째, 그는 영계를 그 속성이 영원히 반복되는 세계로 설정한다.(182) 같은 장면들이 반복되면서 그 반복 자체로 이루어지는 세계이며, 심지어 육계의 오류도 똑같이 반복된다.(199) 이는 『신곡』에서 지옥이 영원한 형벌로 지탱되고 천국은 영원한 행복으로 가득 차 있는 반면 연옥은 육계의 오류를 반영한다는 점을 연상시킨다. 『꿈하늘』에서 영계에서 이루어지는 반복의 내용은 육계의 질서와 성취, 결과에 따라 달라질 수 있지만, 일단 시작된 반복들은 차이가 없이 계속 이어진다. 한 번 육계에서 결정된 것은 그 무엇이든 영계에서 영속된다는 결정론적 세계관이 뚜렷하다. 정화의 기능도 엿보이지만, 결코 활성화되지 않는다.(183)

둘째, 석가와 예수의 종교가 천당이나 지옥이라 말한 것을 알레고리로 해석할 것을 주문한다. 그것은 천당과 지옥의 실재를 믿고 육계를 그곳으로 가느냐 마느냐를 결정하는 수동적인 중간 단계로만 보는 비현실적인 인식을 버리라는 뜻이다. 공동체와 구원, 정의와 같은 문제들은 육계에서 해결해야 할 것들이며, 그 해결의 노력과 결실의 정도에 따라 천당과 지옥의 구분은 이루어진다는 것이다.

신채호의 세계에서 모든 것은 하늘(님의 나라)의 전언에 따라 결정된다. 그것은 승리자는 천당으로 가고 패배자는 지옥으로 간다는 것이다. 그러나 사회적 진화론에서 주장하는 우승열패의 논리는 아닐 것이다. 신채호는 물론 단테에게도 정의를 위한 싸움에서 승리하는 것은 중요하다. 하지만 더 중요한 것은 정의를 위한 싸움이란 무엇이어야 하고 어떻게 전개시켜야 하는 것인지를 묻는 일이다. 정의와 싸움을 어떻게 정의하느냐 하는 문제는 단테는 물론 신채호를 이해하는 데 필수불가

결하다. 이 문제를 해결하기 위해 우리는 두 작가들의 세계를 더 꼼꼼하게 탐사할 수밖에 없다.[42]

결국 신채호가 『꿈하늘』에서 설정한 우주관의 기저에 깔려 있는 것은 싸움이다. 싸움은 육계든 영계든 가릴 것 없이 우주 어디에서나 서로 영향을 미치며 영원히 지속된다. 그러므로 그 싸움에 정의롭게 참여하는 일은 인간으로서 그가 처한 역사적 맥락에서 불가피한 일이고, 조선이 일제의 강점 아래 있던 신채호 당대에는 더 크게 요구되는 일이었다. 텍스트에서 작가가 자신의 분신으로 내세우는 한놈의 역할은 싸움의 우주론적 의미를 깨닫는 것이며 또한 그 거대한 역사의 흐름 앞에서 외로움과 슬픔을 느끼는 고독한 지식인의 모습을 표상해 주는 것이다.

이런 측면에서 주목할 점은 한놈이 천당에서 만나는 "님"은 한놈의 외로움과 슬픔을 함께하는 동반자로 나타난다는 사실이다. 한놈에게 님의 존재는 필수적인데, 왜냐하면 한놈이든 한놈의 대아들이든 그들만으로는 당면한 곤란을 헤쳐 나가기가 역부족이기 때문이다. 공감의 대상이자 동반자로서의 님은 한놈이 정서적으로, 이념적으로 추구하는 자신의 목표 자체이기도 하다. 그 목표 자체가 한놈의 동반자이며 길잡이다. 여기에서 한놈은 자신의 목표를 자신의 길잡이로 삼는 자기 성찰적 지식인의 모습을 보인다.

한놈의 또 다른 동반자는 역사다. 예를 들어, 님이 한놈에게 주는 칼은 1592년 임진왜란 당시 의병대장 정기룡이 쓰던 칼이다. 그는 칼로 하여금 말하게 한다.

어떤 얼굴 괴악(怪惡)한 적장(敵將)이 궤(几)에 기대어 임진(壬辰) 전사(戰

---

42 정의의 문제는 단테가 인간 공동체 건설을 위해 특히 『신곡』과 『제정론』에서 제출하는 필수적인 탐구 사항들 중 하나다. 졸고, 「단테의 공동체의 형식」, 『단테 신곡 연구』, 129~190쪽.

史)를 보는데 한놈의 손에 든 칼이 부르르 떨어 그 적장을 가리키며 소리치되

"저놈이 곧 임진왜란 때에 조선을 더럽히려던 일본(日本) 관백(關白) 풍
신수길(豊臣秀吉)이라."(202)

이는 역사로 하여금 말하게 하는 것이다. 역사의 심판. 풍신수길을
처단하려는 칼의 의지. 그러나 풍신수길이 "일대 미인"으로 변신하는
순간, 한놈은 칼을 놓치고(이는 한놈이 의당 천국에 갈 것을 지옥으로 가게
된 이유들 중 하나가 된다.(211)) 개에게 쫓기며 그런 와중에 지옥으로 들
어가게 된다. 무슨 죄로 지옥에 왔는지 모르고 궁금해하며 호기심을 갖
는 다른 무리들과 함께 한놈은 순옥사자(巡獄使者)로 등장하는 강감찬
을 만난다. 강감찬의 설명을 들으며 한놈이 깨달은 것은 지옥은 이 인
간 세계에 속한다는 것이다.[43] 이를 두고 한놈은 예리한 질문을 던진다.

"우리가 지은 지옥(地獄)이면 깨기로 우리 손으로 깰 수 있습니까?"(206)

그에 대한 답은 이러하다.

"적은 죄(罪)는 자기 손으로 깨고 나아갈지나, 큰 죄는 제 손은 그만두고
님이 깨어 주려 하여도 깰 수 없나니, 천겁만겁(千劫萬劫)을 지옥에서 썩을
뿐이니라."(206)

강감찬이 열거하는 큰 죄들은 다섯이지만, 그는 위급한 시대 상황에
비추어 첫 번째 죄, 즉 국가에 불충한 죄를 지은 자만 지옥으로 보낸다.

---

43 얼마나 많은 작가들이 이러한 깨달음을 표현했던가. 이탈리아의 문학 흐름에 국한하더
라도, 단테와 함께 시작된 그러한 깨달음은 칼비노와 파솔리니, 프리모 레비와 같은 현대 작
가들에 이르기까지 유지된다.

7 정전의 주변부적 변용: 신채호의 『꿈하늘』

그것은 정확히 말해 시대의 요구에 부응할 책임을 외면한 죄다. 그럼으로써 지옥은 윤리적 공간으로 변한다. 국가에 불충한 죄의 내용은『꿈하늘』전체의 분량에 비해 대단히 상세한 분류와 구체적인 내용을 담고 있다. 국가에 관한 죄라고는 하지만 내용으로는 인간의 죄를 대부분 포괄하고 있으며, 인간의 죄들을 국가에 대한 죄에 속하거나 연결되는 것들로 설정한다.[44]

강감찬은 죄와 함께 사랑을 역설한다. 사랑에도 여러 종류가 있지만 그가 무엇보다 강조하는 사랑은 국가를 향한 사랑이다. 그는 다른 종류의 사랑으로 여자에 대한 사랑을 드는데, 그 두 가지의 사랑을 한자리에 놓지 못한다고 말한다.(211) 강감찬이 생각하는 사랑의 개념은 물질성과 이념성을 포함한다. 이와 관련한 강감찬의 말은 이러하다.

"한 물건이 한시에 한자리를 못 차지할지며, 한 사상(思想)이 한 시(時)에 한 머리 속에 같이 있지 못하나니, 이 줄로 미루어 보라. 한 사람이 한 평생(平生) 두 사랑을 가지면 두 사랑이 하나도 이루기 어려운 고로, 이야기에도 있으되 '두 절개(節介)가 되지 말라' 하니 그 부정(不精)함을 나무람이니라."(211)

여기에서 나타나는 물질성은 이념이 그만큼 실천에 의해 받쳐져야 함을 뜻한다. 그것은 단테의 천국이 펼치는 사랑의 물질성과 비교할 만하다. 단테가 생각한 천국의 사랑이 물질적이듯,[45] 한놈-신채호가 처한 상황에서 사랑은 물질적이어야만 한다. 강감찬의 도덕적 설교(212)는 그의 독특한 애국주의를 잘 보여 주고 있다.

이런 측면에서『꿈하늘』에서 흥미로운 것은 공간에 대한 인식이다.

---

44 징벌의 내용은『신곡』처럼 콘트라파소의 유형을 이루고 있음이 뚜렷이 드러난다.
45 『신곡』에서 묘사된 천국의 사랑은 지옥과 연옥에 연동하는 한에서 물질적이라고 말할 수 있다. 8장「색으로 물든 빛」참조.

지옥과 천국이 한 장소에 동시에 존재하는 것이다.

> 님나라〔天國〕는 하늘 위에 있고 지옥(地獄)은 땅밑에 있어 그 상거(相距)
> 가 천리(千里)나 만리(萬里)인 줄 알은 것은 인간(人間)의 생각이라, 실제는
> 그렇지 않아서 땅도 한땅이요, 때도 한때인데 재치면 님나라고 엎치면 지옥
> (地獄)이요, 세로 뛰면 님나라고 가로 뛰면 지옥(地獄)이요, 날면 님나라며 기
> 면 지옥(地獄)이요, 잡으면 님나라며 놓지면 지옥(地獄)이니, 님나라와 지옥
> (地獄)의 상거(相距)가 요것뿐이더라.(213)

한놈은 한 장소에서 지옥으로부터 곧바로 천국으로 이동한다. 하늘
이 위에 있고 지옥은 땅밑에 있는 설정은 『신곡』과 유사하지만, 『신곡』
에서 그 둘이 엄연히, 즉 물질적, 구조적으로 분리된 반면, 『꿈하늘』에
서는 한놈의 존재 방식의 변화에 따라 지옥의 자리에 천국이 들어선다.

> "본래 묶이지 안한 몸이 어디에 풀 것이 있으리오." 하고, 몸을 떨치니 쇠
> 사슬도 없고 옥도 없고 한놈의 한몸만 우뚝 섰더라.(212)

한놈의 무소속의 정체성, 유연한 정체성이 지옥과 천국의 겹침(한
장소에서 동시에 존재하기)을 가능하게 한다. 그것은 한놈의 주체적 실천
이 천국의 장소를 실현하게 한다는 것을 의미한다. 지옥과 천국은 유연
하게 존재한다. 그들은 무장소의 장소들로 존재하며, 그것들을 대하는
혹은 거기에 거하는 존재들의 존재 방식에 따라 변화한다.[46]

천국에 위치한 존재들은 다양한 분야에서 주체적인 실천을 수행했

---

46 지옥과 천국이 하나로 겹치면서 또한 여럿으로 나뉘는 유연한 존재 방식은 그리핀의 동
공(同空)적 존재 방식을 연상시킨다. 이 책 3장과 8장 참조.

7 정전의 주변부적 변용: 신채호의 『꿈하늘』

던 역사적인 인물들이며 익명의 사람들도 있다. 그들의 일은 비를 만들어 하늘을 쓰는 것이다. 왜냐하면 "오늘 우리의 하늘은 땅보다도 먼지가 더 묻었"(216)기 때문이고, 그 먼지는 쌓이기를 거듭하며, "파란 하늘"은 없고 "흰하늘이 머리 위에 덮이었"(217)기 때문이다.

그에 대한 한놈의 물음은 예리하다.

"하늘도 보얀 하늘이 있습니까?"(217)

텍스트에서 이 질문에 대한 대답은 뚜렷이 나오지 않지만, 우리는 하늘이라고 해서 늘 파란 하늘만 있는 것은 아니라는 사실을 떠올릴 수 있다. 먼지로 덮인 보얀 하늘도 있을 수 있다. 말하자면, 보편도 보편적인 보편이 있는 것과 마찬가지로, 천국도 천국적인 천국이 따로 있는 것이다. 하늘을 비로소 하늘로 만드는 것은 하늘이 원래 그러해서가 아니라, 원래 그러한 대로 불변해서가 아니라, 하늘을 그렇게 유지하는 주체들의 실천적 노력으로 인한 것이다. 하늘은 결코 절대적이지 않고 고립되어 있지도 않으며, 다른 타자적 존재들과 관계를 맺으며, 또는 맺는 한에서, 실존하게 된다. 그렇기 때문에 하늘에 있는 "님"은 인간을 초월한 절대자라기보다는 한놈의 눈물을 공유하는 존재가 '된다.' 그리고 하늘과 인간의 현실 세계는 동조하고 함께 움직이고 함께 나아가며 서로에게 영향을 미친다.

이 보얀 하늘 밑에서 몹쓸 죽음을 한 이가 얼마인지 알 수 없나니, 이제라도 인간에서 지난 일의 잘못됨을 뉘우쳐 하고, 같이 비를 쓸어 주면 이 하늘과 이 해와 이 달이 제대로 되기 어렵지 안하리라.(219)

이렇게 천국을 상대화하고 관계 맺기의 부속물로 보는 신채호의 인식 구도에는 당연히 당대의 현실에 대한 염려가 깃들어 있다.[47] 다시 말해, 신채호에게 천국의 구원이 곧 조선의 구원이며 거꾸로 조선의 구원이 곧 천국의 구원이다. 그것은 신채호를 비롯한 조선인이 짊어진 특수한 사명인 동시에 보편적인 사명, 즉 인류 공동의 사명이다. 바로 이 장면에서 신채호는 민족의 문제적 지평을 근대 국민 국가 체제를 넘어서서 인류 보편의 차원으로 확장시킨다. 이를 위해 그가 구체적으로 논의하고자 하는 것은 권력과 싸움이 민족 문제의 해결을 위해 필연적으로 개입해야만 한다는 점이다.

권력과 싸움

신채호는 『꿈하늘』의 시대 배경으로 단군 기원 4240년(서기 1907년)쯤 어느 날을 설정한다. '쯤'이라 하고, 또 장소는 서울이나 시골, 해외 어디라도 좋다고 하니, 시간과 장소는 모호하며 중요하지 않은 것으로 나타난다. 그것은 앞으로 전개될 장면들이 어느 특정한 경우가 아닌 것임을 암시한다. 당대 조선뿐 아니라 그러한 경우가 현실로 되어 나타났고 나타날, 어느 곳 어느 때든 해당하는 얘기를 하려 한다는 것이다.

텍스트의 도입부에서 즉시 작가는 "이 몸"이 되어 "크나큰 무궁화 몇 만 길 되는 가지 위, 넓기가 큰 방만 한 꽃송이에 앉"(176)는다. 갑자기 하늘이 갈라지면서 불그레한 광선이 뻗쳐 나오더니 고운 구름으로 갓을 쓰고 그 광선보다 더 붉은빛으로 두루마기를 입은 한 천관(天官)이 나타나 우레 같은 소리로 말한다.

> 인간(人間)에게는 싸움뿐이니라. 싸움에 이기면 살고 지면 죽나니 신(神)의 명령(命令)이 이러하다.(176)

---

47 이른바 천국에 대한 신채호의 이러한 인식은 단테의 천국에 대한 나의 해석과 상응한다. 3장과 8장의 논의를 참조할 것.

이런 진술은『꿈하늘』의 초입부에서 선언처럼 제시된다.『꿈하늘』을 읽기 시작하는 독자는 "싸움"의 의미를 생각하지 않을 수 없게 된다. 위의 진술에 더해 인간뿐 아니라 만물이 싸움의 형세로 나타난다.(177) 싸움은 "우주의 본면목"(178)이며, "싸움에 참가하여야" 하는 것이 "책임"이다.(178) 그리고 한놈의 눈앞에 동편과 서편으로 갈라선 진영들의 처절한 싸움이 펼쳐진다. 한놈은 무궁화의 권유에 의해 관찰자의 위치에 선다.[48] 그러한 정황에 대해 한놈은 눈물을 흘리고(178) 땅에 엎드러져 울며 일어나지 못하는(180) 모습을 보인다. 그리고 을지문덕의 인도에 따라 육계와 영계의 구조와 의미, 상관관계, 그리고 그곳들에서 일어나는 싸움의 역사적 맥락에 대한 설명을 들은 후에(181~183), 자신의 몸의 변신을 경험한다.[49]

그(을지문덕)의 영계(靈界)에 대한 이야기를 들으매 골이 펄떡펄떡하고 가슴이 어근버근하여 아무 말도 물을 경황이 없고, 의심(疑心)과 무서움이 오월(五月) 하늘에 구름 모이듯 하더니 드디어 심신(心身)의 이상한 작용이 인다. 오른손이 저릿저릿하더니 차차 커져 어디까지 뻗쳤는지 그 끝을 볼 수 없고, 손가락 다섯이 모두 손 하나씩 되어 길길이 길어지며, 그 손 끝에 다시 손가락이 나며 그 손가락 끝에 다시 손이 되며, 아들이 손자(孫子)를 낳고 손자가 증손(曾孫)을 낳으니 한 손이 몇 만 손이 되고, 왼손도 여보란 듯이 오른손 대로 되어 또 몇 만(萬) 손이 되더니, 오른손에 달린 손들이 낱낱이 푸른 기를 들고 왼손에 딸린 손들은 낱낱이 검은 기를 들고 두 편을 갈라 싸움을 시작하는데, 푸른 기 밑에 모인 손들이 일제히 범이 되며 아가리를 딱딱 벌리고 달려드니, 검은 기 밑

---

48 여기에서 동편과 서편은 조선과 일본 혹은 서양 열강을, 그리고 고구려(高句麗)와 수(隋)를 가리킨다.(182) 또한 만물의 싸움이란 당시의 혼란스러운 국제 정세를 가리킨다.
49 이러한 구도는 단테가 오비디우스와 루카누스의 변신 주제를 자신의 변신 묘사로 발전시키는 양상을 연상시킨다.(「지옥」 25.92-103)

에 모인 손들은 노루가 되어 달아나더라. 달아나다가 큰 물이 앞에 꽉 막히어 하릴없는 지경이 되니 노루가 일제히 고기가 되어 물속으로 들어간다. 범들이 뱀이 되어 쫓으니 고기들은 껄껄 푸드득 꿩이 되어 물 밖으로 향하여 날더라. 뱀들이 다시 매가 되어 쫓은즉, 꿩들이 넓은 들에 가 내려앉아 큰 매가 되니 뱀들이 아예 불덩이가 되어 매에 대고 탁 튀어, 매는 조각조각 부서지고 온 바닥이 불빛이더라. 부서진 매 조각이 하늘로 날아가며 구름이 되어 비를 퍽퍽 주니 불은 꺼지고 바람이 일어 구름을 헤치려고 천지(天地)를 뒤집는다. 이 싸움이 한놈의 손끝에서 난 싸움이지만 한놈의 손끝으로 말릴 도리는 아주 없다. 구경이나 하자고 눈을 비비더니 앉은 밑의 무궁화(無窮花) 송이가 혀를 차며 하는 말이, "애닲다! 무슨 일이냐 쇠가 쇠를 먹고 살이 살을 먹는단 말이냐?"(184~185)

그런 그에게 무궁화는 싸움의 의미를 "어여쁜 소리로" 가르쳐 준다.

   "싸우거든 내가 남하고 싸워야 싸움이지, 내가 나하고 싸우면 이는 자살(自殺)이요 싸움이 아니리라."(185)

그런데 우리의 주목을 끄는 것은 텍스트에서 이와 같이 무궁화로 하여금 '싸움'의 의미를 제시하도록 하는 것은 한놈의 변신이라는 점이다. 한놈의 몸의 변신은 사물과 자연의 변신으로 연결되고 싸움의 양상으로 나타난다. 한놈은 변신이 자신의 몸에서 일어나는데도 관찰자의 위치로 후퇴해 그 양상을 바라본다.[50] 하지만 그 후퇴한 위치에서도 싸움의 의미를 이해하지 못하자 무궁화가 위에서 인용한 텍스트 내용을 필두로 하여 싸움의 의미를 가르쳐 주는 것으로 귀결된다.

위에서 인용한 한놈의 변신의 묘사는 역동적이고 생생하며 상상의

---

50 그럼으로써 한놈은 자신의 변신을 성찰적 조응이 깃든 변신으로 만든다. 3장 참조.

7 정전의 주변부적 변용: 신채호의 『꿈하늘』

내용은 풍부하고 함의의 깊이도 상당하다. 몸의 한 부분에서 변신이 시작되어 그것이 '싸움'으로 이루어진 역사를 만들고, 그 싸움의 역사는 인간만이 아니라 세상 만물과 어우러지는 것으로 되며, 한놈으로 표상되는 한 개인의 역량을 넘어서는, 초월적인 우주의 현상으로 된다. 그러한 과정에서 구성될 수 있을 공동체는 내가 남하고 싸우면서 이루어질, 정의의 공동체이며, 더욱이 그것이 만물과 함께 한다는 인식은, 비록 간결하게 던져지는 것이지만, 신채호의 사고가 더욱 넓은 차원을 향한 것임을 짐작하게 한다.

무궁화 혹은 꽃송이는 말투로 보거나 가르침을 주는 것으로 보아 한놈을 굽어보는 "주인으로 있는 꽃송이"(188)로서, 전지자의 입장에 있다. 그것은 단테를 지옥과 연옥에서 이끈 길잡이 베르길리우스보다 더 강력한 존재다. 베르길리우스는 지옥의 첫 번째 고리에 배치되어 있으면서 제자리를 떠나 단테와 함께 지옥 전체를 돌아본다. 더욱이 지옥의 지하 세계에서 벗어나 햇빛이 비치는 연옥의 산을 오르는 것은 지옥의 존재로서 대단히 예외적인 모습이다. 그런 여정에서 베르길리우스는 때로는 약하고 스스로도 모험을 하는 존재이며 또한 단테의 안내가 곧 자신을 구원으로 이끄는 안내이기도 한, 가변적인 존재로 나타나지만, 무궁화는 전지자로서 처음과 끝을 이미 다 알고 지시를 내린다. 그것은 길잡이의 역할을 훨씬 더 강력하게 포괄한다.[51] 그런 면에서 무궁화는 천국에 위치하면서 지옥부터 천국에 이르기까지 수행되는 단테의 순례 전체를 관장하는 베아트리체에 더 가깝다고 볼 수 있다.

무궁화는 의심할 여지없이 한민족이라는 '추상적인 실체'를 가리킨다. 추상적이라는 것은 백두산과 조선으로 표상되는 당장의 현실을 가리키지 않기 때문이며, 실체라는 것은 아래 진술에 암시된 바와 같이,

---

51 『꿈하늘』의 178, 180, 184쪽을 볼 것.

미래에 실현될 역사적인 가능태이기 때문이다.

　　한 잎은 황해(黃海), 발해(渤海)를 건너 대륙(大陸)을 덮고 만주(滿洲)를
지나 우슬리에 늘어졌더니(179)

　흥미롭게도 "한"은 한(韓)과 하나(一)를 동시에 의미하고, "놈"은 현
실에 존재하는 인간(신채호 자신)을 의미한다. 신채호는 그 자신을 조선
과 동일시하고, 조선의 독립을 위해 싸우는 것이 곧 자신의 운명이며
삶의 방식이라고 생각한다. 결국 "한놈"은 하나로 실현될 조선 국가를
의미하고, 그를 위한 신채호의 헌신을 함의한다. 한민족은 한놈-신채호
를 꾸짖고 인도하는 것이며, 거꾸로 신채호는 그러한 시대의 요구에 부
응할 윤리적 책임을 통감하는 것이다. 한민족의 역사적 가능태는 텍스
트의 말미에서 "도령군"의 출현과 연결된다.(221) 도령군은 신라의 화
랑을 직접 지시하지만, 『삼국사기』와 『고려사』와 같은 역사서들을 참조
하고 역사적 사실들(예로 고구려의 승군과 신라의 화랑)을 서로 연결하는
방식에 의해서 그 기원과 역사와 범위를 훨씬 넓히면서 한민족의 역사
와 정신 전체를 가리키기에 이른다.
　을지문덕 장군도 같은 역할을 한다. 2000년의 긴 시차를 둔 존재
(181)에 대해 호칭을 정하지 못해 주저하는 한놈에 대해 을지문덕은
단군부터 고구려까지 역사의 연속성, 한민족의 역사적 정체성을 여러
역사서들을 근거로 하여 정리해 준다. 이에 대한 한놈의 화답은 고구
려 식으로 절하는 것이었다.(182) 그것은 역사적인 공동의 뿌리를 확
인함으로써 을지문덕과 자신의 정체성의 합일을 이루는 장면이다. 여
기서 싸움에 대한 을지문덕의 생각은 권력과 구원에 관련하여 주목할
만하다.

　　　　　　　　　7 정전의 주변부적 변용: 신채호의 『꿈하늘』

아까 권력(權力)이 천당(天堂)으로 가는 사다리란 말을 잊지 안하였는가? 우리 조선(朝鮮) 사람들은 이 뜻을 아는 이 적은 고로, 중국(中國)『이십일대사(二十一代史)』가운데 대마다 조선열전(朝鮮列傳)이 있으며, 조선열전 가운데마다 조선인(朝鮮人)의 천성(天性)이 인후(仁厚)하다 하였으니, 이 '인후(仁厚)' 두 자가 우리를 쇠(衰)하게 한 원인(原因)이라. 동족(同族)에 대한 인후(仁厚)는 흥(興)하는 원인(原因)도 되거니와 적국(敵國)에 대한 인후(仁厚)는 망하게 하는 원인이 될 뿐이니라.(187)

을지문덕은 정인지의 『고려사』를 인용하는 한놈에 대답하면서(186) 한민족 공간이 원래 광활했으나 현재 축소된 것은 주체와 타자를 뚜렷이 구별하지 못하고 "인후"하기만 했기 때문이라고 말한다. 을지문덕에 따르면, "권력이 천당으로 가는 사다리"(187)라면, 타자("적국")에 대해서는 인후를 펼치기보다는 싸움을 수행해야 한다. 그것은 "역사란 아와 피아의 투쟁"이라는, 신채호 스스로 『조선상고사』에서 밝힌 자신의 기본적인 역사관을 상기시킨다.[52] 싸움의 결과 승리를 얻는 것은 권력을 얻는 것인데, 여기에서 권력이란 공정성을 갖춰야 한다. 다시 말해, 정의로운 권력을 얻는 정의로운 싸움이 필요하다는 것이다.[53] 이런

---

52 "역사란 무엇이뇨. 인류 사회의 아(我)와 비아(非我)의 투쟁이 시간부터 발전하여 공간부터 확대되는 심적 활동의 상태의 기록이니, …… 무엇을 아라 하며, 무엇을 비아라 하느뇨. …… 무릇 주관적 위치에 선 자를 아라 하고, 그 외에는 비아라 하나니, …… 그러므로 역사는 아와 비아의 투쟁의 기록이다."(「조선상고사」, 『전집』, 상권, 33쪽) 이러한 역사관은 「조선혁명 선언」, 「낭객의 신년만필」, 또 「천희당시화」에서 거듭 제기되는데, 3·1운동을 겪고 나서 1920년대에 민중투쟁론으로 구체화되고 또한 아나키즘으로 발전한다. "고유한 조선", "자유적 민중", "민중 경제", "민중 사회", "민중 문화"와 같은 용어들이 인상적이다. 이도연에 따르면 당대의 어떤 글에서도 「조선혁명 선언」만큼 당대 상황의 인식과 제국의 속성을 파악한 예는 찾아보기 힘들 것이다.(이도연, 앞의 글, 228~229쪽)

53 「지옥」(3곡)은 현세의 삶에서 의무를 게을리한 수많은 영혼들이 지옥의 림보에 갇혀 있다고 말해 준다. 예를 들면 폰티우스 필라투스는 예수에 대한 판결을 피했고, 루치페로는 하느님의 은총을 외면했으며, "비겁한 나머지 엄청난 거부를 했던 사람"(「지옥」3.60)도 있다.

측면에서 볼 때 신채호에게 "싸움"이란 정의로운 관계를 맺는 것을 가리킨다. 그것은 인류 공동체 구성의 필수 과정이며, 잘못 구성된 현실을 재구성하는 것이다. 여기에서 중요한 것은 그러한 싸움은 우선 육계에서 수행해야 하며, 그러고 나서 영계로 이어져야 한다는 점이다. 바로 이것이 공동체의 재구성이 지속적이고 보편적으로 이루어져야 하고 거꾸로 정의로움이 권력에 의해 받쳐져야 하는 원리로 이어진다. "님"의 나라에서 싸움을 목격한 한놈은 이러한 깨달음을 얻는다.

> 입으로는 "우리는 정의(正義)의 아들이다. 악(惡)이 아무리 강(強)한들 어찌 우리를 이기리오" 하고 부르짖으나 강력(強力) 밑에서야 정의(正義)의 할아비인들 쓸 데 있느냐? 죽는 이 님의 군사요, 엎치는 이 님의 군사더라. 넓고 넓은 큰 벌판에 정의(正義)의 주검이 널리었으나 강적(強敵)의 칼은 그치지 않는다.(200)

이러한 원리는 영계에서 목격한 것이지만, 육계에서든 영계에서든 다 적용되는 보편적 원리다. 정의는 선명하게 정의되는 개념이 아니며, 따라서 실천(싸움)이 정의를 유지하기 위해 요청된다. 이는 정의란 언제나 실천의 과정이라는 것을 의미한다. 이러한 과정을 이루는 것 자체가 정의를 유지하는 것이다.

여기에서 작가 신채호와 주인공 한놈이 일체를 이룬다는 앞의 진술의 의미를 더 추적할 필요가 있다. 무궁화는 한놈에게 시대의 요구를 자각할 것을 요구한다. 그러자 내가 나하고 싸우면 자살이고 내가 남하고 싸워야 싸움이 된다는 무궁화의 진술에 한놈은 그 자신의 정체성과

이들이 저지른 죄는 단지 정의를 위한 싸움에 나서지 않은 채, 자기 자신에게 충실하지 못한 것이었다. 한놈의 변신은 정의란 싸움 안에서만, 또 싸움을 향할 때에만, 정당화될 수 있다는 점을 보여 준다.

7 정전의 주변부적 변용: 신채호의 『꿈하늘』

싸움의 대상을 어떻게 구별하는지 묻는다.

"내란 말은 무엇을 가르키기는 말입니까? 눈을 크게 뜨면 우주(宇宙)가 모두 내 몸이요, 적게 뜨면 오른팔이 왼팔더러 남이라 말하지 않습니까."(185)

무궁화는 다음과 같이 설명하는데, 그 논조가 날카롭다.

"내란 범위는 시대(時代)를 따라 줄고 느나니, 가족주의(家族主義)의 시대(時代)에는 가족(家族)이 '내'요 국가주의(國家主義)의 시대(時代)에는 국가(國家)가 '내'라. 만일 시대(時代)를 앞서 가다가는 발이 찢어지고 시대(時代)를 뒤져 오다가는 머리가 부러지나니, 네가 오늘 무슨 시대(時代)인지 아느냐? 그리스는 지방열(地方熱)로 강국(强國)의 자격(資格)을 잃고 인도(印度)는 부락사상(部落思想)으로 망국(亡國)의 화(禍)를 얻으리라."(185~186)

이 설명을 듣고 한놈은 깨달음을 얻는다.

한놈이 이 말에 크게 느끼어 감사한 눈물을 뿌리고 인해 왼손으로 오른손을 만지니 다시 전날의 오른손이요, 오른손으로 왼손을 만지니 또한 전날의 왼손이더라.(186)

왼팔은 계속해서 왼팔임을 오른손이 확인하고 오른팔은 계속해서 오른팔임을 왼손이 확인하는 과정에서 한놈의 몸은 변신의 종결을 맞는다. '나'라는 주체는 끝없이 파편화되어 가는 분열적 존재이기도 하면서 또한 가족과 국가, 우주 전체와 하나가 되는 전일적 존재이기도 하다. 이러한 일체화가 오카쿠라 텐신이 말하는 "아시아는 하나다."로서의 동양의 이상[54]이 아닌 이유, 오히려 그 이상에 맞서는 이유는 그러한 변신 자체가 하나의 과정, 구체적으로 싸움의 과정으로 이루어지기 때문이다. 그것은 하나이면서 여럿인 비동일화의 과정에 훨씬 더 가깝다. 변신적 주체가 자족성과 완전성을 획득하려면 그 내부에서 혹은 그 과정에서 싸움이 있어야 한다. 싸움으로 구성되는 변신. 그것이 신채호가 생각하는 세계의 존재 방식이며 작동 방식이다. 그것을 보편적인 것이라 말할 수 있을지 우리는 모른다. 다만 그것이 신채호가 지식인으로서 부응해야만 했던 당시의 시대적 요구였던 것은 틀림없다.

알레고리

알레고리는 변용이나 변신, 권력, 싸움같이 『꿈하늘』을 이해하는 데 유용한 개념들을 받쳐 주는 문학적 기법으로 조명될 자격이 있다. 『꿈하늘』은 알레고리라는, 대상을 재현하고 전달하는 전통적인 문학 기법으로 가득 차 있다. 그래서 어떤 것이 묘사될 때, 그것은 오직 그것이 의미되는 바에 전적으로 의지함으로써 존재하는 기표로 나타나는 것이다. 『꿈하늘』에 등장하는 한놈을 비롯하여 새와 꽃은 사실상 우리 현실에 존재하지 않으며, 다만 뭔가(기의)를 지시하기 위해 존재하는 기표들일 뿐이다. 그 기표를 통해 독자는 기의를 찾아낼 수도 있고(작가적 의도에 충실한 경우) 구성할 수도 있다.(독자의 의도를 반영하는 경우) 『꿈하늘』에 등장하는 전술한 요소들(변용, 변신, 권력, 싸움)은 자체의 존재 여부에 관계없이 그들이 어떤 함의들을 품고 또 지시하는 한에서 의미가 있다. 따라서 알레고리라는 차원에서 『꿈하늘』을 읽는 순간 독자는 『꿈하늘』의 층층에 담긴, 혹은 담겨 있다고 생각되는, 새로운 의미들을

---

54 오카쿠라 텐신, 최원식·백영서 엮음, 「동양의 이상」, 『동아시아인의 '동양' 인식: 19~20세기』(문학과 지성사, 1997), 29~35쪽.

찾고 또 구성할 준비를 해야 한다. 그 새로운 의미들은 독자가 어떤 맥락에 처해 있고 어떤 관점에서 신채호를 생각하고 『꿈하늘』을 읽느냐에 따라 거의 무한하게 뻗어 나갈 것이다. 현전과 부재의 엇갈림. 그것이 신채호의 알레고리의 방법이며 정의일 것이다.[55]

그렇다면 신채호가 『꿈하늘』에서 창조한 알레고리들에서 우리가 찾아내고 구성할 기의는 무엇일까? 그것은 단연 민족이 그 강력한 후보가 될 것이다. 정작 문제는 신채호의 알레고리가 민족에서 출발하되 반드시 민족만을 가리키는 데 동원되었다기보다는 그와 함께 그를 넘어선 무엇까지도 함의한다는 것이다. 사실상 초기에 『의대리건국삼걸전』을 번역하면서부터 신채호는 민족의식 구현의 정치적 알레고리를 제출하고자 했다고 볼 수 있고, 그것은 이후의 작품들에서도 일관되게 시도된 알레고리적 의미 생산의 기본 방향이 되었다.[56]

신채호 당대에서 가장 긴요했던 문학적 과제는 급변하는 시대적 상황과 과제를 형상화할 수 있는 완전히 새로운 형식과 내용을 모색하는 것이었다.[57] 『꿈하늘』은 그 창작 방식에서 독특했다. 이 독특성은 한국의 사상적, 미학적 전통을 기반으로 형식과 내용 양쪽에서 당대의 과제를 적극적으로 수용하고 형상화했다는 점에서 나온다. 우리가 알레고리에 특별히 주목할 필요가 있는 것은 바로 이런 측면에서다. 알레고리는 서양 문학에서 오랜 역사에 걸쳐 형성된 창작과 독서의 기법이자 형식인데, 그것을 신채호가 제대로 배울 여유는 없었을 것이다. 더욱이

---

55 이런 측면에서 우의 문학에 대한 그동안의 연구가 텍스트가 담고 있는 역사의식이나 우의의 미적 형식에 대한 충분한 고찰을 담고 있지 못하다는 지적위에서 우의라는 용어 대신에 알레고리라는 용어를 쓰는 이유에 대한 김창현의 설명에 공감한다. 김창현, 「신채호 소설의 미학적 특성과 알레고리 ─『용과 용의 대국전』을 중심으로」, 《고전문학연구》 27호, 한국고전문학회, 2005, 365~366쪽.

56 홍경표, 「단재 소설의 우의」, 《배달말》 32호, 289쪽.

57 김창현, 앞의 글, 363쪽.

신채호는 본격적인 작가가 아니었다. 그럼에도 불구하고 『꿈하늘』을 비롯한 그의 문학 텍스트에 알레고리 기법이 풍요롭게 적용된 것을 알 수 있다. 그것이 단테의 영향인지는 알 수 없다. 그보다는 아마 당대의 문제를 인식하고 형상화하려는 시대의 요구에 부응한 '자발적' 결과로 보는 것이 더 나을 것이다. 알레고리가 작가와 독자에게서 맥락에 대한 반응과 함께 그 작동이 일어난다는 점을 생각하면 그러한 추정은 신빙성을 더한다.

아마 『용과 용의 대격전』이 알레고리의 측면에서 더 효과적으로 조명될 만한 텍스트이겠지만,[58] 『꿈하늘』 역시 그것을 받치는 미적 장치로서 알레고리를 빼놓을 수 없다. 알레고리는 당대 현실(지금 여기)의 문제를 보편적인 차원으로 연결시키고 보편적인 차원에서 해석되도록 하는 효과를 낸다. 신채호가 사용한 알레고리는 개인의 특수한 것이라기보다 일반적이고 관습적인 것이어서 독자들이 쉽게 받아들이고 느끼고 이해할 수 있는 것이었다. 그것은 『꿈하늘』이 자체의 완성으로 나아가는 문학보다는 소통과 공감을 목표로 작동되는 일종의 장치로서의 문학에 더 다가서고, 그렇게 함으로써 시대의 요구에 부응하는 텍스트였음을 말해 준다. 알레고리는 맥락적 해석과 불가분의 관계에 있다. 알레고리에 바탕을 두고 생산된 텍스트는 그 텍스트가 해석되는 맥락에서 알레고리의 의미들을 구성함으로써 텍스트의 의미층을 풍요롭게 할 수 있는 것이다.

『꿈하늘』에서 알레고리를 통해 주로 보이고자 한 것은 "민중 투쟁적 역사의식"[59]이라는 말로 요약할 수 있으며, '아'와 '비아'의 대립적 투쟁이라는, 『조선상고사』에서 피력한 역사관을 민족 자주와 자강의

---

58 이에 대해서는 김창현의 자세한 논의를 참고할 것.
59 홍경표, 앞의 글, 281쪽.

대의로 제시하는 것이었다.[60] 그리고 이는 『꿈하늘』에서 제시하는 "싸움"의 개념과 직결된다. "싸우거든 내가 남하고 싸워야 싸움이지. 내가 나하고 싸우면 이는 자살이요, 싸움이 아니니라."(185)라는 대목에서 언급되는 '나'는, 초기의 논설 「대아와 소아」에서 나타났듯, "반드시 죽지 않는 '나'로서, '작은 나'는 죽을지언정, '큰 나'는 죽지 않는 것"[61]이다. 그러므로 신채호가 내세우고자 하는 '나'란 곧 '큰 나', 즉 '대아'를 가리킨다. 이어 신채호는 '대아'가 "시대를 따라 줄고 느나니, 가족주의의 시대에는 가족이 '내'요, 국가주의 시대에는 국가가 '내'라"(185)라고 언급하는데, 여기에서 우리는 '대아'가 시대와 맥락에 따라 유연하게 구체적인 대상들을 바꿔 지시하면서 더욱 보편적 차원으로 나아가 작동한다는 것을 알 수 있다.

여기에는 "분열된 '나'로 [인해] 자중지란에 빠진 현실을 '대아'로 극복하자는 논리"[62]가 숨어 있다고 볼 수 있다. 그러나 그 논리가 형상화되는 과정은 단순하지 않다. 『꿈하늘』에서 '아'는 '비아'에 비해 선명하게 드러나지 않는다. '비아'는 다양한 지옥의 인물들이며, 싸움의 대상이고, 필승의 대상이다. 그런데 '아'가 구체적으로 드러나기보다 슬픔과 눈물로 형상화되는 한놈을 통해 대표된다는 것은 아이러니하다. 그것은 아마 '아'에 해당되어야 할 민중의 사회적 구도가 아직 잡히지 않았거나 또는 '아'를 한놈을 통해 더욱 복합적(정서, 전통, 근대적 격변에 직면한 주체, 지식인, 아직은 모호한 민중 등)인 면들을 가리키게 하고자 했을 수 있다.[63] 그렇기 때문에 하늘을 비로 쓸어내리는 것은 지상의 오

---

60 위의 글, 282쪽.

61 신채호, 「대아와 소아」, 『전집』 2권, 81~83쪽.

62 홍경표, 앞의 글, 303쪽.

63 신채호는 아에 포함된 비아를 비판했다. 그에 관련한 내용은 『조선 혁명 선언』(『전집』 하권, 38~40쪽)에서 볼 수 있다. 이광수와 비교하는 논점도 참조할 만하다. "이광수가 보기에 신채호는 괴물이겠지만 신채호가 보기에 이광수는 노예다. 신채호는 비자주적인 외교

염이 하늘까지 뻗쳐 있음을, 하늘이 더 이상 단절된 장소가 아니고 순수무구한 장소가 아니라는 것, 그리고 지상의 존재(한놈-아)에 의해 순화되어야 할 장소라는 것, 그럼으로써 지상과 하늘의 하나됨(한놈-대아)을 암시한다고 볼 수 있다.

단테 문학에서 차지하는 알레고리의 중요성만큼이나 신채호 문학에서도 알레고리는 결정적인 요소다. 그 점이 과연 우연일까? 그 두 작가에게서 알레고리가 가장 실제적이고 역사적인 현실의 존재들과 문제들을 재현하는 데 동원된 수법이었다는 면에서 우리는 그 둘의 유사성을 인정하지 않을 수 없다. 바꿔 말해 알레고리의 의미를 되새기면서 신채호의 문학을 읽을 때 우리는 그의 문학이 던져 주는 구체적인 의미를 목격할 수 있고, 또한 거대한 차원으로까지 확장되는 그 강력한 이미지를 느낄 수 있는 것이다.

『꿈하늘』의 문학 가치

신채호는 계몽 애국자이자 역사가이며 독립투사였지만, 문학을 통한 실천의 중요성과 가능성을 생각했던 작가였다. 이는 단테가 중세의 체제에 충실했던 학자라는 신학적 이해보다 현실에서의 문학의 가능성을 추구한 작가라는 문학적 이해에 더 연결되는 사항이다. 실제로 신채호의 『꿈하늘』이 단테의 『신곡』처럼 당대에 열렬한 환영을 받고 널리 읽혔던 것은 아니었다. 다만 그것이 문학 텍스트로서 지닌 문학적 가치가 『신곡』이라는 하나의 모범을 주변부의 특수한 상황에 맞춰

론자와 타협적인 준비론자들을 모두 지옥에 떨어뜨림으로써 진정한 자주독립의 길은 일제에 대한 비타협적인 폭력 투쟁과 민중에 의한 직접 혁명뿐이라는 점을 분명히 하였다."(이도연, 앞의 글, 237쪽)

7 정전의 주변부적 변용: 신채호의 『꿈하늘』

변용한 결과를 낳으면서 문학이 특수한 맥락을 반영하는 하나의 실천적 가능태임을 보여 주었다는 점에서 나온다는 점을 생각할 필요가 있다.[64]

미국의 비교문학자 데이비드 댐로시는 세계 문학 텍스트들은 그 원래의 문화적 맥락을 알 때 가장 잘 읽히지만 정작 그 텍스트들 자체는 그 맥락을 오히려 가볍게 걸치고 있는 경우가 대부분이라고 지적한다.[65] 우리가 『신곡』을 이탈리아의 문학 텍스트로 읽을 때 우리는 그것을 아직 본격적으로 알려지지 않은 중세 시인들과 신학자들, 정치사상가들과 밀접하게 관련된 텍스트로 보게 된다. 하지만 단테의 텍스트는 경계를 넘어서는 동안 자체를 변형시킨다. 『신곡』은 이탈리아 외부에서 완전히 다른 텍스트로 받아들여질 수 있지만, 또한 이탈리아 내부에서도, 이를테면 14세기의 보카치오의 맥락과 20세기의 이탈로 칼비노와 프리모 레비의 맥락에서 서로 대단히 다른 텍스트였다. 그동안 『신곡』의 효과는 매우 다른 시대와 공간에서 출발한 텍스트로서 그 자체에 대해 독자들이 강렬한 감수성을 발휘하면서 일어났다.

하나의 텍스트를 평가하는 데 얼마나 많은 맥락들이 요구되는가 하는 문제는 텍스트 자체와 텍스트가 읽히는 과정에 전적으로 달려 있다. 하나의 텍스트의 보편성은 그것이 처한 특수한 시공을 초월하는 자체의 힘에서 나온다. 이는 보편적 텍스트라면 다양한 시공들에 따라 다르게 읽히는 동시에 그 일관성을 유지한다는 것을 의미한다. 하나의 텍스트를 현저하게 변용하는 일이 일어난다 해도, 그 변용된 양상들과 함께 그 일관성이 유지된다는 것이다. 바로 그것이 그 텍스트의 보편화 가능성을 보장한다. 그런데 『신곡』의 원래 맥락은 『꿈하늘』에 유사하게 발

---

64 이 문단은 다음 글에서 직접 가져온 것임을 밝힌다. 졸저, 『단테 신곡 연구』, 494쪽.
65 Damrosch, David, *What Is World Literature?*(Princeton University Press, 2006), pp. 139~140.

견되지만, 그 유사성의 의미를 부각시키기보다 더 중요하게 『꿈하늘』에 들어 있는 변용의 정도가 대단히 근본적이었다는 점을 봐야 할 것이다. 변용이 직접 일어나는 일은 드물다. 변용은 거리를 필요로 하되, 일관성은 거리를 없애는 경향이 있다. 그 둘의 작용이 보편성의 힘일 텐데, 거리의 존재와 부재를 함께 포용하는 힘과 다르지 않다. 댐로시의 진술을 참고해 보자.

> 텍스트들은 함께 존재하는 동시에 혼자 존재한다. 우리가 단테를 읽을 때 우리는 그 이전에 나온 글들의 풍요로움을 떠올리고 또한 그 이후에 나오게 될 글들에 미리 그림자를 던지는, 그러한 세계 문학의 주요 작품을 만나고 있다는 것을 안다. 하지만 그러한 연결들을 의식하고 있을 때에도 우리는 단테의 독특한 세계에 잠긴다. 그 상상의 우주는 베르길리우스와 사도 바울이 형상화한 것과 지극히 다르며, 밀튼과 고골, 월콧이 그들 각각의 다른 목적을 향해 저마다 근본적으로 고쳐 나가게 될 우주와도 다른 우주다.[66]

『꿈하늘』은 『신곡』을 한국의 맥락에서 다시 읽고 동시에 다시 쓰는 작업이었다.[67] 다시 읽기와 다시 쓰기 혹은 되받아 쓰기의 개념은 프란츠 파농부터 에드워드 사이드, 호비 바바, 그리고 가야트리 스피박에 이르기까지 발전한 포스트콜로니얼리즘에서 내놓은, 서양 중심적 근대성에 대한 저항의 한 방식이다. 그렇게 평가할 수 있을 작업을 통해 『꿈

---

66 위의 책, p, 298.
67 다시 쓴다는 것은 이전의 것을 깨끗이 없앤다는 것이 아니라 이전의 것을 유지하고 또한 변용하는 것을 의미한다. 전자의 의미로서의 다시 쓰기는 예컨대 조지 오웰의 『1984』에서 주인공 윈스턴이 근무하는 진리부가 맡은 일로서, 과거의 일을 현재의 필요에 맞춰 바꿔 기록하는 것을 말한다. 그것을 "모든 역사란 필요하면 깨끗이 지워 버리고 다시 고쳐 쓰는 양피지와 똑같았다."(Owell, George, *1984*; 김기혁 옮김, 『1984』(문학동네, 2009), 54쪽)라고 표현한다.

하늘』은 서양의 근대성이 낳은 식민주의의 질서에 저항하고자 했다고 봐도 좋을 것이다.[68] 이는 서양으로부터 인정을 받고자 하는 "서양 따라잡기"를 역사적 목표로 설정함으로써 서양을 보편적 지표로 설정했던 근대화의 오류를 정확히 지적하고 바로잡는 것이기도 했다. 여기에서 나는 단테의 '문학'을 이러한 주변부적 변용을 가능하게 했던 것으로서 다시 발견한다.[69]

　단테의 문학은 스스로를 펼치는 과정으로 존재한다. 그 과정에 참여하는 것은 신채호 식의 변용을 비롯한 특수한 해석들이다. 해석자의 맥락과 시대의 요구를 반영하는 그러한 과정이 곧 『신곡』을 비롯한 텍스트가 작동시키는 문학 과정이다. 결국 단테의 문학은 그러한 과정으로 존재하고, 모든 변용과 해석들은 단테의 문학을 구성한다. 단테의 문학은 그렇게 변화하고 발산함으로써 존재한다.

　『신곡』은 자신의 특수한 세계를 지닌 동시에 『신곡』의 모든 주석들은 거기에 부가된 보충물들이다. 모든 주석들은 같은 권리를 지닌다. 모든 주석들은 단테의 특수한 세계에 그 세계가 유지되는 한에서만 색채를 입힌다. 『신곡』은 기원과 변용을 서로 섞는 과정에 의해 재정전화되어 왔다. 『꿈하늘』은 그러한 과정에 놓여 있는 한 예로서, 『신곡』의 보편성을 증거하고, 더 중요하게, 그 자체가 근대 한국의 문화적 맥락에서 태어난 새로운 정전이 되고, 세계 문학의 언제까지라도 변화하는 지리를 관찰할 수 있는 렌즈가 되는 것이다.

　우리는 『신곡』의 원래의 맥락과 그것을 읽는 독자의 강한 감수성 둘

68　포스트콜로니얼리즘은 서양 중심의 근대가 초래한 부정적 결과들에 초점을 맞추면서 근대성을 상대화하고 주체적 근대성을 성취하는 작업을 과제로 삼고 있다. 중심과 주변부라는 끈질긴 이분법적 구도를 해체하고 탈중심의 원리에서 세계 질서를 재구성하려는 포스트콜로니얼리즘의 담론 작업은 오리엔탈리즘과 옥시덴탈리즘의 이중 굴레에서 벗어나 주체적 맥락에 근거한 세계 인식과 표현의 길을 찾는 것으로 보인다.

69　졸저, 『단테 신곡 연구』, 494쪽.

다 무시할 수 없다. 『꿈하늘』의 경우, 전자가 약했던 반면 후자는 대단히 강했다. 단테의 독창성이 그가 처한 중세의 신학적 틀을 부수는 가운데 떠올랐듯이, 신채호의 급진적인 변용은 단테의 그러한 독창성의 성격을 있는 그대로 이어받고 작동시키는 가운데 일어났다고 생각할 수 있지 않을까. 그렇게 생각한다면, 『꿈하늘』은 『신곡』을 훼손했다기보다 더 풍요롭게 만들었던 것이 아닌가. 그래서 『신곡』을 넘어서, 한국의 역사와 인류의 역사를 아우르는 작가의 지식과 의식에서 나온 자체의 문학 세계를 창조하는 지평으로 나아갔던 것이 아닌가. 우리는 신채호 문학의 미적, 이념적 가치를 평가하기 위해 수용보다는 변용을, 수용의 대상보다는 수용의 주체를 고려하는 것이 훨씬 더 의미가 있다고 결론 내릴 수 있다. 이는 『꿈하늘』을 『신곡』보다 더 우월하게 치거나 거꾸로 『신곡』이 『꿈하늘』을 언제나 선도한다고 보는 협소하고 부적절한 의미의 비교의 차원을 넘어선다. 나의 비교 문학적 입장은 그 둘의 대화적인 관계에 초점을 맞추고, 그럼으로써 『꿈하늘』을 더 넓은 문화적 교환의 의미에서 평가하자는 것이다.

주변부적 변용의 의식은 보편성이 타자들의 맥락들에서 유지될 수 있는지를 올바로 물어볼 수 있게 해 준다. 요컨대, 내가 지금까지 주변부적 변용이라 부른 것의 궁극적인 지점은 보편적 맥락과 지역적 맥락을 둘 다 유지하는 것이다. 우리는 타자들의 맥락들에 대한 의식을 유지하도록 노력하고, 그럼으로써 더욱 공정한 시각을 갖도록 해야 한다. 그 자신의 시적 형식, 인물, 사건으로 이루어진 기원의 단테는 『꿈하늘』에서 대부분 사라졌다. 이는 유럽이 『아라비안나이트』와 『길가메시 서사시』를 수용하는 방식으로 신채호가 단테를 수용했다는 것을 의미한다. 그러나 『꿈하늘』이 기원을 재창조하는 효과는 물론 기원을 상실하는 결과까지 품고 있다는 사실에 더 주목해야 할 필요가 있다. 우리는 또한 『신곡』의 기원으로 계속해서 돌아가 기원의 아우라와 재생

산된 복수의 아우라들을 비교할 필요가 있다. 이러한 작업으로 우리는
『신곡』과 『꿈하늘』의 문학 가치들을 좀 더 민주적인 방식으로 조명할
수 있을 것이다.

3부

단테의 얼굴

8 색으로 물든 빛: 구원으로 가는 길

색채의 이름 짓기

색채가 단테를 느끼게 한다면 빛은 단테를 인도한다. 단테가 순례하는 내내 주로 의존한 감각 기관은 시각이었다.[1] 내세의 풍경들은 그의 인간의 망막에 맺히면서 인지의 대상이 되었다. 그렇게 만든 것은 빛의 작용이다. 빛이 없으면 대상의 이미지가 망막에 맺히는 작용은 일어나지 않는다. 그래서 빛은 단테의 순례를 이끌어 가는 주된 힘이라고 할 수 있다. 그런데 그의 망막에 맺히는 내세의 풍경들은, 지옥과 연옥, 천국마다 그 정도와 양상을 달리하긴 하지만, 색채를 담고 있다. 색색의 풍경들을 보며 단테는 구원의 여정과 방식을 마음에 새긴다. 단테는 계속해서 내세의 풍경들을 바라보며 생각에 잠긴다. 본다는 것은 곧 단테의 구원의 순례를 표상한다.

---

1 『신곡』에서 '빛(luce)'의 어원을 지닌 이름의 루치아(Lucia) 성인은 단테의 내세 순례를 설득하기 위해 지옥까지 파견되고 연옥에서는 잠든 순례자를 품에 안고 오르며 천국에서는 맨 위의 하늘에서 성모 마리아와 아담, 베드로와 함께하고 있다. 루치아는 지옥에서 연옥, 천국을 가로지르는 단테의 순례를 본다는 행위에 의해 지속되도록 만드는 세로축이다.

빛은 우리로 하여금 사물을 보게 해 주는 매체와 같은 것인데, 사물이 색으로 나타나듯, 그 무색투명하게 보이는 빛도 사실 무수한 색들을 지니고 있다. 빛에 내재하는 색들의 연속체를 인식하도록 해 준 자연 현상은 무지개다. 무지개는 하늘에 떠 있는 작은 물방울들 속에서 빛이 반사되고 굴절되며 산란하는 가운데 나타나는 빛의 일종의 프리즘이다. 무지개는 그것을 보는 사람으로부터 일정한 거리에 놓인 것이 아니라 빛에 대한 일정한 각도에서 보이는, 작은 물방울들에 의해 발생한 시각적 허상이다. 따라서 무지개는 대상이 아니며 물리적으로 접근할 수 없다. 수무지개는 태양빛의 선을 중심으로 40~42도 각도에서 나타나며, 암무지개는 50~53도에서 나타난다. 수무지개와 암무지개는 색 배열은 같지만 배열의 순서가 반대로 나타난다. 구름에서 관찰되는 채운은 태양빛의 선을 중심으로 38~42도에서 나타나며, 배열의 순서는 암무지개와 같다. 마치 풍경처럼, 무지개는 그것을 보는 사람의 위치에 따라 그 모습이 다르게 나타난다.

무지개와 색채에 대한 논의는 아리스토텔레스가 무지개의 순수한 색채들은 그림에서 재현하기가 불가능하다고 주장한 이래 계속되어 왔다.[2] 르네상스 미술사가 알베르티는 『회화론』(1435~1436)에서 그림을 구성하는 세 요소로 환경, 구성, 빛을 들었고,[3] 데카르트와 스피노자, 라이프니츠, 로크, 버클리와 같은 근대의 철학자들이 색채의 이론에 관련된 저술들을 집필하고 아이작 뉴턴이 자연과학의 측면에서 『광학(Optiks)』(1704)을 출판한 이래 18세기의 시퍼뮐러(Ignaz Schiffermüller) 같은 자연철학자는 무지개 스펙트럼을 색채의 표준으로 채용하고 이를 색채의 범주적 선언으로 삼았다. 이어 해리스(Moses Harris)가 『색채

---

2 Gage, John, "Colour and Culture", *Colour, Art & Science*, ed. by Trevor Lamb & Janine Bourriau(Cambridge: CUP, 1995), p. 184.

3 Alberti, Leon Battista, *Della pittura*(The Perfect Library, 2015).

의 자연 체계(*Natural System of Colours*)』(1766)를 출판하고 괴테가『색채론 (*Theory of Colour*)』(1840)을 내면서 색채의 이론은 더욱 정교해졌다. 무지 개의 색들이 이루는 경계는 분명하지 않아 문화권마다 색의 개수가 다 르게 정해지기도 한다. 우리에게 가장 익숙한 것은 뉴턴이 규정한 빨주 노초파남보의 일곱 개 색이다.[4] 뉴턴은 일생 동안 태도를 자꾸 바꿨으 며, 무지개의 색채를 일곱 개로 나눈 것은 단지 음악에서 쓰는 옥타브 와의 유사성을 견지하기 위해서였다고 밝힌다.[5] 일곱 개의 무지개 색 들은 단테가『신곡』에서 먼저 묘사한 바 있다.[6]

무지개가 보여 주는 색들의 개수를 일곱으로 정한 것은 다분히 자 의적이다. 그들 사이의 경계는 뚜렷하지 않고, 그 경계들을 세분하면 훨씬 더 많은 색들로 분류할 수 있다. 미국의 먼셀(Albert H. Munsell)은 『색채 표시법(*A Color Notation*)』(1905)에서 색을 기존의 2차원 평면이 아 닌 3차원 공간에서 분류하면서 색채 경계의 불확정성을 보여 주었다.[7] 무지개를 이루는 색들은 얼마든지 변할 수 있고 다시 분류할 수 있다.

---

4 Newton, Isaac, *Optice: Sive de Reflexionibus, Refractionibus, Inflexionibus & Coloribus Lucis Libri Tres*, Propositio II, Experimentum VII, edition 1740: John Gage, *Colour and Meaning: Art, Science and Symbolism*(London: Thames & Hudson, 2000), pp. 25-26 재참조.

5 Gage, John, *Colour and Meaning: Art, Science and Symbolism*(London: Thames & Hudson, 2000), pp. 25~26. 무지개에 관한 더 많은 논의는 다음 책 참조. C. B. Boyer, *The Rainbow from Myth to Mathematics*(New York: Thomas Yoseloff, 1959).

6 그 표현은 여러 곳에서 발견된다. "그 위의 하늘은 일곱 개의 빛 무리로/ 뚜렷이 갈라졌 는데, 태양과 델리아의 띠가/ 만들어 내는 형상과 똑같은 빛깔이었다."(「연옥」 29. 76-78) 여기에서 달은 달무리를, 태양은 무지개를 만들어 낸다고 설정하는 것은, 무지개의 빛이 곧 하느님의 빛임을 함의한다. "그 위로 일곱 번째는 굉장히 넓게 이어지고/ 퍼져 나가서 헤라 의 전령이 완전히/ 퍼져도 품을 수 없을 정도였다."(「천국」 28. 31-33) 여기에서 "헤라의 전 령"은 무지개를 의미한다. 또 「천국」 12곡(1-18)에서도 무지개가 묘사된다. 무지개는 언제 나 단테의 빛(하느님, 구원)의 인식에서 중심이었다. 「천국」 33곡 전체는 빛의 총괄이란 면 에서 무지개와 관련해 주목할 필요가 있다.

7 Landa, Edward R. · Mark D. Fairchild, "Charting Color from the Eye of the Beholder", *American Scientist* 93 (5), 2005, pp. 436~443 재참조.

따라서 무지개를 빛의 스펙트럼(빛의 객관적 분절이라는 의미에서)이라고 부르는 것은 적절치 않으며, 굳이 그렇게 부르고자 한다면 무지개의 색채에 관한 논의는 빛을 가시적인 것으로 바꿔 인지하려는 과정에서 나타난 잠정적인 단계라고 봐야 할 것이다.

이렇게 무지개에 내재한다고 여겨지는 색채들의 수나 순서는 언제나 논쟁의 대상이었다. 그들이 과연 지시될 수 있는 사물인가 하는 재현과 전달의 문제가 쉽게 풀리지 않는 탓이었다.[8] 그렇다면 문제를 다른 곳, 즉 표현과 소통의 차원으로 옮기면 어떨까. 그럴 때 우리는 무지개 스펙트럼의 인식이 객관적 사물의 정확한 분류보다는 언어 관습에 따른다는 점으로 문제의 초점을 조정할 수 있을 것이다. 즉, 무지개의 색채들 사이의 경계를 확정 지을 수 없다는 것은 그 색들을 호칭하는 언어의 성격과 개별 언어들마다의 차이에 따른 것이기도 하다는 것이다. 비트겐슈타인은 일상적인 색채-언어에 체현된 추정은 색채-배열 체계의 합리적 논리를 반영하게 된다고 지적했다. 일상적으로 우리 눈앞에 나타나는 색채는 무한히 다양한 반면 기존의 언어는 제한되어 있는데, 그 제한된 언어로 색채를 지시한다는 것은 곧 색을 인위적으로 배열하게 만든다는 것이다. 그렇다면 해결은 색채를 신조어를 만들어 지시하거나 맥락에 따른 (화용론적) 소통을 통해 지시하는 것으로 이루어질 수 있다. 예로, "reddish green"이라는 비합리적인 혹은 모순적인 용어는 현실에서 존재하는 색을 지시하기 위해 우리가 인정해야 할 언어적 활용이라는 것이다.[9]

비트겐슈타인의 해결에 의지할 때, 우리는 우리 자신이 무지개의 논리적 재현에 사로잡힌 채 그 색채들 사이의 흐릿한 경계 영역은 무시하

---

8 Gage, "Colour and Culture", p. 181.
9 Wittgenstein, Ludwig, *Remarks on Color*(University of California Press, 2007), pp. 9~14. 현대의 양자물리학이 모순을 '상보' 개념으로 이해한다는 점도 고려할 만한 사항이다.

면서 그들의 경계를 명확히 구분하려 하는 것이 아닌가 하는 의심을 해 볼 수 있다. 경계도 엄연히 하나의 영역임에도 불구하고 논리는 그 엄연한 영역을 지워 버린다. 여기에서 우리가 문제로 삼을 것은 이름을 부여하는 논리적 작업이 사물을 표현하고 그 표현의 내용을 소통시키는 과정에서 그리 적절한 역할을 하지 못한다는 점과 그것을 어떻게 해결하느냐 하는 점이다. 흥미롭게도 그러한 문제와 만나고 대결하는 것은 곧 단테를 천국으로 안내하는 과정과 다르지 않다. 색채가 단테를 느끼게 한다면 빛은 단테를 인도한다.

> 황금과 순은, 양홍(洋紅), 백연,
> 푸른색과 갈색, 그리고 녹색의 에메랄드 조각들이
> 반들거리며 현란하게 빛을 낸다 해도,   72
>
> 큰 것이 작은 것을 이기듯이,
> 그 움푹 꺼진 분지를 물들인 풀과 꽃의
> 형형색색의 아름다움을 이기지는 못하리라.   75
>
> 자연은 이곳을 색색으로 물들이고
> 수천의 향기로 그윽하게 감싸면서
> 완전히 새롭고 알 수 없는 곳으로 만들었다.   78
>
> (「연옥」 7.70-78)

연옥에서 단테는 색채들의 현란한 아름다움을 자신을 그윽하게 감싸는 수천의 향기와 함께 몸으로 느낀다. 작가 단테는 위의 구절을 묘사하면서 색채에 대한 화려한 어휘력을 구사한다. 그러한 화려한 어휘력은 단테가 현실에서 직접 경험한 색채 이미지들에서 나온 것이다. 당대를 풍미한 조토를 비롯한 화가들의 작업 과정을 관찰하고 그들이 사용하는 공방의 언어들을 가져다 쓰면서[10] 단테는 세계를 이루고 있는 색채들을 세심하게 인지하고 분류하며, 또한 심미적 언어로 풍성하게 표현한다. 단테는 자신의 현세 경험을 고스란히 내세의 재현으로 연결하고 있다.[11]

빛의 굴절 현상에 대한 관찰과 분석에서 나온 페르마의 원리에 의하면 빛의 근본 성질은 점 1에서 점 2로 갈 때 가능한 여러 경로들 중에서 가장 시간이 적게 걸리는 경로를 택하는 것이다. 그런데 빛은 어떤 물질을 통과하느냐에 따라 굴절의 경로와 시간이 달라진다. 일반적으로 밀도가 높은 물질을 통과할수록 빛의 속도는 느려지고 밀도가 낮은 물질을 통과할수록 빛의 속도는 빨라진다. 따라서 빛은 시간이 가장 적게 걸리는 경로를 택하는 근본 성질에 따라 밀도가 낮은 물질을 통해서 진행하고자 한다. 빛이 한 점도 들지 않는 지옥은 밀도가 한없이 높은 세계다. 빛의 속도가 한없이 느려져 결국에는 빛이 스며들지 못할 정도에 이른 곳이다. 반면 천국은 빛이 어떤 물질을 통과하는 차원이 아니라 아예 빛 그 자체로 이루어진 세계다. 따라서 빛의 속도라는 것 자체가 무의미한 곳이다. 빛은 그 자체로 이미 거기에 편재(遍在)하고 있다. 그렇다면 연옥은 어떠한가? 연옥은 빛의 세계로 올라가는 중간 장소다. 위로 오를수록 연옥을 구성하는 물질의 밀도는 낮아지고 그에 비례해 빛의 속도는 빨라진다. 연옥의 죄인들을 하늘로 끌어올리는 빛의 작용이 활발해지는 것이다.

---

10 최병진, 「단테의 시각적 담화와 각주 공간의 탄생」, 『한국이탈리아어문학회 2015년 추계학술대회 자료집』, 38쪽.

11 색채에 대한 단테의 관심과 지식은 『속어론』에서도 나타난다. "모든 색채는 흰색에 대비하여 측정되고, 그 색에 접근하든지 물러나든지에 따라 더 밝게 되거나 더 어두워진다."(『속어론』 1. 16. 2) "가장 단순한 색인 흰색은 초록보다는 노랑에서 더 눈에 띄게 빛난다."(『속어론』 1. 16. 5) 한편 단테의 현세 경험과 내세 표현의 상응 관계에 대해서는 1장 「자전적 알레고리」 참조.

지옥과 연옥을 거쳐 천국에 오른 순례자 단테는 비로소 빛을 빛으로 인식한다.

> 내가 올랐던 태양 안에서 빛나는 것은
> 스스로 빛나고 있었다. 그것은
> 색채가 아니라 빛 그 자체였다.
>
> 천재, 예술, 기술 따위를 동원해도
> 여러분 눈앞에 이것을 살릴 수가 없다.
> 무조건 믿고 보아야 할 터이다.
>
> 나의 상상이 그런 높이로 오를 수 없다 해도
> 놀랄 것은 없다. 눈은 태양보다
> 더 밝은 빛을 알지 못했으니.
> (「천국」 10.40-48)

그래서 단테는 천국에서 "색채가 아니라 빛 그 자체"(42)를 보았다고 말한다. 여기에서 빛은 절대적인 직관의 대상이며 색을 드러나게 하는 매체가 된다. 빛은 정체되지 않는 비물질로서 사물에 자체를 투사하여 가변적인 물질로서의 색채를 만들어 낸다. 물질로서의 색채는 비물질로서의 빛을 통해서, 빛에 의거해서, 인간의 눈에 물질적으로 지각되는 것이다. 빛은 모든 색채를 함유하고 있으며 어떤 한 물질은 그것이 지닌 특정한 성격에 따라 빛의 특정한 색채를 흡수하고 반사하면서 자체의 색채를 갖게 된다.[12]

---

12 『향연』에서 빛은 모든 색조를 명백하게 밝혀 주는 것으로 묘사된다.(『향연』 1.1.15)

빛 자체는 인간의 영역이 아니며, 빛이 색채로 환원될 때에만 빛은 인간에게 속하는 무엇이 된다. 그렇기에 천국의 경험은 단테에게 초월의 그것으로 묘사되고, 단테는 독자에게 "무조건 믿고 보아야"(45)한다고 권한다. 여기에서 초월이란 벗어남이다. 자신의 필멸의 경계를 벗어난 초월적 경험. 그것을 통해서만 그는 천국의 영혼들을 만날 수 있고 그들과 대화를 할 수 있다. 그래서 그의 "상상"(46)은 육체의 "눈"(47)에 기초하며, 따라서 눈으로 볼 수 있는 최고의 빛인 태양보다 더 밝은 빛을 상상하는 것은 있을 수 없다고 말한다.(46-48) 그러나 천국의 하늘을 날아오르면서 그의 "눈"은 은총에 의해 "비전"[13]의 단계로 올라선다.

> 천국의 축제가 길어질수록 우리의
> 불타는 사랑도 길어져 당신이 보는
> 이 빛으로 옷을 삼을 것입니다.
>
> 밝음은 뜨거움으로 이어지고 뜨거움은
> 비전으로, 비전은 은총으로,
> 이어지면서 그 가치를 더합니다.
> (「천국」 14.37-42)

비전의 경험. 그것은 은총이며, 그것이 자라남에 따라 뜨거움은 더

---

13 비전(visione)은 한 단어로 정해서 번역하기 힘든 용어다. 시력, 직관, 상상, 선견, 혜안, 광경, 환상, 꿈, 상상도, 미래도, 눈에 보이는 것 등과 같은 의미와 가능한 번역어들을 담고 있다. 중요한 것은 단테의 순례가 이 모든 것들을 가로지른다는 점이다. 그만큼 비전은 단테의 순례를 담은 『신곡』의 핵심 용어들 중 하나다. 비전은 작가가 길을 잃은 가운데 찾았던 선을 다루기 위해 순례 중에 보았던 모든 것을 말하겠다고 예고하는 「지옥」의 첫머리(「지옥」 1.7-9)부터 순례자를 인도하고 천국에서 그 임무를 다한 순례의 본질적 기능이다. 그를 둘러싸고 일어날 수 있는 논의들은 『신곡』의 핵심적인 문제들과 밀접하게 관련된다.

커지고 밝음을 키운다. 그러나 그렇게 뜨겁고 밝은 빛 안에는 언제나 색채가 있다. 순례자 단테는 색의 세계에서 빛의 세계로 계속 상승하지만, 언제나 색의 세계로 다시 돌아올 것을 다짐하기를 그치지 않는다. 단테는 빛 속에서 언제나 색의 세계로 돌아올 준비를 한다.

빛의 세계가 신의 세계라면 인간의 세계는 색의 세계다. 빛의 세계는 도상으로 재현되며 색의 세계는 언어로 표현된다. 도상이 직접적으로 주어지고 나타나는 것이라면 언어는 간접적으로 구성되고 만들어 나가는 무엇이다. 직접적 재현이 지시하는 것이라면 간접적 구성은 표현하는 것이다. 전자의 경우 사물이 과연 재현될 수 있는가 하는 것이 문제라면 후자의 경우 사물을 어떻게 표현할 수 있는가 하는 것이 문제로 된다. 전자가 사물을 지시하는 것이라면 후자는 구성하는 것이다. 그러나 신-빛과 인간-색채라는 이러한 이분법적 구별은 이해의 편의를 위한 것일 뿐, 단테의 순례는 그 구분에 갇히지 않는다. 오히려 그의 구원의 순례는 빛과 색의 공존과 교차, 그들이 함께 이루는 매듭으로 실행된다. 그것을 상징적으로 보여 주는 것이 바로 무지개다.

> 유리를 통해서 색깔이 분명히 나타나듯이,
> 나의 당혹도 그렇게 비쳐졌을 것이니,
> 당혹스러움을 더 이상 숨길 수가 없었다.(「천국」 20.79-81)

무지개가 빛과 색채로 이루어져 있다면, 그것을 대하는 단테의 임무는 직관하고 또한 이름을 부여하는 일이었다. 직관한다는 것은 빛의 세계를 신이 부여하는 대로 받아들인다는 것을 의미하는 한편 이름을 부여한다는 것은 그렇게 받아들인 것을 인간의 언어로 표현하여 인간 사이에서 소통시킨다는 것을 의미한다. 빛으로서의 무지개는 자연 세계에서 존재한다. 위의 인용된 텍스트에 나오는 "유리"(79)를 일종의 프리즘으로 볼 수 있다면, "분명히 나타나"(79)는 "색깔"(79)은 빛의 색깔이다. 우리는 프리즘을 통하지 않고서는 빛을 무지개로 만들어 볼 수 없다. 프리즘이 없다면 빛은 분절되지 않은 채(순수하게) 존재하는 것이다. 그러나 비가 온 뒤 해가 뜨면 무지개가 나타나듯, 그러한 수증기를 통해 빛을 보는 이치를 인간은 프리즘이라는 도구로 발전시켰고, 여기에서 나타난 빛의 색채들을 인간의 언어로 표현하고자 했다. (여기에서 인간의 언어란 도상 기호와 상징 기호 둘 다를 포함한다.) 아리스토텔레스가 무지개의 순수한 색채들이 그림에서 재현될 수 없다고 보았던 것은 그가 생각한 무지개가 아직 신-빛의 영역에 놓여 있었기 때문이다. 라이프니츠가 색채를 우리의 지각에 의존하는, 즉 우리가 사물이나 물체를 바라보고 표상하는 방식으로 보는 동시에 물체 자체가 갖고 있는 본래의 성질로 파악하고[14] 뉴턴이 무지개의 스펙트럼을 색채의 표준으로 채용하면서 색채의 범주를 마련한 것은 무지개를 인간-색채의 차원으로 '끌어내리려는' 시도들이었지만, 그럼에도 불구하고 무지개에 내재한다고 여겨지는 색채의 수나 순서가 언제나 논쟁의 대상이 되었던 것은 신-빛의 세계의 언어적 구성이 충분히 정리되지 않았음을 보여 준다. (여기에서 우리는 앞에서 언급한 비트겐슈타인의 해결로 다시 돌아가게 된다. 그리고 그에 대한 나의 논평은 다음과 같이 반복된다.)

그런데 세상의 모든 사물이 빛과 함께 비로소 우리에게 색채로 나타난다는 점, 바꿔 말해 빛이 사물에 색을 부여한다는 점을 생각하면 신-빛은 이미 인간-색채와 불가분의 관계에 있음을 인정해야 할 것이다. 인간은 다만 그것을 언어를 통해 가리키고 소통의 대상으로 만들 뿐이다. 그렇다면 문제는 신-빛과 인간-색채의 이분법을 정당화하거

---

14 Puryear, Stephen, "Leibniz on the Metaphysics of Color", *Philosophy and Phenomenological Research*, Vol. 86 (2), 2013, pp. 319~346.

나 거기에 의미를 부여하는 일보다는 그 이분법이 '종합'을 이루는 양상을 인간의 언어로 어떻게 표현할 수 있느냐 하는 것이다.[15] 이는 우리가 인지할 수 있는 모든 색채를 우리는 과연 명명할 수 있는가 하는 물음과 다르지 않다. 신-빛이 프리즘에 비친 무지개에서 사실상 (경계 자체도 영역으로 본다면) 무한한 스펙트럼으로 나타나는 사물의 색채들을 과연, 그리고 어떻게, 우리의 유한한 언어로 재현할 수 있는가 하는 것이 핵심이다. 사물은 그 자리에 놓여 있기보다 우리의 인지의 관점이나 맥락에 따라 그 형태가 달라지게 마련이며, 따라서 그 형태를 재현하는 문제는 인간의 언어를 운용하는 문제이고, 우리의 경우에는, 좀 더 직접적으로, 이름을 부여하는 문제에 직결된다.

단테의 순례는 인간의 "눈"에서 신성한 "비전"으로 '올라가는' 꼴을 하고 있다. 방금 말한 색채의 지각과 이름의 부여 두 차원들은 그 둘 중 각각 어느 것에 해당할까? 비전의 반대말로 더 적합한 것은 보이지 않음(invisibility)이 아니라 이름(name)이다. 왜냐하면 이름 짓기는 우리가 봄(비전)을 이루는 것을 방해하기 때문이다. 그런 한편 보이지 않음은 비전의 한 단계이거나 한 부분으로 간주하는 것이 더 적절할 것이다. 인간의 눈을 지닌 순례자는 보이지 않음의 곤란을 겪는다. 즉, 하느님의 빛("태양 안에서 …… 스스로 빛나"는 것, 「천국」 10.40-1)을 감당하지 못하고 또 그에 따라 그의 상상도 그 빛에 도달하지 못한다. 그러나 그러한 곤란은 이내 극복되고 순례자는 신성한 비전의 능력을 획득한다. 인간적인 불가시성은 신성한 가시성으로 오르는 하나의 과정으로 되는 것이다. 순례자가 신성한 가시성으로 오를 수 있는 것은 그가 본 것에 대해 이름을 짓지 않았기 때문이다. 그래서 "무조건 믿고 보아야

---

15 보는 것과 이해하는 것의 연결과 관련한 단테의 언급은 다음 구절들을 참조할 것. 「지옥」 7.40-1, 9.61-2, 11.78, 91; 「연옥」 6.45, 8.19, 18.10-12, 46, 25.31, 34-36, 26.58, 121, 28.81, 31.110-112, 33.102.

8 색으로 물든 빛: 구원으로 가는 길

할" 것이라고 말한다. 더 정확히 말해, 이름을 부여하려는 필요와 욕망을 신성한 비전의 은총과 어긋나지 않는 방식으로 잘 조절했기 때문이다.[16]

이러한 조절은 단테에게 구원으로 나아가는, 그리고 구원으로 이끄는, 가장 효과적이고 확실한 길이었다. 색채의 이론과 관련해 단테의 위대성은 색채를 논리적으로 배열하는 것이 뉴턴의 『광학』(1704)과 함께 17세기에 와서야 일어났다는 사실에서 찾아볼 수 있다[17]는 말은 맞다. 단테는 그를 예고한 최초의 시인이었다. 그러나 단테의 위대성은 거기서 그치지 않는다. 그의 위대성은 색채의 논리적 배열을 예고한 것보다는 색채의 배열과 지각을 둘러싼 논쟁의 해결을 초월 세계의 언어적 재현이라는 문제와 함께 문학 차원에서 '암시'한 것에서 더 빛날 수 있다.

신-빛의 언어적 재현

신-빛이 인간-색채로 드러나는 상징적 자연 현상이 무지개라면, 이와 반대로 악마는 어둠이며 검정으로 나타난다는 점을 상기해 볼 수 있다. 이것이 『신곡』을 그림으로 표현한 윌리엄 블레이크의 기본 구도였다.(모든 화가들에게도 해당되겠지만, 블레이크는 색채의 다양성을 한껏 활용했다는 점이 두드러진다.) 하느님을 빛으로 보는 전통적인 개념을 뉴턴이 색채로 분절시켰다면 블레이크는 그러한 뉴턴을 참조한 것으로 보인

---

16 이에 관련해서는 "말로 할 수 없음(ineffabilità)"의 주제를 참조할 수 있다. 이에 대해 다른 글에서 논의한 바 있다.(졸고, 「한없음의 잉여: 『신곡』의 보편성과 문학 과정」, 『단테 신곡 연구: 고전의 보편성과 타자의 감수성』 1장. 뒤에서 다시 이 주제로 돌아올 것이다.

17 Gage, "Colour and Culture", p. 184.

다.[18] 분절은 색채를 인지하게 했고 참조는 색채를 표현하게 했다. 뉴턴 이후에 빛은 무엇보다 색채로 이해되었다.[19] 그래서 단테가 빛에서 색으로 돌아왔다고 생각할 수 있는 것은 뉴턴의 근대 과학적 인식 덕분이라고 말할 수도 있다.

하느님의 초월의 세계는 결코 모순을 허용하지 않는다. 지옥은 빛이 한 점도 들지 않는 어둠의 세계여야 한다. 『신곡』에서 설정된 지리적, 건축적 구조에서도 지옥은 빛이 들지 않는 지하의 세계이며, 빛이 하느님의 은총과 하느님 자체를 대신한다는 면에서도 지옥에서는 빛이 부재해야만 한다. 그런데 빛이 있어야 색이 보인다는 자연의 진리를 생각할 때, 지옥이 어둠의 세계임에도 불구하고 피라든가 불길 같은 것은 분명 선명하고 자극적인 색채의 이미지로 우리에게 다가온다는 점, 순례자 단테와 길잡이 베르길리우스는 틀림없이 그러한 색채의 이미지를 통해 지옥을 목격한다는 점은 무엇을 의미하는가. 그에 대한 대답은 이렇게 해 볼 수 있다. 지옥은 인간의 유한한 세계를 초월한 하느님의 세계다. 하느님의 세계에는 모순이 있을 수 없다. 하느님의 빛은 지옥에 스며들지 않지만, 그럼에도 불구하고 지옥은 순례의 대상으로 단테에게 주어져 있다. 그곳에서 단테는 지옥을 '본다.' 여기에서 본다는 것, 시지각의 작동은 또 다른 종류의 빛을 통해 이루어진다. 그 빛은 「천

---

18 블레이크는 단테에게서 일곱 색깔 무지개의 아이디어를 받았을 수 있다. 그러나 단테는 색채의 종류나 순서를 상술하지 않았다. 여러 정황으로 미루어 블레이크는 무지개를 형상화하는 과정에서 뉴턴을 참조했다는 인상을 준다. Gage, *Colour and Meaning*, p. 150.

19 위의 책, p. 134. 터너는 「색채 도표(*Colour Diagram*)」에서 빛으로 발현되는 '대기의(aerial)' 색채와 물감에서 보이는 '물질적(material)' 색채의 관계를 논의하는 가운데, 어떻게 '물질적' 색채들이 서로 섞여 검은색을 만들어 내는지 보여 주고, 비슷한 방식으로 낮과 밤의 빛과 어둠을 묘사할 수 있는지 설명한다. 『색채 도표』는 1770년경에 출판된 해리스의 『색채의 자연 체계』에서 소개된 프리즘 서클에 기반을 두면서 노랑, 파랑, 빨강의 세 개의 기초 색이 섞여 어떻게 흐릿한 회색을 형성하게 되는지 보여 준다.(영국 테이트 갤러리의 터너 설명문 참조)

국」에서 끊임없이 등장하는 빛이나 비전과는 개념과 이미지, 역할에서
분명히 다른 것이다.

이런 소리를 들었다. "내가 색깔을 바꾸어도
놀라지 마라. 내가 말하는 동안
너는 그들도 색깔을 바꾸는 것을 보게 될 것이다.　　　　　21

하느님의 아들 그리스도가 계신 그 앞에 비어 있는
나의 그 자리, 나의 그 자리, 나의 그 자리를
세상에서 더럽히는 자가　　　　　24

나의 무덤이 놓인 곳을 피와 악취의 시궁창으로
만들었다. 이곳 하늘에서 떨어진
사악한 자가 그 시궁창에서 크게 기뻐한다."　　　　　27

동이 틀 무렵 혹은 저녁에
구름을 물들이는 붉은빛이
그 하늘을 온통 뒤덮고 있었다.　　　　　30

자신의 덕을 믿는 겸손한 여인이
다른 사람의 실수를 듣기만 해도
부끄러움으로 낯을 붉히듯이,　　　　　33

베아트리체의 얼굴도 그렇게 변했다.
지존하신 권능의 그리스도께서
우리의 죄를 위하여 고통을 당하셨을 때,　　　　　36

하늘이 일식으로 어두워진 것도
같은 맥락일 것이다. 베드로는 말을 이었는데,
얼굴색이 변한 것처럼 목소리 또한 변해 있었다.   39
(「천국」 27. 19-39)

위의 텍스트는 빛과 색을 통해 천국과 지옥을 함께 묘사한다는 면
에서 주목할 만한 가치가 있다. 여기에 등장하는 영혼들은 베드로와 야
고보, 요한, 그리고 아담이다. 목성의 하늘에 있는 베드로는 하얀색을
띠고 있지만 지옥을 묘사하면서 분노의 색인 붉은색으로 변한다. 그리
고 야고보와 요한, 아담을 지칭하는 "그들"(21)도 함께 분노하며 붉은
색으로 변할 것임을 예고한다. 그들이 분노하는 이유는 "세상을 더럽히
는 자"[20]가 교회("나의 무덤이 놓인 곳")(25)를 "피와 악취의 시궁창"(25)
으로 만들었기 때문이다. 이 "시궁창"은 곧 지옥을 가리킨다. 지옥은
"피"라는 붉은색의 시각적 이미지와 "악취"라는 후각적 이미지의 합성
으로 묘사되면서 독자에게 강렬한 공감각적 효과를 일으킨다. 사실상
이 대목에서 단테는 『신곡』의 다른 어느 곳보다도 강한 인상을 주는 용
어들("찬탈", "악취", "시궁창")을 사용하고 있으며, 붉은색의 이미지를
베드로의 이야기를 현장에서 듣는 베아트리체뿐 아니라 그와 직접 관
련이 없는 예수 그리스도까지 연결한다.

분노의 붉은색이 계속 출현하면서 그 함의도 조금씩 달라진다. 여
명이나 황혼이 하늘을 붉은빛으로 물들이는 것이나 겸손한 영혼("베아
트리체"(34))이 낯을 붉히는 것은 분명 지옥이 아니라 천국에 속한 것들
이고, 또 그리스도의 수난에 반응하던 하늘의 일식은 분노보다는 연민
의 색으로 물든 것일 것이다. 신-빛은 천국의 영혼들의 낯빛이나 하늘

---

20 단테 당시에 교황이었던 보니파키우스 8세를 가리킨다.

을 물들이는 여명과 황혼, 일식, 그리고 겸손을 아는 자의 부끄러움이 만드는 붉은색을 볼 수 있게도 하지만, 또한 "피와 악취의 시궁창(25)" 이 내뿜는 붉은색을 볼 수도 있게 만든다.[21] 그것은 "하늘에서 떨어진 사악한 자(26-27)"(루치페로)가 천국과 지옥을 '연결'하기 때문이다. 루치페로(Lucifero)라는 이름에 빛(luce)이라는 단어가 혼재되어 있음은 이런 측면에서 의미심장하다. 요컨대 지옥은 천국처럼 하느님이 창조하는 세계로서, 하느님-빛에 의해 조절되는 장소들이다. 하느님-빛이 천국과 지옥에서 갖는 함의들은 각각 다르지만, 가시성을 부여한다는 기능의 측면에서는 천국과 지옥에서 동일한 효과를 낸다. 물론, 앞서 말했듯, 가시성은 지옥에서 아무런 갈등 없이 제시되지만, 천국에서는 육체적 가시성과 영적 가시성이 분리된다는 차이는 있다.

천국의 빛은 신의 것이기에 순례자의 육신의 눈으로 감당하기 힘들다. 그러나 계속해서 빛이 인도하는 대로 구원의 상승 궤도를 타면서 순례자는 새로운 힘을 얻는다. 그 새로운 힘은 신-빛을 수용하는 힘인 동시에 신-빛을 인간-색채로 환원하여 인식하고 표현하는 힘이다.

이 몇 마디 말들이 내 안에 들어오자
그 즉시로 나 자신의 힘을
내가 넘어섰다는 것을 알았다.   57

마치 봄의 기적과도 같은 현란한 색을 칠한

---

21 이와 함께 주목할 것은 베드로의 얼굴이 변하는 것과 함께 변한 그의 목소리다. 그 시각 이미지와 청각 이미지의 공감각적 맞물림도 절묘하지만, "변한 목소리"는 순례자 단테가 사후 세계의 순례에서 지상으로 돌아가 세상을 구원의 길로 이끌리라고 다짐할 때 사용한 용어이기도 하다. "나는 변한 목소리와 또 다른 양털을 지닌 시인으로/ 그들에게 돌아갈 것이다. 그래서 내가/ 세례를 받은 샘에서 면류관을 받을 것이다."(「천국」 25. 7-9) 베드로는 단테에게 믿음의 동반자였다.(「천국」 25. 10-12, 27. 19 이하)

두 언덕 사이, 눈부신 광채로 타오르는
강물의 형태로 빛이 흐르는 것이 보였다.   63

이 강물로부터 살아 있는 불꽃들이 나와서
여기저기에 꽃들로 되어 앉았다.
황금을 두른 루비와 같았다.   66

그러고 나서 향기에 취한 듯 그들은
그 경이로운 강으로 다시 깊이 가라앉아,
어떤 건 잠기고 어떤 건 다시 밖으로 나오곤 했다.   69
(「천국」 30. 55-66)

　　「천국」의 후반부는 단연 순례자의 시각이 변형되는 과정에 집중
되어 있다. 그 변형은 인간의 시각에 부여된 제한된 능력이 천국의 새
로운 광경에 노출됨으로써 거듭나는 것을 말한다. 순례자는 베아트리
체의 말에서 힘을 얻어 자신의 시각을 더욱 새롭고 강하게 만들어 나
간다. 그것이 은총의 효과로서, 인간의 육체를 아직도 지니고 있는 단
테에게 천국의 광휘를 관조하게 해 주는 것이다. 이제 그의 시선은 점
점 강해질 것이고, 신성성의 본질까지 관조하기까지 이르게 된다. 그렇
게 은총의 힘으로 새로워진 순례자의 눈에는 천국의 "불꽃들"(62, 64)
이 "봄〔春〕의 기적과도 같은 현란한 색을 칠한 두 언덕 사이로"(61-62)
"눈부시게 타오르며 강물처럼"(62-63) 흐른다. 위의 텍스트의 묘사는
높은 수준의 시적 효과를 펼쳐 낸다. 여기에서 본다(63)는 용어는 한가
운데 위치하면서, 이 모든 광경이 시인의 한층 신성해진(55-57) 눈에
맺히는 시각적인 대상임을 환기시킨다. 그러나 그의 신성해진 눈에 물
질과 정신은 그 경계를 초월하고, "강", "꽃", "불꽃"과 같은 시각적인

대상들은 그 물질성을 벗어나서 정신적인 차원에서 재현된다. 이러한 재현이 가능한 것은 지옥과 연옥은 물론이고 천국처럼 초월의 강도가 높아진 영역에 대해서도 단테가 인간의 언어를 들이대기를 그치지 않기 때문이다. 신조어를 만들어 내는 것도 그 한 방법이지만, 위에서 인용한 텍스트에 묘사되듯, 천국의 '정신적'인 풍경을 인간의 물질 세계에 비추어 내는 것도 자주 나타나는 방법이다. 위에서 작가 단테는 "봄의 기적"을 말하면서 "봄〔見〕"에 대한 인간의 실제 경험에 호소하고[22] 또한 "현란한 색"이라는 인간-색채의 이미지를 통해 천국의 "불꽃"을 묘사하는 것이다. 그 "불꽃"은 "황금 고리에 둘러싸인 루비"라는 표현에서 보듯, 노랗고 빨간색을 띠고 있음을 우리는 알 수 있다.

빛을 색의 이름으로 부르는 것, 즉 인간의 언어로 분절하는 것은 빛을 색으로, 색을 빛으로 인식하는 과정에서 필요한 일이었다. 그것은 하느님의 초월 세계와 인간의 비초월 세계를 연결하는 구원의 과정과 다르지 않다. 신의 초월 세계를 인간의 비초월적 언어로 재현하는 문제에 대한 논의는 새로운 것이 아니지만, 그와 관련된 작가적 역량은 여전히 강조될 필요가 있으며, 특히 빛-색에 관련할 때 또 다른 함의를 더한다. 빛-색의 함의는, 지금까지 논의한 경로처럼, 천국을 오르는 순례자의 발길에 맞춰 발현되는데, 처음 순례를 시작하면서 작가 단테가 빛-색의 관계를 자신의 창작의 단계에 이미 적용하고 있다는 것은 흥미로운 일이다. 작가 단테는 독자에게 이렇게 호소한다.

아, 견고한 지성을 가진 여러분이여!

---

22 천국의 빛("불꽃")은 강물처럼 도도하고 힘차고 연속적으로 뻗어 나가는 이미지, 봄에 흐드러지게 피어나는 축복받은 꽃의 이미지로 표현된다. 꽃들이 피고 지는 연속의 간단없는 순환적 운동성을 엿볼 수 있다. 나중에 시인의 눈이 익숙해진 이후에(94-96) "불꽃들"은 천사로, "꽃들"은 복자들로 나타나게 된다.

내 비상한 글의 너울 아래

감추어진 의미를 생각해 보라!

(「지옥」 9. 61-3)

여기에서 "너울 아래 감추어진 의미를 생각"하기 위해서는 너울을 벗겨 내야 할 것이다. 벗겨 낸다는 것. 그것은 너울 아래 감추어진 부분에 빛을 비춘다는 것이다. 비춤과 감춤은 빛에 의해 그 경계가 사라지고, 이제 감춤 아래 놓인 무엇을 볼 준비를 하라는 것이다. 말하자면 『신곡』에 담긴 세계가 신-빛과 인간-색채의 어우러짐으로 독자 앞에 나타나듯, 독자는 그 어우러짐 아래 감춰진 의미를 생각하는 과정에서도 빛에 의지해야 하는 것이다. 흥미롭게도 그런 식으로 단테는 자신의 창작은 물론 그것을 읽는 독자의 차원도 빛의 작용과 연관 짓고 있다.

매듭의 사랑

조토가 단테의 초상을 그린 이래로 수많은 화가들이 『신곡』을 해석하는 도전을 수행했다. 산드로 보티첼리, 윌리엄 블레이크, 폴 귀스타브 도레, 그리고 단테 가브리엘 로세티와 같은 이미 전통이 되어 버린 화가들의 맥을 이어 현대에 이르면 살바도르 달리, 로버트 라우션버그와 하이메 프랑코[23] 같은 화가들이 현대적 감각으로 단테를 재해석하고 있

---

23 하이메 프랑코(Jaime Franco)에 대해서는 다음 글을 참조했다. Riley, Charles, *Color Codes: Modern Theories of Color in Philosophy, Painting and Architecture, Literature, Music, and Psychology*(University Press of New England, 1995), pp. 201~205. 1963년 콜롬비아의 칼리에서 태어난 하이메 프랑코는 어려서부터 수학과 물리학에 비범한 재질을 보였다. 2년 동안 컴퓨터 과학과 기계공학 학부 과정을 마친 뒤에 파리로 건너가 기초 과학을 공부했으나, 조각에 더 관심을 갖게 되고 젊은 조각가들과 교제를 시작했다. 그는

다. 찰스 라일리는 프랑코의 그림을 이해하는 열쇠는 그 그림을 형성하는 칠의 층들을 감상하는 것이라고 말한다. 프랑코는 자신만의 독특한 오일 테크닉을 발전시켰다. 붓과 그림 칼, 주걱에 더해 옷과 손을 사용해 표면을 펴거나 잡아당겼다. 그런 식으로 얼룩덜룩한 겹들을 쌓아올리면서 그 쌓아올린 흔적들의 역사를 우리가 그대로 볼 수 있게 해 준다.[24] 아마 그런 면에서 그의 그림은 단테의 세계가 지닌 겹의 구조를 뛰어나게 형상화해 주는 것 같다.(그림 3 참조)

같은 측면에서 프랑코가 가장 좋아한 구절은 「지옥」 25곡에서 두 영혼이 변신하며 서로 얽히는 장면이라는 점은 의미심장하다. 두 영혼에게서는 열이 나고 격렬한 움직임이 포착되며 오묘한 변신과 함께 색채의 어우러짐이 나타난다.

> 마치 뜨거운 초가 녹아내리듯
> 두 몸은 서로 엉키더니 색깔이 뒤섞여
> 이전에 지녔던 각자의 모습이 사라졌다.
>
> 마치 종이가 너울거리는 불꽃 앞에서
> 처음에는 노란빛을 띠다가 미처
> 새카맣게 되기도 전에 흰빛이 죽는 것과 같았다.
> (「지옥」 25.61-66)

앞에서 살펴보았듯이(3장) 단테는 지옥의 두 영혼이 서로 겹치는 장

에콜 데 보자르의 2년 과정으로 진학하여 드로잉과 조각에 집중했다. 그렇게 파리에서 4년을 보내는 동안 영화와 음악, 예술 방면에서 프랑코의 지성과 눈은 급속하게 발전했다. 그는 언제나 박물관에 드나들었고 엄청난 양의 드로잉을 그렸으며, 단테를 비롯해 카뮈, 니체, 그리고 도스토옙스키를 탐독했다. 조각 훈련은 표현의 질과 착색에 대한 감각을 높여 주었다.
24 위의 책, p. 202.

면의 묘사를 오비디우스의 『변신』을 뛰어넘는 기량으로 자신한다.(「지옥」 25. 97-99) "마치 뜨거운 초가 녹아내리듯"(61) 그들은 서로 달라붙고 서로의 색채를 섞으며, 그래서 서로가 원래 어땠는지 전혀 알아볼 수 없게 만든다. 종이가 불꽃 앞에서 노란빛을 띠다가 미처 새카맣게 되기도 전에 흰빛이 죽는다는 또 다른 은유는 종이가 타 들어가는 자연 현상에 대한 예리한 관찰에서 나왔다. 그런데 주목할 것은 노랑과 검정, 하양이 서로 분리되지 않고 연속체를 이룬다는 점이다. 물론 처음에는 하양이었고 검정으로 끝나겠지만, 그렇게 이어지는 연속 안에서 노랑의 개입과 함께 그 모든 색채들이 섞이는 것이다. 이들은 모두 매듭들이다. 흰색은 그 죽어 가는 모습으로, 검정은 그 솟아오르는 모습으로, 노랑은 그 찰나의 모습으로, 변신의 매듭들을 이룬다. 매듭은 하나가 완결되면서 또 하나가 시작되고, 그러면서 하나의 완결이 또 다른 시작이 되며, 그럼으로써 완결과 시작이 구분되지 않고 계속해서 경계를 지우는 방식으로 연속체를 이루는 것을 뜻한다.

천국의 매듭이 빛이라면 지옥과 연옥의 매듭은 안개와 연기다. 천국에서 빛은 완결과 시작이 구분되지 않으면서, 그와 달리 지옥과 연옥에서 안개와 연기는 완결과 시작을 뚜렷이 구별하면서, 순례의 연속을 구성한다. 말하자면, 빛이 천국의 순례자 단테를 온전하게 감싸며 인도하는 대신, 안개와 연기는 지옥은 물론 연옥을 순례하는 단테를 끊임없이 가로막으며 나아가게 한다. 프랑코는 안개와 연기를 흐릿하고 반투명한 표면을 사용하여 형상화함으로써 그것들이 내는 장막의 효과를 표현하고자 한다. 천국의 매듭-빛의 효과가 관통하고 이어 주는 것이라면, 지옥의 매듭-안개-연기의 효과는 차단하는 것이다. 차단의 효과는 「지옥」의 풍경, 그 더러운 먼지를 뒤집어쓴 대기와 그 근본적 분위기를 형성한다. 프랑코는 이렇게 말한다.

나는 단테가 자연을 관찰하는 방식에서 단테와 가깝게 느낀다. 그는 삶의 비극을 인식할 수 있지만, 어떤 침착한 자세를 유지하고 결코 비관하지 않는다. 페이소스는 짙게 깔리지만 결코 분명하게 드러나지 않는다. 삶에서 위대한 문제들은 분명하지 않으며 수많은 표면 아래에 감춰져 있다. 지옥과 연옥은 둘 다 나선형이다. 하나는 내려가고 다른 건 오른다. 어떠한 자연계의 운동과 성장에서도 나선형은 나타난다. 미분자에서 은하수까지, 별들을 관통해서, 동물과 인간까지. 나의 그림에서 굽은 요소들은 분명 단테가 그의 여행에서 묘사하는 형상들과 관계한다. 색채에 대한 나의 관심은 단테의 전체 작품을 읽으면서 얻는 '색채 인상'에 가깝다.[25]

프랑코가 관찰하고 묘사하고자 하는 것은 매듭이며, 그것을 이루는 모호성과 곡선이다. 무거운 안개와 연기는 지옥과 연옥의 강물들을 덮으면서 그 강물들을 선명하게 포착하지 못하도록 차단한다. 그런데 이 차단은 지옥 망령들을 순례자와 연결하는 방식이다. 순례자는 지옥을 돌아보면서 그들과 결코 동화되지 않는다. 동화의 흔적은 파올로와 프란체스카에 대한 연민의 예에서 보듯 순례의 처음에서 더 크게 나타나지만, 갈수록 지옥의 망령들에게 분노의 감정을 숨기지 않는 장면들과 함께 사라진다. 동화되지 않는 것, 거리를 두는 것은 이화 효과이며 객관화의 효과를 가져온다. 다시 말해 순례자는 지옥의 배신으로 내려갈수록 지옥의 망령들에게 연민을 품는 대신 그들을 판단하고 규정하는 것이다. 물론 그 이면에는 섬세하고 때로는 모순되는 인간 단테의 무의식적·의식적인 복잡한 흐름이 전개되지만, 지옥에서 순례자가 취하는 기본 태도, 그리고 그 순례자를 에워싼 사물과 분위기의 기조는, '차단적 연결'이라는 역설이다. 이것은 천국에서 빛이 매듭의 역할을 할 때

---

25 위의 책, p. 203.

차단이 아니라 직접적인 연결로 나타나는 것과 대조를 이룬다. 천국에서는 지옥처럼 대상과 비틀린 관계를 맺어야 할 이유가 없다. 무모순의 완전한 체계와 이해가 천국에서 펼쳐진다. 그것이 천국의 매듭, 즉 구원을 전개하는 방식인 반면, 거리를 둠으로써 비판하고 선도하는 것이 지옥의 매듭, 즉 지옥을 읽는 자들이 경험하는 구원의 방식이다. 결국 지옥과 천국의 매듭들은 방식은 다르지만 기능과 목적은 같다. 지옥의 안개와 연기, 그리고 그들이 단테로부터 차단하면서 또한 단테를 천국으로 데려다주는 강물들은 프랑코의 그림에서 선형적 윤곽선을 잃는다. 마찬가지로 흐릿하게 칠해진, 안개와 연기에 덮인 프랑코의 강물들, 그 비선형성의 어우러짐은, 아래 텍스트에서 보이듯, 단테가 연옥의 강물들을 갑작스럽게 만나고 떠나보내면서 방향 감각을 잃는 모습을 상기시킨다.(그림 4 참조)

> 지옥의 어둠이라도, 혹은
> 검은 구름이 자욱하게 낀 불모의 하늘 아래
> 모든 별이 힘을 잃은 밤의 어둠이라도,　　　　　　　3
>
> 우리 주위에 쏟아져 내리는 그 연기처럼
> 내 얼굴을 두꺼운 장막으로 감싸지는 않았을 것이며
> 그렇게 힘겹고 거칠지는 않았을 것이다.　　　　　　6
>
> 그 어둠은 눈을 뜬 채 견뎌 내기가 몹시 어려웠기에
> 나의 현명하고 믿음직스러운 길잡이께서
> 가까이 다가와 어깨를 내밀어 주셨다.　　　　　　9
>
> 마치 장님이 길을 잃지 않으려고,

또 어떤 것에 부딪혀 몸을 상하거나 심지어
죽을까 봐 자기 안내자에 바싹 붙어 걷는 것처럼,   12

나도 자욱하고 답답한 공기를 지나가며
길잡이의 말에 줄곧 귀를 기울였다.
(「연옥」 16. 1-14)

안개와 연기는 지옥의 풍경을 흐릿하게 만들기도 하지만 또한, 같은
차원에서, 햇빛을 차단하기도 한다. 연옥은 햇빛이 정죄하는 망령들을
위로 끌어올리는 역할을 해야 하는 장소임에도 불구하고, 연옥을 순례
하는 단테 앞에 나타나는 인물은 연기에 감싸인 채, 어둠을 몰고 온다.
지옥과 연옥의 단테는 나선형의 운동과 함께 어느 한곳을 향해 내려가
고 올라가지만, 그 여행의 의미(은총과 구원)는 나중에 가서야, 천국에
오르면서, 비로소 선명해진다.

지옥과 연옥의 매듭이 안개와 연기라면 천국의 매듭은 빛이다. 단테
는 우주를 관장하는 거룩한 빛을 "사랑으로 가득 찬 순수한 지성의 빛"
(「천국」 30. 39-40)으로 묘사한다. 그 빛은 우리의 육체의 눈으로 보는
빛과 다르다. 육체의 눈은 아마 거룩한 빛의 표면만 볼 수 있기 때문이
다. 그래서 단테는 천국으로 올라 엠피레오에 가까워질수록 육체적인
시각을 잃어버리면서 동시에 정신적인 시각을 획득해 나가고, 인간의
세속성을 상실하는 동시에 신성성을 현현하면서, 마침내 하느님의 빛
과 하나가 된다. 단테를 그렇게 만들어 주는 것은 사랑의 빛이다. 그 사
랑의 빛은 자체를 타자의 얼굴과 몸에 결부시킨다. 그 빛은 어떤 둘을
결합시키는 것도 아니고 어떤 것을 비추는 것도 아니며 어떤 것을 자체
내부로 흡입하는 것도 아니라, 자체를 어떤 것으로 들여보내는 것으로
존재한다. 사랑의 빛은 자체를 어떤 것으로 들여보내 그것과 하나가 되

도록 만드는 방식으로 자체의 존재를 실현한다. 바로 이것이 천국의 빛을 받아들이면서 단테가 경험한 것이다.

단테가 구원의 궁극에서 경험한 사랑이 이렇게 자체를 타자의 영역으로 들여보내는 풍경의 방식이라면, 그것을 잘 설명해 주는 것은 여성성의 개념이다. 타자로서의 여성성의 비유적 힘은 여자의 철학적 재현, 즉, '친절한 여자(donna gentile)'라는 단테의 청신체 주제에서 나타난다. "친절한 여자로 된 그녀를 상상하곤 했노라.(L'imaginava lei fatta come una donna gentile.)"(『향연』 2.12.6) 분명 "친절한 여자로 된"다는 것은 여성성의 체현과 다르지 않은데, 그런 그녀를 상상하는 일은 청신체 시인 단테에게 곧 창작의 출발이었다. 그것은 바로 여자가 "사랑의 지성(l'intelletto d'amore)"(「연옥」 24.50), 즉 사랑에 대한 이해를 갖고 있기 때문이다.[26] 청신체의 주제로서 여자는 시인에게 사랑을 속삭이며 시인에게로 들어간다. 시인은 그렇게 자신의 내부로 들어온 사랑을 읊조리면서, 즉 그 사랑을 외화하고 또 하나의 타자로 내보내면서, 시를 만든다.[27] 사랑을 불어넣는 여자의 역할은 사람의 내적·외적 삶을 연결하고 이 삶의 서정적 표현을 형식적으로 조직하게 하는 것이다. 단테에게 여성성(여자에 의해 담기고 표출되는)은 사랑의 담지자로서, 단테를 하느님에게 접근시키고 하느님과 동일화시키는 힘이다.(단 여기에서 동일화는 비동일화의 과정이자 잠정적 결과로서의 동일화를 가리킨다.)

그런 면에서 데리다가 여자를 "비정체성, 비형상, 시뮬라크룸"이라 부르고 또 "거리(距離)의 깊은 구렁, 거리의 거리 두기, 간격의 운율, 거

---

26 Buci-Glucksmann, Christine, *Baroque Reason: The Aesthetics of Modernity*(Sage, 1994), pp. 137~138. 이브는 여자인 동시에 남자의 여성적 측면이었다. 모든 인간은 아담인 동시에 이브다. p. 137.

27 "사랑이 내게 불어올 때 받아 적고,/ 사랑이 안에서 불러 주는 대로/ 드러내려는 사람이오."(「연옥」 24.52-54)

리 그 자체"라고 묘사하는 것,[28] 그리고 라캉이 '하느님의 여성적 측면'
이라고 부른 것[29]은 신성성과 여성적 타자성이 이루는 교차, 곧 사랑이
타자와 비동일화의 거리를 유지하면서 동시에 자체를 그 타자 속으로
들여보내기를 반복하는 매듭을 연상시킨다. 사랑이 색채를 지닌다면,
그 색채는 사랑의 빛, 즉 그 속에서 모든 이분법적 경계들이 초월되는
그런 빛으로 흡수되면서 또한 거기로부터 방출된다. 그러한 상호 역동
적 과정을 담당하는 것이 바로 여성성이다. 여성성의 빛은 단테의 비전
을 이끌고 결국에는 하느님의 존재를 구성한다.

천국의 꼭대기에서 이제 마침내 하느님을 만나려 하는 단테에게 베
아트리체는 이렇게 말한다.

> 그녀가 말했다. "그대가 들었으면 하는 것을 묻지 않고
> 말하는 이유는, 내가 일체의 장소와 시간이 모이는
> 중심점에서 그대의 소망을 보기 때문이에요.   12
>
> 하느님의 선을 키우기 위해서가 아니고,
> 그럴 수도 없지만, 오히려 하느님 당신의 빛에 놓인
> 영광은 영원성 안에 '나 스스로 있다.'라고 선포합니다.   15
>
> 일체의 시간을 넘어서, 일체의 이해를 넘어서,
> 그분이 좋으실 대로, 영원한 사랑은
> 새로운 사랑들 가운데 피어났지요.   18

28 Derrida, Jacques, *Spurs: Eperons*(Chicago: University of Chicago Press, 1979), p.
49; Buci-Glucksmann, *Baroque Reason: The Aesthetics of Modernity*, p. 138 재인용.
29 위의 책, p. 139.

그분이 이전에 한가하게 누워 계셨던 것은
아니에요. 하느님의 기운이 물 위로 퍼진 것은
이전에도 이후에도 없었어요.   21

순수한 형식과 순수한 물질이 결합하여
존재의 완전한 상태를 이룬 것은
시위가 셋인 활이 세 화살을 쏜 것과 같습니다.   24

그리고 유리나 호박, 수정에
빛이 찬란하게 비칠 때
전체에 틈이 전혀 없듯이,   27

주님의 세 가지 경로의 창조는
시작도 쉼도 없이 일시에 모든 것이 어울려
존재로 투영되었습니다.   30

실체들과 함께 질서와 구조가
창조되었고, 실체들은 순수한 행위가
생겨났던 우주의 가장 높은 곳에 올랐지요.   33

순수한 잠재성은 가장 낮은 지점에 있었고,
그 사이에서 잠재성과 행위는 서로 묶여서
결코 풀리지 않을 정도였지요."   36
(「천국」 29.9-36)

이제 신성성을 경험하고 그 사랑과 온전히 하나가 되고자 하는 단테에게 베아트리체는 그러한 구원의 원리와 힘에 대해 자세히 설명한다. 구원의 길로 나아가는 과정에서 대치되는 것은 실체와 행위, 잠재성의 세 가지 차원들이다. "순수한 행위"(32)와 "순수한 잠재성"(34)은 각각 가장 높은 곳과 가장 낮은 지점 사이에 위치하면서 서로 단단하게 결합되어 있다. 우리는 그 "사이"(35)의 함의를 들여다볼 필요가 있다. 여기에서 '사이'란 고정되고 정체된 공간이 아니라 가장 높은 곳과 가장 낮은 곳을 오가는 '과정'을 뜻하는 것으로 이해되어야 한다. 따라서 "행위"와 "잠재성"이 결합되는 방식은 결말의 형태가 아니라 과정의 형태인 것이다. 하느님의 빛은 "일체의 장소와 시간이 모이는 중심점"(11-12)으로서 "영원한 사랑"(17)이 "새로운 사랑들 가운데 피어"(18)나는 곳이다. 하느님의 빛은 "순수한 형식과 순수한 물질이 결합하여 존재의 완전한 상태를 이룬 것"(22-23)으로 나타난다. 이들은 "시위가 셋인 활이 세 화살을 쏜 것"(24)처럼, "유리나 호박, 수정에 빛이 찬란하게 비칠 때 전체에 틈이 전혀 없듯이"(25-27), 완전한 전체성을 이루고 있다. "행위"(35)가 그러한 빛의 실현이자 발현인 반면 "잠재성"(35)은 글자 그대로 실현과 발현으로 나아가려는 상태로 본다면, 그들은 이미 하나로 결합되어 있으되, 그 결합의 방식은 "잠재성"은 계속해서 "행위"로 거슬러오르고 "행위"도 계속해서 "잠재성"으로 내려서려는 상호 작용으로 이루어진다. 이러한 '사이'의 과정을 채우는 것은 매듭 (또는 매개[30]) 그 자체다. 매듭은 단단하게 묶여 있어서 '사이'의 과정이 멈추거나 해체되지 않도록 한다. 그러는 한에서 "행위"와 "잠재성"은 언제나 함께 작용하는 것이다. 이것이 단테를 구원으로 이끄는 원리이며 힘이다.[31]

---

30 이는 그림의 표면과 바닥을 잇는 매개(medium)로서의 물감의 의미와 통한다. 그것은 물질로서의 그림을 형식으로서의 그림으로 이어 주는 역할을 한다.
31 이러한 해석은 교회를 그리스도의 육체이며 그리스도의 신부로 보는 견해와 상통한다.

빛-색이 매듭에 내재하면서 작동하는 것은 신에 대한 갈망, 그 조화로운 진행[32]을 받쳐 주는 바로크의 비선형적 바소 콘티누오(basso continuo)에 비교할 만하다. 비동일화가 동일성을 품는 과정이듯, 비선형성에서 '비'는 선형성을 어떤 식으로든 포괄하는 화법이다. 전체적으로 보면 비선형성이라 해도 거기에 어떤 질서와 패턴이 있을 수 있다는 뜻이다. 변이를 품는 질서와 패턴. 근대적 기하학의 선형적-인과적 공간에서 나오는 데카르트적 주체의 시각은 이미지를 제압하고 조절하는 반면, 비선형적인, 끝없이 펼쳐지고 감아들이는 바로크의 공간에서 주체는 끝없는 형식들의 흐름 위에 세워진다. 그러면서 이미지와 현실, 주체와 대상, 주체와 타자를 항구적으로 변이하는 관점들에 따라 서로를 작용시키며 구성하는 것이다.[33] 그와 마찬가지로 매듭은 끊임없이 변이하는 결합이고 매체이며 연결이고 경계이며 과정이다. 교회 문이나 다른 신성한 장소들에 새겨진 매듭들(그림 5 참조)은 인간과 인간을 연결시켜 줄 뿐 아니라 더 중요하게 인간(의 모든 행위)을 하느님으로 연결하는 과정이면서 또한 그 경계를 표시한다. 그 경계는 영원하게 고착된 분리로서가 아니라 넘어서야 할 경계, 넘어섬으로써 연결로 나아가게 될 경계라는 면에서 하나의 매듭을 의미한다. 우리는 여기에서 청빈, 긍휼, 순종이라는 프란체스코파를 상징하는 세 가지 자세를 떠올

"몸은 하나인데 많은 지체가 있고 몸의 지체가 많으나 한 몸임과 같이 그리스도도 그러하니라/ 우리가 유대인이나 헬라인이나 종이나 자유자나 다 한 성령으로 세례를 받아 한 몸이 되었고 또 다 한 성령을 마시게 하셨느니라."(「고린도 전서」 12:12-13) 여기에서 "육체의 가장 낮은 부분들과 보잘것없는 부분들에 대한 일상적인 보살핌의 필요성이 교회 공동체에서 좀 더 덜 완전한 자들에 대한 더 큰 돌봄이 베풀어져야 한다는 따뜻함의 규범으로서 제시된다."(미하일 바흐친, 김희숙·박종소 옮김, 『말의 미학』(도서출판 길, 2007), 97쪽 엮은이 주 39) 영혼과 조화를 이루는 육체에 대한 단테의 주목은 다음을 참조할 것. 『향연』 3권 8장.

32 "그대가 조절하고 맞추신 조화."(「천국」 1. 78)

33 Sherwin, Richard K., *Visualizing Law in the Age of the Digital Baroque: Arabesque and Entanglements*(New York: Routledge, 2011).

리게 되는데, 그것들은 프란체스코 파에서 추구하는 구원의 경로이자, 그것들이 제공하는 난관을 넘어섬으로써 구원을 얻게 되는 경계들이고, 그것들이 제공하는 타자적 영역들을 이어 줌으로써 구원을 실현하는 매체들이라고 할 수 있다.[34]

"행위"와 "잠재성"이 "결코 풀리지 않을 정도"(36)로 결합되어 있는 것은 그들이 매듭의 방식으로 함께 작용하기 때문이다. "행위"는 형상이고 "잠재성"은 물질이다. 그려진 형상들은 예술가의 놀라운 상상에서 오지만 물감은 길거리에서 채취된다. 그렇게 보면 그림의 디자인은 고결하지만 그 색채는 저급하다고 말할 수도 있다. 중세 이래로 구상(disegno)은 색채나 재료보다 더 높은 지위를 누렸다. 그러나 그렇게 둘을 대립시키는 것은 질료형상론(hylomorphism)[35]을 피상적으로 해석한 것에서 비롯되었다.[36] 즉, 질료형상론이 모든 사물은 형상과 물질로 구성된다고 말하는 것은 맞지만, 그 둘에 위계질서를 부여하지는 않기

---

34 Bucklow, Spike, *The Alchemy of Paint*(Marion Boyars, 2009), p. 166. 도교는 매듭을 잠재성과 됨으로 이루어져 있다고 본다는 점에서 단테와 통한다. 공이라는 도교적 개념은 매듭의 위치를 정하고 한곳으로 모은다. 공으로서의 빛-하느님은 매듭을 추동시켜 단테의 순례를 이끌어 간다. 이와 함께 생각해야 할 것은 천국에서 단테가 성 베르나르도와 나눈 대화의 내용(「천국」 31-32곡)에 대한 바흐친의 주목이다. 바흐친에 따르면, 거기서 "단테는 우리의 육체는 우리 자신의 목적을 위해서가 아니라 우리를 사랑하는 사람들, 우리의 유일한 얼굴 표정을 알고 사랑하는 사람들을 위하여 부활하게 될 것이라는 생각을 밝"힌다.(바흐친, 『말의 미학』, 98~99쪽) 이러한 바흐친의 관찰은 산 프란체스코-조토-단테의 흐름에서 나타나는 육체성과 관련된다. 이것이 매듭의 한 경우임은 부정하기 힘들며, 거기서 중요하게 봐야 할 것은 타자성의 내재화적 발현이다.

35 Hylomorphism은 그리스어로 나무 혹은 물질을 의미하는 ὑλο(hylo)와 형상 혹은 형식을 의미하는 μορφή(morphe)로 이루어진 용어로서, 아리스토텔레스의 철학으로 발전되었다. 이 개념에 따르면 모든 실체는 물질과 형상으로 이루어져 있다. 더 정확히 말해 실체는 물질에 형상이 내재하는 방식으로 존재한다는 것이다. 아리스토텔레스 철학을 새롭게 접한 중세 신학자들은 이 개념을 기독교 교리에 적용하여 성체성사에서 예수의 살과 피를 빵과 포도주로 대용하는 의식을 정당화하는 데 사용했다.

36 그것이 레오나르도 다 빈치가 색채를 경시한 이유였다. Art, Williams R., *Theory and Culture in Sixteenth Century Italy*(Cambridge: CUP, 1997), p. 141.

때문이다. 따라서 그림의 구상은 그 형상이고 반면 색채는 그 재료라고 볼 수 있지만, 형상이 우위에 서 있는 것이 아니듯 색채를 구상에 비해 저열하거나 색채가 구상에 부속되는 것으로 생각할 수는 없다. 그렇기에 아퀴나스는 자연의 모든 것은 물질과 형상이지만 우선적으로는 형상이라고 말하고 오비디우스는 기량은 물질을 초월한다고 말하지만, 그런 진술들이 형상의 우선성이 물질을 필요 없게 만든다고 의미를 품는 것은 아니다. 그 둘은 서로 떨어질 수 없는, 서로가 서로에게 흘러넘치면서 또한 서로를 점유하지 않는, 상호 보족의 관계에 있다.[37]

이런 입장은 단테가 표현하고자 한 사랑의 빛에 대한 앞의 설명을 상기시킨다. 앞에서 나는 사랑의 빛은 자체를 어떤 것으로 들여보내 그것과 하나가 되도록 만드는 방식으로 자체의 존재를 실현하며, 바로 이것이 천국의 빛을 받아들이면서 단테가 경험한 것이라고 말했다. 과연 단테는 『향연』에서 시각적 지각의 원리를 그러한 방식으로 설명한다.

보이는 것이 진실한 것, 말하자면 가시적인 사물 자체 그대로가 되기 위해서는, 형상이 눈에 도달할 때까지 통과하는 매체에 아무런 색깔이 없어야 하고, 동공의 액체도 마찬가지여야 하기 때문이다. 만약 그렇지 않다면 가시적 형상은 매체의 색깔과 동공의 색깔로 얼룩질 것이다.(『향연』 3.9.9)

단테는 사물을 지각한다는 것은 그 사물이 눈 속으로 실제로 들어

---

37 Bucklow, *The Alchemy of Paint*, p. 213. 단테와 고흐는 노랑을 전능의 힘으로 공유한다. 노랑은 단테에게서 악마를 구축하고 구원을 향해 나아가는 함의를 갖는다. 고흐는 해바라기를 재현하기 위해 노랑을 쓴 것이 아니라 노랑을 표현하기 위해 해바라기를 그렸다. 조토의 그림에서 어김없이 나타나는 황금 노랑의 후광이나 산 프란체스코의 아버지가 금색 옷을 입은 것도 떠올릴 수 있다. 그러면 조토의 그림 「유다의 입맞춤」(그림 6 참조)에서 유다의 옷이 노랑으로 채색된 까닭은 무엇일까? 그것은 예수의 '용서'가 유다까지 옮겨 간 것을 의미한다. 거기서 둘, 즉 배반하는 자와 배반당하는 자는 더 이상 구분되지 않는다. 그것이 노랑의 전능한 힘이다.

8 색으로 물든 빛: 구원으로 가는 길

가는 것이 아니라 그 형상이 들어가는 것이라고 말한다. 그런데 그 형상이 눈에 도달할 때까지, 즉 사물이 가시적으로 되기 위해서 거치는 매체들에는 아무런 색채가 없어야 한다. 말하자면 형상을 실어 나르는 매체는 색채가 없어야 하는 대신, 사물의 질료적 색채가 가시적으로 되는 잠재성을 지니고 있다는 것이다. 그것이 형상을 실어 나르는 '행위'가 지닌 '잠재성'이다. 앞에서 말한 대로, 그 행위와 잠재성은, 형상과 질료가 그러하듯이, 서로 매듭을 이룬다. 반복하자면, 매듭은 하나가 완결되면서 또 하나가 시작되고, 그러면서 하나의 완결이 또 다른 시작이 되며, 그럼으로써 완결과 시작이 구분되지 않고 계속해서 경계 없는 연속체를 이루는 것을 뜻한다고 할 때, 단테의 사랑의 빛은 행위와 잠재성, 사물과 형상, 색채와 구상이 끊어지면서 또한 이어지는 방식으로 구현되는 것이다.

이렇게 색채와 구상을 구분하는 것이 가능하지도 않고 의미도 없다면, 나아가 우리는 오히려 구분하지 않는 것의 의미를 찾아야 할 것이다. 색채는 낮은 곳에 있기 때문에 오히려 우리를 천국의 높은 곳으로 이끄는 매듭이 될 수 있다. 말하자면 낮은 곳에 위치한다는 것 자체가 매듭을 만들면서 거슬러오르는 그 추동력을 생성시키는 것이다. 낮은 곳에서 만들어 내는 매듭이란 곧 단테에게 베르길리우스와 베아트리체 같은 길잡이들이었고, 더 중요하게, 단테가 순례길에서 마주치는 모든 풍경과 영혼의 구체적 경우들이었다.

이 시점에서 버클로는 중요한 단서를 제공한다.

우주의 숨은 연결들을 지각하는 능력이 이제는 완전히 사라진 이래로, 우리는 색채를 깊이 읽기 위해 길잡이를 필요로 한다.[38]

---

38 Bcuklow, *The Alchemy of Paint*, p. 208.

우리는 신을 만나기 위해 매개를 필요로 하는, 직관적 능력을 상실한 근대를 살고 있다.[39] 색채를 깊이 읽고자 한다면, 그래서 신-빛을 만나고자 한다면 우리에게 길잡이가 있어야 한다는 버클로의 발언은 이미 충분히 단테를 의식하고 있는 듯 보인다. 그 길잡이는 단테에게 베르길리우스와 베아트리체이지만, 우리에게는 단테이고 그의 『신곡』이며, 또 그들을 읽도록 안내하는 비평가와 번역자다. 여기에서 "색채"의 의미는 낮은 것, 물질, 색채로부터 숨은 연결의 지각을 복원시키는 '순수한 행위', 그 자체로 '오른다.' 색채는 고정되고 정체된 '상태'가 아니라 우리를 잊힌 무엇으로 이끄는, 그래서 그 자체로 높이 오르는, 매개적 '행위'가 되는 것이다.

색과 빛의 연동

빛은 명암에 따라, 색은 채도에 따라 표시된다. 이렇게 구분될 수 있다는 것 말고도, 빛과 색 둘 다 정도의 차이에 따라 존재한다는 것이 흥미롭다. 즉, 빛이나 색은 일정한 시간과 함께 우리 눈앞에 다르게 드러난다는 것이다. 빛이나 색은 한 고정된 순간에 완전을 이룬 상태보다는 계속해서 변하는 과정적 존재들이다. 낮에서 밤으로 바뀌면서 빛의 명도가 변하고 색의 채도가 변하는 것을 생각해 보라. 또 언제가 빛의 '완전한' 소실이며 '완전한' 회복인지 구분할 수 있는지 자문해 보라. 정오와 자정은 없다.

빛과 물감은 눈에 보이지 않으면서(빛) 혹은 뒤로 물러나 있으면서

---

39 콜린 윌슨은 현대인을 원시인의 직관력을 상실하고 신으로부터 멀어진 상태에 있으며, 신에게 다가가기 위해 언어로 대표되는 합리적 매개체를 필요로 하는 존재로 묘사한다. Wilson, Colin, *Starseekers*; 한영환 옮김, 『우주의 역사』(범우사, 1994).

(물감) 뭔가를 보게 해 준다. 빛은 눈에 보이지 않는다. 투명하다. 우리의 눈은 순식간에 빛의 투명한 공간을 가로질러 사물을 포착한다. 아니 정확히 말해, 사물이 빛을 받아 우리 눈의 수정체에 맺힌다. 빛은 자신을 드러내지 않으면서 사물을 드러낸다. 물감도 그러하다. 캔버스에 물감을 칠할 때 그 물감은 색을 드러내는 역할로 자신의 존재 이유를 충족한다. 물감이 지닌 원래의 물질적 성격은 뒤로 물러나고 색과 질감을 드러내는 것으로 대체된다. 빛과 물감이 눈에 보이지 않으면서 혹은 뒤로 물러나면서 우리에게 보여 주는 것은 색이다. 색은 사물이며 경험이고 현실이다. 물러나면서 보여 주는 것. 배경으로 후퇴하면서 스스로를 전경화하는 것. 이는 단테가 글을 쓰는 기본 방법론이면서 또한 구원으로 나아가는 자세로 우리에게 제시하는 것이기도 하다.

연옥에서 이루어지는 단테의 상승은 점점 더 현란하게 나타나는 색채들을 보는 것으로 구성되는 반면 천국의 최고 하늘에서는 모든 것이 빛으로 뒤덮인다. 거기서 인간의 시각은 사라지고, 은총을 입은 정신의 시각만 남는다. 그래서 단테는 정신의 시각으로 빛을 지각하고 나아가 빛 자체가 된다. 빛 또한 매체라면, 이제 단테는 그 자신이 매체가 되고, 구원을 받는 존재에서 구원으로 이끄는 존재로 된다. 단테와 함께 높이 오른 색채는 빛이 되고, 빛은 색채를 이어 우리를 계속해서 어디론가 이끈다. 색으로부터 빛으로의 단테의 전환은 그런 함의를 품는다.

구원을 받는 존재에서 구원으로 연결하는 존재로 되는 이러한 과정, 특히 빛 자체로 되는 과정은 여전히 인간의 언어, 즉 색의 차원, 구원받는 자의 차원에서 묘사된다. 구원하는 존재가 됐으면서 여전히 구원받는 자의 언어로 말한다는 것. 여기에서 색채는 빛과 함께 구원하면서 또한 구원을 받는 두 과정들을 동시에 품는 매체가 된다. 사실 색채는 이미 빛을 함유한 것이 아닌가. 아마도 누군가는 검은색은 빛을 함유하지 않는다는 반론을 제기할지도 모른다. 그러나 검정을 검정으로 보게 해 주는 것은 바로 빛이다. 검정은 모든 빛을 흡수해서 아무런 빛도 없는 상태를 가리키지만, 그러한 무광의 상태를 드러내는 것 역시 빛이다. 앞에서 언급한 대로, 루치페로는 빛의 존재성을 함유한 존재이면서 지옥의 어둠, 그 완전성에 위치한다.

그래서 나는 '검은빛'이라는 용어를 생각해 본다. 자체로 모순된 용어다. 그러나 용어로는 모순이지만, 거기서 우리의 직관은 '어둠'이라는 이미지를 떠올린다. 그 어둠의 '검은빛'은 단테가 겪는 지옥의 생생한 '현실'로 실존한다. 그때 '검은빛'은 검정과 어둠을 보게 해 준다는 면에서 매우 지옥다운 효과라고 할 수 있다. 빛이란 무언가를 보게 하는 매체가 아니던가. 빛이 없는 곳에서 대상이 우리의 망막에 맺히려면 어떤 빛이 있어야 할 텐데, 그것은 '검은빛'일 수밖에 없을 터이다.

'검은빛'이란 사실 모순 용어가 아니라 매체로서의 빛의 성질을 명확히 그려 내 준다. 왜냐하면 빛은 그것이 드러내 주는 혹은 함유하는 대상에 따라 변화하기 때문이다. 빛 자체로는 무색, 즉 아무런 바탕 혹은 본질(sub-stance)이 없다. 중간에 선다는 것은 그런 것이다. 신의 빛은 인간(의 사물)에 닿으면서 비로소 사물을 드러낸다. 그것이 빛이 사물을 포용하는 사랑의 모습이며 방식이다. 거꾸로 단테는 색(사물)에서 출발해서 빛으로 나아가면서, 즉 본질(있음, 물질)에서 출발해서 그 본질을 없애는 방식으로, 빛을 포용한다. 존재에서 나아간 부재는 사실 빛으로 가득 찬 존재의 부재인 것이다. 그렇게 단테의 본질은 빛에 닿으면서 그 본질이 아니라 빛 자체를 드러낸다. 사물은 빛의 발산이며 빛의 기원을 이룬다. 그래서 빛이 지옥을 드러내거나 함유할 때 그 빛은 '검은빛'이 된다. '검은빛'은 검정의 본질에서 출발하여 검정을 없애면서 검정을 작동시키고, 마찬가지로 빛의 본질에서 출발하여 빛을 없애면서 빛을 작동시킨다.

완전한 검정(암흑)에서 검정을 분별할 수는 없다. 완전한 악은 그 자체로 그저 악이다. 그 악이 전체를 이루고 있는 상태에서 또 다른 악을 구별할 수 없고 구별할 필요도 없다. 이른바 절대악이다. 마찬가지로, 완전한 빛에서 빛을 따로 분별할 수 없다. 순례자가 더 이상 나아갈 곳이 없는 상태. 이른바 절대선이다. 어쩌면 이 둘은 그 자체로 지극히 순수하고 해맑은 모습을 하고 있을 것 같다. 그러나 적어도 인간 세계에서 선과 악이라는 둘의 속성들은 서로 비교가 되는 한에서 드러날 수 있고 또 그 성질을 구현할 수 있다. 완전한 검정과 완전한 빛이 '절대'라는 존재성에 머물지 못하는 이유다. 그래서 단테는 지옥의 밑바닥에서 단숨에 연옥으로 상승하고, 천국 꼭대기에서 단숨에 지상 현실로 복귀함으로써, 그들의 절대적 존재성을 상대적으로 만들면서 인간의 차원으로 끌어내려 우리 눈앞에 보여 준다. 순례자로서 단테의 존재는 머물지 못함(특히 절대적 범주에)으로 구성된다. 이 또한 매듭의 매체적 성격, 끝없고 끊임없는 연결, 과정적 성격이 아니던가.

빛은 인간을 신으로 이끄는 구원의 매체다. '신과 인간'에서 '과'에 해당한다. 신은 한쪽에 있지만 또한 중간에 서면서 다른 쪽을 포괄한다. 그런 방식이 곧 신의 편재(遍在)의 방식이다. 그러나 단테가 천국의 끝에서 빛으로 되는 것은 인간이 이제 빛의 위치에 서면서 신의 역할을 수행하고자 하는 것이다. 가운데에 위치한다는 것, 즉 빛-매체의 위치는 양쪽을 연결하고 포용하는 것을 의미한다. 물감이 하는 역할은 그와 다르지 않으면서 순례자가 추구한 순례의 기본 구도를 나타내 준다. 물감은 물질로서, 태양의 빛을 흡수하면서 자라난 생물이나 사물에서 채취된다. 물감은 가장 낮은 위치에서 가장 높은 곳을 섭취하면서 만들어진 것이다. 따라서 물감은 이미 태생적으로 연결이라는 '매체'의 속성을 지닌다. 그런데 물감은 색을 드러낸다. 그것이 물감의 매체적 속성이며, 그 드러냄을 가능하게 하는 것은 빛이다. 한편 『신곡』에서 단테의 순례는 색을 통해, 색의 경험을 통해 빛의 은총에 도달한다. 빛을 통해 색을 드러내는 물감의 매체적 속성이 색을 통해 빛의 은총에 도달한다는 『신곡』의 설정과 상응하는 것은 우연인가? 작가의 의도라기보다는 자연(Nature)의 섭리가 이미 그렇게 작동하고 있다. 여기에서 우리는 「천국」의 맨 끝에서 묘사되는 단테처럼 옷깃을 여미게 된다. 사랑에 모든 것을 맡기면서.

> 여기서 높은 환상은 힘을 잃었다. 하지만
> 이미 나의 소망과 의지는, 똑같이
> 움직여진 바퀴처럼, 태양과 다른 별들을
>
> 움직이시는 사랑이 돌리고 있었다.
> (「천국」 33. 142-145)

단테가 『신곡』에서 태양을 하느님의 상징으로 시종일관 강조하는 것이 색채와 밀접한 관련이 있다는 것은 우연이 아니다. 기본적으로 색채는 태양으로 만들어진다. 예컨대 전통적으로 권위(황제든 교황이든)를 상징해 온 자줏빛(Tyrian purple)은 지중해의 소라고둥으로부터 채취된다. 그 채취의 결과물, 즉 자줏빛의 농도와 명암은 소라고둥의 체액이 햇빛을 얼마나 많이 받느냐에 따라 달라진다. 가장 높은 곳에 위치한 자줏빛이 가장 낮은 곳에 위치한 소라고둥으로부터 나온다는 것. 그것은 앞서 말한 낮은 곳에 위치하는 것 자체가 매듭을 만들면서 거슬러 오르는 추동력을 연상시킨다. 또한 소라고둥의 백색의 체액이 태양에 의해 자줏빛으로 성장한다는 점은 자줏빛의 문화적 함의가 소라고둥의 물질적 토대 위에 서 있다는 것을 말해 준다. 단테 식으로 말하면, 자줏빛은 "가장 높은 것"이 "가장 낮은 것"의 "잠재성"에 대해 작용하는 "행위", 즉 빛으로부터 창조되는 것이다.(「천국」 29. 9-36) 이 빛은 모

8 색으로 물든 빛: 구원으로 가는 길

든 것을 함유한다는 점에서 이미 매듭을 작동시키면서 모든 것을 실현시키고, 그 작동의 과정에 소라고둥이라는 사물의 물질적 혹은 대상적 성질, 그 자줏빛 색채가 포괄된다. 빛과 색채는 서로 섞이지 않고 서로 자체의 영역을 고수하는 동시에 서로 조응하며 서로를 변신시키는 '성찰적 나르시시즘'으로 서로 묶이는 것이다. 결국 매듭으로서의 색은, 우리 마음의 성질 혹은 상태에 불과한 것도 아니고, 하느님-빛에 의해서만 비로소 존재하는 것도 아니며, 외부 사물 자체가 갖고 있는 성격뿐인 것도 아닌, 이 모두를 연결하고 연동시키는 하나의 기호 과정을 의미한다. 그것이 단테를 구원으로 이끄는 색의 문학적 작동 방식일 것이다.

9 풍경의 내면화: 단테와 보카치오, 레오파르디의 상상과 내면의 지리학

풍경의 본질

풍경은 무엇인가?[1] 풍경이란 일정한 지역의 고유한 외관이 일체성으로 나타난 시각적 이미지를 말한다.[2] 그런데 나는 이러한 풍경의 정의에서 풍경을 바라보는 '나'를 생략할 수 없다. 나는 풍경을 바라보면

---

1 이 글에서 '풍경'이라는 용어는 사물로서의 풍경과 회화의 한 장르로서의 풍경화 둘 다를 지칭한다. 단, 문맥에 따라 그 구별을 확실히 해야 할 경우에는 '사물로서의 풍경' 식으로 한정하거나 '풍경화'라고 구체화하여 지칭하기로 한다. 아울러 풍경이라는 용어는 사물과 그림이라는 실체보다도 그것들이 나와 함께 존재하는, 그들과 나를 이어 주는, 관계 맺기의 방식 그 자체를 가리킨다.

2 올위그는 풍경의 본질을 다시 고찰할 필요를 제기한다. 그것은 풍경이 원래 지닌 복합적인 개념이 단지 장면으로서의 자연을 가리키는 것으로 국한되었다는 진단에서 나온다. 그가 생각하는 풍경의 복합적인 개념은 풍경이 지닌 외양보다는 실제(real)를 의미하는 것으로, 사물의 존재 방식을 묻게 해 주는 것이다. Olwig, Kenneth R., "Recovering the Substantive Nature of Landscape", *Annals of the Association of American Geographers* 86 (4), 1996, pp. 630~653. 특히 터너와 컨스터블 같은 낭만주의 화가들은 풍경을 인간 행위를 위한 무대라는 부속물의 위치에서 벗어나 그 자체의 의미와 형식을 갖게 만들었다. 그 결과 풍경은 새로운 감수성을 구체화하기에 이른다. 풍경은 이제 자연에 대한 다양한 미적, 감정적, 지적 응답들을 담아내는, 화가 개인의 주체적인 비전의 반영이 되는 것이다.

서 그 이미지를 나의 내면에 비추는 방식으로 풍경을 인지한다. 하나의 풍경은 나의 내부로 들어와 그 풍경과 관련하여 선재하는 나의 관념적 이미지와 작용하거나 충돌하거나 혹은 교합함으로써 형성된다. 그것은 곧 내가 풍경으로 들어가는 것이기도 하다. 나는 풍경을 바라보며 그 속에 놓인 나를 상상하면서 그 풍경을 나에게 의미 있는 것으로 만든다. 결국 풍경은 나의 내부로 들어옴으로써 존재하기 때문에 나에게 속하고, 또 내가 그리로 들어감으로써 존재하는 한에서 내가 풍경에 속한다. 그렇게 풍경은 따로 떨어져 홀로 존재하는 것이 아니라 나와 그것이 이루는 관계 그 자체로 존재한다. 풍경은 나와 함께 관계를 맺으며 서로 의지함으로써 계속 존재하기를 거듭한다. 어떤 그림을 풍경화라고 부른다면 그것은 그 그림이 처음부터 풍경화라서가 아니라 내가 그것을 풍경으로 대하며 관계를 맺기 때문이다. 풍경으로 대하며 관계를 맺는 한에서 어떤 그림도 풍경화가 될 수 있다. 그렇다면 처음부터 풍경화라 불리는 것은 무엇인가? 그것은 그렇게 풍경화가 될 수 있는 잠재성이 다른 그림들보다 풍부한 그림을 말한다. 풍경화와 풍경화가 아닌 것이 따로 존재하는 이유는 각각의 본질들이 따로 있어 각각을 받쳐 줘서가 아니라 그들이 서로 비교되는 관계를 이루면서 함께 공존해 나가기 때문이다.

그런 점에서 풍경화는 정물화(still life)와 다르다. 풍경화에 비해 정물화는 가까운 거리에서 포착하여 특수한 한 대상에 초점을 맞추도록 그려진다. 풍경화와 달리 나는 정물화를 보면서 나와 그것을 분리하는 일정한 거리가 상존한다는 느낌을 받는다. 그 거리는 정물화가 그것이 초점을 맞추는 대상의 실체를 '그대로' 시각 이미지로 환원하여 자체의 프레임 내에 정착시키는 데서 나온다. 나는 정물화를 볼 때 그것이 그려 내는 대상이 '거기'에 있으며, 따라서 나는 그 정물화에 어떤 영향도 끼치지 못하고 또한 그 정물화도 나에게 전혀 상처를 입히지 못한다고 느낀다. 그것은 실제 눈앞에 보이는 대상과 그 재현물인 그림 속의 이미지가 동일하게 합치하고, 그 이미지에 대한 관람자의 묘사도 그 합치의 경계 내에 머물기 때문이다. 그래서 정물화는 나의 시선과 관계 없이 거기에 그저 놓여 있고, 그것과 나 사이에 거리는 계속해서 유지되며, 그것을 바라볼 때 내가 그것과 따로 존재한다는 느낌을 지우기 힘든 것이다. 정물화는 완강하게 자체의 존재성을 고수하고 늘 나의 외부에 놓여 있음으로써 나를 튕겨 내며 나를 외롭게 만든다. 이에 비해 풍경화는 나의 일부가 됨으로써 존재하며 또한 내가 풍경화의 일부가 되는 방식으로 존재한다.

이탈리아의 시인 자코모 레오파르디의 「무한」이라는 시는 풍경화의 그러한 성격을 잘 보여 준다.

저편의 지평선 끝을 거의 시선에서 차단시키는
이 고독한 언덕, 그리고
이 울타리는 언제나 내게 친숙했다.
그러나 그러한 울타리 저편의 끝없는
공간을, 초인적인 침묵을,
그리고 깊디깊은 정적을 앉아서 바라보노라면,
나는 상념에 잠겨 상상한다, 그 속에서
잠시 동안 마음은 두려움을 잊는다. 바람이
이 수풀들 사이로 우는 것을 들을 때, 나는
이 소리에 그 무한한 침묵을
비교해 본다. 그러면 내 머릿속에는 영원이 떠오르고,
죽은 계절들, 현재, 살아 있음, 그리고
그 광대함의 음성이 떠오른다. 그렇게 이
광대함 속으로 내 상념은 빠져든다.

9 풍경의 내면화: 단테와 보카치오, 레오파르디의 상상과 내면의 지리학

침잠은 이 바다에서 내게 감미롭다.[3]

나를 일부로 들이고 내가 그 일부로 들어가면서 존재하기 시작하는 풍경. 그것이 레오파르디가 "울타리"를 앞에 놓고 앉았을 때 즉각 예감하는 것이다. 처음에 풍경은 그에게 따로 떨어진 객관적이고 고립된 배경과 같은 것이었지만, 자신을 풍경으로 펼쳐 엶으로써, 그리고 풍경을 자기 내부로 감아들이면서, 그는 풍경이 (무엇인지가 아니라) '어떻게' 존재하는지 관찰한다. 시인 레오파르디가 15행으로 이루어진 위의 시에서 "이"라는 대명사를 여섯 번, "그"라는 대명사를 두 번 사용하면서 "이"와 "그"의 상호 교환 속에서 "이"를 "그"로 연다는 것은 근친성에서 거리 두기로, 동일성에서 비동일화를 향해, 시인 자신을 열어 가는 것이다. 풍경은 "그 광대함"(13행)에서 "이 광대함"(14행)으로 치환되면서 처음에 "저편"(1행)에 놓여 있던 상태에서 이제는 "이 바다"(15행)와 함께 시인의 내면으로 들어온다. 광대함을 향해 자신을 열면서 광대함을 자신의 내부에 품고 또한 자신을 그 광대함의 일부가 되도록 하는 것. 그것이 시인이 상념의 바다에 깊이 침잠하는 행복한 체험이다.

이러한 침잠은 곧 풍경과 하나가 됨으로써 풍경이 더 이상 따로 존재하지 않고, 그럼으로써 그 풍경이 하나의 대상으로 정의되는 것이 아니라 됨의 과정에 끊임없이 올려지는 국면이다. 울타리 앞에 앉은 시인은 나르시스의 위치에 선다. 울타리 너머를 바라보려는 시인의 욕망이 나르시스적인 것은 그 너머에서 보려는 것이 바로 그 자신이기 때문이다. 시인의 욕망의 대상은 시인 스스로가 내면에서 구성한 풍경인 동시에 그 풍경 속으로 깊이 빠져 들어가는 시인 자신이다. 이렇게 시인을

---

3 Leopardi, Giacomo, "L'infinito"(1819), *Canti*(Roma: Angelo Signorelli, 1964), pp. 96~97.

자신의 내면적 풍경 속으로 깊이 침잠하도록 만드는 추동력은 레오파르디가 스스로를 바라보려는 나르시스적 욕망 그 자체다. 시인은 울타리를 마주하고 앉아 그 너머로 한없이 나아가는 자신을 그려 본다. 그렇게 그려 보는 욕망이 강할수록 한없이 나아가는 힘도 강해지면서, 상념의 바닷속으로 들어가는 내면화의 침잠도 깊어지는 것이다. 그러나 이렇게 풍경과 하나가 되는 것은 나르시시즘이 원래 의미할 법한 자기 도취와는 다르다. 레오파르디의 나르시시즘은 풍경으로 변해 버린 자기 자신을 하나의 대상으로 응시하는 성찰의 참이다.[4]

염세주의자 레오파르디에게 원래 풍경이란 가공할 위력을 지닌, 인간에게 결코 호의적이지 않은, 저편에 거대하게 놓인 무엇이다. 1834년 8월 23일에 일어난 베수비오 화산의 폭발을 목격하며 레오파르디는 거역할 수 없는 비인간적인 존재 앞에 선 인간의 무력함을 절절하게 느낀다.[5] 레오파르디의 풍경은 그를 압도하는 운명 같은 것으로 우뚝 서 있다. 풍경은 설령 그의 내면으로 들어온다고 해도 그를 전율하게 하고 그를 넘어서는 무엇으로 들어온다. 그러나 그는 바로 그러한 과정에서 그가 일생 동안 풍경에 직면하는 방법을 모색해 왔다는 것을 새삼 느낀다. 그리고 풍경이 그를 전율하게 만든다면 그는 또한 거기서 인간에 대한 한없는 연민과 위로를 얻는다는 것을 발견한다. 이와 관련해 안토니오 네그리가 내놓는 흥미로운 진술을 보자.

실존의 토대는 차츰 윤리적인 것이 되며, 인간의 운명은 연대적인 것이 되고, 정념의 토대로서 사랑은 공동체의 필연성과 그 기쁨 속에서 발전한다.

---

4 이를 앞에서 "성찰적 조응"(3장)과 "성찰적 나르시즘"(8장)이라 불렀다.
5 베수비오 화산의 폭발에 대한 레오파르디의 체험은 「금작화(La ginestra)」에 잘 드러난다. Leopardi, Giacomo, "La ginestra o il fiore del deserto"(1836), *Canti*(Roma: Angelo Signorelli, 1964), pp. 220~232.

무한은 다수성 속에서 결정될 수밖에 없으며, 따라서 오직 공동체 속에서 실현될 수밖에 없다. 여기에는 어떤 변증법도 없으며, 역사적 위기 및 존재의 비극과 대적하고 있는 자유가 있을 따름이다. 오직 자유만이 행복을 생산해 낼 수 있는 것이다.[6]

레오파르디는 끝없이 펼쳐진 풍경에 대한 극복할 수 없는 압도의 느낌과 함께 인간의 실존은 윤리에 터를 두고 인간의 운명은 연대를 지향하며 인간의 사랑은 공동체를 이루며 발전한다고 깨닫는다. 베수비오 화산 폭발이라는 풍경이 압도적인 느낌을 주는 것은 그것이 인간의 한계를 넘어서서 인간이 포착할 수 없고 알 수 없는 '무한'으로 뻗어 나간 것이기 때문이다. 레오파르디는 그러한 무한을 앞에 놓고 좌절하거나 굴복하지 않고 온몸으로 직면하며 견뎌 내고자 하는데 그 유일한 방법은 그러한 양상, 즉 압도적인 무한이 인간의 한계를 넘어서지만 그런 상황에 대처해야 한다는 자신의 깨달음을 더 많은 사람들과 공감하고 연대하는 것이다. 무한이 인간을 압도하는 이유는 그것을 인간의 언어 안에 가둘 수 없기 때문이다. 그럼에도 불구하고 무한의 언어를 쓰고자 한다면 그것은 무한을 무모하게 정의 내리거나 아니면 무한에 기꺼이 자신을 던지거나 하는 선택을 해야 할 것이다. 레오파르디는 베수비오 화산 폭발을 목격하기 훨씬 이전에 「무한」을 쓰면서 이미 무한을 정의 내리는 일이 불가능하다는 것을 직감했던 것 같다. 무한은 그에게 안전하게 자신의 언어로 감싸안는 것이 아니라 자신의 언어를 실어 보내면서 또한 자신의 언어로 끌어당기는 방식으로 직면해야 할 대상이었다. 그는 시를 쓰면서 바로 그러한 자신의 깨달음을 함께 공감할 문학적 연대를 의식하고 또 그것을 독자와 함께 나누는 윤리적 공동체를 일구고

---

6 안토니오 네그리, 이기웅 옮김, 『전복적 스피노자』(그린비, 2005), 141쪽.

싶어하지 않았을까. 그러한 연대와 소통 위에서 '무한의 언어'가 유지될 것임을 그는 알고 있었던 것 같다. 그렇다면 공감의 연대와 소통을 어떻게 이루어 내고자 했던가.

흥미로운 것은 레오파르디가 그러한 무한성의 공감을 시각적 인식이 방해를 받는 가운데 이루어지는 청각적 이미지들을 통해서 모색한다는 점이다. 「무한」에 나타난 레오파르디의 풍경은, 단테의 풍경이 종종 소리와 리듬을 통해 묘사되듯, 청각적 이미지들을 동반한다. 시각적 비전 이전에 우선 청각적 이미지와 그 이미지들의 연속 그 자체로 떠오르는 풍경. 거기에서 '이미' 레오파르디의 풍경은 무한을 지니는 것으로 나타난다. 우리 눈에 비치는 풍경은 그 이미지 자체에 주의를 집중하도록 하는 반면, 우리 귀에 들리는 풍경은 보이지 않는 이미지들을 불러일으킨다. 그래서 눈에 비치는 풍경 이미지가 그 풍경의 모든 것처럼 보이며 그 너머까지, 즉 그 풍경이 품는 중층적인 세계로 나아가기 위해서는 수고를 필요로 하는 반면, 귀에 들리는 풍경은 눈에 보이는 풍경 너머까지 울려 퍼지면서 그리로 더 수월하게 나아가도록 도와준다. 이렇게 청각적 이미지가 보이지 않는 이미지들까지 불러내는 데 효과적으로 기여한다는 것은 곧 레오파르디가 무한의 풍경을 보여 주기 위해 바람 소리를 동원한 이유를 짐작하게 한다.

귀에 들리는 풍경이 눈에 보이는 풍경 너머까지 울려 퍼지는 것은 보이는 풍경에는 시간이 정지되어 있는 반면 들리는 풍경에서는 시간이 흐르기 때문이다. 풍경에서 시각 이미지가 정지된 시간 위에서 구성되는 반면 청각 이미지는 시간의 흐름 위에서 생성된다. 오히려 시간이 정지된 풍경이 무한과 영원을 떠올리게 하지 않느냐고 할 수 있으나, 바로 그 때문에 그렇게 정지된 시간 속에서 포착되는 풍경은 우리를 오히려 튕겨 낸다. 풍경을 바라보는 우리는 시간의 흐름에 실려 가는데, 풍경 자체에서 시간이 흐르지 않는다면 그 풍경에 들어갈 가능성은 아예 없는 것이다. 이에 비해, 시간의 흐름이라는 우리가 존재하는 방식으로 풍경을 볼 때 우리는 풍경 속에 우리의 존재를 계속해서 삼투시키는 과정을 통해 풍경과 하나가 될 수 있다.[7]

「무한」에 나타난 무한성은 공간적인 무한성에서, 11~12행에서 분명히 드러나듯, 시간적인 무한성으로 더 나아간다. 「무한」의 시적 언어는 "이(questo)"가 '이것이 아닌 상태(non-questo)'를 이미 언제나 품고 그리로 나아갈 잠재성으로 존재하며, 그래서 "이"는 언덕을, 마지막 지평을, 이미 언제나 넘어서는 가운데 출현한다. 시적 언어가 '이미 언제나'와 함께 출현한다는 것은 그 출현이 과거와 미래의 두 방향으로 탈주하는 방식임을 말해 준다. 따라서 시의 장소는 언제나 기억과 반복의 장소가 된다. 「무한」은 첫 행의 "친숙했다"[8]라는 과거형에서 시작하여 마지막 행에서 "감미롭다"라는 현재형으로 끝난다. 친숙한 울타리를 가리키는 "이"는 과거형인 반면 거기서 비롯하는 전개 전체는 현재형이다. 그래서 과거의 "이"는 '이미 언제나 거기 있었음'으로 나타나는 방식으로 필연적으로 현재의 "이"(마지막 행의 "이 바다")를 품고 있으며, 또한 "이 바다"는 앞으로도 그에게 영원히 감미로울 것이라는, 끝없는 기억의 이어짐이라는, 미래의 차원으로 연결된다.[9] "이"의 친숙함(첫 행)은 "그"로 계속해서 파편화되면서 다시 "이"의 통일과 친숙함

7 엄밀히 말해 시각 이미지도 또한 시간의 흐름과 연계하여 구성된다. 풍경화를 보는 관객은 눈의 초점을 이리저리 옮기기 마련인데, 그렇게 옮기는 것은 시간의 흐름을 동반하면서 관객의 의식의 변화를 일으킨다. 그것이 정물화에 비해 풍경화가 내면과 더 잘 연합하는 이유다. 그렇다면 시간의 흐름이란 풍경을, 혹은 일반적으로 대상을, 내면에 들이는 데 필수적은 아니어도 대단히 중요한 요소라고 할 수 있다. 청각 이미지는 그러한 시간의 흐름을 더욱 효과적으로 일어나도록 해 준다.

8 번역문에서는 3행에 위치하지만 원문에서는 1행에 나온다. 이하 시어들이 어떤 행에 위치하느냐에 관한 논의는 원문을 기준으로 한다.

9 Agamben, Giorgio, *Language and Death: the Place of Negativity*(Minneapolis: University of Minnesota Press, 1991), p. 76~77.

의 기원(마지막 행)으로 돌아간다. 마치 서로를 이지러진 거울처럼 비추는 것 같다. 그래서 계속해서, 끝없이, 반복하여 돌아감 그 자체가 돌아감을 곧 정착으로 이어지지 못하게 만든다. 이것이 바로 시적 언어가 지닌 운명이다. 첫 행에 등장하는 부사 "언제나(sempre)"는 그러한 계속성을 전제한다. 그래서 돌아간다는 용어 'ritornare'에서 'tornare', 즉 되풀이한다는 후렴구적인 운문의 성격이 'ritornare', 즉 돌아서 어딘가로 도달하는 것으로 굳어지지 않는 것이다. 또는, 더 정확히 말해, 돌아감을 도달점 없이 만드는 것이다. 이는, 토머스 엘리엇이 『사중주』[10]에서 깊은 울림으로 전하듯, 과거와 현재, 미래를 하나로 연결시키는 언어의 사건성이다. 바로 그런 방식으로 레오파르디의 언어는 지금 여기에서 계속해서 일어난다.

아마도 레오파르디에게 언어의 일어남이란 말로 할 수 없고 이해할 수도 없는 것이 아닐까. 말은 시간 속에서 일어나면서, 필연적으로 그 일어남을 말하는 그 속에서 또한 말하지 않는, 그렇게 말에 실리지 않는, 그런 방식으로 일어난다. 그래서 그는 다만 "저 무한한 침묵을" "이 소리"에 "비교해 본다." 그 비교는 그의 바로 옆에서 들리는, 수풀이 바람에 스쳐 사각거리는 소리가 그를 초인적이고 가공할 침묵의 장소로 데려다주는 유일한 길이다. 그에게 감미로운 침잠은 말로 할 수 있고 발견할 수 있으며 소유할 수 있는 것이 아니라 다만 반복하여 기억할 수 있는 것이다. 그 침잠은 그의 곁에 이미 언제나 친숙하게 있었던 울타리처럼 그렇게 이미 친숙했고 언제나 친숙하게 될 것이다. 울타리는 이미 소리를 내고 있었고, 그렇게 그의 침잠은 소리에서 출발해서 소리 없음("무한한 침묵")으로 귀착하면서 이루어진다. 소리 내는 목소리에서 소리 없는 목소리로 나아가는 이행의 시간성, 그 속에서 레오파르디의

---

10 Eliot, Thomas S., *Four Quartets*(San Diego: A Harvest Book, 1971).

내면은 언제나(첫 행, "언제나 내게 친숙했다.") 다시 돌아온다. 그 이행의 시간성은 산문처럼 일직선적인 것이 아니라 자꾸만 돌아오고 반복되는 운문, 즉 시적 언어의 성격을 가장 잘 함축하고 있다.

아감벤에 따르면, 이렇게 무한히 돌아오고 반복되는 한, 운문에서 일어나는 언어, 즉 시적 언어는 붙잡을 수도, 정착시킬 수도 없다. 그래서 "시적 언어는 자체의 접근 불가능한 기원의 장소를 기념하고 언어라는 사건의 말로 할 수 없음(도달할 수 없음)을 말해 준다."[11] 이것이 레오파르디를 단테와 연결하는 고리다. 천국의 꼭대기에서 더 이상 말로 할 수 없는 경험을 토로하는 단테는『신곡』에서 내내 펼쳐 낸 자신의 시적 언어가 이제는 출발의 장소로 돌아간다는 예감에 젖어 있음을 보여 준다. 그의 출발의 장소란 "우리 인생길 반고비"(「지옥」1.1)로서, 방황하며 길을 찾던 이승의 현실 한가운데를 말한다. 이렇게 단테는 시적 언어의 속성(무한의 반복성)을 통해 자신의 순례의 방식과 목표를 뚜렷이 하는 것이다.

시적 언어가 발하는 소리의 현재성은 과거와 미래를 포용하는, 그러한 것이다. 시적 언어는 소리를 내는 언어를 일차적인 목표로 출발하여, 파롤의 경험을 랑그의 체계에 녹여 내면서, 소리가 없는 언어로 나아간다. 여기에서 소리가 없는 언어란 소리 자체가 존재하지 않는다기보다 언어에 소리가 녹아든, 레오파르디의 침잠의 상태를 말한다. 소리를 깊이 품어 내고 언제나 되울려 낼 준비가 된 언어. 그러한 언어에서 소리는 늘 현재성을 지닌 것으로 된다. 언어의 일어남, 리오타르 식으로 말해 언어의 사건성이 곧 시적 언어의 궁극이다.

소리와 리듬을 통한 풍경의 묘사, 거기서 흐르는 시간. 레오파르디는 그러한 시간의 흐름의 방식으로『무한』에서 풍경을 포착하면서 우리를 우리의 실존의 차원에서 무한과 영원으로 연결해 준다. 시간의 정

---

11 Agamben, *Language and Death*, p. 78.

지에서 떠오르는 무한과 영원이 사실상 비현실적인 것들 혹은 현실 저너머에 속하는 것들이라면, 시간의 흐름에서 떠올리는 무한과 영원은 현실적인 것들 혹은 현실 이편에 속한다고 볼 수 있다. 이는 단연 무한과 영원을 유한적 현실로 연결시키는, 무한과 영원을 친숙한 현실로 만드는,("이 언덕"과 "이 울타리"가 "이 바다"로 연결) 레오파르디의 놀라운 시적 성취가 아닌가. 이를 레오파르디의 내재적 초월 혹은 초월적 내재라고 부를 수 있지 않을까.[12]

레오파르디와 단테는 풍경을 내면화하는 이러한 방식과 함의를 공유한다. 바티의 진술을 읽어 보자.

> 다시 시작하지 않고서는 끝나지 않는, 이미 끝나지 않고서는 시작하지 않는, 그러한 「무한」은 신성한 혹은 단테 식의 확고하고 권위적인 의미의 장소에 도달하는 어떤 형태의 일방향의 여행으로 생각될 수 없다.[13]

바티의 논지는 레오파르디의 운동이 하나의 원을 그리는 반면 단테의 운동은 일직선으로 이루어진다는 것이다. 단테의 여행이 어디론가 계속해서 나아가는 것이라는 지적은 충분히 주목할 필요가 있다. 단테의 알레고리는 시간적으로나 공간적으로 '나아가면서' 전개되는 바로크적 특징을 내보인다. 그러나 그러한 '나아감'을 어떤 권위적 장소에 도달하려는 일직선적인 것으로 규정할 필요는 없으며, 더욱이 원을 그

---

12 이러한 레오파르디의 상상력의 구상과 운동에서, 네그리 식의 용어로 말하면, '존재의 구성적 차원'이 나온다. 레오파르디의 힘은 상상력이 만들어 낸 제2의 자연 속에 위치한다.(안토니오 네그리, 『전복적 스피노자』, 127~128쪽) 말하자면 레오파르디가 창조하는 풍경은 상상적이면서 또한 구성적이라는 것인데, 상상의 개인 내면 속에서 세워 나가는 세계와의 대결의 양상으로 이해할 수 있을 것이다.

13 Bahti, Timothy, *Ends of the Lyric: Direction and Consequence in Western Poetry*(Baltimore: Johns Hopkins UP, 1996), p. 56.

리는 운동과 닮지 않은 것으로 볼 필요도 없다. 오히려 원을 그리는 운동을 그 자체로 끈기 있게 동일한 장소에 머무는 것으로 볼 수도 있다는 점을 생각하면, 단테의 운동이든 레오파르디의 운동이든 그들이 어디를 향하느냐 하는 것보다는 그들이 어떤 방식으로 운동의 궤적을 그리느냐 하는 것에 더 주의를 기울일 필요가 있다.

레오파르디의 열림과 단테의 닫힘은 반대로도 작용한다. 레오파르디가 울타리 너머 보이지 않는 무한한 풍경을 상상할 때 그 이미지는 어디에서 떠오르는가. 그것은 단연 그가 과거에 경험했던 기억 속의 풍경이 아닐 수 없다. 다만 실제 풍경이 울타리로 인해 차단된 상태에서 풍경의 이미지는 원래의 유한했던 것에서 무한한 것으로 변형되고, 이로써 풍경화가 발생시키기 마련인 무한의 효과가 생성된다. 이는 풍경화를 눈앞에 두고 보면서 맛볼 수 있는 무한의 경험과 다르다. 특이하게 레오파르디는 풍경을 보지 않음으로써 풍경의 본질을 구현한다. 이렇게 레오파르디가 기억의 세계 속에 침잠함으로써 "이"와 "그"의 변주를 수행하고 또 그 결과 내면의 세계 속에서 지극히 편안하듯이(닫기), 단테도 자신의 기억을 펼쳐 냄으로써 순례를 반복할 수 있는 것(열기)이다. 그 둘 다 열고 닫기, 또는 더 정확히 말해 펼쳐 내고 감아 들이기를 반복함으로써 결국 같은 문학 효과를 내는데, 그것은 바로 풍경을 '부재하는 배경'으로 만드는 것이다. 레오파르디에게 풍경(울타리)은 침잠의 보이지 않는 배경을 이루고, 단테에게 풍경(어두운 숲)은 빛에 덮인 채 가물가물한 기억 저편에 놓인다.

이런 측면에서 볼 때, 단테의 여행이 일방향으로 나아간다는 바티의 진술은 단테에 대한 과도하거나 미비한 이해에서 비롯된 것으로 보인다. 그런 식의 과도함은 단테의 신앙에 너무 쏠린 결과인 한편, 미비함은 단테의 문학 과정에 대한 몰이해에서 나온 것이기 쉽다. 바티는 레오파르디가 말하는 "침잠"을 단테가 말하는 물에서 빠져나온 익사할 뻔한 자의 경험(「지옥」 1. 22-27)과 비교하면서 "침잠"이 "기독교 교리의 죽음과 부활"을 함의하는 한편 익사의 경험은 '나'의 세계로의 한없는 후퇴를 표상한다고 구별한다.[14] 그러나 단테의 비유가 기독교 교리라는 큰 담론 이전에 자신의 개인적 경험을 바탕에 깔고 있는 가장 현세적인 체험에서 나왔다는 면을 우선 고려할 때, 레오파르디의 "침잠"과 같은 층위의 개인 내면 차원에서 다뤄 볼 만하다. 그렇다면 문제는 그들이 각자 눈앞에 보이는 주변 사물에 어떻게 자신을 이입시키느냐 하는 문제에서 그들 사이의 차이를 구별해 보는 것이다.

『신곡』에서 단테가 풍경을 구성하는 방식은 근본적으로 이행과 사건의 방식이다. 순례자는 끊임없이 이동하고, 이동하는 과정의 변화하는 관점에서 풍경을 포착하고, 또한 마주치는 대상들과 어떤 식으로든 접촉하면서 풍경의 본질을 드러내고자 한다. 지옥에 위치한 자살자의 숲에 들어선 순례자 단테는 길잡이 베르길리우스의 권유에 따라 나무의 잔가지 하나를 꺾는다. 그러자 그 자리에서는 검붉은 피가 흘러내리며 나무가 울부짖는다. "왜 날 자르는 거요?"(「지옥」 13. 33)

> 부러진 나무에서는 말과 피가
> 함께 터져 나왔다. 마치 한쪽 끝이 불타는
> 푸른 나뭇가지가 다른 한쪽 끝으로 진물을 뿜으며   42
>
> 지나가는 바람을 맞아 소리를 내는 것 같았다.
> 나는 질겁하여 실가지를 떨어뜨리고
> 멍하니 서 있었다.   45
> (「지옥」 13. 40-45)

---

14 위의 책, p. 51.

가지를 꺾은 순례자의 눈은 검붉은 피를 보고 있으나 그러한 시각적 체험은 오히려 우리의 귀를 후비는 나무의 울부짖음에 압도된다. 순례자의 손이 마비되어 "실가지를 떨어뜨리고 멍하니 서 있"게 만든 것은 나무의 피의 시각적 이미지보다는 울부짖음의 청각적 이미지였다. 자살자의 숲의 풍경은 그 숲에 다가서는 순례자에게 시각적 이미지로 다가왔으나 실가지를 꺾는 순간 그 풍경은 청각적인 것이 되었다.

이러한 청각적 풍경은 자살자의 숲에 있는 자살자들의 사연을 듣는 국면으로 이행된다. 순례자가 저승을 여행하면서 어디에서든 수많은 영혼들과 이야기를 주고받는 것은 사실이지만, 그 장면에서 특히 우리는 순례자가 인지하는 대상(자살자의 숲)이 시각보다는 청각으로 순례자의 내면에 새겨진다는 것을 관찰할 수 있다. 자살자의 나무가 바람을 일으키면서 소리를 낸다는 설정은 자살자의 숲이 결코 정태적인 사물(정물)이 아니라는 것을 말해 준다.

> 그때 나무가 세찬 바람을 일으켰다.
> 잠시 후 바람은 이런 소리로 변했다.
> (「지옥」 13.91-92)

자살자의 숲을 가득 채운 나무들에 바람이 불기보다 나무들 스스로가 바람을 일으킨다. 그것은 바람이 나무의 내면의 필요에서 나온 것임을 말해 준다. 나무는 순례자의 요청에 마음이 흔들리는 것을 느낀다. 그리고 바람을 일으키면서 순례자의 요청에 따라 자신의 사연을 들려주리라 결심한다. 그 결심이 쉽지 않은 것임은 "아주 짧게 대답하겠소."(「지옥」 13.93)라는 말로 시작하는 데서 짐작할 수 있다. 이런 식으로 자살자의 숲에는 자살을 감행한 영혼들의 슬픈 기억들이 소리의 형태로 아로새겨져 있다. 자살자의 숲의 풍경은 내면의 청각적 외화와 그 표상물로 보아야 할 것이다. 순례자가 자살자의 숲이 지어내는 풍경을 바람 소리와 말소리가 어우러지게 하는 방식으로 보여 주는 것은 자살자들의 리얼리티를 극대화하는 효과를 낸다. 소리와 함께 우리는 자살자의 숲의 풍경이 시간의 흐름에 실려 우리 눈앞에 떠오르는 것을 볼 수 있으며, 거기서 지옥의 영원한 형벌을 받는 자살자들이 바로 우리 옆에서, 우리의 현실에서 울부짖고 있다는 느낌을 받게 된다.[15]

장소의 시간성

『신곡』에 널려 있는 이탈리아 지리에 대한 단테의 지식과 묘사는 경험과 책에서 나왔다. 특히 망명은 이탈리아의 물리적 환경을 경험과 책으로 숙지하는 기회를 제공했다. 사실상 길가메시에서 호메로스, 그리고 베르길리우스에 이르는 서사 문학 전통의 특징들 중 하나가 지리적 지식의 측면에서 권위를 세운 것이라면,[16] 단테가 순전히 내세에 대한 자신의 문학을 현세의 지리적 지식에 기반을 둔 것은 그러한 서사 문학의 전통과 권위를 이어받는 것이라고 할 수 있다. 말하자면 단테는 지리적 지식을 자신의 환상 세계에서 기본적이고 필수적인 배경으로 깔

---

15 뜻과 풍경의 일치〔意景〕. 위에서 소리와 풍경의 상호 관여를 말했다면, 의미와 풍경의 관계도 흥미를 끈다. 어떤 표현에서 의미와 풍경이 일치한다면, 그 표현은 풍경이 어떤 의미를 말해 준다는 것을 나타낸다. 풍경은 의미를 담고, 그렇게 의미를 담는 풍경을 표현한다. 그 표현은 풍경을 의미하는 것이므로, 위의 구도에서 우리는 의미를 담은 풍경을 의미하는 구도를 떠올릴 수 있다. 말하자면 풍경은 의미를 담으면서 또한 의미를 실어 나르는 하나의 매체(기호 운반체)가 되는 것이다.

16 Helms, Mary, Ulysses' Sail, An Ethnographic Odyssey of Power, Knowledge and Geographical Distance(Princeton: Princeton University Press, 1988); Herendeen, Wyman H., From Landscape to Literature, The River and the Myth of Geography(PittsburghL Duquesne UP, 1986).

면서 자신이 걸어가는 구원의 순례에 현실적 감각을 불어넣고, 그럼으로써 현실에 놓인 독자들의 자발적인 공감을 얻어 낼 수 있었던 것이다. 단테는 아마도 「천국」을 끝낼 무렵 『물과 땅의 두 요소들의 장소와 형태(Il luogo e la forma dei due elementi dell'acqua e della terra)』[17]라는 자연과학서를 집필하면서 『신곡』의 지리적 배경에 권위와 실증적 가치를 부여하고자 했던 것으로 보인다.[18]

단테가 살았던 시절은 고대의 자연철학에 대한 관심이 이미 살아나고 있었지만 또한 관찰과 실증의 흐름은 아직 시작되지 않았던 때였다. 코페르니쿠스의 우주관이나 갈릴레오의 관찰이 나오기 훨씬 이전이었다. 따라서 자연에 관심을 가진 그로서 참고할 '새로운' 대상들이 거의 없었는데도 단테는 자연에 대한 주도면밀한 관찰에 가치를 두었고, 거기서 새로운 실증적 지식을 얻고자 했다. 단테가 자연 현상을 관찰하면서 참조한 사람은 아리스토텔레스였다. 그는 주로 아리스토텔레스의 세계관이 중세에 그 원형대로 얼마나 잘 보존되어 살아남았는지 관심을 기울였다.[19] 『물과 땅의 두 요소들의 장소와 형태』에서 단테는 새로운 생각을 전개하기보다는 이전 학자들의 생각을 정리하고, 무엇보다 자신의 주장을 전개하는 기술적 측면들(삼단 논법을 명증하게 활용하는가, 이론들에 반대하고 찬성하는 내용이 선명한가 등등)에 더 중점을 두었다. 『물과 땅의 두 요소들의 장소와 형태』가 그것이 쓰인지 거의 200년 후까지 출판되었다는 사실[20]은 지리의 형태에 대한 그의 생각과 입장이

17 Alighieri, Dante, Il luogo e la forma dei due elementi dell'acqua e della terra, Opere minori di Dante Alighieri, vol. II(UTET, Torino, 1986).

18 Cachey, Theodore J. Jr., "Cartographic Dante", Italica, Vol. 87, No. 3, 2010, p. 331.

19 Glacken, C. J., "Changing Ideas of the Habitable World", Man's Role in Changing the Face of the Earth, ed. W. L. Thomas(Chicago: University of Chicago Press, 1967), pp. 70~92.

20 1508년 베네치아에서 베네데토 몬체티가 처음으로 출판했다. Toynbee, Pajet, Concise

상당히 오랫동안 인정받고 있었다는 점을 방증한다.[21]

　단테는『물과 땅의 두 요소들의 장소와 형태』에서 '과학적'인 방식으로 체계화한 자신의 지리-물리적 사고를『신곡』에 고스란히 적용했다. 이를 두고 쿤스는 그 어떤 시인도 그러한 복잡한 주제들을 최고로 숭고한 시에 담아낸 적이 없다고 격찬한다.[22] 단테의 성취는 단지 과학과 문학을 결합했다는 면에 국한될 것은 아니며, 그 결합 위에서 그가 보여 준 지리의 인식과 표현 방식의 독특성에 더 주목할 필요가 있다. 그 독특성이란 곧 자신의 내면세계를 외부의 물리적 지리의 일부로 던지면서, 스스로의 지리적 실존을 표출했다는 점이다. 단테의 지리적 실존은 이탈리아 지리에 대한 자신의 묘사가 책과 경험을 통해 이루어졌고, 그럼으로써 대상-자연과 주체-문화가 교합을 이룬 상태를 말한다.『신곡』에서 단테의 순례는 자신의 지리적 실존을 계속해서 갱신하면서 진행된다. 그가 이탈리아 반도를 떠돌아다니면서 바라본 풍경들은『신곡』에 차곡차곡 담겼고, 그 장면들을 읽는 우리에게 여러 풍경들을 바라보는 단테의 뒷모습들을 떠올리게 만든다.

　나는 미국 화가 앤드루 와이어스(Andrew Wyeth)가 그린「펜실베이니아 풍경(Pennsylvania Landscape)」[23]을 보며 그가 풍경화에 대해 보인 예리한 관찰을 흥미롭게 접할 수 있었다. 그는 이렇게 말한다.

　　나는 이 그림 하나에 펜실베이니아 풍경 전체가 담겨 있다고 생각합니다. …… 물론 그것은 구성적인 시각입니다. 나는 하나의 풍경을 그리면서 결코

　Dictionary of Proper Names and Notable Matters in the Works of Dante(New York: Phaeton Press, 1968).

21　Glacken, *Man's Role in Changing the Face of the Earth*.

22　Kuhns, L. O., *The Treatment of Nature in Dante's "Divine Comedy"*(Port Washington, N. Y.: Kennikat Press, 1971), pp. 193~194.

23　1941, Tempera on panel, Brandywine Rivers Museum.

한자리에 머물지 않습니다. 나는 흐릅니다. 나는 움직입니다.[24]

이탈리아 현대 작가 안토니오 타부키도 비슷한 견해를 표출했다. 『수평선 자락』에서는 수평선이라는 외적 풍경을 보여 주면서, 『레퀴엠』에서는 내면의 겹이라는 내적 풍경을 보여 주면서, 타부키가 시종 말하고자 하는 것은 풍경이란 시각의 주체가 장소를 옮기는 대로 변한다는 진실이다.[25] 풍경을 바라보는 시각의 주체는 자신의 장소를 옮기면서 달라지는 풍경의 무수한 버전들의 총체를 그 풍경의 실체로 인지한다. 사실상 그렇게 남게 되는 한 폭의 풍경화는 주체의 시선으로 찍은 다양한 각도들의 촬영(shot)[26]들을 '함께' 아우르면서, 즉 동일한 장소에서 간직하면서, 단 하나의 틀(frame) 속에 담아낸 것이다. 그 틀은 고정되어 있으나, 그 안에 담긴 무수한 버전의 촬영들은, 각각으로도 다르지만, 서로 작용하여 서로에게 스며들면서 또한 다름을 지속시킨다. 그것은 무한한 속성을 지닌 유일한 실체라는 스피노자의 아이디어를 연상시키고, 또한 그 자체로는 하나인데 이미지로는 끊임없이 변하는 단테의 그리핀의 형상[27]을 떠올리게 한다.

풍경은 바라보아지는 대상이자 바라보는 지점이기도 하다.[28] 주체는

---

24 Wyeth, Andrew, *Autobiography*(1995), Brandywine Rivers Museum.

25 Tabucchi, Antonio, *Requiem*; 박상진 옮김, 『레퀴엠』(문학동네, 2013); Tabucchi, Antonio, *Il filo dell'orizonte*; 박상진 옮김, 『수평선 자락』(문학동네, 2013).

26 이 용어를 쓴 것은 눈으로 바라보는 것이 유동적이고 지속적인 것임에 비해 촬영은 순간의 포착을 남긴다는 점을 강조하기 위해서다. 또 촬영이란 용어는 사진판(cut)이 남겨진 결과물임에 비해 계속 진행 중인 사건을 의미한다.

27 "독자들이여, 상상해 보라! 그 자체는/ 변함이 없으면서 그 이미지로는 끊임없이 변하는/ 피조물을 보고 내가 얼마나 놀랐는지!"(「연옥」31. 124-126)

28 위의 문장은 한국어로서 참 어색한 수동태 표현이다. 그러나 말하고자 하는 바를 깔끔하게 표현하고 있다. 즉, 전달된다. 어느새 우리는 언어의 변형에 우리 몸(느낌, 이해)을 맡기고 우리 몸까지 그에 따라 변형된 것일까? 언어의 불구가 신체의 불구를 선도한다. 다음과 같이 주어를 주체로 내세우고 풍경은 목적어로 바꾸면서 문장을 바꿔 보자. '주체는 풍경을

풍경을 대상으로 만들기도 하고, 풍경을 바라보는 주체 자신이 들어가 있는 곳으로 만들기도 한다. 그 둘의 종합으로서의 풍경은 그것을 바라보는 주체의 위치가 들어가 있는 그곳이라고 요약할 수 있다. 말하자면 풍경은 주체를 객관화하고 객관을 주체화하는 장소다. 그렇게 볼 때 풍경이 주체의 위치와 함께 변형된다는 진술은 자연스럽다. 주체의 장소의 변화가 풍경의 변형을 선도하는 꼴이다. 그런데 흥미로운 것은 주체가 풍경을 하나의 대상이자 자신의 거점으로 만드는 과정에서 풍경이라는 장소를 모호하게 만든다는 점이다. 주체는 풍경을 바라보는 거점인 한에서 그 풍경 안에 들어가 있고, 또한 주체는 풍경을 대상으로 바라보는 한에서 그 풍경의 외부에 놓여 있다. 이런 이중적인 구조 혹은 모호성을 빚어내는 구조에서 풍경은 어떤 확정된 장소를 무화하는 과정, 장소에 터를 두지 않는(unbound to place) 과정으로서의 장소(place in process) 혹은 비장소의 장소(place of placelessness)가 된다.

그런데 이런 식으로 장소의 공간적 특징에 의거해서만 풍경을 분석할 때 시간성의 의미가 약해질 수 있다. 시간을 배제한 장소라는 개념은 주체와 현실을 배제하면서 체계화에 집중하는 구조주의적 함정에 빠질 수 있으며, 데리다가 말하는 현전성의 오류 혹은 한계에 직면할 수 있다. 우리가 사는 이 우주에서 사실상 시간의 지층들은 한곳에 쌓여 있다. 다만 그러한 고고학적 퇴적을 바라보는 새로운 시각이 필요할 뿐이다.[29] 그러한 새로운 시각, 다시 보는 시각을 갖추는 것은 곧 장

그 자신이 바라보는 대상으로 삼기도 하고, 그 풍경-대상을 바라보는 자신의 지점으로 삼기도 한다.' 의미가 더 산만해진 느낌이지만, 특히 주체와 풍경의 관계에 대해 더 설명적이기도 하다.

29 아테네의 지하철역에서 한 장소에 켜켜이 쌓인 시간들을 보았다. 시간들은 물질 대상으로 한곳에 있었다.(졸저, 『지중해학: 세계화 시대의 지중해 문명』(살림, 2003)) 그러나 그렇게 보고 있게 한 것은 발굴과 전시, 그리고 주의 깊은 관람이었다. 그것들은 시간의 공간화에 관련한 의식적 판단과 수행에서 나온다.

9 풍경의 내면화: 단테와 보카치오, 레오파르디의 상상과 내면의 지리학

소를 주체화하는 것, 즉 장소에 주체를 투여하는 것을 의미하며, 이로써 주체는 장소의 관습성과 중심성을 해체하고 장소를 이른바 비장소로 만든다.

정확히 이것이 레오파르디가 "무한"을 인식하는 방식과 과정이었다. 레오파르디의 "울타리"는 시야를 차단시키는 장애물이 아니라 오히려 시야를 확산시키는 투시 기능을 갖춘 망원경의 역할을 한다. 레오파르디가 무한한 지평선을 볼 수 있는 것은 울타리가 시야를 차단시키기 때문이다. 그 차단으로 인해 시인은 상상을 발휘하게 되고, 거기에서 시야가 열려 있었더라면 오히려 인지하지 못했을 무한의 지평을 떠올리게 된다. 여기에서 우리는 두 가지를 생각할 필요가 있다. 하나는 소리의 흐름에서 만들어지는 풍경의 시간성이고, 다른 하나는 상상으로 펼쳐진 무한의 지평, 광대한 풍경이 이제는 역으로 상상 자체에 영향을 주어 상상을 어디에도 매여 있지 않게(boundlessness) 만든다는 것이다. 이 두 효과들로 인해 레오파르디의 풍경은 우리의 시야가 아니라 내면에서 무한하게 펼쳐지고 다른 어떤 것의 개입도 허용하지 않게 된다.

이렇게 장소를 시간성에 따라 '다시 보는' 과정이 단테가 지옥에서 천국으로 가는 과정이었다. 지옥과 연옥과 천국을 공간은 물론 시간에 따라 분류하고 배치하며 그것들로 우리의 우주를 분할하는 것은 단테의 순례를 '따라가며' 이루어진다. 작가 단테는 주인공 단테의 순례를 진행시키면서 그 진행의 시간적 변화에 따라 지옥에서 천국으로 변화하는 공간을 보여 준다. 『신곡』에 나타나는, 단테의 내면에서 장소의 변화를 추동시키는 장면은 신학의 성스러운 아름다움에서 나온 자연의 묘사들에 비해 자잘하다고 볼 수도 있다.[30] 그러나 우리가 봐야 할 것은 단테가 순례 동안 계속해서 상승하면서 이루어 내는, 풍경의 인지

---

30 Clark, Kenneth, *Landscape into Art*(1949)(London: John Murray, 1997), p. 8.

와 관련한 그 자신의 변신의 과정이다. 우리는 그 과정을 읽으면서 지옥의 풍경이 연옥의 풍경으로, 다시 천국의 풍경으로 대체되는 것을 목격한다. 그러나 그러한 대체는 이전의 것을 완벽하게 감추는 방식이 아니라, 마치 이전에 쓴 글 위에 습자지를 대고 같은 글자를 쓰거나 양피지 위에 이전 글자를 지우고 새로운 글자를 쓰는 것처럼, 서로 겹치는 방식을 취한다. 단 이레 동안 이루어진 여행에서 순례자의 몸과 감정이 지옥과 천국으로 깔끔하게 분리된다는 생각은 도저히 하기 힘든 것이다. 과연 천국의 꼭대기에서도 단테는 베드로로 하여금 지옥의 시궁창을 떠올리게 하고 또한 말하게 한다.[31] 그렇게 볼 때 순례자가 지옥에서 천국으로 가는 과정은 그것들의 풍경들을 계속해서 '서로' 끼워 넣고 겹치게 하는 방식이라고 말할 수 있다. 바로 그렇기 때문에 단테의 순례는 천국의 풍경을 완성하는 것에서 끝나지 않고, 엠피레오에 이르기까지 그러했듯 천국에서 지옥과 연옥의 풍경들을 계속해서 끼워 넣는 그 관성의 힘으로 다시 현세로 복귀하게 되는 것이다. 그 현세는 물론 천국보다 지옥이나 연옥에 훨씬 가까울 터이다. 그렇게 단테의 순례는 풍경들의 시간적, 공간적 대체와 연쇄와 함께 영원히 반복된다.[32]

---

31 성 베드로가 분노에 찬 어조로 발화하는 장면을 볼 것.(「천국」 27. 19-27) 이 책 8장 참고.

32 관성은 단테의 순례뿐 아니라 그를 묘사하는 언어를 추동하는 힘이다. 단테의 순례를 풍경의 겹침 대신에, 『신곡』 전체에서 나타나는 언어에 대한 끊임없는 좌절과 지속되는 믿음이라는 측면에서 묘사할 수도 있다. 단테의 순례는 언어가 그의 내면을 이끌고, 이어서 내세의 공간들을 구성함으로써 이루어진다. 그렇다면 언어가 대상을 이끈다는 창작의 원리를 대입할 때, 단테가 내세의 풍경들을 서로 끼워넣는 관성의 힘으로 순례를 지속시키는 양상이 그 양상을 묘사하는 자신의 언어에 대한 좌절과 믿음의 표출과 더불어/표출에 의해 표현된다는 종합적 결론에 이를 수 있다. 한편, 에드먼드 버크는 무한의 효과가 관성의 메커니즘에 의해 형성된다고 얘기한다. 이와 함께 주목할 것은 그러한 관성적으로 길게 이어지는 감각의 연장에 의해 무한의 감각이나 관념을 갖게 되는 현상을 우리는 흔히 광인에게서 볼 수 있다.(Burke, Edmund, *A Philosophical Inquiry into the Origin of Our Ideas of the Sublime and Beautiful*; 에드먼드 버크, 김혜련 옮김, 『숭고와 미의 근원을 찾아서』(한길사, 2010), 151쪽) 단테는 자신의 순례를 "미친(folle)" 여행이라고 표현했는데(「지옥」 2.35), 그의 순례가 밟아 나가는 무한의 궤도(신의 세계를 여행한다는 것과 그러한 여행이 계속 되

이렇게 천국에 도달하는 것 자체보다는 지옥에서 천국으로 나아가는 '과정' 자체에 초점을 맞춘다면, 그 과정은 시간성을 내포한 장소, 즉 유동적인 장소(liquid place)로서, 외적·내적 공간을 포함하고 물질과 추상이 혼재하며 현재와 과거와 미래가 공존하는 곳으로 볼 수 있다. 그 과정은 과정 자체의 초월을 허용하는 공간이다. 이것이 풍경의 내면화라는 용어가 뜻하는 것이다. 주체가 풍경을 내면으로 들이면서 바라볼 때 그 풍경은 그 자체를 초월하는 방식으로 존재하게 되는 것이다.[33]

이때 주체의 내면으로 들어온 풍경이 그 자체를 초월하며 이르는 곳은 주체의 내면이라기보다 주체와 풍경의 '사이'가 아닐까. 레오파르디가 바라보는 풍경은 사실은 자신의 내면과 풍경의 '사이'이며, 그 '사이' 속에 "무한한 침묵"과 "광대함의 음성"이 놓여 있다. 그렇게 광대와 무한은 숭고의 원천들이다.[34] 레오파르디는 풍경을 바라보고("앉아서 바라보노라면") 성찰하면서("비교해 본다") 관조의 최고의 전략적 조직자가 된다. 그의 관조는 난파와 그로 인한 침잠에 도달하기 위한 장치이자 과정이다.

그런데 흥미롭게도 이러한 풍경 바라보기의 과정에서 그 바라보는 주체로서 레오파르디를 형상화하는 장면은 찾아볼 수가 없다.[35] 이러한 로나르디의 관찰은 예리하다. 실제로 그러한 조직자, 바라보고 비교하

풀이된다는 것)는 바로 그러한 광기의 관성에 의해 유지되는 것임을 말해 준다.

33 자체의 초월을 허용한다는 것은 자기 부정, 비동일화, 타자화와 같은 옹어들로 설명한 바 있다.(졸고, 「한없음의 잉여」, 『단테 신곡 연구』 1장) 그것이 자기의 재인식으로 이어진다면 '자체 초월'은 자기 회귀와 다르지 않을 테지만, 단순한 회귀가 아니라 변신한 회귀로 이해할 필요가 있다. 이것이 (자기) 장소의 해석이고 (자기) 의미의 창조이며, 경계의 초월이자 무화다. 이러한 연기의 원리에 따라 나와 우주는 일체가 되는 것이다.

34 버크, 『숭고와 미의 근원을 찾아서』, 149~151쪽.

35 Lonardi, Gilberto, *Con Dante tra I moderni: Dall'Alfieri a Pasolini*(Verona: Aemme Edizioni, 2009), pp. 27~28.

고 난파하여 감미로워진 존재는, 프리드리히의 그림처럼,[36] 언제나 우리에게 가상의 뒷모습만 보여 주지 않는가. 대신 앞모습을 보이는 것은 풍경, 정확히 말해 울타리이며, 그 너머의 '마음의 풍경'도 사실상 앞모습에 해당한다. 그 모든 것들이 전경으로 다가오는 동안 그들을 관조하고 비교하는 레오파르디는 뒷모습만 보이면서 늘 한 걸음 물러난 배경의 위치에 머문다.

물러난 위치에서 머무는 것은 단테에게도 일어나는 일이다. 거인과 논다니를 만난 단테는 그들이 숲으로 사라진 뒤에 "숲이 날 가로막는 장벽이 되어"(「연옥」 32.159) 그들을 볼 수가 없게 된다. 우리에게 숲은 단테의 뒷모습 너머로 완강하게 버티고 선다. 우리는 단테와 함께 그 숲을 보며, 또한 단테 모르게 단테의 뒷모습을 함께 본다. 사실 우리의 시선을 더 뺏는 것은 숲이 아니라 단테의 뒷모습인데, (텍스트에는 나타나지 않는) 그 뒷모습에 숲이 들어가 있으며, 숲 너머를 보는 단테의 시선도 들어가 있기 때문이다.

「무한」을 쓰던 1819년 레오파르디가 단테를 바라보는 시선에는 깊이가 더해진다. 그 한 해 전에 「단테의 기념비 앞에서(Sopra il monumento di Dante)」[37]를 쓰면서 레오파르디는 눈 내리는 드넓은 바다에서 이름 없는 망명자들 사이에 끼어 있는 단테를 정면으로 바라본다. 정면으로 바라보던 시선은 「무한」에서 수직적인 깊이로 전환되며 대조를 일으킨다. 「무한」과 함께 레오파르디의 서정적인 '나'는 단테가 묘사한 오디세우스의 난파[38]를 근대적으로 재발견하고 자기 방식대로 다시 끌어온

---

36 캐스퍼 데이비드 프리드리히, 「안개 바다 위의 방랑자(The Wanderer above the Sea of Fog)」.(그림 7 참조)

37 Leopardi, Giacomo, "Sopra il monumento di Dante che si preparava in Firenze" (1818), *Canti*(Roma: Angelo Signorelli, 1964), pp. 30~41.

38 「지옥」 26곡.

다.[39] 레오파르디의 침잠과 단테의 난파를 이어 주는 것은 바로 무한의 경험에 대한 서로 다른 열망과 운명의 느낌이다. 단테에게 오디세우스의 난파는 무모한 도전이며 섭리에 따른 형벌의 현장이지만, 레오파르디에게 침잠은 편안하다. 단테와는 다르고 새롭다. 무한에 대한 단테의 열망은 섭리에 대한 경외와 함께 자라날 수밖에 없는 반면,[40] 레오파르디는 무한을 열망하고 느끼면서 그것이 자신을 속박하지 않는다고 느끼는 것이다.

풍경의 존재 방식: 정원

지금까지의 논의의 잠정적 결론으로 이렇게 말할 수 있을까? 시간성을 내포한 장소의 상실은 우리 내면의 상실을 의미한다.

지옥에서 단테가 풍경을 자신의 내면으로 들였던 것은 그 풍경이 그에게 혼란스럽고 광활하며 무서운 것인 동시에 그런 부정적인 장소에서 이탈하는 지점/시점을 또한 품고 있기 때문이다.[41] 풍경은 극복과 지향의 이중적인 역할을 제공한다. 나무와 수풀은 빛이 들지 않는 어둡고 칙칙한 환경을 마련하고, 그 속에서 단테는 잠에 취해 있다 깨어나 언덕 위에서 반짝이는 별을 발견하여 그리로 나아가려 하지만 세 마리의 짐승들에 가로막혀 다시 어두운 숲으로 밀려난다. 그때 존경하는 시

---

39 Lonardi, 위의 책, p. 28.
40 덧붙일 것은, 단테의 경외는 오디세우스의 교만한 의지에 대한 변장한 찬탄과 함께 동전의 양면을 이룬다는 점이다.(이에 대해서는 졸저, 『단테 신곡 연구』 4장 참고)
41 이는 지옥을 지나가야만 구원의 순례가 지속된다는 것을 의미한다. 지옥을 우회하는 것은 순례자 단테에게 허용되지 않는다. 지옥을 거치는 혹은 견디는 존재로서만 단테는 연옥을 거쳐 천국으로 오를 수 있다. 베르길리우스는 시종 이 점을 지적하고 가르치면서 단테의 순례를 지속시킨다.

인 베르길리우스가 나타나 단테를 이끌고 지옥부터 시작해 저승의 순례를 시작한다. 순례를 계속하면서 단테가 지옥에서 만나는 개울과 다리, 나무와 같은 것들은 형벌을 특징짓는 사물들로 나타나고 그것들이 지옥의 풍경을 이룬다. 반면 연옥에서 만나는 비슷한 자연물들인 풀밭과 꽃, 강과 같은 것들은 편안한 안식처의 예고를 표상한다. 이에 비해 천국에서는 풍경의 이미지가 구체적으로 나타나지 않는다. 대신 빛의 이미지가 지배적이다. 그러나 천국은 연옥의 정상에 위치한 지상 천국에서 현란한 색채의 꽃들이 만발한 정원의 형태로 '미리' 전시된다. 천국이 연옥에서 미리 정원의 형태로 예시되는 것은 연옥에서 수행하는 정죄의 결과로 천국에 오른다는 그 동선(動線)을 적절하게 예고하는 것이다. 정원은 중세인들에게 천국을 현세에서 느끼도록 해 주는 현실적 장소였다. 케네스 클라크에 따르면, 천국은 페르시아인에게 울타리로 둘러막은 정원과 같은 것이며 후기 중세에 정원에 그렇게 특별한 가치를 둔 것은 십자군 전쟁의 유물이었다.[42] 중세 신학과 철학에서 꽃과 열매, 나무, 풀밭이 펼쳐진 정원은 분명 천국의 장소였으며, 이런 식의 인식이 가장 집중적인 표현을 이룬 곳은 단테의 문학이었다. 『신곡』은 자연(정원도 그 일부를 이룸)에 대한 참조들이 너무나 많아 독자를 고통스럽게 할 정도다.[43]

정원은 단테와 동시대를 살았던 화가 시모네 마르티니(1284~1344)가 그 자신이 친하게 지냈던 페트라르카의 책의 권두 삽화로 그린 「베르길리우스의 이상상」[44]이라는 제목의 그림에서 하나의 안식처로 등장

---

42 Clark, *Landscape into Art*, p. 6.

43 앞에서 잠깐 살펴보았듯, 『물과 땅의 두 요소들의 장소와 형태』의 저자로서의 단테를 생각할 때 이상한 일이 아니다. 자세한 논의는 다음을 참조할 것. Alexander, David, "Dante and the Form of the Land", *Annals of the Association of American Geographers*, Vol. 76, No, 1. 1986, pp. 38~49

44 Martini, Simone, "Frontespizio per il codice di Virgilio", *Commento a*

9 풍경의 내면화: 단테와 보카치오, 레오파르디의 상상과 내면의 지리학

한다. 거기서 베르길리우스는 꽃으로 뒤덮인 과수원에 앉아 있고 그 곁에는 목동과 정원지기가 자리한다. 케네스 클라크는 이를 두고 고대 이래로 처음으로 전원생활의 추구가 예술에서 행복과 문학의 원천으로 재현된 것이라고 평가한다. 그러나 중세와 근대 사이에서 갈등한 시인으로서의 페트라르카의 모습은 자연에 대한 그의 응답에서도 잘 나타난다. 그는 아마도 개인의 내면 감정을 표현한 최초의 근대적 인간일 것이다. 페트라르카는 고독 속에서 살지만, 그러한 고독한 삶은 지상의 삶을 거부하는 것이 아니라 오히려 고독을 최고로 즐기기 위해서였다. 그는 친구에게 이렇게 썼다고 한다.

산과 숲과 강 사이에서 자유롭게 혼자서 돌아다니는 기쁨을 자네는 과연 알 수 있겠는가.[45]

Virgilio(1340~1344). Biblioteca Ambrosiana, Milan.(그림 8 참조)
45 이렇게 혼자 있고 싶은 마음을 페트라르카는 시집 『칸초니에레』에서 표현한다. 특히 다음 시를 볼 것. Francesco Petrarca, *Canzonière*, XXXV(Torino: Einaudi, 1964), p. 49.

황폐한 들녘을 생각에 잠겨
뒤늦은 느릿한 걸음으로 다소곳이 걷는다.
땅에 찍힌 인적을 피하려고
조심스레 눈길을 옮긴다.
사람들이 분명히 알아보는 것에서
벗어나는 것 외에 다른 안식처를 찾지 못한다.
즐거움이 꺼져 버린 나의 행동 속에서
내 안에서 타는 사랑의 불길이 밖으로 보일 테니까.
그래서 나는 이제 믿는다, 산과 해안과
강과 숲들이 내 인생이 어떠한지를,
또 다른 인생이 감추어져 있음을 안다는 것을.
그러나 그리도 쓰디쓴 길들, 그리도 거친 길들을
찾으면서도 나 스스로 생각에 잠기노라면
사랑은 언제라도 찾아올 것을 나는 알고 있네.
사랑과 함께 있음을.

그것은 아직 중세에 머물고 있던 당대의 시인들이 어두운 나무 그림자들로 덮인 산과 숲에서 느꼈던 악마적 두려움과 뚜렷이 대조된다. 페트라르카는 단순히 꽃들의 장식적 풍부함을 보고 기뻐하는 것이 아니라 꽃들의 습성을 연구하고 식물의 성장을 일일이 기록하며 만족을 얻는, 근대적 의미의 정원사였다. 산을 오르는 그 자체를 위해 산을 오르는, 정상에서 전망을 즐기는 최초의 인간이었다. 적어도 산과 숲과 강 사이에서 혼자 돌아다니는 기쁨을 누리는 한, 그렇게 판단되어야 옳다. 그런데 그런 한편 알프스에 오른 페트라르카는 다른 모습을 보인다. 지중해와 론 강을 발 아래에 두고 알프스의 원거리 전망을 얼마 동안 즐기고 난 후에 페트라르카는 우연히 아우구스티누스의 『고백록』을 펼쳐 들게 된다. 그의 눈은 다음 구절에 머문다.

사람들은 산의 높이, 바다의 웅장한 물결, 강의 거친 흐름, 대양의 순환, 별들의 운행에 놀라지만, 그것들을 그 자체로 고려하지 않는다.[46]

그리고 페트라르카는 이렇게 진술한다.

나는 당황했다. 나는 (더 듣고 싶어하는) 동생에게 날 괴롭히지 말라고 부탁하면서 책을 덮었다. 나는 세상 사물을 아직도 찬미하고 있는 나 자신에 화가 나 있었다. 오래전에 아마도 심지어는 이교도 철학자들도 오로지 영혼만을 놀라운 존재로 보았다고 배웠고, 그 자체로 위대할 때 그 외부의 어떤 것도 위대하지 않다고 배웠던 나였기에. 그래서 산을 충분히 봤다고 생각하기로 했다. 나는 내면의 눈을 나 자신에게 돌렸고, 그 순간부터 우리가 다시 산기슭으

---

46 Clark, *Landscape into Art*, 앞의 책, p. 10 재인용.

9 풍경의 내면화: 단테와 보카치오, 레오파르디의 상상과 내면의 지리학

로 내려올 때까지 단 한 음절도 입술에서 나오지 않았다.[47]

이런 에피소드는 풍경을 대했던 내면의 흐름들이 안정되지 않았던 중세 말기의 정황을 잘 보여 준다. 온전한 객체로서의 자연은 아직 혼란스럽고 광활하며 두려운 것이었다. 나는 위의 페트라르카의 글에서 외부를 인식한 페트라르카의 충격과 함께 다시 안전한 내면으로 돌아가 도사리려는 은밀한 욕망을 읽는다. 그가 산과 숲과 강 사이에서 자유롭게 혼자 돌아다니며 느꼈다던 기쁨은 풍경을 외부의 독립된 '타자적' 현실로 인식하지 못했기에 누릴 수 있었던 그러한 것이 아닌가. 외부를 그 자체대로 내면에 들이기보다, 혹은 외부와 내면의 교합을 음미하기보다, 내면의 틀에 맞춰 찍어 낸 그 외부의 허상만 따라다닌 꼴이 아닌가. 페트라르카가 자연 속에서 고독과 안식을 즐기는 것은 외부의 풍경을 낯선 외부로 인식함으로써 그 풍경을 자신의 내면에 자기 방식대로 새기기 때문에 가능했다.(바로 그런 측면에서 우리는 페트라르카를 '근대인'이라고 부를 수 있는 것이 아닐까.)

외부의 풍경은 내면에 침잠한 사람에게 대단히 낯선 무엇이다. 이는 역설적으로 그 낯선 외부성을 비로소, 정확하게, 인지하는 주체만이 풍경을 내면화할 수 있다는 의미이기도 하다. 외부의 풍경이란 주체의 내면화를 거치면서 다시(시간의 차원)/뒤집어(공간의 차원) 인지된 장소라고 할 때, 그 내면화의 과정에서 풍경은 계속해서 변형되지만 또한 그(외부로서의) 본질은 남아 있어야 한다. 풍경은 인지의 대상이지만, 주체는 풍경 안에 들어간 낯선 자신을 인지함으로써, 풍경을 비로소 인지의 대상으로 만들 수 있게 된다. 그러면서 주체는 풍경을 주체의 경험 및 인지의 힘과 섞는 동시에 또한 그 대상성(거기 있음)을 견지하는 방

---

47 위의 책, 같은 곳 재인용.

식으로 풍경을 구성한다. 그렇게 구성된 풍경만이 주체에게 상처를 입힌다. 그것은 이미 단테가 경험하고 표현했던 것이고, 보카치오가 나중에 그 의미를 당혹할 정도로 확장시켰던 그러한 것이다.

정원은 보카치오의 『데카메론』에 등장하는 인물들에게 울타리 외부에서 창궐하는 페스트가 침입하지 못하는 편안하고 행복한 피난처를 제공한다. 풀밭이 펼쳐지고 분수에서 맑은 물이 솟아오르며 어디에나 그늘이 뜨거운 햇빛을 가려 주고 최고의 식사와 휴식이 보장된 가운데 그들은 정겨운 눈길을 교환하고 재미난 얘기들을 주고받는다. 그들이 즐기는 것은 감각의 기쁨이다. 그러나 보카치오의 정원은 울타리 너머의 외부와 차단되었고 외부의 위험(페스트)으로부터 보호해 주며 폐쇄적인 공동체를 이룬 것으로 보이지만, 결코 그 자체로 완결되지 않는다.(울타리는 레오파르디에게서 편안하고 안정된 장소로 작동하면서 그 너머로 나아가는 역설적 발판임을 기억하자.) 『데카메론』에서 풍경은 전혀 관념화되거나 이상화되지 않으며, 보카치오의 정원은 외부의 페스트와 대결하는 방식으로 축조되어 있다.

연옥을 특징짓는 시간성으로 말미암아 연옥의 정원은 시간성에서 벗어나지 않고, 그 시간성이 연옥 정원의 풍경에 강력하게 스며든다. 천국의 영원성, 그 시간을 초월한 상태에 이르기 전에 연옥의 영혼들은 오랜 세월 동안 그들을 단련시키며 보냈던 시간의 흐름을 마지막으로 회고하고 또한 실감하는 기회를 연옥의 정원에서 갖게 된다. 지상 천국이라 불리는 연옥의 정원에서 연옥의 영혼들이 마지막으로 레테와 에우노에의 두 강물에 몸을 담그면서 그동안 씻어 온 죄를 다시 한 번 더 확실하게 씻어 내고 앞으로 자신을 구성할 선을 채우는 것으로 그들이 연옥의 산을 오르며 목격한 수많은 풍경들에 대한 기억을 정리한다. 그 마지막 의식(儀式)에서 돋보이는 것은 연옥의 풍경들을 내면에 들인다는 것의 의미다. 연옥은 정죄의 장소이며 정죄 그 자체로 이루어진 시공간이다. 그런 시간과 공간을 회상하며 거기에서 얻은 죄의 씻김과 선의 축적으로 내면을 재구성하는 것은 곧 연옥의 기능을 완성하는 것이기도 하다. 이로써 단테의 연옥은 천국으로 나아가는 하나의 길목이 된다.

그에 비해 보카치오의 정원은 단테의 천국에 훨씬 더 닮아 있다. 그 자체로서 완결되고 충족된 장소. 그것은 외부와 절연되어 있는 방식으로 가능하다. 페스트가 창궐하는 외부는 정원과 완전히 이질적인 곳이다. 페스트 균은 결코 정원 안으로 잠입하지 못하고, 정원은 더할 수 없이 안전하다. 그러나 단테의 천국이 완결과 충족의 장소이면서 또한 지옥과 연옥, 그리고 현실의 세계와 계속해서 조응하고 소통하는 곳이듯, 보카치오의 정원도 외부와 차단되어 있으면서 또한 외부의 페스트와 대결하는 자세로 이루어진 곳이기도 하다. 단테와 보카치오의 풍경들에 대해 좀 더 자세히 살펴보자.

단테와 보카치오의 풍경들

풍경의 자족성

단테와 보카치오의 글 두 개를 읽어 보자.

그 밖에 무엇보다 더한 즐거움을 준 것은 실개천이었습니다. 그것은 두 개의 언덕을 나누는 계곡들 중 하나에서 흘러나와 천연석 바위들로 이루어진 절벽에서 아래로 떨어졌으며, 떨어지면서 매우 경쾌한 소리를 냈고, 멀리서 보면 눌려 있던 상태에서 알알이 흩어져 부서지는 수은처럼 물보라를 날리고 있었습니다. 물은 좁은 평지에서 예쁘고 자그마한 수로로 모이고 평지 중간까지 빠른 속도로 흘러가다가 그곳에서 작은 호수를 이루었는데, 그 모양이 도시 사람들이 필요에 따라 정원에 만드는 연못과 비슷했습니다. 호수는 그리

깊지 않아서 사람 가슴까지 찰 정도였고, 한 점 티끌도 없어서 바닥까지, 지극히 작은 돌멩이들까지 들여다보일 정도로 아주 맑았습니다. 마음만 먹는다면 그 숫자까지 셀 수 있을 정도였지요.[48]

> 그때 시내 하나가 앞을 가로막았다.
> 물결은 둑을 따라서 자라난 풀을
> 잔잔하게 왼쪽으로 밀어내고 있었다.　　　　　　　　　27
>
> 강물은 한 줄기의 햇빛과 달빛도 허용하지 않을,
> 영원할 것만 같은 수풀의 그늘 아래서
> 아주 검은 빛깔로 흐르고 있었다.　　　　　　　　　30
>
> 그러나 더할 수 없이 투명했으니, 지상에 있는
> 가장 깨끗한 물이라도 그 투명한 흐름에 비하면
> 탁한 기미가 낀 듯 보였을 것이다.　　　　　　　　　33
>
> 발을 멈추고 눈을 들어
> 강 건너편을 바라보니
> 온갖 맑은 꽃가지들이 널려 있었다.　　　　　　　　36
> 그때 모든 다른 생각들을
> 일순간에 흩어 버리는 무엇인가가 나타나듯
> 한 여인이 내 앞에 나타났다.　　　　　　　　　　39
> (「연옥」 28. 25-39)

---

48 Boccaccio, Giovanni, *Decameron*; 박상진 옮김, 「여섯 번째 날 에필로그」, 『데카메론』 (민음사, 2012), 2권, 361쪽.

순례자 단테를 가로막는 "시내"는 연옥의 정상에 위치한 레테 강을 가리킨다. 강물의 맑음과 투명함의 이미지가 중추를 이루며, 그 점에서 보카치오의 "작은 호수"와 상응한다. 그들이 공유하는 것은 맑음과 투명함의 이미지다. 그러나 그들의 차이는 흐름과 고임에서 나온다. "작은 호수"는 언덕으로 둘러싸인 평지에 고여 있다. 반면 "시내"는 어디선가 흘러와 어딘가로 흘러가며, 더 중요하게, 누군가를 통과시켜 다른 곳으로 보낸다. 그러한 "시내"의 흐름, 그 운동성은 순례자가 "강 건너편"을 바라보는 장면(35)에서 드러난다. 그는 "온갖 맑은 꽃가지들이 널려 있"는 "강 건너편"을 동경하고 있으며, 실제로도 그는 레테 강을 거쳐서 천국으로 오른다. 레테 강은 천국으로 오르는 데 거쳐야 할 통과의례의 장소인 것이다. 그래서 아마도 천국으로 오를 생각으로 차 있는("모든 다른 생각들") 단테 앞에 우선 해야 할 일을 하도록 도와주는 "한 여인"(마텔다)이 등장하는 것이다. 이후 단테는 레테와 에우노에의 물로 순수한 영혼의 완전성을 획득하게 된다.[49]

이런 식으로 단테의 "시내"는 계속 나아가는 과정의 한 단계로 등장한다. 보카치오의 "작은 호수"처럼 그것은 낙원의 이미지임에 틀림없지만, 끊임없는 진보를 전제로 하는, 혹은 구원의 궁극을 위한, 일시적인 낙원이다. 그것은 도달하는 장소이지만 또한 출발하는 장소로서 그 적절한 의미를 확보한다. 그것은 순례의 행로에 놓여 있는 유동적인 장소다.(그로 말미암아 연옥 전체가 '흐르는 섬'이라는 이미지를 띠게 된다.) 그에 비해 보카치오의 "작은 호수"는 그 자체로 자족적인 형태를 이루며 궁극성을 획득한다. 더 이상의 추구를 전제로 하지 않는다. 물론 보카치오의 "작은 호수"와 그를 담고 있는 분지 형태의 낙원은 일곱 부인

---

49 순례자가 천국에 순수한 영혼의 상태로 진입하느냐의 문제는 기억과 의식의 잔존, 선과 악의 조응과 같은 또 다른 논의들을 낳는다. 이 책의 3장 및 졸저, 『단테 신곡 연구』, 7장 참조.

들을 맞아들이는 한에서 의미를 갖는다는 측면에서 자족적이지 않다고 말할 수도 있다. 하지만 일곱 부인들은 그곳에 들어서면서 그곳과 하나가 되고, 그 안에서 더 이상의 진보의 필요를 느끼지 않는다. 설령 나중에 그들이 원래 있던 별장으로 돌아가 세 청년과 재결합한다 해도, 그래서 잠시 하나가 되었던 그들의 자리가 비어 있게 된다 해도, 그리고 나중에 세 청년이 다시 그곳을 찾아 새로운 자리를 만든다 해도, 그것이 그곳의 자족성을 동요시키지 않는다. 그곳의 자족성의 상태가 별장과 관련해서 확보되는 것은 아니며, 또한 부인들과 청년들의 드나듦으로 인해 훼손되는 것도 아니기 때문이다.[50] 그에 비해, 앞서 말한 대로, 단테의 "시내"는 그것을 거치는 한에서, 다시 말해 그 이전에 거친 단계들과 그 이후에 거칠 단계들, 그리고 그들이 이루는 차이를 전제로 하는 위에서만 의미가 있는 것이다.

그래서 레테의 물은 적어도 연옥을 거쳐 천국으로 여행을 계속하는 단테에게 그저 부수적인 혹은 장식적인 요소일 뿐이지만,[51] 일곱 부인들은 "작은 호수"에 뛰어들고 연못은 그들을 온전하게 받아들인다. 그들은 하나가 되는 것이다. 그리고 일곱 부인들이 별장으로 돌아가 세 청년들에게 그곳을 묘사하자 청년들도 그곳으로 향하는데, 이로써 연못은 동일한 자리에서 또 다른 새로운 사람들을 맞아들인다.

---

50 그러나 이것이 보카치오의 풍경이 고립된 것, 타자를 필요로 하지 않는 자기 완결적인 것임을 의미하지는 않는다. 자족성과 자기 완결성은 다르다. 자기 완결성은 그 자체로 충족된 상태인 데 비해 자족성이라는 말로써 나는 그 충족된 상태가 어떤 목표점을 향해 나아가는 길 위에 서 있다는 점을 가리키고자 한다. 그 점에서 자족성은 오히려 고정성에서 자유롭고 고립에서 벗어나며, 자체로 타자를 받아들이는 형국을 하고 있다. 나중에 이런 논의로 돌아올 것이다.

51 이렇게 말할 수 있는 근거들 중 하나는 레테 강물을 거치면서도 단테가 스스로 짓고 또 지옥과 연옥을 거치며 보고 들은 죄의 기억은 결코 사라지지 않았다는 점을 들 수 있다. 그 죄의 기억이란 단테가 살아 있는 존재로서 그 정체성의 유지를 위해 지닐 수밖에 없는 기억의 총체 속에 들어 있으며, 그런 한에서 천국에 오른 단테를 지옥과 연옥을 둘러본 단테와 동일시할 수 있는 것이다. 그것은 그 누구도 체험하지 못한 단테 고유의 경험이다.

이런 곳에 젊은 부인들이 왔으니, 그들은 전체를 둘러보며 갖은 찬사를 늘어놓은 뒤 날씨도 너무 더운 데다가 바로 눈앞에서 작은 바다를 보자 누가 본다는 의심은 전혀 하지 않고 목욕을 하기로 마음먹었습니다.[52]

더욱이 "작은 호수(laghetto)"는 부인들을 받아들이는 순간에 "작은 바다(pelaghetto)"가 되어 그 자체로 또한 자족감(포용의 존재 방식)을 다시 한 번, 더 큰 크기로, 보여 준다. 그런 변신은 뭔가를 받아들여 하나로 만드는 과정을 온전히 담아내기 위해 이루어질 뿐이다.

그 온전성은 다음과 같이 표현된다.

물은 바로 그대로 그들의 순백의 육체를 감춰 주었는데, 그 모양이 선홍색 장미로 섬세한 유리를 만든 듯했습니다.[53]

이미 앞서서 단테와 보카치오는 각자의 '그곳'("작은 호수"와 "시내")을 향해 같은 분위기와 환경에서 최초의 걸음을 내디뎠다는 점도 흥미롭다. 다음 텍스트를 보자.

동쪽의 별들은 모두 달아나고 우리가 루치페로라 부르는 별만 아직도 혼자 어슴푸레한 여명 속에 반짝일 때, 집사는 일어나서 주인이 내린 명령과 지시에 따라 모든 걸 발레 델레 돈네에 갖다 두기 위해 수많은 짐들을 싸 들고 떠났습니다. 짐꾼들과 가축들의 떠드는 소리에 잠에서 깬 왕은 집사의 짐이 떠나고 얼마 지나지 않아 자리에서 일어났습니다. 그는 부인들과 청년들을 모

---

52 보카치오, 「여섯 번째 날 에필로그」, 『데카메론』, 2권, 363쪽.
53 위의 책, 같은 곳. 아름다운 자연과 아름다운 피조물의 조화는 중세 문학에서 정전처럼 나타나는 모티프들 중 하나다. Branca, Vittorio, *Boccaccio medievale*(Sansoni, 1970), pp. 117.

두 깨우게 했습니다. 그들이 길로 들어선 것은 해가 아직 그리 높이 솟아오르
지 않은 때였습니다.[54]

> 이제 가시지요. 우리의 두 의지가 합쳐졌으니
> 당신은 저의 길잡이요, 주인이자 선생이십니다."
> 이렇게 말하자 그는 앞장을 섰고

> "나는 높고 험난한 길로 들어섰다."
> (「지옥」 2.139-142)

각각 『데카메론』과 『신곡』에서 가져온 위의 두 텍스트들은 표현뿐
아니라 길을 떠나는 이미지와 방향, 의미가 많은 부분에서 상통하거나
비교된다. 아침이라는 것, 길로 들어섰다(entrare in cammino/intrare per lo
cammino)는 표현, 누군가를 앞장세운다는 것(하인장/베르길리우스), 그
향하는 곳이 낙원이라는 것, 그곳에 대한 기대와 확신이 있다는 것. 낙
원의 함의가 앞에서 분석한 바와 같이 서로 상이한 점이 있지만, 적어
도 그들의 출발은 이렇게 같았다.(혹은 보카치오가 단테를 따르되, 변용하
며 따르는 것일 수도 있다.)

단테가 자신이 걸을 길의 성격을 묘사한 "험난한(silvestre)"(142)이
라는 용어는 어두운 숲이 내포하는 야생, 황량, 조야함, 세련되지 못함
에 관련한 함의를 지닌다. 그 숲은 단테에게는 거쳐야 할 곳이지만 보
카치오에게는 목적지라는 차이가 있다. 단테는 험난한 숲을 극복해야
할 하나의 단계로 인식하지만, 보카치오는 거기에 도착하면 더 이상 나
아갈 곳도, 나아갈 필요도 없는, 자족적인 장소로 여기는 것이다. 그러

---

54 보카치오, 「일곱 번째 날 프롤로그」, 위의 책, 371쪽.

나 앞서 강조한 대로, 그 자족성은 타자를 받아들이고 또한 내보내면서도 자체를 유지하는, 앞에서 언급한 풍경의 존재 방식이라는 점을 염두에 둘 필요가 있다.

『데카메론』의 풍경은 페스트에서 빠져나온 결과이자 페스트와 대립물로서의 정원으로 표상된다. 페스트와 정원은 각각 고통과 기쁨의 대비를 이룬다. 고통은 어두운색으로, 기쁨은 밝은색으로 이미지를 드러내며, 운동의 방향은 고통에서 기쁨으로, 어두움에서 밝음으로 고정되어 있다. 불가역적인 세계. 데카메론의 풍경은 결코 돌이킬 수 없는, 모든 것이 이루어진 자족성의 세계다. 어두운 고통의 세계로부터 출발해서 그리로 이동했으며, 거기서 정착하여 다시는 돌아가지 않는 세계다. 그것이 자족적인 것은 돌아가지 않기 때문이며, 또한 고통이든 기쁨이든, 어둠이든 밝음이든, 온전히 색채의 세계에 속하기 때문이다.

그 울타리 안에서 열 명의 남녀는 페스트가 창궐하는 고통의 세계에 대해 100가지의 방식으로 이야기하지만 그 방식은 철저하게 낙관적이며 재미있다. 고통의 세계는 이미 잊힌 세계로 남아 있으며, 그에 대한 회상(이야기하는 것)은 그 세계를 더 이상 고통의 세계가 아니라 낙관과 재미로 가득 찬 세계로 '파악'하는 것이다. 물론 그 세계는 아직도 두려움의 세계로 남아 있다. 그것은 그 세계가 기쁨의 세계에 비해 열등한 차원이기 때문에 그러하다. 우열의 이분법으로 나뉘는 두 세계들의 분리, 더 정확히 말해 열등한 어둠의 고통 세계로부터 우월한 빛의 기쁨의 세계로 나아가는 그 과정의 '끝에'『데카메론』의 세계는 놓여 있다. 이는 에피쿠로스적인 세계관이며, 근대적 세계관의 완성이라 할 수 있다.

이에 비해『신곡』의 세계에서는 고통의 세계와 기쁨의 세계가 공존한다. 순례자는 지옥의 입구에서 출발하여 천국의 최고의 하늘에서 하느님의 빛과 하나가 됨으로써 자신의 순례를 마친다.『데카메론』의 자족성에 비해 극복의 운동성이 전체를 채우는 것은 그것이 순례의 목적, 즉 구원의 길이기 때문이다. 『데카메론』의 세계는 구원이 따로 있을 수 없다는 면에서 자족적 차원에 놓여 있지만, 신곡의 세계는 계속해서 고통을 버리고 기쁨의 세계로 나아간다는 면에서 자기 부정의 과정에 놓여있다.

하지만, 반복하자면, 『데카메론』 세계의 자족성은 보카치오의 정원이 단테의 천국처럼 외부와 조응하고 소통하는 방식으로 이루어져 있다는 측면에서 이해할 필요가 있다. 열 명의 남녀는 100편의 이야기를 주고받는 가운데 세상의 어둡고 불편한 진실들을 엄청난 부피와 무게로 우리 앞에 드러낸다. 그들의 이야기들이 갖는 현실 관여성은 단테의 천국보다도 오히려 더 직접적이고 더 강력하다. 일면 그들이 위치한 정원은, 보카치오의 묘사에서, 더할 수 없이 자기 완결적이라고 볼 수도 있다. 그들이 내놓는 이야기들이 아무리 외부 현실의 어둠과 부정을 쏟아 낸다 해도, 그들은 여전히 안전하게 도사리고 앉아 그들 자신의 이야기들이 담는 그러한 현실의 면면들에 의해 아무런 영향도 받지 않는 것이다. 그들은 지나칠 정도로 안온하고 평화로우며 낙관적이고 평안하다. 하지만 다른 한편, 보카치오의 정원의 풍경이 그 외부와 빚어내는 압도적인 대조의 관계 자체가 그러한 평안함 아래 도사리고 있음을 느끼지 않을 수 없다. 그렇게 보면 보카치오의 정원은 단테의 천국이 겉으로는 영원한 행복과 평화의 장소이면서도 지옥의 언어와 이미지를 담고 있고 인간 세상의 일들을 걱정하는 곳이기도 하다는 점과 상통한다고 할 수 있다.

언어의 물결에 흔들리는 풍경

지옥은 우리의 눈에 낯설면서 또한 익숙하다. 낯선 이유는 그만큼 지옥이 도저히 감당할 수 없을 정도로 끔찍하게 느껴지기 때문이고, 익숙한 이유는 그 끔찍함의 묘사를 작가 단테가 지옥이라는 죽음 이후의 세계가 아닌 다른 곳에서, 즉 우리의 현실 세계나 또는 우리가 읽은 다른 책들에서 가져오기 때문이다.[55] 이와 관련해, 윌슨은 그가 쓴 수려한 단테 평전에서 여러 예를 들고 있다.[56] 단테가 그린 동성애자를 괴롭히는 모래(「지옥」 14. 15)는 루카누스가 묘사한 카토를 괴롭힌 리비아의 뜨거운 모래[57]를 연상시킨다.[58] 「지옥」 15곡에서 등장하는 둑의 묘사는 홍수를 방지하기 위해 플랑드르 사람들이 위상과 브뤼헤 사이에 지은 둑 또는 파도바 사람들이 브렌타 강을 따라 지은 보루를 떠올리게 한다. 예언자 티레시아스의 딸 만토바에 관한 긴 구절에서 베르길리우스는 가르다 호수 여행담을 들려주는데(「지옥」 20. 70-78) 이는 단테가 지금 이 글을 북부 이탈리아 알프스 지역에서 쓴다고 하는 지리적 표시라고 말할 수 있다. 지옥의 중심에 이른 단테가 루치페로의 몸을 타고 하강과 상승이 바뀌는 절묘한 이동을 하는 대목에서 우리는 시간과 공간이 완전히 뒤바뀌는 것을 목격한다. 아래와 위가 뒤집히고, 저녁에서 아침으로 순식간에 이동한다. 그러한 이동의 장면은 이탈리아의 지리적 경계를 넘어가는 단테의 모습을 떠올리게 한다. 같은 맥락에서, 지옥의 중심을 차지하는 얼어붙은 호수는 알프스의 설산을 연상시킨다. 단테가 말년을 지냈던 곳은 이탈리아 최북단 지역이었다. 단테는 1312년부터 1318년까지 베로나에서, 이후 1321년 사망할 때까지 라벤나에서 살았다. 그 전에 단테는 알프스에서 추위에 떨면서 그 너머로부터 하인리

---

55 따라서 이탈리아 독자들은 단테의 지옥을 비교적 쉽게 시각화할 수 있을 것이고, 그와 함께 그들을 둘러싼 주변의 현실이 곧 지옥일 수 있다는 자각과 지옥을 바꾸려는 행동도 비교적 가깝게 느낄 수 있을 것이다.

56 윌슨, 『사랑에 빠진 단테』, 371~374쪽.

57 Lucanus, Marcus Annaeus, *Pharsalia*, tr. by Jane Wilson Joyce(Ithaca, N. Y.: Cornell Univ. Pr., 1993), vol. 9, 580행.

58 또 앞서 3장에서 살펴보았듯, 「지옥」 24곡에서 26곡까지 걸치는 변신의 묘사는 그 독창성을 인정한다 하더라도 오비디우스와 루카누스의 책들을 참고한 것임은 분명하다.

히 7세가 오기를 기다렸다. 지옥의 중심은 순례자가 연옥으로 오르는 그 출발점이라는 면에서 경계를 이루는 한편, 현세의 지리로 볼 때 이탈리아의 경계로서, 이탈리아를 형성하는 그 언저리(시간적, 공간적으로, 또 정체(政體)의 측면에서)를 가리킨다.

『신곡』에서 단테는 풍경 묘사에 사실성을 입히는 방식으로 풍경의 내면화를 수행한다. 특히 지옥의 상상은 단테에게 이승 현실의 (내면적) 인식과 상응한다. 단테는 「지옥」을 쓰면서 "시라고 말하는 곳"(「지옥」 33.80)으로서의 이탈리아59를 상상 속의 지옥 풍경으로 삼았다. 「지옥」에 묘사된 풍경은 그것을 쓰던 시절에 단테가 어디 있었는지를 암시한다. 거꾸로 말해, 단테는 자신이 처한 이승의 실제 풍경을 사후 세계에 있는 지옥의 상상적 풍경을 구축하는 데 사용한 것이다. 단테는 지옥을 현실 세계를 빼닮게 만들면서 자신은 물론 독자들도 거기에서 빠져나올 수 없게 만들었다. 그렇게 지옥이 한 번 들어가면 다시는 나오지 못할 곳으로 자리하는 것60은 우리가 이미 처음부터 지옥의 풍경 속에 살면서 그 풍경을 내면화하고 있기 때문일지도 모른다. 무릇 우리의 상상은 사물의 인식에서 비롯하는데, 그런 점에서 단테가 만든 지옥을 채우는 고통들에 대한 우리의 상상은 우리의 주변 사물, 그리고 그에 대한 우리 내면의 반응으로 맺어진 이미지들로 이루어지는 것이 아닐까.

단테는 풍경 묘사에 언제나 충실하고 또 세심한 주의를 기울였다. 순례자가 연옥 기슭에서 만난 본콘테가 자신이 겪은 끔찍한 죽음을 길게 늘어놓는 대목(「연옥」 5.94-129)은 『신곡』 가운데서 가장 인상적인 부분들 중 하나다. 본콘테가 탄식하며 "목에 구멍이 난 채/ 바닥에 피

---

59 이탈리아어로 '시(si)'는 '네'라는 긍정어다. 따라서 "시라고 말하는 곳"은 곧 이탈리아를 가리킨다.
60 지옥의 불가역성에 대해서는 앞의 3장에서 지옥의 죄인들이 겪는 변신과 관련하여 논의했다.

9 풍경의 내면화: 단테와 보카치오, 레오파르디의 상상과 내면의 지리학

를 뿌리며 맨발로 도망치"(「연옥」5.98-99)던 곳으로 지목한 장소는 "아르키아노라는 이름의 강이/ 아펜니노 산에서 에르모보다 더 위에서 발원해서/ 카센티노의 발치를 스쳐 지나"(「연옥」5.94-96)는 곳이다. 이곳은 실제로 아르노 강가에 있는 모든 장소와 심지어 피렌체까지 볼 수 있는, 토스카나에서 가장 인상적인 산악 풍경이 펼쳐지는 곳이다. 거기서 단테는 어떤 경험을 했던가? 윌슨에 따르면 단테는 그곳에서 『시집 (Rime)』[61]에 표현된 대로 40대 초반의 나이에 불행하고 비참한 사랑에 빠졌다.[62] 연옥의 기슭에서 이제 지상 낙원을 향해 먼 길을 오르려 준비하는 본콘테는 그가 그 높은 산 정상에서부터 도망치기 시작하여 아르노 강의 세찬 격류 속에서 죽음을 맞은 그날을 회상한다. 그의 죽음은 그렇게 낮은 곳으로 흘러들어 이루어졌던 반면, 그는 이제 다시 일찍이 그가 도주를 시작했던 그러한 높은 곳으로 오를 준비를 하는 것이다. 또한 「지옥」18곡에서 묘사하는 반경이 17.5마일, 직경이 35마일에 달하는 말레볼제 도처에 놓인 돌다리들은 단테가 경험한 실제 풍경에서 가져온 것이다. 윌슨에 따르면 가르다 호수 동쪽에 있는 베로나의 산속에는 크기는 더 작지만 단테가 묘사하는 다리 역할을 하는 천연 돌 아치가 발견된다.[63] 그렇게 보면 말레볼제는 지옥의 다리이기도 하고 단테가 살던 당시의 베로나 북쪽 산의 풍경이기도 하다.

이러한 것들은 단테가 묘사한 「지옥」의 풍경이 그가 읽은 책이나 그가 본 실제 세계에서 나왔다는 것을 말해 준다. 단테의 지옥은 우리 현실과 유리된 곳이며 현실의 인간들이 죽음 이후에, 즉 현실을 벗어나서야 갈 수 있는 곳임에도 불구하고, 인간 현실 세계의 거의 직접적인 투영물로 나타난다. 단테가 「지옥」에서 묘사하는 풍경은 그야말로 지옥

---

61 Alighieri, Dante, *Le rime, Opere minori*(Milano: Ricciardi, 1995).
62 윌슨, 『사랑에 빠진 단테』, 346~347쪽.
63 위의 책, 371쪽.

의 풍경이기도 하고 현실의 풍경이기도 한 것이다. 말하자면 책이나 실제 세계에서 체험한 풍경이 내면에 쌓이고 거기서 지옥의 상상된 풍경을 대단히 사실적으로 끌어낸 것인데, 흥미로운 것은 그렇게 지옥의 상상된 풍경을 끌어내는 것은 바로 언어라는 점이다. 거기에 놓여 있는 풍경, 더 정확히 말해 내면에 반영된 풍경이 있고 그것을 묘사하면서 언어가 나오는 것이 아니라, 언어를 구사하는 데 따라 풍경이 만들어진다는 것이다. 언어의 물결에 흔들리는 풍경. 이미 형성된 내면을 언어로 표현하기에 앞서 우선 언어가 내면을 이끌어 형성하는 것. 그렇게 언어가 작가를 이끌어 그가 품은 내면을 구성하고 재현하는 것은 창작의 언어, 미적 언어의 고유한 특징이다.

물론 그렇게 언어가 작가의 내면을 인도하는 과정에서 언어와 내면은 자연스럽게 연동한다. 작가가 자신의 언어가 이끄는 대로 자신의 내면을 재현하는 과정에서 그 언어와 내면이 제대로 조응하는지 순차적으로 점검하게 되는 것이다. 그런 상호 연동이 사실상 작가가 언어를 벼리는 과정일 텐데, 그 과정에서 작가는 내면화된 풍경이 대상으로서의 풍경과 계속해서 만나도록 만든다. 그것이 단테의 풍경이 사물에 밀착한 것으로 보이게 되는 과정이다.

본질적으로 레오파르디도 단테와 비슷한 과정을 거쳐 자신의 시적 풍경을 구축한다. 레오파르디의 시적 풍경은 내면과 사물의 종합에서 나온다. 『수상록(Zibaldone)』[64]의 도처에서 언급하듯, 레오파르디는 형상이나 관념, 존재 이유 등 인간을 근본적으로 특징짓는 모든 것들 이전에 사물-자연이 존재한다고 단언한다.[65] 자연에 대한 레오파르디의 인식은 상상적이다. 자연을 자신의 내면 세계 안으로 끌어들여 재구성한

---

64 Leopardi, Giacomo, *Zibaldone di pensieri*(Torino: Einaudi, 1977).
65 이에 대한 네그리의 설명을 참조할 만하다. 네그리, 『전복적 스피노자』, 120~121, 129쪽.

9 풍경의 내면화: 단테와 보카치오, 레오파르디의 상상과 내면의 지리학

다. 그러나 그렇게 내면화된 자연은 원래의 재료로서의 자연과 절연되지 않는다. 레오파르디의 귀에는 언제나 바람이 수풀에 스치는 소리가 들리며, 그 소리를 듣는 가운데 무한의 정신적 지평을 구성하는 것이다.

한편 보카치오의 경우는 그러한 내면화의 과정이 훨씬 약하게 작용하는 것처럼 보일 수 있다. 이는 보카치오의 풍경이 그만큼 직접적인 사실주의에서 나온다는 의미도 될 것이다. 그러나 보카치오가 풍경을 있는 그대로 옮기고 재현하려 했다는 의미는 아니다. 보카치오의 풍경은 누구 못지않게 충분히 상상적이기 때문이다. 다만 그 상상으로 묘사된 풍경이 사실적이라는 것인데, 그러한 사실성의 효과는, 상상의 풍경이 내면화를 거치지 않은 '척'하는 가운데 나온다. 그래서 보카치오는 사실주의의 원리에 충실한 작가였지만, 또한 그 사실주의는 외적 사실의 직접적인 묘사에 그치는 것이 아니라 중층적인 읽기를 요구하는, 복합적인 것이기도 하다. 결국 보카치오의 사실성은 '위장된 사실성'이라고 말할 수 있다.

이에 비해 단테의 사실성은 언어와 내면이 조응한 결과임을 감추지 않는다.

> 그가 우리에게 말했다. "까닭은 모르지만,
> 당신들은 이 끔찍한 세상에
> 아무 벌도 없이 와 있구려. 이 가엾은 장인(匠人)   60
>
> 아다모를 마음에 새겨 두기 바랍니다.
> 나는 살았을 때 원하던 것을 원 없이 가졌지만,
> 지금은 물 한 방울을 이렇게 갈망하고 있소.   63
>
> 카센티노의 푸른 언덕에서

아르노 강으로 서늘하고 잔잔하게
흘러내리는 실개천들이 언제나   66

눈앞에 속절없이 아른거립니다. 그것을
머리에 떠올리는 일이 얼굴 살을 뜯어내는
병보다 더 애타게 목을 태우고 있소.   69
(「지옥」 30.58-69)

순례자가 아다모라는 위폐범을 만났을 때 목격한 갈증의 고통은 카센티노 계곡에 대한 작가 단테의 생생한 기억을 불러일으킨다. 단테는 "카센티노의 푸른 언덕에서 아르노 강으로 서늘하고 잔잔하게 흘러내리는 실개천들"을 실제로 보았고, 그의 언어가 자신의 내면에 간직된 그 풍경을 떠내면서 아다모의 갈증을 더욱 극적으로 묘사하는 것이다. 그런데 만일 우리가 지금 카센티노 계곡을 방문할 때 그곳이 단테가 묘사했듯 시원한 물이 흐르는 곳이 아니라 메마른 곳임을 발견하게 된다면, 위에서 인용한 텍스트를 읽는 효과는 현저하게 감소할 것이다. 사실 카센티노 계곡에 단테가 묘사하듯 실개천들이 서늘하고 잔잔하게 흘러내리는지의 여부는 위에서 인용한 텍스트를 읽는 데서 중요하지 않다. 그것은 단테가 묘사하는 풍경은, 그의 직접적인 경험에서 나온 것이라 해도, 그 경험이 단테의 내면을 거친 뒤에 단테의 언어가 이끄는 대로, 또 언어와 내면이 조응하는 과정과 함께 조율된 것이기 때문이다. 우리는 단테의 내면화되고 언어로 재구성된 풍경이 발휘하는, 텍스트 내에서 일어나는 사실성의 효과에 만족해야 하는 것이지, 그 풍경이 사실과 합치하는 여부를 따질 필요는 없다.

이 점은 보카치오의 '위장된 사실성'과 관련된다. 현실은 언제나 상상을 배반하고 거꾸로도 마찬가지다. 그러나 보카치오는 끝끝내 배반

9 풍경의 내면화: 단테와 보카치오, 레오파르디의 상상과 내면의 지리학

된 상상을 허용하지 않는다. 그에게는 단지 현실만이 있을 뿐이다. 그 현실이 상상에서 나왔다는 점을 숨기는, 내면화를 거치지 않은 '척'하는 데서 나오는 효과는 독자가 언제까지라도 상상과 현실의 간극으로 인한 혼란을 겪지 않으면서 예외없이 현실의 세계에 머문다는 것이다. 역설적으로 보카치오의 풍경은 원래부터 상상적인 것인 반면 단테의 풍경은 원래 현실적인 것이지만, 전자는 계속해서 사실적인 것으로, 후자는 계속해서 상상적인 것으로 남는다.[66]

단테는 풍경을 펼치면서 거기서 자신의 경험(고통이든, 기쁨이든)을 보고, 그럼으로써 풍경이 하나의 알레고리를 이루도록 만든다. 그런 한에서 풍경 자체와 그것이 지니는 의미는 반드시 일치하지 않을 수 있다. 그에 비해 보카치오의 경우는 풍경이 그냥 풍경이 된다. 『데카메론』을 읽으면 사물로서의 풍경이 보카치오의 내면에서, 또 보카치오가 창조하는 인물들의 내면에서, 어떤 변형을 겪지 않은 채 사물-대상 그 자체로 유지되는 것을 알 수 있다.

> 부인들과 청년들은 일제히 자리에서 일어났습니다. 더러는 신을 벗고 맑은 물에 들어가기도 하고 더러는 녹색의 잔디밭 위로 쪽쪽 뻗은 나무들 사이를 한가로이 거닐었습니다. 디오네오와 피암메타는 함께 아르치타와 팔레모네의 노래를 불렀습니다. 이렇게 다양하게 즐기면서 저녁 식사 시간까지 대단히 즐거운 마음으로 시간을 보냈습니다. 식사 시간이 되자 그들은 조그만 연못가에 차려진 식탁에 둘러앉았습니다. 수많은 새들이 지저귀고 한 마리 파리도 없이 주변의 언덕에서 불어오는 산들바람으로 상쾌한 가운데 그들은 편안하고 쾌적한 식사를 했습니다. 식사를 물리고 아늑한 계곡을 산책하고 난 뒤, 아직 해가 남아 있었지만 여왕이 시키는 대로 저택을 향해 느린 발길을 돌렸

---

66 레오파르디는 단테 쪽에 더 가까울 것이다. 나아가 그들은 그들에게서 내면화된 풍경의 현실적 관여성 혹은 현실적 환기력이 윤리적 실천과 연결된다는 공통점을 지닌다.

습니다. 다른 날처럼 그날 나왔던 얘기들에 대해 이런저런 농담과 평을 주고
받으며 거의 어둠이 드리울 무렵에 저택에 도착했습니다. 저택에서 그들은 신
선한 포도주와 과자로 잠시 동안의 산보의 피로를 쫓아 버리고 아름다운 분
수대 주변에서 춤을 추었습니다. 이번에는 틴다로가 피리를 불었고 다른 사람
들이 반주를 넣었습니다. 마지막으로 여왕이 필로메나에게 노래를 한 곡 청했
고, 그녀는 다음과 같이 노래했습니다.[67]

위의 텍스트에서 보카치오는 풍경과 인물들의 내면 사이에 어떠한
갈등도 일체 보이지 않도록 만든다. 풍경은 내면을 감싸고 있고 또한
내면 안으로 들어갔다 나오기를 자유롭게 한다. 풍경과 내면은 하나가
된다. 그러는 가운데 내면은 풍경의 외부성을 전혀 의식하지 않는다.
『데카메론』의 인물들에게 풍경은 그들의 실존의 한 구성 요소인 것이
다. 인물들의 내면과 풍경이 하나가 되는 것과 똑같은 방식으로『데카
메론』의 언어는 사물과 아무런 갈등이나 거리가 없이 하나가 된다. 그
것은『신곡』의 언어가 작가나 인물의 내면과 이루는 상호 연동을 통해
사물에 접근하고 사물을 재현하는 것과 대비된다.
　『데카메론』이 사물을 그 자체대로 인정하는 사실주의적 세계관 위
에 서 있다면, 그에 비해『신곡』은, 거기서 그려진 풍경이 사물에 밀착
한 듯 보인다고 해도, 계몽과 구원의 인도와 같은 윤리적 사명 의식으
로 넘쳐난다.『신곡』에서 풍경이 순례자의 내면으로 들어오는 경우, 언
제나 어떤 영향(지옥에서는 두려움, 연옥에서는 동정, 천국에서는 기쁨)을
동반한다. 그것은『데카메론』에서처럼 풍경과 내면이 '무조건' 하나가
되는 것으로 보기는 힘들다.『신곡』에서 풍경은 내면으로 들어오면서
어떤 식으로든 변형을 거친다. 그 변형은 순례자를 계속해서 변화시키

---

67 보카치오,「일곱 번째 날 에필로그」,『데카메론』, 476～477쪽.

고, 그 변화가 바로 그의 순례를 이끄는 것이다. 말하자면 순례자는 풍경의 변화와 함께 자신의 내부의 변화를 동력으로 삼아 순례를 수행한다. 그러나 『데카메론』의 인물들은 언제나 그 자리에 머물며, 어떠한 변화도 일으키지 않는다. 그들은 원래 그들의 모습 그대로를 유지한다. 그래서 『데카메론』의 처음이나 마지막에는 어떠한 차이를 이루지 않고, 처음과 끝이 아예 없는 듯이 보이는 것이다. 100편의 이야기들은, 비록 그 구조에 어떤 규칙성이 있다고는 해도, 그저 평면 위에 펼쳐져 있으며 또한 더 넓게 펼쳐질 느낌을 갖게 한다.

이러한 차이는 그 두 텍스트가 지닌 세계관의 차이와 직결된다. 우리가 『신곡』에 대해 아무리 열린 해석을 가해도 『신곡』을 『데카메론』에 가닿도록 만들 수는 없을 것이다. 우리는 각 텍스트의 해석의 한계를 그들 각각이 채택하는 풍경의 내면화 방식을 통해서 확인할 수 있다. 물론 그 해석의 한계라는 것은 어떤 경계나 감옥과 같이 모든 것을 가두고 외부와 격리하는 무엇이 아니라 끊임없이 자체를 부정하고 발산하기를 그치지 않는 방식으로 존재한다. 그것이 만들어 내는 변주는 끝이 없다. 그 변주 자체가 범위가 아무리 넓다 해도 결국에는 어떤 경계 안에 있지 않느냐고 말할 수 있지만, 그 경계 자체가 변주하는 방식으로 존재하기 때문에(혹은 작동하기 때문에), 여기에서 말하는 해석의 한계란 '한계'라기보다는 어떤 존재 방식, 그 성격을 말해 주는 것일 뿐이다. 이 점을 효과적으로 설명하도록 해 주는 텍스트는 『신곡』보다는 『데카메론』이다. 『데카메론』에 등장하는 주제들 중 수직 관계를 이루는 것은 어디에서도 발견되지 않는다. 계급, 세계관, 구원, 돈, 성 등등, 『데카메론』에서 중요하게 다뤄지는 그 어느 것들도 『데카메론』의 세계에서는 평평한 상태에 놓이며, 서로 대등한 교환 관계를 구성한다. 『신곡』도 (1장에서 논의한 대로) 평평하게 펼쳐지지만 그 속에는 지속적인 상승의 이미지를 감추고 있는 데 비해, 『데카메론』의 평평함은 그 자체로만 존재하고 유지될 뿐이며, 그럼으로써 『데카메론』이 하나의 혁명적인 성취를 이루어 내게 한다. 그 혁명성이란 기존의 질서와 세계관(도덕, 종교, 언어, 계급, 사회 등등)을 근본적으로 조롱하고 무시하고 희화화하는, '혁명' 자체를 아주 가볍게 만듦으로써 자체가 지닌 혁명성을 독자들이 전혀 눈치채지 못하게 만드는, 그러한 변장된 것이다. 그렇기 때문에 우리는 『데카메론』을 읽을 때 가볍게 읽을 수밖에 없지만, 그와 동시에 『신곡』만큼이나 신중하고 의식적으로 읽어야 하는 것이다.

풍경의 개인성과 무상성

단테의 풍경과 보카치오의 풍경의 차이는 풍경이 진실을 담느냐 아니냐의 차이보다 진실을 어떻게 담느냐의 차이에 가깝다. 어떻게 담느냐에 따라 그들이 추구했을 법한 진실의 내용도 달라진다. 단테는 풍경을 내면화한다는 것을 드러냄으로써 풍경에 담기는 진실을 풍요로운 것으로 만드는 데 비해, 보카치오는 풍경을 내면화하지 않는 척함으로써 진실을 남루하게 한다. 그래서 단테를 읽을 때 우리는 그의 언어에 뭔가를 채워야 한다는 느낌을 받는 데 비해 보카치오의 언어는 그냥 빈 채로 내버려둬야 할 것 같은 생각이 든다. 단테는 풍경을 내면으로 들이고 내면이 풍경으로 들어가는 방식으로 계속해서 앞으로 나아가는 데 비해 보카치오는 늘 그 자리에 머문다. 나아가는 그 길에서 현실은 계속 치장을 하는 데 비해 머문 그 자리에서 현실은 민낯을 드러낸다.

『신곡』에서 풍경은 앞으로 나아가고자 하는 순례자의 의지와 비전을 전제로 존재한다. 순례자의 비전이 천국으로 상승할수록 하느님과 하나로 합쳐지는 것은 순례자의 적극적인 의지로 인한 것이다.(성모 마리아가 그 궁극의 위치에서 순례자를 맞는 것은 우연이 아니다. 성모 마리아는 인간의 자유 의지의 표상으로, 순례자의 상승 의지를 상기시킨다.) 하느님-중심-우월과 단테-주변부-열등이라는 이분법 구도는 뭉개지고 끝없는 나선형의 원환을 그리며 마침내 하나로 된다. 그런 작용은 순례자의 의지와 비전이 빚어내는 풍경들의 연속에서, 즉 작가 단테가 미적 언어를 통해 풍경을 만들어 내는 과정에서 일어난다. 그것의 결과로 나온 것이 『신곡』이라는 텍스트다.

단테의 언어가 풍경을 만들어 낸다는 것은 무슨 의미인가? 앞에서 논의한 대로, 단테가 『신곡』에서 묘사한 내세의 지리는 이탈리아를 중심으로 한 현실의 지리와 상응한다. 내세를 돌아보는 동안 단테는 계속해서 이탈리아의 지리를 참조하고 언급한다. 그러나 엄밀히 말해 단테가 내세의 지리를 직접 현실의 지리에서 가져오는 것은 아니다. 그는 내세의 지리와 현실의 지리를 함께 연합시키는 가운데 현실의 지리를 감추고 그 자리에 내세의 지리를 놓는다. 독자가 읽는 내세의 풍경은 내세의 풍경이어야 하지 현실의 풍경이어서는 안되는 것이다. 또 순례자 스스로도 내세의 풍경들을 만나면서, 비록 현세의 풍경들을 떠올리는 경우라도, 엄연히 내세를 겪고 있다고 느껴야 하는 것이다. 단테의 언어는 그런 순례자의 경험을 재현하는데, 바로 그 언어적 재현의 과정에서 내세의 풍경이 우리에게 떠오르고 펼쳐진다. 단테는 작가로서 내세의 풍경들을 언어로 펼쳐 내면서 재현하고, 순례자로서 그렇게 펼쳐진 풍경들 사이로 나아가면서 작가의 언어를 지속시키게 한다.

그렇게 시인의 언어로 풍경을 만들어 내는 과정에서 단테라는 주변부는 하느님이라는 중심과 더 이상 구분되지 않는, 탈중심의 ('상태'라기보다는) '운동'의 궤도에 진입한다. 중심과 주변부의 이분법적 우열 관계 자체를 부수는 방식으로 풍경을 만드는 것이 미적 언어를 생산하는 작가로서의 작업이라면, 그것은 또한 풍경의 인식 형태를 '계속해서' 부수는 것이기도 하다. 한 번 생산된, 그리고 성공적으로 평가된, 풍경은 일종의 절대로 자리를 굳히고 항구성과 지속성으로 무장하며,

그러면서 관념 세계의 상징적 형식을 이룬다.[68] 단테의 탈중심적인 풍경 만들기는 풍경의 그러한 이른바 절대화 혹은 상징화의 결과물들을 계속해서 무너뜨리는 한에서 추구된다. 단테의 풍경이 어떤 진실을 담고 있다면, 그 진실은 그것을 찾으라고 하며 존재하지 않는다. 다만 언어의 물결에 흔들리는 것, 그것이 풍경의 존재 방식이며 이유다.

한편, 언덕에 앉은 레오파르디에게 (내면의 눈을 통해서) 보이는, 지평선까지 펼쳐진 전원의 공간은 단테가 처한 어두운 숲의 공간에 비해 광활하고 일관되며 읽기 쉽다. 그 둘의 차이는 그들이 공간을 여는 방식의 차이에서 나온다. 단테는 비록 처음에 숲에서 잠이 깨고 적이 당황하지만 길잡이들의 도움으로 자기가 처한 공간의 외부로 나아간다. 지옥에서 연옥을 거쳐 천국으로 나아가면서 자신의 상황을 극복하고 (거룩한) 욕망을 실현하는 직선적 행로를 보인다.[69] 레오파르디가 자신의 내적 전망(domestic view)을 결코 포기하지 않고 줄곧 자신의 내부에 머물면서 자신의 풍경을 재생산하는 것에 비해, 단테는 자신의 풍경을 스스로의 언어로 경험하며 나아가는 가운데 전망의 틀을 다시 짜는 것이다. 그것이 단테가 천국에서 절대자를 바라보는 새로운 시각을 얻을 수 있는 힘이 된다. 말하자면 단테는 풍경 속에 자신을 던져 놓고 그것을 자신의 언어로 경험하는 가운데 새로운 언어들을 길어올리고 버리며 또 그러한 언어들을 발판으로 다시 새로운 풍경의 인식으로 나아가는 것이다.[70]

---

68 Andrews, Malcolm, *Landscape and Western Art*(Oxford: OUP, 1999), p. 10.

69 단테의 행로는 지옥에서 천국으로 직선을 그리는 것으로 그치지 않고, 다시 이승으로 돌아와 『신곡』을 쓰고 『신곡』을 읽는 독자들과 함께 반복해서 순례를 떠나는 원환을 그린다. 그러나 그것은 텍스트를 읽는 독자의 차원과 맞물릴 때 그러하고, 적어도 텍스트 내에서는 지옥에서 출발해 천국에 도달하는 것으로 끝난다.

70 맬컴 앤드루는 풍경은 근대 도시의 경험의 이면으로 구성된다고 말한다. Andrews, *Landscape and Western Art*, p. 17. 근대 도시의 경험은 주체의 풍경 인식의 각도 자체에 심각한 영향을 준다. "눈은 기호들에 압도당하고, 색채는 혼돈의 효과에 얹히며, 거기에서 단

전망의 틀, 다시 말해 풍경을 바라보는 시각은 주체의 내면의 표현이다. 전망의 틀은 여럿으로 나타난다. 캔버스, 사진, 뷰파인더, 창문, 문, 구조물, 다리와 같은 실재물과 함께 주체의 눈과 정신, 관념, 사회 관습과 같은 추상물을 가리킨다. 그런데 실재물이든 추상물이든, 그 틀들이 풍경을 보는 주체의 시선의 경계를 구획짓는다는 점을 주목할 필요가 있다. 다시 말해 그 틀들은 주체의 내면의 표현이며, 주체는 그를 통해 세계를 바라볼 수밖에 없다. 그것이, 르네 마그리트의 그림[71]이 말해 주듯, 우리 인간이 처한 근본적인 조건이다.

여기에서 주의할 점은 그러한 인간 조건이, 단테가 그러하듯, 풍경의 내면화와 함께 '조절'된다는 것이다. 이를 풍경화를 그리는 과정을 통해 설명해 보자.

풍경은 기억과 재현의 끊임없는 상호 작용이다. 풍경은 기억과 재현 사이에 위치한다. 풍경은 기억의 흔적이며 (그렇기에) 끊임없이 변하는 무엇이다. 나무와 강과 구름은 멈추지 않는다. 마치 사진을 찍듯이 풍경은 그들을 정지된 것처럼 그리지만, 그들이 정지해 있지 않다는 것을 전제로 한다. 폭풍우에 휘말린 배의 풍경은 잠시 후에 배가 뒤집힌다는 걸 함축하고 있으며, 아름다운 저녁 들녘의 풍경은 곧이어 깜깜해져 아무것도 보이지 않는 암흑과 연결되어 있다. 더욱이 화가는 그림을 단숨에 그리지 않는다. 그림 그리는 자체도 시간이 걸리는 작업이고, 구도를 잡고 스케치를 하고 색을 입히는 일은 며칠이나 또는 몇 달을 묵히는 작업이기도 하다. 그러한 시간은 풍경에 잡힌 자연(대상, 현실) 자체

단한 빌딩을 찾는 것은 정말로 어렵다."(Clark, Graham, *The Photograph*(Oxford: OUP, 1997), p. 90) 근대 메트로폴리스에서 생산되는 욕망된 타자(the desired Other)의 경험. 그것이 바로 숲에서 헤매는 단테의 경험이 아닐까. 자본주의가 근대 메트로폴리스를 생장시킨 동력이었다면 숲에 처한 단테는 자본주의에 휘말린 자아이며, 천국에 오른 단테는 자본주의 이후라고 볼 수 있다. 그에 비해 언덕에 앉아 있는 레오파르디는 자본주의 이전일 것이다.
71 르네 마그리트, 「인간의 조건(La condition Humaine)」.(그림 9 참조)

가 변화하는 시간보다 훨씬 느리다. 그렇기 때문에 그려진 풍경은 사실은 화가의 기억에 남은 것을 재현한 것이거나 기억에 떠올리면서 재현한 것이다. 또는, 달리 말해, 화가의 내면에서 그 내면과 작용하여 새롭게 재구성한 무엇을 재현한 것이다.

바로 여기에서 풍경이 실재를 그린 것이냐 관념을 그린 것이냐 하는 질문에 대답할 수 있다. 풍경화에서 우리는 정지된 대상을 보고 있지만, 앞서 말한 대로 풍경화는 짧거나 길거나 간에 일정한 시간을 담고 있다. 풍경화를 그리는 데 들인 시간은 풍경화 속에 녹아 들어가 있다. (풍경화를 보는데 들인 시간도 풍경화 속에 들어가 있다. 이는 나중에 논의하자.) 풍경화를 그리는 화가의 시선은 대상에만 주어지는 것이 아니라 화가의 내면에도 주어지며, 따라서 대상의 변화와 내면의 변화가 고스란히 풍경에 담겨진다. 어떤 풍경화를 놓고 그것이 실재가 아니라 관념을 그린 것이 아니냐 하는 질문은 그 자체로 의미가 없다. 관념화된 풍경(그런 것이 있다면)은 이미 풍경이 아니기 때문이다. 관념화란 관념화하는 주체 자신을 스스로 관념 속에 가두는 일이다. 관념 속에서 주체는 변화하지 않는다. 그와 달리 화가는 풍경을 바라보면서 그것을 자신의 틀에 넣는 과정에서 어떤 비틀림의 경험을 한다. 나는 그 경험을 사진을 찍을 때 맛본다. 풍경을 바라보고 저것을 찍어야겠다고 마음먹고 뷰파인더로 들여다보면 찍어야겠다고 마음먹은 그 풍경은 뷰파인더에 정확하게 포착되지 않는다. 바라보는 풍경과 틀에 들어오는 풍경이 다른 것이다. 그래서 찍기로 마음먹은 풍경을 재현하기 위해 촬영과 현상, 인화의 수많은 복잡한 기술을 배워야 한다. 그와 마찬가지로 화가의 경우도 자신이 지각한 풍경을 재현하기 위해 자신의 기법을 개발하고 동원하는 것이다. 여기에서 추상화는 하나의 기법으로 나올 수 있고, 또 사실적인 표현도 하나의 기법으로 나올 수 있다.

예를 들어, 휘슬러의 '야상곡(Nocturne)' 시리즈 중 베네치아의 산마

　　　9 풍경의 내면화: 단테와 보카치오, 레오파르디의 상상과 내면의 지리학

르코 광장을 그린 그림들은 산마르코 성당을 안개 속에서 사라지는 모습으로 포착한다.(그림 10 참조) 또한 터너는 바다를 직접 체험하고 인식했으며 그것을 '표현'하기 위해 수채화라는 장르를 선택했고 여백과 흐리기(blurring)라는 기법을 사용했다. 그 결과 그런 장르와 기법은 우리로 하여금 상상을 하게 만들고 우리 현실의 비결정성을 생각하게 만든다. 휘슬러의 풍경에서 성당은 사라질 듯 떠오르고 터너의 풍경에서 바다는 고정되어 있지 않다. 그들은 언제나 변하고 변할 예정으로 존재한다. 그래서 그들의 풍경들은 우리의 시선을 그림 외부로 이끌고 또 다음 장면으로 이끈다. 그러한 공간과 시간에서 그림을 넘어선 곳에 무엇이 있을지, 무슨 일이 일어날지 생각하게 만든다.[72]

풍경은 관념화되지 않으며 다만 개인화된다.(추상은 개인화의 경로들 중 하나다.) 따라서 관념의 반대말은 개인이다. 풍경의 개인성이란 풍경화에 재현된 대상이 개인의 인식 경로에 따라 끊임없이 변하는 무상성을 지니고 있음을 가리키는 말이다. 터너의 「스톤헨지(Stonehenge)」를 보면 가변적인 개인성이 뚜렷이 드러난다. 그 개인성은 그가 현실을 재현하는 그만의 방식을 가리킨다. 터너라는 주체는 이미 스톤헨지라는 장소-맥락에 스스로를 위치시키기 때문에 그의 풍경화는 관념적이지 않다. 스톤헨지 위에 넓고 거칠게 칠해진 파랑인지 보라인지 애매한 하

---

[72] 나는 이른바 풍경을 개인의 내면에 들임으로써 풍경을 현실로 체험하고 나아가 현실 그 자체를 인식하는 경험을 한 적이 있다. 바다는 나에게 오랜 시간 동안 관념이었다. 바다를 언어로나 재현된 시각 이미지로만 접하다가 실제 바다를 보았을 때 나의 시선은 실재하는 바다까지 결코 닿지 않았고, 그저 언어와 이미지로 형성된 나의 관념의 스크린에 비친 바다에 머물고 있었다. 어느 순간, 바다를 풍경으로 바꿨을 때, 다시 말해 바다를 나의 개인적 내면에 들이면서 바다와 직접 만나는 풍경의 내면화와 함께, 나는 관념의 스크린에 비친 바다 너머의 바다에 닿을 수 있었다. 그 이후로도 바다는 관념에서 머물면서 나의 내면에 결코 상처를 입히지 못하다가 다시 나의 내면으로 들어와 나의 현실이 되는 일이 반복되었다. 에드워드 호퍼와 안드레아 만테냐의 그림들을 바라보며 나는 이러한 나의 바다 체험을 떠올린다.(졸저, 『열림의 이론과 실제』(소명출판, 2004), 165~174쪽)

늘은 터너의 관념에서 나온 것이 아니라 스톤헨지라는 구체적인 장소-맥락과 터너 개인의 내면이 상호 작용하여 나온 것이다. 터너의 관념에 속할 법한 대상은 그러한 상호 작용 '이전'의 것이다.

풍경은 내면과의 소통에 의해 생산된다. 내면과의 소통은 변화에 따르거나 변화를 낳는다. 그렇기 때문에 풍경은 여러 형태의 재구성의 경로를 추적할 수 있게 한다. 예를 들어 우리는 텍스트의 서사를 풍경에서 구성할 수 있고 풍경의 서사를 텍스트에서 구성할 수 있다. 우리는 블레이크의 그림에서 서사를 추출하고 단테의 서사에서 그림(시각 이미지)을 추출한다. 나는 다른 글에서 그 관계를 병렬적 인식과 그에 따른 재현의 문제로 다뤘는데,[73] 풍경과 관련했을 때 문제는 그와 달리 내면화에 초점이 맞춰진다.

순례자는 풍경을 내면화하고 계속 소화하면서 나아간다.(올라간다.) 지옥 입구에서 순례자에게 풍경은 극복해야 할 대상으로 나타난다. 극복의 방법은 그것을 내면에 투사하여 재구성하는 것이다. 작가 단테는 자신의 분신인 순례자 단테가 나무가 울창한 어두운 숲에서 세 마리 짐승에 맞닥뜨렸을 때를 회상하며 그 숲과 짐승들이 과거의 자신에게 얼마나 큰 두려움을 주었는지 자기 내면(에 투사된 것)을 들여다보고 거기서 보이는 것들을 현재에 글로써 재구성하는 것이다. 순례자 단테는 결코 혼자서 지옥에서 연옥을 거쳐 천국으로 오르지 않는다. 물론 베르길리우스와 베아트리체와 같은 길잡이들이 있지만, 그와 함께 작가 단테는 언제나, '실시간으로', 순례자 단테를 동행한다. 작가 단테는 텍스트 내부에서 순례자 단테의 순례가 끝나고 나서 작가 단테가 글로 쓰는 통시적인 관계를 묘사하지만, 사실상 순례자의 순례는 작가 단테와의 끊임없는 상호 작용 관계 속에서 이루어진다.

---

73 졸고, 「공시적 병렬과 수평적 재현: 단테와 블레이크」, 『단테 신곡 연구』 5장.

9 풍경의 내면화: 단테와 보카치오, 레오파르디의 상상과 내면의 지리학

한편 독자는『신곡』을 읽으면서 순례자의 순례를 관찰하거나 독자 자신을 이입시킨다. 그런 독자의 독서 행위를 가능하게 하는 것은 작가의 글쓰기의 결과물이다. 그 결과물인『신곡』을 읽는 그 순간순간에, 또 책을 덮고 잠시 혹은 며칠 동안 그 장면과 소리와 냄새를 떠올리고 음미하는 동안에, 독자는 순례에 동행할 수 있는 것이다. 이런 과정에서 독자는 두 명의 단테를 동시에 만난다. 컴컴한 지옥으로 내려가는 단테와 그런 자신을 묘사하는 단테. 그들은 독자인 우리 앞에 '동시에' 모습을 드러내며, 또한 텍스트『신곡』내에서도 하나로 겹쳐져 있다. 순례자는 자기가 던져져 있는, 자기가 들어가 있는, 그 지옥의 풍경을 다시 자기 내면으로 들이고 그러면서 맛본 두려움과 공포를 남김없이 기억하기를 스스로 원하고 다짐하며 또한 자신에게 창작의 놀라운 재능을 허락해 달라고 뮤즈에게 요청한다. 여기에서 순례자와 작가의 구별은 모호해진다. 순례자가 내면으로 들인 공포의 풍경은 작가의 내면에서 '소화'(해석)되고 재구성되어 언어를 통해 재현된다. 그리고 그 언어를 읽는 독자에게 가장 생생한 경험으로 다가간다. 이러한 개인들 사이의 전이 과정에서 풍경은 하나이면서 끊임없이 변하는 여러 모습들로 나타난다.

작가로서 단테는 내면화된 풍경을 언어를 통해 재현한 것이지만, 화가들은 그림을 통해 재현한다. 블레이크가 그린『신곡』의 그림들은 단테가 내면화된 풍경을 재현한 것을 다시 내면화하고 또다시 재현한 이중적인 단계를 거쳐 나온 것이다. 내면화가 거듭된다고 해서 대상에서 멀어지는 것은 아니다. 오히려 내면화는 '소화'의 과정이기 때문에 여러 방식으로 여러 의미를 지니면서 풍경을 재현할 수 있게 된다.[74] 블레

---

74 "뫼비우스의 띠를 생각해 보라. 뫼비우스의 띠는 공간을 비틀어 안팎이 없다. 즉 띠의 한 쪽을 다른 쪽에 한 번 비틀어 붙이고 한 지점에서 파란색을 칠해 나가면 모든 면이 파랗게 칠해진다. 그런데 홀수로 비틀어야 그러하고 짝수로 비틀 때에는 보통의 띠가 되어 안팎의 구

이크의 그림은 단테의 서사를 산종시킴으로써 그 현실감을 증폭한다. 그림에서 서사는 마구 부풀어 오르고 튀어나와 그림과 감상자 사이의 거리를 좁힌다. 이런 과정은 블레이크의 그림을 보는 감상자가 그 그림을 내면화하기 때문에 일어난다. 내면화는 화가뿐 아니라 감상자에게도 일어나는 개인적이면서 관계적인 현상이며, 그 현상을 통해서 풍경은 관념적일 수 없게 되는 것이다.

풍경의 내면화

단테의 순례는 순수한 개인의 밀실적 내면에 채워진 경험이 아니라 타자와 맺는 대화적 관계에서 일어나는 경험하기의 보고서다. 그 경험은 순례에서 마주치는 타자적 맥락들과의 끊임없는 대화 속에서 비로소 살아 있게 된다. 그것이 순례자가 외부의 타자들을 내면에 허용하고 타자들과 공감의 관계를 세워 나가는 과정이다. 그것을 나는 앞에서(3장) '성찰적 조응'의 관계라 불렀다. 순례자는 지옥에 떨어진 영혼들에게 허용되지 않은 그 '성찰적 조응'을 작동시키는 힘으로 순례를 지속시켜 나간다. 그것이 순례자가 걷는 구도자로서의 정체성을 이루는 것인데, 그 정체성은 근본적으로 타자를 외부에 고착시키고 배타적인 것으로 세워지는 것이 아니라, 새로운 가능성에 자신을 열어 나갈 수 있도록 다양한 정체성들의 차이를 견디고 존중함으로써 유지된다. 그것이 단테가 풍경을 내면화한다는 것의 의미다.

분이 생긴다. 비틀수록 비틀어지는 것은 아니라는 것이다. 그래서 나는 그 비틂의 유희를 주목한다. 공간을 비트는 것은 추상화의 작업이지만, 그 작업이 깊어진다고 해서 삶과 멀어지는 것은 아니다. 오히려 삶과 더 밀착된다. 공간을 비트는 행위는 곧 공간을 매 순간 일어나는 사건으로 재구성하는 것이고 공간을 새롭게 읽는 것이며, 이는 공간적 존재로서의 우리의 삶을 해석하는 것과 다르지 않기 때문이다."(졸저, 『열림의 이론과 실제』, 319~320쪽)

9 풍경의 내면화: 단테와 보카치오, 레오파르디의 상상과 내면의 지리학

우리는 아무도 없는 해안에 도착했다.

그 앞바다는 아무도 항해한 적 없고 아무도

애기한 적 없는 곳이었다.   132

거기서 다른 분이 바란 대로,

선생님이 내게 띠를 매어 주었다. 놀랍게도

그가 그 겸손한 식물을 꺾자 식물은   135

곧바로 그 자리에서 다시 솟아올랐다.

(「연옥」1.130-136)

　　작가는 순례자가 연옥 기슭에 도착하여 바라보는 연옥의 "앞바다는
아무도 항해한 적 없고 아무도/ 애기한 적 없는 곳"으로 묘사한다. 연
옥 앞바다의 풍경은 순례자의 인지 이전에는 아무도 와 본 적도 없고
애기한 적도 없는 곳이라는 것이다. 그러나 이 대목에서 우리는 오디
세우스의 "광기의 비행(飛行)"(「지옥」26.125)과 그에 대한 애기를 듣는
지옥의 순례자를 단번에 떠올린다. 순례자는 연옥의 앞바다에 이미 오
디세우스가 왔었고 그에 대한 애기를 자기 스스로 들었다는 것을 잊고
있는 것일까. 혹은 잊은 척하고 있는 것일까. 그 어느 것이든 작가는 연
옥의 앞바다 풍경이 순례자 이전에는 완전한 미지의 장소였다고 말하
고 싶다는 점은 확실하다. 그런데 이 경우 순례자는 바로 하루 전에 오
디세우스의 에피소드(「지옥」26.91-142)를 자기 귀로 들었던 뻔한 기억
을 슬그머니 주머니에 넣어 감추는 꼴이 된다. 그 점을 생각하지 못했
을 리가 없는 작가 단테의 숨은 의도는 무엇일까?
　　나는 그 의도가 풍경의 내면화라는 우리의 논제에 닿아 있지 않을
까 생각해 본다. 연옥의 앞바다 풍경은 오디세우스가 위치했고 바라보

왔던 장소이지만, 오디세우스는 결코 그 장소를 내면에 들이지 못했다. 말하자면 그곳은 오디세우스에게 한 폭의 정물화였고, 그 안으로 한 발짝도 들어가지 못한 채 계속해서 튕겨져 나오기만 했던 것이다. 그에 비해 순례자는 그 장소를 내면에 들이는 데 성공한다. 연옥의 앞바다는 순례자가 방금 지나친 지옥의 안개를 말끔히 과거로 씻어 내며(「연옥」 1. 128-129) 미래로 바라보는 곳이 되었다. 바로 그것이 오디세우스가 지옥으로 떨어진 이유였고, 순례자가 구원의 순례를 지속시키는 방식이었다. 거꾸로 말해, 그렇게 연옥의 풍경을 내면에 들이지 않고서는 순례는 계속되지 못한다는 뜻이다. 따라서 그 장면이 갈대라는 겸손의 상징을 몸에 걸치는 행동(「연옥」 133-136)으로 이어지는 것은 자연스럽다.

풍경이 제공하는 원경을 바라보고 묘사하기 위해서는 초점을 광각으로 펼치는 것이 필요하다. 망원 렌즈를 통해 사물을 포착할 때 우리의 눈은 사물의 제한된 이미지(혹은 제한된 사물의 이미지)에 초점을 맞추게 되고, 따라서 우리의 시야는 고정된다. 정물화를 볼 때 우리의 눈은 몇몇 개의 정물에서 떠날 수 없다. 그리고 그 정물은 변화하지 않는다. 그 불변성은 정물을 보는 우리 눈의 각도의 고정성과 더불어 우리를 둘러싼 시간이나 공간의 고정성을 함의한다. 그렇게 정물화는 우리의 시야를 단단하게 붙잡아 둔다. 반면 풍경화는 광각 렌즈를 통해 포착된 넓은 범위의 이미지로서, 그것을 바라보는 우리의 시야를 이곳저곳으로 옮겨 다니게 만든다. 우리의 눈은 풍경의 구석에서 흐르는 시냇물에 머물 수 있고, 넓게 펼쳐진 창공을 날아가는 조그만 새들을 유심히 들여다볼 수도 있다. 풍경화는 이미 변화와 일탈을 전제로 하여 그린 그림이다. 풍경화를 바라볼 때 우리는 우리의 초점을 강요당하지 않는다는 면에서 자유로움을 느끼는데, 그 자유로움은 그 구석 어딘가에서 도사리고 앉은 채 외로이 떨어져 나온 듯하지만 사실은 전체로서의 풍경에 여전히 속한다는 느낌에서 나온다.

9 풍경의 내면화: 단테와 보카치오, 레오파르디의 상상과 내면의 지리학

풍경이 변화한다는 것은 정확히 말해 풍경을 보는 우리 눈의 각도와 초점이 고정되지 않은 채 끊임없이 변화하고, 근본적으로, 주체의 존재 방식이 변화한다는 말이다. 그것은 주체가 풍경의 존재 방식에 자신의 존재 방식을 맞추고,[75] 풍경에 자신의 감정과 시야(비전)를 이입하기 때문이다. 위에서 정물화와 비교하면서 풍경화가 만들어 내는 '무중심의 구성'에 대해 말했지만, 비교의 대상을 정물화보다 오히려 원근법에 충실한 모든 그림들로 바꿔 보는 것이 더 나을지도 모르겠다. 원근법은 사물을 보는 우리의 시각이 어느 한곳으로 종착되도록 만든다. 우리의 인지는 이른바 소실점으로 빨려 들어가고, 그림의 다른 부분들의 인지는 그곳에서 완전히 소진되고 만다. 이에 비해 풍경화는 우리의 시각을 이리저리 이동하도록 만들면서 넓게 펼쳐지는 파노라마 전체를 인지하도록 이끈다. 그런 면에서 풍경화에 깊이가 있다는 것은 풍경화의 넓이에서 나온 말이라고 할 수 있다. 눈을 이리저리 돌리면서 인지되는 풍경화의 특성은 우리의 시야를 해방시키고 우리의 사고를 확장시킨다.

풍경은 내면의 산물이다. 우리의 내면 깊숙이 자리하는 무의식 혹은 직관의 산물이며 그들이 문화와 작용하여 외화된 세계관의 산물이다. 그 세계관은 개인의 차원뿐 아니라 집단의 차원에서도 구성된다. 19세기에 영국 화가들이 식민지에서 그린 수많은 풍경화들은 대영 제국의 경제적, 국제적, 문화적 헤게모니의 비전을 반영한다. 그들은 그들이 그

---

75 생물학적으로 말해 외부의 사물을 인식하고 변환하는 망막의 광수용체와 신경 세포들은 사물의 끊임없는 움직임에 따라 끊임없이 움직인다. 울타리가 고정되어 있을 때 그 너머의 사물은 인지되지 않지만 울타리가 진동하면 우리의 망막도 그에 따라 진동하면서 그 너머의 사물을 인지하게 되는 것이다. 울타리를 포함하여 모든 사물은 끊임없이 움직이는 것이 물리적 진실이라면, 그에 맞춰 우리의 망막도 끊임없이 움직이는 것도 부정할 수 없는 진실이다. 레오파르디의 울타리 너머 인식하기는 일종의 진동의 효과다. 그런데 그렇게 계속해서 망막이 움직이다 보면 망막 자체가 안구에서 벗겨져 떨어지는 망막 박리가 일어날 수 있다. 그러한 육체적 실명에서 정신의 비전으로 옮겨 간 것이 레오파르디의 침잠으로 볼 수 있지 않을까.

린 풍경화에 들어 있는 실제 풍경을 결코 본 적이 없다. 그들은 그저 그들의 내면에 '이미' 형성되어 있는, 관념화된 풍경 혹은 더 정확히 말해 관념 자체를 그렸을 뿐이다. 그들의 시선이 향하는 곳은 외부의 풍경이 아니라 내면의 관념-틀이다. 그들은 마침내 바다를 눈에 들이고 내면에 들이는 나의 경험을 결코 하지 못했던 것이다. 그래서 그러한 풍경화들은 우리에게 다른 장르의 그림들보다 더 낯설고 어떤 거부감마저 들게 하는 것이다.

그러나 그 풍경화들은 또한 복제물이며 시뮬라크르로서, 그들을 통해 우리는 다양한 사유를 펼쳐 나갈 수도 있을 것이다. 그것은 그들이 만들어 낸 풍경이, 아마도 그들의 의도와는 관계없이, 그들 내면에 내재하는 세계관을 객관화시키는 힘을 갖고 있기 때문이다. 실제로 우리는 19세기의 영국 화가들이 그린 풍경화에서 그들의 제국주의적 비전을 간파할 수 있지 않은가. 그들은 저들도 모르게 저들이 모르는 저들의 내면을 풍경화에 그대로 투영시킨 것이다.

이제 풍경에 대해 나는 두 가지를 생각한다. 하나는 풍경이 끊임없이 변하고 움직인다는 점. 그리고 다른 하나는 풍경은 우리의 내면(기억과 무의식, 직관, 세계관을 포함하여)이 투사되어 나온 반영물이라는 점이다. 풍경의 무상성(無常性)을 고정된 한 순간의 장면으로 재현하는 것은 풍경의 본래 모습을 배반하는 것이다. 그러나 엄밀히 말해 풍경은 그 자체로 무상성을 내재하고 또 표현하고 있다. 풍경을 그릴 수 있게 만드는 것은, 풍경이 객관적인 대상이라기보다 우리의 내면의 반영물이기 때문이다. 풍경은 앞에 놓인, 현전하는 객체라기보다는 우리 내면의 스크린에 투사된 일종의 시뮬라크르다. 그렇기 때문에 풍경은 그에 대한 우리의 끊임없는 해석과 함께 고정되지 않으며 무수하게 반복적으로 차이를 이루며 재생된다.

재현의 공간(텍스트의 공간)과 재현된 공간(텍스트 내에 묘사된 물리적

9 풍경의 내면화: 단테와 보카치오, 레오파르디의 상상과 내면의 지리학

공간 및 텍스트 외부의 물리적 공간)이 교차하는 지도를 그리는 것은 텍스트의 윤리적 영토의 더욱 완전한 그림을 제공한다.[76] 텍스트 『신곡』에는 풍경에 대한 묘사가 풍부하게 들어 있다. 그런데 그 풍경 묘사에서 우리는 순수한 자연의 모습 대신에 인간의 윤리적 입장을 발견한다. 바꿔 말해, 인간의 윤리적 입장은 인간이 자연을 바라보고 자연에 들어가서 자연을 구성하는 필수적인 조건이다. 단테의 풍경 묘사는 인간과 자연을 결코 분리하지 않으며, 인문학과 자연과학이 서로 결합된 상태를 추구한다. 단테에게 풍경은 가치 중립적이지 않다. 단테에게 풍경은 늘 어떤 의미를 품고 있는데, 그 의미는 어떤 사회 역사적, 정치적, 윤리적 맥락에서 해석될 준비를 하고 있는 것이다. 결국 단테는 인간적인 상징물이자 고안물로서의 풍경의 본질을 적확하게 이해한 작가였다.

---

76 Cachey, "Cartographic Dante", pp. 327~328.

10 문자와 이미지의 침윤: 로세티가 그린 단테의 얼굴들

로세티의 독창성

19세기 영국에서 활동한 화가이자 시인, 단테 가브리엘 로세티 (Dante Gabriel Rossetti, 1828~1882)는 단테의 문학을 시각적 이미지로 전유한 예로 유명하다. 로세티는 회화를 통해 단테의 문학 깊은 곳까지 침투하고 그곳에 자리한 가장 내밀한 부분까지 끄집어내어 우리 눈앞에 보여 주었을 뿐 아니라, 그 깊고 은밀한 부분에 대한 독창적인 해석을 통해 단테 문학과 특히 거기에 깃든 사랑의 새로운 면모를 발굴하고 재구성하는 데까지 나아갔다. 로세티 회화의 독창성은 물론이고 뜻을 함께하는 라파엘 전파(PRB: Pre-Raphaelite Brotherhood)라 불리는 화가 집단의 혁신적 화풍은 당시 영국 화단에 큰 논란을 불러일으켰고 또한 이후에 부정할 수 없는 영향을 끼쳤다.

일찍이 여러 사람들이 평가했듯,[1] 로세티는 무엇보다 독창성의 측

---

1 Patmore, Coventry, "Walls and wall painting at Oxfor", *Saturday Review* 26 December 1857, pp. 583~584; Fry, Roger, "Rossetti's Walter Colours of 1857", *Burlington Magazine* 29, June 1916, pp. 100~109; Murther, Richard, *The History of*

면에서 다른 예술가들을 압도한다. 다시 말해 독창성의 측면을 주로 조명할 때 로세티에 대해 적절하게 평가할 수 있다. 그의 독창성은 앵글로-이탈리아 가정환경에서 출발한다. 아버지 가브리엘레 로세티(Gabriele Rossetti)는 나폴레옹이 이탈리아를 점령하고 있던 동안 정치적으로 급진적 입장을 고수했던 나폴리 출신 시인이자 정치적 망명자였다. 그는 1815년 오스트리아 제국의 꼭두각시 왕 페르디난드가 복권되자 카르보나리 비밀 결사에 가입하여 활동하다 조국을 떠나야 했고, 영국 선원으로 가장하여 영국 배를 타고 몰타를 거쳐 영국으로 망명했다. 이후 1824년부터 런던에서 살다가 1830년 런던대학교 킹스 칼리지의 이탈리아 문학 교수로 임명되었다.[2] 그는, 1846년에 지은 자서전적 장시 「고독한 선각자(Il veggente in solitudine)」에 잘 나타나듯, 단테 연구에 전념했다. 그 장시에서 그는 몰타에서 영국까지 항해하던 긴 시간 동안 하늘에서 날개 달린 전사가 찾아와 이탈리아의 잠자는 거인 단테가 깨어났음을 선언하는 장면을 묘사한다. 천사의 모습을 한 그 전사는 구름 속에서 어떤 형상을 보여 주었는데, 그것은 단테의 그림자였다. 단테의 그림자는 늑대로 묘사되는 오스트리아의 패망과 함께 민주적이고 정당한 헌법으로 통치되는 이탈리아의 부활을 예고한다. 이러한 기묘한 문학적 경험을 한 뒤에 가브리엘레 로세티는 감았던 눈을 비로소 다시 뜨고서 『신곡』을 다시 읽기 시작한다. 단테가 리소르지멘토

Modern Painting(London, 1896), vol. 3. 이상 다음 글에서 참조. Treuherz, Julian, "The most startlingly original living", *Dante Gabriel Rossetti*(London: Thames & Hudson, 2003), p. 12. 트뢰헤르츠는 로세티에 대한 평가가 독창성이나 근대성보다는 병적이고 울적한 감각성과 연관되는 작금의 추세를 비판한다. 그 추세는 로세티가 주로 여자, 미, 사랑, 섹슈얼리티를 다루고, 동일한 여자들이 집요하게 반복하여 등장한다는 것에 관련된다. 트뢰헤르츠는 그런 추세는 로세티의 확인되지 않은, 혹은 부풀려지고 의도적으로 짜인, 일화들에 근거한 것이며, 그보다 우리는 실제 작품에 근거하여 로세티를 평가할 필요가 있고, 그럴 때 그의 독창성을 주목하게 된다고 말한다.

2 Marsh, Jan, *Dante Gabriel Rossetti: Painter and Poet*(London, 1999), pp. 1~3.

당시 이탈리아의 국가와 민족의 정신적 기둥이자 선각자로 열렬하게 추앙받았던 정황에서 가브리엘레 로세티는 단테를 19세기에 다시 나타난 프리메이슨으로 간주하고 단테의 시를 미신과 정치적 탄압에 맞서는 인간의 투쟁을 알레고리로 표현한 결과로 보았다. 또한 그런 측면에서 『신곡』을 본질적으로 이탈리아의 자유와 독립, 통일을 표방하는 애국의 서사시로 추앙했다. 가브리엘레 로세티는 단테를 반교황주의, 반가톨릭주의, 정치적 진보주의로 보는 이러한 급진적인 해석을 『분석적 해석』(1824)에 담아 출판했는데, 이는 당시 영국의 지식인 사회에서 큰 공감을 받았다.[3]

이와 같이 가브리엘레 로세티는 단테 연구와 이탈리아 독립통일의 대의를 위해 일생을 바쳤으며, 런던의 이탈리아인 망명자들 사이에서 중심인물이 되었다. 그는 프란시스 폴리도리(Frances Polidori)와 결혼했는데, 그녀의 아버지는 이탈리아인으로서 프랑스 혁명기까지 파리에서 알피에리 백작의 비서로 일했다. 이로써 아들 단테 가브리엘 로세티는 자연스럽게 영어와 함께 이탈리아어를 말하는 이중 언어 환경에서 많은 사람들이 모여 혁명과 정치에 대해 토론하는 특이한 분위기 속에서 자라났다. 청년 시절 1845년과 1846년에 걸쳐 번역하여 발간한 『치울로 달카모에서 단테 알리기에리까지 이탈리아 초기 시인들(The Early Italian Poets from Ciullo d'Alcamo to Dante Alighieri)』에서 로세티는 자신이 이러한 이탈리아 가계 출신임을 자랑스럽게 공표했다.[4]

---

3 가브리엘레 로세티는 1832년부터 1842년까지 세 편의 단테 연구서를 써냈다. *Sullo spirito antipapale che produsse la riforma*(1832), *Il mistero dell'Amor platonico del medioevo derivato da'misteri antichi*(1840), *La Beatrice di Dante*(1842). 다음 글을 참고할 것. Woodhouse, John, "Dante and the Rossetti Family" in Baranski and McLaughlin ed., *Italy's Three Crowns, Reading Dante, Petrarch, and Boccaccio*(Oxford, 2007), pp. 121~142. 여기에서 가브리엘레 로세티는 단테를 교황권을 공격하기 위해 자기 작품에 비밀 암호를 내장한 일종의 비밀 결사, 망명자로 그린다.

4 *The Early Italian Poets from Ciullo d'Alcamo to Dante Alighieri*, tr. by D. G.

로세티는 아버지의 정치 성향을 지지했으나 적극적으로 가담하지는 않았다. 오히려 그의 정치적 확신은 계속해서 자라나는 대신 일찌감치 약해졌고, 그의 관심은 정치보다는 문학과 미술로 기울어져 이탈리아에 관련된 자신의 임무는 이탈리아의 문학과 미술을 영국에 확산시키는 것이라고 생각하기에 이른다. 1848년에 쓴 시 「마지막 고백(A Last Confession)」[5]에서 로세티는 한 애국자와 고아 처녀의 비극적 사랑을 들려준다. 여기에서 이탈리아를 상징하는 처녀는 연인에게서 버림받고 살해된다. 이는 당시 독립과 통일을 향해 매진하던 이탈리아의 국가적 혹은 민족적 의지에 대해 로세티의 내면이 회의와 무관심으로 채워져 있었다는 혐의를 갖게 만든다.

이탈리아에 과도하리만치 경도된 집안의 분위기에도 불구하고 로세티는 이탈리아보다 영국을 조국으로 생각했던 것 같다. 그는 런던에서 태어나 영국식 교육을 받았고 영국 국적을 지녔다. 동생 윌리엄 마이클 로세티(William Michael Rossetti)와 친구 윌리엄 벨 스콧(William Bell Scott)과 함께 이탈리아를 방문할 계획을 여러 번 세웠지만, 한 번도 실행에 옮기지 못했다. 성인이 된 후에는 특별한 정치 성향이 없었다. 오히려 앵글로-이탈리아 공동체의 환경이 전통적인 영국 사회에서 유리된 아웃사이더의 태도를 형성시켰다. 여기에서 그의 보헤미안 분위기가 나왔고 관습적인 학풍에서 벗어나 자신만의 자유로운 예술을 추구하도록 만들었을 것이라는 추측도 가능하다.

그럼에도 불구하고 이탈리아의 예술과 문학, 역사, 풍경은 로세티와 그가 속한 라파엘 전파라는 혁신적인 운동에 영감을 준 가장 중요한 원천이었다. '라파엘 전파 단체'라는 이름 자체가 르네상스의 대표적

Rossetti, published by Smith(Elder and Co., 1861).

5 Rossetti, Dante Gabriel, "A Last Confession", *Dante Gabriel Rossetti: Poems and Translations*(Oxford University Press, 1913), pp. 32~47.

인 화가 라파엘로 이전의 이탈리아 예술을, 라파엘로를 최고의 고전적 대가로 올린 관습적인 서열을 넘어서서, 높이 세우기 위해 선택되었다. 무엇보다 라파엘 전파는 라파엘로가 대상의 배치나 구도, 묘사에서 이상적인 미를 재현하는 데 치중함으로써 있는 그대로의 현실 혹은 자연에서 분리되는 경향을 비판하면서, 라파엘로 이전에 대상에 대해 신선한 감각과 긴장을 유지하고 보여 주었던 화풍을 따르고자 했다.

그러나 실질적인 측면에서 이탈리아와 라파엘 전파의 관계는 직접적으로 연결되지 않았고, 1848년에 단체가 형성된 이후 30년 동안 눈에 띄는 변화를 보였다. 그들은 초기 이탈리아 예술에 관심을 갖고 모방하고 거기에서 영감을 받았지만, 정작 그에 대한 지식은 별로 없었다. 그들은 당시 영국의 다른 예술가들이 대륙을 빈번히 방문했던 것과 달리, 이탈리아를 거의 방문하지 않았고, 방문한 경우에도 오래 머물지 않았다. 그들의 의지보다는 아마 상황이 그랬던 것 같다. 로세티와 윌리엄 헌트(William Hunt), 존 밀레이(John Millais) 같은 라파엘 전파 화가들이 함께 속했던 왕립 아카데미 스쿨(Royal Academy School)은 그들을 이탈리아로 파견하는 프로그램이 없었다. 다른 영국 예술가들이 개인 후원에 의해 이탈리아에서 공부하고 일을 했지만, 그들은 그런 기회를 갖지 못했다. 가족과 부모도 원거리 여행을 받쳐 줄 만한 재원이 없었다. 로세티는 이탈리아를 방문한 적이 없고, 밀레이는 부인과 함께 1865년에 여행을 했을 뿐이며, 헌트는 1866년부터 2년 동안 피렌체와 나폴리에 머물렀지만 그것도 동아시아 여행 계획이 취소된 덕분이었다. 반면 라파엘 전파의 열렬한 지지자인 존 러스킨은 이탈리아를 수도 없이 방문했고, 이탈리아 예술과 건축 연구는 그의 지적, 정서적 발전의 근본이 되었다. 또, 터너의 경우 유럽을 여행하면서 풍경화의 채색이 달라졌는데, 특히 남유럽의 이탈리아로 내려갈수록 풍경화의 색채가 환하고 다채로워졌던 것도 특기할 사항이다.

　　　　10 문자와 이미지의 침윤: 로세티가 그린 단테의 얼굴들

라파엘 전파는 이탈리아를 직접 보는 대신 문자에 담긴 이탈리아를 그림으로 옮기는 일에 더 흥미를 보였다. 원래부터 그들은 문학에서 묘사되는 장면들을 그림으로 옮기며 문자와 이미지가 서로 침윤하는 상태를 그림으로 재현하고자 했다. 로세티는 시인이자 화가로서 액자에 문자를 새기거나 그림 자체 안에 문구를 써넣거나 하는 식으로 그림과 시를 함께 싣는 "이중적인 예술 작품"을 종종 만들었다. 말과 이미지의 상호성은 둘 각각의 효과를 강조하는 수단이었다.[6] 로세티는 자신과 마찬가지로 시인이자 화가였던 블레이크를 1847년 그의 개인 노트를 우연히 입수하면서부터 옹호하고 찬미했다. 당시는 블레이크의 명성이 쇠퇴하던 시기였다.[7] 그림과 시의 결합으로 로세티는 영국 예술사에서 블레이크와 데이비드 존스(David Jones)를 연결하면서 빅토리아 예술의 독특한 위치를 차지하게 된다.

로세티의 독창성에 기여한 것은 또한 라파엘 전파의 동료 화가들과 구축한 공동체의 감각이었다. 그러나 로세티는 이들 가운데서도 유별났고 라파엘 전파의 공동체가 깨진 후에는 자신만의 방향으로, 당시 빅토리아 예술 세계에서 우세했던 리얼리즘과 전혀 다른 세계로 나아갔다. 말년에 질병에 시달리면서 저질의 그림들을 내다 팔면서 평판이 나빠지고, 또 그의 그림을 선정적으로 모방하는 그림들로 인해 그의 성취가 퇴색되었던 것은 사실이다.[8] 더욱이 문학사 기술의 차원에서 로세티는 모더니즘 이후로 제대로 평가받지 못했다. 그것은 그의 시대 이후로 밀어닥친 영미 모더니즘의 반낭만적 자세의 결과였다. 그러나 예이

---

6 이러한 이중 작업에 대해서는 다음 책을 참고할 것. Ainsworth, Maryan Wynn, ed., *Dante Gabriel Rossetti and the Double Work of Art*(New Haven: Yale University Art Gallery, 1976).

7 이에 대해서는 다음 책을 참고할 것. Erdman, David V., ed., *The Notebook of William Blake*(Oxford, 1973).

8 Treuherz, *Dante Gabriel Rossetti*, p.14.

츠는 로세티가 후대에 "무의식적 영향"을 끼쳤다고 평가했고, 에즈라 파운드는 로세티를 파운드 자신의 모더니즘적 중세주의 이전에 중세의 문학을 발굴한 번역가로 찬미했다.[9]

로세티의 문학과 미술에 나타나는 독창적인 상상력이 엄청난 문학 독서에서 비롯되었다는 점도 간과할 수 없다. 미술 공부를 시작할 무렵 로세티는 이미 유럽 문학에 대단히 친숙한 상태였다. 고전 영국 발라드, 월터 스콧의 역사 소설, 뒤마와 위고의 프랑스 소설, 매튜린(Charles Robert Maturin)의 고딕 판타지를 탐독했으며 브라우닝과 팻모어(Coventry Patmore)를 암송했다. 또 독일어로 된 『니벨룽겐의 반지』와 단테, 카발칸티, 그리고 여러 중세 이탈리아 시인들의 이탈리아어 작품을 영어로 번역했다.[10] 로세티는 또한 에드거 앨런 포의 『까마귀(The Raven)』를 읽고 그를 소재로 드로잉(1846)을 그렸는데, 1847년 『까마귀』가 영국에서 출판되면서 포를 찬미하는 최초의 영국인이 되었다. 아마 여기에서 죽음으로 갈라선 연인이라는 단테 식의 주제를 암시받았을 수 있다.

로세티는 관습적인 혹은 완전한 예술 교육을 받지 않았다. 그로 인해 드로잉이나 원근법, 해부학적 묘사 등에서 기교적 미숙을 지적받기도 하지만, 그러한 미숙성은 오히려 그만의 독창성의 토대를 이루는 또 다른 요소가 되었던 것으로 볼 수 있다. 실제로 그는 명암의 세심한 균형이나 정확하게 구성된 관점 등과 같은 관습적인 구조에서 벗어나는 모습을 보여 주었다. 로세티에게 기교보다 더 중요한 것은 의미와 표현이었다. 그래서 로세티 미술에서 문학의 역할, 특히 단테의 위치를 들

---

9 Hollander, John, "Introduction", *The Essential Rossetti*, selected by John Hollander(London: The Ecco Press, 1990), p. 3.

10 이탈리아 시의 번역은 다음 책으로 출판되었다. *The Early Italian Poets from Ciullo d' Alcamo to Dante Alighieri*, tr. by D. G. Rossetti, published by Smith(Elder and Co., 1861). 표지에는 중세 복장의 두 연인이 정원에서 입을 맞추는 장면이 실려 있다.

10 문자와 이미지의 침윤: 로세티가 그린 단테의 얼굴들

여다보는 일은 로세티의 독창성을 이해하는 데 특히 중요하다.

로세티가 단테의 문학과 연관을 맺는 방식

1848년 라파엘 전파 운동이 출발하던 무렵 영국에서는 이탈리아 문학에 대한 관심(이어서 이탈리아 독립에 대한 관심)이 널리 퍼져 가고 있었고, 그 중심에는 단테와 『신곡』이 자리하고 있었다.[11] 헨리 캐리(Henry Cary)가 완역한 『신곡』이 이미 1814년에 출판되었고, 비평가 콜리지(Samuel Taylor Coleridge)의 장려 활동에 의해 단테에 대한 열광은 당시 낭만주의 시인들 사이에서 상당히 고조되어 가고 있었다. 그래서 『신곡』의 초역이 이루어진 지 불과 10년 만인 1824년 워즈워스는 "단테를 정도 이상으로 상찬하는 것이 이제 유행이 되었다."라는 진술까지 내놓기에 이른다.[12] 영국에서 『신곡』의 번역판은 1850년까지 이미 네 가지로 나오고, 1890년에는 열다섯 가지 이상의 번역판이 출간된다. 19세기 영국에서 단테가 누린 명성은 "상상과 도덕, 지성을 그 최고의 단계에서 완벽한 균형으로 표현하는, 전 세계를 통틀어 중심적인 인물"[13]이라

---

11 이에 대한 참고 자료들은 다음과 같다. Brand, C. P., *Italy and the English Romantics: The Italianate Fashion in Early Nineteenth-Century England*(Cambridge, 1957); Ellis, Steve, *Dante and English Poetry*(Cambridge, 1983); Pite, Ralph, *The Circle of our Vision: Dante's Presence in English Romantic Poetry*(Oxford, 1994); Havely Nick, ed., *Dante's Modern Afterlife: Reception and Response from Blake to Heaney*(Basingstoke, 1998); Milbank, Alison, *Dante and the Victorians*(Mancherter, 1998); Braida, Antonella, *Dante and the Romantics*(Basingstoke, 2004); Bandiera, Laura and Diego Saglia, ed., *Romanticism and Italian Literature*(Amsterdam and New York, 2005).

12 Brand, 위의 책, p. 70.

13 *Comments of John Ruskin on the Divina Commedía*, ed., Huntington, Goerge P., introduction by Charles Eliot Norton(Boston and New York, 1903), p. 3. 다음

고 상찬한 러스킨의 정의 속에 함축된다.[14]

로세티를 당대의 공식 예술 흐름은 물론 자기가 속했던 라파엘 전파 화가들과도 구별되도록 만든 것은 그의 비전의 독창성과 깊이였다. 여기에서 비전이란 사물의 외부를 넘어서서 영원한 가치와 진실을 보는 능력이라는 면에서 단테의 의미로 이해해도 좋을 것이다. 단테에 대한 로세티의 관심은 『신곡』과 『새로운 삶』에 나타난 단테의 비전에 특히 집중되었으며, 또한 단테와 동시대의 이탈리아 시인들에 대한 주목과 함께했다. 월터 페이터는 "잘 훈련된 손만이 투사지 위에서 그 아래에 있는 원래 드로잉의 윤곽을 따라갈 수 있는 것처럼", 로세티의 독창성과 혁신성은 역설적으로 "매우 즐겁지만 또한 어려운 '초기 이탈리아 시인들'을 완벽하게 번역"한 직접적인 결과라고 말한다. 페이터는 이를 "언어의 투명성"이라 불렀는데, 이 투명성이야말로 모든 천재적 문체, 즉 한 사람에게만 속할 수 있는 그런 문체의 비밀이라고 덧붙인다.[15]

여기에서 "언어의 투명성"은 언어가 사물을 그대로 복사한다는 의미보다는 사물을 투과시킨다는 의미로 이해해야 할 것이다. '복사'와 '투과' 사이에는 작아 보이지만 실제로는 큰 차이가 놓여 있다. 그 차이를 번역 행위에 적용하면, 로세티가 발휘한 "언어의 투명성"은 단테를

글도 참조할 것. McLaughlin, Martin, "The Pre-Raphaelites and Italian Literature", Harrison, Colin and Christopher Newall (with essays by Maurizio Isabella and Martin McLaughlin), *The Pre-Raphaelites and Italy*(Oxford: Ashmolean, 2010), pp. 22~35.

14 영국의 단테 수용은 다음 책에 거의 완벽하게 정리되어 있다. Caesar, Michael, ed., *Dante: The Critical Heritage*(London: Routledge, 1989).

15 Pater, Walter, "Dante Gabriel Rossetti", *Appreciations*(London: Macmillan & Co., 1889), pp. 228~242. 이 에세이는 원래 토머스 워드(Thomas Ward)가 편집한 앤솔러지 *The English Poets*(1883)에 실려 로세티가 죽은 뒤 1년 후에 출판되었다. 월터 페이터의 에세이는 이후 로세티 시 연구에서 중요한 자료로 인용된다. Jerome, McGann, "The Poetry of Dante Gabriel Rossetti(1828~1882)", Prettejohn, Elizabeth, ed., *The Cambridge Companion to Pre-Raphaelites*(Cambridge University Press, 2012), p. 89.

비롯한 초기 이탈리아 시인들의 언어를 문자 그대로 복사(축자적 번역)한 것이 아니라 투과시킨 것에서 나왔다고 말할 수 있다. 투과란, 페이터의 "잘 훈련된 손"의 비유가 의미하듯, 기원을 충실하게 따라가되 새로운 창조로 연결시키는 양상을 가리킨다. 이를 이른바 '충실한 변형'이라 부를 수 있다면, 그 '충실한 변형'이라는 자기모순적인 용어는 로세티와 단테의 관계를 잘 요약해 준다.[16]

맥간의 설명대로,[17] 로세티의 시가 자랑하는 성숙하고 세련된 특징은 단테와 초기 청신체파 시인들을 번역하면서 수행한 훈련의 결과였다. 로세티가 특히 심취했던 이탈리아 시인들은 셸리(Mary W. Shelley)가 "지적인 미(Intellectual Beauty)"라고 부르는, 독보적인 경지를 이룬 단테, 카발칸티, 체코 안졸리에리와 같은 사람들이었다. 로세티는 사랑과 육체적 정열의 시인이었지만, 또한 단테처럼 일정한 이상을 추구하는 지적인 작가이기도 했다.

로세티의 시와 그림은 단테의 문학에 대한 깊은 이해와 지식을 보여 준다. 여기에는 그의 아버지가 대단히 열정적으로 작업한 문학적 결과물의 영향이 크게 작용한다.[18] 로세티가 단테와 청신체파 시의 번역에 관심을 가진 이유는 또한 그들이 문학과 문화에서 하나의 혁명을 이루어 냈기 때문이다. 로세티 역시 단테처럼 하나의 공동체적 집단 속에서 뚜렷한 동료 의식과 시적 목표 아래 창작 활동을 했다. 그가 매달린 단테의 책은 특히 『새로운 삶』이었다. 운문과 산문으로 구성된 이 책은

---

16 로세티의 번역 방식은 이탈리아 운문의 작시법과 운율을 면밀하게 탐사하고 이를 어떻게 영어로 발전시킬 것인지 연구하는 것이었고, 이런 식의 "운율적 번역"으로 원전의 운율과 동격을 이루는 번역문을 만들어 내는 것으로 이어졌다. 여기에서 중요한 것은 그것이 문자적인 번역이 아니라 시적 표현 행위의 번역이라는 점이다. 운율은 장식이 아니라 시적 표현에 담기는 사고의 외화된 형태다.

17 McGann, pp. 89~91.

18 이에 대해서는 다음 글 참조. Milbank, Alison, *Dante and the Victorians*(Manchester & New York, 1998), pp. 118~123.

지상의 베아트리체를 향한 단테의 사랑 얘기를 담고 있다. 사실상 단테를 주제로 로세티가 그린 그림들의 대부분은 『새로운 삶』에서 기인한다. 그러나 강조할 점은 『새로운 삶』이 로세티에게 단지 내용상의 재료를 준 것만은 아니라는 사실이다. 그 책은 로세티의 자전적 경험을 예술로 변환시키는 길을 제공했고, 그를 통해 예술적 의미와 해석의 문제들을 탐사하도록 해 주었다. 이에 대해 로세티는 이렇게 말한다.

> 저는 수많은 저녁들을 『새로운 삶』을 번역하며 보냈습니다. 이제 번역을 끝낸 지금, 그 작품을 그림으로 재현하는 작업에서 독창적인 일련의 구상들을 만들어 내려 합니다.[19]

청신체파 시절 단테는 급진적이라고 해도 좋을 문화적 변혁을 일으키고 있었고, 자신의 삶 자체를 그 변혁의 문학적 전형으로 만들고자 했다. 『새로운 삶』은 바로 그렇게 단테 자신의 삶과 문학이 함께 녹아든 형태로 탄생했다. 로세티가 『새로운 삶』의 번역을 끝낸 것은 1848년. 이 번역서에는 로세티가 라파엘 전파가 나아갔으면 하고 바라는 집단적 성향을 숭고한 차원에서 이해하고자 한 노력이 고스란히 담겨 있다.[20] 또한 이 책을 번역하면서 로세티는 단테의 삶을 온전히 자신의 삶 위에서 그리고자 했다. 아버지는 단테 해석에 일생을 바쳤고 아들에게 단테라는 이름을 주었다.[21] 아들은 단테를 깊이 알게 되면서 이름의 순서를

---

19 단테 가브리엘 로세티가 1848년 11월 14일 찰스 라이엘(Charles Lyell of Kinnordy, 1767~1849, 아버지 로세티와 아들 로세티에 이르기까지 후원자)에게 보낸 편지. Rossetti, Dante Gabriel, eds. by Oswald Doughty and John Robert Wahl, *Letters of Dante Gabriel Rossetti*(Oxford: Clarendon Press, 1965), vol. 1, p. 48.

20 Armstrong, Isobel, "The Pre-Raphaelites and Literature", Elizabeth Prettejohn (ed.), *The Cambridge Companion to Pre-Raphaelites*(Cambridge University Press, 2012), p. 24.

21 아버지 가브리엘 로세티의 단테 및 이탈리아 문학 연구와 그로부터 단테 로세티가 받

10 문자와 이미지의 침윤: 로세티가 그린 단테의 얼굴들

바꿔 단테 가브리엘 로세티로 개명했다.[22] 아들 로세티는 『새로운 삶』을 번역했고, 자신의 예술에 담긴 주제의 원천으로뿐 아니라 자신의 삶을 해석하고 이상적인 사랑의 내부 세계로 이르는 수단으로 여기면서 『새로운 삶』과 하나가 된 채 일생을 보냈다.[23]

존슨은 라파엘 전파의 저널 《근원(*The Germ*)》의 제목도 단테의 『새로운 삶』에서 영감을 받았을 것으로 추측한다.[24] 로세티는 『새로운 삶』의 번역과 함께 1850년대에 주로 『신곡』의 장면들과 중세 주제들을 그린다. 로세티가 보기에 단테는 중세 세계의 가장 발전된 단계를 표상했다. 로세티는 『새로운 삶』을 번역하면서 열 개의 주제를 그리려고 계획했고, 실제로 그를 추진하는 작업에 매달렸다.[25] 단테는 1850년대의 로세티를 지배했다고 말할 수 있다.

『새로운 삶』의 번역은 로세티가 나중에 펴낸 시집 『생활의 집 (*The House of Life*)』에 큰 영향을 주었다. 이 책의 핵심에는 단테의 자서전이 놓여 있다. 로세티는 단테의 생애가 "극도의 감수성(extreme

---

은 영향, 그리고 단테 로세티가 계속해서 단테와 이탈리아 초기 시를 번역하고 그림의 주제로 삼은 일련의 연대기적, 전기적 전개에 대해서는 상세한 자료 목록과 함께 다음 글을 참조할 수 있다. Sarti, Maria Giovanna, "Gabriele Rossettis e la dantefilia tra Italia e Inghilterra", Eugenia Querci (a cura di) *Dante vittorioso: Il mito di Dante nell' Ottocento*(Allemandi & C, 2011), pp. 81~90.

22 이 개명은 『베아트리체의 죽음 일주년에 천사를 그리는 단테』의 서명에서 처음으로 나타난다.

23 Marsh, Jan, *Dante Gabriel Rossetti: Painter and Poet*(London, 1999), p. 50.

24 Johnson, Ronald W., "Dante Rossetti's Beata Beatrix and the New Life", *The Art Bulletin*, vol. 57, no. 4, 1975, pp. 548~558. p. 550.

25 로세티의 편지들을 참고할 수 있다. Rossetti, Dante Gabriel, eds., Oswald Doughty and John Robert Wahl, *Letters of Dante Gabriel Rossetti*(Oxford: Clarendon Press, 1965), vol. 1, pp. 48~49. 여기에서 우리는 이른바 죽은 말과 살아 있는 말의 차이를 발견할 수 있다. 죽은 말이란 관념적 세계 내에서만 떠도는 언어를 가리키는 반면, 살아 있는 말은 뜻을 실어 나르고 나아가 창출하는 언어를 가리킨다. 전자도 뜻이 없다고는 할 수 없으나 고정되고 한정되는 데 반해, 후자는 뜻을 무한으로 생산한다. 단테의 언어는 원래 살아 있는 말로 이루어지되, 로세티는 그 삶을 더 살아 있게 한 것이다.

sensitiveness)"으로 가득 차 있다고 묘사한다. 베아트리체의 사랑받는 모습, "내 마음의 영광스러운 여자"의 모습은 로세티의 여성관에 거의 전형이 되었다.[26] 로세티의 예술에서 중심적인 것은 실존의 신비를 간직하는 존재로서의 여자였고, 여자를 통해서 나타나고 느껴지며 전달되고 발휘되는 사랑의 힘이었다. 로세티에게 성모 마리아는 최고의 여성성을 갖춘 존재이고, 베아트리체는 이상적 사랑의 화신이며, 프란체스카, 기니비어, 막달라 마리아는 여성의 감수성을 최고로 발현한 예들이었다. 로세티의 단테는 그의 아버지가 이해한 단테와 매우 달랐다는 지적은 중요하다.[27] 아버지는 단테를 음울한 정치적 알레고리의 방식으로 해독하고자 했고 그런 그에게 베아트리체는 추상적인 하나의 암호였지만, 로세티는 더욱 자유로운 상상을 생산하는 하나의 장으로서 단테를 읽고자 했고 그런 그에게 베아트리체는 단테의 삶에서 실재했던 여자이며 이상화된 사랑의 지속적인 육화라는 모순 어법으로 이해해야 할 존재였다.

팔라니에 따르면,[28] 로세티는 『새로운 삶』에서 나타나는 베아트리체에 대한 단테의 사랑이 '성찬의 에로티시즘(sacramental eroticism)'이었다고 갈파한다. 성속의 교차에서 나온 사랑, 또는 성속의 교차를 가능하게 한 사랑. 성찬의 에로티시즘은 당시도 그렇고 오늘날도 우리를 당황하게 하고 괴롭히는 주제다. 정신으로서의 눈, 눈을 통한 정신의 발현, 이러한 시각의 감각성과 정신의 추상성이 어우러지는 경험의 진술은

26　*The Early Italian Poets: From Ciullo d'Alcamo to Dante Alighieri: (1100-1200-1300): In the Original Metres: Together with Dante's Vita Nuova: Translated by D.G.Rossetti*(London: Smith, Elder and Co., 1861), p. 191, 223. 이 책은 '로세티 아카이브'(The Rossetti Archive.www.rossettiarchive.org)에서 찾아볼 수 있다.

27　Tickner, Lisa, *Dante Gabriel Rossetti*(London: Tate Publishing, 2003), p. 24.

28　Giovanni Fallani, *Dante e la cultura figurativa medievale*(Minerva Italica, 1971), p. 23.

상징과 현실을 하나로 보는 독특하면서도 뛰어난 통찰에서 나올 수 있다. 여기에서 비로소 사랑하는 사람을 사랑의 깊이 그 자체로 보는 능력을 갖게 되는 것이다. 이는 사랑하는 사람을 삶보다는 존재론적으로, 사랑 자체로 보는 것에 가깝다.[29]

로세티는 『새로운 삶』의 세계가 사랑의 실존적 개념을 담고 있다고 보았다. 사랑은 현실에 놓인 우리 스스로가 체험하고 간직하며 표출하는, 그러한 것이다. 우리는 사랑을 감각과 정신의 두 측면에서 만나게 된다. 감각이란 스스로 발현하며 항상적으로 반복되며 자라나는 무엇인 한편, 정신은 실존의 모든 형태들로부터 추출되며 현실을 꿈으로 변형하는 힘을 지닌다. 단테를 매혹시키는 꿈은 그의 내부에서 나타나 「천국」에서 그가 감당하지 못하는 빛에 이르기까지 그 자신을 변신시키면서 『신곡』 전체에서 계속해서 자라난다.

단테가 추구한 사랑은 결국 아름다움에 의해 지탱되었고, 바로 그것이 로세티가 포착하고자 한 것이었다. 『신곡』에서 단테가 담아낸 아름다움은 신학적인 베아트리체로부터 뿜어져 나오는 빛이며 계시다. 마찬가지로 『새로운 삶』에서 그려지는 여인들은 사랑의 매력과 결합되어 청신체의 특징인 고귀와 존엄의 차원 위에 위치하고 있다.[30] 그러나 그와 함께 생각해야 할 점은 지옥과 연옥, 천국을 거치면서 단테의 인간

---

29 이러한 진술은 결코 간단하게 이해할 사안이 아니다. 로세티에게 베아트리체는 구원의 매개자라는 성스러운 존재인 동시에 또한 육화된 사랑의 대상이기도 했다. 전자가 추상적 상징성을 이끈다면 후자는 구체적인 물질성을 생각하게 한다. 이런 식의 이해는 성과 속의 교차를 고찰하게 하는 한편, 단테의 작가적 경험과 표현이 추상적 개념성 이전에 구체적 물질성으로 받쳐진다는 것을 깨닫게 한다. 예를 들어 「지옥」 1곡에서 단테가 묘사하는 '어둠'은 죄의 알레고리이기 이전에 어둠이라는 물질성이다. 단테는 어두운 숲에 서서 어둠이라는 지극히 구체적인 현실에 둘러싸여 있는 자신을 발견한다. 작가 단테는 독자가 그 구체성을 우선 공감하고 그다음에 그것의 알레고리를 생각하기를 원하는 것 같다. 바로 여기에서 어둠의 함의는 더욱 절실하게, 직접적으로, 독자의 내면을 파고드는 것이다.
30 위의 책, pp. 23~24.

적인 사랑은 천국의 사랑으로 변형되고 베아트리체는 최고의 신성성의 신비와 모든 것을 바꿔야 하는 경험, 그 둘을 통해 단테를 인도한다는 사실이다. 이런 결코 단순하지 않은 인도의 과정이 지속되는 것을 지켜보면서 우리는 신성성이 하나의 대상으로서 저편에 놓여 있다기보다 우리의 경험 이편으로 스며드는 것을 알 수 있다. 신성성이 대상이 아니라 경험이라는 것은 종착점이 아니라 지속적이라는 것을 의미한다. 이때 그렇게 지속적 과정으로서의 신성성이 스며든 경험을 우리가 인지할 수 있는 유일한 형태는 바로 아름다움이며, 아름다움의 모태로서 베아트리체는 신성성의 경험의 중심에 놓인다고 볼 수 있다. 요컨대 베아트리체는 경험의 방식에 의거하여 단테를 신성성을 향해 안내하는데, 그렇게 단테의 안내자의 역할을 하도록 만드는 것은 베아트리체의 이른바 미적 실존이다. 따라서 단테의 궁극의 주제인 사랑을 표현하기 위해서는 그렇게 신성성과 경험이 아우러진 아름다움을 포착하고 살려 내는 것이 중요하다. 바로 이러한 형태로 성속이 교차하는 모습이 화가 로세티가 본능적으로, 문학적 감수성 위에서, 라파엘 전파의 분위기에서, 추구했던 것이었다. 그렇다면 단테의 문학과 사랑은 로세티의 개개 그림들에 어떻게 스며들고 녹아내려 또 다른 후광을 입은 채 우리 앞에 나타나는가.

라파엘 전파 화가들이 다 그러했듯, 로세티의 그림들은 두 가지 원칙을 내재하는 듯 보인다. 하나는 자연으로의 복귀(가공되지 않은 삶에 대한 자세한 관찰)이고, 다른 하나는 15세기 라파엘로 이전의 이탈리아 그림에서 영감을 받는 것이다. 이들은 서로 모순되게 보이기도 하지만, 조화를 이룬다. 왜냐하면 자연으로 주의를 돌리는 것과 과거로 주의를 돌리는 것은 관습에서 탈피하여 새로워지는('새로운 삶'이 환기하듯) 경로들이기 때문이다. 로세티는 이 둘의 균형을 잘 조절했다. 그는 언제나 자기 앞에 놓인 세계에 주목하기보다 과거의 그림과 문학에 젖어 거

기서 생산된 상상의 풍경에 잠겼다.[31]

로세티 그림의 독창성은 단테의 문학에 대한 남다르게 깊은 응시와 그만큼 개성적이고 비관습적인 표현에서 나왔다. 단테에 대한 로세티의 반응은 시인에 대한 화가로서의 그것이었지만 또한 중세에 대한 근대의 그것이기도 했다. 그것은 조지 슈타이너가 말한 "단테의 세계와 근대 세계 사이의 본질적인 의미의 결여 상태에 다리를 놓으려는 것"[32]과 같은 역할이었다고 볼 수 있다. 단테의 사랑을 재현하는 로세티의 그림들은 당대 현실을 산 단테의 실제 경험과 그것이 문학에 농밀하게 재현된 세계를 충실히 재현했다는 면에서 사실적이고, 또한 그 기교와 수법, 재료와 상징성의 측면에서 볼 때 몽환적이기도 하다. 이렇게 상반된 두 측면을 함께 지닌 것은 로세티가 단테에 대해 '충실한 변형'을 수행하는 번역자의 위치에 있었다고 생각하게 해 준다.

슈타이너에 따르면, 번역자는 창조적 재변형의 능력을 통해 자신이 속한 언어와 문화의 대안적 발전을 제안하고 도모할 수 있다.[33] 결국 로세티의 성취는 자신이 속한 시대의 것이었다. 바꿔 말해, 당대의 화풍에서 벗어나려는 현실 도피도 아니고 단테의 과거로 돌아가려는 의고주의도 아니었다. 『새로운 삶』의 번역이 의고적이지 않았고, 그림을 그릴 때에도 처음에는 펜과 잉크로, 나중에는 수채화로 변형시키는 반복되는 작업에서 볼 수 있듯, 로세티는 언제나 같은 것에 집착하지 않았고 과거에서 벗어나려 했으며, 가장 당당한 태도와 가장 적절한 수단으로 시대와의 대결을 수행했다. 그리고 그러한 도전과 대결을 집약적으로 보여 주는 것은 단테의 사랑에 대한 지속적인 관심과 농밀한 표현이

---

31 Tickner, *Dante Gabriel Rossetti*, p. 12.

32 Steiner, George, *After Babel: Aspects of Language and Translation*(Oxford: Oxford University Press, 1975), p. 337.

33 위의 책, p. 339.

었다.

단테가 로세티에게 가르쳐 준 사랑이라 불리는 것은 결코 단순하지 않았다. 그것이 청신체파에 대폭 기울어져 있는 것은 사실이지만, 그렇다고 결코 하느님을 향한 지고지순한 사랑의 범주에 온전히 담기는 것은 아니었다. 단테의 사랑은 그와 관련된 우리의 의혹을 정당하게 부풀리고 우리의 상상을 한없이 펼치게 만들 정도로 복합적인 것이었다. 로세티의 그림들이 독창적일 수 있는 것은 그런 단테의 사랑에 주목했기 때문이었다. 로세티는 단테의 사랑이 간단하게 정의될 수 없는 무엇임을 직관했으며, 그 표현을 가장 현실적인 에피소드들이나 선명한 알레고리들이 담긴 그림들을 통해 이루어 내고자 했다. 바로 여기에서 우리는 단테의 분신이 되고자 했던 로세티의 열망이 이른바 성속을 가로지르는 미적 차원에서 성취되었을 가능성을 가늠하게 되는 것이다. 로세티의 그림은 그의 번역서와 함께 더 많은 얘기를 들려줄 준비를 한 채 저편에 놓여 있다.

로세티가 단테에게 배운 사랑은 단순하지 않았다

그리움

오 숭고한 지성이여!
그대가 하늘로 오른 지 오늘로 일 년이로구나.
(『새로운 삶』 34.11)

로세티가 그린 「베아트리체의 죽음 일주년에 천사를 그리는 단테 (Dante Drawing an Angel on the First Anniversary of the Death of Beatrice)」

(그림 11 참조)는 베아트리체가 세상을 떠나고 1년의 시간이 흐른 그날 단테가 어느 천사의 모습을 드로잉하고 있는 동안 동료들이 방문하는 광경을 보여 준다. 이 방문은 예상치 못한 것처럼 보이는데, 뒤를 돌아보는 단테의 자세와 표정이 그를 말해 준다. 방문자들은 단테의 (문학적) 동료들이며, 특히 단테와 긴장 어린 시선을 주고받는 이가 단테의 청신체 동료인 귀도 카발칸티라는 점, 그리고 세 방문자가 손을 맞잡거나 팔짱을 끼면서 유지하는 연결을 단테의 어깨에 얹은 카발칸티의 손에 의해 연장한다는 점은, 로세티가 속했던 라파엘 전파의 *끈끈한* 동료애를 연상시킨다. 방문자들은 베아트리체에 대해 단테가 품었다는 사랑이 어떤 것인지 궁금한 표정을 짓고 있는 것 같다. 그런 그들의 방문은 단테에게 혼자만의 상념을 깨는 것이었던 동시에 사랑의 감정을 공유하는 동료에 대한 반가움이 뒤섞인 것으로도 생각할 수 있다.

그러나 단테의 시선을 보라. 카발칸티가 단테의 어깨에 손을 얹으며 시선을 단테의 눈에 고정시키는 반면 단테는 한 손은 천사의 드로잉을 쥐고 있고 다른 손은 자신의 무릎 위에 늘어뜨려 놓은 채 시선이 카발칸티를 지나 어디론가 향하고 있다. 카발칸티의 시선이 단테에게 머물면서 주의를 집중시켜 단테를 아마도 위로하려는 듯 보이지만, 베아트리체의 죽음으로 인한 단테의 상심(傷心/喪心)은 그 위로로 풀리기에는 너무 깊다. 그의 눈이 향하는 곳은 허공이다. 허공으로 변해 버린 베아트리체. 단테는 "새로운 사람과 함께 있었고, 그래서 생각에 잠겨 있었"(『새로운 삶』34. 2)다. 그는 지금 그곳에 함께하는 동료들을 무시하고 지금 그곳에 부재하는, 떠나 버린 베아트리체와 함께 있는 것이다. 단테의 시선은 그만큼 초월적이다.

이 장면은 정확히 베아트리체의 죽음 1년 뒤인 1291년 6월 9일에 일어난다. 『새로운 삶』에서 단테는 베아트리체가 죽은 뒤 정확히 1년이 흐른 그날 그녀를 생각하며 그림을 그리는 자신을 묘사한다.(이 대목은

『새로운 삶』에서 날짜가 표시된 유일한 경우다.)

이 여인이 영원한 삶의 시민이 된 지 1년이 되는 그날, 나는 그녀를 기억
하면서 몇 개의 화판 위에 천사를 그리고 있던 그곳에 앉아 있었다. 천사를
그리는 동안 눈을 돌렸는데, 반갑게 맞아야 마땅할 사람들이 내 곁에 선 것이
보였다. 그들은 내가 그리고 있는 것을 들여다보고 있었다. 나중에 들은 바에
따르면, 그들은 내가 알아채기 전에 벌써부터 거기에 와 있었다. 그들을 보고
서 나는 일어났고, 그들에게 인사하며 이렇게 말했다. "지금 다른 사람과 함
께 있었고, 그래서 생각에 빠져 있었소."(『새로운 삶』 34.1-2)

단테의 얼굴은 1840년 피렌체에서 발견된 조토의 초상화에 근거한
듯 보인다.(로세티의 아버지는 이 그림의 사본을 1841년에 입수했다.)[34] 이
그림은 이 시기의 다른 라파엘 전파의 그림들과 마찬가지로 선이 강하
고 뚜렷하다. 로세티의 붓은 절제되어 있다. 일상의 평범한 형태에 관
심이 없었던 라파엘 전파 화가들처럼 로세티의 목표는 심리적인 변화
의 순간을 관습적인 동작의 묘사 혹은 일상화된 양식이나 표현에 의지
하지 않으면서 기록하는 방식을 찾는 것이었다. 그래서 예기치 않은 방
문객을 향해 몸을 돌리는 단테의 모습에서 우리는 그의 감정과 상상이
그 방문객들의 일상 세계에서 유리되어 있는 것, 그리고 그렇게 만드는

---

34 1839년 세이모어 커컵(Seymour Kirkup)은 조토가 그린 단테의 초상을 바르젤로 궁
정의 한 예배당에서 발견해 머리 부분의 수채화 복사본을 로세티의 아버지에게 보냈고, 로
세티는 이를 평생 간직했다.(Harrison, "The Pre-Raphaelites and Italian Art before and
after Raphael", p. 15; Bind, David and Stephen Hebron, *Dante Rediscovered: From
Blake To Rodin*(Wordsworth Publishing, 2007, no. 78 참조) 조토가 그린 단테의 얼굴
은 로세티의 상상력을 강하게 자극했고, 단테에 대해 관심을 갖는 데 중요한 역할을 했다.
그 결과 「단테의 초상을 그리는 조토」를 그렸는데, 이 주제로 여덟 번이나 같은 그림을 그렸
다.(Rossetti, William, *Dante Gabriel Rossetti as Designer and Writer*(London, 1889),
pp. 16~17; Tickner, *Dante Gabriel Rossetti*, p. 25 재참조)

10 문자와 이미지의 침윤: 로세티가 그린 단테의 얼굴들

베아트리체를 향한 소모적인(그러나 소모되지는 않는) 사랑의 강도를 알게 된다.[35]

　카발칸티가 두른 두건의 녹색과 단테의 두건의 검은색의 대비. 희망과 절망. 가벼움과 무거움. 이러한 대칭의 구조는 로세티 그림들에서 전형적으로 나타나는 특징이다. 마치 거울 이미지와 같이 형상들을 대비시키는 구성은 정신과 정서(예를 들어, 사랑과 죽음, 덕과 죄, 순수와 회한, 정신적인 사랑과 육체적인 사랑 등)의 측면에서 긴장 어린 대비의 효과를 불러일으킨다. 이런 효과는 뒤에서 묘사하게 될 「베아트리체가 죽을 때 꾼 단테의 꿈」과 「베아트리체의 인사」, 「단테의 사랑」, 그리고 「축복받은 베아트리체」에서 대립 쌍을 이룬 인물들이 느린 음악적 리듬을 창조하고, 그림의 장면을 또 다른 세계-꿈으로 인도하는 것으로 나타난다. 이 그림은 전술한 그림들에 비해 대립 효과가 선명하지 않으나, 선명하지 않은 만큼 세밀한 관찰을 통해 단테의 내면에 숨어 있는 깊은 슬픔을 더욱 절실하게 떠내도록 만든다. 사실상 또 다른 세계를 떠올리게 하는 효과는 초자연적인 존재와 맺는 만남의 의미를 반추하게 하는 것인데, 그것은 궁극적으로 단테의 사랑, 단테를 포함해 모든 시간과 공간에 퍼져서 우리를 감싸고 우리 내부에 젖어드는 사랑에 닿아 있다.

　특히 이 그림에서 단테의 검정은 카발칸티의 녹색과의 대비 저편으로 아르노 강의 환한 코발트를 가리고 덮어 버림으로써 양쪽과의 동시적 대비를 통해 더욱 강조된다. 그러한 대비의 효과는 단테가 입은 옷의 검정색을 다른 인물들이 입은 옷의 짙은 색들과 확연히 구별되어 더욱 두드러지게 만든다. 단테의 검은 옷은 사제복을 연상시키고, 그런 만큼 단테는 아마도 죽은 베아트리체에 대한 경건한 성찬식을 올리려는 듯한 분위기를 자아낸다.

---

35 Tickner, *Dante Gabriel Rossetti*, pp. 11~12.

오른편 모서리에 걸린 잉크병과 깃촉 펜은 단테의 예지적이면서 실천적인 이중의 면모를 보여 준다. 루트와 해골, 백합화와 모래시계는 사랑, 죽음, 순수와 시간의 이행의 전통적인 상징물이다. 천장 아래 늘어선 케루빈 머리의 프리즈는 라파엘 전파 화가들이 좋아했던 존 키츠의 「성 아그네스 전야(The Eve of St. Agnes)」에서 빌려 왔다. 창문으로 내다보이는 아르노 강의 푸른 물결을 머금은 햇살이 어두운 실내를 비친다. 그 선반에 놓인 유리병에 든 노랑과 빨강, 파랑의 색들. 단테는 검은 옷을 입었지만 다른 사람들은 로세티가 좋아하는 파랑, 보라, 녹색의 옷을 입었다. 외부가 진입해 들어오는 내부의 연극 무대와도 같은 공간. 상징적인 사물들의 배치, 그림과 거울의 상호 작용(이미지 안의 이미지), 단순한 수평의 구도, 착 달라붙는 듯한 물감, 그리고 거기에 담긴 상실과 염원의 서사. 이런 모든 것은 사실상 1850년대 로세티가 그렸던 중세적 분위기로 가득 찬 수채화들의 특징을 이룬다. 많은 비평가와 로세티 자신이 이 그림을 가장 완벽한 작품으로 여겼다.[36]

로세티는 화가로서 시인 단테의 언어를 도상으로 재현하고자 했을 뿐만 아니라 그 자신이 시를 썼던 이중적인 기획을 수행했다. 로세티에게 단테는 시인이지만 또한 화가였다.(적어도 이 그림에서 단테는 화가로 등장한다.) 화가-시인 로세티는 시인-화가 단테 그 자신이 『새로운 삶』에서 언어적으로 묘사한 것을 그리고 있는 모습을 그린다. 로세티는 시인-화가 단테가 자신의 시인적 정체성을 화가적 정체성을 통해 외화하고 있는 것으로 그림으로써 로세티 자신의 화가-시인으로서의 이중적인 정체성을 투영하려는 듯 보인다. 그 투영의 의지는 실내와 가구의 색채가 현관과 창문을 통해 보이는 밝고 푸른색과 대칭되면서 균형을

---

36 Tickner, *Dante Gabriel Rossetti*, p. 25. 1848년 11월 14일, 찰스 라이엘에게 보낸 편지에 따르면, 로세티는 이 그림을 1848년 가을에 번역을 끝낸 『새로운 삶』의 삽화로 삼으려 했다. 위의 책, p. 24 재참조.

이룬 데서, 그리고 그림 중앙 위편에 걸린 그림에서 성모 마리아와 아기 예수의 모습은 희미하지만 후광은 놀랍도록 선명한 것에서 찾아볼 수 있다.[37] 이 그림에 놓여 있는 사물들(루트, 백합화, 모래시계, 종교화)는 그 형상대로 읽히기를 요구하지만, 그림의 양식, 수채화의 사용, 직접 조명의 결여는 이들 대상들의 물질성을 부드럽게 한다. 결국 대상들은 그저 암시적으로 남는다.

이 그림은 로세티의 경력에서 특별히 중요한 위치를 점한다. 이 그림에 넣은 서명에서 로세티는 이전까지 '가브리엘 단테 로세티'라고 불리던 자신의 이름의 순서를 '단테 가브리엘 로세티'로 바꾼다. 단테라는 이름을 앞으로 내세우면서 시인 단테에 자신의 정체를 대입시키려는 의도도 중요하지만, 또한 이 그림은 『새로운 삶』을 번역한 경험을 그림으로 표현한 최초의 예였다는 점에 주목할 필요가 있다. 말하자면 문자 대 문자의 번역의 경험을 다시 문자에서 도상으로의 번역으로 변환한 것이다.

로세티가 베아트리체 죽음 일주기에 천사를 그리는 단테라는 소재를 선택한 것은 충분히 문자에서 시각적 표현으로의 이행의 의미를 묻는 것이었다. 그런 면에서 로세티가 '단테'를 앞으로 내놓으면서 자신의 이름을 표기한 것, 그러면서 그러한 '단테'(단테 알리기에리이면서 또한 단테 가브리엘 로세티)를 그린 것은 단테와의 일체성을 화가(문자에서 도상으로)이자 시인(문자에서 문자로)으로서의 자신의 중층적 정체성을 확인하는 방식으로 이루고자 한 것으로 볼 수 있다. 프레테존의 예리한 관찰처럼, 이렇게 청신체 시를 영어로 번역함으로써 에즈라 파운드의 말을 빌려 '그 자신의 언어'를 만들어 내야 했다면,[38] 로세티는 또한 문

37 위의 책, pp. 65~66.

38 에즈라 파운드도 카발칸티의 시를 영어로 번역했다. Pound, Ezra, *Make It New: Essays by Ezra Pound*(London: Faber and Faber, 1934), p. 399; Prettejohn, p. 104

자에서 도상으로의 이차적인 번역을 위해 그 자신의 시각적 양식을 만들어야 했던 것이다.[39]

이러한 변환들의 하나로 로세티가 이 그림을 처음에는 펜과 잉크로, 그리고 나중에 수채화로 변형시킨 것도 고려해야 할 것이다. 그의 변환은, 로세티의 『새로운 삶』의 번역의 문체가 의고적이지 않았듯, 과거에 집착하는 것이 아니었다는 점이 중요하다.

물러나기

「단테의 초상을 그리는 조토(Giotto Painting the Portrait of Dante)」(화보의 그림 12 참조)의 의미 구조는 두텁고 다층적이지만 대략 역사적 차원과 알레고리 차원으로 나눠 살펴볼 수 있다. 역사적 차원에서 보면 이 그림은 실제로 일어난 사건을 재현한다. 조토는 피렌체의 바르젤로 성당에서 단테의 초상을 그리고 있다. 바사리의 책에 기록된[40] 이 사건의 역사성은 1840년 같은 장소에서 그림이 발견됨에 따라 실증되었다. 한편 알레고리 차원에서 이 그림은, 아래에서 인용하는 「연옥」의 유명한 구절에서 보듯, 당시의 몇몇 예술가와 시인들의 명성에 대해 단테가 중층적인 의미를 담아 진술하는 내용을 담고 있다. 그림에서 이 역사적 차원과 알레고리적 차원을 구분하기란 사실상 쉽지 않다. 그것은, 뒤에서 설명하겠지만, 그림의 중층적인 의미망 사이에서 떠오르는 인물들(이 그림을 그린 로세티까지 포함하는)이 빚어내는 다소 복잡한 의미생산

재참조.

39 Prettejohn, Elizabeth, "The Painting of Dante Gabriel Rossetti" in Elizabeth Prettejohn (ed.), *The Cambridge Companion to Pre-Raphaelites*(Cambridge University Press, 2012), p. 104.

40 Vasari, Giorgio, *Le vite dei piùcelebri pittori, scultori e architetti*(Fratelli Melita Editori, 1991), Volume primo, pp. 113~120; *The Lives of the Artists*, Julia Bondanella and Peter Bondanella(Oxford: OUP, 2008), p. 25.

의 관계가 그들의 역사적인 실제 정황과 맞물리기 때문이다. 이 그림이 담고 있는 에피소드는 일정한 사건들의 연속을 보여 준다는 면에서 충분히 서사적이고, 그러한 일련의 서사성을 이 그림은 한 장면의 이미지로 잘 압축하고 있다.

단테는 「연옥」에서 만난 화가 오데리시의 입을 빌려 당대를 풍미하던 화가와 작가들에 대해 이렇게 평가한다.

> 화가로서 한 획을 그었던 치마부에였건만
> 이제는 조토가 휘젓자
> 명성의 광택이 흐려지고 있소.   96
>
> 한 귀도가 다른 귀도에게서
> 언어의 영광을 빼앗았고, 아마 그 둘을
> 보금자리에서 내쫓을 사람이 태어났을 거요.   99
> (「연옥」 11. 94-99)

이 그림에는 치마부에, 조토, 단테, 귀도 카발칸티 등 당대를 대표하는 네 사람의 화가와 작가가 주 무대에 배치되고 그 아래편으로 마치 무대 밖인 듯 보이는 장소를 베아트리체가 걸어가고 있다. 이들을 둘러싼 에피소드란 무엇일까? 위의 텍스트에 나타난 단테의 '평가'[41]에 따르면 당대 최고의 화가였던 치마부에는 이미 조토에 그 자리를 내주고 있고, 최고의 명성을 누렸던 작가 귀도 귀니첼리("다른 귀도") 역시 귀도 카발칸티("한 귀도")라는 신예 작가에 의해 대체되고 있다. 이 그림

---

41 위의 구절을 들어 단테를 당대의 현장 미술 및 문학 비평가로 인정하는 것도 가능할 것이다.

의 장면은 그렇게 진술된 관계를 잘 보여 준다. 치마부에는 조토의 어깨 너머로 조토가 바르젤로 성당의 벽에 단테의 초상을 그리는 것을 '훔쳐본다'. 그러는 동안 귀도 카발칸티는 명성을 잃어 가는, 자기보다 선배 시인인 귀도 귀니첼리의 책을 들고 단테의 뒤쪽에 '비껴 서 있다'. 카발칸티와 단테의 모습은 대조적이다. 단테의 문학적 라이벌인 카발칸티는 책을 읽으며 문학 수업에 전념하는 데 비해 단테는 과일을 깎고 있다. 카발칸티의 옷이 충분히 세속적인 부귀를 나타내는 데 비해 단테는 전체가 녹색 하나로 통일된 수수한 옷을 입고 있다. 녹색 옷을 입고 과일을 깎는 단테는 자신의 문학이 수업보다도 오히려 사랑에서 성장하며, 그렇게 성장하는 문학이 인간의 현실을 포함하여 더욱 넓은 지평으로 나아갈 것을 희망하는 듯 보인다. 여기에서 조토가 치마부에를 넘어선다고 보는 예술적 승계는 카발칸티가 귀니첼리를 넘어선다고 하는 문학적 승계와 짝을 이루며, 이어 단테가 카발칸티를 넘는다는 함의도 있을 것으로 추정할 수 있다.(아울러 로세티도 조토를 넘어설 것이라는 함의 또한 있을 수 있다.)

　그러나 단테의 연옥은 교만에 대해 경고한다. 위의 구절은 연옥의 첫 번째 테두리에서 교만의 죄를 지은 자들이 벌 받는 장소를 묘사하는 부분에 담겨 있다. 따라서 이 그림이 보여 주는 알레고리는 예술가란 세속적 명예를 위해서가 아니라 예술의 영광 자체를 위해서 창작을 해야 한다는 도덕적 함의를 지닌다. 바로 그런 예술가로서의 단테의 모습을 조토는 그림을 통해 영원히 남게 하고, 다시 로세티의 그림은 그러한 행위를 반복하여 기념한다. 액자 기법 혹은 미장아빔(Mise-en-abyme)의 기법을 연상시키는 이러한 반복되는 기념비성을 통해 로세티는 치마부에와 조토까지는 몰라도 확실히 단테와 함께 카발칸티와 귀니첼리의 명성도 부활시키고 있다. 번역가이자 시인으로서 로세티는 단테는 물론 카발칸티와 귀니첼리를 번역한 바 있다. 카발칸티와 귀니첼리, 조

　　　　　　　　　　10 문자와 이미지의 침윤: 로세티가 그린 단테의 얼굴들

토와 치마부에와 같은 창조적 개인들의 경쟁적 동료 의식은 로세티가 속했던 라파엘 전파의 동료 의식과 비슷하다.

그러나 이러한 비평이나 거기서 나타나는 사람들 사이의 일면 복잡한 관계도 흥미롭지만 그것은 이 그림의 한 단면일 뿐, 그 이면에는 단테의 내면에 대한 보다 깊은 응시와 그 재현의 욕망이 자리한다는 관찰은 더 큰 관심을 끈다. 이렇게 볼 수 있는 것은 로세티가 친구 토머스 울너(Thomas Woolner)에게 이 그림과 관련하여 보낸 편지를 참조할 때 그 설득력을 높인다. "〔이 그림은〕 단테의 젊음(예술, 우정, 사랑)의 모든 영향을 그것들을 체화하는 어떤 한 실제 사건과 결합"[42]시킨다는 것. 여기에서 "실제 사건"이란 이 그림에서 베아트리체가 아래편에서 지나가는 장면, 그리고 그 장면을 바라보는 단테의 시선을 의미한다고 볼 수 있다. 단테의 내면은 그 장면과 시선에 담겨 있고 또 우리에게 전달된다. 데이비드 리드의 예리한 관찰처럼, 「단테의 초상을 그리는 조토」는 로세티가 사랑이라는 단테의 주제에 대해 가졌던 관심이 단순하지 않았음을 보여 준다.[43] 베아트리체는 단테의 사랑의 궁극이고 또한 로

---

[42] Rossetti, Dante Gabriel, eds., Oswald Doughty and John Robert Wahl, *Letters of Dante Gabriel Rossetti*(Oxford: Clarendon Press, 1965), vol. 1, pp. 121~122. "폴 몰(Pall Mall)에서 열린 겨울 전시회에 내가 그린 두 점의 단테 관련 스케치가 있네. 하나는 자네도 기억하겠지만 하이게이트에서 그린 것(「결혼식에서 단테를 만나는 베아트리체, 인사를 거부하다(Beatrice meeting Dante at a marriage feast, denies him her salutation)」(1851)를 말함)과 나중에 그림으로 완성하려 하는 '단테의 젊음'이라 불리는 것(「단테의 초상을 그리는 조토」를 말함)이네. 단테를 그리는 조토는 자네가 본 어떤 것과도 다른 독특한 점이 있네. 거기에는 치마부에, 카발칸테, 베아트리체, 그리고 다른 여자들이 등장하지. 아마 자네도 알겠지만 이 그림은 「연옥」의 통행을 묘사하지. 거기에서 단테가 치마부에와 조토, 그리고 함축적으로 자기 스스로에 대해 말하거든. 베아트리체는 다른 여자들(이들의 머리는 그저 비계 아래로 보일 뿐이네.)과 함께 교회로 향하고 있네. 난 『새로운 삶』의 한 구절을 인용하고 있네. 난 단테의 젊음(예술, 우정, 사랑)의 모든 영향을 그것들을 체화하는 어떤 한 실제 사건과 결합하는 것이지. 이 구성은 이 시기의 단테의 삶을 그린 내 그림 중 단연 최고야."

[43] Riede, David G., *Dante Gabriel Rossetti and the Limits of Victorian Vision*(Ithaca: Cornell University Press, 1983), p. 63.

세티가 단테에게서 찾아내려는 최종의 목표일 텐데, 정작 로세티는 베아트리체 대신에 단테의 초상을 그리는 조토를 상상한다. 단테가 베아트리체를 보는 것처럼 로세티도 단테를 보(는 조토를 보)려는 것일까. 그래서 그 얼굴에 서린 사랑의 기운을 보려 하는 것일까. 사랑과 구원은 로세티의 그림에서 언제나 간접적이고 암시적이다.

과연 이 그림에서 인물들의 눈길이 향하는 방향들은 여러 갈래로 뻗어내리면서 단테의 사랑이 그려 내는 복잡한 행로들을 가늠하게 한다. 조토는 자기가 그려야 할 대상으로 단테에게 시선을 고정시키는데, 그런 시선을 따라가 닿는 곳에 위치한 단테는 그의 시선을 아래쪽으로 향하고, 그 시선을 따라가면 아래편에서 아마도 우연히 지나가는 베아트리체에게 도달한다. 베아트리체는 단테의 사랑의 시선이 도착하는 궁극이지만 그림에서는 겨우 한쪽 구석에 작고 우연한 부분만을 차지하고 있다. 그러나 베아트리체라는 존재를 받치는 것은 그 자신이 아니라 조토에게서 시작하여 단테가 받아 이어 가는 시선의 연장이다. 우리의 시선도 또한 베아트리체로 직접 꽂히기보다는 그러한 간접적인 행로를 따르게 된다. 단테의 초상을 그리는 조토의 시선이 결국 이르는 곳은 베아트리체인데, 이로써 조토가 그리고 있는 단테의 초상은 그 안에 베아트리체의 사랑을 담고 있는 것이다. 조토가 그리는 그림을 뚫어져라 바라보는 치마부에의 시선은 그 그려진 단테의 얼굴에 고정됨으로써 단테를 향한 조토의 시선에 일조하고, 또 단테의 곁에 선 카발칸티의 시선은 베아트리체에 고정됨으로써 베아트리체를 향한 단테의 시선에 일조한다. 결국 모든 시선들이 어우러지며 이르는 곳은 베아트리체인데, 그 시선들이 일정하고 통일된 방식이 아니라 간접적이고 서로 얽힌 구도를 취한다는 것이 흥미롭다.

나는 여기에서 단테의 사랑이 자신을 전면으로 내세우기보다는 뒤로 물러서게 하면서 추구된다는 점을 기억해 낸다. 그를 반영하듯, 로세티는 이 그림에서 인물들이 계속해서 뒤로 물러나도록 구도를 잡는다. 단테의 사랑의 도달점 베아트리체로부터 거꾸로 짚어 보면 알 수 있다. 로세티는 단테에게서 배우려 했던 사랑을 그리면서, 그 사랑의 원천 베아트리체를 직접 그리기보다는 그녀에게서 한 번 물러나 그녀를 바라보는 단테의 얼굴을 그리고, 다시 한 번 더 물러나며 단테의 얼굴을 그리는 조토를 그리며, 또다시 물러나며 조토의 그림을 어깨 너머로 들여다보는 치마부에를 그린다. 아마도 그 치마부에를 그리는 로세티 자신의 시선은 또 다른 물러남이고, 그러한 로세티를 상상하는 나의 상념은 또 다른 물러남일 것이다. 그렇게 그림의 안팎에서, 문학 텍스트와 그림, 창조자와 관찰자 사이에서 일어나는 연속적으로 얽힌 물러남은 사랑이라는 것이 어느 한 지점을 궁극으로 설정하면서 이루어지는 것이라기보다 그 물러남들의 연속이 함의하는 우리 세상 전체에 퍼져 있음을 보여 주는 것 같다.

꿈

「베아트리체가 죽을 때 꾼 단테의 꿈(Dante's Dream at the Time of the Death of Beatrice)」(그림 13 참조).

베아트리체가 죽는 그 시간에 단테가 꾼 꿈의 내용은 『새로운 삶』에 자세히 진술된다.(『새로운 삶』 23.1-18) 베아트리체는 아버지가 죽은 뒤 큰 슬픔에 빠진다. 단테는 슬픈 모습의 베아트리체를 직접 보지 못하고 다만 그런 그녀를 방문한 여자들이 나누는 애기를 통해 그 슬픔을 짐작한다. 직접 인용으로 처리된 여자들의 전언들(『새로운 삶』 22.3-7)은 단테의 가슴을 후벼 파고, 단테는 이를 제재로 하여 소네트를 한 편 짓는다. 그리고 며칠 후에 단테는 고통스러운 병에 걸리고 너무 허약해져서 움직일 수조차 없게 된다. 그러기를 아흐레째 되던 날 고통이 극한에 이르면서 삶의 무상함과 더불어 베아트리체의 죽음을 연상한다. 단테의 꿈이란 그런 와중에 나타난 환영을 뜻한다.

환영 속에서 단테는 어떤 여인들에게서 자신이 죽을 것이고 이미 죽었다는 말과 함께, 이어 베아트리체의 죽음을 고지받는다.

해가 어두워지는 것이 보이는 듯했고, 흐느낀다고 생각하게 만들 그런 색채로 별들이 모습을 드러냈다. 공중을 날아다니던 새들이 죽어 떨어지고, 엄청난 지진이 일어난 것만 같았다.(『새로운 삶』 23.5)[44]

이와 함께 단테의 환영 속에는 천국의 이미지들이 떠오른다. "너무나도 하얀 작은 구름을 앞세우고 저 위로 돌아가는 천사들의 무리"가 "영광스러운 노래를 부르고 있었다."(『새로운 삶』 23.7) 그러나 그때 단테의 눈길은 천국보다는 베아트리체가 죽어 누워 있는 현실의 어떤 방에 놓인 침대로 향한다. 그를 그렇게 이끈 것은 사랑이었다. 이 그림은 아래의 구절을 고스란히 담고 있다.

크나큰 사랑이었던 마음이 그때 내게 이렇게 말하는 것 같았다. "진실로 우리의 여인이 죽어 누워 있구나." 그래서 축복받은 그리도 고귀한 영혼이 있던 곳으로 육신을 보러 갔던 것 같았다. 야속한 환상이 너무나 강했던지 이 죽은 여인을 내게 보여 주었다. 여인들이 그녀의 머리를 하얀 천으로 덮어 놓았던 것 같았다. 그리고 그녀의 얼굴은 지극히 겸손한 모양을 하고 있었던 것만 같은데, 이렇게 말하는 듯했다. "난 평화의 시원을 보고 있어요." 그녀를 보게 된 이러한 광경에서 겸손이 내게 밀려 들어와 나는 죽음을 불러내 이렇

---

44 단테는 어두워진 태양을 그리스도의 죽음과 관련된 『성경』의 표현을 빌려 온 듯하다.(「계시록」 6:12-14; 「마태」 24:29; 「이사야」 13:10; 「에제키엘」 32:7; 「요엘」 2:10, 2:31, 3:15) 또 죽어 떨어지는 새들은 「마태」 24:29; 「예레미야」 4:25, 지진에 관련해서는 「마태」 28:2; 「계시록」 6:12 참조.

10 문자와 이미지의 침윤: 로세티가 그린 단테의 얼굴들

게 말했다. "지극히 달콤한 죽음이여, 나에게 오라. 비루하지 않을지니. 그리고 그대는 그대가 있던 그곳에서 친절할지니. 이제 나에게 오라. 그대를 이토록 갈망하고 있으니. 내 이미 그대의 색깔을 띠고 있는 것이 보이지 않는가." 죽은 자들의 육신에게 행하는 그 모든 고통스러운 절차가 이루어지는 걸 보고 난 뒤 나는 내 방으로 돌아온 것 같았는데, 거기서 하늘을 바라보고 있었던 것 같다. 나의 상상은 그리도 강렬해서, 진짜 목소리를 내어 말하며 울기 시작했다. "아, 아름다운 영혼이여, 그대를 보는 자는 그 얼마나 복된가!"(『새로운 삶』23.8-10)

단테는 병에 걸린 동안 꿈을 꾸고, 병약한 상태로 죽음을 생각하고 또한 베아트리체가 언젠가 죽는다는 사실에 두려움에 젖는다. 선잠에 든 단테의 눈에 죽은 채 누워 있는 베아트리체가 보이고 또 그녀를 내려다보는 자신의 모습이 보인다. 베아트리체와 단테 사이에는 둘을 연결하는 사랑의 신이 한 손으로 단테의 손을 잡고 베아트리체의 볼에 입을 맞춘다. 화살의 방향은 베아트리체더러 단테에게 사랑을 주라고 부탁하는 듯 보인다. 이들을 양쪽에서 마치 기둥처럼 받쳐 주는 두 여인은 베아트리체 위로 잎들이 뿌려진 천을 침잠의 이미지처럼 넓게 펼친다. 반면 베아트리체가 위치한 오른쪽 뒤편으로는 나선형 계단이 보이고, 그 계단을 따라 올라간 곳에 이 그림에서 가장 환하게 채색된 도시의 풍경이 보인다. 그곳은 세속적인 도시지만 베아트리체가 앞으로 오를 천국의 이미지이기도 하다.[45] 한편 죽은 베아트리체를 지그시 내려다보는 단테의 눈길은 처연하기만 하다. 힘이 빠진 두 손을 늘어뜨리고, 그중 한 손은 사랑의 신에게 내맡기고 있다. 그 손을 잡아 이끄는

---

45 이 도시는 피렌체로 보인다. 베아트리체가 죽었을 때 피렌체 도시 전체가 슬퍼했다는 대목이 『새로운 삶』(30.1)에 나온다.

사랑의 신의 손은 상대적으로 더 적극적이며, 그만큼이나 그녀의 입맞춤도 팽팽하다.(길게 뺀 목을 보라.) 그림에서 단테는 어두운 색의 옷을 입고 있지만, 이 그림을 보는 사람들의 시선을 끄는 것은 베아트리체의 환한 모습보다는 단테의 어두우면서 마치 석상처럼 우람하고 장중하게 선 모습이다. 그의 모습은 다른 네 인물들에 비해 키와 몸집이 더 크다.

단테의 꿈. 단테는 꿈을 꾸면서 베아트리체의 죽음을 보고, 베아트리체의 죽음을 보는 자신의 모습을 본다. 그림 속의 단테는 꿈속의 단테이지만, 그 이전에(그림에는 나타나지 않지만) 꿈을 꾸는 단테가 존재한다. 꿈을 꾸는 단테는 이 그림의 장면을 꿈속에서 보고 있다. 꿈을 꾸는 단테 자신은 우리처럼 그 그림을 보는 관람자와 다르지 않다.

생각해 보라. 꿈을 꾸는 단테는 꿈속에서 이 그림의 장면을 보는데 이 그림의 장면을 보는 관람자들은 꿈에서 깨어난 현실에 놓여 있다. 그렇게 꿈의 이편과 저편으로 갈라져 있건만, 우리는 단테가 꿈속에서 보는 그 시선과 똑같은 시선으로 이 그림을 바라본다. 단테는 꿈을 꾸면서 베아트리체의 죽음을 보지만, 그 죽음을 바라보는 자신까지 포함된 풍경을 또한 바라보며, 그렇게 시야가 뒤로 물러서고 중첩되는 과정에서 꿈꾸는 자에서 그림을 보는 관람자로 변신하는 것이다. 그런 변신과 함께 단테의 꿈과 단테의 현실 사이의 거리는 폐지된다. 거리의 폐지는 단테가 첩첩이 쌓아올리는 사랑의 작동 방식인데,[46] 그 속에서 베아트리체는 꿈과 현실을 가로지르며 존재하게 된다.

중첩이라는 방식의 사랑의 작동은 일찍이 단테 자신에게서 일어났다. 방금 설명했듯, 단테는 실재하는 존재로서 현실에서 꿈을 꾸고, 그 꿈속에서 죽은 베아트리체를 바라보고 그런 그 자신을 또한 바라보는데, 또한 그 꿈을 『새로운 삶』의 언어로 중첩시켜 투영한다. 여기에 더

---

46 졸고, 「한없음의 잉여」, 『단테 신곡 연구』 1장 참조.

해『새로운 삶』에서 단테는 꿈을 묘사한 자신의 운문을 산문으로 다시 설명함으로써 중첩을 더한다. 로세티의 「단테의 꿈」은 이러한 중첩을 그대로 반복하고 있다.『새로운 삶』에서 단테가 하던 중첩(운문과 산문에서 같은 주제를 중첩시키기)을 똑같이 중첩시키는 방식으로 그림을 그린다. 그래서 「단테의 꿈」은『새로운 삶』의 반복이며 또한『새로운 삶』이 거듭 쌓인 중첩이다. 로세티의 「단테의 꿈」을 보며 우리는 단테가 베아트리체의 죽음과 그것을 보는 자신을 꿈속에서 보는 동시에 그러한 풍경 전체를 바라보는 현실의 관람자가 된 것을 깨닫는다. 우리는 단테의 중첩된 바라봄, 그 비전들을 어느새 우리의 내면에 새긴다. 그러면서 이러한 모든 중첩들을 가로지르며 죽은 베아트리체를 바라보는 단테의 마음은 자꾸자꾸 반복하여 사건처럼 일어나고, 끊임없이 우리 마음으로 전이되는 것이다.

이 그림은 로세티의 그림들 중에서도 유난히 크다.(높이 2미터 너비 3미터) 로세티는 1848년『새로운 삶』의 번역을 마치면서 나중에 그림의 형태로 재현할 주제들의 목록을 만들었다.『단테의 꿈』은 그중 여섯 번째다.[47] 처음부터 로세티는『새로운 삶』을, 번역을 통해 언어적으로, 그림을 통해 시각적으로 탐사하고자 하는 기획을 했던 셈이다. 로세티는 1856년에 이 그림을 수채화로 그렸으나, 그 주제에 대한 관심을 충족하지 못했는지 1871년에 다시 대단히 큰 크기의 유화로, 마치 모사품처럼, 반복해서 그린다. 이 그림은 그림을 주문했던 윌리엄 그레이엄(William Graham)의 기대보다 훨씬 더 컸고, 너무 커서 개인의 집에 걸 수가 없었기에 수차례 반환되는 곡절을 겪은 끝에 1881년 당시 영국에서 세워지던 대형 공립 갤러리들 중 하나였던 리버풀의 워커 아트 갤러

---

47 Fredeman, William E., ed., *The Correspondence of Dante Gabriel Rossetti: The Formative Years 1835~1862*(Cambridge, 2002), vol. 1, p. 76.

리에 팔려 지금까지 전시되고 있다. 이런 정황으로 보아 '단테의 꿈'이라는 주제에 대한 로세티의 정열은 대단했던 것 같다.

왜 로세티는 주문자의 바람을 훨씬 넘어서 그림을 크게 확대했을까? 확대의 결과는 이 그림이 실물 크기를 반영하도록 해 주었다. 그것은 보는 사람으로 하여금 그림의 현실성에 사로잡히게 만든다. 자신과 똑같은 크기의 인물들이 서 있는 장면은 더 작은 그림에서 느낄 법한 관찰자의 시선 혹은 지배자의 시선을 제압하고 인물들과 일체감이 들도록 만든다. 그래서 단테의 '꿈'은 더 이상 꿈이 아니라 우리 일상의 현실이 되는 것이다.

인사

「베아트리체의 인사(Salutatio Beatricis)」(그림 14 참조)는 1859년 로세티가 윌리엄 모리스의 결혼 선물로 모리스의 레드 하우스(Red House)에 설치한 찬장의 문 두 개에 각각 그려 넣은 두 폭의 그림들을 하나로 묶은 것이다. 이후 1865년에 찬장에서 분리하면서 하나의 프레임으로 묶어 현재의 그림으로 되었는데, 그 과정에서 「단테의 사랑(Dantis Amor)」(그림 16-3)을 두 패널을 연결하는 중간 경계 구역으로 만들었다. 따라서 이 그림은 세 개의 그림들로 이루어진 셈이다. 양쪽의 그림은 베아트리체의 인사를 주제로 하고 있는데, 인사하는 장소가 왼쪽의 그림에서는 피렌체, 오른쪽 그림에서는 연옥의 꼭대기에 위치한 지상 천국으로 되어 있다. 베아트리체의 인사는 구원을 의미하기에, 왼쪽의 그림에서는 구원의 약속을 뜻하는 데 비해 오른쪽의 인사는 구원의 성취를 가리킨다고 볼 수 있다. 그런 점에서 「단테의 사랑」이 중간의 매개로 들어간 것은 의미심장하다.

두 개의 그림은 각각 『새로운 삶』과 『신곡』에서 단테가 묘사한 장면들을 재현하고 있다. 단테와 베아트리체는 아직 살아 있을 때 피렌체에

　　　10 문자와 이미지의 침윤: 로세티가 그린 단테의 얼굴들

서 만났던 한편, 그녀의 죽음 이후에는 에덴에서 만난다. 살아서 만나나누는 인사는 『새로운 삶』의 본문을 이루면서 그 삶의 인사를 더 이상 나누지 못하게 만드는 베아트리체의 죽음과 함께 『새로운 삶』을 종결 짓는다. 그러나 그들의 두 번째 인사는 베아트리체의 죽음 이후에 연옥의 꼭대기에 있는 에덴에서 이루어지며, 그에 대한 묘사는 「연옥」의 상당 부분을 차지하며 자세하게 묘사된다. 로세티는 단테의 대표적인 두 문학 텍스트들의 내용과 묘사를 충실하게 시각적 이미지로 옮겨 놓고 있다.

우선 왼쪽 그림은 단테가 피렌체라는 세속의 현실 세계에서 베아트리체 포르티나리를 만나는 장면을 그린다. 둘은 '아직' 현실의 삶을 살면서 육체의 옷을 입은 채로 서로의 존재를 확인하며 장차 이룰 내세의 구원을 가늠하고자 한다. 옷에 감싸인 그들의 육체는 이제 곧 사라져 없어질 것으로 존재하지만, 아직은 단단한 축으로 그들의 인사를 받친다.(마치 어두운 숲에서 빠져나와 언덕 위의 별을 향해 오르는 단테의 아래쪽 다리(「지옥」 1.30)가 그러한 상승의 의지를 받쳐 주듯이) 그래서 로세티가 베아트리체의 옷에 입힌 황금빛 어리는 흰색은 연옥의 영혼들이 완전한 순수로 변신할(「연옥」 33.145) 천국의 존재를 상징한다. 피렌체에 위치한 베아트리체의 녹색 옷은 흰옷에 감춰져 얼핏 드러날 뿐인데, 그에 비해 오른쪽 그림에서 에덴에 위치한 그녀의 녹색은 활짝 펼쳐지고 또한 세속에서 단테를 뒤덮었던 붉은색을 대신 짙어지면서 그것을 녹색으로 뒤덮고 있다.(그에 따른 듯, 단테의 옷은 진홍색으로 더 진해졌다.) 이렇게 베아트리체는 단테의 구원의 희망을 성취시키면서 그의 세속성의 기억을 함께 지니는 듯 보인다.

피렌체에서 단테는 책을 들고 있는데, 베아트리체를 살아서 만나던 시절이었으니 『새로운 삶』임에 틀림없다. 그런데 에덴에서 그 책은 사라지고 대신 월계관을 머리에 얹고 있다. 에덴에서 베아트리체를 만날 때에는『신곡』을 쓰던 시절이었는데, 지금 그는 그 책이 그려 내는 내세의 현장에, 그 책 속에, 들어가 있다. 월계관은 시인의 성취를 의미할 텐데, 피렌체의 두건에 비해 에덴의 월계관은 문학적 성취뿐 아니라 구원의 성취도 의미할 것이다. 그렇기에 월계관은 베아트리체의 머리 위에도 얹혀 있다. 이제 단테는 베아트리체의 천국의 **차원**을 실현할 단계에 오른 것이다.

　단테의 시선을 보라. 피렌체에서 그의 시선은 흩어진 반면 베아트리체를 바라보는 시선은 또렷하다. 그에 비해 에덴에서 그는 그녀를 바라보고 그녀 또한 그를 바라본다. 속세에서 그의 열정은 아직 불타오르고 희망은 아직 구현되지 않았기에 그의 눈은 어딘가를 바라보고 그의 발길 또한 층층의 계단으로 된 대지의 어딘가로 내딛는 상태다. 그에 비해 에덴에서 그의 열정과 희망은 온전하게 완성되어 그의 눈은 그가 안착할 베아트리체의 녹색 눈을 향해 고정되어 있고 그렇게 그의 발도 평평한 바닥에 확고하게 고정되어 있다. 피렌체에서 베아트리체를 만나 인사를 받고 난 직후 단테는 즉시 자기 방으로 숨어 들어가 그 인사의 순간을 고이 간직하고자 한다. 그의 발길은 그렇게 자신의 밀실로 빨리 도달하기 위해 서두르고 있는데, 그에 비해 에덴에서 그의 발길은 이제 앞으로 베아트리체와 함께 천국에 오를 준비를 지극히 평온하게 준비하고 있는 것이다. 피렌체에서 둘은 그림의 위와 아래를 완전히 가로지른, 단테가 든 긴 검은 막대에 의해 차단되지만, 에덴에서 막대는 사라지고 그들의 마주보는 시선은 어떤 것에도 가로막히지 않는다. 그들을 둘러싼 두 여자들도 피렌체에서는 다른 쪽에 시선을 둠으로써 단테와 베아트리체의 인사와 그를 통한 구원의 약속이 앞으로 숱한 고난들과 부딪히리라는 것을 예고하는 듯하다. 더욱이 피렌체 장면에서 한 여자는 아예 전면으로 나서서 그 거무튀튀한 옷 색깔로 베아트리체의 환한 백색을 상당 부분 포위하며 그 형체는 막대와 직접 닿아 있기도 하다.

반면 이제 에덴에서 두 여자는 그들의 인사를 바라보면서 과거의 약속이 성취되고 안정된 것을 인정하는 듯하다. 그래서 베아트리체를 가리키는 것은 모두 사라지고 베아트리체와 단테의 관계가 전경화된다. 그들을 둘러싼 에덴의 만발한 꽃들도 그러한 성취와 안정을 보증한다.

이 그림은 원래 두 개의 문에 각각 그려진 것들을 하나로 묶은 것이다. 하나로 묶이면서 베아트리체의 인사의 함의는 더욱 깊어지고 뚜렷해진다. 로세티가 써넣은 문구들을 보자.[48] 피렌체 부분의 프레임 위쪽에는 다음과 같은 문구가 새겨졌다.

> Questa mirabile Donna apparve a me, vestita di colore bianca, in mezzo di due gentili donne di piú lunga etade.
>
> (이 불가사의한 여자는 희디흰 색깔의 옷을 입고 그녀보다 연상의 두 우아한 여자들 사이에서 내 앞에 모습을 드러냈다.)(『새로운 삶』 3.1)

"불가사의하다는 형용사는 『새로운 삶』에서 베아트리체에게 계속해서 부여되는 수식어다.(『새로운 삶』 14.5, 23.6, 24.3, 24.14) 그것은 시각적인 효과와 관계되고(『새로운 삶』 3.3, 42.1) 베아트리체의 인사를 설명하며(『새로운 삶』 11.1) 또 단테에게 끼친 베아트리체의 영향을 묘사한다.(『새로운 삶』 14.4) 아래편에 새겨진 문구는 다음과 같다.

> Negli occhi porta la mia Donna amore
>
> (나의 여인은 두 눈에 사랑을 담고 있으니)

---

48 본문에 소개하는 것들 외에 더 많은 문구들이 그림에 들어 있다. 두 그림 각각에서 단테와 베아트리체의 얼굴 주위에는 그들의 이름들이 새겨졌다. 프레임 중앙 맨 위에는 "SALUTATIO BEATRICIS(베아트리체의 인사)"를, 맨 아래에는 "IN TERRA ET IN EDEN(땅과 에덴에서)"을 새기면서, 이 그림의 주제와 제목, 그리고 장소를 명시한다.

이 문구의 출처는 새겨져 있지 않은데, 『새로운 삶』 21장에 실린 시 (『새로운 삶』 21.4)의 첫 구절이다. 베아트리체의 죽음이 당장 29장에 묘사되는데, 그렇게 사랑을 갖다 주는 것과 사랑이 사라지는 것 사이의 거리는 멀지 않다.

그 건너편 에덴 부분의 프레임 위쪽에는 이렇게 문구가 새겨졌다.

sovra candido vel cinta d'uliva donna m'apparve, sotto verde manto vestita di color di fiamma viva.

(그녀는 하얀 너울 위에/ 올리브로 관을 하였고 녹색 망토 아래로는/ 살아 있는 불꽃의 붉은색 옷이 드러나 보였다.)(「연옥」 30.31-33)

프레임 아래쪽의 문구는 다음과 같다.

Guardaci ben! Ben son, ben son Beatrice.

(날 보세요! 나 정말 베아트리체이니!)(「연옥」 30.73)

피렌체에서 단테는 베아트리체의 눈에 담긴 사랑을 보며, 이제 에덴에서 그런 사랑의 베아트리체가 자기를 가리키는 힘찬 확신의 말을 듣는다. 구원의 시작과 완성을 잇는 것은 중간에 놓인 제3의 그림이다. 그것은 「단테의 사랑」의 한 버전(그림 15-3)인데, 구원의 모든 것을 받치는 것은 곧 단테의 사랑이라는 것을 말해 주는 듯하다. 다음 장에서 설명하겠지만, 「단테의 사랑」이 구원의 시작과 완성을 잇는 것은 베아트리체의 죽음에서 비롯한다. 베아트리체의 죽음은 곧 단테의 사랑이 뻗어 나가는 계기이며 그 사랑의 방향을 정하고 그리로 인도하는 발판이 되기 때문이다. 그래서 그토록 강하게 베아트리체의 죽음을 그려 낸 것이다.

죽은 베아트리체는 천국의 기쁨에 묻혀 있다가 이제 단테를 맞으러 연옥의 지상 천국까지 내려온다. 천국에서 내려온 베아트리체가 두른 너울의 하양, 망토의 녹색, 옷의 빨강은 그녀가 천국에서 누리는 세 가지 신학적 덕성을 상징한다.

> 그녀는 하얀 너울 위에
> 올리브로 관을 하였고 녹색 망토 아래로는
> 살아 있는 불꽃의 붉은색 옷이 드러나 보였다.
> (「연옥」 30. 31-33)

하얀 너울 위로 베아트리체의 머리를 두른 올리브 관은 평화의 상징일 수 있고, 또 "미네르바의 잎들"(「연옥」 30. 68)이 가리키듯 지혜의 상징일 수 있다. 올리브와 지혜를 연결하는 것은 고전적인 상징이면서 또한 성경의 상징이다. 빨간색 옷을 입은 베아트리체는 이미 살아 있을 때 단테 앞에 나타났고(『새로운 삶』 2.3, 3.1, 3.4, 39.1) 하얀 너울에 덮인 모습으로 꿈에서 나타났다.(『새로운 삶』 23.8) 빨간색이 심장을 가리킨다고 보면 "살아 있는"의 용어에서 순례자가 베아트리체의 죽음 이전의 모습을 떠올린다고 볼 수 있다. 여기에서 죽음의 이미지는 완전히 사라진다. 상징적인 색들, 즉 죽음의 빨강, 생명의 녹색, 고통의 진홍색은 삶과 죽음에 대한 시적 성찰로서의 꿈을 자라나게 한다.[49]

"살아 있는 불꽃"의 은유에 담긴 정신은 특정한 색조의 상징적 의미보다 로세티에게 더 중요하다. 모든 것은 베아트리체의 죽음의 순간이 물질적인 자신이 새로운 정신적 깨달음으로 전화되면서 무아경이 된다는 점을 암시한다. 베아트리체는 죽음과 함께 구원의 영원성을 제

---

49 Benedetti, M. T., *Dante Gabriel Rossetti*(Firenze, 1984), p. 13.

공하는 꿈들의 영역으로 깨어난다. 그래서 죽음은 그녀에게 고통이나 비탄의 세계가 아니다.

단테와 베아트리체를 그린 다른 예들처럼 여기에서도 로세티는 그림의 주제를 '본다'는 행위에 집중시킨다. 사실상 로세티는 베아트리체가 「연옥」 30곡에서 먼저 나타난 것을 「연옥」의 31곡과 32곡에 나오는 나중의 장면(그녀가 이제 너울을 벗고, 그런 그녀의 모습에 단테가 압도되는 장면)[50]과 융합시킨다. 이는 『새로운 삶』(14장 전체)에서 묘사된 결혼식 장면을 연상시킨다. 단테의 감각들은 마비되지만, 경험은 깊기만 하다. 그는 마치 태양을 본 것처럼, 마치 나중에 겪게 될 천국의 경험을 예감하듯, 잠시 눈이 부신다. 두 명의 여인들은 이상한 형상의 옛날 현악기를 들고 있는데, 베아트리체의 시녀이면서 음악적 치유자, 천국으로 영혼을 데려가는 천사들로 보인다.

사랑

「단테의 사랑(Dantis Amor)」(그림 15-1 참조)은 풍요로운 황금색과 당당한 푸른색, 열정적인 빨간색, 깊은 검은색, 가느다란 은색으로 이루어져 있다. 예수 그리스도를 담은 해와 거기서 발산하는 황금빛 햇살은 푸른 하늘의 배경 위에서 넘칠 듯 풍요롭게 쏟아져 내리고 천사가 입은 황금의 로브를 거쳐 밤하늘의 몇몇 큰 별들까지 이어진다. 베아트리체가 담긴 은빛 달은 검은 하늘에 총총이 박힌 자잘한 별들로 부서져 흩어지고, 그 여파인 듯 예수 그리스도의 햇살의 근원들까지 은빛으로 물들인다. 한가운데 확고하게 배치된 천사는 굉장히 큰 주홍색의 날개를 등 뒤에 붙였는데 활짝 펼치면 얼마나 더 넓어질까 생각하게 만든

---

50 미네르바의 잎들을 두른 머리에\ 드리워진 너울이 그녀를\ 온전히 보지 못하게 했지만,\ 당당하고 단호한 얼굴이 느껴졌다.(「연옥」 30.67-70)

10 문자와 이미지의 침윤: 로세티가 그린 단테의 얼굴들

다. 그 힘차게 날아오를 잠재성을 지닌 날개의 주홍색은 황금색과 은색을 단단하게 연결한다. 그 연결은 성인의 머리 둘레에 드리워진 후광을 연상하게 하는 금빛이 도는 다갈색 머리카락을 통해서도 이루어진다. 후광이란 해나 달 주위에 나타나는 무리이며 강한 빛을 발하는 피사체를 찍을 때 그 주변에 생기는 하얗고 뿌연 것임을 생각할 때, 천사의 다갈색 머리카락은 그리스도-해와 베아트리체-달의 각각에게 드리워졌을 무리들이 수렴된 것이며 또한 그 자체로 강한 빛을 발하는 인상을 준다. 천사가 든 긴 화살 오늬의 열정적인 빨강은 그리스도의 황금빛이 베아트리체의 은빛으로 전이되기라도 하듯 화살촉의 은빛으로 길게 연결되어 있다.

그림의 구성은 눈에 띄게 나뉜 기하학 구조를 하고 있지만 결코 단순하지 않으며 역동적인 긴장으로 가득 차 있다. 우선 눈에 들어오는 긴장은 황금 햇살과 푸른 하늘로 물든 그리스도의 영역과 어둠과 함께 무수한 별들로 채워진 베아트리체의 영역을 뚜렷하게 구분하는 대각선이다. 그런데 그 대각선의 긴장은 천사가 든 활과 화살의 대각선과 완전하게 교차를 이루면서 더욱 증폭된다. 그림에서 베아트리체는 오른쪽 하단에 별들에 둘러싸인 채 초승달에 들어앉아 중간에 선 천사를 통해 왼쪽 상단에 해의 한가운데 위치한 그리스도를 향해 나아가려는 의지를 보인다. 활과 화살을 든 천사는 사랑의 매개체 역할을 자임하는 듯하다. 활과 화살의 대각선을 따라 베아트리체와 그리스도가 상승의 각도로 배치되었고, 그 중심에서 상승을 매개하면서 또한 그 안정성을 조절하는 듯 천사가 상당히 안정된 자세로 서 있다. 로세티가 드로잉에 새겨넣은 대로, 이 그림은 『신곡』의 끝 구절 "해와 다른 별들을 움직이는 사랑"(「천국」 33.145)의 형상화로 보아도 좋다. 이 그림은 베아트리체의 죽음, 그것이 앞으로 수행할 구원의 역사를 예견한다. 그것은 대각선의 긴장된 구도로 펼쳐지는 사랑이다.

그리스도와 베아트리체를 나누는 대각선과 천사의 활과 화살의 대각선이 그려 내는 교차는 단테의 사랑이라는 제목을 그대로 살려 낸다. 단테의 사랑은 화살의 방향이 가리키듯 그리스도로부터 베아트리체로 내려꽂히는 일방적인 것이 아니라, 베아트리체의 상승의 의지와 교차하는 방식으로 이루어진다.(그것을 우리는 앞에서 성속의 교차로 살펴보았다.) 따라서 우리는 그 교차의 긴장된 구성에 시선을 집중할 필요가 있는데, 자세히 들여다보면 천사가 달고 있는 날개 자체가 이미 그 교차를 그리고 있다는 것, 그리고 천사는 그 교차를 정확히 가로지르는 방식으로 위치한다는 것을 알 수 있다. 사실 그것이 그리스도의 사랑과 베아트리체의 사랑을 연결하는 천사의 존재 방식이며, 또한 단테의 사랑의 작동 방식이다.

바로 그렇게, 천사는 전경화되고 해와 달은 배경화되면서도 전경과 배경은 구별되지 않는다. 이 그림은 하나의 풍경화다. 해와 천사, 초승달, 그리고 물결처럼 퍼져 나가는 햇살과 보석처럼 총총이 박힌 별빛들, 그리고 천사가 맨발로 딛고 선 바위까지, 우리 눈 앞에 펼쳐지고 또 우리 내면에 새겨지며, 그런 과정에서 우리는 그 속에 들어가 일부를 이루는 것이다. 그것은 곧 단테의 사랑에 참여하는 것이다.

단테의 사랑이란 햇살이 위에서 내리쪼이고 별빛이 아래에서 받치는 식이 아니라 위와 아래를 흐리는 것으로 그려진다. 당장의 구성이 그러하더라도 금방이라도 전체가 기우뚱하며 회전할 것만 같다. 천사의 날개는 바로 그 회전의 동력의 잠재태로 천사의 등에 달려 있다. 그래서 그리스도의 사랑과 베아트리체의 사랑이 각각 해와 달을 품으면서 또한 그 둘을 포개고 겹치도록 만든다. 서로에게 향하는 시선의 조응은 각자의 사랑이 서로에게로 스며들어 섞이는 전조가 되고, 각각이 속해 있는 대각선의 양 극단에 자리한 조그만 두 개의 원들은 전체 구도가 하나의 큰 원으로 회전하며 이룰 원심력과 구심력의 조화를 지탱하는 두

10 문자와 이미지의 침윤: 로세티가 그린 단테의 얼굴들

개의 추들이 된다. 그래서 전체는 처음부터 끝까지 조화를 이루고 있는데, 그것을 직접 말하기 위해서인 듯 로세티는 그림에서 단테의 말들을 새겨넣었다.

그림에 새겨진 단테의 말들을 온전히 보려면 유화와 함께 제작된 드로잉들을 봐야 한다. 유화에는 그리스도의 해를 이루는 윤곽선을 따라 새긴 단테의 말들만 남아 있다. 드로잉(그림 15-2 참조)을 보면, 해와 달의 윤곽을 따라 『새로운 삶』의 마지막 구절들이 쓰여 있다. 해를 이루는 구절은 다음과 같다.

> QUI EST PER OMNIA SAECVLA BENEDICTUS
> 영원 세세의 축복이신(『새로운 삶』 42.3)

그리고 달의 선을 따라 쓰인 구절은 다음과 같다.

> QUELLA BEATA BEATRICE CHE MIRA/ CONTINUAMENTE NELLA FACCIA/ DI COLUI
> 그분의 얼굴을 영광 가운데 바라보고 선 저 축복받은 베아트리체(『새로운 삶』 42.3)

또한 중앙의 대각선을 따라 『신곡』의 맨 마지막 구절이 쓰여 있다.

> L'AMOR CHE MUOVE IL SOLE E L'ALTRE STELLE
> 태양과 다른 별들을 움직이는 사랑(「천국」 33.145)

이 그림의 중앙에서 해와 달을 잇는 천사는 다름 아닌 단테 자신이다. 가운데에 위치한 천사는 단테가 『새로운 삶』에서 묘사하는 사랑의 신의 알레고리적 형상이다. 단테는 베아트리체를 향한 자신의 사랑의 전달자로 사랑의 신을 내세우지만, 사실상 그 자신이 사랑의 전달자가 될 기획을 처음부터 품고 있었던 것 같다. 그것이 『새로운 삶』의 끝이 『신곡』의 처음으로 연결되는 이유다.[51] 이 그림은 『새로운 삶』을 『신곡』으로 연결할 뿐 아니라 『신곡』의 종결을 제시하면서 『신곡』을 넘어서는, 혹은 『신곡』이 함의하는, 사랑의 궁극적 의미까지 전망하게 해준다. 전술했듯, 이 그림의 대각선을 가로지르는 선 위에 새겨진 문구는 『신곡』의 마지막 구절이다. 이 구절은 그리스도의 구역에서 햇살을 받고 또한 베아트리체의 영역에서 별빛을 받는다. 결국 이 그림은 베아트리체에 대한 단테의 사랑의 두 국면, 즉 『새로운 삶』에서의 지상적인 사랑과 『신곡』에서의 천상적인 사랑을 우주적 통일성 속에서 담고 있다. 앞서 말했듯, 「단테의 사랑: 해시계와 횃불을 든 사랑의 연구 (Dantis Amor: Study of Love with a Sundial and Torch)」(그림 15-3 참조)은 단테가 베아트리체와 이승과 저승에서 나누는 두 번의 인사, 각각 구원을 약속하고 그 약속을 이루는 지점들을 매개하는 위치에 서 있다. 그리고 그 매개는 이 그림의 내부를 가득 채우는 개념이기도 한데, 그렇게 단테의 사랑이란 여럿 사이의 관계를 만드는 것으로 그려지는 것이다.

그리스도의 사랑과 베아트리체의 사랑은 단테가 『새로운 삶』을 쓰던 그의 인생의 출발점에 이미 자리하고 있었고, 이제 『신곡』을 완성

---

51 이와 관련해 페르틸레의 관찰은 예리하다. 『새로운 삶』의 끝과 『신곡』의 처음이 연결된다고 볼 수 있는 것은 『새로운 삶』의 끝에서 새로운 시작을 약속하고 있기 때문이다. 『신곡』에서 추구한 그 놀라운 비전이 이미 『새로운 삶』에서 시작되고 있었다고 볼 수도 있고 혹은 그저 나중에 추가한 것으로 볼 수도 있지만, 전자로 본다면 단테의 글쓰기는 거의 그 전체가 하나의 덩어리로 묶이는 셈이다.(Pertile, *The Cambridge History of Italian Literature*, p. 44) 위의 관찰은 또한 『새로운 삶』에서 단테가 나중에 『신곡』에서 자신의 정체성을 정의하는 "순례자"의 개념에 대해 세 가지로 설명한다는 사실에도 의지한다.(『새로운 삶』 40. 1-7)

10 문자와 이미지의 침윤: 로세티가 그린 단테의 얼굴들

하는 인생의 종점에서 단테는 그 두 사랑들을 하나로 모으고 있다. 『신곡』은 『새로운 삶』과 『새로운 삶』 사이, 그리스도의 사랑과 베아트리체의 사랑 사이에 위치하는 단테 자신이 마지막으로 그려 내는 사랑의 얼굴이다. 『신곡』을 마무리하는 구절은 처음부터 그의 삶을 인도하고 있었다. 중앙의 천사가 두 사랑들을 연결하고 회전시키면서 하나로 만드는 구도는 그러한 그의 깨달음의 묘사인데, 그러한 연결과 회전의 움직임 자체가 곧 사랑이기도 하며, 또한 단테의 구원을 향한 순례의 움직임이기도 하다. 사랑의 궁극의 지점인 그리스도와 그 궁극을 대신하는 혹은 매개하는 천사 베아트리체는 구석으로 물러나고 그들을 중개하는 또 다른 천사가 중앙에서 전경화되는 것은 연속적인 물러남의 효과로 볼 수 있으며, 그를 통해 사랑의 궁극적 함의가 결코 그리스도와 베아트리체에게서 머물러 있지만은 않는다는 점을 보여 준다. 단테가 깨달은 사랑의 비밀은 신과 인간의 합일이며, 더 정확히 말해, 그 합일을 출발시키고 유지하는 움직임 그 자체인 것이다.

그러한 사랑의 움직임은 처음도 없고 끝도 없이 마치 이 그림이 두 개의 대각선들의 교차로 원을 이루며 돌아가듯, 그렇게 조화롭게 펼쳐진다. 그래서 베아트리체의 죽음은 단테에게 사랑의 종결이 아니며 오히려 사랑의 움직임을 이루는 일부가 되는 것이다. 두 개의 드로잉들에 그려진 해시계에는 1290이라는 숫자가 선명하다. 단테는 『새로운 삶』에서 베아트리체가 1290년에 죽었다고 묘사한다. 원래부터 로세티는 베아트리체의 죽음을 이 그림의 중앙에 놓고자 했다. 베아트리체의 죽음을 들고 선 천사. 그것은 그녀의 죽음이 고스란히 사랑으로 수렴되며, 그 사랑을 수행하는 이는 다름 아닌 단테라는 점을 말해 준다. 드로잉(그림 15-2)에서 그녀의 죽음이 일어나는 시간은 그리스도의 눈길과 베아트리체의 눈길이 교차하는 그곳에 위치한다는 것을 뚜렷이 보여 준다. 그리스도와 베아트리체의 눈길들은 선명하고 온화하며 순수하고, 그래서 서로의 관계를 맺기에 충분할 정도로 안정되어 있는 데 비해, 베아트리체의 죽음을 알리는 천사의 눈길은 불투명하게 그려져 불안정하게 부유하는 물결을 바라보는 듯 보인다. 천사의 눈길은 공허하며, 어디로 향하는지 불분명하다. 그 눈길은 베아트리체가 죽은 지 1년 뒤에 천사를 그리는 단테의 눈길[52]이며 석류를 쥔 단테(그림 15-4 참조)[53]의 눈길과 닮았다. 천사가 곧 단테 자신이라면, 단테의 사랑, 그리스도의 사랑과 베아트리체의 사랑을 관계지으며 종합하는 단테의 사랑은 그렇게 머물지 않고 계속해서 흐르고 움직인다. 그것은 천사를 관통하는 『신곡』의 마지막 문구에 담긴, 모든 것을 움직임 속에 두는 사랑을 그려 낸 것이다. 사랑은 시간과 함께 지속적으로 흐르고, 단테는 우리를 그 위에 실어 어디론가 데려간다. 그것은 단테에게 『새로운 삶』에서 『신곡』으로 흐르는 그의 삶 전체이며 우리에게는 단테에게서 우리 시대로 흐르는 인간의 경험 전체를 가리킨다. 그리스도의 황금빛 햇살은 녹아내리고 베아트리체의 은색 달빛은 견고하지만, 곧이어 서로의 속성들로 변신하고 거듭 변신해 나갈 것이라는 듯, 총총히 박힌 별빛들은 작은 햇살처럼 녹아 흐르기 시작한다.

유화(그림 15-1)에서는 태양의 선을 따라 쓰인 구절만 남기고 다른 문구들은 다 사라졌다. 그 이전에 그려진 두 개의 드로잉들에서 우리는 사라진 문구들을 확인한다. 다른 드로잉(그림 15-3)에는 "1290. 6. 9." 라는 문자가 그림의 맨 위에 모자를 씌우듯 걸쳐져 천사가 해시계로 가리키는 베아트리체의 죽음의 날짜를 확고하게 보여 준다. 해시계는 정확히 9라는 숫자를 가리킨다. 이로써 베아트리체의 죽음의 시간은 1290년

---

52 10장의 「그리움」 참조.
53 로세티, 「석류를 쥐고 생각에 잠긴 단테(Dante in Meditation Holding a Pomgranate)」, 1852년. 이 그림은 「단테의 사랑」을 구상하면서 나온 것이다.

10 문자와 이미지의 침윤: 로세티가 그린 단테의 얼굴들

6월 9일 9번째 시간(오후 3시)이라고 확정하고자 하는 듯 보인다.[54] 그림 맨 아래에는 마치 천사를 받치듯『신곡』의 마지막 구절 "해와 다른 별들을 움직이는 사랑"이라는 구절이 쓰여 있다. 사랑이 받치는 죽음. 이는 베아트리체의 죽음이 죽음을 영원히 초월하는 사랑으로 나아가는 것임을 말해 준다. 그렇게 나아가는 것의 방식을 알려 주는 것은 다른 드로잉(그림 15-2)과 유화(그림 15-1)에서다. 그들 그림들에서 천사는 그리스도와 베아트리체를 연결하는 존재로 위치하면서, 베아트리체의 사랑이 죽음을 초월하게 만드는 천사의 역할은 바로 그 사랑의 목표를 그리스도에게 향하게 하는 것이라는 점을 생각하게 한다. 초승달 속 베아트리체는 죽음으로써 그리스도와 하나가 되는데, 그렇게 그리스도와 하나가 되는 것은 축복의 본질로서 '베아트리체(beatrice)'라는 그녀의 타고난 운명을 구현하는 것이다. 그렇게 죽음 이후에 죽음을 원래부터 초월한 존재로 나아가고 그와 함께 하면서 죽음의 그림자를 지워 버린다.

이 세 개의 그림들이 진화하는 양상들에서 우리는 더 많은 생각을 하게 된다. 첫 번째 드로잉(그림 15-3)에는 천사 홀로 등장하면서 단테의 사랑이 그의 삶의 처음과 끝을 이룬다는 것을 보여 주고 두 번째 드로잉(그림 15-2)에서는 그의 사랑이 참조하는 대상이 그리스도와 예수, 그리고 사랑 자체라는 점을 보여 준다면, 유화(그림 15-1)에서는 천사

---

54 베아트리체의 사망 시간에 대해 단테는 『새로운 삶』 29장 전체에서 자세히 설명한다. 단테의 복잡한 계산법과 숫자 개념에 따르면, 프톨레마이오스와 그를 받아들인 기독교의 교리에 따르면 회전하는 천체는 아홉 개로서 이들이 지구에 영향을 미치는데, 베아트리체는 이 아홉 개의 천체가 완벽한 조화 속에서 영향을 미치는 가운데 태어났고 또한 죽었다. 단테는 베아트리체가 아홉 살 때 처음 만났으며, 열여덟 살 때 두 번째로 만났다. 그녀는 아홉 번째 시간(오후 3시)에 죽었다. 숫자 9는 숫자 3을 뿌리로 두며, 다른 어떤 수의 개입 없이 3에 3을 곱하면 9가 된다. 베아트리체에 관련되는 숫자는 거의 예외없이 숫자 3에서 연원한다. 그것은 삼위일체를 상징하며, 그렇게 단테는 베아트리체의 생사와 일생을 삼위일체에 뿌리를 둔 기적으로 만든다.

의 매개를 통해 베아트리체에서 시작하고 그리스도에게로 수렴하는 사랑이 또한 어디까지 뻗어 나갈 것인지를 묻는다. 그렇게 그 무한한 사랑의 풍경은 현란하게 조응하는 색채들의 섞임에 묻히면서 천사가 들고 있는, 미완성으로 남겨진 해시계의 하얀색 속으로 펼쳐지고 있다. 그렇게 단테의 사랑은 사랑 자체로 우리 우주에 끝없이 펼쳐지고 그 펼쳐지는 움직임 자체가 곧 우리의 삶과 구원을 이룬다는 것을 말하는 듯하다.

'단테의 사랑'이라는 제목은 이 그림이 담고 있는 개념들의 핵심과 총합을 고스란히 요약해 준다. 이 그림은 상징적이고 비사실적이다. 마치 중세의 종교화들처럼, 우리 눈앞의 사실의 요소들은 전혀 개입하지 않고 다른 무엇을 대신하는 상징들로 가득 채우면서 그림의 도상적 성격보다는 언어의 상징적 성격을 더 부각시킨다. 문자가 도상을 정착시키는 역할을 한다는 것을 생각하면, 이 그림에서 로세티는 자기가 원하는 범위 밖의 해석을 원하지 않는 듯하다. 요컨대 이 그림은 '단테의 사랑'에 집중하고 있으며, 그 사랑은 『새로운 삶』에서 출발해서 『신곡』에서 마무리되는 사랑이다. 그러나 그림에 문자가 있든 없든, 해석의 자유는 늘 작동한다. '정착'의 기능을 하는 것은 문자라기보다 작가의 개입이다. 문자를 넣으면서 로세티는 '작가'로서 개입한다고 볼 수 있지만, 그 문자가 『새로운 삶』이라는 미적 언어에서 나온 것이고, 또 그 미적 언어에 대해 이미 로세티가 독자로서 해석을 가한 과정에서 나온 것임을 생각하면, 이 그림에 들어 있는 문자는 '정착'의 기능보다는 또 다른, 더욱 복합적이고 너른, 해석의 자유로운 가능성을 생각하고 유희를 맛보게 해 준다.

구원

「축복받은 베아트리체(Beata Beatrix)」(그림 16 참조)에서 베아트리체의 위로 쳐든 얼굴과 감은 눈은 그녀의 비전이 지상이 아니라 하늘을 향한 것임을 보여 준다. 이는 로세티가 이 그림의 첫 번째 소유자에게 보낸 편지에서 설명하듯,[55] 『새로운 삶』의 마지막 구절에서 묘사되는 모습이다. 사랑하는 베아트리체를 떠나보내는 절절한 심정을 토로한 뒤 단테는 이렇게 모든 것의 끝을 맺는다.

> 예의의 주인이신 그분께서 기뻐하시는 대로 나의 영혼은 그분의 여인, 영원 세세의 축복이신 그분의 얼굴을 영광 가운데 바라보고 선, 저 축복받은 베아트리체의 영광을 바라보러 떠날 수 있기를 바라노라.(『새로운 삶』42.3)

이 그림의 제목 "축복받은 베아트리체"는 위의 마지막 문장에서 따왔다. 위의 문장에서 축복의 현현으로 나타나는 대상은 둘, 즉 예수 그리스도와 베아트리체다. 베아트리체는 하느님을 '하염없이'("영광 가운데") 바라보면서 (혹은 바라봄으로써) 그리스도처럼 축복을 받는 지위에 오른다. 그러나 이 그림은 완성된 상태, 즉 축복을 받은 상태보다는 그 상태로 나아가고자 하는("영광 가운데 바라보고 선") 상태를 가리킨다. 따라서 "축복받은 베아트리체"는 완결형이 아니라 지향성을 내포한다. 또 하나 주목할 점은 위의 문장에서 주어는 단테 자신이라는 점이다. 축복은 하느님으로부터 비롯하지만, 하느님의 기원과 그를 바라보는 베아트리체보다, 그 베아트리체를 또한 바라보는 단테의 존재가 종결("바라보러 떠날 수 있기를 바라본다")의 의미를 갖는 것이다. 따라서 위의 문장에서 우리는 단테의 염원과 함께 어떤 결의를 느낄 수 있다. 그것은, 앞에서도 말했듯, 『새로운 삶』에서 비롯한 여정을 계속하리라는

---

55 Prettejohn, Elizabeth, "Beautiful Women with Floral Adjuncts", *Dante Gabriel Rossetti*(London: Thames & Hudson, 2003), p. 80 재참조. "그녀는 감은 눈썹을 통해 봅니다. 그것은 『새로운 삶』의 마지막 구절에서 표현된 대로, 새로운 세계의 의식이지요."

것을 의미한다. 이로써 단테는 베아트리체의 인도를 받는, 또 다른 '천사', 즉 구원의 매체로 등장하는 것이다.(이로 미루어 그림 「단테의 사랑」의 중심부에 위치한 천사는 단테의 상징으로 봐도 좋을 것이다.)

이 그림의 베아트리체의 실제 모델은 엘리자베스 시달(Elizabeth Siddal)이다. 자전적 요소를 로세티의 평가에서 중요하게 취급할 필요는 없으나, 엘리자베스 시달과의 만남(1850)은 로세티의 창작 경력에서 중요하다. 시달은 여성의 신비에 대한 로세티의 생각을 구체화하고 개인화하는 데 적합한 인물이었다. 그의 그림에서 시달은 베아트리체와 프란체스카, 성모 마리아의 모습으로 나타난다. 시달은 「결혼식에서 단테를 만나는 베아트리체, 인사를 거부하다」(1851) 이후에 1850년대에 베아트리체의 모델이 되었다. 1860년 시달은 치명적인 병에 걸리고 약간의 불화 속에 있던 로세티는 그녀와 화해하고 서둘러 같은 해 4월에 결혼한다. 그러나 결혼은 짧았다. 1862년 2월에 시달은 아편 과다 복용으로 죽는다. 자살이라는 설도 있다. 이에 대해 로세티는 시달이 베아트리체의 모델을 자꾸 맡다 보니 베아트리체의 운명을 따라간 것이 아닌가 괴로워했으며, 아마 좌절과 죄의식에 시달리면서, 또한 그렇게 떠난 시달에 대한 사랑의 기념으로, 시달을 모델로 이 그림을 그렸을 것이라고 추정할 수도 있다.[56]

그러나 다른 한편, 로세티는 이미 1858년부터 시달에 대한 매력을 상실하고 제인 모리스(Jane Morris)가 그 자리를 차지했다[57]는 점도 생각해야 할 것이다. 또 로세티가 1863년 12월 22일 엘런 히튼(Ellen Heaton)에게 보낸 편지[58]에 따르면 로세티는 시달이 살아 있을 때 이 그

---

56 Johnson, "Dante Rossetti's Beata Beatrix and the New Life", p. 548.

57 Rossetti, W., "Dante Rossetti and Elizabeth Siddal", *Burlington Magazine*, 1, March-May, 1903, pp. 273~295; Johnson, 위의 책, p. 548 재참조.

58 Surtees, V., *The Paintings and Drawings of Dante Gabriel Rossetti*(1828~1882), *A Catalogue Raisonné*(Oxford, 1971), p. 94; Johnson, 위의 책, p. 548 재참조. 참고

림을 구상했고 머리와 손 부분은 그녀가 죽기 전에 완성했다는 점도 시
달이 실제 모델이라는 추정의 신빙성을 떨어뜨린다. 로세티는 이 그림
을 한동안 내버려두었다가 1864년경에 다시 시작해서 1870년에야 완
성한다.

이 그림에 사랑의 이미지와 함께 죽음의 그림자가 짙게 드리워 있
다고 하지만 정작 죽음의 테마는 앞에서 살펴본 「단테의 꿈」에서 집중
된다. 이 그림은 시달의 죽음 이전에 구상과 스케치가 이루어졌고, 또
『새로운 삶』에 의거해 볼 때도 「단테의 꿈」 이전의 시퀀스에 해당된다.
(그러나 최종 그림이 완성되던 때가 1860년대 후반이고 그때가 시달의 죽음을
추모하던 때라는 점을 생각하면 「축복의 베아트리체」에 드리워진 죽음의 이미
지를 일부 인정할 수 있다.)

로세티가 이 그림의 소장자인 쿠퍼 템플(Cowper-Temple) 부인에게
설명하는 대목을 보자.

그림을 보면서 이 그림에 죽음을 재현할 의도가 전혀 담겨 있지 않다는
점을 생각하셔야 합니다. …… 반대로 베아트리체는 도시가 내려다보이는 발
코니에 앉아 지상에서 천국으로 오르는 황홀경에 사로잡혀 있지요. 단테가 그
녀의 죽음으로 인해 도시에서 얼마나 쓸쓸하게 사는지 생각해 보세요. 그 때
문에 제가 단테의 모습을 배경으로 넣었고, 그와 함께 사랑의 신을 배치하며
서로 불길하게 응시하게 했습니다. 한편 죽음의 메신저로서 새는 베아트리체
의 손에 양귀비를 떨어뜨리지요. 베아트리체는 감은 눈꺼풀 사이로 봅니다.
『새로운 삶』의 마지막 구절에서 표현된 대로, 새로운 세계를 의식하면서 말이
지요. "축복받은 저 베아트리체는 이제 천세 동안 축복받은 그분의 얼굴을 계

로 위의 편지는 다음 자료에서 찾아낼 수 없었음을 밝힌다. Dante Gabriel Rossetti, eds.,
Oswald Doughty and John Robert Wahl, *Letters of Dante Gabriel Rossetti*(Oxford:
Clarendon Press, 1965), vol. 1–4.

속해서 바라보고 있다."[59]

　따라서 죽음의 그림자가 분명 담겨 있다고 해도 그보다 더 강렬한 축복과 구원의 이미지가 죽음의 그림자를 덮고 혼합시킨다. 과연 이 그림은 변형 혹은 승천의 의지로 충만하다. 직접 변형되고 승천하는 장면은 없어도 뿜어져 나오는 암시는 더 강렬하다. 베아트리체는 기둥처럼 긴 목과 벌어진 입술, 감은 눈으로 창백하고 유령처럼 보인다. 그녀는 관능적이면서 또한 영묘하고, 창백하면서도 찬란하다. 천상의 붉은색을 입은 비둘기는 죽음의 도구인 양귀비를 물어다준다. 양귀비는 정열의 꽃이고 죽음과 잠의 상징이다. 또한 아편의 재료이며, 엘리자베스 시달의 죽음의 원인이었다. 죽음의 꽃을 문 붉은 비둘기의 머리에는 광륜이 떠 있어 성령을 표시하고, 그 붉은색을 통해 아마도 사랑을 암시한다.

　비둘기는 사랑의 상징인 한에서 사랑의 신과 쌍을 이룬다. 비둘기를 채운 빨간색은 그림의 왼쪽 위에 위치한 사랑의 신(그 뒤에 위치한 사랑의 문도 주목하라.)의 색과 동일하다. 또 베아트리체 머리를 뒤편에서부터 물들이는 색도 빨강이다. 사랑은 온통 빨간색으로 물들어 있다. 빨간 색은 사랑의 신의 빨간 망토와 베아트리체의 아름다운 빨간 머리, 그리고 빨간 비둘기로 이어지는 대각선 구도에서 특히 두드러진다. 빨강의 반복은 그림의 통일성을 주며 이들 사이의 사랑과 관계를 구축한다. 단순한 상징적인 해석으로는 충분치 않을 정도로, 이들의 심리적 효과는 매우 환기적이고 신비롭다. 이들은 또한 물감의 따뜻한 빛과, 정신적 정열과 육체적 정열을 표현하는 내적인 분위기에서 기인한다.

59　Surtees, 위의 책, p. 94; Johnson, 위의 책, p. 552 재참조. 로세티가 1876년 여름에 어머니에게 보낸 편지에서 쿠퍼 템플 부인을 극찬하는 대목을 엿볼 수 있다.(*Letters of Dante Gabriel Rowwetti*, vol. 3, pp. 1454~1455)

베아트리체의 옷이 희망의 색인 녹색인 것에 로세티는 적잖은 의미를 부여했을 법하다. 베아트리체가 단테 앞에 온전히 모습을 드러내는 것은 단테가 연옥의 정상까지 오른 뒤였다.

등불을 들고 선 사랑의 신은 아마 단테 자신을 가리키는 대척점에 선 구애자와 대비를 이룬다. 단테가 들고 있는 책은 틀림없이 『새로운 삶』일 것이다. 베아트리체는 그 한가운데 그 둘보다 훨씬 더 큰 크기로 그려져 있다. 비둘기 머리 위에 떠 있는 후광은 비둘기가 지상의 존재가 아니라 하느님이 보내신 일종의 메신저임을 생각하게 한다. 비둘기 위에 그려진 해시계는 베아트리체의 죽음을 지시한다. 그 시간은 단테 편에서 볼 때 9를 가리킨다. 그러나 해시계에 드리워진 빛은, 그와 무관하게 베아트리체의 머리 위로 열린 빛의 세계와 비슷하게 묘사된다. 해시계의 빛은 지상의 빛, 필멸의 빛으로 베아트리체가 영원한 빛으로 나아가는 것을 암시한다. 그럼에도 불구하고 천상의 세계에는 지상의 세계가 깃든다. 머리 위로 열린 빛의 세계에 어렴풋이 나타나는 베키오 다리. 그곳은 단테가 베아트리체를 만난 곳이다. 지상과 천상의 교차는 천사 베아트리체가 인간을 구원으로 이끄는 방식의 핵심이다. 이런 측면에서 이 그림은 충분히 드라마틱하다. 내러티브가 있고 효과가 있으며 상징과 암호가 있고 그 암호의 해독이 있다. 이 그림은 이전의 로세티 그림들과 분위기가 많이 다르다. 단테와 사랑의 신의 모습, 그들이 각자 들고 있는 책과 등불, 빨간 비둘기, 하얀 양귀비는 실제라기보다 상징적이다. 경계의 묘사는 부드럽게 흐릿하고, 공간은 환각적이다. 여기에는 육체가 없다.

리사 티크너는 로세티가 아마 스웨덴보그(Emanuel Swedenborg)의 책 『부부의 사랑(*Conjugal Love*)』(1768)의 영향을 받았을 것으로 본다.[60] 스웨

---

60 Tickner, *Dante Gabriel Rossetti*, p. 54.

덴보그는 육체적 사랑은 그 자체로 종교적 경험이며 그를 통해서 인간은 신성의 이해에 도달한다고 주장했다. 하지만 단테의 강렬하고 이상화된 정열은 성취되지 못했고 베아트리체는 다른 이와 결혼하고 죽었다. 로세티는 성스러운 사랑과 신성 모독적인 사랑을 이해했지만(영혼의 미와 육체의 미) 결국에는 성스러운 사랑이 육체의 욕망을 흡수하고 변형시키는 그림을 남기고 있다.

참고 문헌

1 단테의 저작들

Dante Alighieri, *Divina commedía*; 박상진 옮김, 『신곡: 단테 알리기에리의 신 곡』, 「지옥」(서울: 민음사, 2007).

Dante Alighieri, *Divina commedía*; 박상진 옮김, 『신곡: 단테 알리기에리의 신 곡』, 「연옥」(서울: 민음사, 2007).

Dante Alighieri, *Divina commedía*; 박상진 옮김, 『신곡: 단테 알리기에리의 신 곡』, 「천국」(서울: 민음사, 2007).

Dante Alighieri, *Vita Nuova*(Milano: Feltrinelli, 1993).

Dante Alighieri, *Convivio*; 김운찬 옮김, 『향연』(나남, 2010).

Dante Alighieri, *De vulgari eloquentia*, Introduzione, traduzione e note di Vittorio Coletti(Milano: Garzanti, 2000); Edited and translated by Steven Botterill(Cambridge: Cambridge University Press, 1996).

Dante Alighieri, *La monarchia*; 성염 옮김, 『제정론』(철학과 현실사, 1997).

Dante Alighieri, *Le rime, Opere minori*(Milano: Ricciardi, 1995).

Dante Alighieri, *Il luogo e la forma dei due elementi dell'acqua e della terra. Opere minori di Dante Alighieri*, vol. II, UTET(Torino, 1986).

Dante Alighieri, *Epistle to Cangrande*, tr. by Robert Hollander(An Arbor: University of Michigan Press, 1993)(다음 책도 참고. *A Translation of Dante's Eleven Letters*, with explanatory notes and historial comments by Charles Sterrett Latham, edited by George Rice Carpenter(Boston and New York: Houghton Mifflin Company, 1891)).

참고한 『신곡』 판본들

Dante Alighieri, *Divina Commedía*, a cura di Umberto Bosco(Firenze: Le Monnier, 1982), 7판.

Dante Alighieri, *Divina Commedía*, a cura di Giuseppe Vandelli(Milano: Ulrico Hoepli, 1928).(1979년 21판 참조)

Dante Alighieri, *Divina Commedía*, a cura di Natalino Sapegno(Firenze: La Nuova Italia, 1955).

Dante Alighieri, *Divina Commedía*, tr. by Mark Musa(New York: Penguin Books, 1986).

Dante Alighieri, *The Divine Comedy of Dante Alighieri*, tr. by Ronald Martinez and Robert Durling(Oxford: Oxford University Press, 2003).

Dante Alighieri, *Divina Commedia*, tr. by Allen Mandelbaum(New York: Bantam, 2004).

Dante Alighieri, *Divina Commedia*, tr. by Robert Hollander(Anchor, 2002~2008).

2 일반 문헌

Acocella, Joan "Cloud, Nine: A new translation of the Paradiso", *The New Yorker*, September 3, 2007.

Acocella, Joan, M. Ferrante, "Good Thieves and Bad Thieves: A Reading of

Inferno XXIV", Dante Studies 104(1986), pp. 83~98.

Adams, J. N., *Bilingualism and the Latin Language*(Cambridge: Cambridge University Press, 2003).

Agamben, Giorgio, *Categorie italiane: Studi di Poeta*(Venezia: Marsilio, 1966).

Agamben, Giorgio, *Il sacramento del linguaggio: archologia del giuramento*(Laterza, 2008); 정문영 옮김, 『언어의 성사』(새물결, 2012).

Agamben, Giorgio, *Language and Death*(Minneapolis: University of Minnesota Press, 1991).

Agamben, Giorgio, *Stanze: La parola e il fantasma nella cultura occidentale*(1977) (Torino: Einaudi, 2006); 윤병언 옮김, 『행간』(자음과 모음, 2015).

Agamben, Giorgio, *The End of the Poem*, Tr. Daniel Heller-Roazen(Stanford University Press, 1999).

Ainsworth, Maryan Wynn, (ed.) *Dante Gabriel Rossetti and the Double Work of Art*(New Haven: Yale University Art Gallery, 1976).

Alberti, Leon Battista, *Della pittura*(The Perfect Library, 2015).

Alexsander, David, "Dante and the Form of the Land", *Annals of the Association of American Geographers*, Vol. 76, No. 1, 1986. pp. 38~49.

Alighieri, Dante, *Dante con l'espositioni di Christoforo Landino, et d'Alessandro Vellvtello. Sopra la sua Comedía dell'Inferno, del Purgatorio, & del Paradiso: con tauole, argomenti, & allegorie; & riformato, riueduto, & ridotto alla sua vera lettura, per Francesco Sansovino fiorentino*(Venetia: Appresso GiovamBattista, & Gio. Bernardo Sessa, fratelli, 1564(1판); 1596(2판)).

Alighieri, Dante, *Divina commedía: La Divina comedia di Dante: con gli argomenti, & allegorie per ogni canto, e due indici, vno di tutti i vocaboli più importanti vsati dal poeta, con la esposition loro, e l'altro delle cose più notabili*(Venetia: Appresso Nicolo Misserini, 1629).

Alighieri, Dante, *Divina commedía: La Divina comedía di Dante, di nvovo alla sva uera lettione ridotta con lo aiuto di molti antichissimi esemplari. Con argomenti, &*

allegorie per ciascun canto, & apostille nel margine. Et indice copiosissimo di vocaboli piu important, usati dal poeta, con la sposition loro(Vinegia, D. Farri, 1569).

Alighieri, Dante, *La commedía di Dante Alighieri; esposta in prosa e spiegata nelle sue allegorie dal Prof. Luigi de Biase; col testo a fronte e note del Prof. Gregorio di Siena*(Napoli: A. Morano, 1886).

Alighieri, Dante, *La Divina comedia di Dante; di nvovo alla sva vera lettione ridotta con lo aiuto di molti antichissimi esemplari. Con argomenti, et allegorie per ciascvn canto, & apostille nel margine. Et indice copiosissimo di tutti i vocaloli piu importanti usati dal poeta, con la spositione loro*(Venegia: Apresso Gabriel Giolito de Ferreri, et fratelli, 1555).

Alighieri, Dante, *La divina commedía di Dante; con gli argomenti, allegorie, e dichiarazione di Lodovico Dolce; aggiuntovi la vita del poeta, il rimario, e due indici utilissimi*(Bergamo: Per Pietro Lancellotti, 1752).

Alighieri, Dante, *La divina commedía di Dante; con gli argomenti, allegorie, e dichiarazione di Lodovico Dolce; aggiuntovi la vita del poeta, il rimario, e due indici utilissimi*(Venezia: Appresso Simone Occhi, 1774).

Alighieri, Dante, I*l Dante popolare, o, la Divina commedía in dialetto napolitano/ per Domenico Jaccarino; col testo italiano a fraonte a con note, allegorie e dichiarazioni scritte dallo stesso traduttore in italiano e napolitano*(Napoli: Tip. del Dante Popolare).

Andrews, Malcolm, *Landscape and Western Art*(Oxford: OUP, 1999).

Angela Meekins, "The Study of Dante, Bonaventure and Mysticism: Notes on Some Porblems of Method", In *Amicizia: Essays in Honour of Giulio Lepschy*, ed. by Z. G. Baranski and L. Pertile, special supplement to *The Italianist* 17, 1997, pp. 83~99.

Angelis, Rino De, *Il colore nella Divina Commedía*(Nell'Inferno e nel Purgatorio) (Napoli, Loffredo, 1967).

Armstrong, Isobel, "The Pre-Raphaelites and Literature", Elizabeth Prettejohn ed., *The Cambridge Companion to Pre-Raphaelites*(Cambridge University Press,

2012).

Ascoli, Albert Russell, *Dante and the Making of a Modern Author*(Cambridge: Cambridge University Press, 2008).

Assorati, Giovanni, *Non sembiava imagine che tace*(Firenze: Società editrice fiorentina, 2011).

Auerbach, Erich, *Dante*; 이종인 옮김, 『단테』(연암서가, 2014).

Auerbach, Erich, Mimesis; 김우창·유종호 옮김, 『미메시스』(민음사, 2012).

Augustine, Aurelius, *Confessiones*; 선한용 옮김, 『성어거스틴의 고백록』(대한기독교서회, 2002).

Augustine, Aurelius, *De civitate dei*; 성염 역주, 『신국론』(분도출판사, 2004).

Augustine, Saint, *Confessions*(Penguin Books, 1961).

Avalle, D'Arco Silvio, *Modelli semiologici nella Commedía di Dante*(Milano: Bompiani, 1975).

Bacon, Francis, *The New Atlantis*; 김종갑 옮김, 『새로운 아틀란티스』(에코리브르, 2002).

Bahti, Timothy, *Ends of the Lyric: Direction and Consequence in Western Poetry*(Baltimore: Johns Hopkins UP, 1996).

Bakhtin, Mikhail, *Estetika slovesnogo tvorchestva*; 김희숙·박종소 옮김, 『말의 미학』(도서출판 길, 2007).

Baldassaro, Lawrence, "Metamorphosis as Punishment and Redemption in Inferno XXIV", *Dante Studies*, No. 99, 1981, pp. 89~112.

Baranski, Zygmunt G., *Dante e i segni; Saggi per una storia intellettuale di Dante Alighieri*(Napoli: Liguori, 2000).

Baransky, Zygmunt G., "'Significar per verba': Notes on Dante and Plurilingualism", *The Italianist*, vol. 6, 1986.

Baransky, Zygmunt G., "Dante's Biblical Linguistics", *Lectura Dantis*, 1989, 5: 105~143.

Barkan, Leonardo, *The Gods Made Flesh*(New Haven: Yale, 1986), p. 157.

Barolini, Teodolinda, *Dante and the Origins of Italian Literary Culture*(New York: Fordham University Press, 2006).

Barthes, Roland, *Image, Music, Text*(Fontana Press, 1993).

Benedetti, M. T., *Dante Gabriel Rossetti*(Firenze, 1984).

Benjamin, Walter, *Über einige Motive bei Baudelaire*; 김영옥·황현산 옮김, 『보들레르의 몇 가지 모티프에 관하여』, 『발터 벤야민 선집』 4(길, 2010).

Benjamin, Walter, *Ursprung des deutschen Trauerspiels*; 최성만·김유동 옮김, 『독일 비애극의 원천』(한길사, 2009).

Bind, David and Stephen Hebron, *Dante Rediscovered: From Blake To Rodin*(Wordsworth Publishing, 2007).

Bloom, Harold, *Anxiety of Influence: A Theory of Poetry*(Oxford: OUP, 1997).

Bloom, Harold, *Genius: A mosaic of 100 Exemplary Creative Minds*; 손태수 옮김, 『세계 문학의 천재들』(들녘, 2008).

Boccaccio, Giovanni, *Decameron*: 박상진 옮김, 『데카메론』(민음사, 2012).

Boccaccio, Giovanni, *La vita di Dante*(1374), a cura di Paolo Baldan(Moretti e Vitali, 1991).

Boterill, Steven, Review of *Dante Metamorphoses: Episodes in a Literary Afterlife*, Eric G. Haywood ed.(Dublin and Portland, Or: Four Courts Press, 2003).

Branca, Vittorio, *Boccaccio medievale*(Sansoni, 1970).

Breckenridge, Carol A., et. al. ed., *Cosmopolitanisms*(Duke University Press, 2002), pp. 15~53.

Briggs, Charles F., "Teaching Philosophy at School and Court: Vulgarization and Translation", Fiona Somerset and Nicholas Watson eds., *The Vulgar Tongue: Medieval and Postmedieval Vernacularity*(University Park: The Pennsylvania State University Press, 2003), pp. 99~111.

Briguglia, Gianluca and Thomas Ricklin eds., *Thinking politics in the vernacular: from the Middle Ages to the Renaissance*(Fribourg: Academic Press, 2011).

Brownlee, Kevin, "Dante and the Classicial Poets", *The Cambridge Companion to*

Dante, ed. by Rachel Jacoff(Cambrdige: CUP, 1993), pp. 100~119.

Buci-Glucksmann, Christine, *Baroque Reason: The Aesthetics of Modernity*(Sage, 1994).

Bucklow, Spike, *The Alchemy of Paint*(Marion Boyars. 2009).

Burckhardt, Jacob, *Die Kultur der Renaissance in Italien*; 이기숙 옮김, 『이탈리아 르네상스의 문화』(한길사, 2003).

Burke, Edmund, *A Philosophical Inquiry into the Origin of Our Ideas of the Sublime and Beautiful*; 김혜련 옮김, 숭고와 미의 근원을 찾아서』(한길사, 2010).

Cachey, Theodore J. Jr., "Cartographic Dante", *Italica*, Vol. 87, No. 3, 2010.

Cachey, Theodore J. Jr., "Latin versus Italian: The Linguistic Crisis of the Early Italian Renaissance", *The Contest of Language: Before and Beyond Nationalism*, Ed., by Martin Bloomer(Notre Dame, Indiana: University of Notre Dame Press, 2005), pp. 15~39.

Caesar, Michael, ed., *Dante: The Critical Heritage*(London: Routledge, 1989).

Calí, Pietro, *Allegory and Vision in Dante and Langland*(Cork University Press, 1971).

Cataldi, Pietro, *Dante e la nascita dell'allegoria: il canto I dell'Inferno e le nuove strategie del significato*(Palermo: Palumbo, 2008).

Cioffi, Caron Ann, "The Anxieties of Ovidian Influence: Theft in Inferno XXIV and XXV", *Dante Studies* 112(1994), pp. 77~100.

Clark, Graham, *The Photograph*(Oxford: OUP, 1997).

Clark, Kenneth, *Landscape into Art*(1949)(London: John Murray, 1997).

Colombo, M., *Dai mistici a Dante: il linguaggio dell'ineffabilit?*(Firenze: La Nuova Italia, 1987).

Cornish, Alison, *Vernacular Translation In Dante*(Cambridge: Cambridge University Press, 2011).

Cremoncini, Giuseppe, *Dante illustrato: paesaggi per la Divina Commedía*, a cura di Marilena Tamassia(Livorno: Sillabe, 2011).

Croce, Benedetto, *Estetica*(1901)(Bari: Laterza, 1941).

Croce, Benedetto, *La Poesia di Dante*(1921)(Bari: Laterza, 1940).

D. L. Derby Chapin, "IO and the Negative Apotheosis of Vanni Fucci", *Dante Studies* 89 (1971), pp. 19~31.

Dana Sutton, "The Greek Origins of the Cacus Myth", *The Classical Quarterly*, Vol. 27, No. 2 (1977), pp. 391~393.

Day, Gail, "Allegory: Between Deconstruction and Dialectics Author(s)", *Oxford Art Journal*, Vol. 22, No. 1(1999).

Deleuze, Gilles, *Le Pli, Leibniz et le Baroque*; 이찬웅 옮김, 『주름: 라이프니츠와 바로크』(문학과 지성사, 2008).

De Benedictis, Raffaele, "Dante's Semiotic Workshop", I*talica*, Vol. 86, no. 2, 2009.

De Man, Paul, "The Rhetoric of Temporality", *Blindness and Insight: Essays in the Rhetoric of Contemporary Criticism*(New York, 1971).

Derrida, Jacques, "Structure, sign and play in the discourse of the human sciences"(1967), in Lodge, David, ed., *Modern Criticism and Theory: a Reader*(New York: Longman, 1988).

Doolittle, Nancy Jean, *Landscape and Spatial Perspectives in Dante, Ariosto, and Milton*, Thesis (Ph. D.)(State University of New York at Binghamton, 1983).

Douglass, Paul, *T. S. Eliot, Dante, and the Idea of Europe*(Cambridge Scholars Publishing, 2011).

Eco, Umberto, *A Theory of Semiotics*(Bloomington: Indiana University Press, 1975); *Trattato di semiotica generale*(Milano: Bompiani, 1976).

Eco, Umberto, *In cerca della lingua perfetta*(Roma: Laterza, 1993).

Elena, Lombardi, *The Syntax of Desire: Language and Love in Augustine, the Modistae, Dante*(Toronto: Toronto University Press, 2007).

Eliade, Eliade, *Das Heilige und das Profane: Vom Wesen des Religiosen*; 이은봉 옮김, 『성과 속』(한길사, 1998).

Eliot, T. S., *Four Quartets*(San Diego: A Harvest Book, 1971).

Em, Henry H., "Minjok as a Modern and Democratic Construct: Sin Ch'aeho's Historiography", *Colonial Modernity in Korea*, Gi-Wook Shin and Michael Robinson eds.(Cambridge(MA): Harvard University Press, 1999), pp. 336~362.

Em, Henry H., "Nationalism, Post-Nationalism, and Shin Ch'aeho", *Korea Journal*, Summer 1999, pp. 283~317.

Erdman, David V., (ed.) *The Notebook of William Blake*(Oxford, 1973).

Fabian, Lampart, "Dante's reception in German literature: a question of performance", *Aspects of the performative in medieval culture*, Manuele Gragnolati, Almut Suerbaum(New York: De Gruyter, 2010).

Fallani, Giovanni, *Dante e la cultura figurativa medievale*(Minerva Italica, 1971).

Ferrante, Joan M., "Thieves and Metamorphoses", *Lectura Dantis*, 1999, pp. 316~327.

Fioretti, Francesco, *Il romanzo perduto di Dante*; 주효숙 옮김, 『단테의 비밀 서적』(작은 씨앗, 2011).

Fortuna, Sara and Manuele Gragnolati and Jrgen Trabant, eds., Dante's Plurilingualism: Authority, Knowledge, Subjectivity(London: Legenda, 2010).

Franke, William, "The Ethical Vision of Dante's Paradiso in Light of Levinas", *Comparative Literature*, American Comparative Literature Association, Vol. 59, No. 3(Eugene: University of Oregon, 2007), pp. 209~227.

Freccero, John, "Allegory and Autobiography", *The Cambridge Companioon to Dante*, ed. by Rachel Jacoff(Cambridge: CUP, 2007(2nd ed.), pp. 161~180.

Freccero, John, "Infernal Inversion and Christian Conversion: Inferno XXXIV", *Dante, The Poetics of Conversion*(Harvard University Press, 1986), pp. 180~1185.

Fredeman, William E., (ed.), *The Correspondence of Dante Gabriel Rossetti: The Formative Years 1835~1862*(Cambridge, 2002).

Frye, Nothrup, *Anatomy of Criticism*; 임철규 옮김, 『비평의 해부』(한길사, 1982).

Gage, John, *Colour and Culture: Practice and Meaning From Antiquity to Abstraction*(London: Thames & Hudson, 1993).

Gage, John, *Colour and Meaning: Art, Science and Symbolism*(London: Thames & Hudson, 2000).

Gage, John, *Colour, Art & Science*, ed. by Trevor Lamb & Janine Bourriau(Cambridge: CUP, 1995).

Gardner, Edmund Garratt, *Dante and the Mystics*(London: J. M. Dent & Sons Ltd., 1912).

Gardner, Edmund Garratt, *Dante*(London: British Academy, 1921).

Gellrich, Jesse M., "Allegory and materiality: Medieval foundations ofthe modern debate", *The Germanic Review*, 2002, Vol. 77, Iss. 2.

Giannantonio, Pompeo, *Dante e l'allegorismo*(Firenze: L. S. Olschki, 1969).

Gilson, Etienne, "Dante's Clerical Vocation and Metamorphoses of Beatrice", *Dante and Philosophy*(New York: Harper & Row, 1963), pp. 1~82.

Gilson, Simon A., *Dante and Renaissance Florence*(Cambridge: Cambridge University Press, 2005).

Ginsberg, Warren, "Dante, Ovid, and the Transformation of Metamorphosis", *Traditio*, Vol. 46, (1991), pp. 205~233 in *Dante's Aesthetics of Being*(Ann Arbor: University of Michigan Press, 1999), pp. 115~159.

Giusti, Francesco, "Le parole di Orfeo: Dante, Petrarca, Leopardi, e gli archetipi di un genere", *Italian Studies*, Vol. 64, No. 1, 2009, pp. 56~76.

Glacken, C. J., "Changing Ideas of the Habitable World", *Man's Role in Changing the Face of the Earth*, ed. W. L. Thomas(Chicago: University of Chicago Press, 1967).

Gorni, Guglielmo, *Dante nella selva: Il primo canto della Commedía*(Parma: Nuova Pratiche Editrice, 1995).

Gragnolati, Manuele, Fabio Camilletti, and Fabian Lampart, *Metamorphosing*

Dante: Appropriations, Manipulations, and Rewritings in the Twentieth and Twenty-First Centuries(Wien-Berlin: Verlag Turia + Kant, 2011).

Guillory, John, *Cultural Capital: The Problem of Literary Canon Formation*(Chicago: University of Chicago Press, 1993).

Harrison, Colin and Christopher Newall (with essays by Maurizio Isabella and Martin McLaughlin), *The Pre-Raphaelites and Italy*(Oxford: Ashmolean, 2010).

Havely, Nick, *Dante*(Oxford: Blackwell, 2007).

Hawkins, Peter S., *Dante's estaments: Essays in Scriptural Imagination*(Stanford: Stanford University Press, 1999). 특히 Part 3: "Dante and Ovid", pp. 146～193.

Hawkins, Peter, "Virtuosity and Virtue: Poetic Self-Reflection in the Commedía", *Dante Studies* 98(1980), pp. 1～18.

Haywood, Eric G., ed. *Dante Metamorphoses: Episodes in a Literary Afterlife*(Dublin and Portland, Or: Four Courts Press, 2003).

Hegel, Georg Wilhelm Friedich, *Vorlesungen uber die Asthetik: Mit einer Einfuhrunghrsg*; 두행숙 옮김, 『미학 강의』 3권(은행나무, 2010).

Helms, Mary, *Ulysses' Sail. An Ethnographic Odyssey of Power, Knowledge and Geographical Distance*(Princeton: Princeton University Press, 1988).

Herendeen, Wyman H. *From Landscape to Literature, The River and the Myth of Geography*(PittsburghL Duquesne UP, 1986).

Hollander, John, "Introduction", *The Essential Rossetti*, selected by John Hollander(London: The Ecco Press, 1990).

Hollander, Robert, *Allegory in Dante's Commedía*(Princeton, N. J., Princeton University Press, 1969).

Hollander, Robert, "La settima zavorra (tra Virgilio e il villanello)", *Esperimenti danteschi: Inferno 2008*, a cura di Simone Invernizzi(Genova: Marietti), pp. 175～202.

Hones, Claire E., *From Florence to the Heavenly City: The Poetry of Citizenship in*

Dante(London: Legenda, 2006).

Janson, Tore, *A Natural History of Latin*(Oxford: Blackwell, 2007).

Johnson, Ronald W., "Dante Rossetti's *Beata Beatrix and the New Life*", *The Art Bulletin*, vol. 57, no. 4, 1975. pp. 548~558.

Kay, Richard, *Dante's Enigmas: Medieval Scholasticism and Beyond*(Aldershot Burlington, VT: Ashgate/Variorum, 2006).

Keats, John, *The Letters of John Keats*, ed., Maurice Buxton Forman(London, 1947).

Kilgour, Maggie, *From Communion to Cannibalism: An Anatomy of Metaphors of Incorporation*(Princeton: Princeton University Press, 2014).

Kilgour, Maggie, "Dante's Ovidian Doubling", *Dantean Dialogues: Engaging with the Legacy of Amilcare Iannucci*, ed., Maggie Kilgour, Elena Lombardi(University of Toronto Press, 2013), pp. 174~214.

Kirkham, Victoria, "The Off-Screen Landscape: Dante's Ravenna and Antonioni's Red Desert", Iannucci, Amilcare A., *Dante, Cinema and Television*(Toronto: University of Toronto Press, 2004), pp. 106~128.

Kuhns, L. O., *The Treatment of Nature in Dante's "Divine Comedy"*(Port Washington, N. Y.: Kennikat Press, 1971), pp. 193~194.

Lansing, Richard, ed. *Dante Encyclopedia*(New York & London: Garland, 2000).

Latzke, Marjorie, *Natural scenery in Dante's Commedía*(Vienna: Verlag A. Holzhausens Nfg., Universittsbuchdrucker, 1986).

Leopardi, Giacomo, *Canti*(Roma: Angelo Signorelli Editore, 1967).

Leopardi, Giacomo, *Zibaldone di pensieri*(Torino: Einaudi, 1977.

Lepschy, Giulio, "Mother Tongues in the Middle Ages and Dante", *Dante's Plurilingualism: Authority, Knowledge, Subjectivity*, ed., by Sara Fortuna, Manuele Gragnolati and Jrgen Trabant(Legenda, 2010).

Lonardi, Gilberto, *Con Dante tra I moderni: Dall'Alfieri a Pasolini*(Verona: Aemme Edizioni, 2009).

Lucanus, Marcus Annaeus, *Pharsalia*, tr. by Jane Wilson Joyce(Ithaca, N. Y.: Cornell Univ. Pr., 1993).

Machosky, Brenda, *Structures of Appearing: Allegory and the Work of Literature*(New York: Fordham University Press, 2013).

Manguel, Alberto, *Homer's The Iliad and Odyssey: A Biography*; 김헌 옮김, 『일리아스와 오디세이아』(세종서적, 2012).

Maria Corti, "*De vulgari eloquentia* di Dante Alighieri" in *Letteratura italiana: Le Opere*, ed. by Alberto Asor Rosa(Torino: Edinaudi, 1992).

Marsh, Jan, *Dante Gabriel Rossetti: Painter and Poet*(London, 1999).

Mauro, Tullio De, *Storia linguistica dell'Italia unita*(Bari, 1963).

Mazzocco, Angelo, "Dante's Notion of the Illustrious Vernacular: A Reappraisal", Linguistic Theories in Dante and the Humanists, Studies of Language and Intellectual History in Late Medieval and Early Renaissance *Italy*(Leiden: E. J. Brill, 1993), pp. 108~158.

Mazzotta, Giuseppe, *Dante, Poet of the Desert: History and Allegory in the Divine comedy*(Princeton, N. J.: Princeton University Press, 1979).

McGann, Jerome, "The Poetry of Dante Gabriel Rossetti(1828~1882)", Elizabeth Prettejohn (ed.), *The Cambridge Companion to Pre-Raphaelites*(Cambridge University Press, 2012).

McLaughlin, Martin, "The Pre-Raphaelites and Italian Literature", Harrison, Colin and Christopher Newall (with essays by Maurizio Isabella and Martin McLaughlin), *The Pre-Raphaelites and Italy*(Oxford: Ashmolean, 2010), pp. 22~35.

Milbank, Alison, *Dante and the Victorians*(Manchester & New York, 1998).

Mirabile, Andrea, "Allegory, Pathos, and Irony: The Resistance to Benjamin in Paul de Man", *German Studies Review*, 2012, Vol. 35, Issue 2, pp. 319~333.

Moevs, Christian, "God's Feet and Hands(Paradiso 4.40-48): Non-duality and Non-false Errors", *Modern Language Note*, 114. 1. 1999, pp. 1~13.

Moretti, Franco, "Conjectures on World Literature", *New Left Review* 1(2000);
   Debating World Literature, ed. by Christopher Prendergast(London: Verso,
   2004).

Muir, Peter E. D., "An Indolence of the Heart", Journal for Cultural Research,,
   Vol. 9, No. 2, 2005, pp. 151~167.

Murphy, James J., *Rhetoric in the Middle Ages: A History of Rhetorical Theory from
   Saint Augustine to the Renaissance*(Berkeley: University of California Press,
   1974).

Musa, Mark, *Dante's Inferno*, translation with notes and commentary(Bloomington,
   Indiana: Indiana University Press, 1971).

Negri, Antonio, *Spinosa sovversivo, Variazioni (in)attuali*; 이기웅 옮김, 『전복적 스
   피노자』(그린비, 2005).

Nietzsche, Friedrich, *Beyond Good and Evil*; 김훈 옮김, 『선악을 넘어서』(청하,
   1982).

Olwig, Kenneth R., "Recovering the Substantive Nature of Landscape", *Annals
   of the Asso-ciation of American Geographers*, 86 (4), 1996, pp. 630~653.

Ovidius, *Metamorphoses*; 천병희 옮김, 『변신 이야기』(도서출판 숲, 2005).

Owell, George, 1984; 김기혁 옮김, 『1984』(문학동네, 2009).

Pater, Walter, "Dante Gabriel Rossetti", *Appreciations*(London: Macmillan & Co.,
   1889), pp. 228~242.

Pegoretti, Anna, *Dal lito diserto al giardino: la costruzione del paesaggio nel Purgatorio
   di Dante*(Bologna: Bononia University Press, 2007).

Pertile, Lino, "Dante", *The Cambridge History of Italian Literature*(Cambridge:
   Cambridge University Press, 1999), pp. 47~49.

Petrarca, Francesco, *Canzoniere*(Torino: Einaudi, 1964).

Plato, T*he Last Days of Socrates*, tr. by Harold Tarrant(London: Penguin Books,
   2003).

Pollock, Sheldon, "Cosmopolitan and Vernacular in History", *Public Culture* 12.

3(2000), pp. 591~625.

Pollock, Sheldon, "The Cosmopolitan Vernacular", *The Journal of Asian Studies*, 57. no. 1(1998), pp. 6~37.

Prettejohn, Elizabeth, "Beautiful Women with Floral Adjuncts", Julian Treuherz, Elizabeth Prettejohn, Edwin Becker, *Dante Gabriel Rossetti*(London: Thames & Hudson, 2003), pp. 51~110.

Prettejohn, Elizabeth, "The Painting of Dante Gabriel Rossetti" in Elizabeth Prettejohn ed., *The Cambridge Companion to Pre-Raphaelites*(Cambridge University Press, 2012).

Prettejohn, Elizabeth, ed., *The Cambridge Companion to Pre-Raphaelites*(Cambridge University Press, 2012).

Puryear, Stephen, "Leibniz on the Metaphysics of Color", *Philosophy and Phenomenological Research*, 2012.

Quaglio, A. E., 'Titolo' in 'Commedía', in *Enciclopedia Dantesca*, 5. vols(Rome: Istituto della Enciclopedia Italiana, 1970~1976), vol. 2, pp. 79~118.

Querci, Eugenia, (a cura di) *Dante vittorioso: Il mito di Dante nell'Ottocento*(Allemandi & C, 2011).

Ralphs, Sheila, *Dante's journey to the centre: some patterns in his allegory*(Manchester: Manchester University Press, 1972).

Reynolds, Brian, "Morphing Mary: Pride, Humility, and Transformation in Dante's Rewriting of Ovid", *Dante Studies*, with the Annual Report of the Dante Society, No. 126(2008), pp. 21~55.

Riede, David G., *Dante Gabriel Rossetti and the Limits of Victorian Vision*(Ithaca: Cornell University Press, 1983).

Riley II, Charles A., *Color Codes: Modern Theories of Color in Philosophy, Painting and Architecture, Literature, Music, and Psychology*(University Press of New England, 1995).

Rorty, Richard, "Il progresso del Pragmatista" in *Interpretazione e sovrainterpretazione*, Umberto Eco, a cura di stefan Collini(Milano: Bompiani, 1995).

Rossetti, Dante Gabriel, *The Rossetti Archive*, www.rossettiarchive.org.

Rossetti, Dante Gabriel, *The Early Italian Poets: From Ciullo d'Alcamo to Dante Alighieri: (1100-1200-1300): In the Original Metres: Together with Dante's Vita Nuova: Translated by D. G. Rossetti*(London: Smith, Elder and Co., 1861).

Rossetti, Dante Gabriel, eds. Oswald Doughty and John Robert Wahl, *Letters of Dante Gabriel Rossetti*(Oxford: Clarendon Press, 1965), Vols. 1-4.

Sarti, Maria Giovanna, "Gabriele Rossettis e la dantefilia tra Italia e Inghilterra", Eugenia Querci (a cura di) *Dante vittorioso: Il mito di Dante nell'Ottocento*(Allemandi & C, 2011), pp. 81~90.

Sasso, Gennaro, "Dante e Francesca. Spunti autobiografici", *Dante, Guido e Francesca*(Roma: Viella, 2008), pp. 135~140.

Scanlon, Larry, "Poets Laureate and the Language of Slave: Petrarch, Chaucer, and Langston Hughes" in *The Vulgar Tongue: Medieval and Postmedieval Vernacularity*, eds. by Fiona Somerset and Nicholas Watson(The Pennsylvania State University Press, 2003).

Scott, John A., *Understanding Dante*(NotreDame University Press, 2005).

Shapiro, Marianne, *Dante and the Knot of Body and Soul*(London: Macmillan, 1998).

Sherwin, Richard K., *Visualizing Law in the Age of the Digital Baroque: Arabesque and Entanglements*(New York: Routledge, 2011).

Sicari, Stephen, *Joyce's modernist allegory: Ulysses and the history of the novel*(Columbia, S. C.: University of South Carolina Press, 2001).

Somerset, Fiona, Nicholas Watson, "Preface", Somerset and Watson eds., *The Vulgar Tongue: Medieval and Postmedieval Vernacularity*(University Park: The Pennsylvania State University Press, 2003).

Sowell, Madison U., ed., *Dante and Ovid: Essays in Intertextuality*(Binghamton. N.

Y.; Medieval and Renaissance Texts and Studies, 1991).

Spivak, Gayatri, *In Other Worlds: Essays in Cultural Politics*; 태혜숙 옮김, 『다른 세 상에서』(여이연, 2003).

Steiner, George, *After Babel: Aspects of Language and Translation*(Oxford: Oxford University Press, 1992).

Struck, Rita Copeland and Peter T., eds. *The Cambridge Companion to Allegory*(Cambridge: Cambridge University Press, 2010).

Tabucchi, Antonio, *Il filo dell'orizonte*; 박상진 옮김, 『수평선 자락』(문학동네, 2013).

Tabucchi, Antonio, *Requiem*; 박상진 옮김, 『레퀴엠』(문학동네, 2013).

Tanturli, Giuliano, "I Benci copisti: vicende della cultura fiorentina volgare tra Antonio Pucci e il Ficino", *Studi di filologia italiana* 36, 1978, pp. 197~313.

Tanturli, Giuliano, "Volgarizzamenti e ricostruzione dell'antico: i casi della terza e quarta Deca di Livio e di Valerio Massimo, l parte del Boccaccio (a proposito di un'attribuzione)", *Studi medievali* 27(1986), pp. 811~888.

Tavoni, Mirko, "Volgare e latino nella storia di Dante" in *Dante's Plurilingualism: Authority, Knowledge, Subjectivity*, eds., by Sara Fortuna, Manuele Gragnolati and Jürgen Trabant(London: Legenda, 2010), pp. 52~68.

Terdiman, Richard, "Problematical Virtuosity: Dante's Depiction of the Thieves", *Dante Studies* 91(1973), pp. 27~45.

Tickner, Lisa, *Dante Gabriel Rossetti*(London: Tate Publishing, 2003).

Took, John, *Aesthetics Ideas in Dante*(Oxford: Clarendon Press, 1984).

Tosches, Nich, *In the Hand of Dante*; 홍성영 옮김, 『단테의 손』(그책, 2010).

Toynbee, Paget, *Dante Dictionary*(Kessinger Publishing, 2006).

Toynbee, Pajet, *Concise Dictionary of Proper Names and Notable Matters in the Works of Dante*(New York: Phaeton Press, 1968).

Treuherz, Julian, "The most startlingly original living", *Dante Gabriel Rossetti*(London: Thames & Hudson, 2003).

Treuherz, Julian, Elizabeth Prettejohn, Edwin Becker, *Dante Gabriel Rossetti*(London: Thames & Hudson, 2003).

Ulln, Magnus, "Dante in Paradise: The End of Allegorical Interpretation", *New Literary History*, Vol. 32, No. 1, 2001.

Valery, Paul; 김진하 옮김, 『말라르메를 만나다』(문학과지성사, 2007).

Vasari, Giorgio, *Le vite dei più celebri pittori, scultori e architetti*(Fratelli Melita Editori, 1991); *The Lives of the Artists*, Julia Bondanella and Peter Bondanella(Oxford: OUP, 2008).

Venturini, Domenico, *Dante Alighieri e Benito Mussolini*(Rome: Nuova Italia, 1927).

Vergilius, *Aeneid*; 천병희 옮김, 『아이네이스』(도서출판 숲, 2007).

Weisstein, Ulrich, *Einführung in die Vergleichende Literatur-Wissenschaft*; 이유영 옮김, 『비교문학론』(홍성사, 1981).

Williams, R., *Art, Theory and Culture in Sixteenth Century Italy*(Cambridge: CUP., 1997).

Wills, Gary, *Saint Augustine*; 안인희 옮김, 『성 아우구스티누스』(푸른숲, 2005).

Wilson, A. N., *Dante In Love*(London: Atlantic Books, 2011); 정혜영 옮김, 『사랑에 빠진 단테』(이순, 2012).

Wilson, Colin, *Starseekers*; 한영환 옮김, 『우주의 역사』(범우사, 1994).

Witt, Ronald, *In the Footsteps of the Ancients: The Origins of Humanism from Lovato to Bruni*(Leiden: Brill, 2000).

Witt, Ronald, "What did Giovannino Read and Write? Literacy in Early Renaissance Florence", *I Tatti Studies: Essays in the Renaissance* 6, 1995.

Wittgenstein, Ludwig, *Remarks on Color*(University of California Press, 2007).

Woodhouse, John, "Dante and the Rossetti Family" in Baranski and McLaughlin ed., *Italy's Three Crowns. Reading Dante, Petrarch, and Boccaccio*(Oxford, 2007), pp. 121~142.

Worley, Meg, "Using the Ormulim to Redefine Vernacularity" in Somerset and

Watson (eds.), pp. 19~30.

가라타니 고진, 조영일 옮김, 『네이션과 미학』(도서출판b, 2009).

김기봉, 「한국 근대 역사 개념의 성립 ─ '국사'의 탄생과 신채호의 민족사학」, 《한국사학사학보》, 2005, 1~30쪽.

김명배, 「*De vulgari eloquentia*에 나타난 '언어 문제'」, 《이탈리아어문학》 33집, 2011.

김명배, 「속어 문제와 인문주의자들의 언어 논쟁」, 《이탈리아어문학》 13집, 2003.

김별아, 『채홍』(해냄, 2011).

김병민, 『신채호 문학 유고 선집』(연변대학교 출판부, 1994).

김성국, 「개화기의 몽유록 소설 연구」, 계명대 대학원 석사 학위 논문, 1984.

김영민, 『한국근대소설사』(솔, 1997).

김영옥, 「근대의 심연에서 떠오르는 '악의 꽃'」, 보들레르, 윤영애 옮김, 『악의 꽃』(문학과 지성사, 2003).

김윤식, 「단재 소설 및 문학사상의 문제점」, 《서울대교양과정부논문집》 5집, 1973.

김윤식, 「단재 신채호론 ─ 근대 문학의 시금석」, 『한국 근대문학과 문인들의 독립운동』(독립기념관 한국독립운동사연구소, 1989), pp. 95~131.

김윤식, 『한국 근대 문학과 문인들의 독립운동』(독립기념관 한국독립운동사연구소, 1989),

김인환, 「신채호의 근대성 인식」, 《한국문화연구》 30호, 1997.

김진옥, 「단재 문학과 한국 근대 문학의 성격」, 『단재 신채호의 현대적 조명』(대전대 지역협력연구원, 다운샘, 2003).

김창현, 「신채호 소설의 미학적 특성과 알레고리 ─『용과 용의 대격전』을 중심으로」, 《고전문학연구》 27호, 한국고전문학회, 2005.

류양선, 「개화기 서사 문학 연구」, 《현대문학연구》 28호, 1979.

마순자, 『자연, 풍경 그리고 인간 ─ 서양 풍경화의 전통에 관한 연구』(아카넷,

2003).

민찬, 「단재 소설의 경로와 전통의 자장」, 『단재 신채호의 현대적 조명』(대전대 지역협력연구원, 다운샘, 2003).

박노자, 「개화기의 국민 담론과 그 속의 타자들」, 『근대 계몽기 지식 개념의 수용과 그 변용』(소명, 2005).

박노자, 『우승열패의 신화』(한겨레, 2005).

박상진, 『단테 신곡 연구: 고전의 보편성과 타자의 감수성』(아카넷, 2011).

박상진, 『비동일화의 지평: 문학의 보편성과 한국 문학』(고려대 출판부, 2010).

박상진, 『열림의 이론과 실제』(소명출판, 2004).

박상진, 『에코 기호학 비판: 열림의 이론을 향하여』(열린책들, 2003).

박정심, 「한국 근대 지식인의 근대성 인식」, 《동양철학》 56호, 2008.

송재소, 「민중문학과 노예 문학」, 《창작과 비평》 봄호, 1980.

신재홍, 『한국 몽유 소설 연구』(계명문화사, 1994).

신채호, 「동양주의에 대한 비평」, 《대한매일신보》 1909년 8월 8자와 10일자; 최원식·백영서 엮음, 『동아시아인의 '동양' 인식: 19~20세기』(문학과 지성사, 1997), 216~220쪽.

신채호, 단재 신채호 선생 기념사업회 편, 『단재 신채호 전집』 상하권(형성출판사, 1995).

신채호, 단재 신채호 선생 기념사업회 편, 『꿈하늘』(1916), 『단재 신채호 전집』 하권(형설출판사, 1995), 174~224쪽.

오카쿠라 텐신, 최원식·백영서 엮음, 「동양의 이상」, 『동아시아인의 '동양' 인식: 19~20세기』(문학과 지성사, 1997), 29~35쪽.

양언석, 「『꿈하늘』에 나타난 작중 인물 분석」, 《새국어교육》 50집 1호, 1993.

유종국, 『몽유록 소설 연구』(아세아문화사, 1987).

윤명구, 『개화기 소설의 이해』(인하대 출판부, 1986).

윤해동, 「신채호의 민족주의 ― 민중적 민족주의 또는 민족주의를 넘어서」, 『식민지의 회색지대』(역사비평사, 2003), 193~230쪽.

이도연, 「낭만적 정신의 현실적 구조 ― 신채호의 『꿈하늘』론」, 《민족문화연구》35호, 2002.

이동재, 「신채호 소설의 문학적 계보 연구」, 《현대문학 이론연구》 20호, 2003.

이보경, 『근대어의 탄생』(연세대 출판부, 2003).

이선영, 「민족사관과 민족문학」, 《세계의 문학》 겨울호, 1976.

이창민, 「『꿈하늘』의 구성과 문체」, 《국어문학》 36호, 2002.

정진원, 「단재 신채호의 『꿈하늘』 텍스트 분석」, 《텍스트언어학》 16호, 2005.

조동일, 『한국 문학 통사』 4권(지식산업사, 1994).

채진홍, 「신채호 소설에 나타난 근대인관」, 《한국어문학》 55호, 2005.

최병진, 「단테의 시각적 담화와 각주 공간의 탄생」, 『한국이탈리아어문학회 2015년 추계학술대회 자료집』, 38쪽.

최수정, 「신채호의 『꿈하늘』과 『용과 용의 대격전』 연구」, 《한양어문》 19호, 2001.

최원식, 『제국 이후의 동아시아』(창비, 2009).

한금윤, 「신채호 소설의 미적 특성 연구 ——『꿈하늘』과 『용과 용의 대격전』을 중심으로」, 《현대소설연구》 9호, 1998.

한금윤 · 정학성, 「몽유담의 우의적 전통과 개화기 몽유록」, 《관악어문연구》 3호, 1978.

한형곤, 「『신곡』에 나타난 죄와 벌」, 《이탈리아어문학》 12집, 2003.

한형곤, 「『신곡』에 나타난 빛의 의미」, 《이탈리아어문학》 13집, 2003.

홍경표, 「단재 소설의 우의」, 《배달말》 32호, 2003.

후지타 쇼조, 조성은 옮김, 『정신사적 고찰』(돌베개, 2013).

그림 목록

그림 10 제임스 휘슬러(James Whistler), 「야상곡(Nocturne: Blue and Gold-St. Mark's venice)」, 1789~1880년, 44.5×59.7cm, 웨일스 내셔널 뮤지엄, 카디프.

그림 11 단테 가브리엘 로세티(Dante Gabriel Rossetti), 「베아트리체의 죽음 일주년에 천사를 그리는 단테(Dante Drawing an Angel on the First Anniversary of the Death of Beatrice)」, 1849년, 펜과 잉크, 버밍엄 뮤지엄 앤드 아트 갤러리, 런던/1853년, 종이 위에 수채 및 농후 색소, 42×61cm, 애슈몰린 박물관, 옥스퍼드.

그림 12 로세티, 「단테의 초상을 그리는 조토(Giotto Painting the Portrait of Dante)」, 1852년, 수채, 종이에 펜과 갈색 잉크, 36.8×47cm(19, 16.8 확인), 개인 소장.

그림 13 로세티, 「베아트리체가 죽을 때 꾼 단테의 꿈(Dante's Dream at the Time of the Death of Beatrice)」, 1856년, 종이 위에 수채 및 농후 색소, 48.7×66.2cm, 테이트 갤러리, 런던/1871년, 리버풀 국립 박물관.

그림 14 로세티, 「베아트리체의 인사(Salutatio Beatricis)」, 1859년, 74.9×160cm, 두 개의 패널 위에 유화, 캐나다 내셔널 갤러리, 오타와.

그림 15-1 로세티, 「단테의 사랑(Dantis Amor)」, 1860년, 마호가니 패널 위에 유화, 74.9×81.3cm, 테이트 갤러리, 런던.

그림 15-2 로세티, 「단테의 사랑」, 1860년, 종이 위에 갈색 잉크, 25×24.1cm, 버밍엄 뮤지엄 앤드 아트 갤러리, 런던.

그림 15-3 로세티, 「단테의 사랑: 해시계와 횃불을 든 사랑의 연구(Dantis Amor: Study of Love with a Sundial and Torch)」, 1865년, 종이 위에 연필과 잉크, 12.7×32cm, 버밍엄 뮤지엄 앤드 아트 갤러리, 런던.

그림 15-4 로세티, 「석류를 쥐고 생각에 잠긴 단테(Dante in Meditation Holding a Pomgranate)」, 1852년, 종이 위에 잉크, 22.9×20cm, 브리티시 아트 예일 센터.

그림 16 로세티, 「축복받은 베아트리체(Beata Beatrix)」, 1864~1870년, 캔버스에 오일, 86.4×66cm, 테이트 갤러리, 런던.

찾아보기

박상진

한국외국어대학교에서 이탈리아 문학을 공부하고 영국 옥스퍼드 대학교에서 움베르토 에코의 기호학 이론에 대한 연구로 박사 학위를 받았으며 미국 하버드 대학교와 펜실베이니아 대학교에서 단테와 비교 문학을 연구했다. 현재 부산외국어대학교에서 이탈리아 문학과 인문학 관련 교양 강의를 담당하며, 단테 연구에 매진하고 있다. 저서로 『단테 신곡 연구: 고전의 보편성과 타자의 감수성』을 비롯하여 『이탈리아 문학사』, 『이탈리아 리얼리즘 문학 비평 연구』, 『에코 기호학 비판: 열림의 이론을 향하여』, 『열림의 이론과 실제: 해석의 윤리와 실천의 지평』, 『지중해학: 세계화 시대의 지중해 문명』, 『데카메론: 중세의 그늘에서 싹튼 새로운 시대정신』, 『비동일화의 지평: 문학의 보편성과 한국 문학』, *A Comparative Study of Korean Literature: Literary Migration*(Palgrave Macmillan) 등이 있고, 역서로 『신곡』과 『데카메론』을 비롯하여 『아방가르드 예술론』, 『근대성의 종말』, 『대중문학론』, 『굿바이 미스터 사회주의』, 『수평선 자락』, 『꿈의 꿈』, 『레퀴엠』, 『인도 야상곡』 등이 있으며, 엮은 책으로 『지중해, 문명의 바다를 가다』가 있다.

사랑의
지성

단테의 세계, 언어, 얼굴

1판 1쇄 찍음 2016년 4월 23일
1판 1쇄 펴냄 2016년 4월 30일

지은이 박상진
발행인 박근섭·박상준
펴낸곳 (주)민음사

출판등록 1966. 5. 19. 제16-490호
주소   서울시 강남구 도산대로1길 62 강남출판문화센터 5층 (06027)
대표전화 515-2000 | 팩시밀리 515-2007
홈페이지 www.minumsa.com

© 박상진, 2016. Printed in Seoul, Korea

ISBN 978-89-374-3304-7 03800

* 이 저서는 2011년 정부(교육부)의 재원으로 한국연구재단의 지원을 받아 수행된 연구임.(NRF-2011-812-A00218)